LARISSA IONE

Eternal Riders

Reseph

LARISSA IONE

ETERNAL RIDERS
RESEPH

Roman

Ins Deutsche übertragen
von Bettina Oder

LYX
EGMONT

Die Originalausgabe erschien 2012 unter dem Titel *Rogue Rider* bei
Forever, Grand Central Publishing, New York

Deutschsprachige Erstausgabe Dezember 2013 bei LYX
verlegt durch EGMONT Verlagsgesellschaften mbH,
Gertrudenstraße 30–36, 50667 Köln

1. Auflage
Redaktion: Mona Gabriel
Satz: Greiner & Reichel, Köln
Printed in Germany (670421)
ISBN 978-3-8025-9247-8

www.egmont-lyx.de

Für Jillian.
Deine Großzügigkeit ist einfach umwerfend.
Deine innere Schönheit ist wahrhaftig genauso groß
wie deine äußere. Ich glaube, Resephs Heldin macht
ihrem Namen alle Ehre. Danke für alles …
einschließlich der Bratpfanne!

1

Es war kalt. So verdammt kalt.

Er öffnete die Augen und sah … nichts. Mit einem Stöhnen drehte er sich um, da er allem Anschein nach mit dem Gesicht nach unten lag. Na klar, er lag mitten auf der Fresse. Aber wo war er eigentlich? Das Einzige, was er sehen konnte, war Schnee. Nein, das stimmte nicht ganz; was er sah, waren Bäume, die mit Schnee bedeckt waren. Und Schneewehen, die mit Schnee bedeckt waren. Und Schnee, auf dem sich noch mehr gottverdammter Schnee türmte.

Also befand er sich wohl in einem Wald … voller Schnee. Aber wo? Warum?

Und wer zur Hölle war er eigentlich?

Reseph.

Der Name hallte leicht verwischt durch seine Ohren, als ob ein Betrunkener ihn gelallt hätte.

Reseph.

Kam ihm irgendwie bekannt vor. Reseph. Okay, damit konnte er arbeiten. Vor allem, da ihm aktuell keine anderen Namen in den Sinn kamen.

Er versuchte, sich auf die Knie zu erheben, doch ihm fehlte die Kraft; seine Arme zitterten, als ob sie aus Gummi wären, und er fiel immer wieder aufs Gesicht. Nach vier Fehlversuchen gab er auf und blieb einfach liegen, keuchend und zitternd.

Irgendwo über ihm schrie eine Eule, und ein paar Minuten später heulte ein Wolf in die zunehmende Dunkelheit hinein. Diese Geräusche trösteten Reseph, da sie bedeuteten, dass er nicht allein war. Sicher, die Eule könnte über ihn hinwegfliegen und ihm auf den Kopf scheißen, und der Wolf könnte ihn bei lebendigem Leibe zum Abendbrot verspeisen, aber zumindest hatte er etwas Gesellschaft.

Er wusste nicht allzu viel über sich selbst, aber eines wusste er definitiv: Er war nicht gern allein.

Außerdem mochte er Schnee nicht.

Nur komisch, dass er hier so ganz allein im Schnee lag. Ob ihn jemand hier liegen gelassen hatte? Ein Beben der Furcht ließ ihn innerlich ebenso heftig erschauern wie die Kälte ihn äußerlich zittern ließ. Es musste ihn doch sicherlich jemand suchen.

An dieser Hoffnung hielt er fest, während er sich nach und nach eines nagenden Schmerzes in seinen Knochen bewusst wurde, der von stechenden Schmerzen in seinem Kopf begleitet wurde. Wie es aussah, kam da eine kleine Ohnmacht auf ihn zu. Cool. Denn in diesem Augenblick schien er gleichzeitig zu erfrieren und zu verbrennen, ihm tat alles weh, während er zugleich eine seltsame Taubheit spürte. Genau, es wäre echt gut, mal kurz das Bewusstsein zu verlieren.

Sogar echt verdammt gut.

Idiot. Schwachkopf. Trottel von einem Wetterfrosch.

Jillian Cardiff verfluchte innerlich den Meteorologen, der das Timing dieses Blizzards total vergeigt hatte. Sie hatte überhaupt nichts gegen Wetterleute; ganz im Gegenteil, schließlich hatte sie bei der FAA, der Federal Aviation Administration – der Bundesbehörde für die zivile Luftfahrt – jahrelang mit ihnen zusammengearbeitet. Aber das hier, das war einfach nur lächerlich.

Jetzt hatte sie es verdammt eilig, zu ihrem Blockhaus zurückzukommen, ehe sie überhaupt nichts mehr sehen konnte und ihr Arbeitspferd – Sam – unruhig wurde.

»Komm schon, mein Junge.« Sie gab dem großen Fuchs einen liebevollen Klaps auf die Schulter. »Das restliche Feuerholz kann warten.«

Sam folgte ihr, ohne dass sie ihn an dem Strick führen musste, das an seinem Halfter befestigt war. Er kannte den Heimweg und freute sich genauso wie sie darauf, endlich in den Schutz eines warmen, behaglichen Gebäudes zu gelangen. Der Schlitten, auf dem nicht mal ein Kubikmeter Feuerholz lag, glitt hinter ihm her, schnitt durch die anderthalb Meter Neuschnee, die vor ein paar Tagen gefallen waren. Dieses neue Unwetter würde vermutlich noch mal einen Meter hinzufügen, und Ende Dezember würde hier so viel Schnee liegen, dass sie nicht mehr wissen würden, wohin damit.

Der Wind heulte wie ein Lebewesen, und Schneeflocken bombardierten ihr Gesicht wie kleine Geschosse. Jillian rückte ihr Gewehr zurecht, das über ihrer Schulter hing, neigte den Kopf und stemmte sich gegen den Sturm. In Zeiten wie diesen vermisste sie Florida schon sehr. Nicht, dass sie je zurückgehen würde. Manche Dinge vergaß man einfach nie.

Wie wenn man von Dämonen in Stücke gerissen wurde.

Als sie erschauerte, hatte das diesmal nichts mit der Temperatur zu tun. Sie würde nicht dorthin zurückkehren. Der Angriff lag hinter ihr, und solange sie weder fernsah noch ins Internet ging oder ihre Narben betrachtete, musste sie auch nie wieder darüber nachdenken.

Ein langes, schwermütiges Heulen durchdrang die Dunkelheit des Nachmittags. Das musste ganz in ihrer Nähe sein, wenn sie es trotz des Windes hören konnte. Sam schnaubte und warf den Kopf zurück. Sie verlangsamte ihre Schritte, um den Führstrick zu nehmen und ihm den Kopf mit der weißen Blesse zu tätscheln.

»Ist schon gut, Kumpel. Die Wölfe tun uns nichts.« Nein, im Allgemeinen ließen Wölfe Menschen in Ruhe. Wenn überhaupt, musste man sich wegen der Berglöwen Sorgen machen. In den vergangenen Wochen waren zwei Jäger aus der Gegend tot aufgefunden worden – besser gesagt, sie waren in Stücke gerissen worden. Das Blutbad hatten wohl die Großkatzen angerichtet.

Mit einem Puma konnte sie fertigwerden. Womit sie nicht fertigwurde, war die Dunkelheit. In der Dunkelheit lauerten Dämonen.

Sam bäumte sich plötzlich auf, und ein verzweifeltes Wiehern drang aus seinem gewaltigen Brustkorb. Jillian wurde der Strick aus der Hand gerissen, und sie hätte beinahe in dem eisigen Schnee den Halt verloren, als sie versuchte, ihn erneut zu packen. Sams Vorderhufe trafen auf dem Boden auf und er rammte sie mit der Schulter, sodass sie den Hang hinuntergestoßen wurde. Ihr Aufschrei verstummte abrupt, als sie gegen einen Baumstamm prallte.

Schmerz breitete sich spinnwebförmig im rechten Teil ihres Brustkorbs aus. *Autsch*, das würde morgen noch echt wehtun!

»Verdammt noch mal, Sam«, murmelte sie, als sie den schneebedeckten Abhang hinaufkletterte. Sie hielt kurz inne, um ihr Gewehr aufzuheben, das in einer Schneewehe gelandet war.

Sam schnaubte wie verrückt und drohte komplett durchzudrehen, während er mit einem Huf in einer Schneewehe scharrte. Jillian zog Eisstücke aus Orten, an denen Eis nichts zu suchen hatte, während sie durch den Schnee stapfte und sich fragte, was in aller Welt Sam dermaßen aufgeregt hatte und ihn jetzt noch so nervös machte.

»Ich hoffe nur, das ist ein Topf voller Gold, was du da gerade ausgräbst, du räudiges –« Mit einem Schreckenslaut verstummte sie.

Ein Mann … ein nackter Mann … lag mit dem Gesicht nach unten und mit einer dünnen Schneedecke bedeckt gleich neben dem Pfad, als ob er dort zusammengebrochen wäre.

»Oh mein Gott.« Ihre Hände zitterten, als sie sich einen Handschuh auszog und sein langes platinblondes Haar zur Seite strich, um ihm die Finger an den Hals zu legen. Seine Haut fühlte sich eisig an, was sie erwartet hatte, aber als sie unter ihren Fingerspitzen das regelmäßige Pochen seines Pulses fühlte, erschrak sie fast zu Tode. Er war noch am Leben. Mit einem starken Puls. Wie war das nur möglich?

Okay, dann … denk nach. Sie musste Hilfe holen, aber sie befanden sich mitten in einem Schneesturm, der immer schlimmer wurde, und es führte kein Weg vom Berg hinab, es sei denn mit dem Schneemobil. Das konnte sie in diesem Unwetter allerdings nicht riskieren; außerdem würde es Stunden dauern, um in die nächste Stadt zu gelangen. Inzwischen könnte er längst tot sein.

Scheiße.

Sie führte Sam ein Stück den Pfad entlang, bis der Schlitten genau neben dem Mann stand, während sie betete, dass dieser Kerl kein Serienmörder war, und versuchte, nicht allzu viel darüber nachzudenken, warum er sich mitten im Winter splitterfasernackt in den Bergen befand. So schnell sie konnte, räumte sie ihr Feuerholz auf die andere Seite des Pfades und steckte die Axt dann in die Schlinge an Sams gepolstertem Geschirr.

Den Mann auf den Schlitten zu wälzen, war leider nicht so einfach, wie sie gedacht hatte. Der Kerl war so schwer wie ein Felsbrocken und *riesig*. Und … gut aussehend. Und sehr, sehr nackt.

»Ach, wirklich?«, murmelte sie an sich selbst gewandt. »Ausgerechnet jetzt musst du bemerken, wie heiß er aussieht?«

Zugegeben, es war unmöglich, diese Dinge nicht zu bemerken; dennoch fühlte sie sich ein wenig schuldig, als sie ihn auf Verletzungen hin abtastete. Abgesehen davon, dass er bewusstlos und tiefgefroren wie ein Fischstäbchen war, schien er unverletzt.

Allerdings hatte er ein interessantes Pferdetattoo auf dem rechten Unterarm. Als sie mit den Fingern darüberstrich, fühlte sie ein leises Vibrieren, als ob die hennafarbenen Linien unter Strom stünden. Nur schade, dass der Strom keine Wärme mit sich brachte. Sie hätte schwören können, dass die Temperatur in den paar Minuten, die es gedauert hatte, sich den Kerl näher anzusehen, um zehn Grad gefallen war.

Der eisige, beißende Wind nahm weiter an Stärke zu, als ob Mutter Natur einen besonderen Groll gegen sie hegte; und der Schnee, den sie für gewöhnlich liebte, wurde zum Feind. Es war vermutlich ziemlich dämlich von ihr, doch sie zog ihren Mantel aus und legte ihn über den Kerl, vergaß auch nicht, die Ärmel sorgfältig unter ihn zu schieben. Die Schichten aus diversen T-Shirts und Hemden sollten sie für eine Weile schützen können, solange sie sich nur beeilten.

»Los, Sammy.« Sie drängte den Wallach, sich rascher vorwärtszubewegen, als ihr normalerweise lieb gewesen wäre, doch an dieser Situation war nichts normal.

Als sie endlich den Rauch ihres Holzofens roch, war ihr eiskalt, und sie war völlig erschöpft. Ihre Lider waren mit Eis überzogen, als sie Sam zu der wackligen Veranda führte. Bei jedem Atemzug verbrannte die eisige Luft ihre Lungen, als sie den bewegungslosen Mann vom Schlitten herunterzerrte und dann Sam ausspannte. Das Geschirr würde sie ihm später abnehmen. Jetzt musste sie erst einmal den Mann ins Haus und das Pferd in die Scheune bringen.

Sie rannte die dreißig Meter bis zur Scheune und öffnete die Tür, wobei sie sich ein Duell mit dem Sturm lieferte. Sam trottete hinein; sie machte sich gar nicht erst die Mühe, ihn zu seiner Box zu bringen, die würde er auch allein finden.

Nur schade, dass es nicht annähernd so einfach war, den Mann in ihr Schlafzimmer zu bugsieren, wie das Pferd unterzubringen. Als Fitnessfreak, der außerdem noch eine kleine Farm bewirtschaftete, war Jillian alles andere als ein Schwächling, aber sie hatte den Verdacht, sich etwas ausgerenkt zu haben, als sie das Fischstäbchen über den Boden schleifte. Weitere zehn Minuten verbrachte sie damit, an ihm herumzuziehen und zu zerren, um ihn auf ihr Bett zu hieven.

Als er endlich auf dem Rücken und alle viere von sich gestreckt dort lag, wobei seine breiten Schultern verdammt viel Platz auf der Matratze einnahmen, schaltete sie die elektrische Heizdecke auf die höchste Stufe und überprüfte seinen Puls. Immer noch stark. Müsste er nicht eher schleppend und schwach sein? Sie hatte eine Grundausbildung in Erster Hilfe und eine Ausbildung bei der Bergwacht für den Such- und Rettungsdienst gemacht, und soweit sie sich erinnerte, verursachte Hypothermie einen langsamen, schwachen Puls. Der vom Fischstäbchen war genau das Gegenteil. Regelmäßig, ansteigend, und sie hätte schwören können, dass seine Haut sich sogar schon ein wenig rosa färbte.

Sie beschloss, dieses Geheimnis vorerst einmal ruhen zu lassen, und überprüfte das Telefon. Na klar, es war tot. Als Nächstes schürte sie das Feuer und stellte die Elektroheizung auf fünfundzwanzig Grad. Sie hatte Glück, dass der Strom noch funktionierte. Das Licht flackerte immer wieder, und es war vermutlich nur eine Frage der Zeit, ehe es ihr mit dem Strom genauso ginge wie mit dem Telefon.

Oh, und dann war sie ganz allein in der Dunkelheit, ohne Telefon, mitten im Nirgendwo … mit einem Fremden.

Das war wie der Anfang eines Horrorfilms. Sie besaß sogar das typische kleine Tier, um zu beweisen, dass die Lage ernst war, und sich sämtliche Frauen im Publikum Sorgen machten.

Ihr bengalischer Kater Doodle beobachtete die Aktivitäten von seinem Lager vor dem Holzofen aus; ihn ließ die Anwesenheit eines Fremden im Haus völlig kalt. Aber ihn brachte ohnehin so schnell nichts aus der Ruhe. Solange er nur zu fressen und jemanden hatte, der ihn streichelte, machte er sich gar nicht erst die Mühe, sich über irgendetwas aufzuregen.

»Du bist wirklich eine große Hilfe, Kumpel.« Sie warf Doodle einen finsteren Blick zu und zog sich eine trockene Jogginghose und Hausschuhe an. »Ich werd mal nach diesem Fremden in meinem Bett sehen, aber mach dir meinetwegen bloß keine Sorgen, okay?«

Doodle blinzelte sie mit seinen grünen Augen an.

Sie wünschte, sie hätte einen großen Hund …

Jillian schlüpfte ins Schlafzimmer. Als sie eintrat, seufzte Fischstäbchen und bewegte sich; es war nur eine winzige Bewegung, aber genug, um sie Hoffnung schöpfen zu lassen.

Dann schlug er plötzlich die Augen auf.

Erschrocken wich sie zurück und schlug sich die Hand vor den Mund. Seine Augen … Gott, die waren unglaublich. Sie strahlten im hellsten Blau, das man sich vorstellen konnte und waren kristallklar, so wie der Rand eines flachen Gletschers. Er starrte sie an, aber es war nichts Kaltes in seinem Blick. Die pure Hitze, die sie ausstrahlten, drang durch sie hindurch bis tief in ihr Innerstes.

Sie kam sich albern vor, weil sie überreagiert hatte – auch wenn ihre Beine immer noch zitterten –, und kehrte an das Bett zurück.

»Ich bin Jillian. Ich habe Sie im Wald gefunden. Ihnen geht's bald wieder gut.« Sie war sich nicht sicher, ob er sie verstand oder nicht, aber seine Augen schlossen sich und sein muskulöser Brustkorb begann sich in einem tiefen, regelmäßigen Rhythmus zu heben und zu senken. Seine Hautfarbe war inzwischen normal, und seine Lippen, die anfangs bleich und rissig gewesen waren, waren jetzt glatt und rosig.

Bemerkenswert.

Was jetzt? Vielleicht sollte sie dafür sorgen, dass er etwas in den Magen bekam. Leise ging sie auf die Tür zu, um eine Brühe auf den Herd zu stellen.

»Hey«, krächzte er. Seine Stimme war kaum mehr als ein brüchiges Flüstern. »Hab ich … Ihnen wehgetan?«

Sie holte scharf Luft und drehte sich um, um einen Blick auf ihn zu riskieren. Wieder bohrten sich seine Augen in ihre, aber diesmal schienen sie ein wenig zu … leuchten.

»Nein.« Sie schluckte trocken. »Nein, Sie haben mir nicht wehgetan.«

Seine langen, goldenen Wimpern senkten sich flatternd, als ob ihre Antwort ihn zufriedengestellt hätte. Aber, du liebe Güte, wie kam er denn bloß auf die Idee, er hätte ihr etwas antun können?

Wen zur Hölle hatte sie da in ihr Haus geholt?

2

Das Fischstäbchen wachte die nächsten vierundzwanzig Stunden nicht wieder auf.

Und als er es dann tat, war es nur lange genug, um eine Tasse heißer Rinderbrühe zu trinken. Er hatte nicht ein Wort gesagt, sie nur aus diesen anbetungswürdigen blauen Augen angestarrt, und war dann wieder in einen tiefen Schlaf gefallen, als ob er ein ganzes Jahr wach gewesen wäre.

Jillian hatte versucht, Stacey anzurufen, einen Deputy des hiesigen Sheriffs und seit zwanzig Jahren ihre beste Freundin, aber die Telefonverbindung funktionierte nach wie vor nicht. War ja klar. Der Sturm schien einfach kein Ende zu nehmen. Jillian beschloss, diesen Meteorologen zu suchen und mit seinem eigenen Windstärkemesser zu erschlagen.

Doodle schien an dem Fremden Gefallen gefunden zu haben. Wenn der Kater nicht gerade fraß oder einem seiner Spielzeuge hinterherjagte, lag er zusammengerollt auf dem Bett. Der kleine Verräter.

Als die achtundvierzig-Stunden-Marke überschritten war, ging Jillian erneut ins Schlafzimmer, um Fischstäbchens Zustand zu prüfen. Ihr Herz machte einen kleinen Hüpfer, als sie ihn auf ihrem schmalen Doppelbett ausgestreckt liegen sah – er nahm den Platz auf dem Riesending ganz für sich allein in Anspruch. Aus irgendeinem Grund dachte sie auf einmal, was er wohl mit einer Frau darauf anstellen würde. Jemand von seiner Größe brauchte auf jeden Fall eine Matratze, die eine Nummer größer war, vor allem, wenn er … Gesellschaft hatte.

Hör sofort damit auf. Warum um alles in der Welt hatte sie solche Gedanken über einen völlig fremden Kerl, von dem sie nicht mal den Namen wusste? Vielleicht lag es an der Energie, die er sogar im Schlaf noch ausstrahlte, an dieser unglaublichen Männlichkeit, die jedes weibliche Hormon in ihrem Körper tanzen ließ.

Hör. Auf.

Die Decken waren ihm bis zu den Hüften hinuntergerutscht, sodass seine harten Bauchmuskeln und die seitlichen Muskeln zu sehen waren, die schließlich unter dem Laken verschwanden. Nur ein paar Zentimeter, und sie wäre nicht mehr auf ihre Vorstellungskraft angewiesen gewesen. Sie hatte ihn ja schon ausgiebig betrachtet, als sie ihn hergebracht hatte, aber jetzt, wo seine Haut wieder Farbe hatte, handelte es sich um einen völlig anderen Mann. Vorher war er ihr wie eine Marmorstatue erschienen, schwach wie ein Baby. Jetzt … oh Mann!

Sein Haar, eine dichte lange Mähne weißen Goldes, war hoffnungslos verfilzt gewesen. Sie hatte ihn ein paarmal dabei überrascht, wie er im Schlaf knurrte und daran herumriss; darum hoffte sie, dass es ihm nichts ausmachen würde, dass sie es … irgendwie … abgeschnitten hatte.

Sie hatte es so lang gelassen, wie sie nur konnte, aber jetzt, wo es ihm vielleicht noch bis auf die Schultern reichte, war es dennoch gut dreißig Zentimeter kürzer als zuvor.

Nun ergoss es sich wie gesponnene Seide über das Kopfkissen aus rotem Flanell. Also wirklich, es war echt nicht fair, dass ein Mann schönere Haare hatte als sie. Schönere Haare und schönere Wimpern. Verdammt, Frauen bezahlten viel Geld, um derartig lange und dichte Wimpern zu bekommen.

»Langsam wird das lächerlich«, murmelte sie, als sie sich neben ihn auf die Matratze sinken ließ. *Er ist nur ein Mann.* Ein Mann, der Ende zwanzig zu sein schien und rein zufällig mit einem abartig perfekten Körper gesegnet war.

Sie legte ihm die Hand auf die Stirn und stellte erleichtert fest, dass er weder Fieber hatte noch sich zu kalt anfühlte.

Sie streckte die Hand aus, um die Decken wieder hochzuziehen, als er sie mit einer unvorstellbar schnellen Bewegung packte, grob unter sich zog und ihr seinen Unterarm über die Kehle legte. Angst erfüllte sie, scharf und beißend. Sie konnte sich unter seinem Gewicht kaum bewegen, und mit seinem Arm auf ihrer Luftröhre bekam sie kaum noch Luft.

Seine Augen wirkten wie Scherben aus Wintereis, als sein Blick sie durchbohrte, und sie wusste sofort, dass sie ihre Schätzung seines Alters überdenken musste. Wenn er auch keinen Tag älter als achtundzwanzig aussah, so waren seine Augen doch uralt.

»Wer bist du?«, knurrte er. »Wo bin ich?«

»Ich –« Sie hustete, versuchte vergeblich, Luft in ihre brennenden Lungen zu saugen. Er lockerte seinen Griff. Ein wenig. »Ich bin Jillian.« Sie atmete gierig ein. »Sie sind bei mir zu Hause.«

Er sah sie aus zusammengekniffenen Augen an, sodass sie sich wie ein Reh fühlte, das von einem Wolf niedergehalten wurde. »Warum?«

»Ich habe Sie gefunden«, keuchte sie. »Im Schnee. Sie waren beinahe tot.«

Er runzelte die Stirn. »Das ist unmöglich.«

»Dass Sie beinahe tot waren oder dass Sie im Schnee lagen?«

Verwirrung blitzte in seinen Augen auf, und er lockerte seinen Griff noch weiter. »Ich bin mir nicht sicher.«

»Okay«, sagte sie langsam, um ihn bloß nicht noch mehr aufzuregen. »Fangen wir am besten mit etwas Einfachem an. Wie heißen Sie?«

»Ich glaube … ich glaube, ich heiße Reseph.«

»Sie *glauben*?«

Der Druck auf ihre Kehle ließ beinahe völlig nach, aber noch immer brannte jeder Atemzug. »Reseph ist der einzige Name, der mir einfällt.«

Er war sich nicht sicher, wie er hieß? Und was für ein seltsamer Name das war. Seine tiefe, wohlklingende Stimme hatte allerdings einen kaum merklichen Akzent. Nicht, dass sie ihn identifizieren könnte. »Wissen Sie, woher Sie kommen?«

»Keine Ahnung. Ich kann mich nicht erinnern … an gar nichts.« Er richtete sich auf – eine wunderbare Demonstration der Kraft in Schultern und Bizeps – und sah an seinem nackten Körper hinunter. »Haben wir gefickt?«

Sie wäre beinahe erstickt. »Nein.«

»Warum nicht?« Er ließ sich behutsam wieder auf ihr nieder und vergrub sein Gesicht an ihrem Hals, wo er tief einatmete. Diesmal fühlte sie die eindeutige Präsenz einer Erektion an ihrem Becken. Das Summen, das die Luft um ihn erfüllte, wechselte mit einem Schlag von bedrohlich zu unverhohlen erotisch – wirkte aber nicht weniger gefährlich.

Oh Gott. »Weil wir uns überhaupt nicht kennen.«

Er hob den Kopf. »Und?«

Und? Das lief aber gar nicht gut. »Hören Sie, Sie sollten erst mal, äh, von mir runtergehen, und dann besprechen wir alles beim Abendessen.«

»Abendessen?« Er grinste. Du liebe Güte, er war atemberaubend, wenn er ihr mal gerade nicht eine Höllenangst einjagte. »Das wär jetzt genau das Richtige. Ich bin am Verhungern. Aber vielleicht könnten wir erst noch ficken?«

Diesmal verschluckte sie sich wirklich. Als sie endlich wieder reden konnte, sagte sie: »Bei mir steht Chili auf dem Tisch, und kein Sex.«

»Man kann Sex auf dem Tisch haben«, sagte er.

Na toll. Jetzt stellte sie sich lauter Dinge vor, die man in der Küche tun konnte, die aber nichts mit Essen zu tun hatten.

»Chili«, widersprach sie heiser. »Kein Sex.«

Er schien darüber nachzudenken. Sie wäre vor Erleichterung beinahe ohnmächtig geworden, als er sich endlich von ihr herunterwälzte. »Okay. Wo ist das Essen?«

»Küche.« Sie sprang vom Bett herunter, ignorierte sein amüsiertes Grinsen und versuchte, seine Erektion nicht anzustarren. Seine wirklich überaus ansehnliche Erektion. Die zu bedecken er keinerlei Anstalten machte.

Nö, er lag mit gespreizten Beinen auf dem Rücken, einen Arm hinter dem Kopf, als ob er bei sich zu Hause in seinem eigenen Bett wäre und sie lediglich irgendeine Tussi, die er letzte Nacht mit zu sich genommen hätte.

Wieder fragte sie sich, wen sie da bloß in ihr Haus gebracht hatte, denn offensichtlich hatte dieser Kerl nicht mehr alle Nadeln an der Tanne. Der war eindeutig weich in der Birne.

Sie wandte den Blick ab und ging rückwärts auf die Tür zu. »Ich werd mal sehen, ob ich etwas zum Anziehen für Sie finde. Sie können ruhig duschen –«

Er befand sich schon auf halbem Weg zu ihrem winzigen Badezimmer. Trotz ihrer Verärgerung konnte sie den Blick einfach nicht von seinem Körper abwenden, als er dort über den Holzboden ging. Jeder Muskel war ein fließendes Kunstwerk, wie er seine Beine vorwärtsbewegte, indem er sich streckte und wieder zusammenzog. Und dieser Arsch … oh mein Gott, er hatte die hinreißendsten Gesäßmuskeln, die sie je gesehen hatte.

Er verschwand im Badezimmer. Sie hätte jeden Eid abgelegt, dass er zum Schluss seine Arschmuskeln nur für sie noch einmal hatte spielen lassen. Oh, dieser Kerl musste unbedingt hier raus.

Während er duschte, begab sie sich in die Küche, um das Chili in seinem Schmortopf umzurühren, ehe sie die Treppe in den Keller hinunterstieg. Die eine Hälfte des unterirdischen Raumes war mit allen möglichen Nahrungsmitteln angefüllt. Auf der anderen stapelten sich die Überreste ihres Lebens in Florida, große Plastikkisten mit Weihnachtsschmuck und Dinge, die ihren Eltern gehört hatten.

Seit sie hergezogen war, hatte sie sich den ganzen Kram nicht ein einziges Mal angesehen, und sie verfluchte die Tränen, die in ihren Augen aufstiegen, als sie nun eine der Plastikboxen durchwühlte, in denen Kleidungsstücke ihrer Eltern lagerten. Jedes Hemd brachte eine Erinnerung zurück, jedes Paar Schuhe eine Geschichte.

Schnapp dir einfach irgendwas und bring's hinter dich.

Allerdings war Jillian sich nicht sicher, ob sie mit dieser Strategie großen Erfolg haben würde. Auch wenn ihr Vater ein groß gewachsener Mann gewesen war, gab es unter seiner Kleidung nichts, was Reseph wirklich passen würde. Na ja, dann musste er sich halt mit der tannengrünen Flannellschlafanzughose und dem schwarzen Sweatshirt in Übergröße abfinden.

Froh, den Ausflug in die Vergangenheit hinter sich gebracht zu haben, stapfte sie die Stufen wieder hinauf. Um ein Haar hätte sie sich an ihrer Zunge verschluckt, als sie die Küche in genau demselben Moment betrat, in dem Reseph hereingeschlendert kam.

Vollkommen nackt.

»Ähm … hast du kein Handtuch gefunden?«

Er blickte an sich hinab. »Doch, sicher. Ich bin trocken.«

Offensichtlich besaß der Mann nicht das geringste Schamgefühl. »Na klar. Ich Dummerchen.« Sie hielt ihm die Kleidung hin. »Meinst du, du hast dir vielleicht den Kopf gestoßen?«

»Das würde jedenfalls erklären, warum ich das Gedächtnis verloren habe.« Okay, sicher, das würde die Amnesie erklären, aber das hatte sie gar nicht gemeint.

Während er sich anzog – eher widerwillig, erschien es ihr –, gab sie Chili in Schüsseln. Als sie Löffel aus einer Schublade nahm, spürte sie auf einmal eine Präsenz hinter sich. Resephs Wärme umschloss sie förmlich, als er ihr über die Schulter blickte.

»Sieht gut aus.«

Reseph besaß also weder Schamgefühl, noch schien er zu wissen, dass man anderen Menschen nicht zu dicht auf die Pelle rückte. Aber wenigstens hatte er sich was angezogen.

»Es *ist* gut.« Sie beeilte sich, aus seinem Schatten zu entfliehen. »Ist ein Rezept von meiner Mom.« Sie stellte die Schüsseln auf den Tisch. An entgegengesetzten Seiten.

»Ich frage mich, ob ich eine Mom habe.« Es lag eine Spur von … Trauer? … Angst? … Sorge? … in seiner Stimme. Vielleicht eine Mischung aus allen drei.

Sie konnte sich kaum vorstellen, wie sie sich fühlen würde, wenn sie an einem fremden Ort aufwachen würde, ohne sich zu erinnern, wie sie dorthin gelangt war oder wer sie war. Die Vorstellung, dass es irgendwo eine Familie – vielleicht einschließlich einer Frau – gab, die vielleicht nach ihm suchte, musste beunruhigend sein.

Vor allem, nachdem er mit einer ihm völlig fremden Frau Sex hatte haben wollen. Jillian hoffte nur, dass er nicht verheiratet war.

»Sorgen wir erst mal dafür, dass du was in den Magen bekommst, und dann sehen wir, was wir herausfinden können.« Sie öffnete den Kühlschrank. »Ich habe Milch, Wasser, Orangensaft, Sprite –«

»Bier?«

»Tut mir leid, Bier ist aus.« Sie trank gerne hin und wieder mal ein kaltes Bier, aber ein Getränk für den Winter war es nicht.

»Chili ohne Bier ist an manchen Orten ein Verbrechen«, sagte Reseph. »Oder sollte es zumindest sein. Dann Sprite bitte.«

Sie nahm zwei Dosen und zwei Gläser, und als sie sich umdrehte, saß Reseph bereits. Allerdings hatte er seine Schüssel einen Platz weiter geschoben, näher zu ihr. Sie seufzte. Ihre Mom hätte gesagt, den müsse man erst mal ordentlich erziehen.

»Danke«, sagte er leise.

»Ist doch nur Chili.«

Er schüttelte den Kopf, und sein feuchtes Haar strich über den Kragen des Sweatshirts. »Dafür und weil du dich um mich gekümmert hast.«

Er sah auf seine Schüssel hinunter, als ob er verlegen wäre. Dann machte er sich über das Essen her.

Reseph hatte noch niemals eine Frau gesehen, die so schön wie Jillian war, oder etwas gegessen, das so wunderbar schmeckte wie ihr Chili. Jedenfalls war er sich ziemlich sicher, was die Sache mit dem *niemals* anging. Mit ihrem kinnlangen dunklen Haar, das im Nacken kürzer geschnitten war, und den leuchtend grünen Augen, zog Jillian seinen Blick genauso oft an wie seine Schüssel seinen Löffel. Er war regelrecht ausgehungert, sowohl nach Essen als auch nach Gesellschaft, und unwillkürlich fragte er sich, wie lange er wohl schon ohne beides hatte auskommen müssen.

Er hatte seine Schüssel geleert, ehe Jillian auch nur ein Viertel ihrer Portion aufhatte.

»Ich hol dir noch was.« Als sie Anstalten machte aufzustehen, packte er ihren Arm und hielt sie fest.

»Du hast schon genug getan. Ich kann es mir selber holen.« Obwohl … wenn er sich von ihr bedienen ließ, könnte er ihren hübschen Hintern betrachten, wie er sich in dieser abgetragenen Jeans hin- und herbewegte, die sich an ihre perfekten Kurven schmiegte. Nicht einmal das alte schwarz-blaue Flanellhemd, das sie trug, konnte verbergen, dass sie vermutlich einen fantastischen Körper hatte.

Nein, er hatte genug von diesem Körper gefühlt, als sie unter ihm auf der Matratze lag – über Vermutungen war er weit hinaus.

Sie wirkte ein wenig verstört. Konnte das an seiner Berührung liegen? Das könnte er verstehen, denn ihre warme Haut fühlte sich so gut unter seiner Hand an, gut genug, dass er sie am liebsten dort gelassen hätte. Und das tat er auch, ein paar Sekunden länger, als angemessen war.

Denn eigentlich wusste er, was angemessen war. Es interessierte ihn nur nicht.

War er immer schon so gewesen? Dann war er aber ein ziemliches Arschloch, oder?

Mit einem gedanklichen Schulterzucken füllte er sich die Schüssel bis an den Rand mit Chili und kehrte an den Tisch zurück. »So. Wo sind wir eigentlich?« Als sie ihn fassungslos ansah, ganz als ob sie es für möglich hielt, dass er nicht wusste, dass er sich in einer Küche befand, lachte er. »In der Welt. Wo genau befinden wir uns?«

»Oh.« Sie lächelte, offensichtlich erleichtert. Ein bezauberndes Lächeln auf einem üppigen Mund und Lippen, die die Farbe reifer Äpfel hatten. Das brachte ihn zu der Frage, ob sie wohl genauso süß schmecken würden. »Colorado. Wir befinden uns in den Rocky Mountains, in der Nähe der Grenze zu Wyoming.«

»Warum?«

Ihre dunkelbraunen Augenbrauen schossen in die Höhe. »Warum?«

Der Löffel klirrte, als Reseph ihn in die Schüssel tauchte. »Warum lebst du hier?« Warum war *er* hier?

»Ähm … weil ich hier aufgewachsen bin. Ich habe das Haus von meinen Eltern geerbt, als sie gestorben sind.«

Er tauchte tief in sein Gehirn ab und versuchte, eine Erinnerung zu finden, in der es um seine eigenen Eltern ging, aber da war nichts. »Und was machen die Leute hier in der Gegend so?«

»Um Geld zu verdienen, meinst du?« Als er nickte, nippte sie an ihrem Getränk, als ob sie erst einmal Zeit brauchte, um eine Antwort zu finden. »Na ja, ich schätze, die meisten arbeiten auf einer Ranch oder in der Holzindustrie oder als Jäger. Die nächstgelegene Stadt ist kaum mehr als ein Fleck auf der Karte.«

»Warum bin ich wohl hier?«

Sie schüttelte den Kopf, sodass ihr Haar in weichen Wellen ihre Wangen streifte. »Ich habe keine Ahnung.«

»Vielleicht war ich auf der Jagd?«

»Du warst nackt. Und du hattest weder ein Gewehr noch einen Bogen.«

Bogen. Aus irgendeinem Grund kam es ihm … vertraut vor, einen Bogen zu besitzen. Nackt? Das klang ebenfalls vertraut. Allerdings nicht unbedingt nackt im Schnee.

Er grübelte über das Nudist-im-Winter-Szenario nach. »Gab es Spuren in meiner Nähe? Vielleicht hat mich jemand angegriffen.«

»Glaub ich eher nicht, weil man an dir keinerlei Spuren sieht.« Als sich eine sanfte Röte auf ihren Wangen ausbreitete, grinste er.

»Du hast wohl ganz genau hingesehen, was?«

»Ich habe nach Verletzungen gesucht.« Sie räusperte sich. »Jedenfalls hattest du keine, und es gab auch keine Spuren, aber der Schneesturm hätte sowieso alles überdeckt.«

Er dachte einen Moment lang darüber nach. »Was hast du denn in einem Schneesturm da draußen gemacht?«

Ihr Löffel klirrte gegen ihre Schüssel, als sie nach einer Kidneybohne fischte. »Ich habe den Rest des Feuerholzes geholt, das ich am Tag davor klein gemacht hatte.«

»Feuerholz …« Ihm fielen die Bäume ein, die er gesehen hatte, als er in der Schneewehe lag. »Was für ein Tag ist heute?«

»Der zehnte Dezember.«

Cool. Wenn er auch keinen Schnee mochte, war Dezember doch sein Lieblingsmonat. »Weihnachtszeit. Vielleicht wollte ich ja einen Weihnachtsbaum holen.«

»Nackt? Ohne Axt oder irgendein Fahrzeug? Und wenn es so war, dann war das unbefugtes Betreten.«

Reseph trank seine Limo aus. »Du hast mich auf deinem Grundstück gefunden?«

»Genau.«

Er beobachtete sie, während sie in ihrem Chili rührte. Ihre Hände waren zart, aber rau von der Arbeit. »Du lebst hier ganz allein?«

»Wieder richtig.«

»Wieso?«

Sie zuckte mit den Achseln, sodass das aufgestickte Emblem auf ihrer Hemdtasche – ein schwarzer Wolf – tanzte. »Ich bin halt gerne für mich.«

Reseph war eindeutig nicht gern allein. »Hast du einen Gefährten?«

Eine dunkle Augenbraue wanderte nach oben. »Du meinst, einen Freund oder so?«

»Einen Geliebten. Du weißt schon, einen Gefährten halt.«

»Ich würde wirklich zu gerne wissen, woher du kommst«, murmelte sie. »Aber nein. Kein … Gefährte.«

Aus irgendeinem Grund sagte ihm diese Antwort zu. »Warum nicht? Du bist hübsch. Du solltest jede Menge davon haben.«

Sie hüstelte. »Vielleicht sollten wir uns lieber auf deine Lage konzentrieren.«

Damit hatte sie vermutlich recht, aber er wusste gar nicht, wo er überhaupt anfangen sollte. »Hast du einen Computer?«

»Hab ich, aber das Internet läuft über eine Wählverbindung und ist ziemlich zickig. Genauso wie der Strom.«

»Was ist mit Fernsehen?«

»Ich hab eine Satellitenschüssel, aber die funktioniert auch nicht immer.«

Zickiges Internet und Strom, unzuverlässiges Fernsehen und noch dazu Schnee. Gott, Jillian lebte in der Hölle. »Was machst du denn dann hier? Wie kriegst du die Zeit rum?«

»Ich lese viel. Ich wandere durch den Wald und sammle Pilze. Im Grunde hab ich immer was zu tun. Die meiste Zeit geht für die Arbeit auf der Farm drauf.«

Pilze sammeln? Warum um alles in der Welt sollte man so was machen, wenn man die Dinger im Laden kaufen konnte? »Klingt so, als ob du hier festsitzt. Die Farm ist ein richtiger Klotz am Bein.«

Ärger blitzte auf ihrer Miene auf. »Von wegen Klotz am Bein – ich liebe meine Farm.«

»Aber du bist allein.« Er betrachtete sie und dachte, dass sie viel zu schön sei, um jemals allein zu sein. »Und eine Farm bedeutet eine Menge Verantwortung.«

»Keins von beidem ist schlecht«, erwiderte sie, aber Reseph war sich nicht so sicher. Allein zu sein war echt scheiße, und *Verantwortung* war nur ein anderer Ausdruck für *Klotz am Bein*. »Wie sind wir eigentlich wieder auf mich gekommen?«

»Ich erinnere mich an eine Schneewehe«, sagte er einfach. »Und dabei mag ich Schnee gar nicht.«

»Tut mir leid, Reseph.« Sie ließ den Löffel in ihr halb aufgegessenes Chili fallen, als ob sie den Appetit verloren hätte. »Sobald der Sturm nachlässt, fahren wir mit dem Schneemobil in die Stadt, sollte die Straße nicht frei sein. Ich bring dich ins Büro vom Sheriff, und dort werden sie dir helfen.«

Eine seltsame Angst überkam ihn und nahm auch ihm den

Appetit. »Du darfst mich nicht dorthin bringen.« Seine Stimme war peinlicherweise zu einem heiseren Flüstern degeneriert.

»Muss ich aber.« Sie griff nach einer Serviette. »Die können dir besser helfen als ich.«

Sein Herzschlag begann zu rasen und eine Ladung heißen Adrenalins versengte seine Adern. Natürlich wollte er herausfinden, wer er war, aber in diesem Moment war das Einzige, was er kannte, Jillian und ihr Blockhaus. Er konnte es auf keinen Fall mit noch mehr Unbekanntem aufnehmen. Und er durfte auf keinen Fall wieder allein gelassen werden. Vorausgesetzt, er war überhaupt allein gelassen worden.

Er rückte seinen Stuhl vom Tisch weg und stand so hastig auf, dass Jillian erschreckt auf die Füße sprang.

»Was hast du denn?«, fragte sie. »Was ist los?«

»Ach, gar nichts.« So ein Quatsch, das entsprach keineswegs der Wahrheit. Er schüttelte den Kopf, in dem es zu hämmern begonnen hatte, beinahe so, als ob da drin jemand hockte und gegen seinen Schädel klopfte. »Alles. Mist, ich weiß auch nicht.«

Sie begann auf ihn zuzugehen, doch er war nicht bereit, berührt zu werden. Oder zum Schweigen gebracht zu werden. Oder Fragen zu beantworten. Eine Art Reizüberflutung bombardierte sein Hirn. Oder vielleicht hatte er sich tatsächlich den Kopf gestoßen. Was auch immer es war, das ihn so ausflippen ließ, es gefiel ihm ganz und gar nicht.

Ehe sie sich ihm nähern konnte, packte er seine leere Schüssel und das Glas und ging zum Spülbecken. Dort stand er dann wie ein Trottel, mit schwitzenden Handflächen und pochendem Herzen.

»Reseph?« Ihre Stimme klang zaghaft. Sanft. »Geht's dir gut?«

Ganz und gar nicht. »Du hast eine Spülmaschine.«

»Die ist alt, aber sie funktioniert.«

Er schluckte. »Ich weiß nicht, wie man die benutzt.«

»Jedes Modell ist anders –«

»Nein. Ich glaube nicht, dass ich schon mal eine benutzt habe.« Es war eine ganz lächerliche Sache, aber dadurch fühlte er sich so … verloren.

»Du hast eine Amnesie, Reseph.«

»Das ist es nicht. Ich meine, auch wenn ich mich an nichts erinnere, sind einige Dinge doch vertraut. Ich wusste, dass ich Chili mag. Ich weiß, dass ich Sex mag. Ich weiß, wie man mit einem Computer umgeht. Aber ich weiß nicht, was ich mit einem Geschirrspüler anfangen soll.«

Ihre Hand legte sich auf seine, die immer noch die Schüssel in der Spüle festhielt, und sofort änderte er seine Meinung, was seine Abneigung gegen das Angefasstwerden betraf, denn ihre Hand beruhigte ihn genauso schnell wie ein Glas guten Tequilas. Was eine andere Sache war, von der er wusste, dass er sie mochte.

»Ich mach das«, sagte sie sachte. »Und du ruhst dich am besten aus.«

»Ich hab mich genug ausgeruht.«

»Dann geh fernsehen. Ich habe DVDs, falls die Schüssel streikt.«

Er wollte sie nicht verlassen, aber er war sich nicht mal sicher, warum. Trotzdem spürte er, dass sie jetzt etwas Ruhe brauchte. Das war ja auch verständlich. Er war ein Fremder in ihrem Haus, und sie war es gewohnt, allein zu leben. Es war im Grunde ein Wunder, dass sie ihn überhaupt aufgenommen hatte. Viele Leute hätten ihn einfach liegen und krepieren lassen.

Augenblick mal … woher wusste er das? Wenn er recht hatte, dass viele ihn hätten sterben lassen, dann musste es in seinem Leben eine ganze Menge Arschlöcher geben.

Was nicht gerade für ihn sprach. Genau genommen lauerte in

den tiefsten Tiefen seines Gehirns, wo dieses seltsame Klopfen vor sich ging, ein hässlicher Verdacht. Der Verdacht, dass Reseph selbst ein Arschloch war.

Oder Schlimmeres.

3

»Wie geht's dir denn, du heißer, nackter Adonis?«

Reaver öffnete die Augen gerade lang genug, um Harvester wütend anzustarren. Harvester war ein weiblicher gefallener Engel und hatte gerade mächtig Spaß daran, ihm auf die Nerven zu gehen.

Reaver schloss die Lider und sank wieder gegen die Knochenwand hinter ihm zurück. »Ich bin ein Engel, der in der Hölle festsitzt und langsam im Bauch eines Riesendämons verdaut wird. Was glaubst du denn, wie's mir geht?«

Harvester schnippte mit den Fingern vor seinem Gesicht, sodass er erschrocken die Augen wieder öffnete. Sie hockte sich zu seinen Füßen hin; ihr ebenholzschwarzes Haar, das ihr bis über die Hüften reichte, fiel wie ein Wasserfall über ihr schwarzes Minikleid aus Leder und Spitze. Neben ihr auf dem Boden stand ein Rucksack. »Immerhin regenerierst du dich. Also stell dich nicht so an.«

Er seufzte. »Interessant. Deine neueste Foltermethode scheint darin zu bestehen, mich zu Tode zu langweilen.«

»Langweilen?« Zu seiner Überraschung setzte sie sich neben ihn, den Rücken zur Wand. »Ich nenne es eine Unterhaltung. Wärst du vielleicht lieber allein hier drin?«

»Ah. Jetzt zeigst du deine weiche, sanfte Seite. Opferst dich, um mir Gesellschaft zu leisten.«

»Du bist so zynisch.«

»Das liegt vielleicht daran, dass du mich vor einem Jahr reingelegt, gefangen genommen, mir die Flügel abgeschnitten und dann versucht hast, mich nach Markwein süchtig zu machen.« Er warf ihr einen Blick von der Seite zu. »Zynismus wäre ganz unangebracht.«

Sie zuckte mit den Achseln. »Vielleicht wollte ich das alles ja gar nicht tun. Vielleicht hatte ich meine Befehle.«

Der sheoulische Rat der Wachen über die apokalyptischen Reiter funktionierte im Grunde genommen genauso wie der himmlische Rat: Er machte Vorschläge und gab Informationen von den Mächtigen weiter. Am Ende war es allerdings die Wache selbst, die die Verantwortung für jegliche Handlung trug, die sie oder er ausführte. Harvester, als höllische Wache der vier Reiter, wusste das sehr wohl.

»Eine Wache gefangen zu halten verstößt gegen die Regeln. Es spielt keine Rolle, ob deine Befehle vom Rat oder Satan höchstpersönlich kamen. Du wirst bestraft werden.« Vermutlich sowohl von sheoulischen als auch von himmlischen Kräften. Jede Seite war dafür verantwortlich, ihre eigene Wache zu bestrafen, aber manchmal verlangten beide Seiten das Recht, eine Strafe zu verhängen.

»Irgendwann.« Sie wedelte wegwerfend mit der Hand. »Im Moment sind alle viel zu sehr damit beschäftigt, das Menschenreich wieder in Ordnung zu bringen. Außerdem wird das wohl kaum mehr als ein Klaps werden. Vielleicht nimmt man mir mein Amt als Wache weg. Ich werd's überleben.«

»Das wäre wirklich schade.«

Obwohl seine Antwort sarkastisch gemeint war, war ein Teil von ihm dafür, dass sie am Leben blieb und ihren Job behielt. Als himmlische Wache der Reiter würde Reaver mit ihrem Nachfolger auskommen müssen, und was gefallene Engel anging, so gab es wesentlich schlimmere als Harvester.

Er veränderte seine Position ein wenig und zuckte vor Schmerz zusammen, als seine Haut über mit Säure bedeckte Geschmacksknospen schabte. »Wie lange bin ich überhaupt schon hier?«

In einigen Regionen des Himmels und von Sheoul-gra verlief die Zeit anders, und man wusste nie, ob eine Stunde, die man an einem dieser Orte verbrachte, drei Stunden oder drei Sekunden im Reich der Menschen entsprach. Die Zeit veränderte sich so oft und so rasch wie der Wind, ohne erkennbares Muster.

»In der halben Stunde, die du mit Reseph hier verbracht hast, sind im Menschenreich drei Monate vergangen. Nachdem du ihn rausgeworfen hast, hat sich das Blatt gewendet. Du bist jetzt seit drei Monaten hier, aber im Menschenreich sind erst ein paar Sekunden vergangen.« Sie hob eine zierliche Schulter. Im Grunde genommen hat sich also alles ausgeglichen. Drei Monate in beiden Reichen.«

Was bedeutete, dass Reseph erst vor Kurzem erwacht war.

»Woher weißt du, dass ich Reseph rausgeworfen habe?«

Harvester verdrehte die Augen. »Du bist ja wohl kaum hergekommen, um mit Dämonenseelen zu plaudern. Kein Engel würde es riskieren, ohne einen verdammt guten Grund nach Sheoul zu kommen, geschweige denn nach Sheoul-gra. Dein Grund war Reseph.« Sie grinste. »Außerdem hat Hades mir erzählt, dass du irgendwas mit Reseph gemacht hast, damit er verschwindet.«

»Dieser blauhaarige Mistkerl«, knurrte Reaver. »Als ob der mit dem dämonischen Fegefeuer nicht genug zu tun hätte. Musste er mich auch noch bei dir verpetzen?«

»Er wollte sich halt auch mal amüsieren.« Harvester klopfte auf ihren Rucksack. »Ich hab dir Klamotten mitgebracht.« Sie musterte ihn mit einem verruchten Blick. »Nicht, dass du sie anziehen solltest, you sexy thing.«

Misstrauen rumorte in seinem Bauch. »Wo ist der Haken?«

»Kein Haken.« Sie stand auf, öffnete den Reißverschluss und warf ihm eine Art Jogginghose in leuchtendem Pink mit kleinen

Kätzchen drauf in den Schoß. Das war also der Haken … dämlich auszusehen. »Und wohin hast du Reseph geschickt? Ich kann ihn überhaupt nicht mehr spüren.«

»Das sag ich dir nicht.«

»Ich muss es aber wissen. Er ist in Gefahr.«

Reaver packte die bescheuerte Hose und sprang auf. »Was meinst du damit, er ist in Gefahr? Resephs Siegel ist repariert und er ist nicht länger Pestilence. Die Prophezeiung der *Daemonica* wurde abgewendet.«

Es hatte immer schon zwei apokalyptische Prophezeiungen über die vier Reiter gegeben; die eine wurde in einem heiligen Buch der Dämonen, der *Daemonica*, aufgeführt, und eine andere in der Bibel der Menschen. Ein wesentlicher Unterschied bestand darin, wie die Siegel der Reiter brechen und auf welcher Seite die Reiter kämpfen würden – gut oder böse. Reaver war erleichtert, dass nur noch die »gute« Prophezeiung übrig geblieben war, aber was auch immer Harvester da von sich gab – es jagte ihm eine Heidenangst ein.

»Du Narr. Du weißt doch, dass sich Prophezeiungen verändern können. Resephs Siegel kann vielleicht erst dann wieder gebrochen werden, wenn die biblische Prophezeiung eintritt. Aber die Ereignisse des letzten Jahres haben eine Störung in dem verursacht, was ursprünglich vorgesehen war. Es ist nach wie vor prophezeit, dass die Reiter in der biblischen Apokalypse auf der Seite des Guten kämpfen. Aber …«

Reaver knirschte mit den Zähnen. »Aber?«, drängte er.

»Aber Resephs böse Seite wurde erweckt, als er zu Pestilence wurde. Sein Dämon ist nicht tot, er ist nur eingeschlossen.«

»Ich weiß.« In der Tat war Reaver selbst dafür verantwortlich. Er hatte Wormwood in seinem Besitz gehabt, den Dolch, der Pestilence hätte vernichten können, aber damit hätte er auch Reseph getötet. Anstatt ihn den anderen drei Reitern zu überlassen, hatte er sie Deliverance benutzen lassen, einen Dolch, von dem sie fälschlicherweise angenommen hatten, er würde Pestilence umbringen. »Darum habe ich ihm seine Erinnerungen genommen und ihn fortgeschickt.«

»Nun ja, ich habe kürzlich eine Nachricht von ganz oben erhalten. Es heißt, dass wenn seine Erinnerungen zurückkommen und er nicht stark genug ist und erneut dem Bösen unterworfen würde …«

»Pestilence zurückkommen könnte«, schloss Reaver grimmig. Verdammt. Vermutlich sollte er Harvester dankbar sein, dass sie ihm die Nachricht überbracht hatte, angesichts der Tatsache, dass er von seinem eigenen Rat vollkommen abgeschnitten war. Aber er konnte es sich nicht leisten, für irgendetwas dankbar zu sein, was Harvester tat. Sie würde ihn eine Schuld niemals vergessen lassen.

»Er wird nicht über dieselbe Macht verfügen, falls er zurückkommt«, sagte sie, »und er wird auch nicht imstande sein, dieselbe Art von Zerstörung über die Erde zu bringen wie letztes Mal, zumindest nicht im selben Maß. Aber er könnte immer noch Seuchen und Krankheiten verbreiten, und es würde immer noch bedeuten, dass er Pläne schmieden, Leben zerstören und Armeen ausheben kann, um sich auf die biblische Apokalypse vorzubereiten. Und es würde bedeuten, dass in Zukunft ein Reiter weniger für euch Tugendbolzen kämpft.«

Reaver dachte kurz darüber nach, was Harvester gesagt hatte. Er blieb skeptisch. »Du willst mich reinlegen, Gefallene. Du willst ihn nur finden, damit du der bösen Seite in ihm zum Sieg verhelfen kannst.«

»Vertrau mir«, fauchte sie. »Ich will keineswegs, dass Pestilence in absehbarer Zeit seine hässliche Visage wieder blicken lässt. Ich will wissen, wo er ist, damit ich genau das verhindern kann.«

Reaver glaubte ihr beinahe. Sie hasste Pestilence, und das konnte er ihr nicht verdenken. Pestilence hatte sie auf eine Art und Weise verletzt, die nicht einmal sie verdient hatte.

Er zog die Hose an. Sie war lächerlich eng – zweifellos hatte er das Harvesters Sinn für Humor zu verdanken. »Ich kann es dir nicht sagen.«

»Dir ist aber schon klar, dass du eine der wichtigsten Regeln für Wachen verletzt hast, als du ihn hier rausgeholt hast, oder? Und wenn du mir nicht sagst, wo er ist, verletzt du noch eine weitere Regel. Ich könnte dich so was von bestrafen lassen.«

»Und das wirst du zweifellos auch tun«, murmelte er. »Aber ich kann nicht riskieren, es dir zu sagen. Wenn es wahr ist, was du sagst, und irgendjemand anders weiß, dass er da draußen und am Leben ist, wäre jede einzelne böse Kreatur aus Sheoul bald hinter ihm her, um zu versuchen, Pestilence wieder zurückzuholen. Wenn sie auch nur den leisesten Verdacht haben, dass du weißt, wo er sich befindet, werden sie dich so lange foltern, bis du ihnen die Information gibst.«

»Oh, ich weiß es wirklich zu schätzen, dass du dir Sorgen um mich machst«, sagte sie mit klimpernden Wimpern. »Aber damit komm ich schon klar.«

Aber sicher doch, er hatte ja gesehen, wie gut sie klargekommen war, als er Gethel dabei überrascht hatte, wie sie Harvester traktiert hatte. Die ehemalige himmlische Wache der Reiter und niederträchtige Verräterin hatte sich mit *treclan*-Stacheln über Harvester hergemacht. Harvester war am Boden zerstört gewesen.

»Apropos Folter – gibt es was Neues von Gethel?«

Harvesters Augen funkelten. »Es heißt, sie habe sich von deiner Prügel erholt und sei ausgezogen, um Reseph zu finden und Pestilence zurückzuholen.«

»*Was?*« Der Boden unter ihm bebte – die Reaktion des riesigen, mit Verdauen beschäftigten Dämons auf sein Gebrüll. »Hättest du diese Unterhaltung nicht gleich mit den Worten anfangen können ›Oh, hey, du hast Gethel nicht umgebracht und übrigens versucht sie gerade, Reseph aufzuspüren, um ihn wieder in Pestilence zu verwandeln‹?«

»Warum? Es ist ja nicht so, als ob du irgendwas deswegen unternehmen könntest.«

Da hatte sie leider nicht unrecht, aber das würde er ihr gegenüber niemals zugeben. »Woher weiß sie denn, dass Reseph auf der Erde ist? Hat Hades ihr das etwa auch erzählt?«

Harvester strich ihr Kleid mit beiden Händen glatt, als ob die hautenge Hülle Falten schlagen könnte. »Ich habe keine Ahnung. Ich kann nur vermuten, dass sie oder Luzifer ihre Spione haben. Aber du kannst drauf wetten, dass sie ihr Wissen nicht lange geheim halten werden. Darum bin ich hier. Ich muss Reseph finden, bevor sie es tun.«

Dann hatte er also die Wahl zwischen böse und … böse. Großartig.

Reaver war nicht bereit, eine der beiden Optionen auch nur in Erwägung zu ziehen. Was er brauchte, war mehr Information. Und eine Möglichkeit, hier rauszukommen. In diesem Moment bestand seine einzige Hoffnung auf beides darin, lieb und nett zu Harvester zu sein. Am besten würde er wohl fahren, wenn er versuchte, ihre Gemeinsamkeiten zu betonen.

»Wie geht es den anderen Reitern? Und wie haben Regan und Than ihren Sohn genannt?« Jetzt tat es ihm wirklich leid, dass er sich das neue Baby nicht angesehen hatte, ehe er nach Sheoul-gra gegangen war.

»Es geht allen gut, und Than und Regan haben das Kind Logan Thanatos genannt.« Als Harvester lächelte, wäre Reaver beinahe vornübergekippt. Sie schien sich tatsächlich für die kleine Familie zu freuen.

Außerdem wurde ihm klar, dass sie beide zum allerersten Mal eine zivilisierte Unterhaltung führten. Es fühlte sich beinahe … freundschaftlich an. Seltsam, da Harvester auf Freundlichkeit im Allgemeinen mit besonderer Gemeinheit reagierte.

Der Schrei eines Dämons, der Todesqualen litt, drang von draußen in den Schlund der Kreatur, in der sie gerade standen, und erinnerte sie daran, dass sie sich immer noch in der Hölle befanden, ganz gleich, wie höflich sie miteinander plauderten. »Wie sieht Logan aus?«

»Er hat Thans blondes Haar und Regans haselnussbraune Augen. Er lächelt viel.« Harvester wickelte eine Haarsträhne um ihren Finger, während sie Reaver musterte. »Ich werde dich hier rausholen, damit du ihn sehen kannst, wenn du mir verrätst, wo Reseph ist.«

»Das kannst du vergessen.«

»Sturer Bock.« Sie spielte mit ihren Haarspitzen und strich damit spielerisch über die tiefe Furche ihres Ausschnitts. »Ich habe noch ein einziges weiteres Angebot. Solltest du auch das ausschlagen, musst du wissen, dass Azagoth mich bedrängt hat, dich mit mehr als nur langweiliger Konversation zu foltern. Er ist außer sich vor Wut darüber, dass du Reseph freigelassen hast, und er schmiedet große Pläne, wie er Pestilence dafür bezahlen lassen kann, dass er seine Tochter gefoltert hat.«

Das war einer der Gründe, warum Reaver Reseph befreit hatte. Azagoth, Sheoul-gras Torhüter, wäre es egal gewesen, dass der Mann, der hier gefangen saß, Reseph und nicht Pestilence war. Reaver konnte nicht zulassen, dass Reseph für die Taten seiner dämonischen Hälfte litt.

Er sah seine Kollegin mit zusammengekniffenen Augen an. »Wie lautet das Angebot?«

Langsam und verführerisch leckte Harvester über ihre üppigen Lippen. Reaver überkam ein ungutes Gefühl. »Sex«, sagte sie. Ihre Stimme war ganz Seide und Sünde. »Du stimmst zu, mich zu einem Zeitpunkt meiner Wahl zu befriedigen.«

»Was?« Er blinzelte wie der letzte Trottel. »Warum? Du hasst mich.«

»Meine Gründe gehen allein mich etwas an.« Sie führte einen schlanken Finger über ihre Kehle nach unten, immer tiefer, bis sie ihren Nippel durch den durchscheinenden Stoff des Mieders ihres Kleides hindurch liebkoste. »Und? Wie lautet deine Antwort? Gib mir Sex und du erhältst deine Freiheit.« Schon bei der bloßen Vorstellung wollte er sich am liebsten übergeben. Aber es war ja nicht so, als ob er sich vor Hilfsangeboten nicht retten könnte. »Wann? Wo? Und wie lange?«

»Wann immer ich es wünsche. Es könnte morgen sein, oder aber in zweihundert Jahren. Wo? Um fair zu sein, würde ich sagen, im Menschenreich, sodass keiner von uns einen Vorteil hat. Wie lange? Vierundzwanzig Menschenstunden.«

»Und was«, fragte er durch zusammengebissene Zähne hindurch, »wirst du von mir verlangen?«

Ihre gierigen Augen sprühten Funken. »Was auch immer ich will. Aber du solltest wissen, dass ich auf so ziemlich alles stehe.« Ihre Stimme wurde kehlig und honigsüß. »Ganz besonders weiß ich eine talentierte Zunge zu schätzen«, setzte sie gedehnt hinzu.

Jetzt würde er gleich wirklich kotzen. Er schloss die Augen und dachte über ihr Angebot nach. Am Ende entschied er, dass vierundzwanzig Stunden in Harvesters Bett nicht schlimmer sein konnten als eine Ewigkeit in einer Folterkammer in Sheoul-gra. Höchstwahrscheinlich.

»Na schön«, brachte er mühsam heraus. »Aber nur du. Kein Dreier, keine Zuschauer und keine Befehle, die nicht direkt damit zu tun haben, dich zu … befriedigen.« Das letzte Wort bekam er nur mit größter Anstrengung heraus.

»Abgemacht.« Sie kam zu ihm hinübergeschlendert und legte ihre Hand über sein Herz. »Ein Kuss, um das Ganze zu besiegeln.«

Harvester hob den Kopf und drückte ihren Mund auf seinen. Er war sich nicht sicher, was er von ihr erwartet hatte, aber jedenfalls weder weiche Lippen noch einen Geschmack wie frisches Rosenwasser. Ganz gewiss nicht das vage Gefühl von Vertrautheit. Hatte sie ihn schon einmal geküsst? Vielleicht als er in ihrem Haus gefangen gewesen und unter dem Einfluss von Markwein gestanden hatte?

Ihre Zunge glitt längs über die Stelle, an der seine Lippen aufeinandertrafen. Okay, wenn sie spielen wollte, würde er mitspielen. Sie dachte, sie könne einem Engel einen Kuss stehlen, sie habe die Oberhand.

Niemals. Er packte ihre Schultern, schleuderte sie gegen die Wand und hielt sie dort mit seinem Körper fest. Seine Schwingen breiteten sich aus und hüllten sie beide in Dunkelheit. Sie ächzte, als er seine Zunge in ihren Mund stieß, nahm, anstatt zu geben.

»Du hast es also gerne etwas härter«, murmelte sie an seinen Lippen. »Das kannst du haben.«

Es folgte ein überraschend angenehmer brennender Schmerz in seinem Mund, und dann leckte Harvester ihm auch schon über Lippen und Zunge. Er schmeckte Blut, wusste, dass sie ihn mit ihren Fängen gebissen hatte. Eine Hitzewelle schob sich in Richtung Süden und versetzte seine Körpermitte in Aufregung.

Das hätte nicht passieren dürfen. Er hasste Harvester. Verachtete alles an ihr. Und doch … *verdammt*.

Ehe sie noch entdeckte, in welchem Ausmaß sein Körper ihn verriet, küsste er sie brutal, trat zurück und rief jedes bisschen eisiger Selbstbeherrschung zu Hilfe, das er besaß.

»Die Abmachung ist besiegelt«, sagte er.

Harvester hatte glasige Augen, als sie sich mit dem Handrücken das Blut von ihren Lippen wischte. »Besiegelt.« Sie lächelte, wobei glänzend weiße Reißzähne aufblitzten. »Dann werde ich dich mal hier rausholen. Aber denk dran, Engel. Wenn ich rufe, kommst du angelaufen. Und sieh zu, dass du vollständig bekleidet bist. Ich will dich nämlich selbst ausziehen.«

Gethel stand auf einem Felsvorsprung in Schottland; ihr Blick war auf die Burg in der Ferne gerichtet, deren untere Hälfte in Nebel gehüllt war. Ihre scharfen Augen erspähten zwei Aegis-Älteste, Lance und Onar, die auf der südlichen Wehrmauer standen und Zigaretten rauchten. Sie fragte sich, ob sie wohl über sie redeten; zumindest hatte sie ihnen Stoff zum Reden geliefert, der wenigstens einen Monat reichen sollte. Alles Lügen, natürlich, um sie dazu zu bringen, nach ihrer Pfeife zu tanzen.

Nun ja, die Tatsache, dass die Reiter die Aegis hassten, war keine Lüge. Aber möglicherweise hatte sie ein wenig übertrieben, als sie geschildert hatte, wie viele Aegi die Reiter zu töten planten – als Vergeltung für die Rolle der Aegis bei dem Mordversuch an Thanatos' Kind.

Sie wollte die Aegis dazu bringen, ihr blindlings zu folgen. Warum sollten sie das auch nicht tun? Immerhin war sie ein Engel.

Von den Zigaretten der Ältesten stiegen zwei Rauchfahnen auf, die sich in der frischen Brise rasch auflösten. Sie konnte den Tabak fast riechen; ihr lief das Wasser im Munde zusammen. Tabak war ein eindeutig menschliches und dämonisches Vergnügen; deshalb rümpften die meisten Engel die Nase, wenn sie auch nur vom Hauch einer Rauchwolke belästigt wurden. Doch bei ihrem gestrigen Treffen mit Luzifer war ihr eine Vielzahl sündiger Drogen, Getränke und Nahrungsmittel angeboten worden, und sie hatte unmöglich alles ablehnen können.

Nicht, wenn Luzifer – Satans rechte Hand – darauf bestand, dass sie etwas zu sich nahm.

Die Zigarette war nur ein weiterer Schritt auf dem Pfad, von dem sie nicht zurückkehren konnte, und jeder Schritt war ein weiteres Messer in ihrer Seele.

Drei Monate lang hatte sie geleugnet, dass es wirklich so schlimm gewesen war, Pestilence zu helfen. Doch mit jeder neuen Sünde, jeder gegen den Himmel gerichteten Handlung, gestand sie es sich mehr ein.

Trotzdem fühlte sie sich, als ob sie auf einem schmalen Grat zwischen Gut und Böse balancierte und sich noch nicht entschieden hatte, in welchen Teich sie schließlich mit beiden Füßen springen würde. Zum Beweis, dass sie nicht durch und durch schlecht war, hatte sie den Mächten der Hölle den Standort des Aegis-Hauptquartiers nicht verraten. Vielleicht, weil sie die Sache der Dämonenjäger immer unterstützt hatte. Seit Tausenden von Jahren waren sie alles, was zwischen Dämonen und Menschen stand, und sie respektierte die gewaltigen Opfer, die sie dafür zu bringen bereit waren.

Einmal das, und zum anderen hatte die Aegis keine Ahnung, dass sie inzwischen ein paarmal für das Team Hölle gespielt hatte. Sie hielten sie nach wie vor für einen Engel des Himmels, und sie fand, dass das auch gar nicht so verkehrt war. Bislang hatte sie keiner ihrer Engelsgeschwister gefunden, verurteilt und ihr die Flügel ausgerissen, ehe er oder sie sie mit einem Fußtritt auf direktem Weg nach Sheoul beförderte.

Ihre Verbrechen waren von der Art, dass sie sich den Zwischenstopp im Reich der Menschen verscherzt hatte; dem Ort, an den die meisten in Ungnade gefallenen Engel gingen, um ihre Entscheidung zu treffen: entweder zu versuchen, sich die Rückkehr in den Himmel zu verdienen oder aber die Hölle zu betreten und damit unwiderruflich auf die Seite des Bösen zu wechseln, ein wahrer Gefallener zu werden. Nein, wie Reaver schon während ihres Kampfes vor drei Monaten gesagt hatte, war sie eine Gefallene … sie hatte nur noch nicht ihre Flügel verloren.

Reaver war eine echte Nervensäge.

Das alles war allein seine Schuld. Wenn er sich geweigert hätte, ihren Platz als himmlische Wache der Reiter einzunehmen, wäre sie nicht so wütend geworden. Dann hätte sie nicht gegen ihn und die Reiter intrigiert und niemals mit Pestilence und Luzifer zusammengearbeitet. Was hatten sich die Erzengel nur dabei gedacht, ihn in dieses Amt zu berufen? Ausgerechnet Reaver, der einmal etwas dermaßen Ungeheuerliches getan hatte, dass sie seine gesamte Vergangenheit aus seinem Gedächtnis und dem Gedächtnis jedes existierenden Engels ausgelöscht hatten? Reaver, der mehr Regeln gebrochen hatte, als man zählen konnte, und dem man vor dreißig Jahren erst die Flügel genommen hatte?

Sicher, er hatte sich die Rückgabe seiner Flügel verdient, indem er zusammen mit irgend so einem schwachsinnigen Inkubus die Welt gerettet hatte. Aber schon zu diesem Zeitpunkt, als sie ihn zur Belohnung in seinen Status als Engel zurückversetzt hatte, war Gethel klar gewesen, dass er sich kaum geändert hatte. Er war immer noch derselbe arrogante, aufsässige Idiot, der er immer gewesen war.

Aber dafür, was er ihr angetan hatte, würde er bezahlen müssen. Für das, was er sie gezwungen hatte zu tun. Doch zuerst einmal musste sie Reseph finden.

Sie schloss die Augen, wandte ihr Gesicht himmelwärts und wiederholte einen Beschwörungszauber, den sie auswendig kannte. Das dazugehörige Opfer – einen jungfräulichen menschlichen Mann und eine schwangere menschliche Frau – hatte sie bereits gebracht, auch wenn es sie geschmerzt hatte.

Jetzt musste sie nur noch abwarten, bis der Erfüllungsgehilfe ihrer Beschwörung auftauchte.

Als er erschien, gelang es ihr kaum, nicht vor ihm zurückzuweichen.

Vor ihr materialisierte sich eine Kreatur, deren triefendes Fleisch, in dem es vor Maden wimmelte, in Fetzen von seinem Skelett hing. Er ließ die scharfen Zähne hörbar aufeinanderschlagen – ein Laut, der ihre Trommelfelle wie ein Messer durchbohrte.

»Wunderschöner Engel.« Seine Stimme gluckste, als ob er durch Öl hindurch spräche. »Was kann ich dir heute geben?«

»Ich brauche *khnive* und Seelenschänder.«

Die Kreatur zischte. »Seelenschänder befolgen keine Befehle.«

»Diesmal werden sie es tun.« Sie hielt inne, nahm sich einen Moment lang Zeit, um die Skepsis in den schleimigen gelben Augen des Dämons zu genießen. »Ihr Herr und Meister Pestilence befindet sich irgendwo auf der Welt, und sie müssen ihn finden.«

»Lügen«, knurrte die Kreatur. »Pestilence ist tot.«

Gethel nutzte eine Strömung himmlischer Macht, um die Flügel auszubreiten und vom Boden abzuheben und über dem Dämon zu schweben. »Engel lügen nicht, du erbärmlicher Wicht.« Ihre Stimme grollte wie Donner, und der Dämon duckte sich. »Pestilence lebt, gefangen in Resephs Körper, und jeder Seelenschänder in Sheoul muss sich unverzüglich auf die Suche nach ihm machen.« Die *khnive* – grauenhafte, opossumähnliche Geschöpfe – konnten ebenfalls helfen; sie waren ausgezeichnete Spione.

Der Dämon nickte eifrig. »Eine Rettungsaktion.«

»Genau.« Gethel unterbrach ihre Verbindung mit der himmlischen Energiequelle und betete, dass sie während dieser Verbindung niemand gespürt hatte, oder wenn doch, dass die Verbindung zumindest zu schwach oder zu kurz gewesen war, um sie aufzuspüren. Um ganz sicher zu sein, musste sie sofort von hier verschwinden. »Fort mit dir«, sagte sie und scheuchte den Dämon mit einer Handbewegung weg. »Überbring die Nachricht dem Rat der Seelenschänder. Ich will, dass Reseph gefunden wird, und wenn sie dazu jeden foltern und töten müssen, der ihm etwas bedeutet, ist es ein Preis, den zu bezahlen ich bereit bin.«

Bezahlen? Zu sehen, wie die starben, die Reseph liebte, wäre ein zusätzliches Geschenk.

4

Jillian ließ sich beim Aufräumen der Küche Zeit, damit Reseph sich wieder beruhigen konnte. Er hatte so traurig und verwirrt gewirkt, und obwohl sie ihn kaum kannte, tat er ihr leid.

Im Wohnzimmer plärrte der Fernseher, und als sie endlich mit der Küche fertig war, hatte Reseph es sich auf ihrer Couch bequem gemacht. Seine Füße lagen auf dem Wohnzimmertisch und Doodle schnurrend auf seinem Schoß. Offenbar hatte er gerade die Bilder an der Wand betrachtet. Die Kunstwerke mit Motiven aus der Natur interessierten ihn kaum, dafür konzentrierte er sich auf die Fotos von ihr, die sie beim Skifahren und Fallschirmspringen zeigten. Sie war mal ziemlich gut darin gewesen, ehe die Dämonen gekommen waren.

Jillian nickte in Richtung Kater. »Er mag dich.«

Sie stand da, unwillig, sich neben Reseph zu setzen, aber die Couch war das einzige Sitzmöbel im Zimmer. Den alten schäbigen Fernsehsessel ihres Vaters hatte sie vor ein paar Monaten in den Keller gestellt. Ihre Mom hatte sich jahrelang über das Ding beschwert, das ihrer Meinung nach nur noch für die örtliche Mülldeponie taugte; und obwohl Jillian ihr zustimmte, konnte sie sich irgendwie nicht von ihm trennen. Noch nicht.

Resephs Hand fuhr in langen, gleichmäßigen Bewegungen über das gefleckte braune Fell des Katers. »Wie heißt er denn?«

»Doodle.«

»*Doodle?*« Er zuckte zusammen. »Kein Wunder, dass er so freundlich ist. Er fleht mich an, ihn Fang oder Chaos oder Styx zu nennen.« Er klopfte auf das leere Sitzpolster neben sich.

»Setz dich. Ich beiße nicht.« Er hob die Augenbrauen und grinste sie frech an. »Es sei denn, du stehst auf so was.«

Ihre Wangen brannten, als vor ihrem inneren Auge unwillkürlich Bilder auftauchten, wie er an ihren empfindsamen Stellen knabberte. »Stehst du denn auf so was? Ich meine, glaubst du, du tust es?«

Seine Stimme wurde rauchig. Weich. Höllisch dekadent. »Ich *weiß* es.« Er kraulte Doodle unter dem Kinn. »Siehst du, manche Sachen weiß ich.«

Jetzt brannte ihre ganze Haut wie Feuer und sie ließ sich auf die Couch sinken. Sie achtete darauf, so viel Platz zwischen ihnen zu lassen wie nur möglich, ohne dass es so aussah, als ob sie es darauf abgesehen hätte. Trotzdem wusste er es, und er warf ihr einen amüsierten Blick zu, ehe er seine Aufmerksamkeit auf den Fernseher richtete.

»Was ist denn bloß mit der Welt los?« Er zeigte auf den CNN-Nachrichtensprecher, der über Wiederaufbaumaßnahmen in Sydney sprach. »Was ist denn da in Australien passiert?«

Oh Gott, er wusste nicht einmal mehr *das*? Wie konnte es nur sein, dass sein Gedächtnis leer wie eine blank geputzte Tafel war? War das medizinisch überhaupt möglich?

Sie zog ein Bein unter sich und machte es sich bequem, denn das drohte eine äußerst unangenehme Unterhaltung zu werden. »Was ist denn das Letzte, woran du dich erinnerst?«

Doodle stieß mit dem Kopf gegen Resephs Hand, offensichtlich unzufrieden darüber, dass sein neuer bester Freund aufgehört hatte, ihn zu streicheln. »Ich erinnere mich an gar nichts vor dieser Schneewehe.«

»Okay, und was ist das Letzte, was du noch weißt?«, fragte sie. »Ich meine, weißt du, wer der Präsident ist?«

»Von welchem Land?«

»Den Vereinigten Staaten.«

Er runzelte die Stirn. »Ich habe keine Ahnung.«

»Wer ist denn der letzte Präsident, an den du dich erinnerst?«

»Washington.« Er klang stolz darüber, dass er sich an etwas erinnerte, und sie hasste es, ihn enttäuschen zu müssen.

»An den kannst du dich nicht erinnern«, sagte sie leise. »Der ist seit über zweihundert Jahren tot.«

Reseph legte den Kopf zurück, schloss die Augen und konzentrierte sich. »Ich hab noch andere Namen im Kopf, aber ich kann sie nicht einordnen. Wie Napoleon und Hitler und Azagoth. Es kommt mir vor, als ob ich lauter Puzzleteile im Kopf hätte, aber nicht mehr als zwei zusammenfügen kann.« *Azagoth?* Er stieß einen milden Fluch aus und öffnete die Augen. »Ich geb's auf. Also, was ist da los? In den Nachrichten sind überall zerstörte Länder zu sehen. Und warum labern die andauernd über Zusammenbrüche der Wirtschaft und Wiederaufbau? Und Apokalypsen?«

»Weil die Welt bis vor drei Monaten … von Dämonen belagert wurde.« Die letzten Worte kamen als gebrochenes Flüstern heraus. Es erschien immer noch nicht real, und andererseits viel zu real.

Resephs Hand blieb auf Doodles Schulter liegen. »Und jetzt nicht mehr?«

»Zum Glück nicht. Mit einem Schlag sind alle Dämonen überall auf der Welt zu Asche verbrannt oder verschwunden. Die Menschen nennen es WV-Day, für World Victory Day. Jede Regierung rechnet sich den WV-Day als Verdienst an, aber niemand weiß wirklich, warum oder wie das alles gekommen ist.« Natürlich gab es jede Menge Verschwörungstheorien. Es waren so viele Gerüchte im Umlauf, wie Bäume auf ihrem Grundstück standen.

»Die Dämonen sind alle weg?«

»So heißt es jedenfalls.« Gott, sie hoffte nur, dass das auch stimmte. Man hörte immer wieder von Sichtungen, aber die

Behörden behaupteten, dass seit dem WV-Day nicht eine einzige Dämonensichtung hat bestätigt werden können und dass die Leute sich vermutlich nur etwas einbildeten.

Er legte den Kopf auf die Seite und sah sie an. »Hast du schon mal irgendwelche Dämonen gesehen?«

Bei der Erinnerung, die sie einfach nicht losließ, ganz egal, wie tief sie sich auch im Wald vergrub, kroch ihr ein eisiger Schauer das Rückgrat hinauf. »Zu viele.«

Als sie Anstalten machte, sich zu erheben, schoss Resephs Hand hervor und legte sich um ihr Handgelenk. »Ist das der Grund, warum du hier draußen am Ende der Welt wohnst? Damit dich die Dämonen nicht finden?«

Gott. War sie so leicht zu durchschauen? Mit unbewegter Miene löste sie seine Finger von ihrem Arm.

»Ich muss mal nach den Tieren sehen.« Sie rannte praktisch zur Tür und schob die Füße in ihre Stiefel. Es war dunkel draußen, aber so sehr sie die Nacht auch hasste, dieses Thema hasste sie noch mehr.

»Jillian.« Der sanfte, jedoch zugleich befehlende Tonfall ließ sie mitten in der Bewegung innehalten, als sie gerade nach dem Türknauf griff. »Es ist doch komisch, oder etwa nicht, dass ich mich an gar nichts erinnere und du dich an zu viel.«

»Ich glaube«, sagte sie leise, »dass das Schicksal es mit dir besser als mit mir gemeint hat.«

Nachdem Jillian hinausgegangen war, saß Reseph ein paar Minuten einfach mit der Katze da. Er versuchte noch immer zu verarbeiten, was sie ihm über die Dämonen erzählt hatte. Es war nicht so, dass es ihm schwergefallen wäre, es zu glauben – ganz im Gegenteil, es fühlte sich verstörend vertraut an. Und beinahe … normal. Als ob Dämonen ein Teil des Alltags wären, aber das konnte ja nicht sein. Trotz seiner Amnesie war er sich sicher, dass die meisten Menschen mit Dämonen nicht vertraut gewesen waren, bevor die Dämonen auf der Erde aufgetaucht waren.

Und warum zur Hölle dachte er eigentlich über Menschen nach, als ob er nicht zu ihnen gehörte?

Frustriert über die Richtung, die seine Gedanken nahmen, schubste er Fang-Doodle sanft von seinem Schoß und machte sich auf den Weg zur Scheune, um nachzusehen, was Jillian dort trieb. Ihm war egal, dass er weder Schuhe noch Mantel hatte. Er ging einfach. Die Kälte traf ihn wie eine Million winziger Eiszapfen, doch er ignorierte den stechenden Schmerz und marschierte weiter durch den Schnee, folgte ihren Spuren in Richtung Scheune. Schwaches Licht drang durch die Ritzen zwischen den Brettern und die schmalen Fenster.

Es fühlte sich gut an, aus dem Haus rauszukommen und sich im Freien aufzuhalten. Jillians Blockhaus war gemütlich, aber eng. Für seinen Geschmack war das Ganze viel zu kuschelig und heimelig. Was die Frage aufwarf, wo er normalerweise lebte.

Das Knallen von Schüssen unterbrach seine Gedanken. *Jillian.* Er rannte den Pfad entlang, während sein Herz so schnell schlug, wie seine Füße liefen. Er schlitterte um die Ecke der Scheune und wäre um ein Haar mit voller Wucht in den Zaun geprescht, der das Hühnergehege umschloss. Jillian stand ein paar Schritte entfernt neben einem Häufchen blutiger Federn, ein Gewehr in der Hand, und starrte in den Wald.

»Was ist passiert?« Alle Sinne in höchster Alarmbereitschaft stellte er sich hinter sie und spähte in den Wald.

»Marder«, murmelte sie. »Das verdammte Vieh hat sich eins meiner Hühner geschnappt.« Mit einem Fluch drehte sie sich zu ihm um. Ihr windzerzaustes Haar peitschte gegen ihre Wangen. Ihr Atem, der in der kalten Luft sichtbar war, stieg wie eine Dampfwolke aus ihrem Mund, als sie auf seine bloßen Füße hinabschaute. »Du gehst sofort ins Haus zurück! Erst wärst du beinahe erfroren, und jetzt spazierst du schon wieder ohne Klamotten hier herum? Was denkst du dir nur dabei?«

Er schnaubte. »Ich habe mehr an als an dem Tag, an dem du mich gefunden hast. Außerdem –« Er verstummte, als eine Präsenz seine Haut prickeln ließ. Etwas huschte vorbei, das er allerdings nur aus den Augenwinkeln erspähte; ein dunkler Schatten, der mit den Bäumen verschmolz, dort, wo die Marderspuren verschwanden.

Ein hässliches Grollen ertönte, das aus allen Richtungen zugleich zu kommen schien – der Lärm eines Felsens, der einen Berg hinunterrollte. Ohne nachzudenken rannte Reseph über den Hof. Er war vollkommen konzentriert, sein Herz hämmerte, sein Körper war hart und bereit für den Kampf.

Und für Sex, wie ihm während des Rennens bewusst wurde.

Heilige Scheiße, er war so hart, als ob er gerade eine halbe Stunde mit Vorspiel verbracht hätte und jetzt kurz davor stände, tief in eine heiße, willige Frau zu versinken.

Gott, was für ein kranker Psycho war er denn, dass ihn die Aussicht auf einen Kampf geil machte?

»Reseph!«

Jillians Stimme ließ ihn erbeben und schürte das Feuer in seinen Adern, aber er konnte nicht zu ihr zurück, nicht jetzt, wo Gewalt und sexuelle Begierden gleich unter seiner Haut miteinander rangen.

Der metallische Geruch von Blut traf ihn wie eine Mauer, und mit einem Schlag siegte das Verlangen nach Gewalt über das Verlangen nach Sex.

Da. Eine Bewegung. Mit einem barbarischen Knurren riss er einen Ast von einem Baumstumpf und packte die Kreatur mit den Knopfaugen, die sich dahinter versteckt hatte, im Genick. Der Dämon zischte, seine scharfen Zähne schnappten nach ihm, sein Fell war mit Blut bespritzt.

»Du kleiner – « Reseph starrte das Wesen an. »Marder.« Kein Dämon. Der Marder starrte zurück; Furcht schimmerte in seinen dunklen Augen.

Kleine Überreaktion?

»Reseph!«

»Scheiße.« Er ließ das Tier in den Schnee fallen und sah ihm hinterher, wie es davonhuschte. Er fragte sich, warum zur Hölle er das Gefühl gehabt hatte, in Gefahr zu sein.

Als er den Weg zurücklief, den er gekommen war, fühlte er sich wie ein Idiot. Auf seiner Jagd nach dem Marder war er fast einen Kilometer weit gerannt, und wofür? Jillian würde ihn für verrückt halten. Und damit könnte sie sogar recht haben.

Wenigstens war diese unerträgliche Lust nicht mehr so schlimm. Es gab wohl nichts Besseres als eine ordentliche Blamage, um die Luft aus einem Schwanz zu lassen.

Sie stand am Waldrand. Ihre Miene sprang von Sorge auf Ärger um, als er durch die Bäume hindurch hinaustrat. »Was zum Teufel sollte das denn? Warum bist du so davongerannt? Du hast mir eine Heidenangst eingejagt.«

Seine Wangen wurden heiß. »Also, ja, ich … ich hab da was gesehen. Tut mir leid.«

»Was war es denn?«

Vermutlich war es keine gute Idee, wenn er zugab, dass er geglaubt hatte, einen Dämon zu jagen. »Ein Tier. Wie sich herausstellte, war es der Marder.«

»Du hast den Marder eingeholt?« Ihr Blick wanderte zu seinen Händen, die mit Blut beschmiert waren. »Du hast ihn getötet?«

Er hockte sich hin und wischte die Hände im Schnee ab. »Ich hab ihn laufen lassen. Das Blut in seinem Fell war wahrscheinlich von dem Huhn.«

»Du hast ihn laufen lassen? Dir ist aber schon klar, dass er meine Hühner umbringt.«

Reseph verstand Jillians Ärger, aber er hatte Mitleid mit dem Tierchen gehabt. Es hatte in der Falle gesessen und schreckliche Angst gehabt, und irgendwo in seinem Inneren verstand Reseph das noch sehr viel besser. »Er versucht auch nur zu überleben.«

Sie schüttelte den Kopf. »Reseph, du kannst nicht einfach so in den Wald rennen. Vor allem nicht ohne Schuhe.«

»Schuhe werden überbewertet.« Er machte sich auf den Weg in die Scheune, ohne ihre Flüche zu beachten. Wenn sie wollte, dass man ihr Geschimpfe ernst nahm, musste sie dringend an ihrem Vokabular arbeiten. »Was hast du denn hier drin?«

»Reseph!« Jillian schnaubte vor Wut. »Ich mein's ernst.«

»Ich auch. Ich will wissen, was du in der Scheune aufbewahrst.« Es war – relativ – warm. Zwei einzelne Glühbirnen erleuchteten das in sechs Abteilungen unterteilte Gebäude. Als er durch das saubere Stroh ging, atmete er den vertrauten Duft nach Pferd ein. Aus irgendeinem Grund juckte sein Tattoo. War er vielleicht auf Pferde allergisch? Aus der letzten Box sah ein großes braunweißes Arbeitspferd über die Tür hinweg zu ihm hin.

»Offensichtlich habe ich ein Pferd. Außerdem habe ich Ziegen.« Jillian klang stinksauer, was irgendwie niedlich war. »Sie befinden sich in den ersten beiden Boxen.«

In der Tat entdeckte er in der einen vier Ziegen und in der anderen drei. »Milch oder Fleisch?«

»Milch. Die Zicklein verkaufe ich an einen hiesigen Farmer. Außerdem halten sie mein Grundstück frei von Gestrüpp.«

»Und die Schweine?« Er spähte über die Gitter der dritten und vierten Box. Eine der schwarzweißen Sauen grunzte ihn an.

»Dasselbe. Natürlich bis auf die Milch.«

Als Reseph Jillian betrachtete, fiel ihm auf, dass ihr Haar immer noch wunderbar zerzaust war. Sie war schon verdammt attraktiv. Er war sich ziemlich sicher, dass er sich noch nie besonders zu Frauen hingezogen gefühlt hatte, die kein Make-up, aber dafür Stallklamotten trugen, aber irgendetwas an Jillians frischer, natürlicher Schönheit erweckte in ihm den Wunsch, auf Bioware umzusteigen.

Apropos … »Isst du auch mal eins von diesen Viechern?«

»Ab und zu ein Huhn.« Sie zuckte mit den Achseln. »Aber die sind in erster Linie für die Eier da.«

»Und das Pferd?«

»Ich würde doch niemals ein Pferd essen.« Ihre Stimme war von einer spöttischen Pseudo-Empörung durchsetzt.

Er dachte über das Tattoo auf seinem Arm nach und zwinkerte ihr zu. »Leckst du sie ab?«

»Ob ich sie ablecke?« Einen Moment lang starrte sie ihn verwirrt und mit gefurchter Stirn an, ehe sie die Augen verdrehte. »Nein, ich lecke weder Pferde *noch* Tattoos ab.« Sie zeigte auf ihren Wallach. »Sammy hilft mir bei den schweren Lasten und wenn ich den Zaun abreiten muss.«

Sammy? Und Doodle? Sie war offenbar fest entschlossen, all ihre Tiere in die Flucht zu schlagen. Ein Pferd brauchte einen majestätischen Namen, wie Conquest – Eroberung – oder Battle – Schlacht. »Wie groß ist dein Besitz?«

»Zweihundert Morgen.« Jillian schöpfte Getreide aus einem Vorratsbehälter. »Früher hatten wir mehr, aber meine Eltern haben dreihundert Morgen verkauft, kurz bevor sie getötet wurden.«

Er schloss den Deckel des Getreidebehälters, während sie zu Sammys Box ging. »Von Dämonen?«

»Nein, Gott sei Dank.« Sie ließ das Getreide in die Futterkrippe in der Box fallen. »Mein Dad war Pilot. Meine Mom und er flogen gerade durch die Berge, als er einen Herzanfall hatte. Das Flugzeug ist ungefähr dreißig Kilometer von hier abgestürzt.«

»Tut mir leid. Das muss hart für dich gewesen sein.«

»Das war es.« Sie blickte auf seine Füße hinunter. »Du musst jetzt wirklich ins Haus zurück. Ich hab dich doch nicht gerettet, nur damit du dir jetzt Erfrierungen holst, weil du mitten im Winter barfuß draußen rumläufst.«

»Weißt du was?«, sagte er. »Ich helf dir mit den Tieren. Dann bist du früher fertig, und ich komme schneller ins Haus zurück.«

Sie steckte den Schöpfbecher mit etwas mehr Wucht in seine Halterung zurück, als erforderlich war. Er konnte ihren Frust beinahe riechen. »Nein.«

»Komm schon«, bettelte er.

»Nein bedeutet Nein.« Als sie sich bückte, um das Gewehr aufzuheben, das sie gegen die Wand gelehnt hatte, bot sie ihm eine prächtige Aussicht.

Er schluckte, und jeder Tropfen Blut in seinem Körper bewegte sich in einer heißen Welle in Richtung Körpermitte. Wie lange mochte es her sein, seit er lauten, schwitzenden, atemberaubenden Sex gehabt hatte? Oh Mann, wann hatte er überhaupt zum letzten Mal Sex gehabt? Es fühlte sich wie eine Ewigkeit an, als ob Sex für ihn mehr bedeutete als nur ein netter Zeitvertreib. Dieses tief verwurzelte, urtümliche Verlangen war etwas, das bis tief in sein Innerstes reichte. Das mochte verrückt klingen, aber er konnte sich des Gefühls nicht erwehren, dass Sex für ihn eine Notwendigkeit war, vielleicht sogar sein Leben davon abhing.

Langsam machte er einen Schritt in ihre Richtung; seine Libido zerrte an ihm, als ob er angeleint wäre und Jillian die Leine in der Hand hielte. Doch beim zweiten Schritt erstarrte sie. Er blieb stehen, auch wenn seine Instinkte ihn drängten, sich weiter in ihre Richtung zu bewegen.

»Mach ich dir Angst?«, fragte er barsch.

Nach einem kaum wahrnehmbaren Zögern hängte sie die Waffe in eine Halterung neben der ersten Box. »Wenn es so wäre, wäre inzwischen längst die Polizei hier.«

Sie log. Die Polizei wäre gar nicht imstande, sich durch den ganzen Schnee den Berg hinaufzuarbeiten. Was sie selbst zugegeben hatte, als sie davon sprach, in die nächstgelegene Stadt zu gelangen.

Irgendwo in der Nacht rief eine Eule, und Jillians Blick richtete sich auf die Dunkelheit draußen. Einen Sekundenbruchteil lang legte sich der Schatten der Angst über ihr Gesicht, doch dann nahm sie die Schultern zurück, als ob sie sich selbst Mut zugesprochen hätte, und öffnete einen Behälter, der, wie er vermutete, Ziegenfutter enthielt.

»Ich werde dir nichts tun, Jillian.« Da er spürte, dass sie einen Augenblick brauchte, um sich zu beruhigen – genau wie er auch –, ging er auf die Tür zu. Das Stroh knirschte unter seinen Füßen. »Das versprech ich dir.«

Sie sagte nichts, als er in den Schnee hinaustrat und sich auf den Rückweg zum Haus machte. Mann, er wünschte, er hätte ein Bier. Er könnte jetzt wirklich eins gebrauchen. Oder eine Margarita. Oder eine Piña Colada, oder –

Er kam so abrupt zum Stehen, dass er ausrutschte und beinahe auf seinem Hintern gelandet wäre.

Etwas beobachtete ihn. Schon wieder. Diesmal wurde das Gefühl, beobachtet zu werden, allerdings von einer geradezu verstörenden inneren Regung begleitet, als ob aus seiner Seele eine tintenschwarze, ölige Wolke waberte.

Er wirbelte herum, um dieses fremdartige Gefühl aufzuspüren, und von dort, tief in den Schatten zwischen den Bäumen, starrten ihn rote Augen an. Und es war nicht der Marder – diese Augen befanden sich auf einer Höhe mit seinen.

Sie starrten ihn noch eine weitere Sekunde an, ohne zu blinzeln, und dann waren sie fort, und mit ihnen diese seltsame Dunkelheit in ihm. Was zur Hölle war das denn? Und warum kräuselte sich die Haut auf seinem Unterarm? Verdutzt blickte er auf das Pferdetattoo, das unter seinem aufgekrempelten Ärmel hervorschaute. Er hätte schwören können, dass nur eines der Vorderbeine ausgestreckt gewesen war und das andere erhoben, als ob das Pferd gerade tänzelte. Jetzt waren beide Beine gerade, als ob das Pferd mit dem Huf aufgestampft hätte.

Zuerst das Ding im Wald und jetzt das Pferd. Verlor er etwa den Verstand?

»Reseph?«

Er drehte sich nicht zu Jillian um. Was, wenn man ihm den Wahnsinn schon ansah? »Ja?«

»Warum bist du wirklich in den Wald gerannt?«

Er zuckte mit den Achseln. »Ich dachte, ich hätte ein Knurren gehört. Aber das muss ich mir wohl eingebildet haben.«

»Nein, ich hab's auch gehört.«

»Hast du?« *Gott sei Dank* und *Oh Scheiße* prallten aufeinander. Er verlor also nicht den Verstand, aber es könnte sein, dass tatsächlich ganz in der Nähe eine bösartige Präsenz lauerte. »Geh rein. Hier draußen ist irgendwas Gefährliches unterwegs.«

»Ich glaube nicht, dass das nötig ist.«

Endlich drehte er sich zu ihr um. »Warum nicht?«

Es folgte ein Moment der Stille. Dann sagte Jillian etwas, dass das Blut in seinen Adern gefrieren ließ. »Weil du das warst. Das Knurren kam von dir.«

5

Als Jillian schließlich das Haus betrat, war sie durch das, was draußen passiert war, nicht mehr ganz so verstört. Gerade als sie dachte, dass Reseph die Art von Mann wäre, der kaum etwas ernst nahm, hatte er etwas im Wald gespürt und sich in etwas verwandelt, was sie nur als Raubtier bezeichnen konnte. Das Unheimliche daran war, dass die Verwandlung nicht etwa nur sein Verhalten betraf; sie war physischer Natur gewesen. Von der Stellung seiner Kiefer und den geblähten Nasenlöchern bis hin zu den gefletschten Zähnen und den funkelnden Augen – darauf hätte sie jeden Eid abgelegt, seine Augen hatten geleuchtet wie bei einer Katze –, hatte er sich in etwas verwandelt, dem sie unter keinen Umständen in einer dunklen Gasse begegnen wollte.

Ach was, sie wäre ihm sogar in einer sonnenbeschienenen Gasse aus dem Weg gegangen.

Und dieses Knurren. Lieber Gott, bei diesem schaurigen Laut hatten sich ihr sämtliche Nackenhärchen gesträubt.

Und doch, als er dann nur Augenblicke später in die Scheune geschlendert kam, waren sämtliche Spuren des Mannes, der wie eine Bestie geknurrt, in den Wald gerannt und mit Blut an den Händen zurückgekehrt war, verschwunden.

Sie starrte auf Resephs breiten Rücken, als er jetzt gebeugt vor dem Holzofen stand. Er hatte sich das Sweatshirt ausgezogen und in einem unordentlichen Haufen in der Ecke liegen lassen. Dennoch fiel es ihr schwer, sich darüber zu ärgern, nicht, wenn es bedeutete, dass sie noch einmal einen Blick auf den perfektesten männlichen Körper werfen konnte, den sie je gesehen hatte. Vor seiner Amnesie musste er viel Zeit im Fitnessstudio verbracht haben.

Wirklich viel Zeit.

»Hey.« Sie hängte ihren Mantel auf und zog die Stiefel aus. »Alles klar bei dir?«

»Ja, sicher.« Dafür, dass es ihm angeblich gut ging, klang Resephs Stimme allerdings merkwürdig grummelig. »Hab ich dir Angst gemacht?«

»Vielleicht ein bisschen.« Er ließ die Schultern sinken und sein Kopf neigte sich ebenfalls ein Stück weiter nach unten. Sie fühlte sich, als ob sie ein Hundebaby getreten hätte. »Reseph, ich hatte keine Angst, dass du mir was tun würdest«, sagte sie, weil es der Wahrheit entsprach. Er hatte sie erschreckt, aber nicht, weil sie Angst um sich selbst hatte. Sie hatte Angst um jeden, der ihn wütend machte.

Sie hatte nicht vor, ihn jemals wütend zu machen.

Sie stapfte über den Holzfußboden und blieb dicht vor ihm stehen. Ohne zu überlegen, legte sie ihm die Hand sanft auf den unteren Rücken. Unter ihrer Handfläche zuckten harte Muskeln. »Was ist denn los?«

Das Feuer prasselte eine ganze Weile vor sich hin, ehe er schließlich sagte: »Ich hab mir glatt selbst Angst eingejagt.«

Er drehte sich um und packte ihre Hand, ehe sie sie ihm entziehen konnte. Seine warme Hand umschloss die ihre. Er war so viel größer als sie, und vermutlich würde sie sich unter normalen Umständen eingeschüchtert fühlen, aber dies war keine normale Situation, und Reseph war alles andere als ein normaler Mann.

»Hattest du Angst, dass du mir wehtun könntest?«, fragte sie.

Reseph starrte auf ihre Hand hinab, während sein Daumen in langsamen Kreisen über ihre Finger streichelte. »Nicht … absichtlich.« Er sah auf, und sein Blick brannte sich in ihren. »Aber genau das macht mir solche Angst. Ich habe gehandelt, ohne nachzudenken. Ich kenne mich selbst nicht. Ich weiß überhaupt nichts, und ich glaube, ich könnte verrückt sein.«

Einmal, als Jillian sich gerade auf ihre Schicht bei der Flugsicherung vorbereitet hatte, war sie Augenzeugin geworden, wie ein kleiner Privatjet auf der Rollbahn eine Bruchlandung machte und in Flammen aufging. Wie in Zeitlupe hatte sie Bewegungen in dem Flugzeug gesehen, als die Passagiere verzweifelt versuchten, herauszukommen. Es war unerträglich gewesen. Die Hilflosigkeit, die Jillian gespürt hatte, verfolgte sie bis heute, und jetzt drückte ein ganz ähnliches Gefühl ihr das Herz zusammen. Sie hatte keine Ahnung, was sie sagen oder tun sollte, um ihm zu helfen.

»Ich wünschte, ich könnte etwas für dich tun«, sagte sie leise.

»Machst du Witze?« Reseph streckte die Hand aus und strich in einer zärtlichen Liebkosung mit seinen warmen Fingerspitzen über ihre Wange. Sie erschrak. »Du hast doch schon so viel getan. Selbst wenn ich tausend Jahre lebe, werde ich mich nie bei dir revanchieren können.« Sein Daumen wanderte über ihre zarte Kinnpartie, während er ihr in die Augen sah. Sie dachte nicht eine Sekunde daran, sich von ihm zu lösen. Die hypnotische Spannung zwischen ihnen hielt sie fest.

Wie kam es nur, dass ein mehr als seltsamer Fremder sie dermaßen anzog? Andererseits hatte sie sich auch von ihrem Exverlobten sofort angezogen gefühlt, als sie ihn zum ersten Mal getroffen hatte. Aber das war nicht mit dem vergleichbar, was sie mit Reseph erlebte. Später hatte Jason dann bewiesen, dass manche Männer immer Fremde bleiben, selbst wenn man sie schon ein ganzes Jahr lang liebt.

Diese Erinnerung wirkte wie ein dringend erforderlicher Spritzer eiskaltes Wasser, und sie trat von Reseph zurück.

»Du musst dich überhaupt nicht revanchieren. Ich habe nichts getan, was nicht jeder anständige Mensch tun würde.« Sie lächelte, in der Hoffnung, die Stimmung etwas aufzuhellen. Oder zumindest ihren Puls wieder in halbwegs normale Regionen zu senken. »Wie wär's, wenn du dich ein bisschen hinlegst? Du kannst mein Bett haben.«

Eine blonde Augenbraue hob sich. »Wirst du auch darin sein?«

»Ähm, nein. Ich nehme die Couch.«

Er schüttelte den Kopf. »Wenn ich nicht mit dir im Bett liegen kann, will ich die Couch.«

Der Mann war unmöglich. »Du passt aber gar nicht auf die Couch. Vertrau mir, ich werde dort ganz hervorragend schlafen.«

»Nee!« Im nächsten Moment sprang er über die Lehne der Couch und lümmelte sich in die Polster, die Hände hinter dem Kopf verschränkt, während die Beine über die Lehne baumelten. »Meine. Du kriegst mich hier nicht weg.«

Das klang verdächtig nach ätschi, bätschi. »Du verhältst dich wie ein kleines Kind, weißt du das?«

Sein Grinsen war so entwaffnend, dass sie sich selbst ein Lächeln verkneifen musste. »Es gibt nur eins, was mich dazu bewegen könnte, aufzustehen.«

Sie kreuzte die Arme vor der Brust. »Nein, wir werden nicht zusammen schlafen«, erwiderte sie mit aller Sturheit, zu der sie fähig war.

»Ich hatte nicht vor zu schlafen.«

Er war nicht nur unmöglich, sondern kannte keine Hemmungen und besaß keinen Sinn für Privatsphäre. Vielleicht war er so eine Art verwöhnter, total verhätschelter Prinz oder ein reicher Erbe. Allerdings hatte er bisher keinen der Züge gezeigt, die sie von jemandem mit einem derartigen Lebensstil erwarten würde. Er war weder anspruchsvoll noch versnobt. Er kam ihr einfach nur sehr unbedacht und arglos vor. Im Grunde genommen ganz erfrischend.

Allerdings nicht erfrischend genug, um seinem Wunsch, sie ins Bett zu kriegen, nachzugeben.

»Ich hol dir Bettwäsche«, sagte sie forsch und ging zum Wäscheschrank. Hinter ihr erklang ein leises Lachen.

Aber ein Lachen war wesentlich besser als ein Knurren.

Reseph war eine Nervensäge, aber Jillian genoss seine eigenartige Persönlichkeit, obwohl sie bisher davon ausgegangen war, in ihrem alten Job schon mehr als genug verschrobene, spleenige Persönlichkeiten erlebt zu haben. Fluglotsen waren ein ganz eigener Menschenschlag.

Genau wie Reseph. Nachdem sie ihm Decken und Kissen gegeben hatte, war sie in ihr Bett gestiegen; allerdings war sie zweimal aufgestanden, um nach ihm zu sehen, als ob er ein Kind wäre, das mit Grippe im Bett lag. Beide Male fand sie ihn draußen auf der Veranda stehend und in die Dunkelheit hinausspähend – ein stummer Wachtposten in der Nacht. Als sie ihn fragte, was er denn tue, antwortete er, er müsse die Luft und den offenen Raum spüren.

Sie hatte den Eindruck, er fühlte sich im Haus eingesperrt. Unruhig. Aber sie konnte sich auch des Gefühls nicht erwehren, dass er nach etwas Ausschau hielt. Wonach, wusste sie nicht, und sie war sich nicht sicher, ob sie es überhaupt wissen wollte.

Am nächsten Morgen ließ sie ihn ausschlafen und machte Frühstück. Als sie Pfannkuchen, Eier und Speck auf den Tisch stellte, kam er mit nackter Brust und vom Schlaf zerzaustem Haar hereingeschlurft. Gott, er war morgens einfach hinreißend. So ein großer, kräftiger Kerl war unwiderstehlich, wenn er in den ersten Minuten nach dem Aufwachen so etwas Verletzliches an sich hatte.

Nicht, dass die Schläfrigkeit ihm irgendetwas von der tödlichen Ausstrahlung nahm. Sie wusste jetzt, dass er, sollte die Situation es erfordern, schneller in den Kampfmodus wechseln konnte, als ihr Herz für einen einzigen Schlag brauchte.

Bei Tageslicht war diese Vorstellung wesentlich weniger verstörend als noch letzte Nacht.

»Hey«, sagte sie. Er schenkte ihr ein schlaftrunkenes Lächeln, bei dem ihr ganz schwindelig wurde.

»Hey.« Als er den Tisch betrachtete, leuchteten seine Augen auf. »Super. Ich liebe Speck. Und Pfannkuchen. Und Eier. Alles Lieblingsessen von mir.« Sein Lächeln wurde noch breiter. »Du hättest dir nicht so viel Mühe machen müssen, aber ich freu mich, dass du's getan hast.«

»Es ist schön, mal für jemanden kochen zu können.« Sie setzte sich und deutete auf Resephs Teller – den sie auf die andere Seite des Tischs ihr gegenüber gestellt hatte. Er verschob ihn und setzte sich ihr schräg gegenüber. »Meine Freundin Stacey übernachtet manchmal hier, dann koche ich für sie, aber sie ist die Einzige.«

»Stacey?« Er löffelte sich Eier auf den Teller. Sie versuchte, sich nicht zu sehr davon ablenken zu lassen, wie sich sein Bizeps unter seiner glatten, tief gebräunten Haut bewegte. »Ist sie scharf? So wie du?«

Ihre Wangen wurden heiß und färbten sich rot. »Du sagst einfach immer, was du denkst, oder?«

»Nee. Wenn ich sagen würde, was ich gerade denke, würdest du mir deinen Teller an den Kopf werfen.«

Da hatte er vermutlich recht. Sie beäugte seine muskulöse Brust und die ausgeprägten Bauchmuskeln, und ihr ganzer Körper vibrierte beim Anblick dieser Augenweide. Na ja, *vielleicht* hatte er recht.

»Diese Stacey«, sagte er, während er Butter und Sirup auf seine Pfannkuchen häufte. »Siehst du sie oft?«

»Warum?«

»Weil du nicht allein sein solltest.«

Seine Antwort überraschte sie. »Denkst du, ich brauche vor irgendetwas Schutz?« Zum Beispiel vor dem, wonach er auf der Veranda Ausschau gehalten hatte, was auch immer es war. »Meinst du, ich komme nicht allein klar?«

»Oh, nein, ganz und gar nicht. Ich hab dich mit dem Gewehr gesehen.« Als er zu ihr hinübersah, rutschte seine Stimme noch ein bisschen tiefer. »Das war verdammt heiß. Ich liebe knallharte Frauen.«

Sie lachte. »Und ich liebe es, für knallhart gehalten zu werden.« Sie betrachtete ihn neugierig, während er sich eine riesige Ladung Eier in den Mund schob. »Warum sollte ich nicht allein sein?«

»Weil du ein guter Mensch bist. Das solltest du mit Leuten teilen, die jemanden wie dich in ihrem Leben nötig haben.« Er griff nach seinem Glas Saft. »Wie mir. Vielen Dank noch mal für alles.«

»Gern geschehen.« Ihr Puls beschleunigte sich, sowohl wegen des Kompliments als auch aufgrund ihres schlechten Gewissens. Heute Morgen war die Straße geräumt worden, und sie spielte mit dem Gedanken, ihn zum Sheriff zu bringen. Warum sie sich deswegen schuldig fühlen sollte, wusste sie allerdings nicht. Vielleicht, weil ein guter Mensch ihn behalten würde.

Ihn behalten … als ob er ein streunender Hund wäre. Nett. Wenn er ein streunender Hund wäre, *würde* sie ihn behalten. Aber er brauchte Hilfe, die sie ihm nicht geben konnte.

Und sie konnte es sich nicht leisten, Gefühle für ihn zu entwickeln.

Eine Minute lang aßen sie schweigend weiter. In dieser Zeit verputzte er sechs Pfannkuchen, genauso viele Eier und ein halbes Pfund Schinken. Schließlich tauchte er auf, um nach Luft zu schnappen.

»Kann ich mal deinen Computer benutzen?«, fragte er. »Ich will mal sehen, ob ich irgendwas finden kann, das mir vielleicht hilft rauszufinden, wer ich bin.«

Ihr Pfannkuchen lag wie ein Stein in ihrem Magen. »Also, um die Wahrheit zu sagen, ich fahre heute mit dir in die Stadt. Ich hoffe, dass die Polizei uns helfen kann. Zuerst brauchst du aber ordentliche Klamotten, darum werden wir uns mal in *Bernard's Department Store* umsehen.«

»Ich verspreche dir, alles zurückzuzahlen, wenn ich erst wieder weiß, wer ich bin.« Er wirkte satt und zufrieden, als er sich in seinem Stuhl zurücklehnte. Aber nicht weniger gefährlich. Wie ein Tiger, der gerade gefressen hat. »Ich muss schließlich irgendwo Geld haben.«

»Mach dir deswegen bloß keine Sorgen.« Sie stand auf. »Jetzt kümmere ich mich erst mal um die Tiere. Danach fahren wir. Du kannst duschen, wenn du magst.«

Als sie den Muskel an seinem Kiefer zucken sah, bereitete sie sich innerlich auf eine anzügliche Bemerkung vor.

»Aber dafür helfe ich dir dann heute Abend bei der Arbeit, okay?«

Scheiße. Sie hätte eine seiner unverhohlen sexuellen Anspielungen vorgezogen. Sie schenkte ihm ein zittriges Lächeln, weil sie sich nicht sicher war, ob er überhaupt wieder mit ihr zurückkommen würde. Er gehörte nicht hierher, und es gab eine absolut akzeptable Unterkunft in der Stadt, wo er bleiben konnte, bis die Polizei herausbekam, wer er war.

Sie kümmerte sich um die Tiere in Scheune und Hühnerstall. Als sie schließlich ein Dutzend Eier eingesammelt hatte, die sie bei den Wilsons unten an der Straße abgeben würde, und ihr Truck Betriebstemperatur hatte, war auch Reseph fertig. Sie wünschte, sie hätte Schuhe für ihn, aber es schien ihm nichts auszumachen. Er sprang einfach auf den Beifahrersitz ihres Pick-ups und spielte mit dem Radio, bis er sich schließlich für einen Country-Sender entschied, während sie die knapp fünfzig Kilometer in die Stadt fuhr.

»Ich weiß nicht, warum«, sagte sie, »aber ich hatte dich eher für den Rock-'n'-Roll-Typ gehalten.«

»Anscheinend ist mein Kopf voller Country-Songs. Rock eher weniger.« Er klopfte zum Takt der Musik mit den Fingern auf seine Schenkel und musterte die Landschaft, als ob er sich jeden Baum und jeden Zaunpfahl einprägen wollte.

»Ihr wisst echt, wie man so 'ne Stadt rausputzt«, sagte Reseph, als sie mit dem Truck auf die Main Street einbog. »Ich komm mir vor wie am Nordpol.« Er drehte sich um, sodass er mit dem Rücken gegen die Tür gelehnt dasaß, ein Bein auf der Lehne zwischen ihnen, als ob er eingezogen wäre und genau dorthin, auf den Platz neben ihr, gehörte. Verdammt, das waren genau die Gedanken, die sie nicht denken durfte. »Du brauchst auch ein bisschen Weihnachtsschmuck in deinem Haus. Und einen Baum.«

Vorsichtig lenkte sie den Wagen um eine vereiste Kurve. »Kommt mir irgendwie sinnlos vor.«

»Magst du die Feiertage nicht?«

»Ich liebe sie, aber wenn nur Doodle und ich da sind, kommt mir dieser ganze Feiertagskram so überflüssig vor.« Stacey lud sie zu Thanksgiving und Weihnachten immer zu ihrer Familie ein, darum erschien es ihr wirklich wie Zeitverschwendung, ihr eigenes Haus zu schmücken. Sie hielt vor dem Laden an und stellte den Motor ab. »Was hältst du davon, hierzubleiben, während ich losziehe und dir ein paar Klamotten besorge?«

»Nee. Ich bin auch ganz brav.« Reseph stieg aus. Es schien ihm nichts auszumachen, dass er einen Schlafanzug und keine

Schuhe trug. Er ignorierte die neugierigen Blicke und betrat mit ihr das Geschäft. Der Mann kannte weder Befangenheit noch Hemmungen. Allerdings … so groß wie er war, wagten es vermutlich die wenigsten, sich mit ihm anzulegen. Und so heiß wie er war, würde sie jede Wette eingehen, dass er von Frauen sowieso bekommen konnte, was er wollte.

Sobald sie durch die Tür waren, wurden sie von Tanya, einer von Jillians alten Highschool-Klassenkameradinnen, begrüßt. Ihr Blick verweilte lange genug auf Reseph, um Jillian dazu zu bringen, sich zu räuspern.

»Hi, Tanya. Sieht so aus, als müssten wir in die Herrenabteilung.«

Tanya deutete auf den hinteren Teil des Geschäfts. »Vielleicht geht ihr lieber erst mal in die Schuhabteilung. Bloße Füße sind hier nämlich nicht erlaubt.« Sie lächelte Reseph an, als ob sie ihn sich gerade vorstellte, wenn er wesentlich weniger anhatte als Schuhe. *Ha!* Tanya konnte sich ja nicht mal annähernd vorstellen, wie Reseph ohne Klamotten aussah. Das musste man schon sehen, um es zu glauben. »Wir können aber diesmal eine Ausnahme machen.«

Reseph erwiderte das Grinsen, was Jillian ganz und gar nicht gefiel. Sie packte seine Hand und führte ihn in die Schuhabteilung, wo er sich ein Paar schwarze Arbeitsstiefel aussuchte. Die zu der Hochwasserschlafanzughose absolut lächerlich aussahen. Doch das schien er gar nicht zu merken.

Als Nächstes gingen sie in die Herrenabteilung.

»Und, was gefällt dir so?«

Er blickte sich um, musterte die Kleiderständer und zuckte mit den Schultern. »Such du was für mich aus.«

»Ich soll dich anziehen?«

Er hob die blonden Augenbrauen. »Oder aber du ziehst mich aus.« Das war endlich wieder der Reseph, an den sie gewöhnt war.

»Ich glaube, dabei hätten wir Publikum«, sagte sie mit einem Blick zu Tanya und zwei anderen Angestellten, die Reseph ziemlich ungeniert anstarrten.

Er beugte sich zu ihr vor, kam ihr so nahe, dass sein Atem über ihre Wange strich. »Dafür gibt es Umkleidekabinen«, sagte er mit leiser, seidiger Stimme.

Oh, die Bilder, die in ihrem Kopf schwirrten. Sie musste sich erst räuspern, ehe sie sprechen konnte.

»Du bist unmöglich, weißt du das eigentlich?« Ohne seine Antwort abzuwarten, zog sie zwei auf alt getrimmte Jeans vom Ständer mit den Übergrößen und drückte sie ihm in die Hände. Dann schlenderte sie zwischen den Hemden umher, bis sie sich schließlich für ein schwarzes T-Shirt, ein hellblaues Thermohemd und ein dunkelgraues Flanellhemd entschied. »Mal sehen, wie die dir passen.«

»Alle drei?«

»Du brauchst doch mehr als nur eine Garnitur.« Als er den Mund öffnete, schüttelte sie den Kopf. »Keine Widerrede. Und ich erwarte auch nicht, dass du mir das zurückzahlst.«

Er starrte sie finster an, war aber klug genug, sich ohne einen Streit auf den Weg zur Umkleidekabine zu machen. Vielleicht hatte er doch eine gewisse Erziehung genossen.

Tanya machte sich an Jillian heran, sobald Reseph verschwunden war. »Wer ist das denn? Ist das dein Freund?«

»Nein, er ist nur ein …« Ein was? Ein Freund? Ein Bekannter? Ein völlig Fremder? »Gast.«

»Ach ja?« Tanyas Augen klebten förmlich an der Tür zur Umkleidekabine. »So einen Gast hätte ich auch gerne.«

»Deine Scheidung ist inzwischen durch, oder?«

Tanya nickte. »Wenn ich diesen dreckigen Mistkerl jetzt noch dazu kriegen könnte, Unterhalt für die Kinder zu zahlen, wäre das Drama endgültig vorbei.«

Jillian wünschte Tanya dafür viel Glück. Ihr Ex hatte noch weitere Kinder mit zwei anderen Frauen, für die er ebenfalls Unterhalt zahlen müsste, was er aber offensichtlich auch nicht tat. Männer konnten solche Mistkerle sein. Das wusste Jillian nur zu gut. Am Ende waren sie immer ganz anders, als man sich gedacht hatte. Zweifellos war Tanyas Mann ihr wie ein anständiger Kerl vorgekommen, als sie ihn geheiratet hatte. Erst jetzt musste sie feststellen, dass er in Wirklichkeit ein Lügner war, der während seiner Ehe zwei uneheliche Kinder gezeugt hatte.

»Oh. Mein. Gott.« Tanyas atemlose Worte lenkten Jillians Aufmerksamkeit wieder auf einen Mann, der, soweit sie wusste, kein Lügner und Betrüger war.

Als sie Reseph erblickte, der soeben die Umkleidekabine verlassen hatte, blieb Jillian der Mund offen stehen. Sie hatte das Gefühl, dass ihre Zunge ihr aus dem Mund fiel und sich ausrollte wie ein roter Teppich, so wie in diesen Cartoons. Die Jeans, die sie für ihn ausgesucht hatte, passte ihm, als ob sie ihm auf den Leib geschneidert worden wäre; sie schmiegte sich eng an seine muskulösen Schenkel und lag auf den großen Stiefeln auf. Das blaue Hemd passte perfekt zu seinen Augen, erstreckte sich über die ganze Breite seiner Brust und betonte deren harte Muskeln und seinen flachen Bauch. Das war ein Mann, der aus ganz normalen, alltäglichen Kleidungsstücken etwas Besonderes machte. Er war eine wandelnde Modereklame … abgesehen davon, dass kein anderer Mann diese Klamotten kaufen würde, weil niemand sie so perfekt tragen könnte wie er.

»Was denkst du?« Seine Stimme war ein tiefes, verführerisches Grummeln.

»Denken?«, flüsterte Tanya Jillian zu. »Dazu bin ich seit fünf Sekunden nicht mehr in der Lage.«

Genau wie Jillian. Sie leckte sich über die Lippen, um Zeit zu schinden, bis ihr Gehirn wieder ansprang. »Du siehst toll aus, Reseph.«

Er stampfte mit dem Fuß auf und bewegte die Schultern. »Ich mag sie nicht.«

»Wir können uns ja noch weiter umsehen –«

»Das ist es nicht. Ich meine Kleidung im Allgemeinen. Die mag ich nicht.« Er runzelte die Stirn. »Vielleicht war ich Nudist?«

»Ich glaub, ich träume«, flüsterte Tanya. »Auf welcher verzauberten Insel hast du den denn gefunden? Ich buch gleich den nächsten Flug.«

Also, das befeuerte Jillians Fantasie jetzt erst recht, und einen Augenblick lang sah sie sich in einem tropischen Urlaubsparadies faulenzen, wo alle Männer starke, muskulöse Körper besaßen … und nackt umherspazierten.

Und sie alle sahen aus wie Reseph.

»Bedauerlicherweise sind wir in unserer Kultur dazu gezwungen, Kleidung zu tragen.« Sie widerstand dem plötzlichen Drang, sich aufgrund einer plötzlichen Hitzewallung Luft zuzufächeln. »Passen dir alle Hemden und Jeans?«

Er lächelte ihr auf diese Art zu, die ihr Höschen zum Schmelzen brachte. »Jepp. Du hast ein gutes Auge.«

Bei diesem Kompliment wurde ihr ganz schwindelig – was lächerlich war. »Okay, jetzt Socken und Unterwäsche.«

»Ich trage keine Unterwäsche.«

Jillians Kehle wurde so trocken, dass sie nicht mal mehr schlucken konnte. Sie stellte sich vor, diese Jeans aufzureißen und ihn direkt vor sich zu haben, bereit für ihre Berührung.

Was war das nur? Sie war noch nie zuvor derartig für einen Mann entflammt. Oh, sie kannte Lust, wusste, wie gut Sex sein konnte, aber bei Reseph war es, als ob der Schalter für ihre Libido in der An-Position festklemmte. Sämtliche Versuche, daran etwas zu ändern, waren sinnlos.

Irgendwie fand sie ihre Stimme wieder, allerdings war sie reichlich dünn und beschämend piepsig. »Bist du sicher?«

Er blickte an sich hinab, fuhr mit den Handflächen über Hüften und Hintern, als ob er nach Abdrücken für Unterwäsche suchte, und als seine langen, schlanken Finger seinen Reißverschluss streiften, entschlüpfte Tanya ein gequältes Stöhnen.

»Ziemlich sicher.« Er blickte wieder auf.

»Na gut.« Jillian stand in Flammen, ihr Herz klopfte wie verrückt in ihrer Brust. Socken. Er brauchte Socken. Socken waren nicht sexy. »Dann holen wir dir eben noch Socken und Toilettenartikel.« Sie wandte sich an Tanya. »Kann er die Sachen anbehalten?«

»Selbstverständlich.« Tanya musterte Reseph, als ob er ein Steak und sie am Verhungern wäre. »Dann müssen wir uns nur etwas einfallen lassen, wie wir an die Preisschilder kommen, zum Scannen.«

Wie das aussehen würde, konnte sich Jillian vorstellen.

Sie schnappten sich rasch ein Paket Socken und diverse Toilettenartikel. An der Kasse nutzte Tanya weidlich die Tatsache aus, dass Reseph einige der Kleidungsstücke, die sie einscannen musste, bereits trug. Jillian war sich ziemlich sicher, dass sich an der hinteren Seite seiner Jeans kein Preisschild befand, und nachdem sie endgültig genug davon hatte, wie Tanya Reseph begrapschte, entdeckte Jillian das Etikett schließlich selbst – es hing gleich außen am Hosenbund.

Reseph ließ das Ganze amüsiert über sich ergehen, aber Jillian musste eines zugeben: Wenn es auch Tanyas Zuwendung war, die ihn zum Grinsen brachte, so war es Jillians Berührung, die seine Augen vor Hitze dunkel verfärbte.

Sie war sich nicht sicher, ob das gut oder schlecht war. Doch, sie war sich sicher. Er brauchte Hilfe, die sie nicht leisten konnte, also musste er gehen. Sich auf einen Mann ohne Vergangenheit einzulassen … daraus konnte sich ja nichts Gutes entwickeln.

»Und wohin jetzt?«, fragte er, als sie wieder in den Truck stiegen.

»In den Futtermittelladen und dann ab zur Polizei.«

Mit einem Mal war er ganz angespannt, er schluckte und sah sie ernüchtert an. »Was, wenn die rausfinden, dass ich ein … schlechter Kerl bin?«

»Das werden sie nicht.« Sie ließ den Motor an.

»Bist du sicher?«

Nein. »Ja.«

Er sagte nichts mehr, als sie zum Futtermittelladen fuhren, und in den zwei Minuten, die sie brauchte, um acht Säcke Getreide zu bezahlen, hatte er sie bereits säuberlich auf der Ladefläche des Pick-ups aufgestapelt. Er wartete an der Hecktür auf sie, den Ellbogen oben aufgestützt, einen Fuß lässig über den anderen gelegt.

»Mir ist aufgefallen, dass der Boden unter deinem Getreidelager feucht ist«, sagte er. »Ich könnte ein paar von den umgestürzten Bäumen hinter dem Haus dazu verwenden, eine erhöhte Plattform für das Getreide zu bauen, wenn wir zurückkommen.« Er schenkte ihr ein schiefes Lächeln. »Mit einem Geschirrspüler kenn ich mich nicht aus, aber aus irgendeinem Grund bilde ich mir ein, mit Werkzeug ganz gut klarzukommen.«

Die Art, wie er ihr das anbot, so zwanglos, als ob seine Situation ganz alltäglich wäre, drückte ihr das Herz ab. Nichts an alldem hier war zwanglos oder alltäglich oder auch nur willkommen. Sie konnte sich um sich selbst kümmern. Sie brauchte ihn nicht, wollte sich nicht von ihm abhängig machen, und ganz sicher wollte sie sich nicht daran gewöhnen, ihn um sich zu haben.

Als sie das letzte Mal einen Mann in ihr Leben gelassen hatte, hatte sie am Ende nicht nur ein gebrochenes Herz gehabt, sondern obendrein noch ein paar gebrochene Knochen.

»Danke«, sagte sie entschieden, als sie in den Truck sprang, »aber das wird nicht nötig sein. Ich komm schon klar.«

Er setzte sich neben sie, ohne sich die Mühe zu machen, sich anzuschnallen, während sie aus der Parklücke zurücksetzte. »Du nimmst nicht gerne Hilfe an, oder? Warum nicht?«

Plötzlich stieg praktisch aus dem Nichts Wut in ihr auf, die sie in ihrer Intensität selbst schockierte. »Weil man immer im Stich gelassen wird, wenn man gerade am dringendsten Hilfe von jemandem brauchen könnte.«

»Du hast mich nicht im Stich gelassen, als ich dich brauchte«, sagte er leise.

Mit schmerzhaft schlechtem Gewissen schoss sie auf den Parkplatz vor dem Polizeirevier, schnappte sich die Tüte mit Resephs Einkäufen und rannte praktisch hinein.

»Hey, Jillian.« Matthew Evans, der in der Highschool zwei Jahre über ihr gewesen war, stand hinter seinem Schreibtisch. »Stacey hat heute Abend keinen Dienst.«

»Ich bin nicht wegen Stacey hier.« Sie tätschelte Resephs Arm. »Ich habe hier ein Rätsel für dich.«

»Was gibt's?«

»Das ist Reseph. Ich hab ihn in der Nähe meines Hauses gefunden. Er hat eine Amnesie, und wir wissen nicht, wer er ist.«

Matthew warf ihr einen Blick der Marke *Das kann doch wohl nicht dein Ernst sein* zu. »Machst du Witze?«

»Leider nein.«

Nach einem Moment, in dem er vermutlich versuchte zu entscheiden, ob er ihr die Geschichte abkaufen sollte oder nicht, nickte Matthew. »Okay, dann werden wir erst mal einen Bericht aufnehmen und dann sehen, wie wir weiter verfahren wollen.« Er winkte mit seinem Stift in Resephs Richtung. »Wissen Sie denn noch irgendetwas? Wo Sie wohnen? Wie Sie auf den Berg gekommen sind?«

»Nein.« Resephs Stimme war ruhig und ernst, genau das Gegenteil von dem, wie er mit ihr und Tanya gewesen war.

»Das Einzige, was wir haben, ist sein Vorname«, ergänzte Jillian.

Matthew geleitete sie zu einer Gruppe von Stühlen, und die nächste halbe Stunde verbrachten sie damit, Fragen zu beantworten und Formulare auszufüllen. Als sie damit fertig waren, stand Matthew auf. Jillian und Reseph folgten seinem Beispiel.

»Ich werde mit der State Police Kontakt aufnehmen und ihnen den Fall übergeben. Aber zuerst werde ich mal das hiesige Obdachlosenheim anrufen, damit Sie eine Unterkunft bekommen, Reseph.« Er wandte sich an Jillian. »Es war schön, dich zu sehen.« Damit verließ er den Raum.

»Was meint er denn mit Obdachlosenheim?« Resephs Kristallaugen blickten fragend in ihre.

Scheiße. Jillian stieß einen langen Seufzer aus. »Dort wirst du ab sofort bleiben. Matthew und die Sozialarbeiter werden dir dabei helfen, herauszufinden, wer du bist.«

Er biss die Zähne derartig fest zusammen, dass sein Kiefer vernehmlich knackte. »Und wenn sie es nicht herausfinden?«

»Dann werden sie dir dabei helfen, allein klarzukommen.«

Er trat näher an sie heran, überwältigte sie mit seiner Größe, seiner Präsenz, seinem maskulinen Duft nach freier, wilder Natur. »Ich will aber nicht in so ein Heim. Ich will bei dir bleiben.«

»Das geht nicht.« Sie wich zurück, musste sich unbedingt von der magnetischen Anziehungskraft befreien, die ihn zu umgeben schien. »Du brauchst Dinge, die ich dir nicht geben kann.«

»Ich kenne diese Leute nicht.« Er klang so verstört, dass sie beinahe die Hand nach ihm ausgestreckt hätte. Lieber Gott, wie leicht er ihre Emotionen aufwühlte. Ein weiterer Grund, warum er gehen musste. »Ich will sie auch gar nicht kennen.«

Sie musste hart bleiben. Nicht seinetwegen, sondern ihretwegen. »Reseph, ich habe auf meiner Farm mehr als genug zu tun. Da kann ich nicht noch einen Streuner gebrauchen.«

»Streuner?« Im nächsten Moment hatte er sich auf sie gestürzt. Sie hatte nicht einmal Zeit, sich zu fürchten oder seine Absichten zu hinterfragen, weil sich sein Mund da schon auf ihrem befand und sein Körper sich wie eine Wand gegen ihre Kurven drückte. »Fühlt sich das vielleicht an, als ob ich nichts als ein Streuner wäre?«, murmelte er gegen ihre Lippen.

Gütiger … Himmel. Nein, das tat es nicht, aber sie konnte es einfach nicht riskieren, eine Beziehung mit ihm einzugehen schon gar nicht mit jemandem, der sich möglicherweise am Ende als Serienmörder oder so entpuppen würde. Sie kannte sich mit Kerlen aus, die vollkommen anders waren, als man gedacht hatte.

»Reseph, bitte …«

Er küsste sie erneut, nahm ihr Gesicht in seine breiten Hände, und ihr fiel nicht einmal ein, zu protestieren. Ganz im Gegenteil, als seine Zunge über ihre geschlossenen Lippen fuhr, öffnete sie sich für ihn. Was er sogleich ausnutzte – seine Zunge drängte sich gegen ihre, doch dann verlangsamte er sein Tempo und knabberte an ihrer Unterlippe. Seine meisterliche Verführungskunst ließ sie dahinschmelzen, als ob sie keinen einzigen Knochen im Leib hätte. Ihre Atemzüge wurden unregelmäßig, als sie sich immer mehr in seinem Kuss und dem Gefühl seines Körpers verlor, der sie gegen die Wand presste.

Ihr eigener Körper mühte sich ab, ihm sogar noch näher zu kommen. Jeglicher Sinn für Zeit und Ort wurde zu einer unbestimmten Erinnerung in ihrem Hinterkopf, als Resephs fester Oberschenkel sich zwischen ihre Beine drängte und seine Brust sich gegen ihre Brüste drückte.

»Bring mich nach Hause, Jillian.« Seine geflüsterten Worte kitzelten ihre vom Kuss geschwollenen Lippen. »Ich verspreche dir, dass du von mir nie wieder als Streuner denken wirst.«

Verführerisch. So verdammt verführerisch.

»Was soll denn das?!« Matthews Stimme knallte wie eine Peitsche in dem kleinen Zimmer, sodass sie zusammenzuckte. »Weg von ihr, Freundchen!«

Reseph wurde vollkommen – gefährlich – ruhig. Dann wandte er ganz langsam den Kopf. »Verpiss dich, *Freundchen*.«

Was auch immer Matthew in Resephs Miene sah – er trat zurück und legte seine Hand auf die Pistole an seiner Hüfte.

Oh, Scheiße. Mit klopfendem Herzen glitt Jillian hinter Resephs Körper hervor und stellte sich zwischen die beiden Männer. »Ist schon gut, Matthew. Wir haben uns nur verabschiedet.«

Mit einem Schlag verpuffte die bedrohliche Aura, die Reseph umgeben hatte, und Schmerz blitzte in seinen Augen auf. Sie hätte beinahe nachgegeben. Hätte ihn beinahe gebeten, mit ihr nach Hause zu kommen. Stattdessen gelang ihr ein zittriges Lächeln.

»Pass auf dich auf, Reseph.«

Und dann machte sie, dass sie wegkam.

6

Ein stechender Schmerz durchbohrte Reseph, als Jillian davonging. Er hörte, wie ihr Truck den Parkplatz verließ, und spürte ein tiefes, scharfes Brennen. Sie hatte ihn verlassen. Sie hatte ihn tatsächlich verlassen. Es schien ihr nicht einmal allzu schwergefallen zu sein. Sie hatte keinen Blick zurückgeworfen, war aus dem Gebäude gerannt, als ob sie es nicht erwarten könnte, von ihm wegzukommen.

Aber warum nur? Auch wenn er sich nicht daran erinnerte, mit einer Frau zusammen gewesen zu sein, erkannte er Verlangen, wenn er es sah – und spürte. Bei ihrem Kuss hatte sie wie eine Frau reagiert, die sich nichts anderes wünschte, als ihrem Mann die Kleider vom Leib zu reißen. Sie hatte geglüht wie ein Holzofen, und ihr Körper hatte sich so mühelos an seinen geschmiegt, dass kein Platz für Zweifel blieb: Wenn sie allein gewesen wären – er hätte innerhalb von Minuten in ihr sein können.

Warum also hatte sie ihn alleingelassen?

»Es ist besser so«, sagte Matthew, dieser Volltrottel. »Sie hat in ihrem Leben schon genug durchgemacht, auch ohne sich noch um Sie kümmern zu müssen.«

Reseph ignorierte die gegen ihn gerichtete Spitze. »Was hat sie denn durchgemacht?«

»Nichts, was Sie etwas angeht.« Matthew deutete auf die Tür. »Kommen Sie. Ich bring Sie jetzt ins Heim.«

Da er keine Wahl hatte, packte Reseph seine Tüte und gestattete es dem Blödmann, ihn ein, zwei Kilometer weit zu fahren, bis zu einem Gebäude, das wie ein ehemaliges Gefängnis aussah. Oder ein Gefängniskrankenhaus.

Deputy Dämlich bestätigte seinen Verdacht. »Das war mal ein Sanatorium.«

»Und jetzt ist es ein Obdachlosenheim? Gibt es hier so viele Obdachlose?«

»Wir mussten es wieder aufmachen, als die Dämonen kamen. Eigentlich ist es gar kein Obdachlosenheim, sondern eher ein Frauenhaus.« Er zeigte auf den Spielplatz neben dem Gebäude, wo ein halbes Dutzend Kinder neben der Schaukel einen Schneemann bauten. »Die meisten von ihnen haben ein Zuhause.«

»Aber warum leben sie dann mit ihren Kindern hier?«

»Viele ihrer Ehemänner sind fortgegangen, um zu kämpfen, und nie wieder nach Hause gekommen. Die Frauen haben Angst davor, allein zu sein.«

»Aber die Dämonen sind weg.«

Die Miene des Deputys wurde traurig. »Nicht für sie.«

Sie betraten das Haus. Scheiße, das Heim war echt deprimierend. Jemand hatte versucht, die grauen, rissigen Wände mit bunter Farbe, Kunstwerken aus Bastelpapier und billigen Weihnachtsgirlanden zu verschönern, aber es war nach wie vor eine Blutkröte, die sich als Kätzchen verkleidet hatte.

Augenblick mal … was zur Hölle war eine Blutkröte? Fing er endlich an, sich zu erinnern? Gott, er hoffte es. Nachdem Jillian fort war, brauchte er unbedingt etwas, woran er sich festhalten konnte.

Verdammt noch mal, warum hatte sie ihn nur verlassen?

Eine grauhaarige Dame nahm sie an der Anmeldung in Empfang, und Reseph ließ sich von ihr in eine Zelle führen. Betonmauern, eine Pritsche und ein Aktenschränkchen mit zwei Schubladen, das als Kommode fungierte.

Das sollte also sein Zuhause sein.

Es war kein Vergleich mit Jillians warmem, gemütlichem Blockhaus.

Die Dame, Nancy, reichte ihm ein Klemmbrett mit Formularen. »Das müssten Sie für mich ausfüllen, soweit Sie können, und neben der Markierung unterschreiben. Dabei ist auch noch ein Blatt mit der Hausordnung und ein Arbeitsplan, dem Sie zustimmen müssen. Hier packen alle mit an, von Putzen über Wäschewaschen bis hin zu Gartenarbeit und Kochen. Der Waschraum der Männer ist gleich den Flur hinunter.«

Damit ließ sie ihn mit seinen Formularen und einem dünnen schwarzen Stift allein.

Alles, was er auf dieser Welt besaß, steckte in einer Plastiktüte, und er ließ sich auf die Liege sinken. Aber nicht einmal diese Dinge gehörten ihm wirklich. Jillian hatte das Zeug für ihn gekauft.

Und was jetzt?

Er wollte nicht hier sein. Wollte nicht von Jillian weg sein. Dieser Kuss … verdammt, dieser Kuss. Er hatte sich schon vorher zu ihr hingezogen gefühlt, aber hinter der Intimität, die sie geteilt hatten, schlummerte noch etwas wesentlich Stärkeres.

Klar doch, und davon war sie so beeindruckt, dass sie dich hat stehen lassen wie einen räudigen Straßenköter vor dem Tierheim.

Seine Finger schlossen sich enger um die Tüte. Vielleicht hatte er ihr doch mehr Angst eingejagt, als sie zugegeben hatte. Vielleicht war er eine zu große Last gewesen.

Er erinnerte sich an alles, was sie für ihn getan hatte: Sie hatte ihn bis zu ihrem Haus geschleppt und sich um ihn gekümmert, hatte für ihn gekocht, ihm Kleidung gekauft und ihm Hilfe besorgt. Zugegeben, er war eine Last gewesen. Aber das musste er nicht sein. Während er weiterhin daran arbeitete, herauszufinden, wer er war, konnte er ihr im Haus und mit den Tieren helfen. Sich seinen Lebensunterhalt verdienen, so wie er es auch hier tun würde.

»Aber diese Option hat sie dir nicht angeboten, Idiot.«

Er grummelte weiter vor sich hin und sah durch das enge, vergitterte Fenster auf den Spielplatz hinaus, wo eine Frau Kinder bei einer Schneeballschlacht beaufsichtigte. Sie lächelte ihnen immer wieder zu, doch Reseph merkte ihr die Nervosität an. Ihre starre Körperhaltung zeugte davon, dass sie bereit war, beim geringsten Anlass zu kämpfen oder zu fliehen; ihr Blick wanderte unruhig über ihre Umgebung, als ob sie jederzeit damit rechnete, von Ungeheuern überfallen zu werden.

Diese Frauen haben Angst davor, allein zu sein. Matthews Stimme hallte in Resephs Ohren wider.

Sie befanden sich nach wie vor in den Krallen ihrer Dämonen. Jillian war genau wie sie. Er hatte es in ihren Augen gesehen, als sie an jenem Abend zusammen in der Scheune waren. Ob Jillian verletzt worden war? Oder war sie verwitwet? Sie hatte keinen Ehemann erwähnt, aber vielleicht war ihr Verlust einfach zu schmerzhaft, um darüber zu sprechen.

Reseph musste mehr herausfinden. Sicherlich kannte irgendjemand Jillian gut genug, um ihm etwas über sie zu erzählen.

Er warf das Klemmbrett beiseite und machte sich auf die Suche nach Nancy. Sie war nicht am Empfang, aber er hörte ihre Stimme aus einem Zimmer ein Stück den Korridor hinunter. Schon nach wenigen Schritten verlangsamte er sein Tempo, als er ihre Stimme deutlich von denen der anderen beiden Frauen unterscheiden konnte.

»Ich bin nicht sicher, ob es mir wirklich gefällt, einen Mann hier wohnen zu haben«, sagte Nancy. »Vor allem jemanden mit Amnesie. Ich meine, was wissen wir denn schon über ihn – er könnte sogar ein Serienmörder sein.«

Immer diese … *Vorurteile.* Reseph – tief verletzt – unterdrückte einen Fluch. Nancy könnte recht haben, aber er könnte genauso gut ein weltberühmter Chirurg sein, der Zeit und Geld Waisen in der Dritten Welt opferte.

»Hat der Deputy nicht gesagt, er würde seine Fingerabdrücke überprüfen?«, fragte eine Frau, deren Stimme nach zwei Päckchen Zigaretten am Tag klang.

»Das bringt aber nur was, wenn seine Abdrücke in der Datenbank sind«, sagte eine andere Frau.

»Ich weiß ja nicht, wie's euch geht«, sagte die Raucherstimme, »aber nach allem, was den beiden Bjornsens passiert ist, macht mich die Tatsache, dass dieser Reseph nur zwei Kilometer von ihnen entfernt gefunden wurde, ganz schön nervös.«

»Die Bjornsens?«, fragte Nancy.

Die rauchige Stimme der Frau wurde noch tiefer. »Die Bjornsens, das ist dieses komische Pärchen, das aus Kalifornien hergezogen ist.«

»Die hab ich mal getroffen«, sagte Nancy. »Was ist denen denn passiert?«

»Schhhh. Ich glaube, das ist noch gar nicht offiziell. Ich weiß es auch nur, weil ich zufällig gehört habe, wie Sheriff Miller im *Purple Plate* telefoniert hat. Er sagte, dass die Bjornsens vor ein paar Nächten in ihrem eigenen Wohnwagen abgeschlachtet worden sind. Was für ein Zufall, dass dieser Mann genau zur selben Zeit hier auftaucht und sich an nichts erinnern kann.«

Reseph drehte sich der Magen um. Er glaubte nicht, dass er so etwas getan haben könnte, aber das Schlüsselwort hier war *glauben*. *Wissen* tat er nicht allzu viel. Auch wenn er sich ziemlich sicher war, dass er kein wohltätiger Weltklassechirurg war.

»Hat die Polizei ihn deswegen schon verhört?«

»Ich weiß es nicht, aber soweit ich gehört habe, soll angeblich ein Tier für diese Todesfälle verantwortlich sein.« Die Stimme der Frau wurde zu einem Flüstern. »Oder ein Dämon.«

»Sag so was nicht«, erwiderte Nancy scharf. »Die Dämonen sind weg.«

Reseph wich rückwärts von der Tür zurück. Ein Mörder lief frei herum, ganz in Jillians Nähe, und ob es nun ein Dämon oder ein Tier war, spielte keine Rolle. Auch wenn er nach wie vor traurig und wütend war, wie sie ihn im Stich gelassen hatte – er würde sie nicht im Stich lassen.

Aber was, wenn es doch du warst, der diese Leute umgebracht hat? Das konnte nicht sein. Schließlich hätte Deputy Dämlich ihn verhört, wenn er auch nur den geringsten Verdacht gehabt hätte.

Reseph musste den Tatort sehen. Musste wissen, dass er für das Abschlachten der Bjornsens nicht verantwortlich war.

Aber zuerst musste er sich vergewissern, dass es Jillian gut ging.

Ohne Reseph war das Haus so leer. Schlimmer noch, Jillian sah immer wieder sein Gesicht vor sich, wie er sie angesehen hatte, als sie ihm gesagt hatte, dass sie ohne ihn nach Hause fahren würde. Sie war absichtlich grausam gewesen, wollte ihn dazu bringen, wütend auf sie zu sein, doch stattdessen hatte er sie geküsst. Sie geküsst, dass es ihr den Atem verschlagen hatte.

Trotzdem hatte sie ihn verlassen.

Er kannte niemanden. Er hatte kein Zuhause, keinen Job, keine Freunde. Und sie hatte ihn einfach stehen lassen, hatte dafür gesorgt, dass man ihn in ein Frauenhaus abschob.

Zweifellos hatte Reseph dort mehr als genug Gesellschaft.

Dieser spezielle Gedanke brachte sie derartig auf, dass sie aufhörte, sich um ihn Sorgen zu machen.

Eine ganze Stunde lang.

Dann fiel ihr auf, wie groß das Wohnzimmer ohne ihn wirkte. Wie einsam der Küchentisch aussah, wenn er nicht da war, und sie sich nicht mit ihm unterhalten konnte.

Und wie dämlich es von ihr war, sich dermaßen wegen jemandem aufzuregen, der sich nur ein paar Tage lang in ihrem Haus aufgehalten hatte.

Aber *wow!*, dieser Jemand konnte küssen. Selbst jetzt noch wurde ihr ganz heiß, wenn sie daran dachte. Die Art und Weise, wie er sie berührt hatte, hatte sie in Brand gesetzt. An der Position seiner Hände war nichts Unangemessenes gewesen, aber an ihren Gedanken schon.

Als sie gerade den Mantel zuknöpfte, um ihre abendlichen Pflichten zu erledigen, klingelte das Telefon. Sie hob ab, und am anderen Ende war Stacey, die sich gar nicht erst mit einem Hallo aufhielt.

»Warum hast du mir nicht erzählt, dass du das ganze Wochenende über einen fremden Mann bei dir zu Hause hattest?«, fuhr Stacey sie an. »Einen fremden Mann mit Amnesie?«

»Ich wünsche dir ebenfalls einen guten Abend, Stacey.«

»Und?«

Wenn Stacey eines war, dann hartnäckig. »Die Telefonverbindung war untergebrochen, und mit Rauchsignalen kenn ich mich leider nicht aus.«

»Dir ist aber schon klar, dass er dich mit einer Kettensäge hätte zerteilen und es Monate hätte dauern können, ehe das irgendjemand überhaupt mitkriegt?«

Jillian seufzte. »Du bist doch ständig hier oben. Du hättest meinen armen zerfetzten Körper nach wenigen Tagen entdeckt.«

»Darum geht's doch gar nicht«, sagte Stacey, »und das weißt du genau.«

»Na, du sagst mir doch immer, dass ich einen Mann im Haus brauche.«

Stacey fluchte – und Jillian hätte sich vor Lachen beinahe in die Hose gemacht. Ihre Freundin war bei ernsten, tief religiösen

Eltern aufgewachsen; wenn sie also dann doch einmal ein unanständiges Wort benutzte, kam es als ein Flüstern oder praktisch unverständlich heraus.

»Einen *Mann*«, schoss Stacey zurück. »Nicht Freddy Krueger.«

»Vertrau mir«, murmelte Jillian. »Reseph ist kein gruseliger Messerstecher wie aus dem Film.« Sie lehnte sich mit der Schulter gegen die Tür. »Arbeitest du heute Abend?«

»Ja. Darum ruf ich ja an. Ich hab nämlich gerade einen Anruf von Nancy Garrett erhalten.«

Ein ungutes Gefühl kroch Jillians Rückgrat hinauf. »Die Frau, die das Heim leitet?«

»Genau. Wie's aussieht, ist Freddy abgehauen.«

Jillian stand mit einem Schlag wieder kerzengerade. »Abgehauen? Hat er denn niemandem gesagt, wo er hinwollte?«

»Nö. Nancy wollte vor ein paar Minuten nach ihm sehen, und da war er weg.«

»Scheiße.« Jillian blickte wild um sich. Schlüssel. Wo waren nur ihre Schlüssel? Sie musste sie wohl im Truck gelassen haben. »Du musst ihn finden. Sonst erfriert oder verhungert er da draußen.«

»Ich bin sicher, dem geht's gut. Offensichtlich war er ja auch einfallsreich genug, sich bei dir einzuschleichen.«

Jillian sah sich nach ihren Handschuhen um. »Er hat sich nirgendwo eingeschlichen.«

»Meinst du, er hat sich vielleicht an etwas erinnert?«

»Ich weiß nicht.« Sie fand die Handschuhe auf dem Wohnzimmertisch und stopfte sie in ihre Manteltaschen. »Hör mal, ich bin schon auf dem Weg zu euch. Ich helfe euch nach ihm zu suchen.«

»Nein, Jillian. Er ist nicht mehr dein Problem. Wir kümmern uns darum.«

Problem. Das war im Grunde genommen das, was sie zu ihm gesagt hatte. Er sei ein Problem. Er hatte nichts und niemanden, und sie hatte sich seiner genauso entledigt, wie manche Leute sich ihrer Haustiere entledigten, ohne einen Gedanken daran, wie verängstigt und verwirrt sie ohne die einzigen Menschen und das Zuhause sein mussten, die sie kannten. Ein überwältigendes Gefühl der Scham drohte sie zu erdrücken.

»Ich finde«, sagte Stacey ruhig, »du solltest für eine Weile bei mir wohnen.«

»Was? Warum?«

»Ich kann im Moment nicht darüber reden, aber vertrau mir, okay?«

Eisige Kälte kroch ihr bis in die Knochen. »Hat das was mit Reseph zu tun?«

»Nicht ... unbedingt. Ich würde mich einfach nur besser fühlen, wenn du nicht mutterseelenallein da draußen wärst.«

Warum meinte eigentlich jeder, sie solle nicht allein sein? Sie war gerne allein. Wenn sie allein war, hatte sie die Kontrolle über ihr Leben.

»Lass uns später noch mal darüber reden. Jetzt komme ich erst mal in die Stadt, um nach Reseph zu suchen.« Das würde sie sich nicht ausreden lassen. »Ich komm bei dir vorbei.«

Sie beendete das Gespräch, ehe Stacey ihr widersprechen konnte. Wohin konnte Reseph nur gegangen sein? Was, wenn er verletzt war oder sich verirrt hatte?

Krank vor Angst eilte sie nach draußen. Inzwischen war es völlig dunkel, aber sie hatte nicht vor, sich Sorgen darüber zu machen, was in den Schatten außerhalb der Farm lauern mochte. Reseph könnte in Schwierigkeiten stecken, und dafür trug niemand anders als sie selbst die alleinige Schuld.

Sie hatte den Truck beinahe erreicht, als ein Flüstern sie wie angewurzelt stehen bleiben ließ. Nein, kein Flüstern ... es war eher ein Hauch warmer Luft, der ihr über Wange und Ohr strich. Ein abscheulicher Geruch ließ ihre Nasenschleimhäute brennen und ein saurer Geschmack füllte ihren Mund.

Oh Gott. Ihre Knie drohten nachzugeben. Dieser Gestank war ihr schrecklich vertraut, sogar nach einem Jahr noch. Plötzlich befand sie sich wieder auf dem Parkplatz des Flughafens, eingehüllt in Dunkelheit, den Ungeheuern ausgeliefert.

Ein weiterer heißer Atemstoß zerzauste ihr die Haare. Ein Schrei stieg in ihrer Kehle auf, doch Todesangst nahm ihr die Fähigkeit, ihn auszustoßen.

Bitte nicht. Nicht noch einmal. Den ersten Dämonenangriff hatte sie nur mit Mühe überlebt. Einen zweiten würde sie nicht überstehen.

Aber sie konnte auch nicht wie ein Feigling sterben.

In einer langsamen, ungleichmäßigen Bewegung drehte sie sich um. Nichts. Vor Erleichterung begann sie zu schwanken. Nichts als leerer Raum. Aber wie konnte das sein? Sie konnte immer noch den Atem des Dämons riechen, der die Luft verpestete.

Sie verlor langsam den Verstand. Vielleicht hatte Stacey recht. Vielleicht sollte sie jetzt wirklich nicht allein sein.

Sie rannte die letzten Meter zum Truck, aber als sie nur noch wenige Schritte entfernt war, schälte sich eine Gestalt aus der Dunkelheit. Ein Dämon.

Heilige Scheiße, es war ein Dämon.

Sie blickte sich verzweifelt um. Die Scheune und das Haus waren beide gleich weit von ihr entfernt. In beiden Gebäuden gab es Feuerwaffen, aber die Gestalt kam den Weg hinauf, der zwischen ihnen lag.

Mit zitternden Händen griff sie nach dem Türgriff des Trucks.

»Jillian.«

Reseph. Oh, Gott sei Dank. In diesem Moment war Resephs Stimme das Schönste, was sie je gehört hatte. Vor Erleichterung verließen sie ihre letzten Kräfte, und sie sackte gegen den Wagen zusammen. Sein Körper nahm Gestalt an, warf eine bedrohliche Silhouette; seine unglaublichen Augen leuchteten wie Laserstrahlen, die Tüte aus dem Laden baumelte an einer Hand.

Sogar der widerliche Gestank des Dämonenatems löste sich in nichts auf, sodass sie sich fragte, ob sie sich das Ganze am Ende doch nur eingebildet hatte.

»Was …?« Sie schluckte, denn ihre Kehle war staubtrocken, ihr Herz hämmerte unregelmäßig in ihrer Brust, ihre Hände waren schweißnass. »Was machst du denn hier? Wie bist du hergekommen?«

»Einen Teil des Weges hat mich so ein Kerl hinten auf seinem Pick-up mitfahren lassen. Die letzten acht Meilen bin ich gelaufen.«

Sie schob sich vom Truck weg. »Aber wieso?«

Er kam auf sie zu, ohne ihren Blick loszulassen. »Weil die Dämonen nicht weg sind, oder, Jillian?«

Ihr ganzer Körper zuckte entsetzt zusammen. »Du hast es auch gesehen?«

»Was gesehen?«

Na toll. Jetzt würde er sie für plemplem halten. »Nichts. Ich hab keine Ahnung, was für Dämonen du meinst.«

»Oh doch«, widersprach er. »Das weißt du ganz genau.« Als er ihr immer näher kam und klar war, dass er nicht anhalten würde, wich sie zurück, bis ihr Rücken gegen den Pick-up stieß. Er ließ die Tasche einfach fallen. »Und ich werde nicht zulassen, dass du dich ihnen ganz allein stellst.«

»Ich bin bisher bestens mit ihnen zurechtgekommen.« Bis heute Abend.

Eine Hand fiel schwer neben ihr auf das Dach des Wagens.

Bumm.

Seine andere Hand donnerte zu ihrer Linken herab.

Bumm.

Sie war in einen Käfig eingesperrt, der aus seinen Armen und seinem Körper bestand.

»Da bin ich sicher. Aber jetzt musst du es nicht mehr allein tun. Wir haben beide unsere Dämonen, Jillian. Ich weiß nur noch nicht, was genau meine sind.« Er neigte den Kopf ein wenig und kam ihr noch näher, und ihr Herz schlug schneller. »Ich werde mir meinen Lebensunterhalt verdienen, und dabei weiter daran arbeiten, herauszufinden, wer ich bin. Du wirst mich nicht mehr für einen Streuner halten, das versprech ich dir.«

»Das hätte ich nicht sagen sollen.« Sie hasste sich für das Zittern in ihrer Stimme. »Ich war nur so verärgert.«

»Und jetzt? Bist du verärgert, weil ich hier bin?«

Sie sollte es sein. Sie hatte sich so viel Mühe gegeben, sich ein unabhängiges Leben weit weg von den Dämonen ihrer Vergangenheit – sowohl im wörtlichen als auch im übertragenen Sinne – aufzubauen. Sie wollte sich nicht auf irgendjemanden verlassen, wollte sich nicht auf irgendjemanden verlassen müssen. Aber die Wahrheit war, dass ihr gerade eben etwas einen Mordsschrecken eingejagt hatte, und ob der Dämon nun real oder eingebildet war, Resephs bloße Anwesenheit hatte ihn davongejagt.

»Und?«, wiederholte er. »Bist du verärgert, weil ich hier bin?«

»Nein«, gab sie ein wenig atemlos zu.

Sein Lächeln drückte puren männlichen Triumph aus. Arrogant. Dreist. Höllisch sexy. »Das dachte ich mir.«

Seine Lippen streiften die ihren, und sie machte sich nicht einmal die Mühe, anstandshalber zu protestieren. Dafür war sie viel zu froh, ihn zu sehen.

Sein Mund öffnete sich, und sie erwiderte kühn seinen Kuss, stellte sich auf die Zehenspitzen und klammerte sich an seine Schultern. Er beugte sich herab und drückte sie gegen den

Wagen. Ihre Brüste rieben sich an seiner harten Brust, fühlten sich plötzlich unglaublich sensibel an. Die Temperatur musste unter minus fünfzehn Grad liegen, aber ihr Körper brannte vor Verlangen.

Bebend schöpfte sie Atem und ließ ihre Hände zu seinem Nacken hinaufgleiten, und als ihre Fingernägel über seine Haut glitten, stieß er ein kehliges, ermutigendes Knurren aus. Sein Kuss wurde drängender, besitzergreifend. Seine Zunge glitt in ihren Mund, um sich mit ihrer zu einem leidenschaftlichen, nassen Knäuel zu vereinen.

Sie hatte ihn sich als verspielten Liebhaber vorgestellt, aber in diesem Augenblick sah sie ihn auch als rau und grob; die Art Mann, die jeden Anspruch auf Zivilisiertheit und Rücksicht fallen ließ und seine Frau einfach gegen einen Baum oder in den Boden hinein fickte.

Ja. Sie war einmal genauso eine Frau gewesen. Abenteuerlustig und wild. Kompromisslos und risikobereit. Etwas an Reseph brachte ihren Körper dazu, sich daran zu erinnern. Brachte sie dazu, sich danach zu sehnen. Sich zu fühlen, als ob sie lange Zeit ohne jegliche Nahrung hätte auskommen müssen und jetzt am Verhungern wäre.

Sie bäumte sich gegen ihn auf, und er stieß ein Zischen aus, als ihre Hüften sich gegen die Erhebung seiner Erektion hinter dem Stoff seiner Jeans drängten. Keine Unterwäsche. Er trug keine Unterwäsche.

»Du bist so verdammt schön«, murmelte er. »Ich bin nicht deswegen hergekommen, aber bei jedem Schritt, den ich näher kam, habe ich mir vorgestellt, dich wieder zu küssen.«

Sie stöhnte, als seine Lippen über ihre Wange bis zu ihrem Ohr hin wanderten. Sein heißer Atem war eine Liebkosung, seine Zähne Instrumente der Lust, als er an ihrem Ohrläppchen knabberte.

»Ja«, hauchte sie. Es war ihr vollkommen gleichgültig, wie unangebracht geil sie klang. Sie war seit über einem Jahr nicht mehr mit einem Mann zusammen gewesen, und Reseph war sowieso anders als alle Männer, mit denen sie je zusammen gewesen war.

Sie dachte darüber nach, wie verrückt dieser Gedanke war, während ihre Hand über seinen Hals zu seiner Brust glitt, mit der Absicht, noch tiefer zu wandern … als ihr bewusst wurde, dass er erstarrt war. So sehr, dass er nicht einmal mehr zu atmen schien.

»Reseph?«

»Schhhh«, flüsterte er ihr ins Ohr. »Wo ist dein Gewehr?«

Sie blinzelte. Ihr lustgetränktes Gehirn konnte mit der Frage nichts anfangen. »Was?«

»Dein Gewehr. Wo ist es?«

»In der Scheune. Warum?«

»Ich will, dass du ins Haus gehst.« Seine Stimme war ruhig, leise und so kalt, dass ihr das Blut in den Adern gefror. »Sofort. Etwas beobachtet uns.«

7

Reseph spürte etwas durchdringend Böses und sein Inneres vibrierte wie eine Stimmgabel. Irgendetwas war dort draußen, lauerte in den Wäldern, und es wollte töten.

Ganz langsam zog er sich von Jillian zurück. Er erwartete, Angst in ihr zu sehen – oh ja, die war da, in ihren Augen. Womit er nicht gerechnet hatte, war die wilde Entschlossenheit auf ihrem Gesicht.

»Ich gehe mit dir.«

»Darüber diskutiere ich nicht mit dir, Jillian. Geh ins Haus.«

Mit einem lieblichen Lächeln bückte sie sich und hob die Tüte mit seinen Sachen auf. »Na schön.«

Sie hatte viel zu leicht kapituliert, und männlicher Instinkt warnte ihn, sich lieber in Acht zu nehmen, aber zumindest hatte sie erst einmal zugestimmt, und darauf kam es an. Er führte sie langsam auf die Haustür zu, und als sie nur noch ein Dutzend Schritte von ihr entfernt waren, schickte er sie hinein und ging selbst weiter in Richtung Scheune.

Dort riss er das Gewehr von der Wand, und rannte beim Licht des Vollmonds auf die Bäume zu, in denen seinem Gespür nach die Augen lauerten, die er auf sich ruhen gefühlt hatte. Die düsteren Schwingungen waren verschwunden, aber die Luft war ganz still, der Wald viel zu ruhig, als ob sogar die Natur selbst sich voller Angst zusammenkauerte.

Resephs Adrenalinspiegel stieg, als er durch den Schnee schlich, zwischen Bäumen hindurch, und sich an die Schatten hielt, die der Silberschein des Mondes warf. Das Pferdetattoo auf seinem Arm kitzelte, als ob es sich unter seinem Hemd bewegte. Er ignorierte es und setzte seinen Weg fort.

Vor ihm hatte irgendetwas Dunkles den Schnee bespritzt und die makellose weiße Landschaft zerstört. Der metallische Geruch von Blut lag schwer in der Luft, aber zumindest war es kein menschliches Blut.

Ganz schön krank, dass du einfach so weißt, dass es kein menschliches Blut ist.

Er brachte seine innere Stimme zum Schweigen und nahm sich vor, diese Tatsache in Zukunft der Einfachheit halber zu ignorieren.

Er duckte sich und schlich sich heran. Die Szene vor ihm schien vor Bösem zu pulsieren. Die Spuren im Schnee sagten ihm, dass hier ein Kampf stattgefunden hatte, allerdings vor seiner Ankunft, denn sonst hätte er etwas gehört.

Er musterte die Spuren. Ein Teil von ihnen stammte von einer großen Katze, höchstwahrscheinlich einem Puma. Die anderen … Gott, wer hatte die nur hinterlassen? Die Abdrücke hatten dieselbe Größe wie der Fuß eines großen Mannes, aber die vier Zehen waren viermal so lang – und mit Klauen bewehrt. Was auch immer es war, es hatte den Kampf gewonnen und den Puma entweder gefressen oder woandershin gebracht. Die Spuren des Berglöwen führten zu der Stelle hin, aber nicht von ihm weg.

Hinter ihm knackte ein Zweig. Er wirbelte herum, das Gewehr in die Richtung des Geräuschs gerichtet. Er sah Jillian, bevor sie ihn entdeckte. Sie hatte eine Pistole dabei – *verdammt!* Darum hatte sie so schnell nachgegeben. Sie war ins Haus gegangen, um noch eine Waffe zu holen.

Ihr Mut verärgerte und erregte ihn zugleich. Er hatte schon immer auf knallharte Frauen gestanden. Zumindest glaubte er das.

Aber das hier sollte sie nicht sehen. Sie hatte schon genug mit ihrem Trauma zu kämpfen, und bis er wusste, worum genau es sich handelte, würde er ihre Sorgen sicherlich nicht noch vergrößern. Eilig zertrampelte er die gruseligen Spuren und ging ihr entgegen, als sie nur noch ein paar Meter von ihm entfernt war.

»Ich hab dir doch gesagt, du sollst im Haus bleiben.«

Sie sah ihm ruhig in die Augen. »Weißt du, das ist so 'ne Sache. Es ist *mein* Haus, und auf meinem eigenen Grund und Boden sagt mir niemand, was ich zu tun oder zu lassen habe. Wenn du hierbleiben willst, solltest du das lieber in deinen Dickschädel kriegen. Kapiert?«

»Kratzbürstig.« Er zwinkerte ihr zu. »Das gefällt mir.«

Sie verdrehte die Augen. Dann näherte sie sich der unheimlichen Szene. »Was ist hier los?«

»Sieht so aus, als ob ein Puma einen Hirsch gerissen hätte.« Er versuchte sie abzufangen. »Er ist weg. Lass uns lieber zum Haus zurückgehen.«

Sie runzelte die Stirn. Ihre besorgte Miene gefiel ihm ganz und gar nicht. Sie war viel zu anständig, um sich immerzu Sorgen zu machen. »In letzter Zeit hat es eine ganze Reihe von Puma-Angriffen gegeben.«

»Auf wen? Hirsche? Vieh?«

»Menschen.« Sie steckte ihre Waffe wie ein Profi ins Holster. »Das ist seltsam.«

»Das ist so heiß!«

»Was?« Ihr Kopf zuckte zurück, als ob ihr jemand eine Ohrfeige verpasst hätte. »Dass Pumas Menschen fressen, ist heiß?«

»Nein.« Er grinste. »Du. Wie du mit der Waffe umgehst. Das ist verdammt sexy. Heiße Girls mit Waffen … einfach traumhaft.«

»Du«, sagte sie mit größtem Ernst, »bist ein sehr seltsamer Mann.«

»Ich bin auch ein sehr hungriger Mann«, sagte er, mehr um sie abzulenken, als wegen seines knurrenden Magens. »Hast du was zu essen?«

»Komm mit«, grummelte sie. »Ich werde dich füttern.«

Als sie sich auf den Rückweg zu ihrem Haus machte, folgte er ihr auf den Fersen, während er nach allem Ausschau hielt, was möglicherweise beschließen könnte, sie für genauso köstlich zu halten, wie Reseph selbst es tat. Aber als sie dann in Sichtweite des Hauses waren, konnte er der Versuchung nicht länger widerstehen; er schnappte sich eine Handvoll Schnee und warf einen Schneeball nach ihr. Er zerbarst auf ihrem Rücken und bedeckte sie von oben bis unten mit weißem Puder.

»Dafür wirst du bezahlen.« Ihre Warnung kam in einem spöttischen Singsang, der ihn weiter anspornte. Also warf er noch einen, der auf ihrer Schulter explodierte. »Ich war auf der Highschool im Softball-Team, Freundchen. Also sieh zu, dass du Land gewinnst.«

Klar doch. Jetzt bettelte sie geradezu um eine Abreibung. Er bückte sich nach einer weiteren Handvoll Schnee, als sie ihm einen Klumpen an den Kopf donnerte, der die Größe seiner Faust hatte. Heiliges Kanonenrohr! Schneeklumpen zogen eisige Spuren über seine Haut, als sie ihm unters Hemd glitten. Noch während er sich aufrichtete, um sich bei ihr zu revanchieren, traf ihn ein weiterer Schneeball im Nacken.

»Du kleine –« Er brach ab, um dem nächsten Geschoss zu entgehen, das sie auf ihn schleuderte und das ihn am Arm traf. Und dann war sie auch schon weg, rannte pfeilschnell aufs Haus zu. Ihr Lachen klang hell wie eine Glocke durch die klare Nachtluft.

Er jagte sofort hinterher und holte rasch auf. Sie mochte ja besser zielen, aber er war schneller und brauchte nur kurz den Turbo einlegen, um sie nach wenigen Sekunden einzuholen.

Er warf das Gewehr beiseite und rannte sie um, wobei er sich allerdings im Fallen drehte, sodass sie auf ihm zu liegen kam. Ihren Schrei, der Empörung und Entzücken zugleich war, unterbrach er einfach mit einem Kuss. Eine Sekunde lang wehrte sie sich noch spielerisch und trommelte mit den Fäusten gegen seine Brust, doch er drehte sie einfach auf den Rücken und benutzte sein Gewicht, um sie festzuhalten, und seinen Mund, um sie zu verführen.

Mit einem Seufzer entspannte sie sich; sie legte die Arme um ihn und rückte ein Stück beiseite, sodass er zwischen ihren Beinen zu liegen kam. Lange konnten sie im kalten Schnee nicht ausharren, aber er wollte dies genießen, wenn auch nur für eine Minute. Sie schmeckte wie Limonade aus Zitronen und Limonen, und sie roch nach purer Natur, wie eine reine Bergquelle. Sie war wunderbar. Am liebsten hätte er einfach nur weiterhin ihren Duft eingeatmet, sie mit seinem Körper umschlungen und wäre für immer so liegen geblieben.

»Lass uns reingehen«, sagte er, den Mund an ihre seidigen Lippen gepresst. »Ich würde das sehr viel lieber vor dem Feuer machen.«

Ihre Augen schimmerten im Mondlicht. »Ich weiß nicht, ob ich für mehr als das hier bereit bin«, flüsterte sie. »Ich kenne dich doch nicht … und es ist schon so lange her.«

Er war bereit. Er war so bereit, dass sich seine Eier anfühlten, als ob sie gleich explodieren würden. Aber er würde sie nicht drängen. Jillian war ihm jetzt schon viel zu wichtig, als dass er etwas tun würde, bei dem sie sich nicht wohlfühlen würde. Er konnte es langsam angehen. Oder nicht? Er runzelte die Stirn, weil sich die Vorstellung, langsam vorzugehen, verdammt fremdartig anfühlte.

»Du bestimmst das Tempo.« Er stand auf und hielt ihr die Hand hin. »Essen?«

Sie nahm seine Hand und gestattete ihm, sie hochzuziehen. »Kann es sein, dass deine Gedankengänge ziemlich eingleisig sind?«

»Nee. Zweigleisig.« Er zwinkerte ihr zu. »Dreimal darfst du raten, was das zweite ist.« Er bückte sich, um das Gewehr aufzuheben, das er beiseitegeworfen hatte, und ehe er sich's versah, hatte sie ihm eine Handvoll Schnee hinten in die Jeans gestopft.

»Das«, sagte sie selbstgefällig, »sollte das andere Gleis ein wenig abkühlen.«

Jillian war überglücklich, dass Reseph wieder da war. Sie hatte keine Ahnung, wie ein Mann, den sie kaum kannte, so schnell zu einem wesentlichen Teil ihres Lebens hatte werden und sie dazu hatte bringen können, sich in seiner Gegenwart geradezu unverschämt gut zu fühlen, aber genau so war es mit Reseph.

Und sie fühlte sich bei ihm nicht einfach nur wohl ... er vermittelte ihr ein Gefühl der Sicherheit. Wie er sich im Wald bewegte und wie er sich am Ort des Puma-Angriffs verhalten hatte, das alles drückte Selbstbewusstsein und Vertrautheit mit solchen Problemen aus. Sie hatte den Nagel auf den Kopf getroffen, als sie in ihm den Krieger sah. Vielleicht war er ja beim Militär gewesen?

Dann hatte er innerhalb von Sekunden von gefährlich und hoch konzentriert auf verspielt und frech umgeschaltet, aber sogar als er sie umgerannt hatte, hatte er nicht alle Vorsicht vergessen, sondern ihren Fall gedämpft und sie sanft umgedreht und ihrem Körper nur so viel von seinem Gewicht zugemutet, wie sie problemlos vertragen konnte.

Selbstverständlich zog sie immer noch Eisklumpen aus ihren Haaren, was sie Mr Ich-kann-Schnee-nicht-ausstehen zu verdanken hatte.

Doodle war genauso glücklich, Reseph wiederzusehen, wie sie; was er sehr eindrucksvoll illustrierte, indem er Resephs Bein in der Sekunde emporkletterte, in der dieser durch die Tür trat.

»Wenn du die Katze beschäftigst, mach ich dir schnell ein Sandwich.« Sie zog Stiefel und Jacke aus. »Sind Schinken und Käse okay?«

Reseph, der damit beschäftigt war, Doodle zu kraulen, sah auf. »Alles, was du hast, ist okay. Ich bin einfach nur glücklich, hier zu sein.«

»Ich sollte es vermutlich nicht zugeben, aber ich auch.«

Sein lausbübisches Grinsen bestätigte ihr, dass sie es nicht hätte zugeben sollen. Sie verschwand kopfschüttelnd in die Küche, froh, dass sie auf ihrem Heimweg von der Polizei beim Lebensmittelladen angehalten hatte. Sie machte ihm schnell ein Sandwich und schnappte sich ein kaltes Bier aus dem Kühlschrank.

Als sie ins Wohnzimmer zurückkam, lag Reseph auf der Seite ausgestreckt auf dem Boden und ließ für Doodle einen Ball kullern.

»Wenn du so weitermachst, wird meine Katze dich bald mehr lieben als mich.« Sie stellte Teller und Flasche auf den Tisch und amüsierte sich über das Aufleuchten in Resephs Augen. »Ja, ich hab Bier geholt. Ich dachte, wenn ich noch mal Chili mache, will ich lieber nicht, dass mich die Bier-Cops verhaften.«

»Kluge Frau.«

»Oh ja. Diese kluge Frau wird jetzt duschen und sich umziehen.« Außerdem musste sie Stacey anrufen. »Nimm dir aus dem Kühlschrank, was du willst.«

Blitzschnell sprang er auf und zog sie an sich. Wie konnte sich jemand nur derartig schnell bewegen?

»Danke.« Sie hatte keine Chance, etwas zu erwidern, da er ihr einen heißen Kuss voller Verheißung auf den Mund drückte. Und dann ließ er sie los, genauso schnell, wie er sie sich geschnappt hatte, und machte es sich mit seinem Essen gemütlich.

Leicht benommen duschte sie und zog ihren Lieblingsschlafanzug und ihren Bademantel an. Genau die Klamotten, die sie laut Stacey niemals und unter gar keinen Umständen vor einem Kerl tragen durfte, wenn sie auf Sex spekulierte. Jillian war allerdings davon überzeugt, dass nicht einmal der Schlafanzug in Übergröße aus braun-olivgrünem Karostoff Reseph abschrecken konnte. Als sie aus dem Schlafzimmer kam, stand er am Fenster und blickte hinaus. Sobald er sich umdrehte, zuckte er heftig zusammen.

»Der ist ja scheußlich.« Einer seiner Mundwinkel hob sich zu einem unverschämten Grinsen. »Du solltest ihn schleunigst ausziehen.«

»Du bist echt unmöglich, weißt du das eigentlich?«

»Ich würde den Ausdruck … hartnäckig vorziehen.« Er zeigte auf seinen leeren Teller. »Danke. Das war das beste Sandwich, das ich je gegessen habe.«

»Du weißt wirklich, wie man eine Frau dazu bringt, sich gut zu fühlen.« Viel zu spät wurde ihr klar, was sie gesagt hatte, und das Funkeln in seinen Augen verriet ihr, dass er es ebenfalls gemerkt hatte. »Sprich es ja nicht aus. Und sieh mich nicht so an.«

»Wie denn?«

Als ob du immer noch Hunger hättest. »Ich weiß nicht.«

»Doch, das weißt du.«

»Ich frage mich, ob du auch schon so arrogant warst, ehe du dein Gedächtnis verloren hast.«

In seinen Augen blitzte Schmerz auf, aber nur eine Sekunde lang; dann setzte er eine Maske der Gleichgültigkeit auf. »Vermutlich schon.«

Gott, sie fühlte sich schrecklich. »Tut mir leid. Ich wollte bestimmt nicht noch Salz in die Wunde streuen.«

»Ist schon okay.«

Zögernd legte sie ihm die Hand auf den Bizeps. »Nein, ist es nicht. Das war total unsensibel.«

Er wandte sich zu ihr um, seine mächtigen Schultern füllten ihr ganzes Sichtfeld. »Eines weiß ich jedenfalls über mich: Man kann mich nicht leicht verletzen oder beleidigen.«

Das von wegen *nicht leicht beleidigen* würde sie ihm ja vielleicht noch abkaufen. Aber sie hatte gesehen, wie schlimm es für ihn gewesen war, als sie ihn im Polizeirevier hatte stehen lassen, und genauso jetzt, als sie ihn an seinen Gedächtnisverlust erinnert hatte. Aber sie hatte nicht vor, ihn deswegen zur Rede zu stellen. Sie wusste aus eigener Erfahrung, wie sehr das Überleben davon abhängen konnte, dass man die Dinge glaubte, die man sich einredete.

»Also, leicht verletzlich bist du wirklich nicht«, sagte sie leichthin. »Es ist wirklich erstaunlich, wie schnell du dich erholt hast, nachdem du beinahe erfroren wärst.«

»Offenbar verfüge ich über ein unglaubliches Durchhaltevermögen.« Seine Stimme war leise und verführerisch. Sie würde jede Wette eingehen, dass sein Durchhaltevermögen etwas war, mit dem es sich lohnte anzugeben. »Draußen hast du gesagt, dass es schon lange her wäre, seit du Sex hattest.«

Und wieder einmal machte sich sein Mangel an Zurückhaltung bemerkbar. »Über ein Jahr.«

»Warum?«

Sie zögerte, unsicher, ob sie schon bereit war, Einzelheiten preiszugeben. »Weil ich erst hergezogen bin und nicht gleich wieder mit Verabredungen und dem ganzen Zeug anfangen wollte.« Sie bezweifelte, dass sie dazu je wieder Lust verspüren würde.

»Dazu musst du dich doch nicht verabreden«, sagte er, als ob es Gott weiß wie dämlich von ihr war, überhaupt davon zu reden. »Wer hat schon Lust, so viel Zeit und Energie damit zu verschwenden? Stürz dich doch einfach auf Sex ohne Verpflichtungen.«

Auch wenn sie absolut kein Recht hatte, wütend auf ihn zu sein, ärgerte sie seine Antwort, vor allem wenn sie daran dachte, wie charmant er Tanya umgarnt hatte. »Ist Sex für dich wirklich so unverbindlich?«

Er zuckte mit den Achseln. »Warum denn nicht? Menschen sind immer so schrecklich verklemmt. Es geht dabei doch nur um Lust. Dafür sind unsere Körper gemacht.«

Menschen? Als ob er nicht zu ihnen gehören würde? »Wir sind aber auch für Beziehungen gemacht. Für Verbindungen auf emotionaler Basis.« Sie konnte nicht glauben, dass sie für etwas plädierte, dem sie eigentlich abgeschworen hatte.

»Sich ein Leben lang binden?« Er sah aus, als ob er in etwas Bitteres, Fauliges gebissen hätte. »Das mag ja ideal gewesen sein, als die Menschen noch nicht so lange lebten, aber wer will denn schon sein ganzes Leben lang an eine einzige Person gefesselt sein?«

Gefesselt. So etwas Ähnliches hatte er schon einmal über ihr Haus und ihre Farm gesagt. »Dann willst du also niemals heiraten? Kinder haben und glücklich leben bis an dein seliges Ende?«

»Jillian«, murmelte er. »Ich kenne ja nicht einmal meinen Nachnamen. Wie kann ich da sagen, was ich vielleicht mal irgendwann in der Zukunft tun will?«

»Scheiße.« Sie stieß lautstark den Atem aus. »Tut mir leid. Ich hab keine Ahnung, warum ich mich überhaupt so aufgeregt habe.«

Er hatte einen wunden Punkt berührt, von dessen Existenz sie gar nicht gewusst hatte. Jedenfalls hatte sie kein Recht, seine lässige Haltung gefühlsmäßigen Bindungen gegenüber zu verurteilen. Seit dem Tag, an dem sie herausgefunden hatte, dass ihr Verlobter mit einer anderen verheiratet war, hatte sie niemanden mehr an sich herangelassen. Nur Stacey hatte einen Platz in Jillians innerem Kreis, und das auch nur, weil sie schon seit zwanzig Jahren dazugehörte.

Scheiße. Sie versetzte sich selbst einen Schlag gegen die Stirn. »Ich muss Stacey anrufen. Sie sucht immer noch nach dir.«

»Dann gehe ich so lange unter die Dusche.« Er streckte die Hand aus und streichelte ihre Wange. »Tut mir leid, dass ich dich verärgert habe.«

Er verschwand im Bad, und sie blieb unruhig und verwirrt zurück. Eigentlich schuldete sie ihm eine Entschuldigung, nicht umgekehrt. Ach, verdammt, er hatte es echt drauf, sie vollkommen durcheinanderzubringen. Als Fluglotsin war sie stolz darauf gewesen, immer ruhig, kühl und gefasst zu sein, sogar in Zeiten mit extrem viel Stress oder während grauenhafter Unglücksfälle. Doch Reseph gelang es immer wieder, mit nichts als einer federleichten Berührung oder einigen leisen Worten ihren ruhigen, reibungslosen Flug in Turbulenzen zu stürzen und ihren gesamten sorgfältig ausgearbeiteten Flugplan auf den Kopf zu stellen.

Geh wieder auf Kurs, du dumme Kuh.

Sie nahm sich das Telefon und wählte. Als sich ihre Freundin meldete, gab sie ihr nicht mal die Chance, Hallo zu sagen. »Stacey. Hey, tut mir leid, dass ich nicht eher angerufen habe, aber Reseph ist hier. Es geht ihm gut und ich ruf dich später noch –«

»*Warte mal!*«, drang Staceys Stimme energisch durch den Äther. »Du sagst, Reseph ist bei dir? Wann ist er angekommen?«

Jillian blickte auf ihre Armbanduhr. »Vielleicht vor anderthalb Stunden.«

»Und wie ist er zu dir gekommen?«

»Einen Teil des Weges hat ihn jemand mitgenommen, und den Rest ist er zu Fuß gegangen. Warum? Worum geht's denn?«

Als Stacey einen Moment lang schwieg, verkrampfte sich Jillians Magen vor Angst.

»Ich soll eigentlich nicht darüber reden, aber vor ein paar Tagen wurden die Bjornsens getötet, die nur ein Stück weit von dir entfernt gewohnt haben – «

»Oh mein Gott? Wie?«

»Ich erzähl dir die Einzelheiten später. Aber … verdammt, es gibt wohl keine Möglichkeit, es dir schonend beizubringen. Die Bjornsens waren nicht die Einzigen. Tut mir leid, Jillian. Es sind die Wilsons«, sagte Stacey. »Sie sind tot.«

Jillian weigerte sich, das zu glauben, doch eine erdrückende Faust legte sich ihr um den Leib und quetschte ihren Brustkorb zusammen. »Das ist doch nicht möglich. Ich hab sie heute Morgen noch gesehen. Auf dem Heimweg von der Stadt hab ich meine Eier bei ihnen abgeliefert.«

»Wann war das?«

»So gegen elf«, flüsterte Jillian.

Oh Gott, das durfte nicht sein. Sie kannte die Wilsons schon fast ihr ganzes Leben. Maggie Wilson hatte ihr Halloweenkostüme genäht und Tonnen von Pfadfinderkeksen abgekauft. Und als Jillians Vater seinen ersten Herzinfarkt hatte, hatte Joseph Wilson monatelang auf der Farm geholfen, bis ihr Vater sich erholt hatte.

»Jillian?« Staceys Stimme durchstieß das Summen der Erinnerungen in ihrem Kopf. »Bist du okay?«

»Mir geht's gut«, sagte sie heiser. »Aber warum fragst du nach Reseph? Du kannst doch unmöglich annehmen, dass er etwas damit zu tun hat.«

Wie aufs Stichwort kam Reseph aus dem Schlafzimmer. Sein Haar war feucht, sein Körper glänzte vor Nässe. Er trug nur eine nicht zugeknöpfte Jeans.

»Wir glauben, es war ein Tier, ein Puma oder ein Bär, aber

es ist vor drei bis fünf Stunden passiert. Wenn Reseph zu Fuß gegangen ist, muss er direkt an ihrem Haus vorbeigekommen sein. Möglicherweise hat er ja etwas gesehen. Ich muss mit ihm reden. Kann ich vorbeikommen?«

Jillian nickte wie betäubt; dann wurde ihr klar, dass Stacey sie ja gar nicht sehen konnte. »Ja, klar«, krächzte sie.

»Ich bin dann gleich bei euch.«

Reseph legte die Arme um sie, und sie schmiegte sich nur zu gerne hinein. »Was ist denn passiert?«

»Die Wilsons … sie waren die besten Freunde meiner Eltern. Ich bin mit ihrer Tochter zusammen aufgewachsen. Sie sind tot.«

Er drückte sie fest an sich. »Das tut mir leid.«

»Reseph … du bist an ihrer Farm vorbeigekommen. Es ist das Haus ungefähr sieben Kilometer den Berg hinunter, mit dem Wagenrad am Anfang ihrer Einfahrt. Hast du irgendwas gesehen?«

»Was denn?«

»Einen Puma vielleicht? Oder einen Bär? Oder Spuren im Schnee?«

Aus irgendeinem Grund spannten sich auf einmal seine Muskeln an, nur ein klein wenig, ehe er sich wieder entspannte. »Geht die Polizei davon aus, dass es ein Tier war, das sie getötet hat?« Als sie nickte, streichelte er beruhigend ihren Rücken auf und ab. »Ich habe weder Pumas noch Bären noch sonst was gesehen.«

Sie wusste, was *sonst was* sein konnte. Genau wie sie wusste, dass *sonst was* nicht zu sehen nicht bedeutete, dass es nicht da war.

Einige Dämonen waren unsichtbar.

8

Jillians Freundin Stacey war eine Nervensäge. Innerhalb von dreißig Sekunden wusste Reseph, dass er sie nicht ausstehen konnte. Er hielt sie allerdings für eine ausgezeichnete Freundin für Jillian. Reseph war sich sicher, dass sich die junge Polizistin mit Zähnen und Klauen ihren Weg aus irgendeiner bitteren Säuregrube der Hölle heraus gebahnt haben musste, aber er konnte nichts Schlechtes daran finden, dass sie ihre Freundin beschützen wollte.

Sie war in Jillians Haus marschiert, als ob es ihr Haus wäre, hatte Reseph einen bösen Blick zugeworfen und begonnen ihn zu verhören, als ob er der Hauptverdächtige in einer Verschwörung wäre. Einer Verschwörung, mit dem Ziel, den Präsidenten zu ermorden, wer auch immer das war. Offenbar jedenfalls nicht Washington.

Es hätte Reseph keineswegs überrascht, wenn Stacey einen Bambusstock und eine Kneifzange herausgeholt hätte, um zur nächsten Stufe der Befragung überzugehen. Als er ihr das sagte, war sie keineswegs amüsiert.

Sinn für Humor hatte sie also auch nicht.

Er hatte Jillian und Stacey ein paar Minuten allein gelassen, um sich in der Küche zu schaffen zu machen. Als er ins Wohnzimmer zurückkam, wo Jillian und Stacey auf der Couch saßen, hatte er einen Becher mit heißem Tee dabei. Er hockte sich neben Jillian und drückte ihr den Becher in die Hand.

»Du zitterst ja«, sagte er sanft. »Trink.«

Sie sah ihn verwirrt an, aber er war froh, dass sie wenigstens nicht mehr so fassungslos vor sich hin starrte. Der Tod der Wilsons hatte sie tief getroffen, und er hatte ihr angemerkt, wie schwer es ihr fiel, Staceys Verhör mitanzuhören.

»Danke.« Jillian schenkte ihm ein Lächeln, das seinen Puls gleich einen Gang zulegen ließ, ehe sie sich wieder ihrer Freundin zuwandte. »Stace, warum kümmerst du dich eigentlich um diesen Fall? Ist dafür nicht die State Police verantwortlich?«

Stacey rutschte auf ihrem Sitz zur Seite und wandte den Blick ab. Oh ja, das Luder verschwieg irgendwas. »Die State Police hat den Fall abgegeben«, sagte sie schließlich. Sie schwieg einige angespannte Sekunden lang, ehe sie mit leiser, verschwörerischer Stimme weitersprach. »Wir sollen eigentlich nicht darüber reden, aber es werden paranormale Ermittler kommen, um die Morde zu untersuchen.«

Jillians Hand zitterte inzwischen so heftig, dass Tee über den Rand kleckerte. »Ich dachte, du hast gesagt, es wären Tiere dafür verantwortlich.«

»So wie ich es verstanden habe, handelt es sich um eine reine Vorsichtsmaßnahme.« Stacey beäugte Reseph, der jetzt mit einer Serviette Tee von Jillians Arm tupfte. »Ich selbst habe keinen der Tatorte gesehen, aber ich würde mich sehr viel besser fühlen, wenn du in die Stadt kämst und bei mir wohnst.«

»Ich kann die Tiere nicht allein lassen«, widersprach Jillian.

Reseph nahm ihr die Tasse ab, ehe sie noch mehr verkleckerte. »Vielleicht solltest du mit Stacey gehen. Ich kann mich doch um die Farm kümmern.«

»Nein!« Jillians Stimme war kaum mehr als ein Knurren. »Ich werde nie wieder in Angst leben. Könnt ihr das verstehen? Dieses … *Ding* … wird nicht siegen. Ihr könnt alle beide zur Hölle fahren, wenn ihr glaubt, dass ich weglaufen – «

»Hey.« Reseph nahm ihre Hand, und als sie sie ihm entriss, ergriff er sie erneut, diesmal ein wenig fester. »Es ist okay. Niemand zwingt dich wegzulaufen.« Er warf Stacey einen Blick zu, der besagte: *Jetzt nick schon endlich!*, und sie tat es. »Wenn du hierbleiben willst, bleibe ich bei dir.«

Jillians Gesicht lief rot an. Er hatte das Gefühl, ihr Gefühlsausbruch wäre ihr ein wenig peinlich. Aber das musste es nicht sein. Sie litt offensichtlich an einem Trauma, das gleich unter der Oberfläche vor sich hin köchelte. Da war es manchmal notwendig, ein wenig Dampf abzulassen.

Stacey erhob sich. »Ich muss wieder zurück. Aber du weißt, Jill, wenn du irgendwas brauchst …« Sie beendete den Satz nicht; die Verbindung zwischen den beiden Freundinnen war so eng, dass sie nichts weiter sagen musste.

»Danke.« Jillian schenkte ihrer Freundin ein zerbrechliches Lächeln. »Es wird schon gehen.«

Stacey schnappte sich ihren Parka und warf Reseph einen vielsagenden Blick zu. »Würden Sie mich zu meinem Wagen begleiten?«

Das war keine Frage, sondern ein Befehl mit dem Subtext: *Sie tun, was ich sage, oder ich schieße.* Die Frauen in diesem Teil des Landes liebten ihre Waffen. Verdammt sexy.

Jillian schnaubte. »Stacey – «

»Schon gut«, unterbrach Reseph sie, um Ärger zu vermeiden, »ich bin gleich wieder da.«

Er folgte Stacey zu ihrem Polizeiauto. Kaum dort angekommen, drehte sie sich zu ihm herum, ein Wirbelwind brünetter Wut.

»Jetzt hören Sie mir mal gut zu, wer auch immer Sie sind. Jillian hat die Hölle durchgemacht und wagt sich erst seit ein paar Monaten wieder ein wenig aus ihrem Schneckenhaus heraus. Das Letzte, was sie jetzt braucht, ist, dass Sie hier wie ein räudiger Kater herumhängen, der Gott weiß was für einen Ballast mit sich rumschleppt.«

Räudig? Aber er würde zu gerne wissen, was Stacey meinte,

wenn sie von der Hölle sprach, die Jillian durchgemacht hatte. »Es war ein Dämon, stimmt's?«

»Das, was die Bjornsens und die Wilsons getötet hat? Ich weiß es nicht.«

»Nein. Das, weswegen Jillian die Hölle durchgemacht hat, von der Sie gerade sprachen.«

Staceys Miene war mit einem Schlag vollkommen ausdruckslos. »Das geht Sie überhaupt nichts an. Ich will, dass Sie bis morgen früh verschwunden sind. Wenn Sie weg sind, entschließt sie sich vielleicht doch noch, zu mir zu ziehen.«

Dicke Schneeflocken begannen in gemächlichen Wirbeln zu fallen. Er lehnte sich lässig mit der Hüfte gegen ihren Wagen und legte seinen Arm auf dessen Dach.

»Ja, wissen Sie … das wird nicht passieren. Was Sie da über meinen Ballast sagen, ist gar nicht so verkehrt. Und ich bin froh, dass sie eine gute Freundin hat, die auf sie aufpasst. Aber das kann ich auch. Wir wissen alle beide, dass sie die Farm nicht verlassen wird, und solange hier etwas herumläuft, das Leute umbringt, lass ich sie ganz bestimmt nicht allein. Ich werde nicht zulassen, dass irgendwas oder irgendwer sie bedroht.«

Sie hob das Kinn. »Was, wenn Sie die Bedrohung sind? Können Sie guten Gewissens sagen, dass es nicht so ist? Was, wenn Sie morgen aufwachen und sich erinnern, dass Sie ein Vergewaltiger sind? Oder ein Drogenboss? Oder ein Sklavenhändler?«

Die knallharte Stacey sprach damit Resephs eigene Ängste an, aber ihre Beispiele kamen dem, was er insgeheim befürchtete, nicht einmal nahe. Er konnte es nicht erklären, aber er hatte das Gefühl, dass, sollte er sich tatsächlich als das Arschloch herausstellen, vor dem ihm so graute, ein Drogenboss im Vergleich zu ihm wie ein verspieltes Kätzchen wirken würde.

Nicht, dass er Stacey das mitteilen würde. »Wenn ich irgend so jemand wäre, wäre der Arsch der Welt wohl der letzte Ort, an dem ich mich aufhalten würde. Ich schätze, dass ihr hier in eurem Städtchen mit gerade mal einer Ampel nicht allzu große Probleme mit Drogen- oder Sklavenhandel habt.«

»Zwei«, fuhr sie ihn an. »Wir haben zwei Ampeln.«

»Oh, na dann werde ich mal sehen, ob ich nicht einen Sklavenhandel in eurer blühenden Metropole aufziehen kann.«

Sie sah ihn mit zusammengekniffenen Augen an, was ihr allerdings nur ein Grinsen einbrachte. »Vergessen Sie ja nicht: Wenn Sie ihr wehtun, komm ich und mach Sie fertig.«

Sie schubste seinen Arm aus dem Weg, stieg ein und fuhr davon. Da sie zu heftig aufs Gaspedal trat, kam sie kurz ins Schleudern, worüber sie sich vermutlich grün ärgerte, er sich aber prächtig amüsierte.

Zumindest so lange, bis er eine Präsenz spürte. Er lauschte dem leiser werdenden Motorgeräusch von Staceys Wagen, und dann lauschte er in den Wald hinein. Der Ruf einer Eule durchbrach die Nacht, aber abgesehen davon … nichts. Doch er fühlte sich, als ob er beobachtet würde. Seltsam war nur, dass er diesmal nicht das Gefühl hatte, in Gefahr zu sein, ganz im Gegenteil. Das Gefühl, das sich in ihm ausbreitete, barg etwas ungemein Tröstliches.

»Wer auch immer du bist«, sagte er ruhig. »Ich würde dich gerne sehen. Denn im Moment hab ich das Gefühl, ich verliere den Verstand.«

Niemand erschien wie aus dem Nichts vor ihm oder trat aus dem Wald. Natürlich nicht.

»Komm schon, du verdammter Voyeur! Gib mir doch wenigstens einen Tipp!« Er drehte sich einmal um sich selbst, blickte in jede erdenkliche Richtung. »Ich nehme mal nicht an, dass du mir sagen kannst, wer ich bin? Nein? Ach, leck mich doch!«

Er wartete noch eine Minute ab, und das Gefühl verging, bis er nur noch zwei Dinge spürte: dass er draußen in der Kälte, im Dunkeln, war und dass Jillian, die warm und hell war, sich drinnen befand.

Frustriert kehrte er ins Blockhaus zurück. Als er sie nicht sofort sah, stieg augenblicklich Furcht in ihm auf. Nachdem er zuerst in der Küche nach ihr gesucht hatte, fand er sie schließlich im dunklen Schlafzimmer, wo sie auf der Bettkante saß.

»Hat Stacey dir ordentlich die Leviten gelesen?« Ihre Stimme klang rau; er hörte ihr an, dass sie den Tränen nahe war.

»Ein bisschen schon. Ich glaube, sie hätte mir am liebsten ihren Gummiknüppel in den Arsch geschoben. Aber nicht so, dass es Spaß macht.«

Sie sah auf ihre Füße. »Tut mir echt leid.«

»Das muss es nicht. Sie ist eine gute Freundin.« Er stieg auf die Matratze und streckte sich aus; dann legte er die Arme um sie und zog sie neben sich. »Geht's dir gut? Kann ich irgendwas für dich tun?«

»Das hier ist perfekt.« Sie kuschelte sich in seine Armbeuge. »Zu perfekt, fürchte ich.«

»Wie kann denn etwas zu perfekt sein?«

»Weil das der Zeitpunkt ist«, flüsterte sie, »in dem alles zum Teufel geht.«

Reaver war glücklich, als er sah, dass es Reseph gut ging. Der Reiter schien sich an das Leben in der Menschenwelt gewöhnt zu haben; er sah sogar richtig gut aus. Das hatte Reaver feststellen können, als er ihn und den weiblichen Deputy aus der Deckung des *khote* beobachtet hatte.

Reaver hingegen ging es gar nicht gut.

Harvester hatte ihn aus Sheoul-gra herausgeholt, wie versprochen, aber er litt nach wie vor unter den Wunden von dem Dämon, der ihn in den letzten drei Monaten langsam verdaut hatte. Und Harvester, dieses Miststück, hatte nicht mal angeboten, ihn zu heilen. Nicht, dass er so ein Angebot angenommen hätte. Aber trotzdem.

Als Engel heilte Reaver schnell … es sei denn, die Wunden wären in Sheoul entstanden oder durch einen besonders mächtigen Engel verursacht worden. Dann hieß es abwarten, und er musste sich damit abfinden, dass er eine Zeit lang aussehen würde wie durch den Fleischwolf gedreht.

Er ging an den makellosen Wänden des Erzengel-Multiplex entlang, und seine blauen Flecken und seine rohe Haut wirkten fast wie ein dringend benötigter Farbklecks in all dem Weiß. Immerhin hatte er sich die Zeit genommen, kurz in seine Wohnstätte zurückzukehren, zu duschen und Harvesters Schlafanzug gegen Jeans und ein blaues T-Shirt zu tauschen. Im Himmel und an einigen wenigen Orten auf der Erde reichte es, wenn Engel mit den Fingern schnipsten, um sich zu säubern und umzuziehen, doch er zog es vor, das heiße Wasser über seinen schmerzenden Körper fließen zu fühlen. Die Zeit, die er als gefallener Engel verbracht hatte, hatte ihn gelehrt, sich über die einfachen Dinge im Leben zu freuen, und es war ihm wirklich scheißegal, ob seine Engelkollegen ihn deswegen vielleicht von oben herab ansahen.

Vor ihm erhoben sich Bögen aus Kristall, die den Eingang zum Hauptquartier der himmlischen Wachen bildeten, in denen diverse Teams das Treiben von Wesen auf der ganzen Welt überwachten. Dies war der Ort, an dem Reavers Chef arbeitete, sowie die Chefs anderer Klassen von Engeln mit Aufseherfunktion, so wie die Memitim.

Beim zweiten Bogen bog Reaver scharf rechts ab und schritt durch eine funkelnde Membran, die als Klangbarriere diente. Innerhalb des anscheinend endlosen Raumes waren Engel eifrig dabei, durch Bücher zu blättern, Schriftrollen durchzugehen, Bildschirme zu überwachen, die wie Hologramme in der

Luft hingen, und miteinander zu plaudern wie Büroangestellte am Kaffeeautomaten.

Engel neigten zu der Überzeugung, sie seien den Menschen unglaublich überlegen, aber davon hatte Reaver bislang noch nicht allzu viel gemerkt.

Ein Gedanke reichte, um in der Mitte dieses gewaltigen Raumes eine Bühne zu erschaffen. Mit einem Satz sprang er hinauf und vergewisserte sich, dass seine Stimme überall zu hören war – wieder genügte ein einziger Gedanke.

»Hört mal alle her, Engelkollegen!« Ja, ja, er hielt sich mal wieder nicht ans Protokoll, und Darnella, ein hochnäsiger weiblicher Engel mit feuerrotem Haar, die auf ihre Flügel, die genau zu ihrer Haarfarbe passten, extrem stolz war, musste ihn natürlich gleich darauf aufmerksam machen.

»Reaver. Hast du denn gar keinen Anstand?«

»Ich stehe hier in Jeans und T-Shirt, mit einer gespaltenen Lippe, einer gebrochenen Nase und zwei schönen dicken Veilchen. Sehe ich für dich vielleicht anständig aus?« Für diese Gelegenheit hätte er selbstverständlich auch die angemessene förmliche Kleidung anlegen können – oder zumindest einen Anzug –, aber drauf geschissen. Heute fühlte er sich als Rebell. Er blickte auf die zwei Dutzend verärgerter Engel hinab. »Ich nehme mal an, keiner von euch hat Gethel gesehen?«

Nichtssagende Blicke waren seine einzige Antwort.

»Okay, dann versuchen wir es mal so: Weiß irgendjemand, was sie getan hat?«

Modran, ein dunkelhaariger Mann, der eine lächerliche, mit Edelsteinen besetzte Robe trug, trat vor. »Sie ist nicht länger ein Teil unserer Abteilung. Warum hätten wir sie sehen oder von ihren Aktivitäten wissen sollen?«

Reaver hatte keine Ahnung, welcher Abteilung sie zugewiesen worden war, nachdem Reaver ihr Amt als himmlische

Wache der Reiter übernommen hatte, und es war ihm auch egal. Außerdem hatte er keinen Zugang zu höherrangigen Engeln, die das wissen könnten, aber einige von diesen Idioten schon.

»Ich dachte nur, ihr würdet vielleicht gerne wissen, dass sie böse geworden ist. Und zwar so richtig böse. Sie hat mit Pestilence zusammengearbeitet, um Thanatos' Kind zu ermorden und die Apokalypse in Gang zu setzen.«

Diese Aussage brachte ihm nichts als Spott ein. Und skeptische Mienen. Und einige *Lügner*-Rufe. Diese Narren. Das Problem war nur, dass er nicht gerade sehr glaubhaft war. Es spielte keine Rolle, dass er als gefallener Engel vor ein paar Jahren dabei geholfen hatte, die verdammte Welt zu retten. Das Einzige, was für diese Idioten zählte, war, dass er überhaupt erst gefallen war. Denen würden glatt die Heiligenscheine fliegen gehen, wenn sie erst von seinem neuesten Kunststück hörten. Reseph in die menschliche Welt hinauszuschicken war nichts, was bei denen allzu gut ankommen würde.

Vor allem, da Gethel wusste, dass Reseph da draußen war und versuchte, ihn zu finden.

Darnella hob eine Augenbraue. »Und du hast Beweise dafür?«

»Ich habe Zeugen. Unter anderem Thanatos.« Er erklärte, was passiert war, und nach und nach traten Schock, Trauer und Zorn an die Stelle der Skepsis.

»Im Menschenreich sind mehr als drei Monate vergangen«, sagte Darnella. »Warum hast du so lange gewartet, uns diese Neuigkeit zu überbringen?«

»Ich saß in Sheoul fest.« Reaver wappnete sich für den Rest seiner Beichte, doch ehe er weiterreden konnte, trat ein blonder Mann vor, der Reaver unbekannt und von Kopf bis Fuß weiß gekleidet war.

»Ich werde mit den Erzengeln sprechen, um festzustellen, ob eine Untersuchung nötig ist und von Gethel verlangt wird, ihr *sheoulghul* zu übergeben.«

»*Ob?*« Reaver schnaubte angewidert. Gethel war im Besitz eines Artefakts, das es ihr gestattete, sich selbst in Sheoul mit neuer himmlischer Energie zu versorgen? Die meisten Kampfengel hatten keinen Zugang zu *sheoulghuls*, dabei waren sie diejenigen, die sie am nötigsten gebraucht hätten. »Ich sage euch, sie ist auf die Seite des Bösen übergewechselt. Ihr erinnert euch doch sicher noch an sie, die Dämonen? In ebendiesem Augenblick schmiedet sie Pläne, um Pestilence zurückzubringen.«

»Und wie genau soll das gehen?«, fragte Modran. Seine tiefe Stimme triefte vor Skepsis. »Pestilence ist tot.«

Reaver krümmte sich unbehaglich. »Nicht … ganz. Thanatos hat den falschen Dolch benutzt. Reseph wurde nach Sheoul-gra gesandt, und Pestilence ist in ihm eingesperrt.«

Die Engelschar brach in aufgeregtes Gemurmel aus. Darnella meldete sich zu Wort. »Das kommt unerwartet, doch es ist eine gute Nachricht. Mit einem zusätzlichen Reiter auf unserer Seite ist unsere Chance, die biblische Apokalypse in der Zukunft zu gewinnen, wesentlich besser. Wir haben unsere Erfolgschancen ohne ihn berechnet, und das Ergebnis war nicht gerade ermutigend, so traurig das auch ist.«

»Nicht ermutigend?« Die Fähigkeit zur Untertreibung unter seinen Brüdern und Schwestern überraschte Reaver immer wieder. »Ihr habt aber schon von der Theorie gehört, dass Resephs Tod die Geschichte selbst verändern könnte? Das hieße, dass über Nacht jeder einzelne Hinweis auf die vier Reiter ausgelöscht werden würde, einschließlich die in der Bibel, und jedes Geschehen, das je von Reseph beeinflusst wurde, würde einen völlig neuen Ausgang nehmen. Wenn er gestorben wäre, wären wir alle möglicherweise in einer völlig anderen Welt erwacht.«

So etwas war schon einmal passiert, als die vier Reiter – vor ihren Flüchen – einen Krieg angezettelt hatten. Schließlich hatten die Engel sich eingemischt und die menschliche Geschichte sowie sämtliche Erinnerungen verändert, ohne dass es allzu große Konsequenzen nach sich gezogen hatte. Aber Reseph befand sich seit fünftausend Jahren auf der Welt und hatte unzählige Leben und Ereignisse beeinflusst.

Darnella lächelte kalt. »Reine Spekulation. Und irrelevant, da er nicht tot ist. Hoffentlich erleidet er in diesem Moment eine Million Tode.«

Alle nickten zustimmend, und Reaver bereitete sich innerlich schon mal für eine gehörige Tracht Prügel vor, die sowohl physischer als auch verbaler Form sein konnte.

»Er ist nicht in Sheoul-gra«, sagte er abrupt. Hieß es nicht, es wäre besser, ein Pflaster mit einem Ruck abzureißen? »Ich habe sein Gedächtnis gelöscht und ihn ins Reich der Menschen gesandt.«

Fassungsloses Schweigen. Und dann wütendes Geschrei und empörtes Kreischen der Art »Du hast *was* getan?« Als Nächstes folgten Forderungen, Reaver die Flügel auszureißen, gepaart mit allzu zahlreichen Angeboten, es gleich auf der Stelle zu erledigen.

Reaver hielt die Hand hoch, doch die Kakophonie ließ nur ein wenig nach. »Es wird noch schlimmer. Ja, das stimmt, also spart euch eure Beleidigungen und Forderungen, dass ich aus dem Himmel ausgestoßen werde, für später.« Er blickte über die wütende Menge hinweg und fragte sich, wie lange es wohl noch dauern würde, bis man ihn seines Amtes entheben würde. Oder Schlimmeres. »Gethel weiß, dass Reseph frei ist, was vermutlich bedeutet, dass es so ziemlich jeder, der in Sheoul halbwegs wichtig ist, ebenfalls weiß. Wie ich schon sagte, versucht sie, Pestilence zurückzuholen, und falls sie ihn findet, könnte ihr das auch gelingen, indem sie ihn erneut dem Bösen unterwirft.«

»Woher weißt du das?«, fragte Modran – durch zusammengebissene Zähne hindurch.

»Harvester hat mir gesagt –«

»*Harvester?*« Der Kerl mit der juwelenbesetzten Robe schrie den Namen praktisch heraus. »Du vertraust dem Wort eines gefallenen Engels?«

»Normalerweise nicht, aber sie hat Gründe, in diesem Fall die Wahrheit zu sagen. Und ihr Rat der Wachen weiß schon seit Monaten, dass Reseph aus Sheoul-gra befreit wurde, dank eines Dämons, der seine Klappe nicht halten konnte. Jetzt, wo ihr Bescheid wisst, könnt ihr alles bestätigen, was ich gesagt habe.« Er sprang von der Bühne herunter und ließ sie mit einem Puffen verschwinden. »Ich muss einen Engel jagen. Ich schlage vor, ihr sorgt dafür, dass auch andere sich an der Suche nach Gethel beteiligen.«

»Du wirst für das, was du getan hast, bestraft werden«, schwor Modran, als ob Reaver diesbezüglich noch Zweifel gehabt hätte.

Reaver ignorierte Modran und marschierte auf den Ausgang zu. Er würde alles in seiner Macht Stehende tun, um Gethel aufzuspüren, aber zuerst musste er nach den Reitern sehen.

Angesichts der Tatsache, dass er eine Geburt, eine Hochzeit und wer weiß was sonst noch verpasst hatte, konnte er sich des Gefühls nicht erwehren, dass es sehr viel schwerer werden würde, ihnen seine Abwesenheit zu erklären als den Engeln.

9

Beim Aufwachen stieg Jillian der Geruch nach verbrannten Pfannkuchen und verkohltem Speck in die Nase. Sie setzte sich auf und blinzelte; die Ereignisse der vergangenen Nacht erschienen ihr so verschwommen wie die Bilder, die sie durch ihre verheulten Augen wahrnahm. Sie war zusammengebrochen, und zwar vollständig. Sie erinnerte sich noch, dass sie mitten in der Nacht aufgewacht war, und wenn sie auch nicht mehr wusste, warum, so wusste sie zumindest, dass Reseph sie in den Armen gehalten hatte und seine Brust nass von ihren Tränen gewesen war.

Er hatte nicht ein Wort gesagt, sondern ihr nur die Taschentücher gereicht und sie an sich gedrückt, die starken Arme fest um sie geschlungen. Jetzt im Moment versuchte er offenbar ihr Haus niederzubrennen.

Nach einem kurzen Abstecher ins Bad, wo sie sich ihren Bademantel überwarf, eilte sie in die Küche, wo Reseph, nur mit einer Jeans bekleidet, versuchte ein kleines Feuer zu löschen.

Rauch stieg aus dem Spülbecken auf, wogte um einen Strom fließenden Wassers herum in die Höhe. »Oh, ähm … hi.« Reseph grinste sie über die Schulter hinweg verlegen an. »Ich hab versucht, dir Frühstück zu machen.«

»Das sehe ich.« Sie warf einen Blick in die Spüle, in der die Überreste von Papiertüchern und Pfannkuchen sich zu aschfarbenem Matsch vereint hatten. »Ich glaube, in Zukunft solltest du das Kochen mir überlassen.«

Er blickte mit gefurchter Stirn auf die Schweinerei hinab. »Als ob ich noch nie im Leben gekocht hätte. Aber wie kann das denn sein?«

»Vielleicht hast du immer auswärts gegessen?«

»Vielleicht bin ich reich und habe Diener«, schlug er vor. »Das wäre cool.«

Sie drehte die Gasflamme ab, die immer noch die leere gusseiserne Bratpfanne erhitzte. »Ich glaube nicht, dass ich gerne reich wäre.«

Er drehte sich um, stützte die Hüfte am Küchentresen ab und bot ihr damit einen verlockenden Ausblick auf seine perfekte Brust. »Dann gibt es hier also nichts, was du ändern würdest? Keinen Ort, an den du gerne reisen würdest?«

Ihr fiel die magische Insel voller blendend aussehender Resephs wieder ein. »Vielleicht würde ich mir einen neuen Truck kaufen und die Farm vergrößern, und Ferien in den Tropen wären auch ganz schön, aber nein, ich mag mein Leben so, wie es ist.«

»Mh.« Er rieb sich die Brust und arbeitete sich bis zur Schulter hinauf, um die morgendlichen Verspannungen wegzumassieren. Jillian gelang es nur mit Mühe, ihren Blick davon loszureißen, um den Kühlschrank zu öffnen. »Wie fühlst du dich?«

»Schon besser.« Sie holte die Schüssel heraus, in der sie die frischen Eier aufbewahrte.

»Möchtest du darüber reden?«

»Nö.« Sie glaubte nicht, dass sie jemals über den Tod ihrer Nachbarn reden wollen würde, oder über die Tatsache, dass sie gestern Abend zusammengeklappt war. »Aber vielen Dank. Und danke, dass du Feuer gemacht hast.«

»Ich habe auch schon die Tiere gefüttert und einen Weg zur Scheune freigeschaufelt.«

»Das hättest du nicht tun müssen.«

Er zuckte mit den Achseln. »Ich konnte nicht schlafen. Ich hoffe, es ist okay, dass ich ein paar Stunden im Internet war.«

Beinahe wäre sie vor Schreck zusammengezuckt. »Hast du etwas gefunden? Über dich?«

»Nein, aber ich hab mein Pferdetattoo eingescannt und in einem Skin-Art-Forum hochgeladen, um zu sehen, ob vielleicht jemand die Arbeit wiedererkennt. Bis jetzt hab ich allerdings noch nichts gehört. Außerdem hab ich mich informiert, was im letzten Jahr so alles passiert ist. Dabei sind mir jede Menge Sachen eingefallen. Ich weiß jetzt wieder, wer Präsident ist.« Als er sich mit der Hand durch die Haare fuhr, juckte es sie gewaltig in den Fingern, das an seiner Stelle zu tun. »Komisch ist nur, ich könnte schwören, dass ich mich tatsächlich an Washington erinnere.« Er schüttelte den Kopf. »Aber das Allerabartigste ist, dass ich mich bis zu dem Zeitpunkt, an dem diese ganze Scheiße angefangen hat, an verschiedene Dinge und Tatsachen erinnere. Und seitdem – gar nichts mehr.«

Sie stellte die Schüssel neben die Spüle und dachte über den Monat nach, den sie selbst im Koma verbracht hatte. Als sie allein und verwirrt in einem Krankenhausbett aufgewacht war, wusste sie nicht mehr, wie sie dort gelandet war. Erst Wochen später war die Erinnerung daran zurückgekommen, und in vielerlei Hinsicht wünschte sie, das wäre nie geschehen.

»Vielleicht wurdest du verletzt und hast im Koma gelegen oder so.«

Seine Miene war besorgt. »Vielleicht. Aber das erklärt immer noch nicht, wie ich nackt und halb erfroren auf dein Grundstück gekommen bin. Und was, wenn die Erklärung dafür, dass ich mich an nichts erinnere, etwas viel Schlimmeres als ein Unfall oder ein Koma ist?«

»Was denn? Dass irgendwas Grauenhaftes passiert ist, das du verdrängst? So eine Art posttraumatische Stressstörung?«

»Ich weiß auch nicht.« Er stieß sich vom Küchentresen ab und begann auf- und abzugehen. »Es ist fast so, als ob da in meinem Kopf eine Mauer wäre, die meine Vergangenheit einschließt, und wenn ich nur da hindurchbrechen könnte, würde ich mich an alles erinnern. Es ist alles da … Ich kann's beinahe berühren.« Er schüttelte den Kopf. »Doch dann krieg ich das Gefühl, dass ich das vielleicht gar nicht will.«

»Das kann ich dir nachfühlen«, murmelte sie. »Das kann ich dir so was von nachfühlen.«

»Was ist passiert?« Reseph legte ihr die Hände auf die Schultern. Ihr stockte der Atem. Er war so behutsam, so zärtlich, trotz seiner gewaltigen Kraft. »Du hast letzte Nacht im Schlaf geschrien.«

Sie unterdrückte ein Stöhnen. »Das muss die Aufregung wegen der Wilsons gewesen sein.«

»So ein Quatsch.« Trotz der harschen Worte klang seine Stimme sanft. »Es war ein Albtraum, und das nicht zum ersten Mal.«

»Das kannst du gar nicht wissen«, platzte es aus ihr heraus – viel zu defensiv.

Reseph ließ die Hände sinken, doch er rührte sich nicht vom Fleck. »Ich hab dich gehört, als ich auf der Couch geschlafen habe.«

Davor konnte sie nicht davonlaufen, aber von ihm konnte sie sich durchaus entfernen. Sie ging auf die andere Seite der Küche und begann, den Tresen abzuwischen. »Jeder hat mal Albträume.«

»Aber du musst nicht allein sein, wenn du aus ihnen erwachst.«

Die Art, wie er das sagte, voller Gefühl, legte sich wie Balsam um ihr Herz. Eine seltsame Spannung entstand zwischen ihnen, als ob es ihnen beiden nicht recht wäre, wie ihre Beziehung sich entwickelte. Und zwar viel zu schnell, zumindest was Jillian anging. Sie wollte keine Beziehung, aber sie konnte auch nichts gegen ihre Gefühle ausrichten. Und je mehr Zeit sie mit Reseph verbrachte, umso mehr mochte sie ihn. Umso mehr sehnte sie sich nach dem Gefühl, das er in ihr auslöste.

Wechsel das Thema. Und zwar schnell. Sie stemmte die Hände in die Hüften und verdrehte die Augen in gespieltem Widerwillen. »Du lässt aber auch keine Gelegenheit aus, zu versuchen, dich in mein Bett zu schleichen!«

Langsam begann er zu lächeln. »Jilly, du kennst mich einfach zu gut.«

Sie zuckte zusammen. Niemand hatte sie mehr Jilly genannt, seit sie aus den Windeln war. Sie schnappte sich die Pfanne vom Herd. »Wenn du mich noch einmal Jilly nennst, zieh ich dir mit dem Ding hier eins über.«

»Sieht ganz schön schwer aus.«

Sie hob sie höher. »Gusseisen.«

»Du würdest mich doch nicht wirklich damit schlagen, oder … Jilly?«

»Und ob.« Sie sprach durch zusammengebissene Zähne hindurch.

Reseph schlenderte zu ihr hinüber, und bei jedem Schritt klopfte ihr Herz schneller. Er blieb erst stehen, als sie einander beinahe berührten, und beugte sich vor, bis seine Lippen ihr Ohr streiften. »Du weißt doch, dass ich Frauen liebe, die mit einer Waffe umzugehen wissen.«

»Ach ja? Weißt du überhaupt, was man mit dem Griff alles anstellen kann?«

Lachend erhob er die Hände zum Zeichen seiner Kapitulation und trat zurück. »Ich werd mal nach den Tieren sehen.«

»Hast du sie nicht schon gefüttert?«

»Ja, aber da draußen ist irgendwas.«

Die Erinnerung daran dämpfte die ausgelassene Stimmung. »Sei vorsichtig.«

»Klar doch. Ich bin die Vorsicht in Person.« Er hob die Augenbrauen. »Glaub ich jedenfalls.«

»Das wage ich zu bezweifeln.«

Er zuckte mit den Achseln und ließ damit all die wunderbaren Muskeln unter seiner Haut spielen. »Vermutlich hast du recht.«

Reseph zog sich ein T-Shirt über und trat in die Kälte hinaus. Er war für die eisige Brise dankbar. Ausnahmsweise war es nicht das aufreizende Geplänkel zwischen ihnen, das ihn zum Schwitzen gebracht hatte. Es war das Gerede über Jillians Albträume. Er war nicht ganz … aufrichtig gewesen. Ja, sie hatte im Schlaf gewimmert, manchmal aufgeschrien, und sie warf sich hin und her wie ein Stück Popcorn in einer Popcornmaschine.

Aber er tat das ebenso.

Auch ihn hatten heute früh Albträume aus dem Bett getrieben, die sich jedes Mal wie ein Film abspielten, sobald er die Augen schloss.

Er hatte Ungeheuer gesehen … grauenhafte Kreaturen in allen möglichen Größen und Gestalten. Die schlimmsten waren die Bestien gewesen, die auf den ersten Blick menschlich wirkten, sich aber dann in Wesen verwandelten, die über richtige Menschen herfielen und ihnen … Dinge antaten. Dazu kamen noch alle möglichen Seuchen. So viele Menschen, die schrecklich litten.

Doch das Allerschlimmste war, dass Reseph in seinen Albträumen spürte, dass er dieses Grauen genießen sollte. Das Blut. Den Tod.

Vielleicht hätte er nicht so viel Zeit damit verbringen sollen, den ganzen Mist darüber zu lesen, was im letzten Jahr los gewesen war. Er hatte Nachrichten geschaut, offizielle Erklärungen von Regierungen weltweit gelesen, Bilder gesehen, die so verstörend waren, dass ihm schlecht geworden war.

Und das alles war ihm so vertraut vorgekommen.

Er musste herausfinden, warum. Er brauchte Antworten, Antworten, die ihm das Internet nicht liefern konnte.

Mit einem Blick über die Schulter vergewisserte er sich, dass sich Jillian im Haus befand, und bog in die Straße zu ihrem Haus ab. Er marschierte bergauf in die Richtung, von der er annahm, dass sie zu dem Ort führte, an dem die Bjornsens gelebt hatten. Er war sich nicht sicher, wie lange er gelaufen war, aber er wusste sofort Bescheid, als er die richtige Zufahrt gefunden hatte.

Selbst wenn er die grimmige, düstere Atmosphäre nicht gespürt hätte, wäre ihm der Anblick des viel befahrenen Weges aufgefallen. Hier draußen, mitten im Nirgendwo, waren merkwürdig viele Fahrzeuge auf diesen groben Schotterweg eingebogen.

Vorsichtig folgte er den Reifenspuren, Augen und Ohren offen für Gefahren. Der Weg schlängelte sich beinahe einen Kilometer weit. Als er um eine bergauf führende Kurve bog, erblickte er ein vor sich hin rostendes Mobilheim, um das die Polizei ein Absperrband gezogen hatte. Abgesehen von einem altersschwachen Jeep, der vor der Garage parkte, war kein Fahrzeug zu sehen.

Die Atmosphäre des Bösen verdichtete sich, als er sich unter dem Flatterband durchduckte. Sofort legte sein Puls einen Gang zu. Wieder klopfte das Gefühl, etwas Vertrautem zu begegnen, von innen gegen seinen Schädel. Mit zitternder Hand griff er nach dem Türgriff.

Die unverschlossene Tür schwang auf und der Gestank des Todes traf ihn mit aller Macht. Den widerlichen Geruch nach Blut und Eingeweiden begleitete ein merkwürdiger Geruch nach Rauch, wie eine Mischung von Feuer und Schwefel.

Schwefel? Worher wusste er, wie Schwefel roch? Und woher zur Hölle sollte er wissen, wie der Tod roch?

Scheiße. Das hatte nichts Gutes zu bedeuten.

Reseph trat hinein, wobei er darauf achtete, die Markierungen und Kennzeichnungen der Polizei sowie die Beweisfotos, die überall an den Wänden hafteten, nicht durcheinanderzubringen. Getrocknetes Blut hatte grauenhafte Kunstwerke auf Wänden und Möbeln hinterlassen, und Pfützen aus immer noch feuchtem Blut erstreckten sich wie trübes Gel auf dem Linoleumfußboden und dem orangefarbenen Plüschteppich.

In der Küche knirschten seine Stiefel über zerbrochenes Glas, Überreste zerschlagenes Geschirrs und eines Fensters. Er hockte sich hin und musterte die Klauenspuren, die sich über die Küchenschränke zogen. Sie waren auffällig tief, einige hatten die Spanplatte vollständig aufgerissen. Überall waren blutige Fußspuren zu sehen … einige menschlich, andere nicht.

Er hielt die Handfläche über einen der nicht menschlichen Abdrücke. Das Ding war länger und breiter als seine Hand und ähnelte auffällig den Spuren, die er bei den Pumaspuren gefunden hatte.

Dies war definitiv kein Puma gewesen, und wenn die Polizei tatsächlich glaubte, es könne sich um einen Bären gehandelt haben, waren sie Idioten. Wenigstens waren sie so schlau gewesen, Experten dazuzuholen.

Ich bin für all das hier verantwortlich.

Der Gedanke traf ihn aus dem Nichts – ein Stich ins Gehirn, der ihn bis ins Mark erschütterte. Er konnte nicht dafür verantwortlich sein. Er hatte halb erfroren im Schnee gelegen.

Es sei denn, ich hätte sie umgebracht und wäre dann durch den Schnee gewandert, bis ich zusammenbrach.

Er atmete erschaudernd aus. Er hatte es so satt, sich selbst zu misstrauen. Gedankenverloren fuhr er mit dem Finger durch das verstreute Salz aus einem zerbrochenen Salzstreuer. Auf einer Website mit Ratschlägen, wie man sein Haus dämonensicher machen konnte, hatte es geheißen, dass einige übernatürliche Wesen nicht imstande seien, eine Linie aus Salz zu überqueren. In seinen Ohren klang das ziemlich dämlich, aber er war bereit, alles auszuprobieren, was helfen konnte, um Jillian zu schützen.

Er überlegte gerade, wie er ein Streufahrzeug stehlen könnte, als ihn der Lärm eines Motors von seinen Gedanken ablenkte. Er sprang auf die Füße und sah sich nach einer Hintertür um. Es wäre alles andere als cool, wenn ihn die Cops hier erwischten. Vor allem, wenn es sich dabei um Stacey handelte, die nur auf die Gelegenheit wartete, ihn bei den Eiern zu packen. Scheiße.

Er duckte sich und bewegte sich vorsichtig zum Küchenfenster, um einen Blick hinauszuwerfen. Beinahe wäre ihm das Herz stehen geblieben. Es war nicht die Polizei. Es war Jillian auf einem Schneemobil.

Doppelscheiße. Da wäre es ihm ja fast lieber gewesen, von Stacey erwischt zu werden. Sie hatte eine schwarze Skihose, Schneestiefel und einen grünen Parka an und stieg gerade von ihrem Vehikel herunter, um seinen Fußspuren bis zur Tür zu folgen, wo er ihr entgegentrat.

Und sie war verdammt sauer.

Mit wutverzerrter Miene stemmte sie die in ihren Handschuhen geballten Fäuste in die Seiten. »Was zum Teufel machst du hier? Das ist ein Tatort. Und warum hast du mir nicht gesagt, dass du weggehst? Das war echt eine verdammt blöde Idee –« Sie verstummte. Ihr Blick war unverwandt auf die Szene hinter ihm gerichtet. Das Feuer, das in ihren Augen gebrannt hatte, war erloschen, und ihre Haut verlor so viel Farbe, dass er sich darauf gefasst machte, sie aufzufangen, sollte sie in Ohnmacht fallen.

Ehe er hinaustreten und die Tür schließen konnte, drängte sie sich mit Gewalt an ihm vorbei.

»Jillian.« Er packte ihren Arm. »Du solltest dir das lieber nicht ansehen.«

»Ach ja, aber wenn du dir das ansiehst, das ist okay?« Sie riss sich von ihm los. »Ich bin doch kein Kind mehr.«

»Du hast mich selbst darauf hingewiesen, dass dies ein Tatort ist.«

Sie starrte ihn finster an. Wenigstens hatte sie keine Bratpfanne dabei.

In dem Moment, in dem sie die Küche betrat und die Klauenspuren an den Schränken sah, wurde sie sogar noch bleicher.

»Ich weiß ja nicht allzu viel über das Vorgehen der Polizei, aber mir kommt es komisch vor, Fotos von den Opfern und den Beweisen am Tatort zu hinterlassen«, sagte Reseph.

Sie schluckte ein paarmal, als ob ihr schlecht wäre. »Ich glaube nicht, dass das die Standardprozedur ist. Aber Stacey hat mir mal erzählt, dass diese Experten für Paranormales darauf bestehen, dass die Polizei Bilder von den Opfern und sämtlichen Beweisen hinterlässt, da diese Spezialisten nicht allzu eng mit den Strafverfolgungsbehörden zusammenarbeiten.«

Sie schluckte noch heftiger und warf einen Blick auf eines der Bilder. Reseph hielt den Atem an. Von allen Fotos war dies das drastischste; es zeigte ein Muster der Klauenspuren auf dem Torso einer Frau.

Das Foto zeigte nur ihren Torso, da Arme, Beine und Kopf fehlten.

Jillian schlug sich die Hand vor den Mund und rannte zur Tür. Er rannte ihr hinterher und fand sie hinter der Hausecke an einem Holzstapel, wo sie verzweifelt darum kämpfte, sich nicht zu übergeben.

Die Hilflosigkeit ballte sich zu einem Klumpen in seinem Magen zusammen, also tat er das Einzige, was er tun konnte: Er rieb ihr den Rücken in kleinen zärtlichen Kreisen über ihrem Parka. »Tut mir leid. Hast du diese Leute gut gekannt?«

Sie schüttelte den Kopf. »Sie waren erst seit ein paar Monaten hier. Ehrlich gesagt waren es ziemliche Idioten. Er hat eine meiner Ziegen erschossen, weil sie sein Grundstück betreten hat, und seiner Frau war alles egal. Aber das … das hätte ich ihnen nicht gewünscht.« Sie erschauerte. »Das war kein wildes Tier, Reseph. Das wissen wir beide.«

Sein Herzschlag setzte beinahe aus, und sogar in dieser Kälte begannen seine Hände zu schwitzen. »Weißt du, was es war?«

»Ja.« Ihre grünen Augen bohrten sich in seine. Mit bebenden Händen öffnete sie den Reißverschluss ihrer Jacke und hob ihr Sweatshirt an.

Auf ihrem Bauch befanden sich Narben. Narben, die ihre Haut in genau demselben Muster zeichneten wie die Klauenspuren auf der toten Frau.

10

»Was ist passiert?« Resephs Stimme war leise und tödlich, und diesmal wusste Jillian, dass sie nicht einfach so davonkommen würde, indem sie ihn ablenkte oder ihm sagte, sie wolle nicht darüber reden.

»Ich werde es dir erzählen.« Sie blickte sich um und erschauerte. »Aber zuerst will ich nach Hause. Dieser Ort macht mir Angst.«

Reseph nickte entschlossen und marschierte auf das Schneemobil los. »Ich fahre. Du siehst aus, als ob du jeden Moment umkippst.«

»Weißt du denn überhaupt, wie man damit umgeht?«

»Seltsamerweise ja. Ich kann auch ein Auto fahren. Und ich bin mir ziemlich sicher, dass ich mit einer Pferdekutsche ebenfalls prima klarkomme.« Er sprang auf und streckte ihr die Hand hin. Sie ergriff sie, nahm Platz, sodass ihr Körper dicht an seinen geschmiegt war, und legte ihm die Arme fest um die Taille. »Tiefer.«

»Was?«

»Du sollst die Hände tiefer legen.«

Sie atmete den warmen erdigen Duft seiner seidigen Haare ein und gehorchte, nur um ihm gleich darauf gegen die Schulter zu boxen. »Du hast wirklich immer nur das Eine im Sinn.«

»Du kannst mir nicht vorwerfen, dass ich es versuche.« Er ließ den Motor an, und der Lärm machte es ihr unmöglich, sich mit einer schlagfertigen Antwort zu revanchieren. Was zweifellos der Grund für das überaus vorteilhafte Timing war.

Er gab Gas und drehte auf dem kreisförmigen Hof vor dem Haus. Als sie auf die lange, gewundene Auffahrt bogen, blitzten zwischen den Bäumen Scheinwerfer auf, die sich ihnen näherten. Reseph hielt an.

»Wer ist das?«

Sie schloss die Arme noch fester um ihn. »Könnte die Polizei sein. Oder die Sonderermittler.«

»Was sind die überhaupt?«

»Dämonenjäger.« Sie hatte noch nie welche gesehen, aber in den Nachrichten war dauernd von ihnen die Rede.

Reseph war ganz starr; die Muskeln in seinem Rücken fühlten sich an ihrer Brust wie Zement an. »Gibt es noch einen anderen Weg zu deinem Haus?«

»Warum?«

»Ich weiß auch nicht. Ich hab nur irgendwie ein schlechtes Gefühl.«

»Ihretwegen?«

»Nein«, sagte er rau. »Meinetwegen.« Sein ganzer Körper schien sogar noch starrer zu werden, als das Fahrzeug näher kam. »Ich kann's nicht erklären. Wir müssen einfach nur weg hier.«

Sie fühlte Unruhe in sich aufsteigen, aber bisher hatte Reseph sie noch nie falsch beraten. Sie zeigte auf eine Baumgruppe. »Da lang. Da gibt's eine Wiese, die wir zur Not überqueren können.«

Reseph verschwendete keine Zeit. Er gab kräftig Gas und raste durch den Wald. Jillian klammerte sich verzweifelt an ihn, auch wenn sie zugeben musste, dass er das Schneemobil fuhr, als ob er seit Jahren nichts anderes getan hätte.

»Du bist gut«, schrie sie ihm ins Ohr.

»Ich weiß.«

»Arroganter Arsch«, murmelte sie. Sie hätte wetten können, ihn daraufhin leise lachen zu hören.

Er raste über die Wiese, wobei er sich aber immer in der Nähe der Bäume hielt, als ob er nicht auf freiem Feld erwischt werden wollte. Vor ihnen setzte ein Hirsch über einen Baumstamm und lief in den Wald, wo er sich umdrehte und sie ansah, wie sie durch den Schnee schossen. Reseph winkte dem Tier grüßend zu und bog in den Wald ab, wo er dem Pfad folgte, den Jillian ihm gezeigt hatte.

Sie kamen in einem Stück an ihrem Haus an, was ihr beinahe wie ein Wunder erschien. Reseph fuhr gut, allerdings wie ein Wahnsinniger.

Sobald sie drinnen waren, zog er Hemd und Socken aus, sodass er nur noch die Jeans trug. Sie mochte seinen Hass auf Kleidung seltsam finden, hatte aber sicherlich nichts dagegen, seinen nackten Körper zu betrachten.

»So.« Er kreuzte die Arme vor seiner herrlichen Brust. »Was ist passiert?«

»Darf ich mich nicht mal ein bisschen ausruhen?« Als sie ins Schlafzimmer ging, folgte er ihr.

»Auf dem Weg hierher hattest du genug Zeit, dich auszuruhen.«

Sie warf ihm einen vielsagenden Blick zu. »Wenn du dir einbildest, eine Fahrt auf dem Schneemobil mit dir wäre entspannend, dann bist du verrückt.«

»Das ist höchst wahrscheinlich.« Er lehnte sich gegen den Türrahmen. »Also?«

»Also.« Die düsteren Erinnerungen an ihre Vergangenheit stiegen langsam an die Oberfläche. Aufschieben. Sie musste das Ganze unbedingt aufschieben, wenigstens für eine Minute. »Aber zuerst erzählst du mir mal, was an diesen Dämonenforschern dich so nervös gemacht hat.«

»Weiß ich nicht«, murmelte er. Sie musterte ihn, um herauszubekommen, ob er die Wahrheit sagte, analysierte seine Körpersprache bis hin zu dem Zucken in seinem geraden starken Kiefer und dem Funkeln in seinen Augen, aber es dämmerte ihr recht schnell, dass das reine Zeitverschwendung war. Wenn es darum ging, Männer einzuschätzen, war sie eine absolute Null.

»Ich schätze, ich hatte auf einmal das Gefühl, einer Hexenjagd ausgeliefert zu sein, und bin ausgerastet. Du weißt doch selbst, dass solche Fanatiker nur das sehen, was sie sehen wollen. Was, wenn die nach einem einzigen Blick auf mich einfach beschließen, mich auf dem Scheiterhaufen zu verbrennen? Denk nur an das, was während der Hexenprozesse von Salem alles passiert ist. Niemand, der dort vor Gericht stand, war wirklich eine Hexe. Einer war ein Dämon, aber es gab keine Hexen.« Er hielt inne. »Woher weiß ich das denn?«

»Vielleicht hast du es im Internet gelesen. Aber ich kann schon verstehen, dass eine Begegnung mit dieser Dämonenpolizei einen ganz schön beunruhigen kann«, gab sie zu.

»Genau. Und jetzt«, sagte er mit einer tiefen Stimme, die keinerlei Widerspruch duldete, »erzählst du mir, was dir passiert ist.«

Verdammt. Er ließ einfach nicht locker, aber das konnte sie ihm auch nicht verdenken. Sie hatte diese Unterhaltung in dem Moment herausgefordert, in dem sie ihm ihre Narben gezeigt hatte. Gott, sie wusste nicht einmal mehr, was sie geritten hatte, das zu tun. Bisher hatte sie sie nicht mal Stacey sehen lassen.

»Es ist vor einem Jahr passiert.« Sie sank aufs Bett und legte sich ein Kissen auf den Schoß. »Ich hatte den Tower gerade verlassen. Ich hatte Spätschicht, also war es beinahe Mitternacht. Der Parkplatz war gut beleuchtet, aber dann wurden sämtliche Lichter auf einmal dunkel.«

»Vor einem Jahr. Das war ungefähr zu der Zeit, als diese ganze Dämonensache anfing, oder?«

»Mehr oder weniger. Offenbar hatte es schon seit ein paar Monaten immer wieder Vorfälle gegeben, aber die Allgemeinheit wusste bis dahin so gut wie nichts darüber. Und dann war auf einmal die Kacke am Dampfen und ab da wurde es immer schlimmer.« Bis vor drei Monaten, als alles einfach so aufhörte. »Also, es gab schon Gerüchte und so; und so langsam wurde es ganz schön gruselig, aber sämtliche Regierungen der Welt haben die Vorfälle heruntergespielt.« Ein Schaudern überlief sie. »Ich war nicht so vorsichtig, wie ich hätte sein sollen, aber eigentlich war ich dort auf dem Parkplatz mit meinem Verlobten verabredet – «

»Verlobten?« Tatsächlich wurde Resephs Stimme noch tiefer.

»Ja, aber ... ich meine, es ist vorbei. Wir sind nicht mehr zusammen. Offensichtlich. Sonst wäre ich nicht hier.« Guter Gott, ob sie vielleicht mal damit aufhören könnte, dummes Zeug zu quatschen? Und warum hatte sie überhaupt das Gefühl, Erklärungen abliefern zu müssen? »Jedenfalls war ich also auf dem Parkplatz, und als die Lichter ausgingen, hätte ich gleich in das Gebäude zurückrennen sollen. Stattdessen bin ich wie der letzte Idiot einfach zu meinem Wagen weitergegangen.«

»Du konntest es ja nicht wissen«, sagte er. »Und du warst am Flughafen. Befindet sich der Kontrollturm nicht in einer gesicherten Zone?«

»Doch, und darum habe ich mich vermutlich in falscher Sicherheit gewiegt.« Sie holte tief Luft, um sich für den Rest der Geschichte zu wappnen. »Als ich fast bei meinem Auto angekommen war, sah ich Blut. Viel Blut, das unter dem Truck hervorquoll, der neben meinem Wagen stand. Damals dachte ich, es wäre Öl.«

»Weil es dunkel war.«

»Genau.« Sie duckte sich. »Aber ich erinnere mich an den Geruch. Ich hätte es wissen müssen. Ich war so dämlich.« Sie gab ihm keine Gelegenheit, sie mit ein paar belanglosen Worten zu trösten. »Ich bin um das Heck meines Wagens herumgegangen, und dann hab ich Sandy gesehen. Sie war die Elektrotechnikerin, die die Wettermessgeräte draußen auf dem Flugplatz überwachte. Irgendetwas hatte sie … angegriffen. Eine Art Monster.« Diese Dinger hatten sie vergewaltigt und dabei ihren Körper mit ihren massiven Zähnen zerfetzt. »Sie war tot … Gott, ich hoffe, dass sie tot war.«

»Was hast du getan?«

»Ich bin weggerannt. Oder hab's jedenfalls versucht. Eines von diesen Wesen hat mich erwischt, noch bevor ich vier oder fünf Meter geschafft hatte.« Sie blickte zu Reseph auf, der sie voller Sorge, aber zum Glück ohne jedes Mitleid ansah. »Das Seltsamste ist, dass ich mich nicht an die Schmerzen erinnere. Ich weiß noch, dass es mich mit seinen Klauen aufgerissen hat, und ich hatte schreckliche Angst, aber ich kann mich nicht daran erinnern, dass es wehgetan hätte.« Doch die Angst … die würde sie niemals vergessen.

»Woran erinnerst du dich sonst noch?«

»An seinen Atem.« Sie erschauerte noch einmal; diesmal so heftig, dass das ganze Bett wackelte. »Es stank nach verfaulten Eiern und Fleisch, vermischt mit Fäkalien.« Erst jetzt merkte sie, dass sie sich den Bauch rieb, mit der Hand über ihre Narben fuhr, und sie zog die Hand zurück. »Und dann war da dieser Mann.«

Reseph stieß sich in einer langsamen, geschmeidigen Bewegung vom Türrahmen ab. »Ein Mann?«

Sie nickte. »Im Schatten. Ich hab ihn nicht gesehen, aber ich habe ihn … gespürt. Es war so, als ob er ein riesiger Ofen wäre, nur dass er anstatt Hitze Bösartigkeit ausstrahlte.« Sie stieß ein nervöses Lachen aus. »Klingt verrückt, oder?«

»Wir reden hier von Dämonen«, sagte Reseph. Er trat vor sie. »Da klingt gar nichts verrückt. Oder besser gesagt alles.«

»Ich glaube, alles.«

Er kniete sich zu ihren Füßen nieder und legte seine Hände auf ihre. »Was dann?«

»Ich weiß nicht mehr.« Das war eine Lüge, aber sie war noch nicht bereit, all die blutigen Details noch einmal zu durchleben. Sie bezweifelte, dass sie es je sein würde. »Aber ich erinnere mich noch an das Geräusch von Flügeln. Es war total seltsam. All das Knurren und Fauchen … und trotzdem hab ich das Schlagen von Flügeln gehört, so leise wie ein Flüstern.« Einige Sekunden vergingen in Schweigen. Als sie schließlich weitersprach, waren ihre Lippen taub, weil sie sie so fest aufeinandergepresst hatte. »Ich bin erst einen Monat später im Krankenhaus aufgewacht. Der Arzt sagte, die Flughafenpolizei hätte mich bei einer Routinepatrouille entdeckt. Ein paar Wochen lang hab ich mich erst mal an gar nichts erinnert, und als die Erinnerung zurückkam, wurde ich aus dem Krankenhaus entlassen. Ich konnte meinen Job nicht länger ausüben, also hab ich gekündigt und bin hergekommen.«

»Und dein … Verlobter?« Das letzte Wort knurrte Reseph fast.

»Ich hab ihn nie wieder gesehen.«

Ein boshaftes Lächeln umspielte Resephs Mund. »Haben ihn die Dämonen aufgefressen?«

»Schön wär's«, murmelte sie. »Einen Tag, nachdem ich im Krankenhaus aufgewacht bin, hatte ich meinen ersten Besuch: seine Frau.« Offensichtlich hatte Jason seiner Frau alles gebeichtet und gesagt, er habe vorgehabt, sie zu verlassen, aber die Umstände auf der ganzen Welt hätten ihm die Augen geöffnet, bla, bla, bla. Das war der Grund, warum er Jillian nicht auf dem Parkplatz getroffen hatte, wie es eigentlich vereinbart gewesen war. Er hatte seine Meinung über sie und die Ehe geändert. Seine Frau war diejenige gewesen, die ins Krankenhaus gekommen war und Jillian gesagt hatte, dass die Beziehung vorbei war.

»Du warst mit einem verheirateten Mann verlobt?«

Vor Scham färbten sich ihre Wangen hochrot. »Ich wusste doch nicht, dass er verheiratet ist. Mir hat er gesagt, er sei geschieden.«

»Mistkerl«, lautete Resephs Kommentar.

»Da kann ich nicht widersprechen.«

Reseph musterte sie, und wieder hatte sie den Eindruck, dass er weit älter war, als er zu sein schien. »Stacey weiß, was passiert ist, oder?«

»Ja. Sie ist die Einzige. Bis du gekommen bist.« Sie drückte seine Hand, dankbar für seine Gegenwart. »Mir ging's wirklich besser, und jetzt … Scheiße.« Sie schloss die Augen, aber es half nichts. Sie sah genau vor sich, was sie im Haus ihrer Nachbarn gesehen hatte. »Dieselbe Art von Dämon hat meine Nachbarn abgeschlachtet, stimmt's? Gott, was, wenn ich daran schuld bin? Was, wenn er hier ist, um zu beenden, was ihm beim letzten Mal nicht gelungen ist? Reseph, was ist, wenn er sich als Nächstes mich vornimmt?«

»Dann bring ich ihn um.« Seine Augen blitzten. »Ich schwöre dir, dass dich nie wieder irgendein Monster anrühren wird, Jillian.«

In ihrem Leben hatten ihr viele Männer schon vieles versprochen, und sie hatte gelernt, ihnen nicht zu glauben. Doch sie glaubte Reseph. Sie wusste nicht, warum, aber so war es. Jetzt musste sie nur noch hoffen, dass er seine Versprechen nicht vergaß, wenn er sich endlich wieder daran erinnerte, wer er war.

Kynan Morgan stieg aus seinem gemieteten SUV. Seine Stiefel knirschten in dem Schnee, der von zahlreichen Fahrzeugen zerwühlt worden war, unter denen sich wenigstens ein Schneemobil befand. Auf dem Hinweg hatte er ein Stück rotes Metall durch die Bäume hindurch aufblitzen sehen, aber wer auch immer hier gewesen war, war verschwunden, und die frischen Spuren führten in den Wald.

»Was glaubst du, wer das war?« Arik Wagner, Kys Partner und angeheirateter Verwandter, starrte in die Ferne.

Ky nahm die Sonnenbrille ab. »Vielleicht jemand hier aus der Gegend?«

»Willst du den Spuren folgen?«

»Tu dir bloß keinen Zwang an, wenn du zufällig Schneeschuhe in der Tasche hast.«

Arik schnaubte. »Blödmann.« Er marschierte auf das Haus zu, blieb aber an der Tür stehen.

Keiner von ihnen hielt sich gerne an Tatorten wie diesem auf, und der, von dem sie gerade kamen, war so grauenhaft, dass Kynans Gedanken immer wieder dorthin zurückkehrten. Dazu kam noch, dass Dämonen sich manchmal noch eine Weile in der Nähe des Ortes ihres Angriffs herumtrieben und den Mord noch einmal durchlebten, sich an dem Schrecken und der Angst der Menschen weideten, die den Tatort aufsuchten. Kynan hatte zumindest nichts zu befürchten, dank Heofon, dem Amulett, das er um den Hals trug, und dem Segen, der damit verbunden war. Er war immun gegen jeden, außer gefallenen Engeln.

»Geh schon, Mann.«

Arik öffnete die Tür. Die Gerüche, die allen Orten gemeinsam waren, an denen Dämonen getötet hatten, schlugen Ky entgegen. Er sollte dankbar sein, dass es im Norden Winter war und das Haus nicht in der Sommerhitze von Louisiana vor sich hin köchelte.

»Mist«, murmelte Arik. »Ich hasse diese beschissenen Dämonen.« Das meinte er allerdings nicht so, oder zumindest bezog es sich nicht auf alle Dämonen, denn immerhin war seine Schwester ein Werwolf und die Gefährtin eines Dämons, und Arik selbst war mit einem der vier apokalyptischen Reiter verheiratet.

Andererseits hatte Arik einen Monat in der Hölle verbracht –

und das war wörtlich zu verstehen –, wo er gefoltert worden war. Daher verabscheute er so ziemlich jeden Dämon, mit dem er nicht verwandt war oder Sex hatte.

Ky durchkämmte das Haus, nahm die Fuß- und Klauenspuren zur Kenntnis sowie die Verletzungen der Opfer. »Seelenschänder. Genau wie beim letzten Mal.«

»Das wären dann also zwei Familien hier in der Gegend plus einige Jäger.« Arik fuhr sich mit beiden Händen durch die Haare. »Was meinst du, mit wie vielen Dämonen haben wir's hier zu tun?«

Kynan stieß die Luft aus. »Definitiv jeweils nur einer am Tatort, aber das heißt nicht, dass sich nicht zwei oder sogar ein ganzes Rudel hier irgendwo aufhält. Seltsam ist nur die Art, wie sie töten.«

Normalerweise töteten Seelenschänder nicht alle Lebewesen an einem Ort. Sie ließen gerne eine Person am Leben, sodass sie sie noch eine ganze Weile foltern konnten, indem sie in den nächsten Jahren immer wieder zu dieser Person zurückkehrten, sie quälten und in den Wahnsinn trieben.

»Und warum hier?«

»Der Dämon oder die Dämonen müssen aus irgendeinem Grund hier sein, vielleicht hat eine bestimmte Person sie hierher gelockt.«

»Dann müssen wir diese Person finden.« Arik fluchte. »Ich hatte wirklich gehofft, dass wir mit diesem Fall ausnahmsweise mal schnell fertig werden.«

Ky zog eine Augenbraue in die Höhe. »Limos hält dich wohl auf Trab?«

»Du hast ja keine Ahnung.«

»Oh, ich kann's mir durchaus vorstellen. Gem will noch ein Kind, und wenn die erst mal beschlossen haben, ein Kind zu bekommen …«

»Haben sie nichts anderes mehr im Kopf.« Arik nickte. »Ja, ich weiß. Und Limos ist … hartnäckig.«

Kynan lachte. Oh ja, Limos war eine Frau, die immer bekam, was sie wollte, wann sie wollte. Und sie hatte auch einiges aufzuholen, nachdem sie fünftausend Jahre lang enthaltsam gewesen war. Nicht, dass sich Arik beschwerte. Jedenfalls nicht allzu sehr. Aber der Junge war ein richtiger Lahmarsch geworden. Zwar ein Lahmarsch mit einem Lächeln, aber trotzdem.

»Okay, dann lass uns die ganzen Morde mal kartografisch erfassen und sehen, ob wir Gemeinsamkeiten finden. Von wem auch immer sich der Seelenschänder angezogen fühlt, wird sich höchstwahrscheinlich innerhalb dieses Gebiets aufhalten.«

Arik seufzte. »Ich kann einfach nicht glauben, dass wir jetzt als übernatürliche Spurensicherung arbeiten müssen.«

»Irgendjemand muss es ja machen.«

»Das war mal der Job der Aegis«, maulte Arik.

Bitterkeit überzog Kynans Zunge. Die Aegis war die älteste und bedeutendste Gruppe von Dämonenjägern auf der ganzen Welt gewesen – und war es eigentlich immer noch. Arik und Ky waren ein Teil davon gewesen, hatten sie sogar geleitet. Doch vor drei Monaten hatte die Organisation sich zerstritten, und Kynan war zusammen mit Val, Arik, Decker, Tayla, Regan und ein paar anderen ausgestoßen worden.

Jetzt arbeiteten Ky und die übrigen Verbannten daran, eine Behörde aufzubauen, die genau nach den Prinzipien arbeitete, wegen denen sie ausgestoßen worden waren, aber das war nicht einfach. Die meisten Mitglieder der Aegis zogen *die althergebrachte Vorgehensweise* vor, was so viel bedeutete wie sämtliche Dämonen, Vampire und Gestaltwandler auf der Stelle umzubringen. Die Aegis glaubte nicht an *gute* Dämonen.

Doch der neue Ableger, das Demonic Activity Response Team, die Eingreiftruppe im Fall dämonischer Aktivität, die von Ky und den anderen geleitet wurde, hatte immerhin einige neue Mitglieder gewinnen können; genug, um zwei Abteilungen zu bilden, eine in New York und eine in Madrid. Ein weiteres Büro war für Los Angeles geplant. Leider benahm sich die Aegis wie ein Spielverderber und legte ihnen wo und wann immer es ging Steine in den Weg.

Kynan zog ein Stück Klaue aus einem der Küchenschränke. Manchmal war es möglich, mithilfe von DNA den Aufenthaltsort des Besitzers herauszufinden. »Die Aegis hat allerdings nie so gearbeitet.«

Nein, die Aegis war immer eine höchst geheime Organisation gewesen, die auf dem Laufenden blieb, indem sie sich überall umhörte. Sie kümmerte sich um Probleme, auf die sie durch die Polizei, Nachrichten oder auch Gerüchte aufmerksam wurde. Inzwischen waren sie allerdings allgemein bekannt und dermaßen damit beschäftigt, Dämonenaufstände überall auf der Welt niederzuschlagen, dass sie für kleine, örtlich begrenzte Fälle wie diesen keine Zeit mehr hatten.

Darum kam jetzt DART zum Zug und füllte eine Lücke, die gefüllt werden musste. Sie hatten dafür gesorgt, dass die Gesetzeshüter sie kannten und wussten, dass sie in genau solchen Fällen zur Verfügung standen. Und sie waren verdammt gefragt. Die meisten Dämonen waren nach Sheoul zurückgekehrt, als Pestilence vernichtet worden war, aber einige waren zurückgeblieben, da sie das Menschenreich dem Dämonenreich vorzogen. Was Ky ihnen ehrlich gesagt nicht verdenken konnte. Sheoul war echt das Letzte.

»Was, wenn wir es mit einer Beschwörung zu tun haben?«, fragte Arik.

»Wenn irgendjemand diesen Dämon heraufbeschworen haben sollte, werden wir ihn ebenfalls umbringen.«

»Und wenn es unabsichtlich war?«

Ky knirschte mit den Zähnen. Das machte ihren Job so hart. Bei einer ungewollten Beschwörung war ein Mensch aus einem bestimmten Grund gekennzeichnet worden: um ihn als eine Art Brutkasten oder als Nahrung oder als Energiequelle zu nutzen. Jedenfalls wirkte diese Person wie ein Magnet auf alle Dämonen dieser Spezies, was bedeutete, dass das Problem nicht gelöst war, indem sie einen einzelnen Dämon töteten.

»Wir tun, was wir immer tun«, sagte Ky. »Wir machen sie fertig.«

11

Reseph wurde nur selten wütend. So viel wusste er über sich, auch wenn er sich nicht daran erinnerte, wer er war. Und er wusste, dass die Art von Wut, die er jetzt gerade fühlte, ungewöhnlich war. Etwas hatte Jillian verletzt, hatte sie beinahe umgebracht. Sie hatte überlebt, war ins Leben zurückgekehrt, mit einer Kraft, die vermutlich nicht viele Leute besaßen. Und jetzt verspürte sie wieder Angst.

Etwas war dort draußen, das ihre Nachbarn jagte und wilde Tiere tötete. Er hatte schon beinahe an seinem Verstand gezweifelt, aber jetzt wusste er, dass ein Dämon bis auf Sichtweite an Jillians Haus herangekommen war. Und wenn es das Letzte war, das er tat, er würde ihn umbringen und seinen Kopf zur Warnung für andere auf einen Pfahl stecken. *Haltet euch ja von meiner Frau fern!*

Seiner Frau? Und wie war er bloß darauf gekommen, dass es eine gute Idee war, einen Dämonenkopf auf einen Pfahl zu stecken? Na, auch egal. Er würde es tun, wenn er Jillian damit beschützen konnte. Und was diese Sache betraf, von wegen *seine Frau*, da wäre es wohl am besten, erst mal seine Erinnerungen zurückzubekommen, ehe er mit diesem *Du-bist-mein*-Scheiß anfing.

Vor allem, da das dumpfe Gefühl, dass er wohl nicht gerade ein Pfadfinder war, mit jeder Stunde stärker wurde. Dafür hatte er zu viele seltsame Gedanken, wusste zu viele abartige Dinge.

Vielleicht war er ja Dämonenjäger gewesen, wie die Leute, die die Morde an den Bjornsens und den Wilsons untersuchten.

Das wäre gar nicht so übel. Könnte sogar richtig cool sein. Erst einmal würde er die Dämonen zur Strecke bringen, die hier in den Bergen lauerten, und dann würde er die jagen, die Jillian am Flughafen überfallen hatten und ihnen alles heimzahlen, was sie ihr angetan hatten. Gleich danach würde er sich diesen Arsch von Exverlobten vorknöpfen.

Wieder kochte Wut in ihm hoch. Niemand würde ihr je wieder etwas antun. Niemand.

»Reseph?«

Er blinzelte, und ihm wurde klar, dass er sich in seinen eigenen Gedanken verloren hatte, wie ein Psychopath. »Ja?«

»Du hast geknurrt.« Sie sah ihn an, als ob sie ebenfalls dachte, er wäre ein Irrer.

»Scheiße.« Er führte ihre Hand an seinen Mund und drückte einen Kuss auf die seidige Haut. »Tut mir leid. Ich fühle mich nur so verdammt hilflos. Am liebsten würde ich das Ding umbringen, das dich angegriffen hat, und ich will dich vor allem anderen beschützen, aber was, wenn ich …?« Er verstummte, da er seine tiefsten Ängste nicht aussprechen wollte.

»Was, wenn … was?« Sie legte ihm einen Finger unters Kinn und zwang ihn, ihr in die Augen zu sehen. »Reseph? Verschließ dich nicht vor mir. Eben habe ich mich dir geöffnet. Jetzt bist du dran.«

Ja, es wäre nicht fair von ihm, die Klappe zu halten, nachdem sie ihm ihr Herz ausgeschüttet hatte, aber es gab da einen entscheidenden Unterschied. Was sie ihm erzählt hatte, verstärkte seine Gefühle für sie, hatte jedes einzelne zärtliche, beschützerische Gen aktiviert, das er besaß. Aber was er mit sich herumschleppte, könnte genau das Gegenteil bei ihr auslösen.

»Was, wenn ich es bin, vor dem du Schutz brauchst?«

»Ich hab keine Angst vor dir, Reseph.« Ihr ruhiger Blick war unerschütterlich.

»Aber du weißt doch gar nicht, wer ich bin.«

»Ich weiß, dass du frech und lustig bist. Du willst mich beschützen und bist süß. Du bist stark, aber behutsam. Du hast nicht die leiseste Ahnung vom Kochen.«

»Ich glaube, jetzt bin ich beleidigt.«

»Aber du kannst wirklich nicht kochen«, murmelte sie.

»Ich meinte den Teil von wegen *süß*.«

Ihre vollen Lippen verzogen sich zu einem schelmischen Grinsen. »Süß.«

Das lief nicht so toll; nicht, wenn sie seine Sorgen einfach nicht ernst nahm. »Jillian, so bin ich jetzt, aber was, wenn wir rausfinden, dass ich ein richtig krankes Arschloch bin. Was, wenn –«

»Stopp.« Als er Anstalten machte, ihr zu widersprechen, zog sie ihn zu sich aufs Bett, sodass sie beide quer auf der Matratze lagen. Ihr dunkles Haar umrahmte ihr Gesicht in wirren Strähnen und milderte das trotzige Leuchten in ihren Augen. »Hör mal, ich will ja nicht lügen und behaupten, dass ich mir gar keine Sorgen mache, wer du vorher warst. Ich bin mit einer ganzen Reihe von Typen zusammen gewesen, die sich am Ende als Totalreinfälle erwiesen haben, und Jason war der krönende Abschluss. Es fällt mir schwer, darauf zu vertrauen, dass ein Mann mich nicht schon wieder verarscht.«

»Wer waren die Kerle?«

»Was?« Sie stützte sich auf einen Ellbogen auf, sodass sie auf ihn hinuntersehen konnte. »Du willst was über die Schwachköpfe wissen, mit denen ich zusammen war?«

Jepp. Einschließlich Adressen. »Was haben sie dir angetan?« Gott, diese besitzergreifende, mörderische Seite an ihm konnte nicht gut sein.

»Na ja … also, einer hat mich betrogen, einer war spielsüchtig, und dann war da noch ein Buchhalter, der zu erwähnen vergaß, dass er eine Koksnase war.« Sie seufzte. »Von Jason hab ich dir ja schon erzählt.«

»Ich war bestimmt ein Auftragskiller, bevor ich mein Gedächtnis verloren habe«, knurrte er, »denn am liebsten würde ich diese ganzen Kerle jagen und ihnen einen Armbrustbolzen zwischen die Augen verpassen.« Es machte ihm nicht das Geringste aus, dass er so etwas ohne die leisesten Gewissensbisse tun könnte. Sie hatte in ihrem Leben schon so viele Schicksalsschläge hinnehmen müssen, und dennoch hatte sie sich nicht unterkriegen lassen. Sie war so stark. Seine Bewunderung für sie wuchs.

»Ich bin mir nicht sicher, ob ich mich geschmeichelt fühlen sollte oder eher entsetzt.«

»Entscheide dich für geschmeichelt.« Er stützte sich ebenfalls auf einen Arm, um ihr ins Gesicht sehen zu können. Um zu fühlen, wie sich ihre Hitze mit seiner vermischte. »Wenn du keine Angst vor mir hast, warum hast du mich dann in die Stadt abgeschoben?«

Er hasste die Scham, die sofort auf ihrem Gesicht zu sehen war. Am liebsten hätte er ihre gefurchte Stirn so lange geküsst, bis sie wieder lächelte.

»Weil ich mir selbst nicht traue.«

»Was meinst du damit?« Er streckte die Hand aus und fuhr mit einem Finger ihre Kinnlinie nach. »Hast du vielleicht Angst, du könntest zulassen, dass ich dich nackt ausziehe und deinen Körper von oben bis unten ablecke?«

Eine zarte Röte erblühte auf ihren Wangenknochen. »Wie … interessant … das auch klingt, nein. Ich vertraue meinem eigenen Urteilsvermögen nicht mehr, und ich habe Angst davor, mich noch einmal gefühlsmäßig zu binden.«

Es lag ihm auf der Zunge zu sagen: »Dann lass es«, weil es ihm wie die offensichtliche Lösung erschien, aber dann wäre er ein verdammter Heuchler, weil er definitiv Gefühle für sie entwickelte, von denen er nicht wusste, wie er mit ihnen umgehen sollte. Es kam ihm fast so vor, als ob jetzt der richtige Zeitpunkt wäre, auf und davon zu laufen. Hatte er das früher so gemacht? Warum? Er liebte das Gefühl, wenn er mit Jillian zusammen war, warum hätte er so etwas nicht schon früher erleben wollen?

So viele Fragen, und das Einzige, was er wusste, war, dass er sich mehr und mehr zu Jillian hingezogen fühlte und nicht dagegen ankämpfen würde. Sie offensichtlich schon. Offen gestanden – je mehr er darüber nachdachte, umso wütender wurde er, auch wenn er ihren Widerwillen verstand. Er hatte keine Vergangenheit und deswegen eine fragwürdige Zukunft. Also verstand er es, aber es gefiel ihm trotzdem nicht.

Von ihrer Ablehnung verletzt, beugte er sich vor, sodass sie zurückweichen musste. »Dann lass es eben sein. Denn, machen wir uns doch nichts vor – ich wollte dich ficken, seit dem Moment, in dem ich in deinem Bett aufgewacht bin, umgeben von deinem Duft.« Ihre Augen leuchteten überrascht auf. Er ließ ihr keine Zeit, zu reagieren, sprach gleich weiter, als ob er sie provozieren wollte. »Und ich weiß verdammt gut, dass du auf dem Revier zu allem bereit warst, wenn wir nur allein gewesen wären. Also, lass uns ficken, ohne den ganzen Beziehungskram. Auf diese Weise schützen wir beide unsere zerbrechlichen kleinen Herzen, sollten wir herausfinden, dass ich früher tatsächlich ein Riesenarschloch war.«

Hm. Vermutlich mussten sie gar nicht mehr abwarten, um herauszufinden, ob er ein Arschloch war. Er hatte es soeben unter Beweis gestellt.

Jillians Mund öffnete sich schockiert, ehe sie die Lippen wieder aufeinanderpresste und ihn eisig und entschlossen ansah. »Fein. Du hast recht.« Sie legte ihm die Hand auf die Brust. »Du willst Sex?« Ihre Hand glitt über seine Bauchmuskeln bis zum Bund seiner Jeans hinab. Er hätte beinahe aufgehört zu atmen, aber sein Schwanz tat einen Freudensprung nach dem Motto: *ja, endlich!*

Dann nahm er zu seiner größten Überraschung ihre Hand und hielt sie davon ab, seine Jeans aufzuknöpfen. »Bist du sicher?«

Was sollte das? Warum nahm er nicht einfach, was sie ihm anbot, ohne Fragen zu stellen? Das war so … fremdartig. Als ob er in seinem ganzen Leben Sex noch nie zuvor infrage gestellt oder abgelehnt hätte.

»Nachdem du mich die ganze Zeit angebaggert hast, willst du jetzt einen Rückzieher machen?« Sie zwickte ihn fest genug in die Finger, dass er losließ, und ließ ihre Hand wieder auf seinen Reißverschluss sinken. »Ja, ich bin sicher. Ich habe Sex immer gemocht, und ich vermisse ihn. Sex ohne Verpflichtung hast du gesagt? Sicher. Warum nicht? Mein zerbrechliches kleines Herz wird das bestens überstehen.« Ihre Blicke trafen sich. Ihre Augen funkelten derartig entschlossen, dass es ihm glatt den Atem verschlug. »Und, ziehst du die Sache jetzt durch oder muss ich kalt duschen?«

Ihre Hand legte sich auf den Jeansstoff über seiner Erektion, massierte und rieb sie, und im Nu hatte er sich entschieden. Er streckte die Hand aus, fuhr mit den Fingern durch ihr Haar und ihre Lippen trafen seine. Während er sie küsste, zog er sie auf sich. Er liebte es, ihr Gewicht auf seinem Körper zu spüren. Was er nicht liebte, war, wie das Ganze ablief. Früher wäre bedeutungsloser Sex vielleicht okay für ihn gewesen, aber von Jillian wollte er mehr. Zweifellos dumm von ihm, aber offenbar war er kein Mann, der großen Wert auf Logik legte. Bei ihm ging es immer nur um Instinkt und Impulse, und jetzt gerade führte ihn beides zu Jillian.

Jillian konnte kaum fassen, was sie da tat. Sex ohne Verpflichtungen? So was hatte sie noch nie ausprobiert; sie war stets Beziehungen eingegangen, in der Hoffnung, dass diese irgendwohin führen würden. Ja, sie war im Bett durchaus abenteuerlustig und mutig gewesen … aber erst, nachdem sie sich selbst erlaubt hatte, den Mann zu lieben, mit dem sie zusammen war.

Und hatte das nicht prächtig funktioniert?

Vielleicht hatte Reseph recht. Offenbar hatte sie sich bislang ziemlich dumm angestellt, also, warum sollte sie nicht mal etwas Neues ausprobieren? Sex ohne Beziehung. Sie konnte das tun. Sie konnte das. Sie musste.

Er war so warm unter ihr, die harten Flächen seines Körpers passten perfekt zu ihrem. Sie küsste ihn, während sie mit den Händen durch seine Haare fuhr und deren seidige Textur bewunderte. Er hatte Haare, für die Frauen töten würden.

Während er ihren Rücken streichelte, schob er den Oberschenkel zwischen ihre Beine, sodass seine Erektion gegen ihre Hüfte drückte. Sanft fuhr er mit den Händen über ihre Rippen, die Wirbelsäule hinab bis zur Kurve ihres Hinterns und drückte sie an sich, während er sein Becken kreisen ließ. Bei diesen Drehungen war es praktisch schon um sie geschehen.

Sie hob den Kopf und setzte eine ganze Reihe von Küssen auf seine kantige Kinnlinie, wobei sie ab und zu innehielt, um mit den Zähnen über seine glatte Haut zu schaben. Jedes Mal, wenn sie das tat, stöhnte er, und jedes Mal, wenn er stöhnte, spürte sie ein angenehmes Ziehen in ihrer Beckengegend. Sie liebte die Laute, die er von sich gab, von den kleinen Atemaussetzern bis zu dem sanften Grummeln in seiner Brust.

Seine Hände glitten unter ihr Sweatshirt, und in einer einzigen Sekunde öffnete er ihren BH.

»Ich muss dich sehen«, sagte er mit leiser rauer Stimme. »Lass mich dich ansehen.«

Sie hatte sich ihres Körpers nie geschämt ... bis zu dem Angriff. Sie zögerte. Nervöse Schmetterlinge flatterten in ihrem Bauch. Einen winzigen Moment lang erwog sie, vom Bett zu springen und davonzulaufen. Aber wohin? Ans Ende der Welt? Da lebte sie ja bereits. Sie hatte die größtmögliche Distanz zwischen sich und den Ort, an dem sie angegriffen worden war, gebracht.

Sie würde sich nie wieder in die Ecke treiben lassen. Also holte sie tief Luft, um sich zu beruhigen, erhob sich auf die Knie und ließ zu, dass er sie entkleidete. Sein hungriger Blick fiel augenblicklich auf ihren Bauch und die hässlichen weißen Narben. Er streckte die Hand aus und fuhr mit einem Finger über die längste Narbe, die, die sich von ihrem Hüftknochen bis zwischen ihre Brüste erstreckte.

»Ist dir das unangenehm?«

»Sie dich sehen zu lassen?« Als er nickte, biss sie sich auf die Lippe. »Sie sind hässlich.«

Sein Blick fuhr abrupt zu ihren Augen hinauf. »Falsch.« Er packte sie um die Taille, hob sie mit Leichtigkeit hoch und warf sie auf den Rücken, sodass er nun auf ihr lag. Er küsste ihren Bauch. »Du bist eine Kriegerin, Jillian. Deine Narben sind genauso schön wie du.«

Sie war ganz durcheinander, wusste nicht, was sie sagen sollte. Nicht, dass sie hätte sprechen können, selbst wenn sie gewollt hätte. Seine Zunge zuckte aus seinem Mund, um über die lange Narbe zu lecken, angefangen an der Stelle, wo sie unter dem Hosenbund verschwand, und dann immer weiter hinauf. Als er oben angekommen war, küsste er das gezackte Narbengewebe und ließ seine Lippen dort verharren, warm und perfekt.

Seine Hände umfassten ihre Brüste, als sein Mund zu einem ihrer Nippel wanderte; sein Atem auf ihrer Haut löste ein ganzes Feuerwerk an Empfindungen aus. Sie wölbte sich ihm entgegen, strebte nach mehr, was er ihr bereitwillig gab, indem er an ihrer Brust saugte und die geschwollene Knospe zwischen seine Lippen nahm.

»Mehr«, keuchte sie. Sie griff nach unten, um ihm die Jeans herunterzuschieben.

Er lachte leise und stieg schnell vom Bett hinunter. Innerhalb von ganzen zwei Sekunden hatte er ihr die Hose ausgezogen, auch wenn er ihr den Slip ließ. Dann öffnete er mit quälend langsamen Bewegungen seine Jeans und ließ seine Erektion frei. Eine lange dicke Säule aus bräunlicher Haut und dunklen pulsierenden Adern, die sich von der dicken Wurzel bis zum glatten pflaumenförmigen Kopf erstreckten, sprang heraus.

Sie hatte schon einige Sexualpartner gehabt, aber nie zuvor hatte sie der Anblick eines erregten Mannes dermaßen verzaubert, und sie hatte definitiv noch nie ein derartig versengendes Verlangen verspürt, das sie vor Vorfreude erbeben ließ.

Reseph schien genau zu wissen, was sie empfand. Er schenkte ihr ein schiefes Grinsen, als er seine Jeans hinunterzog und hinaustrat. Vollständig nackt war er ein köstliches Kunstwerk, ein schlankes, muskulöses Bild purer Schönheit, das sie den ganzen Tag – und die ganze Nacht – anstaunen könnte.

Ohne den Blick von ihm abzuwenden, öffnete sie die Nachttischschublade und suchte nach der Schachtel mit den Kondomen, die ihr Stacey spaßeshalber – und als sanften Wink mit dem Zaunpfahl – geschenkt hatte. Als sie sie auf die Tischplatte warf, würdigte Reseph sie allerdings kaum eines Blickes.

Er beugte sich vor, umfasste ihre Fußknöchel und ließ seinen Daumen auf der sensiblen Haut direkt unter dem inneren Knöchel sanft kreisen. Dann drückte er seine Lippen auf ihren Schenkel. Sie fragte sich, was er wohl vorhaben mochte. Nicht, dass sie ihn von irgendetwas abhalten wollte, ganz gleich, was er auch tun wollte, aber sie hatte inzwischen begriffen, dass es bei ihm gar nicht so leicht war, zu erraten, was er als Nächstes tun würde.

Er schmiegte das Gesicht an ihren Schenkel, arbeitete sich mit dem Mund ihr Bein und mit den Händen ihre Wade hinauf. Bei dieser sinnlichen Massage wand sie sich vor Wonne auf dem Bett. Die Dinge, die er mit seinem Mund anstellte – und das nur auf ihrem blöden Schenkel –, ließen sie laut stöhnen.

Sie fuhr mit den Händen in sein Haar, während er küsste und leckte, massierte und streichelte. Und als eine hauchzarte Berührung den Baumwollstoff streifte, der ihre Mitte verhüllte, stieß sie ein zustimmendes Summen aus.

»Das gefällt dir wohl«, murmelte er. Seine Lippen kitzelten die Falte zwischen ihrem Bein und ihrem Geschlecht. »Es gefällt dir, was ich vorhabe, stimmt's?«

Sie grub ihre Fingernägel in seine Kopfhaut. »Blöde Frage, Reseph.«

Sie spürte sein Lächeln, dann fühlte sie, wie sich sein Mund über dem Eingang zu ihrem Tunnel öffnete. Oh … verdammt. Er leckte sie durch den Stoff hindurch, benutzte seine Zunge, um hineinzudrängen, er neckte sie durch die Barriere hindurch. Von der Reibung durch das feuchte Material ging ein Prickeln erotischer Empfindungen aus, das bis zu ihren Brüsten aufstieg.

Seine Hände glitten unter ihre Hüften und hoben sie an seinen Mund; er zwang sie, die Beine noch weiter zu spreizen, sodass sie seinem Ansturm hilflos ausgeliefert war. Als er auf diese Stelle pustete, brachte die kühle Luft, die so unvermittelt auf ihr erhitztes Fleisch traf, sie dazu, vor Verlangen zu wimmern. Noch ehe sie sich davon erholt hatte, bedeckte er sie schon wieder mit seinem Mund, leckte und knabberte, als ob ihr Slip gar nicht da wäre. Gott, das hatte bisher noch niemand getan, und sie konnte sich nur fragen, warum nicht. Es fühlte sich einfach unglaublich gut an, so effektiv, und doch trieb es sie fast in den Wahnsinn.

Mit welcher Leichtigkeit er ihre Erregung schürte, sie mit jeder gekonnten Bewegung seiner Zunge dem Gipfel näher brachte. »Du machst mich ganz verrückt«, murmelte sie.

»Dann sind wir quitt.« Seine Zunge schlüpfte unter den elastischen Rand ihres Höschens, und sie schrie auf, als er sie tief leckte. »Verdammt, schmeckst du gut.« Er machte sich mit noch mehr Begeisterung über sie her, ohne ihren Slip zu entfernen ... stattdessen drückte er ihn mit dem Gesicht beiseite, küsste und leckte drumherum, darüber und darunter. Die Kombination von *genau am richtigen Fleck* und *beinahe am richtigen Fleck* trieb ihr fast die Tränen in die Augen, Tränen der Ekstase und der Ungeduld.

Seine nasse Zunge liebkoste sie, tauchte in ihren Tunnel, um gleich darauf wieder zu dem sensiblen Knoten hinaufzugleiten, der sich ganz besonders nach ihrer Aufmerksamkeit sehnte. Endlich ... Gott, endlich ... Er knurrte und riss ihr den Slip vom Leib. Er fiel über sie her, als ob er kurz vor dem Verhungern stünde, und sie konnte einfach nicht mehr. Sie schloss die Augen und ließ die Wellen der Lust über sich zusammenbrechen, bis zum Höhepunkt, den sie erreichte, als er den Mund über ihrer Klitoris schloss und heftig saugte, während er weit hinten in der Kehle summte.

Sie kam mit einem Schrei, bäumte sich auf und warf sich hin und her, während er sie so lange bearbeitete, bis sie sogar die zarteste Berührung seiner Zunge nicht mehr ertragen konnte.

»Du bist gut«, keuchte sie. »Ich glaube ... ich glaube, du hattest jede Menge Übung.«

»Ich glaube, damit hast du recht.« Seine Stimme klang kehlig; ein dunkles Knurren, das ihren ganzen Körper vibrieren ließ. Langsam bewegte er sich an ihrem Körper hinauf. Sie genoss das Muskelspiel seiner kräftigen Arme und Schultern, während er sie mit glänzenden raubtierhaften Augen ansah. »Aber es fühlt sich an wie das erste Mal.«

Er küsste sie, während er nach einem Kondom griff und sich zwischen ihren Oberschenkeln niederließ. Sein Mund eroberte ihren im Sturm, seine Zunge wirbelte herum und seine Zähne attackierten sie erbarmungslos. Kleine Stiche, schmerzlich und lustvoll zugleich, zogen sich bis zu ihrem Geschlecht hinunter. Er hielt kurz inne, um sich das Kondom überzustreifen; dann fluchte er. »Scheiße, es kommt mir vor, als ob ich das noch nie im Leben gemacht hätte.«

Sie war bereit, so was von bereit, als sie spürte, wie seine Eichel gegen den Eingang zu ihrem Tunnel drückte.

Doch dann erstarrte er. Seine Muskeln versteiften sich, er hob den Kopf und starrte auf sie hinab.

»Was ist los?« Sie legte ihm die Hände ums Gesicht und streichelte seine Wangenknochen mit den Daumen, strich ihm die Haare aus dem Gesicht. Seine Lippen, die leicht geöffnet waren, glänzten von ihren Küssen. »Geht's dir gut?«

»Oh ja«, murmelte er. »Es gibt so viele Dinge, die ich mit dir machen will. So viele Arten, wie ich sie machen will. Es ist, als ob ich eine Enzyklopädie des Sex in meinem Kopf hätte. Aber andererseits fühle ich mich wie eine verdammte Jungfrau, und ich will, dass es bei diesem ersten Mal um mehr als Stellungen und multiple Orgasmen geht.«

Sie schluckte. »Das mit den multiplen Orgasmen klingt doch gar nicht übel.«

Sein Grinsen hätte ihren Slip glatt zum Schmelzen gebracht. Wenn er ihn nicht schon entfernt hätte. »Oh, dazu kommen wir noch. Wir haben noch genug Zeit dafür, dich auf der Motorhaube deines Trucks zu ficken, oder wenn du dich über das Geländer der Veranda bückst, oder es dir mit den Fingern unter einem Tisch im Restaurant zu besorgen. Aber jetzt möchte ich etwas, das bleibt.«

Heiliges Kanonenrohr. Motorhauben und Geländer und Restauranttische. Und alles ohne Verpflichtung. Sie hatte keine Ahnung, warum dieser letzte Gedanke mit Bitterkeit vermischt war, aber als Resephs Schaft durch ihre Schamlippen stieß, ließ dieses schwindelerregende Gefühl sie auf der Stelle wieder in einer Welle der Lust versinken.

»Ja«, brachte sie mühsam heraus.

»Ja, wozu?«

»Zu allem.«

Er verschenkte sein Lächeln so großzügig, und auch diesmal lächelte er sie an, als er in einer quälend langsamen Bewegung in sie eindrang. Und als die Lust erneut anstieg, fragte sie sich, wie lange diese Sache zwischen ihnen wohl dauern würde, denn wenn ihre Erfahrung mit Männern sie eines gelehrt hatte, dann, dass man Männer wie Reseph genießen musste. Behalten konnte man sie nämlich nicht.

12

Reseph war im Himmel. Jillians leises Keuchen, als er in sie eindrang, war der erotischste Klang, den er je gehört hatte, und er konnte ihre Leidenschaft immer noch auf seiner Zunge schmecken, gemischt mit dem Geschmack ihrer Haut. Als sich ihr Tunnel um sein Glied zusammenzog, erschien es ihm, als ob er in Sex ertrinke, sich in einer Fantasie verliere.

Er zwang sich, langsam vorzugehen, den Zauber von Jillians Körper zu genießen. Seltsam, dass er über all dieses Wissen verfügte und doch alles so neu für ihn war. Der Sex war nicht neu … es war vielmehr die Art, wie es passierte, die ihm fremdartig vorkam. Er glaubte nicht, dass er es je derartig langsam getan hatte – und mit so viel … Rücksichtnahme. Und Ehrfurcht. Und Gefühlen … die er eigentlich gar nicht fühlen sollte.

Jillian wand sich unter ihm, die Augen geschlossen, die Unterlippe zwischen ihren Zähnen. Eine sexy Röte färbte ihre Haut, ließ ihre Wangen in den Farben eines Sonnenuntergangs erstrahlen. Sie packte seine Schultern und grub ihre starken, kurzen Fingernägel mit dem perfekten Grad an erotischem Druck in seine Haut.

Eng … sie war so verdammt eng, als er sich in ihr bewegte. Er betete um Selbstbeherrschung und zwang sich, sich bei jeder Bewegung Zeit zu lassen. Er zog sich zurück, bis er ihren Tunnel beinahe verlassen hatte, und dann bewegte er sich Zentimeter für Zentimeter wieder in sie hinein, bis sich seine Eier an ihr rieben. Ihr glitschiger Tunnel zog sich zusammen, drückte seinen Schwanz bei jedem seiner Stöße zusammen.

Er stützte sich über ihr mit ausgestreckten Armen auf, damit er ihr Gesicht beobachten konnte, sehen konnte, wie sich ihr Körper bewegte und wo sie beide sich vereinigten. Jedes Mal, wenn er zusah, wie ihre Spalte seinen Schwanz verschlang, kam er dem Höhepunkt ein Stück näher. Der Anblick brachte sein Blut zum Kochen und törnte ihn mehr an, als er jemals für möglich gehalten hätte.

»Jillian«, keuchte er heiser. »Ah, verdammt … ich bin kurz davor. So kurz. Zu … schnell.« Er verlangsamte sein Tempo, begann die Hüften kreisförmig zu bewegen, anstatt zuzustoßen.

Sie streckte die Hand aus, um ihm kurz den Nacken zu massieren, ehe sie sie in seinen Haaren vergrub. Mit einem leisen Knurren führte sie seinen Kopf nach unten, bis sein Mund auf ihrem lag. Sie war so süß, nicht nur ihr Geschmack, sondern sie insgesamt. An ihr war etwas derartig Reines, dass auch er sich so sauber fühlte wie der neue Schnee draußen. Es sah ganz danach aus, dass er in der Tat noch einmal ganz von vorn anfangen konnte, und sie war ein Teil davon, genau wie sein Gedächtnisverlust. Auf gewisse Weise war seine Amnesie vielleicht sogar etwas Gutes, denn irgendetwas sagte ihm, dass der Mann, der er vorher gewesen war, eine Frau wie Jillian nicht verdient hatte.

»Reseph«, hauchte sie an seinen Lippen. »Schneller.« Sie hob die Hüften an, um ihn tiefer in sich aufzunehmen. Er verlor die Beherrschung.

Er stieß mit solcher Wucht in sie, dass sie die Hände über den Kopf ausstrecken musste, um sich am Kopfende des Bettes abzustützen.

»Ja«, stöhnte sie. »Oh ja … ja … *Reseph!*«

Ihr rutschiger samtiger Tunnel zog sich um ihn herum zusammen. Sie bäumte sich auf, drückte ihre vollen Brüste gegen seine Brust, und ihre Schenkel umklammerten seine Hüften, als sie kam. Sein eigener Höhepunkt eroberte ihn in einer sengenden Welle der Lust, und noch ehe sie durch ihn hindurchgerauscht war, brach schon die nächste Welle über ihn herein, und dann noch eine, bis er vollkommen ausgewrungen war, am ganzen Leib zitterte und nicht mehr imstande war, sein eigenes Gewicht zu tragen.

Er brach über Jillian zusammen und vergrub sein Gesicht in ihrem Haar. »Heilige … Scheiße«, flüsterte er.

»Find ich auch.« Ihre Finger glitten federleicht seinen Rücken auf und ab, und mit einem Fuß rieb sie seine Wade. »Hattest du mehr als einen?«

»Mmm-hmm.«

»Ich dachte, Männer könnten so was nicht.«

Ihm kam es nicht besonders merkwürdig vor, aber er war sich dennoch ziemlich sicher, dass das der beste Sex war, den er je gehabt hatte. »Vielleicht eine Nebenwirkung der Amnesie. Als Ausgleich.«

Er wälzte sich auf die Seite. Er hasste es, sich aus ihrer heißen Höhle zurückzuziehen, aber er wollte sie nicht erdrücken. Mit etwas Mühe gelang es ihm, genug Kraft zu sammeln, um die Beine über den Bettrand zu schwingen. Er ging ins Bad, um sich zu säubern. Als er das Kondom wegwarf, fragte er sich, ob Jillian wohl aufgefallen war, wie dumm er sich angestellt hatte, als er es überzog. Er wusste, dass er schon oft Sex gehabt hatte, wusste, was ein Kondom war und was man damit anstellte, aber eins zu tragen hatte sich völlig falsch angefühlt. Vielleicht ließ er sich öfter testen. Oder er war steril. Oder er war ein großes Riesenarschloch, dem so was einfach egal war.

Keine dieser Möglichkeiten sagte ihm sonderlich zu. Augenblick mal … warum störte ihn der Gedanke, steril zu sein? Das nagende Gefühl, dass Vaterschaft etwas war, das er niemals hatte erleben wollen, ließ ihn zusammenzucken. Warum sollte er sich in seinem alten Leben nicht gewünscht haben, Vater zu werden? Denn so verkorkst er jetzt auch sein mochte, konnte er sich doch ein gutes Leben mit Jillian vorstellen, in dem sogar Kinder vorkamen.

Ähm … ein wenig voreilig, meinst du nicht auch, angesichts der Tatsache, dass sie sich nicht binden will?

Allerdings, du Dumpfbacke.

Er zwang sich, an etwas anderes zu denken, und sprang wieder zu Jillian ins Bett.

Ihr possierliches Gähnen ließ ihn lächeln, als sie sich an ihn schmiegte, sodass ihre Stirn an seiner Schulter lag. Er drehte sich auf die Seite und fuhr die klare Linie ihres Kinns nach, während sie neben ihm lag. Er genoss die glatte Textur ihrer Haut. Sie schloss die Augen, und während ihre Atmung nach und nach einen langsamen, gleichmäßigen Rhythmus annahm, dachte er über ihre Narben nach und fragte sich, ob die, die er nicht sehen konnte, genauso schlimm waren wie die sichtbaren auf ihrem Bauch und ihren Schenkeln. Oder vielleicht sogar noch schlimmer?

Und wie schlimm würden seine eigenen Narben sein, wenn – falls – er sein Gedächtnis zurückbekam?

Jillian gönnte sich nur selten ein Nickerchen, aber Reseph hatte sie völlig erschöpft. Er selbst musste ebenfalls fertig sein, so wie er schnarchte.

Sie hatte eine Stunde lang gedöst und dann geduscht, während sie im Geiste immer wieder durchging, was passiert war. Er war ein fantastischer Liebhaber. Sie hatte schon vermutet, dass er gut im Bett sein würde, aber er war weitaus mehr als gut gewesen, eher schon himmlisch bis phänomenal. Was sie nicht erwartet – oder gewollt – hatte, war die Verbindung, die sie zwischen ihnen beiden gespürt hatte. Zweifellos war er ohne Weiteres imstande, seine Gefühle im Zaum zu halten … War er es nicht gewesen, der gesagt hatte, man müsse doch keine Verabredungen treffen? *Hey, du kannst einfach so Sex haben. Scheiß auf diesen ganzen Beziehungskram!*

Sie hatte gesehen, wie unruhig er war, wie oft er den Drang verspürte, das Haus zu verlassen, wie unangenehm er den Gedanken fand, auf irgendeine Art und Weise gebunden zu sein. Jepp, sie musste stark bleiben. Sie musste ihr Herz gut fortschließen, um es zu schützen. Er konnte praktisch jeden Tag sein Gedächtnis zurückbekommen und in das Leben zurückkehren, das er vorher geführt hatte. Darauf musste sie gefasst sein.

Als sie angezogen war, war Reseph ebenfalls wach und sah aus dem Schlafzimmerfenster. Selbstverständlich nackt.

Als er sich zu ihr umdrehte, fragte sie sich, ob sie wohl irgendwann einmal nicht mehr von der mühelosen Art gefesselt sein würde, wie er sich bewegte, dem Spiel der Muskeln unter seiner gebräunten Haut, dem Fall seines dichten Haars auf seine Schultern. »Ich hatte gehofft, dich noch in der Dusche zu erwischen.«

»Irgendwie glaube ich nicht, dass wir dazu gekommen wären, gründlich zu duschen«, erwiderte sie trocken.

Er kam zu ihr herübergeschlendert, und sein glühender Blick ließ ihr Herz schneller schlagen. »Gar nicht wahr«, sagte er und küsste sie auf den Hals. »Es gibt alle möglichen amüsanten Dinge, die wir mit Seife anstellen könnten.«

»Zweifellos.« Sie sah an ihm hinab. »Ich werde mal eine Jogginghose meines Vaters für dich holen. Die ganze Zeit immer in Jeans … oder nackt … rumzulaufen, das kann nicht allzu bequem sein.«

»Ich finde es sehr bequem, nackt zu sein.«

»Kann ja sein, aber es lenkt auch ganz schön ab.«

Er grinste. »Ich lenke dich ab?«

»Diese Frage werde ich nicht beantworten. Dein Ego braucht keine weiteren Streicheleinheiten.« Sie sah ihn mit erhobener Augenbraue an. »Und sag jetzt bloß nicht, dass du noch über etwas anderes verfügst, das ich streicheln könnte. Glaub mir, ich hatte genug mit Männern zu tun, ich kenne sämtliche Sprüche.«

Ein leises Rasseln drang aus seinem Brustkorb. »Ich bin aber nicht wie andere Männer.«

»Was du nicht sagst…«, murmelte sie, schon auf dem Weg in den Keller.

Reseph folgte ihr natürlich. Zum Glück zog er sich zuerst eine Jeans an. »Was ist denn das alles?«, fragte er, als er auf der untersten Stufe angekommen war.

»Das meiste hat meinen Eltern gehört. Und dann noch ein paar Dinge aus meiner Highschoolzeit.«

Er fuhr mit der Hand über einen staubigen Karton, auf dem TEPPICHE stand. »Warum behältst du das ganze Zeug?«

Sie zuckte mit den Achseln. »Weiß nicht.«

Als er ein Schmuckkästchen aufhob, das ganz für sich allein auf einem Regalbrett stand, entriss sie es ihm, ehe er es öffnen konnte. »Das ist nichts.«

»Nichts?« Er musterte das Kästchen. »Du machst ganz schön viel Wind um nichts.«

Wieder zuckte sie mit den Achseln und stellte das Kästchen auf das Regal zurück. Als Reseph es diesmal nahm, protestierte sie nicht. Er öffnete es und sog scharf die Luft ein.

»Das ist ein Verlobungsring.«

Es war ein Symbol ihrer Dummheit. »Überaus scharfsinnig.«

Er zog eine Augenbraue in die Höhe. »Deiner?«

»Jepp.«

»Der verheiratete Schweinepriester?«

»Ja.«

»Aber warum behältst du den Ring? Er hat dich verletzt. Du hättest ihm den Ring so weit den Arsch hinaufschieben sollen, dass er ihn als Zahnfüllung hätte verwenden können.«

Als sie sich das bildlich vorstellte, musste sie lachen, obwohl sie sich ziemlich sicher war, dass Reseph es durchaus ernst gemeint hatte. »Vielleicht hoffe ich ja, dass sich einmal eine Gelegenheit dazu bietet.«

Er musterte sie. Seine eisblauen Augen drangen so tief in ihr Inneres, dass Kälte in ihr hochkroch. »Nein. Du behältst ihn, weil du ihn nicht loslassen kannst. Darum willst du auch keine Bindung mehr eingehen. Weil du nichts loslassen kannst.«

Dieser Mistkerl. Wie konnte er das nur wissen? Seine Erkenntnis brachte sie ganz schön durcheinander, erschütterte ihr mentales Gleichgewicht, und sie musste sich gewaltig anstrengen, um in die ruhige Gelassenheit zurückzufinden, die sie sich für ihren Job als Fluglotsin anerzogen hatte und auf die sie so stolz war.

»Kann schon sein«, sagte sie, aber das war die Untertreibung des Jahrhunderts. Sie war noch nie fähig gewesen, Dinge loszulassen, die sie an Beziehungen erinnerten. Manchmal ging es so weit, dass das Festhalten sie lähmte.

Es hatte ein ganzes Jahr gedauert, ehe sie endlich um ihre Eltern trauern konnte. Sie hatte das Gefühl gehabt, dass sie sie nicht gehen lassen müsse, solange sie noch ihre Sachen aufbewahrte.

Reseph stellte das Kästchen ins Regal zurück. »Mir kommt das seltsam vor. Wenn etwas weg ist, ist es weg.«

»Menschen eingeschlossen?« Sie kannte die Antwort schon, ehe er sie gab. Ihr Magen verkrampfte sich.

»Sicher.« Er sah zur Treppe, als ob ihm ihre Unterhaltung auf einmal unangenehm wäre. »Ich sollte endlich duschen.« Damit schoss er die Stufen hinauf – immer drei auf einmal –, als ob der Teufel persönlich hinter ihm her wäre.

Okay. Ihm fiel es also leicht, sich von jemandem zu trennen, aber er redete nicht gern darüber. Vermutlich beschäftigte er sich grundsätzlich nicht gern damit. Sie fragte sich, ob er wohl einer dieser Männer war, die per SMS mit ihrer Freundin Schluss machten.

So ein verdammter Mistkerl! War ja typisch, dass sie ausgerechnet mit so jemandem was anfangen musste.

Nein, sie hatte gar nichts angefangen. Sie hatten nichts miteinander!

Ja, sicher, und je öfter ich mir das einrede, umso wahrer wird es. Dumme Kuh.

Der Klang eines Motors unterbrach ihre trübsinnigen Grübeleien. Sie erwartete keine Lieferung, aber Stacey kam manchmal – okay, ziemlich oft – unangemeldet vorbei. Sie stieg die Treppe hinauf und gelangte in dem Moment zur Haustür, in dem es klingelte.

Sie zögerte den Bruchteil einer Sekunde lang, als die Szene, die sie im Haus ihrer Nachbarn gesehen hatte, vor ihrem inneren Auge auftauchte. Allerdings wagte sie zu bezweifeln, dass das Ungeheuer, das diese abgeschlachtet hatte, vorher geklingelt hatte. Dennoch legte ihr Puls deutlich zu, als sie die Tür öffnete.

Zwei Männer standen auf ihrer Veranda, beide groß und dunkelhaarig. Der mit den jeansblauen Augen sah aus, als ob irgendwann einmal ein Alligator an seinem Hals gekaut hätte. Als er anfing zu sprechen, bestätigte seine raue Stimme ihren Verdacht.

»Ms Cardiff? Mein Name ist Kynan Morgan, und das hier« – er zeigte mit dem Daumen auf den Mann zu seiner Rechten – »ist Arik Wagner. Wir sind Sonderermittler, und wir würden Ihnen gerne ein paar Fragen stellen.« Er lächelte, doch sie fühlte sich alles andere als beruhigt. »Dürfen wir reinkommen?«

Sonderermittler. Ihr erster Gedanke war, dass sie wegen Reseph hier waren. Ja, sie wusste, dass es wesentlich wahrscheinlicher war, dass die Polizei mit Neuigkeiten über Resephs Vergangenheit hier auftauchen würde. Trotzdem hatte sie plötzlich ein schlechtes Gefühl, ganz als ob dies Leute wären, denen sie lieber nicht zu viele Informationen geben sollte.

»Tut mir leid, aber ich lade Fremde für gewöhnlich nicht in mein Haus ein.« *Es sei denn, ich finde sie nackt in einer Schneewehe.* »Ich bin sicher, Sie verstehen das.« Sie trat hinaus und zog die Tür hinter sich zu. Der mit dem Namen Arik runzelte die Stirn und versuchte, einen Blick hineinzuwerfen, aber sie zog so lange, bis die Tür klickte.

»Selbstverständlich«, sagte Kynan höflich. »Sind Sie allein?«

Sie lächelte genauso höflich und überhörte geflissentlich seine Frage. »Wie kann ich Ihnen helfen?«

Kynan zog sich mit zügigen, entschlossenen Bewegungen die Handschuhe aus. »Ich nehme an, Sie wissen, dass Ihre Nachbarn zu beiden Seiten sowie einige hiesige Jäger getötet wurden.«

»Dessen bin ich mir wohl bewusst.«

»Wir würden gerne wissen, ob Sie irgendetwas gehört oder gesehen haben.« Er stopfte beide Handschuhe in eine Tasche und steckte seine rechte Hand wie zufällig in die andere.

Eine Waffe. Ich wette, er hat da drin eine Waffe. »Überhaupt nichts.«

Kynan musterte sie, als ob er versuchte, sie zu durchschauen, was ziemlich nervenaufreibend war. »Haben Sie jemals einen Dämon gesehen, Jillian?«

»Ms Cardiff. Und nein.«

Er schenkte ihr ein nachsichtiges Lächeln, und Jillian verspürte den gleichen Schock, der sich am besten mit *oh Scheiße!* umschreiben lässt und den sie früher immer hatte, wenn zwei

Flugzeuge auf Kollisionskurs waren. Kynan wusste, dass sie gelogen hatte. »Wurden Sie jemals von einem Dämon angegriffen, Ms Cardiff?«

Okay, jetzt wurde sie langsam richtig sauer. Vor allem, da der andere Kerl, dieser Arik, in aller Seelenruhe über ihre Veranda schlenderte und in ihre Fenster spähte.

»Wenn ich von einem Dämon angegriffen worden wäre, dann hätte ich ja wohl einen gesehen, oder was meinen Sie?«

»Nicht unbedingt«, sagte Kynan. »Manche sind unsichtbar.«

Sie lächelte knapp. »Warum sagen Sie mir nicht einfach, welcher Sonderermittlungseinheit Sie angehören?«

»Wir arbeiten für das Demonic Activity Response Team.«

DART. Über die hatte sie schon mal was im Internet gelesen. »Ich nehme an, dass Sie mit den hiesigen Strafverfolgungsbehörden in Kontakt stehen?«

»Sowohl mit den örtlichen Behörden als auch mit der State Police.«

»Dann schlage ich vor, dass Sie einen der Beamten mitbringen, wenn Sie noch irgendwas von mir wollen, weil ich nämlich genug von Ihren Fragen habe.« Sie wies mit dem Kinn auf den SUV in der Einfahrt. »Und jetzt runter von meinem Grundstück, ehe ich meine Rechte als Hausbesitzer ausübe, der es mit unbefugten Eindringlingen zu tun hat.«

Kynan sah sie mit hochgezogener Augenbraue an, als sie herumwirbelte und ins Haus zurückstürmte. Sie schloss die Tür hinter sich, schloss ab und ließ sich gegen das Holz sinken. Ihr Herz hämmerte wie verrückt. Sie gestattete sich zwei beruhigende Atemzüge, ehe sie sich das Telefon schnappte und Stacey anrief.

»Hey, Stace.« Sie ließ ihrer Freundin nicht mal die Zeit, Hallo zu sagen. »Ich muss wissen, was diese Typen von DART über mich wissen.«

Sie hörte, wie Stacey am anderen Ende einen Schluck trank, vermutlich Kaffee. »Wovon redest du?«

»Sie waren gerade hier, haben mich über Dämonen ausgefragt.«

»Na ja, sie untersuchen die Angriffe, und du bist die nächste Nachbarin. Ist also nur logisch.«

»Aber wissen sie über den Angriff Bescheid?«

»Also, ich hab ihnen jedenfalls nichts davon erzählt. Sie kamen gestern Abend, und wir haben ihnen die Lage erklärt, und dann haben sie sich auf den Weg zu den Tatorten gemacht. Bisher sind sie noch nicht wieder hier gewesen.«

»Hast du ihnen von Reseph erzählt?«

»Nein. Warum? Ist alles in Ordnung?«

»Alles bestens.« Sie hörte, dass der Motor draußen angelassen wurde. »Hör mal, ich muss Schluss machen. Ich ruf dich später noch mal an.«

»Jill-«

Jillian hatte das Gespräch gerade beendet, als Reseph aus dem Schlafzimmer kam, wie immer nur mit einer Jeans bekleidet. Sein Blick konzentrierte sich wie ein Laser auf das Fenster.

»Wer war das?« Während er hinausspähte, veränderte sich sein ganzes Auftreten, von sorglos und locker zu ... tja, sie konnte es nur als tödlich bezeichnen. Trotzdem schien er nach wie vor entspannt zu sein. Aber in seiner Miene lag ein neuer Ausdruck der Konzentration, und seine Muskeln schienen sich angespannt zu haben.

»Das sind die Dämonenermittler.«

Seine Stimme wurde leise. »Sind sie uns hierher gefolgt?«

»Ich glaube nicht. Sie wollten nur wissen, ob ich etwas Ungewöhnliches gesehen habe.« Seine Miene wirkte kurz verwirrt. »Reseph? Alles okay bei dir? Kennst du sie vielleicht?«

Als der Wagen sich entfernte, ließ die tödliche Anspannung, die er ausstrahlte, langsam nach, aber seine Kieferpartie wirkte nach wie vor hart, und seine Hände waren zu Fäusten geballt. »Nein, aber da war irgendwas … Scheiße. Ich weiß auch nicht. Ich habe das Gefühl, ich sollte sie kennen, aber dann würden sie mich umbringen wollen.«

»Dich umbringen?« Sie legte das Telefon hin und hoffte, dass er nicht merkte, wie ihre Hand zitterte. »Ich glaube, das wäre doch etwas extrem. Schließlich kümmern sie sich um Dämonen und nicht um Menschen.«

»Ja, du hast recht.« Er lächelte, aber das Lächeln passte nicht zu der Unruhe in seinem Blick. »Ich bin sicher, dass du recht hast.«

13

Direkt nach seiner Ansprache, die seine himmlischen Brüder von Gethels Verrat überzeugen sollte, begab sich Reaver zu Ares' Villa. Irgendwie überraschte es ihn kaum, sämtliche Reiter, bis auf Reseph, dort am Strand vorzufinden. Ares und Thanatos standen am Grill, und Cara und Regan spielten mit Rath, Caras und Ares' Adoptivsohn, einem Widderkopf-Dämon im Kleinkindalter. Limos hielt ein Baby im Arm, von dem Reaver intuitiv wusste, dass es Logan war, Thans und Regans Sohn. Um ihre Füße kreiste ein pechschwarzer Höllenhundwelpe von der Größe eines Labradors, der immer wieder zu dem Kind hinaufsah. Man musste kein Genie sein, um zu erkennen, dass der Welpe eine mystische Verbindung mit dem Baby hatte und ihm für alle Zeit ein treuer Bodyguard sein würde.

Reaver entledigte sich seiner Schuhe und ging barfuß auf die Gruppe zu.

Limos sah ihn als Erste, aber das war meistens so. Ihr Grinsen war atemberaubend, und er wusste, dass sie sich auf der Stelle in seine Arme geworfen hätte, wie sie es immer tat. Nur Logan in ihren Armen hielt sie davon ab.

Die restliche Gruppe hielt sich mit ihrer Begrüßung eher zurück. Reaver wappnete sich schon mal. Thanatos, dessen bloßer Oberkörper über und über mit Schichten von Tattoos bedeckt war, gesellte sich zu Limos und nahm ihr das Kind ab. Mit Regan an seiner Seite warteten sie darauf, dass Reaver zu ihnen hinüberkam.

»Er ist wunderschön.« Reavers Stimme zitterte mehr, als er

erwartet hatte. Er mochte Babys, aber dieses hier war ein ganz besonderes Kind, und das nicht nur, weil seine Geburt die Welt gerettet hatte. Dies war der erste Nachwuchs der apokalyptischen Reiter, und Reaver fühlte sich als stolzer Onkel.

»Ja«, sagte Than kühl. »Das ist er. Schade nur, dass du seine Geburt verpasst hast.«

Damit ging es los. »Ich habe gegen Gethel gekämpft.«

»Drei Monate lang?«

»Es tut mir leid, Thanatos.« Er nickte Regan zu. »Wenn ich früher hätte kommen können, hätte ich es getan.«

Ares näherte sich ihnen; sein rotbraunes Haar glänzte im Sonnenlicht, aber Cara blieb mit Rath zurück. Der kleine Dämon lief der Brandung entgegen, um in den Wellen zu spielen. Seine kleinen Hufe verspritzten elfenbeinfarbenen Schaum. »Was ist passiert? Wo ist Gethel?«

»Dann habt ihr sie also nicht gesehen?« Verdammt. Reaver hatte gehofft, sie würde ihr heimtückisches Gesicht blicken lassen … nicht, weil Reaver wollte, dass sie sich in die Angelegenheiten seiner Reiter einmischte, sondern weil alles, was sie sagte, ein Hinweis auf ihre Pläne sein konnte.

Die blonden Flechten an Thanatos' Schläfen schlugen gegen seine Wangen, als er den Kopf schüttelte. »Das letzte Mal haben wir sie zusammen mit dir gesehen.«

Er blickte an Reaver vorbei. Ein Prickeln in seinem Nacken verriet Reaver, dass Harvester eingetroffen war. Ausgezeichnet – Reaver konnte wirklich dringend eine weitere Komplikation gebrauchen.

Sie schlenderte zu ihm und blieb neben ihm stehen. Fast hätte er gestöhnt, als er sah, was sie anhatte. Oder genauer gesagt, nicht anhatte.

Ihr langes schwarzes Haar hing ihr über eine Schulter und fiel wasserfallartig über Brüste, die ein knappes gestricktes Bikinioberteil nur notdürftig bedeckte. Er vermutete, dass es sich bei dem dazu passenden gelben Bikinihöschen um einen String handelte, aber wenigstens hatte sie sich ein schwarzes durchscheinendes Tuch um die Taille gebunden. Nicht, dass das Tuch viel dazu beitrug, ihren Körper zu verbergen, der wie für die Sünde gemacht schien. Im wahrsten Sinne des Wortes. Reaver, der Frauen, die sich provozierend kleideten, schon immer zu schätzen wusste, musste sich zwingen, den Blick abzuwenden, ehe sein Körper begann, auf Harvester so zu reagieren, wie in dem Moment, als sie sich in Sheoul-gra geküsst hatten.

»Wie geht es meinen allerliebsten Reitern denn heute?«, zwitscherte sie, ganz Sonnenschein und Regenbögen. Da stimmte doch etwas nicht. Sie war niemals fröhlich oder gut gelaunt.

»Wir warten darauf, dass Reaver uns erzählt, was mit Gethel passiert ist«, antwortete Than.

Als Reaver diesmal ein Stöhnen unterdrückte, lag es daran, dass er fest damit rechnete, dass Harvester alles ausplaudern würde; aber Reaver war noch nicht bereit, ihnen mitzuteilen, was er mit Reseph getan hatte. Wenn es ihm gelang, Gethel zu vernichten, ehe sie Reseph fand, könnte Reaver vielleicht zumindest noch Teile seines ursprünglichen Planes in die Tat umsetzen und den Reiter in der Sicherheit des menschlichen Reiches belassen, während sein Geist heilte. Aber wenn Gethel irgendjemandem verraten hatte, dass Reseph frei war, war der Plan möglicherweise sowieso schon im Arsch.

»Gethel und ich haben gekämpft, aber dann füllte sich die Kammer mit Dämonen, und sie konnte entkommen.«

»Und wo bist du seitdem gewesen?« Thans Frage war keine Herausforderung. Dafür lag in seiner Stimme zu großer Schmerz.

»Ich saß in Sheoul in der Falle.« Das war keine Lüge, auch wenn es nicht die vollständige Wahrheit war.

»Wie kam das?« Limos' veilchenblaue Augen blitzten auf.

Scheiße. Jetzt musste Reaver entweder lügen oder aber auf seine Autorität pochen und ihnen sagen, dass er gemäß dem Gesetz der Wachen nicht verpflichtet war, ihre Fragen zu beantworten. Begeisterungsstürme würde er mit so einer Antwort allerdings nicht auslösen.

»Das war meine Schuld«, platzte Harvester zu Reavers größtem Erstaunen heraus. »Ich war sauer, dass mein Team mal wieder einen Tritt in den Arsch bekommen hatte, also hab ich ihn ein Weilchen in Pestilence' Kammer eingesperrt.« Sie zuckte mit den Achseln. »Zur Abwechslung ein Verstoß gegen die Regeln. Aber was soll's. Das war's wert.«

Limos knurrte. »Du bist echt ein Miststück.«

»Hey!« Reaver versuchte das Gespräch von unerklärlichen Flunkereien und unverdienten Beleidigungen fortzusteuern. Harvester war sicherlich ein Miststück, aber in diesem Fall traf es ausnahmsweise mal nicht zu. »Ist das hier eine Party? Weil mir bisher noch niemand ein Hotdog angeboten hat.« Er beäugte das kleine blonde, sich windende Bündel. »Und es hat mich auch noch keiner diesem bezaubernden Kind vorgestellt.«

Damit war Harvesters *Vergehen* vergessen. Limos sprang zur Kühlbox, während Ares zum Grill zurückging. Than und Regan, die stolzen Eltern, hielten ihm mit einem breiten Grinsen das Baby hin. »Reaver, das ist Logan Thanatos.«

Ganz sanft strich Reaver dem Baby mit einem Finger über die samtige Wange. »Schön, dich kennenzulernen, Logan.«

»Du kannst ihn gerne mal halten«, sagte Than, doch Reaver trat einen Schritt zurück. Er hatte schon viele Babys gehalten, hatte sogar ein paar auf die Welt gebracht, als er noch im Underworld General gearbeitet hatte, aber aus irgendeinem Grund versetzte ihn die Vorstellung, dieses spezielle Kind in den Armen zu halten, in Angst.

»Ich sollte lieber nicht –«

»Aber sicher solltest du.« Regan nahm Than das Kind ab und drückte ihn Reaver behutsam an die Brust, sodass dieser gar keine andere Wahl hatte, als Logan an sich zu nehmen.

In dem Moment, in dem das Baby ihm in die Augen sah, schmolz Reaver dahin. Ein warmes Gefühl tanzte in seinem Herzen. In diesem Moment erkannte er, wieso er gezögert hatte, Logan auf den Arm zu nehmen. Das Baby erinnerte ihn daran, dass ihm ein großer Teil seines Lebens fehlte … Ein Teil, in dem möglicherweise auch Kinder vorkamen.

Hatte er Kinder? Hatte man ihnen auch das Gedächtnis ausgelöscht, so wie ihm? Ihm war niemals eine Audienz bei den Erzengeln gewährt worden, wo er danach hätte fragen können, aber vielleicht war es ja an der Zeit, die Bitten einzustellen und stattdessen mit Forderungen anzufangen.

»Ich kann den Engel in ihm spüren«, sagte er leise. »Er ist mächtig, beinahe so intensiv, als ob er zur Hälfte Engel wäre, und nicht nur zu einem Viertel.«

»Die Macht ist stark in diesem da«, sagte Thanatos in einer verdammt eindrucksvollen Darth-Vader-Stimme. Reaver wäre beinahe die Kinnlade runtergeklappt; Thanatos war sonst nie locker oder zu Späßen aufgelegt, und es tat gut, diese neue Seite an ihm zu sehen.

»Ja, das ist sie.«

Logans winzige Finger schlossen sich um Reavers Daumen. »Er hat bereits im Bauch der Mutter Fähigkeiten eines Kampfengels gezeigt, was bei einem Kind, das kein hundertprozentiger Engel ist, nur selten vorkommt, aber jetzt fühlt sich seine Kraft sogar noch stärker an.« Reaver blickte auf den Höllenhundwelpen hinab, der ihm auf die Zehen sabberte. »Wie heißt er?«

»Cujo«, sagte Regan.

Reaver hob eine Augenbraue. »Ihr habt den Gefährten eures Sohnes nach einem tollwütigen Monsterhund benannt?«

»Nein«, grollte Thanatos. »Das war Wraith. Dieser Mistkerl hat den Hund darauf dressiert, auf Cujo zu hören, und wir haben es nicht geschafft, ihn dazu zu bringen, auf einen anderen Namen zu reagieren.«

Reaver lachte. Das klang in der Tat nach etwas, was dieser Seminus-Dämon tun würde.

Harvester näherte sich ihnen vorsichtig; ihr Mund verzog sich zu der kaum wahrnehmbaren Andeutung eines Lächelns, als sie Logan anblickte. »Darf ich ihn mal halten?«

»Das kannst du vergessen«, sagte Thanatos.

»Aber Reaver, der das Baby gar nicht nehmen wollte, darf ihn halten?« Die Verzweiflung in Harvesters Miene versetzte Reaver regelrecht einen Tritt in den Magen.

»Than«, sagte er leise. »Ich glaube, es kann nicht schaden, sie ihn für eine Minute halten zu lassen.«

Thanatos' blassgelbe Augen funkelten vor Wut. »Sie war auf der Seite, die meinen Sohn töten wollte. Ich will sie nicht in seiner Nähe haben.«

»Ich schwöre, dass ich nicht wollte, dass Logan stirbt.« Harvesters Stimme hatte einen flehentlichen Ton angenommen, den Reaver noch nie von ihr gehört hatte. »Niemals. Es gab für Pestilence andere Wege, zu bekommen, was er wollte.«

»Ich sagte Nein.« Thanatos nahm Reaver Logan behutsam ab, als ob er fürchtete, Harvester könnte ihm das Kind einfach entreißen. »Reaver, ich bin froh, dass du wieder da bist. Bleib, so lange du willst.«

Der Reiter warf Harvester einen Blick zu, der ihr mitteilte, dass sie hingegen nicht willkommen sei, ehe Regan und er sich wieder zu den anderen gesellten. Cujo folgte ihnen auf den Fersen, bis sie am Grill vorbeigingen. Dort machte der Welpe einen kleinen Umweg, um sich ein Paket Würstchen aus der Kühlbox zu schnappen. Ares jagte ihm hinterher, aber als sich auch Hal an der Jagd beteiligte, verschwanden die Würstchen rasch in den zuschnappenden Mäulern zweier Höllenhunde.

Harvester wandte sich mit herunterhängenden Flügeln ab. »Nur gut, dass ich sowieso nicht vorhatte zu bleiben.«

»Warte.« Reaver packte ihr Handgelenk und drehte sie zu sich herum. »Ich weiß nicht, warum du für mich gelogen hast, aber danke.«

Harvester schnaubte. »Ich hab's nicht für dich getan. Ich habe immerhin einen Ruf zu verlieren. Und das Balg wollte ich ganz sicher nicht halten.«

»Warum hast du dann überhaupt gefragt?«

Sie zuckte mit den Achseln. »Ich wollte nur sehen, was Thanatos dazu sagt.«

Sie log, aber warum? Ihr Verhalten in letzter Zeit war völlig rätselhaft. Sogar jetzt noch warf sie immer wieder verstohlene Blicke auf Logan, und jedes Mal, wenn sie das tat, wurde ihre Miene weicher.

Eindeutig rätselhaft.

»Geht's dir … gut?«

Harvesters Kopf fuhr so heftig herum, als ob er ihr ins Gesicht geschlagen hätte. »Aber selbstverständlich, du Narr mit Heiligenschein.« Sie spreizte die Flügel, sodass sie die Sonne verdeckten und einen riesigen Schatten warfen. »Sieh mich an. Reine Macht fließt durch meine Adern. Wirke ich auf dich vielleicht schwach oder mitleiderregend?«

»Vergiss es«, murmelte er. Ihre Überempfindlichkeit machte es ihm manchmal schon sehr schwer, mit ihr umzugehen. »Ich habe mit meinen Vorgesetzten über Gethel gesprochen. Keiner von ihnen weiß, wo sie ist. Hattest du schon Gelegenheit, mit deinen Kollegen zu reden?«

»Reden?« Sie verzog verächtlich den Mund. »Wir reden nicht. Sie befehlen. Ich sage ihnen, dass sie mich mal kreuzweise können.«

Sie war wirklich unmöglich. »Okay. Haben sie dir irgendetwas befohlen, ehe du ihnen sagtest, dass sie dich mal könnten?«

»Ja. Sie sagten, ich soll das Ganze vergessen. Ich schätze, die wissen mehr über Gethel, als sie zugeben, aber sie sagen mir nichts.« Endlich faltete sie ihre Flügel wieder zusammen. »Bist du bereit, mir zu sagen, wo Reseph ist?«

»Nein.«

»Bist du sicher? Vielleicht könnte ich dir diese Information ja entlocken, indem ich dir ein wenig Lust bereite?«

»Ja«, brachte er zwischen zusammengebissenen Zähnen heraus. »Ich bin mir sicher.«

»Schon gut, schon gut. Du musst wirklich nicht gleich deine Stoppelfedern aufstellen.« Sie warf einen Blick auf die Reiter, die sich um eine Wanne voller Eis und Getränke versammelt hatten und deren Lachen mit der Meeresbrise bis zu ihnen getragen wurde. »Ich hab etwas für Logan. Meinst du, Thanatos und Regan würden es annehmen?«

Das wurde ja immer seltsamer. »Das hängt vermutlich davon ab, worum es sich handelt.«

»Es ist weder eine giftige Schlange noch ein Handy aus Stacheldraht«, fuhr sie ihn an. »Fahr zur Hölle, Reaver. Ach nein, da hab ich dich ja gerade erst rausgeholt. Also fahr zur Hölle *zurück*!«

Sie blitzte sich davon, sodass Reaver allein am Strand zurückblieb und ins Leere starrte. Er fühlte sich, als ob man ihn wie einen Kreisel gedreht hätte. Harvester war immer schon launisch gewesen, aber diese Stimmungsschwankungen waren sogar für ihre Verhältnisse extrem.

»Reavie-Weavie!«, rief Limos, die neben dem Picknicktisch stand. »Essen!«

Essen. Eine Grillparty. Ein Strand, Kinder und Haustiere. Alles so normal, wo die Welt doch vor drei Monaten noch am Rand einer Apokalypse gestanden hatte und diese Familie in einen höllischen Krieg verwickelt gewesen war. Es hätte leicht auch damit enden können, dass die Reiter sich in dieser Schlacht unversehens auf der falschen Seite wiedergefunden hätten.

Reaver freute sich für sie. Sogar Reseph schien seinen Frieden gefunden zu haben. Doch Reaver konnte das Gefühl einfach nicht abschütteln, dass die Dinge nicht so waren, wie sie schienen.

Die Gefahr für die Welt mochte vorerst abgewendet sein, doch der Ärger hatte gerade erst begonnen.

Harvester materialisierte sich in ihrer Residenz und registrierte dankbar, dass ihr Werwolfsklave Whine nicht dort war, um sie zu begrüßen. Niemand, nicht einmal ihr Sklave, sollte sie so sehen.

Tränen rannen ihr aus den Augen. Sie brannten, schmerzten. Was sie verdammt sauer machte, weil sie niemals weinte. Vor langer Zeit hatte sie es dem Bösen gestattet, ihr Herz mit einer Hülle zu umschließen, die die Härte eines Diamanten besaß – eine Notwendigkeit, wenn man in Sheoul überleben wollte.

Aber die Reiter waren immer ihre Schwachstelle gewesen, und nie war es ihr gelungen, sich emotional vollständig von ihnen zu lösen. Sie hatte es versucht. Oh, und wie sie es versucht hatte. Und jetzt, wo die Apokalypse abgewendet war, hatte sie sich ihnen gegenüber eine Blöße gegeben, in der Hoffnung, dass sie sich ebenfalls milder zeigen würden.

Ihr rannte die Zeit davon. Dabei wollte sie nur eins: Logan halten, ehe die tickende Uhr in ihrem Kopf, das Gefühl, dass ihr Ende unmittelbar bevorstand, Wirklichkeit wurde. Und vielleicht zu dem fröhlichen Beisammensein eingeladen werden. Allerdings konnte sie Thanatos seine Haltung ihr gegenüber nicht verdenken, und das war das Problem. Bis jetzt hatte sie ihre Wahl immer selbst getroffen. Sie selbst hatte die Wahl getroffen, den Himmel zu verlassen.

Doch jetzt musste sie feststellen, dass sie wünschte … ja, was? Dass sie in der Zeit zurückreisen könnte, um ihren Fall zu verhindern? Nein, das hatte geschehen müssen. Was passiert war, war passiert.

Sie verfluchte ihre Schwäche, als sie sich hastig mit dem Handrücken die Tränen abwischte.

Und merkte, dass irgendetwas mächtig falsch lief.

Der Gestank von Blut verpestete die Luft, und ihre Haut prickelte, als sie plötzlich die Gegenwart des Bösen spürte. Sie wirbelte herum und knurrte den Mann an, der mit von Blut nassen Lippen in der Tür zu ihrem Wohnzimmer stand.

»Luzifer«, zischte sie. »Wie kannst du es wagen, ohne Erlaubnis einzutreten.«

Tote, ebenholzfarbene Augen funkelten sie an, und seine Zunge fuhr in einer gemächlichen, herausfordernden Bewegung über seine Unterlippe. »Ich tat weit mehr, als nur einzutreten.«

Jetzt begriff sie, warum Whine sie nicht begrüßt hatte. Luzifer hatte ihm etwas angetan, aber jetzt war nicht die Zeit, Sorge oder gar Angst zu zeigen.

Und doch ließen beide Gefühle sie innerlich erzittern.

»Raus mit dir!« Als sie ihre Flügel ausbreitete, ahmte er ihre herausfordernde Geste nach, sodass seine schwarzen, ledrigen Schwingen die Decke streiften. »Wenn du nicht gerade hier bist, um mir eine große Ehre zuteil werden zu lassen, verpiss dich auf der Stelle aus meinem Haus.«

»Eine große Ehre?« Sein Gelächter ließ die von Bedim-Dämonen geschaffenen Kunstwerke an den Wänden zittern. Die sinnlichen Gemälde zeigten die romantischen Rituale von Dutzenden von Dämonenspezies und erinnerten Harvester immer daran, dass Liebe selbst unter den Niedrigsten unter den Dämonen eine Schwäche war. »Deinetwegen haben wir unsere Chance auf eine Apokalypse verpasst.«

Ihr drehte sich der Magen um und ihre Lungen versagten ihr den Dienst. Wie viel Schuld würden Satan und er ihr aufbürden? Die Uhr in ihrem Kopf tickte schneller.

»Was ist denn los, Harvester?« Seine Stimme war leise, geschmeidig und voller Gift. »Du wirkst ein wenig verängstigt.«

Sie stieß ein höhnisches Schnauben aus, obwohl er mitten ins Schwarze getroffen hatte. »Es gibt nichts, wovor ich Angst haben müsste. Als Wache war es nicht meine Aufgabe, unserem Team zu helfen, sondern die Reiter im Auge zu behalten und Informationen weiterzugeben, sobald sie mir mitgeteilt wurden.«

»Oh«, sagte Luzifer mit seidiger Stimme. »Ich glaube, du hast weit mehr als das getan.«

»Wenn es hier darum geht, dass ich irgendeine dämliche Regel gebrochen habe, dann bestraf mich. Oder lass mich verdammt noch mal in Ruhe.«

Luzifers breites Grinsen ließ ihr einen eisigen Schauer das Rückgrat hinunterlaufen. »Gebrochene Regeln sind deine geringste Sorge, *Gefallene*.«

»Komm schon, Luzifer. Solche Spielchen passen gar nicht zu dir.« Sie hoffte, dass sie die Einzige war, die das Zittern in ihrer Stimme hörte. »Wie wär's, wenn du deine gespaltene Zunge jetzt mal dazu benutzt, mir zu sagen, worum es eigentlich geht?«

»Frag deinen Werwolf.« Mit diesen Worten blitzte sich Luzifer davon.

Scheiße. Harvesters zitternde Beine waren kaum imstande, sie zu tragen, als sie auf ihr Schlafzimmer zuwankte. Auf dem Weg dorthin wurde der Geruch nach Blut immer stärker. Sobald sie eintrat, sah sie auch, warum.

Der arme Whine lag zusammengerollt auf seinem Lager auf dem Boden. Sein Körper bestand nur noch aus Wunden und Prellungen und falschen Winkeln. In dem Moment, in dem er sein noch funktionierendes Auge öffnete und sie erblickte, versuchte er aufzustehen.

»Whine, nicht.« Harvester kniete sich neben ihn und drückte ihn sanft nach unten. »Bleib ruhig liegen.«

Der Werwolf erschauerte und schloss seine Augen. »Es tut mir leid … Herrin.«

»Schhh.« Sie streichelte Whine übers Haar, während sie in Gedanken Luzifer verfluchte. Der Warg war seit dreißig Jahren bei ihr, seit sie seinen grausamen Besitzer getötet hatte, und sie hatte geschworen, ihn zu beschützen. Zugegeben, sie war nicht besonders nett zu ihm gewesen, aber das hatte stets dem Zweck gedient, sie beide zu schützen. In Sheoul brachte Freundlichkeit einen um.

»Was hat Luzifer gewollt?«, fragte sie.

Whine erschauerte erneut. »Er forderte den … *malador.*«

Harvesters Lungen verkrampften sich, sodass sämtliche Atemluft mit einem Mal aus ihnen herausschoss. »Hast du ihm gesagt, wo er sich befindet?« *Bitte sag Nein.* Der winzige Gegenstand war ihr einziges Ass, die einzige Karte, die sie besaß, um sich zu retten.

Oder jemand anderen zu retten.

»Nein«, krächzte Whine. »Niemals. Aber –«

»Aber was?«

»Er … er sagte zu mir, dass du den Tod eines Verräters erleiden würdest.«

Ihre Hand erstarrte mitten in der Bewegung. Den Tod eines Verräters. Der Teil, der den Tod betraf, war irreführend, denn in Sheoul wurden Verräter am Leben erhalten – für eine Ewigkeit grausamster Qualen. Nach Jahrhunderten der Folter wurden sie häufig … gehäutet … und in Wachs gebettet, um bis in die Unendlichkeit zu leiden, zur Schau gestellt wie Körperkunst.

Wessen verdächtigte Luzifer sie? Und woher bezog er seine Informationen? Nicht, dass das eine Rolle spielte. Sie würde sich sicherlich nicht lammfromm in irgendjemandes Folterkammer führen lassen. Sie konnte weglaufen, und wenn es hart auf hart kam, würde sie einen Engel finden, um sie zu töten –

»Er sagte auch …« Whine schöpfte zitternd Atem. »Wenn du versuchst zu fliehen, wird er jeden vernichten, an dem dir etwas liegt.«

Verdammter Kerl. Dabei hatte sie aus genau diesem Grund stets sorgfältig vermieden, Zuneigung für jemanden zu zeigen.

Sie schloss die Augen und sank neben Whine zu Boden. Die tickende Uhr in ihrem Kopf tickte noch schneller; die Zeiger bewegten sich jetzt so rasch, dass die einzelnen Ticktacks kaum noch zu unterscheiden waren. Schon bald würde der Weckruf ertönen. Dann war Harvesters Zeit um.

14

Reseph brauchte volle achtundvierzig Stunden, um dieses verdächtige Gefühl aus dem Leib zu bekommen. Irgendetwas hatte seinen inneren Alarm ausgelöst, als er die Dämonenermittler gesehen hatte, und er wusste immer noch nicht, warum. Außer dass er das deutliche Gefühl hatte, dass sie eine Gefahr für ihn darstellten. Aber warum zur Hölle sollten sie sich überhaupt für ihn interessieren?

Das Gefühl einer drohenden Gefahr wurde immer stärker, und zum Teil kam es aus ihm selbst. Es war, als ob *er* die Gefahr wäre, ein Zünder, der nur darauf wartete, loszugehen, und er hatte entsetzliche Angst, dass Jillian diejenige sein würde, die dieser Bombe zum Opfer fiel.

Jillian und er waren in den vergangenen zwei Tagen zwischen der Farm und der Stadt hin- und hergependelt. In der Stadt hatten sie die Bibliothek und das Internet nach Hinweisen auf seine Identität durchforstet, und zu Hause erledigte er den Kram, der eben getan werden musste. Er hatte ein Loch in der Wand der Scheune repariert, neuen Stacheldraht an einem Stück Zaun angebracht, Ställe und Hühnergehege gesäubert, und er hatte sogar die Wäsche zusammengelegt.

Die Wäsche war das Schlimmste gewesen. Passende Sockenpaare herauszusuchen war eine Art monotoner Folter. Da schleppte er doch lieber irgendwelche Lasten durch die Gegend.

Aber Jillian machte alles wieder wett, mit ihrer Kochkunst, ihrem heißen Kakao und vor allem ihrem Durchhaltevermögen im Bett.

Mit einem Lächeln erinnerte er sich an das, was sie in der Dusche und gleich darauf im Bett angestellt hatten. Er drehte sich um und zog sie an sich, sodass ihr Rücken an seiner Brust lag. Sie schnarchte leise vor sich hin, und wenn die Erektion, die sich gegen ihren Hintern drückte, ihn auch verlockte, sie zu wecken, ließ er sie doch schlafen. Sie arbeitete tagsüber so hart, und er hielt sie danach noch bis tief in die Nacht wach, sodass sie die Ruhe dringend brauchte.

Seltsam war nur, dass er so gut wie keinen Schlaf brauchte. Wenn er nur ein, zwei Stunden die Augen schließen konnte, war er danach so gut wie neu. Manchmal stand er auf und tigerte über das Grundstück, wie ein Tier, das sein Territorium überwacht, oder er setzte sich noch einmal an den Computer, um zu sehen, ob er nicht vielleicht doch noch etwas über sich selbst herausfand. Manchmal lag er auch einfach nur so mit Jillian im Bett, wollte nur mit ihr zusammen sein.

Er fragte sich, ob er früher wohl auch schon so sentimental gewesen war.

Er hatte ihr sogar ein Geschenk angefertigt, während der Nächte, die er draußen in der klaren eisigen Luft verbracht hatte. Es war nichts Besonderes, und er war sich nicht einmal sicher, wieso er das konnte, dieses Schnitzen im Holz. Aber jede noch so kleine Entdeckung über sich selbst war ein Hinweis.

Und es war großartig, wenn die Entdeckung nichts Grauenhaftes war, wie herauszufinden, dass er keine Ahnung hatte, wie man ein Kondom anlegte, oder dass er menschliches Blut allein am Geruch erkannte.

Er schloss die Augen und vergrub sein Gesicht in Jillians Haar, atmete den frischen Duft ihres fruchtigen Shampoos ein, das den darunterliegenden Duft nach klarer Bergluft niemals fortzuwaschen schien. Sie roch immer nach Natur, nach funkelnden Bächen und grünen Bäumen. Das gefiel ihm so viel besser als das süßliche Parfüm, das die Frauen in diesem Laden getragen hatten. Außerdem wusste er irgendwie, dass Parfüm auf der Haut schlecht schmeckte. Jillians Haut schmeckte sauber, mit einem Hauch Würze, wenn sie erregt war.

Sein Schwanz zuckte; ihm gefielen diese Gedanken offenbar. Er sollte wohl lieber aufstehen und sich von Jillian entfernen, ehe er noch das tat, was er geschworen hatte, nicht zu tun, und sie mit seinem Mund zwischen ihren Beinen aufweckte.

Innerlich aufstöhnend wälzte er sich auf den Rücken und schwang die Beine über den Rand der Matratze, doch da drehte sich Jillian blitzartig herum und nahm seinen Schaft in die Hand.

»Was glaubst du eigentlich, wohin du gehst?« Ihre Stimme war heiser, kehlig und so verdammt sexy, dass er beinahe auf der Stelle in ihrer Hand gekommen wäre.

Er fiel aufs Kissen zurück und zischte, als sie ihre Faust langsam an seinem Schwanz entlangbewegte. »Du bist unersättlich.«

»Du bist doch der mit dem Steifen.«

Er ließ seine Hand zwischen ihre Schenkel gleiten und drückte sie auseinander. »Und du bist die, die nass ist.« Behutsam ließ er einen Finger in sie gleiten, prüfte ihre Erregung, denn er war so was von bereit, sie zu besteigen. Sie fühlte sich seidig und heiß an, und ja, sie war bereit.

Sie veränderte ihre Lage ein wenig, um ihm besseren Zugang zu ihrem Körper zu gewähren, und ließ ihre Hand tiefer gleiten, bis sie seine Hoden umfasste. Ihre Finger bearbeiteten ihn aggressiv, massierten und kniffen ihn. Er liebte es, dass sie im Bett manchmal so sinnlich und sanft war und es ein andermal wiederum hart und dreckig mochte.

Jetzt war hart und dreckig angesagt, und er zögerte nicht, ihr zu geben, was sie wollte.

Er tauchte einen weiteren Finger in sie hinein und begann, ihren Tunnel zu bearbeiten. »Was denkst du? Noch mal die

Neunundsechzig?« Sein Daumen streifte ihre geschwollene Klitoris, und sie bäumte sich auf. »Ach nee, das hatten wir ja vorhin schon. Du auf mir, mit dem Gesicht von mir abgewandt? Das fand ich geil.« Er reckte sich, um ihren Nippel mit der Zunge zu bearbeiten, genoss es, wie sie nach Luft schnappte. »Nein, diesmal nehme ich dich von hinten. Erst einmal gehst du vor mir auf Hände und Knie, und ich werde dich lecken, dir meine Zunge und meine Finger reinstecken. Dann werde ich dich so verdammt hart ficken, dass du eine ganze Woche lang nicht mehr im Sattel sitzen kannst.«

»Ja«, hauchte sie und versuchte, seine Hand wegzuschieben.

»Aber ich werde so nicht kommen.« Er streckte die Hand aus, schob die Finger in ihr Haar und zog ihren Mund an seinen, ohne sie jedoch zu küssen. Er neckte sie mit Zunge und Zähnen, knabberte und leckte. »Ich werde dich auf den Bauch legen und deine Beine zusammenschieben, während ich noch in dir bin. Hast du das schon mal gemacht? Dadurch gehen meine Stöße nicht mehr so tief, reizen nur noch deinen Eingang. Dann wirst du nur noch von meiner Eichel gefickt, und du wirst mich nach mehr anflehen, hab ich recht?«

Sie keuchte heftig, stand jetzt schon kurz davor, und um der Wahrheit die Ehre zu geben, er ebenfalls. Die kruden, groben Worte, die sie aufgeilen sollten, blieben nicht ohne Wirkung auf ihn selbst, und er drohte, gleich in ihrer Hand zu kommen.

Zeit zum Handeln. Während er sich bereits herumrollte, packte er sie und stellte sie auf Hände und Knie. Mit seinem eigenen Knie drückte er ihr grob die Beine auseinander, sodass sie vollkommen offen vor ihm lag. Ihr Geschlecht war glänzend und geschwollen, und gleich würde er mit aller Kraft dort hineinstoßen. Er verschwendete keine Zeit damit, sie weiter zu necken oder besonders subtil vorzugehen. Stattdessen legte er seine Hände auf ihren Arsch und spreizte sie weit mit beiden

Daumen. Ihm lief schon das Wasser im Munde zusammen, und er wollte gerade loslegen, als er ein Stechen in seinem Inneren spürte.

Er zuckte zusammen. Es fiel seinem Körper gar nicht leicht, von allumfassender Lust auf Konzentration und absolute Aufmerksamkeit im Angesicht einer Gefahr umzustellen.

»Reseph?« Jillians nach wie vor erregte Stimme vermischte sich mit dem plötzlichen Meckern der Ziegen in seinen Ohren.

Dann gesellten sich das Wiehern des Pferdes und das gepeinigte Quieken der Schweine hinzu. Mit einem Satz sprang er vom Bett herunter und schnappte sich seine Jeans vom Boden.

»Bleib hier!« Er wartete Jillians Antwort gar nicht erst ab, sondern zog hastig die Jeans an und rannte aus dem Haus. Eisige Luft stach ihm ins Gesicht, und der verkrustete Schnee zerschnitt ihm die Füße, als er auf den Lärm der verängstigten Tiere zurannte.

Eine Ziege kam aus der offenen Scheunentür gestolpert; ihr Fell war mit Blut verklebt. Unfähig, rechtzeitig anzuhalten, sprang Reseph über sie hinweg und landete auf der Türschwelle. Mit heftig klopfendem Herzen schaltete er das Licht an.

Und stand Auge in Auge mit einem wandelnden Albtraum.

Das Ding vor ihm besaß zwei karminrote Augen, die sich auf derselben Höhe wie die seinen befanden, und zwei dicke, mit schwarzen Adern überzogene Beine. Es brüllte wie ein Bär und ließ den Körper einer Ziege fallen, die es gerade mit seinen gezackten Klauen auseinandergerissen hatte.

Einige angespannte Sekunden lang starrte der Dämon Reseph an, ohne Anstalten zu machen, ihn anzugreifen. Es schien fast so, als ob er etwas von ihm erwarte. Reseph hatte keine Ahnung, was das wohl sein könnte. Eine nette Unterhaltung? Lob? Ein Date?

Was es kriegen würde, war der Tod.

Mein Gebieter?

Das Wort tauchte als raues Flüstern in Resephs Kopf auf. Eine Erinnerung? Oder sprach das Ding etwa? *Mein Gebieter.*

Was sollte der Scheiß?

Mein Gebieter, mein Gebieter, mein Gebieter! Reseph hielt sich den Kopf und taumelte rückwärts davon, als ob er so der Stimme in seinem Schädel entkommen könnte.

»Kennst du mich?«, brüllte er. »Kennst du mich, du Arschloch?«

Mein Gebieter.

Dämonen erfüllten Resephs Blickfeld, sogar hinter geschlossenen Lidern. Sie scharten sich um Reseph, reichten ihm Opfergaben in Form von Körperteilen und zappelnden, leidenden Kreaturen. Tief in Reseph ertönte ein zufriedenes Knurren, als ob er zweigeteilt und nur ein Teil von ihm von der Szene in seinem Kopf angewidert wäre.

Reseph wollte nur eins: dieser Erinnerung, die so plötzlich aufgetaucht war, entkommen. Er wirbelte herum, ergriff die Mistgabel, die hinter ihm an der Wand lehnte, und vergrub sie in der skelettartigen Brust des Dämons, ehe dieser auch nur Zeit hatte, zusammenzuzucken. Das Ding stolperte knurrend zurück und packte den Stiel. Reseph streckte ein Bein aus und führte damit eine halbkreisförmige Bewegung aus, während er in die Hocke ging, sodass er den Dämon in die Kniekehlen traf und dieser schwer zu Boden stürzte.

Mit wildem Kreischen riss sich der Dämon die Forke aus dem Leib und schleuderte sie beiseite, wobei er Resephs Kopf nur knapp verfehlte. Er sprang auf die Füße und hieb mit seinen riesigen Klauen nach ihm. Reseph duckte sich und schlug zu, traf das Ding mitten in die Fresse. Er hörte ein befriedigendes Krachen, als der Kopf des Dämons zurückgeschleudert wurde und ihm Blut aus Mund und Nase spritzte.

Doch der Dämon erholte sich rasch und stürzte sich blitzschnell wieder auf Reseph. Dieser wirbelte herum, ergriff die Heugabel und spießte das Mistvieh erneut auf. Der Dämon warf sich zur Seite und traf Reseph an der Schulter. Reseph wurde gegen eine der Boxen geschleudert, sein Rückgrat bekam das meiste ab, und es war höllisch schmerzhaft. Das Pferd drehte durch, doch Reseph hatte keine Zeit, das Tier zu beruhigen. Der Dämon griff Reseph sofort wieder an, mit weit aufgerissenem Maul, aus dem Geifer tropfte.

Gerade als er Reseph an die Kehle gehen wollte, ertönte ein Schuss. Blut und Knochen spritzten aus einer seitlichen Wunde. Das Ding kreischte und änderte die Richtung, stürzte auf Jillian zu, die mit erhobener Pistole in der Tür stand, aus deren Mündung eine dünne Rauchwolke aufstieg.

Reseph rannte die Kreatur um, warf sie zu Boden und trieb die Forke damit noch tiefer in ihren Körper. Der hölzerne Griff zerbrach und flog durch die Luft. Reseph fing ihn auf und rammte ihn der Kreatur in einer einzigen fließenden Bewegung zwischen die Augen.

Der Dämon grunzte und begann zu zucken, zappelte wie ein sterbender Fisch auf dem Boden, als Reseph von ihm heruntersteig und sich die Machete holte, die an der Wand hing. Als er sich wieder umdrehte, schien das Ding tot zu sein, doch er hatte nicht vor, auch nur das kleinste Risiko einzugehen.

Hier hast du deinen Gebieter, du hässliches Stück Scheiße.

Er traf ihn mit der Klinge im Nacken und trennte ihm den Kopf ab.

Verdammt, fühlte sich das gut an. Es fühlte sich auch bekannt an, als ob er das schon früher getan hätte. Und zwar oft.

Er blickte zu Jillian hinüber, die auf die Leiche starrte. »Das …« Sie schluckte. »Das ist das Ding, das mich angegriffen hat. Genauso hat es ausgesehen.«

Reseph versetzte dem Leichnam einen brutalen Tritt. »Ich hätte es leiden lassen sollen.«

Ihr fassungsloser Blick suchte den seinen. Einen Moment lang dachte er, sie würde ihn tadeln, doch nach der anfänglichen Überraschung nickte sie.

»Das hättest du tun sollen.« Behutsam sicherte sie die Pistole und legte sie auf eines der Fässer, ehe sie sich neben ein totes Schwein hockte. »Dieses Monster.« Sie ging zu der Ziege, deren Bauch aufgerissen war. »Du hättest ihn definitiv leiden lassen sollen.«

Das Bild von sich selbst, von Dämonen umgeben, blitzte wieder in Resephs Kopf auf und brachte einen Anfall von Kopfschmerzen mit sich. Er verdrängte es resolut, in der Hoffnung, dass es sich dabei nicht wirklich um eine Erinnerung handelte. Vielleicht war es nur das Überbleibsel eines Albtraums.

Red dir das ruhig weiter ein, Arschloch.

Jillian sah ihn an, als ob sie versuchte, aus ihm schlau zu werden, vermutlich, weil er wie ein zerbrechliches Prinzesschen dastand, das in Ohnmacht zu fallen drohte. Mist. Er musste sich zusammenreißen.

»Wenn du nach den Tieren hier drin siehst, seh ich mal, ob ich die Ziege finden kann, die rausgerannt ist.« Reseph packte die Machete fester und verließ die Scheune. Natürlich würde er nach der Ziege suchen, aber er hatte vor allem vor, die Gegend nach mehr von diesen Mistviechern abzusuchen.

Er fand die Ziege etwas entfernt, wo sie zitternd unter einem Baum stand. Rasch untersuchte er das Tier, fühlte nach gebrochenen Knochen und blutenden Wunden, doch das Blut schien ausschließlich von seinen Kumpels in der Scheune zu stammen.

Die Ziege wehrte sich nicht, als er sie auf die Arme nahm und in die Scheune zurücktrug, wo Jillian ihr Bestes gab, um die überlebenden Tiere mit Leckerbissen und beruhigendem Streicheln zu beschwichtigen.

»Ihr scheint's so weit gut zu gehen.« Er stellte das Tierchen in eine der leeren Boxen und kam gerade rechtzeitig wieder heraus, um zu sehen, wie sich der tote Dämon auf dem Boden zusammenkrümmte und verschwand. »Der Dämon ist weg.«

Jillians Kopf tauchte in Sams Box auf. »Weg?«

»Hat sich aufgelöst. Ich schätze, das erklärt, warum die Bevölkerung bis vor einem Jahr noch keine Ahnung hatte, dass Dämonen überhaupt existieren.«

»Keine Leichen, die man untersuchen könnte.« Sie verließ die Box des Pferdes und gesellte sich zu Reseph, legte ihm den Arm um die Taille. Er zog sie eng an sich. Er würde sie die ganze Nacht so halten, wenn sie das wollte. Ach, zur Hölle, er würde es so oder so tun. Die Begegnung mit dem Dämon hatte ihn bis ins Mark erschüttert. »Ich bin nur froh, dass du hier warst, Reseph. Ich glaube nicht, dass ich mit diesem … Ding … alleine fertiggeworden wäre.«

»Quatsch.« Er streichelte immer wieder ihren Arm auf und ab, sodass ihm ihr Erschauern nicht entging. »Du warst echt große Klasse mit der Kanone. Wie ein richtiger Gangster oder so. Ohne zu zögern.«

»Aber nur, weil es dich angegriffen hat. Wenn du nicht hier gewesen wärst – «

»Hey.« Er packte sie bei den Schultern und drehte sie zu sich um, sodass sie einander ansahen. »Du warst echt super und so mutig. Wenn ich nicht hier gewesen wäre, hättest du getan, was getan werden muss, um deine Tiere und dich zu beschützen. Kann ja sein, dass eines dieser Dinger dich angegriffen hat, aber es hat dich definitiv nicht fertiggemacht.«

Ihr Lächeln war zittrig. »Wie sagt man doch? Was dich nicht umbringt, macht dich stärker.«

»Richtig.«

Nur dass das eine Lüge war, oder vielleicht nicht? Viel zu oft war es doch so: Was dich nicht umbringt, kommt zurück, um den Job zu beenden. Er hatte keine Ahnung, woher er das wusste, und wollte es ehrlich gesagt auch gar nicht wissen. Die ganze Zeit über hatte er sich nach seinen Erinnerungen gesehnt, hatte im Internet gesucht, sich den Kopf zerbrochen – ja, er hatte sogar in den leeren Wald hinausgeschrien und um Hilfe gebettelt.

Jetzt fürchtete er, genau das zu bekommen, wonach er gesucht hatte.

»Du Miststück.« Reaver starrte Gethel aus dem *quantanum* an, einer Existenzebene, die für Menschen unsichtbar war, es aber einigen Wesen, zum Beispiel Engeln, erlaubte, mit beschleunigter Geschwindigkeit zu reisen. Er hatte Gethel unermüdlich gejagt, hatte Impulse ihrer Signatur verfolgt, die er spüren konnte, sobald sie die himmlische Energie anzapfte. Oh, sie war schlau gewesen, hatte sich immer nur kurz eingeklinkt und schwache Dosen getankt, aber Reaver war geduldig gewesen, da er wusste, dass sie irgendwann einmal für zu lange Zeit bleiben und sich ein wenig zu viel nehmen würde.

Heute hatte sie mit zwei Seelenschändern und einem kahlen gefallenen Engel in der Nähe eines Höllentors im nicaraguanischen Vulkan Masaya Hof gehalten. Und endlich hatte sie den Fehler begangen, auf den Reaver so sehnsüchtig wartete.

Sie wirbelte herum und feuerte einen massiven Ball aus Blitzen ab. Die prasselnde Kugel erfüllte den Tunnel und ließ Reaver keinen Fluchtweg. Wenn er sich davonblitzte, würde er sie verlieren.

Er erschuf einen Elementarschild, indem er sich Eigenschaften seiner Umgebung borgte. Das ihn umgebende Vulkangestein absorbierte die Wucht des Blitzes, doch seine Kraft schleuderte Reaver einige Meter weit durch den Tunnel, sodass er gegen eine Steinsäule krachte und auf dem Boden in sich zusammensackte.

Verdammt, das hatte wehgetan.

Gethels Kichern hallte von den Wänden wider. »Du kannst doch nicht wirklich glauben, du könntest mich ganz allein besiegen, Reaver.«

Reaver rappelte sich mühsam auf. »Ich muss dich nicht besiegen. Noch nicht. Ich muss dich lediglich davon abhalten, Reseph zu finden.«

Ihr Lächeln war eisig. »Die Zeit arbeitet für mich. Soweit ich höre, wird es Jahrzehnte, vermutlich sogar Jahrhunderte dauern, ehe sein Geist geheilt ist.«

»Wenn ihr doch so viel Zeit habt, warum schlagen Luzifer und du dann gerade jetzt zu?«

»Bitte«, sagte sie, »so dämlich kannst doch nicht mal du sein, oder?«

Offensichtlich doch.

»Demütigung.« Ein Miniatur-Blitzball erschien auf ihrer Hand und sprang zwischen ihren Fingern hin und her. »Wegen seiner Niederlage ist Satan tief beschämt. Er hat befohlen, dass jeder, der dabei eine Rolle gespielt hat, entweder ausgelöscht wird oder sich mit allen Kräften dafür einsetzt, Pestilence wiederzuholen und die anderen Reiter auszuschalten.«

Nur schade, dass Gethel nicht in die Kategorie *Auslöschen* fiel. Während Reaver auf sie zuschritt, sorgte er dafür, dass seine Kraft auf seiner Hautoberfläche bereitlag, um im Bruchteil einer Sekunde losschlagen zu können. »Was ist mit dir passiert, Gethel?«

»Hab ich dir doch gesagt. Die Reiter –«

»Ja, ja, sie haben sich nicht mal von dir verabschiedet, als du deines Amtes als Wache enthoben wurdest. Schlimme Sache. Also, entweder bist du eine schreckliche Heulsuse oder da steckt noch mehr dahinter.« Er war sich ziemlich sicher, dass irgendwo zwischen den Zeilen dieser Geschichte noch einiges über geistige Verwirrung geschrieben stand.

Die Seelenschänder hinter ihr zischten und knurrten bei jedem Schritt, den Reaver tat. Der gefallene Engel sah einfach nur zu, die toten Haifischaugen unverwandt auf Reaver gerichtet.

»Wer bist du?«, rief Reaver dem gefallenen Engel zu, der ein riesiger Fan von schwarzem Leder zu sein schien.

Der Mann fletschte die Zähne. »Das wirst du schon bald herausfinden.«

»Ah, man gibt sich geheimnisvoll. Wie originell.« Reaver wandte sich wieder Gethel zu. »Also, was ist nun? Heulsuse oder steckt doch mehr dahinter?«

»Leck mich, Reaver«, fauchte sie. »Du weißt überhaupt nichts. Ich habe sie geliebt.«

»Ich weiß, aber … oh, warte mal.« Reaver wurde beinahe geblendet von der Glühbirne, die soeben in seinem Hirn aufgeknipst worden war. »Du hast sie nicht einfach nur geliebt, du hast sie *geliebt*.« Er grinste höhnisch. »Wen genau, Gethel? Ares? Thanatos?« Er hob eine Augenbraue. »Limos?«

Sie schleuderte den Blitzball, aber er wehrte ihn mit Leichtigkeit ab. »Hab ich da vielleicht einen wunden Punkt getroffen?« Mit einem Fingerschnipsen schleuderte er einen Bumerang aus Engelfeuer auf sie, der auf ihren Kopf zielte, doch als sie zur Seite hechtete und er lediglich ihre Schulter streifte, war er nicht überrascht. Schließlich war kaum zu erwarten gewesen, dass sie einfach umfallen und sterben würde. »Mal sehen, ob ich vielleicht von allein darauf komme«, überlegte er, während sie die Flammen auf ihrer Kleidung löschte. »Ares hast du, glaube ich, nicht allzu viel Ärger gemacht. Zumindest nicht, dass ich wüsste. Aber Limos … du hast ihrem Mann *khnive* auf den Hals gehetzt.«

Mit einem Fluch stürzte sie sich auf ihn. Er flog ihr auf halbem Weg im Tunnel entgegen, und der Zusammenprall erschütterte den ganzen Berg.

»Du bildest dir ein, du wüsstest alles«, kreischte sie, als sie ihm die Faust auf den Kiefer schmetterte. Es fühlte sich an wie ein Hieb mit einem Vorschlaghammer. Reaver ächzte und blinzelte im Takt zu den Cartoon-Vögelchen, die um seinen Kopf herumflatterten. »Du hältst dich für so überlegen.«

Er boxte ihr zweimal rasch hintereinander gegen die Brust, ehe er ihr den Handrücken mit solcher Wucht ins Gesicht schlug, dass sie sich nicht mehr in der Luft halten konnte und unbeholfen auf Nacken und Schulter fiel.

»Ich *bin* überlegen«, knurrte er.

Sie rollte sich ab, kam wieder auf die Füße und feuerte ihre Lieblingswaffe auf ihn ab: einen Funkensturm, der sich durch lebendes Fleisch fraß. Es gelang ihm, diesem größtenteils auszuweichen, indem er an die Höhlendecke sprang, doch eine Handvoll Funken erwischte ihn am Bein. Unerträglicher Schmerz bohrte sich in Form winziger Löcher in ihn.

»Du weißt gar nichts! Ich habe Geheimnisse, an die du nicht mal im Traum rühren könntest, du Wurm.«

»So verbittert«, knirschte er. »Seit wann das denn?«

»Seit wann?« Sie winkte die Seelenschänder heran, die sich schwerfällig in Bewegung setzten. »Seitdem die Aegi-Hure Thanatos entjungfert hat.« Glühend heißer Hass troff Gethel aus jeder Pore. »Ich hätte diejenige sein sollen, die sein Siegel bricht.«

Was für ein Miststück. »Es muss dich ja stinksauer gemacht haben, als sein Siegel nicht brach und Regan schwanger wurde.« Er sog scharf die Luft ein. Natürlich. Das war der Grund, warum Gethel Logan unbedingt hatte tot sehen wollen. Nicht so sehr, um die Apokalypse in Gang zu setzen, sondern um den leibhaftigen Beweis zu vernichten, dass Regan sich genommen hatte, was Gethel begehrte.

Die Hölle selbst kann nicht so wüten wie ein eifersüchtiger Engel, der emotional labil und obendrein geistesgestört ist.

»Schnappt ihn euch«, knurrte Gethel.

Sie Seelenschänder sprangen ihn in genau dem Moment an, in dem sie ihn mit Lavaspeeren beschoss. Feuer versengte seine Haut und die Klauen der Seelenschänder zerfetzten seine Muskeln. Es gelang ihm zwar, diesen Kampf gegen die Dämonen zu gewinnen, aber noch während er eine Scherpeitsche heraufbeschwor, verschwanden Gethel und der gefallene Engel.

Verdammt.

Er erledigte die Dämonen, wobei er den einen von Kopf bis Fuß spaltete, und blitzte sich dann selbst davon. Trotz seiner Verbrennungen und diverser anderer Verletzungen und der Tatsache, dass er Gethel weder gefangen genommen noch getötet hatte, war er mit dieser Begegnung recht zufrieden.

Als er sich in seiner himmlischen Wohnstatt wieder materialisierte, fanden seine Finger den kleinen Schatz in seiner Tasche, den er Gethel entwendet hatte. Er öffnete die Hand und blickte auf den dunkelroten Stein, erstaunt, dass so etwas Winziges fähig war, in den Tiefen der Hölle so viel Macht weiterzuleiten.

Dann schloss er die Faust wieder um den *sheoulghul* und lächelte. Vorerst hatte er keine Verwendung für ihn, aber zweifellos würde er ihm eines Tages noch einmal sehr nützlich sein.

Jillian und Reseph hatten die nächsten beiden Stunden in der Scheune damit verbracht, die Schweinerei zu beseitigen. Voller Bewunderung beobachtete sie, mit wie viel Kraft und Ausdauer sich Reseph in die Arbeit stürzte. Er arbeitete auch dann noch unermüdlich, als ihre Kräfte bereits nachließen. Er war erstaunlich, alles, was er tat, erschien so mühelos. Selbst die Art, wie er den Dämon getötet hatte, so effizient, als ob er genau wüsste, was er tat, war unglaublich gewesen. Ohne Angst, ohne Panik. Er hatte sich wie ein Phantom bewegt, so schnell, dass sie gar nicht allen Bewegungen folgen konnte.

Nur eins war sicher: Er wusste, wie man kämpft und wie man tötet. Angesichts dessen, wie leicht es ihm gefallen war, den Dämon zu bekämpfen, wäre es doch vielleicht möglich, dass er zu diesen Kriegern gehörte, die seit uralten Zeiten Dämonen töteten, was allerdings erst seit Kurzem bekannt war. Sie glaubte, sich zu erinnern, dass sie die Aegis genannt wurden.

Was für eine Ausbildung ihm auch immer die Fähigkeit gegeben hatte, einen Dämon mit solcher Leichtigkeit zu überwältigen, sie war jedenfalls dankbar dafür. Es war ihr Ernst gewesen, als sie gesagt hatte, dass sie nicht glaubte, es ganz allein mit ihm aufnehmen zu können. Als sie dieses Ding gesehen hatte, das genauso aussah wie die Dämonen, die sie angegriffen hatten, war sie praktisch erstarrt. Reseph wusste nicht, dass sie eine ganze Zeit lang – ihr kam es wie Stunden vor – gelähmt vor Angst im Türrahmen gestanden hatte, ehe sie endlich die Pistole abgefeuert hatte.

Nein, sie war weder knallhart noch mutig. Sie war von Florida hierhergezogen, weil sie gedacht hatte, dass ihre Entscheidung, ganz allein am Ende der Welt zu leben, ein furchtloser, kühner Schritt sei. Aber was, wenn es genau das Gegenteil war? Was, wenn sie nur versucht hatte, ihren Ängsten zu entfliehen?

So was nannte man wohl einen Riesenreinfall. Denn sie war ihnen genau in die Arme gerannt. Und hatte den Geist aufgegeben wie ein überhitzter Motor.

Sie schämte sich, als sie blutbesudeltes Stroh aus der Scheune schleppte, während Reseph die Tür reparierte. Danach hatten sie geduscht, zusammen, aber keiner von ihnen hatte Sex im Sinn. Er hatte sie ganz behutsam gewaschen und sich Zeit genommen, die Verspannungen aus ihren Schultern und ihrem Rücken zu massieren. Als die Morgensonne aufging, hatte er sie ins Bett gesteckt und bei ihr gelegen, bis sie schließlich in einen unruhigen Schlaf gesunken war.

Albträume hatten sie geplagt. Albträume von Dämonen und sterbenden Tieren, von dem Angriff auf dem Parkplatz und, schlimmer noch, von Reseph, der sie verließ.

Er würde in den nächsten Tagen herausfinden, wer er war, und sie dann verlassen.

Verärgert, weil sie anscheinend nicht aufhören konnte, über Resephs vermutliches Fortgehen nachzugrübeln, knallte Jillian den Deckel auf das Getreidefass, als sich die Scheunentür öffnete und er eintrat. Er trug Jeans und das blaue Hemd, das so gut zu seinen Augen passte. In der Hand hielt er eine dampfende Tasse.

»Ich hab dir was zum Aufwärmen gebracht.« Er schenkte ihr ein schiefes Lächeln. »Kochen kann ich nicht, aber ich kann einen verdammt guten heißen Kakao zubereiten.«

»Es gehört ja auch nicht viel dazu, Wasser heiß zu machen und ein Päckchen aufzureißen.« Schon als die Worte ihren Mund verließen, bereute sie sie. Gott, sie hätte sich am liebsten selbst in den Hintern getreten, als sie den Schmerz in seinen Augen aufflackern sah. »Tut mir leid, Reseph, das hab ich nicht so gemeint.« Nein, was sie eigentlich gemeint hatte, war: »Hör auf, so wunderbar zu sein, weil ich anfange, mich in dich zu verlieben, und ich werde am Boden zerstört sein, wenn dein Gedächtnis wiederkehrt und du weggehst.«

Er zuckte mit den Schultern und reichte ihr die Tasse, sodass sie sich noch niederträchtiger vorkam. »Stimmt doch.«

Das köstliche Schokoladenaroma stieg ihr in die Nase und

beruhigte sie. »Du wolltest nur nett sein und ich war ein undankbares Biest.«

»Vielleicht hilft dies hier ja.« Er griff in die Tasche. »Das hab ich für dich gemacht.« Ganz sanft nahm er ihre Hand und legte eine geschnitzte Holzfigur hinein.

Jillian starrte den winzigen Vogel an, dessen zarte Züge in den zierlichen Linien und Kurven perfekt wiedergegeben waren. Die Flügel, die er im Flug ausstreckte, waren so dünn und zerbrechlich, dass sie es kaum wagte, die Hand zu schließen.

»Reseph, das ist wunderschön. Wie lange hast du denn dafür gebraucht?«

Er zuckte lässig mit einer Schulter. »Ein paar Tage. Äh … vielleicht solltest du dein gutes Schälmesser mal wieder schleifen.«

»Ich glaube, das krieg ich hin.« Sie strich mit dem Finger über den glatten Schnabel. »Warum ein Vogel?«

Wieder ein Schulterzucken. »Vögel sind so frei, weißt du? Sie können gehen, wohin sie wollen und wann sie wollen. Sie können einfach ihre Flügel ausbreiten und losfliegen.«

Natürlich fühlte sich Reseph von einem Tier angezogen, das nicht angebunden war. Sie fragte sich, ob er sich hier wie in einem Käfig fühlte. Nein, das musste sie sich gar nicht erst fragen, sie wusste es. Er war wie ein Panther im Zoo, der immer am Zaun auf- und ablief.

Er ließ sich auf das Fass sinken, streckte die langen Beine vor sich aus und kreuzte die Füße, die in den neuen Stiefeln steckten. »Was ist los?«

Sie zögerte. Vorsichtig stellte sie den kleinen Vogel auf einer Brüstung ab und nahm einen Schluck Kakao, um sich mehr Zeit zu verschaffen. Sie wusste nicht, wie sie es erklären sollte, zum Teil, weil sie nicht wusste, warum sie sich fühlte, wie sie sich fühlte.

»Der Kakao ist gut«, murmelte sie. »Danke.«

»Gern geschehen. Und du versuchst, Zeit zu schinden.«

War ja klar, dass er sie durchschaute. Trotzdem nahm sie noch einen Schluck, vielleicht nur aus Trotz. Sie fühlte sich wohl immer noch ein wenig biestig.

Schließlich umschloss sie die Tasse mit ihren kalten Händen und blickte auf den sich drehenden Schaum hinab. »Ich habe Angst, Reseph.« So. Sie hatte es gesagt. »Und ich hasse es, Angst zu haben. Das verstößt gegen alles, wofür ich je gelebt habe. Meine Eltern haben mich gelehrt, stark zu sein, und als Teenager war ich echt taff. Ich habe viel Sport gemacht und mir Jobs auf Farmen gesucht, anstatt in irgendwelchen Fast-Food-Läden zu arbeiten wie meine Freundinnen. Im College habe ich zugesehen, dass ich in allen Fächern die Beste war. Ich hab mich nie durch Angst von irgendetwas abhalten lassen.« Sie schluckte. »Aber jetzt hab ich Angst, und ich weiß nicht, wie ich damit umgehen soll.«

»Das musst du auch nicht«, sagte er sanft. »Ich bin doch hier. Ich werde nicht zulassen, dass dir irgendein Dämon noch mal zu nahe kommt. Ich habe schon recherchiert, wie ich dein Grundstück dämonensicher machen kann, und ich schwöre dir, dass du in Sicherheit sein wirst.«

Du meine Güte, er war wirklich zu gut, um wahr zu sein. »Das ist es gar nicht. Es sind nicht die Dämonen. Ich meine, sie sind schon gruselig, aber …« Sie verstummte. Der heiße Kakao in ihrem Magen schien zu gerinnen.

»Aber was?«

»Du bist es«, flüsterte sie. »Ich weiß, du musst rausfinden, wer du bist, aber ein kleiner Teil von mir hat genau davor Angst. Ich weiß, das ist schrecklich selbstsüchtig von mir, aber mir gefällt, wer du jetzt bist.«

»Ich werde immer noch derselbe sein, Jillian. Ich werde immer noch ich sein.« Er erhob sich und begann, durch die Scheune zu streifen. Sie hatte das Gefühl, dass er frustrierte Energie loswerden musste. »Und man weiß nie … vielleicht erinnere ich mich niemals an meine Vergangenheit.«

Sie beobachtete, wie er die Zügel und Geschirre zurechtrückte, die an der Wand hingen, als ob er unbedingt etwas tun müsste. »Vielleicht kriegst du dein Gedächtnis nicht zurück, aber selbst wenn wir nur herausfinden, wer du bist, könnte das schon alles verändern. Was, wenn du etwas bist, was wir nicht erwartet haben?«

Er drehte sich um und sah sie an. »Du hast doch gesagt, du glaubst nicht, dass ich ein Serienmörder oder so was bin.«

»Das glaube ich immer noch nicht. Aber was, wenn du eine Familie hast? Du hast gesagt, du wärst sicher, dass du keine Frau hast, aber was, wenn du dich irrst? Oder wenn du ein Politiker oder ein großer Medienmogul bist? Oder vielleicht bist du der König von Oompa-Loompa-Land? Nur zu wissen, wohin du gehörst, wird schon alles verändern. Und du wirst fortgehen müssen.«

»Oompa-Loompa-Land?« Er schüttelte den Kopf. »Auf gar keinen Fall. Ich finde orangefarbene Leute gruselig. Ich mag noch nicht mal künstliche Bräune. Über die wäre ich nie im Leben König.«

Sie lachte, wurde aber schnell wieder nüchtern. Sein Humor war eines der Dinge, die sie vermissen würde, wenn er erst einmal herausfand, wer er war, und sie verließ. Gott, ihre Brust schmerzte jetzt schon.

Die vereinzelten Strohhalme auf dem Betonboden knisterten unter seinen Stiefeln, als er auf sie zukam. Er nahm ihr den Becher aus der Hand und stellte ihn auf ein Regalbrett, und als er sich wieder zu ihr umdrehte, nahm er ihre Hände in seine. Ihr fiel auf, wie winzig ihre Hände in seinen aussahen.

»Ich kann nicht versprechen, dass dir gefallen wird, wer ich war, ehe du mich gefunden hast. Aber ich kann dir versprechen, dass meine Gefühle für dich sich nicht ändern werden.« Er legte ihr die Hand auf die Wange. Seine Berührung war so sanft, als ob er in diesem Moment in sie hineingegriffen und ihr Herz anstatt ihrer Haut liebkosen würde. »Ich weiß, wir waren uns einig, dass wir keine Beziehung wollten, aber ich kann nichts dagegen machen. Ich fange an, mich in dich zu verlieben, Jillian. Das jagt mir eine Höllenangst ein, weil es sich so verdammt neu anfühlt.« Während sie ihn sprachlos anstarrte, blickte er zu den Deckenbalken empor. »Es ist seltsam, weil sich manche Dinge bekannt anfühlen, wie Sex oder einen Computer zu benutzen. Und diesen Dämon umzubringen. Es ist, als ob man einen Film sieht, in dem ein Schauspieler mitspielt, den man kennt, aber nicht einordnen kann. Man weiß genau, dass man ihn schon mal gesehen hat, aber nicht mehr, wo.« Als er sie nun wieder ansah, funkelten seine Augen eindringlich. »Aber was ich für dich empfinde, ist ganz anders. Es ist so, als ob ich diesen Schauspieler noch nie im Leben gesehen hätte. Nein, als ob ich noch nicht mal von dem verdammten Film gehört hätte.«

Jedes einzelne Wort war ein Stich in ihr Herz. Er war dabei, sich in sie zu verlieben? Sie sollte glücklich sein, denn ob es ihr gefiel oder nicht, sie war ebenfalls dabei, sich in ihn zu verlieben. Aber das würde ein schlimmes Ende nehmen. Sie war nie Pessimistin gewesen, aber genau dasselbe hatte sie schon durchgemacht. Nicht mit einem Kerl, der Amnesie hatte, sondern mit jedem anderen Kerl, mit dem sie je zusammen gewesen war.

»Du kannst nicht versprechen, dass sich deine Gefühle nicht ändern werden«, sagte sie heiser. »Du könntest jemand anderes lieben.«

»Das versuche ich dir ja gerade zu erklären. Tu ich nicht. Ich weiß, dass ich es nicht tue. Was ich für dich fühle, ist viel zu fremdartig. Ich würde es wissen, wenn ich so etwas schon einmal gefühlt hätte.«

Sie wollte ihm glauben, aber dafür reichte es einfach nicht. Er erinnerte sich nicht an seine Vergangenheit, also erinnerte er sich möglicherweise auch nicht an seine Gefühle.

»Jillian, wenn ich garantieren könnte, dass sich meine Gefühle nicht ändern werden und dass ich hierbleibe, ganz egal, was passiert, wäre das nicht gut?«

»Das kannst du aber nicht – « Sein Finger legte sich auf ihren Mund und ließ sie verstummen.

»Rein hypothetisch.«

Sie legte ihre Hand um seine und zog sie fort. »Rein hypothetisch, ja. Das wäre gut. Weil ich auch für dich etwas empfinde.«

Mit einer geschmeidigen Bewegung drängte er sie gegen eine der Boxen und küsste sie. Küsste sie heftig. »Jillian«, murmelte er. Seine Stimme war eindringlich, schmerzerfüllt, und sie wusste genau, was er fühlte.

»Schhh. Ich will keine Versprechen hören, die du doch nicht halten kannst, oder leere Beteuerungen, dass alles gut werden wird. Lass uns einfach das Beste aus der Zeit machen, die wir haben.« Sie brauchte unbedingt eine Ablenkung. Eine Flucht aus der Wirklichkeit in Spaß und Wildheit. Und das konnte Reseph ihr geben. »Weißt du noch, was du vor ein paar Tagen gesagt hast, als wir zum ersten Mal Sex hatten? Dass noch Zeit dafür sein würde, auf der Motorhaube meines Trucks oder … an anderen Orten zu ficken?«

»Oh ja, und ob ich das weiß.«

»Gut.« Ihre Hand glitt über seine Brust hinunter bis zum Hosenstall seiner Jeans, hinter der eine ausgeprägte Beule bereits darauf hinwies, dass er bereit war. »Ich finde, jetzt wäre der richtige Zeitpunkt.«

»Ach ja?« Ein verruchtes Lächeln umspielte seinen Mund, als er sich zu ihr hinabbeugte und seine Lippen an ihr Ohr führte. »Wie lange ist es her, seitdem du so heiß, so gewaltig, so verdammt intensiv gekommen ist, dass du nicht mehr wusstest, wie du heißt?«

Oh Gott. Sie wusste ihren Namen schon jetzt nicht mehr. »Nie«, flüsterte sie. »Und bei dir?«

»Ich kann mich nicht erinnern«, sagte er mit rauer Stimme, »aber wenn du mich in ein paar Minuten noch mal fragst, kann ich dir eine Antwort geben.« Er zog sie an sich und küsste sie. Seine Lippen waren fest und zugleich weich, als sie mit ihren verschmolzen. Sie öffnete sich ihm sofort, aber er neckte sie erst noch und zog ihre Unterlippe zwischen seine Zähne, um ihr auf zärtliche Weise seine Dominanz zu zeigen. Ein Schauder der Lust überzog ihre Haut. Er war eine explosive Mischung von verspielt und aggressiv, zärtlich und stark, autoritär und fürsorglich … und so überaus männlich.

Sie streckte die Hand aus und legte sie ihm auf die Wange, genoss das Gefühl seiner warmen Haut unter ihrer Hand, während er eine Bahn von Küssen über ihren Hals zog. Er schmiegte das Gesicht an ihre Kehle, und mit einem Stöhnen warf sie den Kopf auf die Seite, um seinem begabtem Mund besseren Zugang zu gewähren. Eine Hand ließ er brav auf ihrer Taille liegen, um sie an sich zu ziehen; aber die andere glitt unter ihr Hemd. Als seine Finger ihren nackten Bauch berührten, zischte sie vor Lust laut auf.

»Ich liebe die Laute, die du von dir gibst.« Seine rauchige Stimme dehnte die einzelnen Wörter. »Ich werde dir noch viel mehr davon entlocken, bis du keine Luft mehr bekommst.« Ihr Herz schlug so heftig, dass es wehtat, als ob es versuchte, an seine Hand heranzukommen, die mit quälender Langsamkeit ihren Brustkorb hinaufglitt. Er biss sie spielerisch ins Schulterblatt, während seine Fingerspitzen die Unterseite ihrer Brust streiften und ein elektrisierendes Prickeln erzeugten, das von seiner Hand bis zu seinem Mund reichte. Ihre Empfindungen drohten sie zu überwältigen, raubten ihr jeden Gedanken, den Atem, die Feuchtigkeit in ihrem Mund.

Sie seufzte, als sie die Hand auf seinen Oberschenkel legte und ihre Finger in seine harten Muskeln versenkte, um nicht das Gleichgewicht zu verlieren. Bei dieser Berührung schien seine Atmung kurz auszusetzen. Seine Hand legte sich sanft auf ihre Brust, und sie stöhnten beide.

»Du bist so schön.« Seine Stimme klang erstickt, da er den Mund nach wie vor auf ihre Schulter gedrückt hatte. »Ich will mehr von dir.«

Oh ja. Wenn er mehr wollte – das konnte er haben.

15

Jillian übertraf seine kühnsten Träume. Wenn das auch ein Klischee sein mochte, existierten Klischees schließlich nicht ohne Grund, und Jillian war das beste Beispiel dafür. Sie massierte ihn durch seine Hose hindurch, und in nur zwei Sekunden war er für sie bereit. Verdammt, er war doch immer für sie bereit.

Ihre Finger neckten ihn, und mit einer behänden Bewegung ihres Handgelenks war seine Hose auf und sein Schwanz lag in ihrer Hand. Er zischte vor Lust auf, um diesen Laut gleich darauf noch einmal vor Überraschung zu wiederholen, als sie auf die Knie ging und ihm die Jeans bis zur Mitte seiner Oberschenkel hinunterzog. Ihre Hände packten seine Beine, die unter ihren warmen Händen zuckten, als sie sie zu massieren begann.

»Du hast hier ein ganz ungewöhnliches Muttermal.« Sie drückte die Lippen auf die Innenseite seines Schenkels, sodass er durch zusammengebissene Zähne die Luft einsog. »Es sieht genau wie ein Engelsflügel aus.« Ihre Zunge glitt über die Oberfläche des Mals. Heilige Hölle, von ihrem Mund schien erotisches Feuer bis zu seinem Schwanz hinaufzuschießen. Bedeutende erogene Zone!

»Können wir vielleicht über etwas anderes als Engel reden, während wir –« Er brach mit einem erstickten Schrei ab, als sie ihn in den Mund nahm. Mit der einen Hand liebkoste sie ihn und mit der anderen packte sie seine Hüfte, sodass sich ihre Nägel in seine Haut drückten.

»Verdammt«, sagte er heiser. »Du meinst es ernst.«

»Mmm-hmm.« Die summende Vibration um seinen Schaft hätte ihn fast auf der Stelle erledigt.

Er wusste, was sie tat; sie benutzte Sex dazu, Gefühle zu eliminieren und die Realität ein Weilchen auszuschalten. Das war okay für ihn, vor allem, wenn ihre Zunge über seine sensible Eichel strich, während sie die Lippen auf- und abbewegte und schluckte, wenn er tief in ihr steckte.

Bei jedem Knabbern, Saugen oder Reiben von Jillians Zunge über seinem Schwanz brach die Lust wie eine heiße Welle über hin herein. Da er sie unbedingt berühren musste, fuhr er mit den Händen in ihr üppiges Haar und beobachtete, wie sein Schaft in ihrem bereitwilligen Mund verschwand.

»Ah ... verdammt«, flüsterte er. »Heilige ... *oh ja.*« Er stöhnte und drückte den Rücken durch, als eine Hand hinabwanderte und seine Eier umfasste.

Mann, sie war wirklich gut. Zu gut – er würde sicher keine zehn Sekunden mehr durchhalten.

Er zügelte seine Libido – so gerade eben noch –, zog Jillian auf die Füße, riss ihre Jeans auf und zog die Hose bis auf ihre Stiefel hinab. Es war nicht nötig, dass Jillian vollkommen frei war und sich bewegen konnte. Manchmal war ein bisschen Bondage gar nicht schlecht.

Er richtete sich wieder auf, stieß ein leises Knurren aus, als er die Stelle erreichte, an der sich ihre Schenkel trafen, und leckte sie auf seinem Weg nach oben tief und langsam. Ihre Augen verdunkelten sich, ihre Pupillen verschluckten das schwelende Grün, und ihre Lippen verzogen sich zu einem verruchten Lächeln.

Er wirbelte sie herum, packte sie um die Taille, sodass sein Schaft zwischen ihren prallen Pobacken ruhte, und hielt sie so fest, während er ihr Ohr und ihren Nacken küsste. Sie drückte sich gegen ihn, aber nein, das war seine Show. Sie mochte damit angefangen haben, aber er würde sie zu Ende führen.

»Noch bekommst du nicht, was du willst, mein Mädchen«, sagte er rau. Dann stieß er sie nach vorne und beugte sie über den Sattel, der auf einem Sägebock lag.

Er ging hinter ihr auf die Knie und spreizte ihre prallen Backen mit den Daumen. Die Jeans, die ihr wie eine Art Fessel um die Fußknöchel geschlungen waren, reduzierten seinen Zugang auf ein Minimum, aber das war ideal, um sie weiter anzuheizen.

Reseph liebte es, sie scharfzumachen.

Ihre Atemzüge wurden abgehackt, als seine Zunge den Rand ihrer Öffnung berührte. Sie schmeckte wie eine funkelnde Mineralquelle und nach ihrer eigenen köstlichen Essenz. Er würde später definitiv noch nach Herzenslust von ihr trinken.

Sie schwenkte den Hintern – das gierige Luder wurde ungeduldig. Er wusste zu schätzen, wie fordernd sie war, wie ungehemmt. Er gab ihr, was sie wollte, drang in sie ein und begann, ihren Kern mit der Zunge zu ficken.

»Ja«, hauchte sie. »Oh … ja.«

Ihr Höhepunkt kam immer näher, doch noch sollte es nicht sein, also verlangsamte er das Ganze und leckte sie ein paarmal langsam und oberflächlich, ehe er wieder tief in sie hineintauchte, leckte und saugte und pumpte, bis sie ihre Erlösung hinausschrie. Diesmal brachte er sie nicht langsam wieder runter, wie er es normalerweise tat. Stattdessen sprang er auf die Füße, holte ein Kondom aus der Tasche und zog es sich über.

»Was für ein Pfadfinder du doch bist«, sagte sie mit rauer Stimme.

»Ich will allzeit bereit sein, dich überall zu nehmen«, keuchte er und drang mit einem einzigen geschmeidigen Stoß in sie ein.

Die Jeans um ihre Fußknöchel ließ nicht zu, dass er tief in sie eindrang, aber dafür sorgte diese Position für andere Empfindungen, mehr Haut auf Haut und engeren Körperkontakt, da, wo es drauf ankam. Er stieß wie wild in sie, seine Hüften bewegten sich in einem gnadenlosen Rhythmus vor und zurück.

»Ist es das, was du wolltest?«

»Ja.« Sie stöhnte, drängte sich gegen ihn, kam jedem seiner Stöße entgegen. Sie versuchte immer noch, die Kontrolle zu übernehmen. Aber das würde er nicht zulassen.

Als er sich herauszog, wimmerte sie vor Enttäuschung. Er hockte sich erneut hin, riss ihr einen ihrer Stiefel ab und holte ihren Fuß aus der Jeans. Auf dem Rückweg nach oben leckte er sie noch einmal kurz zwischen den Beinen, und dann hob er sie auf den Sattel, zwang sie, sich rücklings darauf zu setzen. Der Sattel, den sie extra für sich hatte anfertigen lassen, damit sie leichter auf- und absteigen konnte, während Sam Lasten zog, besaß nur eine Andeutung von Vorder- und Hinterzwiesel, was Resephs Plänen sehr entgegenkam.

»Was machst du denn?« Sie beobachtete ihn neugierig mit halb geschlossenen Augen.

Er antwortete nicht. Er bestieg rasch den Sägebock, stellte beide Füße auf den Boden, während er Jillians Knie packte und hochhob, sodass sie keinen Halt mehr hatte und sich gegen den flachen Vorderzwiesel lehnte. Mit einer Vorwärtsbewegung drang er erneut in sie ein. Sie packte seine Schultern und klemmte seine Taille zwischen ihren Knien ein, während er in sie stieß. Diese Position war schwierig und instabil, sie zwang ihn dazu, sich vorzubeugen und flach in sie hineinzustoßen, aber er genoss die einzigartigen Empfindungen, und ihren leisen Schreien nach zu urteilen, liebte sie es ebenfalls.

Eine Welle der Lust überschwemmte ihn, Euphorie, die seinen ganzen Körper in Flammen versetzte. Es wurde zu viel für ihn, und in dem Moment, in dem sie auf dem Gipfel der Gefühle aufschrie, tat er es ihr gleich. Quälende Ekstase schoss ihm durch Hoden und Schaft, ohne nachzulassen, und als der erste Orgasmus abklang, begann gleich ein neuer. Jillian kam noch einmal zusammen mit ihm, als er den dritten erlebte, und dabei kam ihr sein Name über die Lippen.

Nur langsam verging dieser Sturm der Leidenschaft. Aber schließlich fiel er mit zitternden Armen und Beinen nach vorne, um sich am Sägebock festzuhalten. Jillians Mund fand den seinen, und ihr gemächlicher, zärtlicher Kuss ließ ihn aus einem ganz anderen Grund erzittern.

Er hatte nicht gelogen, als er gesagt hatte, dass er dabei war, sich in sie zu verlieben. Mit jedem Tag, der verging, wurde sie mehr und mehr zu der Luft, die er atmete. Wenn sie nicht da war, fühlte er sich leer und unruhig. Wenn sie da war, beruhigte er sich und fand einen Frieden, der sich einfach nur richtig anfühlte. Und jetzt, wo der Dämon tot war, konnte er sich einreden, dass er sich die Visionen und die Flüsterstimme in seinem Kopf nur eingebildet hatte.

»Danke«, sagte sie an seinen Lippen.

Er lehnte sich ein klein wenig zurück. »Bist du verrückt? Ich sollte dir danken.«

»Weißt du, wie du mir danken könntest?«

»Wie?« Sie lecken, bis sie schrie? Jeden Quadratzentimeter ihres Körpers liebkosen, bis sie ihn anflehte aufzuhören?

»Du kannst das zweite Schneemobil in der Garage frei räumen und volltanken.«

Er blinzelte. Er konnte sie sicherlich auch auf einem Schneemobil lecken. »Hast du was Bestimmtes vor?«

»Wir werden uns ein wenig amüsieren. Schneemobilfahren und Schneemobilkochen.« Er musste verdammt verwirrt ausgesehen haben, denn sie lachte und sagte: »Man wickelt Fleisch und Gemüse in Alufolie und legt sie unter die Motorhaube des Schlittens gleich neben das Auspuffrohr. Wenn man dann keine Lust mehr zum Fahren hat, hält man an und das Essen ist fertig.«

»Du überraschst mich immer wieder.« Er betrachtete sie mit ganz neuer Wertschätzung für ihre Abenteuerlust. »Dann lass uns gehen.«

Lance McKinney saß mit zwei weiteren Ältesten an seinem Schreibtisch im Aegis-Hauptquartier in Schottland. Juan und Delia hielten jeweils eine Tasse mit kaltem Kaffee in der Hand, aus dem simplen Grund, dass es in ihrer Burg immer eiskalt war.

»Sind die Außenposten in Australien und Japan schon wieder eingerichtet?« Er blickte Delia an, die als Letzte zu den Ältesten gestoßen war. Die stämmige dunkelhaarige Frau war schon seit zwanzig Jahren bei der Aegis und war Regentin einer der Zellen in Barcelona gewesen, bis Pestilence' Lakaien fast ihr gesamtes Team umgebracht hatten.

Sie nickte. »Wir haben allerdings nur für eine einzige Zelle in Japan genug Wächter.« Sie reichte ihm einen Bericht vom Regenten in Tokio. »Die Zelle in Sydney muss zurzeit mit der halben Belegschaft auskommen, aber das wird sich ändern, wenn die Evakuierten zurückkehren.«

Mist, es gab noch so viel zu tun. Die Beinahe-Apokalypse hatte mehrere Länder nahezu zerstört und Millionen von Menschen getötet. Jetzt, drei Monate später, wüteten in einigen der am schlimmsten betroffenen Gegenden Krankheiten und Hunger. Die Idioten von DART beharrten darauf, dass die Infektionen und die Hungersnöte eine natürliche Folge der Katastrophe seien, aber die Aegis war davon nicht überzeugt. Es gab Gerüchte, dass Pestilence tot sei, aber was, wenn er nach wie vor Menschen durch seine Seuchen tötete? Dann gab es auch noch Famine, oder Limos, wie ihre Sympathisanten sie nannten. Sie könnte für die massiven Hungersnöte verantwortlich sein.

Mann, Lance hasste diese verdammten Reiter. Was er sogar noch mehr hasste, war die Tatsache, dass die Menschen sie brauchten. Die Apokalypse des Bösen, durch die die Reiter auf der Seite der Dämonen gekämpft hätten, war abgewendet worden, aber in der Zukunft der Menschheit wartete immer noch die biblische Apokalypse. In ihr würden sich die Reiter der Prophezeiung zufolge auf die Seite der Menschen schlagen und Seite an Seite mit der Aegis gegen die Dämonen kämpfen, wenn ihre Siegel brachen.

Nur dass die Reiter die Aegis hassten. Lance hatte keinen Zweifel, dass die Aegi zu den ausgestorbenen Arten zählen würden, sollten diese Mistkerle jemals den genauen Standort des Aegis-Hauptquartiers herausfinden.

Nach einem Klopfen an der Tür kam Omar herein, einer der ursprünglichen zwölf Ältesten. Seine Miene war grimmig. »Das wird euch nicht gefallen.« Krampfhaft öffnete und schloss er die Hände zu seinen Seiten. »Aaron hat Berichte über mögliche Dämonenaktivitäten in den amerikanischen Rocky Mountains überwacht. Nichts besonders Auffälliges, aber DART untersucht die Vorfälle.«

Lance gähnte. »Und? Diese Weicheier werden den Dämon vermutlich einfangen und versuchen, ihn zu rehabilitieren oder irgend so 'n Scheiß. Was geht uns das an?«

»Das habe ich zuerst auch gedacht. Aber dann hat Aaron gestern aus einer Stadt namens Bardsley einen ungewöhnlichen Anstieg von Internet-Suchen im Zusammenhang mit Dämonen registriert. Das Interessante dabei ist, dass viele dieser Anfragen mit dem Namen Reseph zu tun haben.«

Lance setzte sich aufrecht hin. »Reseph ist Pestilence' menschlicher Name.«

»Ja, aber der Name hat auch Verbindungen mit historischen Orten und Göttern, darum hat Aaron ihm Warnstufe Gelb verpasst, um ihn im Auge zu behalten, aber der Name ist nicht auf Warnstufe Rot vorgerückt.« Omar presste die Lippen aufeinander, bis sie eine dünne Linie des Missfallens bildeten. »Bis heute.«

Juan drehte sich auf seinem Stuhl herum. »Was ist passiert?«

»Aaron hat einen Polizeibericht in die Finger bekommen. Um die Zeit herum, als die Dämonenangriffe in Bardsley begannen, tauchte ein Fremder in der Stadt auf. Er behauptet, er habe das Gedächtnis verloren. Nur an seinen Namen könne er sich erinnern. Er sagt, er heiße Reseph.«

Lance drehte sich der Magen um und entließ Säure in seinen Blutkreislauf. »Beschreibung?«

»Über zwei Meter groß. Platinblondes Haar. Pferdetattoo auf dem rechten Unterarm.«

»Oh mein Gott«, flüsterte Lance. Juan und Delia waren kreidebleich geworden. »Das ist er.«

»Das würde ich ebenfalls sagen.« Omar fuhr sich mit der Hand übers Gesicht. »Das könnte auch der Grund sein, warum DART sich dort rumtreibt.«

Delia runzelte der Stirn. »Wartet mal ... Pestilence ist vernichtet worden. Also, wie kann er das sein?«

»Denk mal drüber nach«, sagte Lance. »Wir haben nicht *gesehen*, dass ihn jemand vernichtet hätte. Alles was wir haben, ist ein verdammter Anruf von Kynan.« Ein mächtig unhöflicher Anruf voller Drohungen und Lügen. Kynan hatte versucht, Lance davon zu überzeugen, dass der Engel, der ihnen geholfen hatte, Gethel, auf die Seite des Bösen gewechselt war. Wenn das wahr gewesen wäre, hätte sie der Aegis in den vergangenen Monaten wohl kaum dabei geholfen, eine Eindämmungswaffe gegen die Reiter zu entwickeln. »Was, wenn er sich geirrt hat oder wenn das irgendein Täuschungsmanöver der Reiter ist?«

Die Tasse in Delias Hand zitterte, sodass Kaffee über den Rand schwappte. »Dann denkst du also, DART ist in Bardsley, um Reseph auszuschalten? Oder Pestilence? Mein Gott, was, wenn der Reiter immer noch böse ist?«

»*Immer noch* dürfte der falsche Ausdruck sein«, sagte Lance. »Die Reiter sind zur Hälfte Dämon, und alles, was mit Dämonen zu tun hat, ist immer böse.« Als Pestilence' Siegel brach, war er einfach noch böser geworden. »Wir müssen sofort nach Bardsley. Wir werden diesen abtrünnigen Besserwissern den Fall sicherlich nicht überlassen.«

»Dann testen wir also unsere neue Waffe?«

»Ja«, erwiderte Lance langsam. »Das tun wir. Und wenn alles gut geht, dann haben wir endlich eine Möglichkeit, die Reiter festzuhalten und wegzusperren, bis die biblische Prophezeiung ihre Gegenwart erfordert.«

»Was ist mit ihren Familien?«

»Wir werden diejenigen einsperren, denen man nichts antun kann, und die anderen töten.«

»Und Thanatos' Kind?«, fragte Delia. »Werden wir nicht das Siegel des Reiters brechen, wenn wir es töten?«

Tja, das war in der Tat eine unangenehme Sache. Man hatte der Aegis weisgemacht, das Kind umzubringen, würde die Welt retten, während in Wahrheit genau das Gegenteil der Fall war. Diese Riesenscheiße hatte letztendlich dazu geführt, dass sich die Aegis die Reiter zu Feinden gemacht hatte, was wiederum der Grund war, warum es so wichtig war, diese kaltzustellen. Gethel zufolge planten die Reiter, jeden einzelnen Wächter auf der Welt zu ermorden.

»Kynan sagte, dass nichts, was wir jetzt noch tun, ihr Siegel brechen kann. Gethel hat das allerdings weder bestätigt noch verneint, und wir haben sie schon seit einem Monat nicht mehr zu Gesicht bekommen. Also nehmen wir das Kind an uns, ziehen es auf und sorgen dafür, dass es uns treu ergeben ist. Es könnte im Kampf gegen die Dämonen unsere größte Waffe sein und unser bester Schutz gegen die Reiter, sollte es ihnen gelingen, aus der Gefangenschaft auszubrechen.«

»Dann machen wir das also tatsächlich?«

Lance grinste. »Packt warme Klamotten ein. Wir ziehen aus, um einen apokalyptischen Reiter zu fangen.«

16

Kynan und Arik hatten nicht das Allergeringste gefunden. Sie hatten die Gegend studiert, jeden befragt, der mit ihnen redete und waren sämtlichen Hinweisen nachgegangen. Und standen am Ende trotzdem mit leeren Händen da.

Es war Zeit, die hiesige Polizei miteinzubeziehen, denn irgendetwas ließ Kynan keine Ruhe, etwas an dieser Ms Cardiff. Sie wusste mehr, als sie zugab, und wenn es nötig war, einen Polizisten in ihr Haus zu schaffen, um sie zum Reden zu bringen, dann würde er das eben tun.

Zumindest wäre das ein erster Schritt. Er würde lieb und nett sein … vorerst.

Ky blickte zu Arik hinüber, als sie aus ihrem SUV stiegen und über den Parkplatz auf den Eingang zum Polizeirevier zugingen. »Wie kam dir Reaver denn vor, als du ihn gesehen hast?«

Ein arktischer Windstoß wirbelte überall um sie herum Schnee auf, und Arik antwortete mit klappernden Zähnen. »Ich habe ihn ja nur eine Sekunde lang gesehen. Ich kam gerade zu der Strandparty, als er ging. Aber er schien so weit in Ordnung zu sein, für einen Kerl, der drei Monate in der Hölle verbracht hat.« Ariks eigener Ausflug nach Sheoul machte ihn zum Experten, was die Schrecken des Dämonenreiches anging. »Limos sagte, Harvester habe zugegeben, Reaver dort in eine Falle gelockt zu haben. Aber trotzdem hat Reaver Harvester gegenüber Thanatos und Regan verteidigt.«

Kynan blieb an der Eingangstür stehen und starrte seinen

Freund an. »Du machst Witze, oder? War deine Frau vielleicht betrunken?«

»Nee. Limos hat dem Alkohol abgeschworen. Sie will so gesund wie möglich sein, weil wir versuchen, schwanger zu werden.« Arik trat sich den Schnee auf der Fußmatte ab. »Ich werde Engel wohl nie verstehen.«

Genauso wenig wie Kynan, und der hatte immerhin einen Engel in seinem Stammbaum.

Warme Luft umfing sie, als sie die Wache betraten, wo sie von einem Deputy begrüßt wurden, der sich als Dennis Waltham vorstellte.«

»Ich bin gleich wieder bei euch, Leute«, sagte Waltham. Er schnappte sich ein paar Formulare und verschwand in einem Zimmer ein Stück den Gang hinunter.

Ky starrte ihm hinterher. »Muss man Kleinstädte nicht einfach lieben?«

»Ky?« Ariks Stimme klang erstickt. »Oh, heilige Scheiße. Heilige *Scheiße*!«

Kynan wirbelte zu Arik herum, der das Schwarze Brett anstarrte. »Was?« Arik stand einfach nur da; sein Gesicht war kreideweiß. »Mann, du jagst mir eine Höllenangst ein.« Er trat neben seinen Partner. »Was hast du denn …?« Er brach ab, seine Kehle schloss sich, als ob sein Hals in einer Drahtschlinge steckte.

Das konnte nicht sein. Das Bild an der Wand konnte nicht Pestilence sein. Noch während Kys Gehirn fieberhaft nach einer Erklärung suchte, saugten sich seine Augen an der Information fest, die jemand unter das Foto gekritzelt hatte.

Vorname: Reseph. Nachname: unbekannt. Er war vor einer Woche von Jillian Cardiff hergebracht worden. Offenbar litt er unter Totalamnesie.

Gott.

Als Waltham zurückkam, liefen Kynan und Arik so hastig zu ihm hinüber, dass sie fast übereinander stolperten.

»Dieser Mann da an der Wand«, platzte es aus Arik heraus. »Wo ist der?«

»Warum?« Der Deputy sah Arik und Ky an, als ob sie den Verstand verloren hätten. »Worum geht's denn hier überhaupt?«

Arik hieb mit der Faust auf den Tresen. »Raus mit der Sprache, verdammt noch mal!«

Waltham starrte ihn finster an. »Sie mögen ja irgendwelche tollen Dämonenexperten sein, aber ich bin Ihnen keine Rechenschaft schuldig. Wie wär's also, wenn Sie versuchen, ein bisschen freundlicher zu sein?«

»Entschuldigen Sie bitte, Deputy.« Kynan mäßigte seine Stimme, um Ariks Ausraster wettzumachen, aber innerlich schrie er aus vollem Hals. Äußerlich schwitzte er Eiswürfel. »Aber das ist wirklich sehr wichtig. Haben Sie eine Akte über diesen Kerl?«

»Viel haben wir nicht.« Waltham ließ sich Zeit, um eine Akte aus einer Schublade zu kramen und sie Kynan zuzuwerfen. »Wir konnten nichts über ihn herausfinden. Was da in der Akte steht, ist alles, was wir haben. Ist Jillian in Schwierigkeiten? Soll ich vielleicht gleich mal rausfahren?«

Dann wohnte dieser Kerl also bei Ms Cardiff. Wow, das war ja mal so was von keine Überraschung. »Nein«, entgegnete Ky ruhig. »Ich habe wohl überreagiert. Das ist nicht der Kerl, nach dem wir suchen. Aber trotzdem vielen Dank.«

Der Deputy warf ihnen einen argwöhnischen Blick zu, aber Kynan bot ihm keine weitere Gelegenheit, neugierig zu werden. Er zerrte Arik mit halsbrecherischer Geschwindigkeit aus dem Gebäude. Am SUV angekommen, blieb Arik stehen; sein ganzer Körper war ein einziger brodelnder Kessel voller Hass. So hatte Kynan ihn noch nie gesehen. Arik war für gewöhnlich sehr ausgeglichen. Ihn konnte nur wenig erschüttern.

Doch in diesem Augenblick zitterte Arik wie Espenlaub.

»Das war dieser verdammte Pestilence. Wie zum Teufel kann er hier sein? Er muss doch tot sein, Ky. Ich war da. Ich hab gesehen, wie es passiert ist. Was, wenn er immer noch böse ist? Er kann keine Apokalypse in Gang setzen, aber er wäre nach wie vor ein Löwe in einem Schafpferch. Er könnte Millionen allein durch Seuchen töten ... heilige Scheiße ... wie zur Hölle sollen wir ihn nur ausschalten?« Arik hielt in seiner Tirade inne, um Atem zu schöpfen, und hieb mit der Faust auf die Motorhaube des Wagens, sodass er eine Beule in dem kalten Metall hinterließ. »Wir werden ins Aegis-Hauptquartier einbrechen und uns ein bisschen *qeres* schnappen –«

»Arik –«

»Ich werde diesen Mistkerl auf keinen Fall auch nur in die Nähe von Limos –«

»Arik.« Kynan packte den anderen Mann bei den Schultern und schüttelte ihn heftig. »Hör mir zu. Falls das wirklich Reseph ist, dürfen wir keine Fehler machen.«

»*Falls?* Ich würde diesen Scheißkerl auch dann noch erkennen, wenn er einen Raumanzug trüge und sich obendrein in eine gottverdammte Burka eingewickelt hätte. Er hat meine Frau erpresst, mich gebrochen und gezwungen, sein Blut zu trinken. Er besitzt meine Seele. Er *besitzt meine gottverdammte Seele*.«

Ja, Kynan wäre an Ariks Stelle vermutlich auch nicht die Ruhe in Person. Er ließ seinen Freund los, kramte sein Handy aus der Tasche und wählte Ares' Nummer.

»Was ist los, Mensch?«, meldete sich Ares.

Kynan behielt Arik vorsichtshalber im Auge, da sein Kumpel aussah, als ob er jeden Moment Richtung All abheben könnte. »Du musst sofort alle bei dir zu Hause versammeln. Arik und ich sind in einer halben Stunde da.« Er beendete das Gespräch, ehe der Reiter Fragen stellen konnte. Dieser Ort war viel zu öffentlich, und Arik war zu … na ja, zu sehr im Arsch.

»Komm jetzt«, sagte Kynan. »Machen wir uns auf den Weg zum Höllentor. Die Familie deiner Frau wird wissen, was zu tun ist.«

»Und was, wenn nicht? Dieser Mistkerl darf auf keinen Fall weiterhin frei auf der Erde rumlaufen, Ky. Wir dachten, er wäre weg. Wir haben unser Leben weitergelebt. Was jetzt?«

Kynan wünschte nur, er könnte diese Frage beantworten.

Als Reaver Ares' griechische Villa betrat, überraschte es ihn wenig, Limos hinter der Bar zu sehen. Sie mixte gerade ein paar Margaritas, denn jetzt, da die Apokalypse abgewendet war, war für sie jeder Tag eine Party. Was ihn allerdings sehr überraschte, war, dass sie jedem einen Drink reichte, einschließlich Reaver, sich selbst aber keinen nahm.

Andererseits war sie in letzter Zeit sehr beschäftigt gewesen, mit all diesen Hungersnöten auf der ganzen Welt. Sie hatte immer schon gesagt, dass sie nicht imstande war, etwas drinnen zu behalten, wenn andere Hunger leiden mussten.

»Hey, Reaver.« Ares, den ein junger Höllenhund auf seinem Schoß auf der Couch festhielt, kippte seinen Drink runter und wischte sich den Mund mit dem Handrücken ab. »Ich nehme nicht an, dass du weißt, worum es geht?«

»Worum was geht?«

Thanatos, der auf der Lehne des Sessels saß, in dem Regan Platz genommen hatte, sah von der Wiege auf, die er mit einem Fuß schaukelte. »Kynan hat angerufen. Er sagte, wir sollen uns alle hier versammeln.«

»Wie's aussieht, ist mein Timing mal wieder hervorragend.« Reaver ging zur Wiege hinüber, in der Logan tief und fest schlief. Cujo saß gleich daneben, eine Schulter gegen den Rahmen gelehnt. »Ich hoffe, die Aegis macht nicht schon wieder Ärger. Woran haben Arik und er denn gerade gearbeitet?«

»Irgendein wild gewordener Dämon hat sich über eine Kleinstadt hergemacht«, antwortete Limos gelangweilt. Nein, wegen eines einzelnen Dämons zuckte ein Reiter nicht mal mit der Wimper. In den fünftausend Jahren ihres Lebens hatten sie gelernt, die großen Probleme von den kleinen zu unterscheiden, und es brauchte schon eine ganze Menge, um irgendetwas als großes Problem anzuerkennen.

»Wie läuft's sonst so?«

Ares kraulte den pechschwarzen Schoßhund hinter dem Ohr, und das Riesenvieh stieß einen kehligen Laut aus, von dem Reaver nur hoffen konnte, das er Wohlbehagen ausdrückte. »Ich bin nicht sicher. In Sheoul machen ein paar ziemlich merkwürdige Gerüchte die Runde. Es heißt, Pestilence' alte Freunde versuchen sich neu zu formieren. Und Cara macht sich wegen der Höllenhunde Sorgen. Eine ganze Menge von ihnen sind einfach verschwunden, und jeden Tag werden es mehr. Sie lässt Hal nicht mehr aus den Augen.«

Seltsam. Nur jemand sehr Mächtiges würde sich mit den Höllenhunden anlegen. Reaver nahm sich vor, mit Eidolon darüber zu reden, dem Chef des Underworld General Hospital, um herauszufinden, ob der vielleicht etwas von einem wild gewordenen tödlichen Höllenhundvirus gehört hatte.

Da platzten Kynan und Arik durch die Tür. Arik begab sich wortlos zu Limos und zog sie an sich.

»Arik.« Ihre Stimme klang gedämpft, da er ihren Mund fest an die Brust gedrückt hatte. »Was ist denn mit dir los?«

»Lasst mich gleich zum Kern der Sache kommen.« Kynan zog seine Lederjacke aus und warf sie über eine Stuhllehne. »Euer Bruder ist zurück.«

Reavers Lungen verkrampften sich und Oh-Scheiße-Adrenalin rauschte wie Feuer durch seine Adern. Sein Geheimnis war nicht länger geheim, und das Ganze verlief keineswegs so, wie er es sich erhofft hatte.

Ares sprang auf und ließ den Höllenhund ohne große Umstände auf den Boden plumpsen. »Das kann nicht sein. Er wurde vernichtet. Wir haben es gesehen.«

»Wie könnt ihr da so sicher sein?«, fragte Than Kynan. Reaver entging nicht, dass er sich der Wiege genähert hatte, als ob er erwartete, dass Pestilence jeden Moment aus dem Nichts hereingeschneit kommen und sich seinen Sohn schnappen könnte.

Arik behielt Limos im Arm. »Wir haben in Colorado einen Seelenschänder gejagt. Das Epizentrum der Angriffe haben wir gefunden, zumindest glaubten wir das: eine Frau, die in einem Blockhaus am Ende der Welt lebt. Dann fanden wir heraus, dass zu der Zeit, in denen die Angriffe begannen, ein Fremder aufgetaucht ist, ein Mann namens Reseph. Wir haben sein Bild gesehen. Er ist es.«

Kynan nickte. »Wir glauben, dass er sich bei dieser Frau aufhält.«

Limos schluckte, als ob ihr schlecht wäre. »Hält er sich dort auf oder hält er sie als Geisel gefangen? Ist er Pestilence oder ist er Reseph?«

»Das wissen wir nicht«, sagte Arik, »aber die Tatsache, dass sich dort ein Seelenschänder herumtreibt, der Leute ermordet, deutet möglicherweise darauf hin, dass es sich nicht um Reseph handelt.«

»Seelenschänder waren Pestilence' Lieblingsdämonen, um Menschen zu terrorisieren«, flüsterte Limos. »Oh Gott. Wenn es Pestilence ist –«

»Es ist Reseph«, murmelte Reaver. Alle Augen wandten sich zu ihm.

»Du wusstest davon?«, fragte Ares mit gefährlich leiser Stimme. »Du wusstest, dass er am Leben war und mitten unter den Menschen wandelt und hast es uns nicht mitgeteilt? Wie lange weißt du es schon?«

Reaver hasste es, dass Resephs Existenz auf diese Art und Weise aufgedeckt worden war, aber dafür konnte er niemandem außer sich selbst die Schuld geben. »Ich wusste es seit dem Tag, an dem Thanatos ihm Deliverance ins Herz gestoßen hat. Ich bin derjenige, der ihn aus Sheoul-gra herausgeholt hat.«

Fassungslose Gesichter starrten ihn an. Schließlich brach Arik das Schweigen. »Ich hoffe nur, du hast eine verdammt gute Erklärung für das alles, denn sonst tret ich dir gleich jetzt und hier in den Arsch, Engel hin oder her.«

»Du nimmst dir zu viel heraus, Mensch«, entgegnete Reaver vielleicht ein wenig zu defensiv. »Ich tue nichts ohne guten Grund.« Er hoffte nur, dass sein Grund gut genug war. »Ich habe mich nach Sheoul-gra begeben, um mich zu vergewissern, dass Resephs Seele in Sicherheit ist. Er hat immer noch eine Rolle zu spielen, wenn die letzten Tage kommen. Die Prophezeiung der *Daemonica* hat sich nicht erfüllt, aber es existiert schließlich noch eine weitere Prophezeiung.«

»Das wissen wir«, knurrte Thanatos. »Jetzt komm mal lieber zu dem Teil, wo du ihn freigelassen hast.«

»Geduld«, fuhr Reaver ihn an. »Ich bin keiner deiner Diener.« Er rollte sich in aller Ruhe die Ärmel auf, um sich selbst eine Chance zu geben, die richtigen Worte zu finden. »Ich ging also nach Sheoul-gra. Aber ich hatte nicht erwartet, Reseph in der Form zu finden, in der er sich befand. Er war nicht … er war keine Seele. Er war er selbst.«

»Er selbst?«, fragte Ares. »Als wer? Pestilence oder Reseph?«

»Reseph. Aber er war gebrochen.«

Limos entzog sich Arik. »Was meinst du mit *gebrochen*?«

»Er war Reseph, aber er erinnerte sich an alles, was er als Pestilence getan hatte.«

»Oh Gott«, flüsterte Limos. »Wie grauenhaft.«

Kynan fluchte. »Ich kapier nicht, was daran so schlimm ist. Dann muss er eben die Verantwortung dafür übernehmen, dass er Millionen von Menschen umgebracht hat. Warum ist das ein Problem?«

»Ich frage mich dasselbe«, sagte Arik. »Was soll's – dann erinnert er sich halt an das, was er getan hat.«

»Ihr habt Reseph nicht gekannt«, sagte Limos. »Keiner von euch beiden. Ihr habt ihn nur als bösartiges Ungeheuer kennengelernt. Aber ehe sein Siegel brach, war er ein glücklicher Mann, der immer zu Späßen aufgelegt war und niemandem je absichtlich wehtat. Wenn er von all den Dingen weiß, die durch ihn geschehen sind, wird ihn das umbringen.«

»Und genau das war, was passierte«, sagte Reaver. »Er verletzte sich selbst. Ich habe noch nie im Leben gesehen, dass sich jemand derartig selbst gefoltert hätte.« Nun ja, zumindest nicht in dem Teil des Lebens, an den er sich noch erinnern konnte. »Sein Geist war zersprungen.«

»Ist mir egal«, fauchte Arik. »Dieser Arsch verdient jedes bisschen Elend und Leid, das er fühlt.«

»Pestilence schon«, wandte Reaver ein. »Reseph nicht. Aber das ist nicht der Grund für das, was ich getan habe.«

»Was genau«, knirschte Ares, »hast du getan?«

»Ich habe sein Gedächtnis gelöscht und ihn in der Welt der Menschen ausgesetzt.«

»Warum?«

»Um ihm Zeit zu geben, gesund zu werden. Wir brauchen ihn bei bester Gesundheit, wenn die biblische Apokalypse kommt. Selbst wenn das erst in tausend Jahren geschieht, brauchen wir alle Zeit, die wir kriegen können, damit er heilen kann. Er muss seine gute Seite reintegrieren, da Pestilence immer noch in ihm drinsteckt. Pestilence' Macht ist geschwächt, und er ist nicht mehr imstande, das Ende aller Tage in Gang zu setzen, aber er könnte immer noch sowohl in Sheoul als auch auf der Erde verheerende Schäden anrichten.«

Regan erhob sich. »Bring ihn nach Sheoul-gra zurück.«

Reaver schloss die Augen. »Regan, ich verstehe ja deine Sorge wegen Logan –«

»Bei allem Respekt, Reaver, ich glaube, das tust du nicht«, entgegnete Regan. »Pestilence will Logans Tod. Er hat versucht, uns beide umzubringen, also glaube ich wirklich nicht, dass du es verstehst. Du hast keine Kinder, darum kannst du es unmöglich verstehen.«

Thanatos legte ihr den Arm um die Schulter und zog sie an sich. »Ich sehe das genau wie Regan. Ich will, dass er zurückgeht.«

»Dann wollt ihr also, dass euer Bruder, den ihr Tausende von Jahren lang geliebt habt, unvorstellbaren Schmerz erleidet?«

Ares, der nur selten zuließ, dass Gefühle seine kampferprobte Denkweise beeinflussten, machte auch diesmal keine Ausnahme. »Der Schmerz ist bedauerlich, aber es ist für alle das Beste.«

»Ich habe ihm eine Klinge ins Herz gestoßen«, sagte Thanatos mit ausdrucksloser Stimme. »Für mich ist er tot.« Thans Miene wurde finster. »Augenblick mal – warum hat Deliverance ihn eigentlich nicht vernichtet?«

Reaver wappnete sich für den nächsten Teil. »Deliverance war nicht die Klinge, die nötig war, um Pestilence zu töten.«

Die plötzliche Stille im Raum wurde nur von Thans leisem Grollen unterbrochen: »Reaver …«

Die Seelen derer, die Thanatos getötet hatte, die, die in seinen Panzer gesaugt worden waren, begannen, um seine Füße herumzuwabern, als Thans Wut wuchs. Regan legte ihm beruhigend die Hand auf den Arm, und der wahnwitzig wirbelnde Tanz der Seelen ließ ein wenig nach. Aber sie waren noch da, und das bedeutete nichts Gutes.

»Was ist los?« Die leuchtend orangefarbene Blüte in Limos' ebenholzschwarzem Haar welkte, als ob sie die Stimmung ihrer Trägerin spürte. »Was ist es, das du uns nicht sagen willst?«

»Erinnert ihr euch noch, wie Pestilence versucht hat, Wormwood zu finden?«

Kynan nickte. »Wegen dieses Dolches hat er das Aegis-Hauptquartier auf den Kopf gestellt und Dutzende von uns getötet.«

»Nun, er hat ihn gefunden. Er wusste, dass Wormwood der Dolch war, der ihn töten würde.« Reaver blickte Than in die Augen. »Du hast nach einem Weg gesucht, Resephs Siegel zu reparieren, aber was du nicht wusstest, war, dass Deliverance die Antwort war. Du hattest sie die ganze Zeit über.«

»*Eine Klinge seine Erlösung*«, murmelte Than. »Okay, also ging es in diesem Teil meiner Prophezeiung darum, Reseph zu retten. Aber was ist mit *Der Stern des Verhängnisses wird am Himmel stehen, wenn der Schrei versagt*? Wir dachten der Stern des Verhängnisses wäre der Halley'sche Komet.«

Reaver schüttelte den Kopf. »Der Stern des Verhängnisses war Wormwood. Gethel und Pestilence haben es rausgefunden.«

»Wenn es uns also nicht gelungen wäre, Pestilence beim ersten Schrei aus Logans Mund mit Deliverance zu erstechen, hätten wir ihn jederzeit mit Wormwood töten können?«

Thanatos' wütender Fluch scheuchte die Höllenhunde im Zimmer auf, die aufsprangen und nach einer Bedrohung Ausschau hielten. »Ich hätte ihn töten können. Ich hätte all das beenden können, und du hast es mir nicht gesagt? Die ganze Zeit über haben wir uns in einem falschen Gefühl der Sicherheit gewiegt? Mein Sohn ist vielleicht nach wie vor in Gefahr, und du hast dir eingebildet, es wäre am besten, uns nichts davon zu sagen?«

Die anklagenden Blicke aller Anwesenden ließen Reavers Herz schrumpfen. Es gab nur wenige Leute, die zu enttäuschen Reaver etwas ausmachen würde, und zufällig waren es die hier im Raum versammelten. »Ich wusste bis kurz vor Logans Geburt selbst nichts von Wormwood. Ich hatte nur wenige Sekunden, um zu entscheiden, ob ich ihn dir geben sollte, und ich habe mich für Resephs Leben entschieden. Er ist keine Bedrohung für euch. Er erinnert sich an nichts.«

»Du sollst verdammt sein, Reaver«, krächzte Than. Das nackte Gefühl in seiner Stimme zerriss Reaver glatt das Herz. Er hasste es, einen dieser Krieger verletzt zu sehen, und das Wissen, dass er zumindest teilweise dafür verantwortlich war, machte es noch schlimmer. »Verdammt sollst du sein.«

Ares fluchte angewidert. »Bring ihn nach Sheoul-gra zurück.«

Reaver verstand Ares' Wut, aber er hatte eine Entscheidung getroffen und musste nun zu dem stehen, was er für das Beste hielt. »Erstens habt ihr eurer himmlischen Wache oder irgendeinem Engel keine Befehle zu erteilen. Zweitens brauchen wir ihn bei klarem Verstand. Wenn ich ihn zurückbringe, wird er niemals gesund werden.«

Limos warf Arik einen besorgten Blick zu. »Was bedeutet das für Ariks Seele? Wir dachten, dass sie Arik wieder zugefallen wäre, nachdem Pestilence tot war. Kann Reseph sie ihm zurückgeben?«

»Nein.« Es war lange her, seit Reaver freiwillig etwas Stärkeres als Wein zu sich genommen hatte, aber in diesem Moment hätte er durchaus ein Gläschen Tequila – so drei bis vier Liter fassend – vertragen können. »Nur Pestilence ist in der Lage, seine Seele freizulassen, und sollte er erneut die Kontrolle übernehmen, könnte er Ariks Seele aus reiner Gehässigkeit nach Sheoul senden.«

»Was heißt das?« Das kam von Arik, der ein wenig grün um die Nase aussah.

»Das heißt, dass du, wenn du stirbst, nach Sheoul verbannt wirst.«

»Oh, gut«, sagte Arik. »Weil ich das erste Mal noch nicht genug gefoltert wurde.«

»Das ist alles ein Riesenhaufen Scheiße«, knurrte Thanatos. »Wir müssen weitermachen. Wir können nicht einfach auf unseren Ärschen sitzen und die nächsten tausend Jahre abwarten, bis es Reseph vielleicht besser geht.«

Arik räusperte sich. »Ähm … ihr müsst etwas tun.« Er starrte auf sein Handy. »Ich habe gerade eine SMS von Decker bekommen. Er hat einen Spion in der Aegis, und wie es aussieht, sind sie uns auf der Spur. Sie schicken ein Team nach Bardsley.«

»Mist.« Limos schleuderte eine ausgepresste Limette mit solcher Wucht in den Abfalleimer, dass sie wieder heraussprang. »Das kann nur böse enden.«

Arik schob sein Handy wieder in die Tasche seiner Kampfanzughose. »Wir müssen uns Reseph schnappen, ehe sie es tun.«

»Mal wieder ein typischer Tag mit den Reitern.« Kynan rieb sich mit beiden Händen das Gesicht. »Bei euch wird alles immer nur schlimmer.«

»Nein«, sagte Reaver leise. »Ich glaube, wir haben noch nicht erlebt, wie schlimm es werden kann. Nicht mal annähernd.«

»Was soll das denn heißen?«, fragte Limos.

Reaver schloss die Augen und wappnete sich innerlich. Als er die Lider wieder hob, starrten ihn harte Augen an. »Gethel weiß, dass er frei ist. Sie lässt Seelenschänder nach ihm suchen.«

»Und wenn sie ihn findet …«, sagte Arik.

»Wenn sie ihn findet, kann sie Pestilence wieder zurückholen«, sagte Reaver. »Und wenn ihr glaubt, ihr hättet ihn schon wütend erlebt, dann stellt euch mal vor, wie sauer er diesmal sein wird.«

17

»Jillian Cardiff. Wurde ja auch mal Zeit, dass du aus deinem einsamen Blockhaus rauskommst.«

Als sie aufsah, hätte sie beim Anblick des dunkelhaarigen Mannes, der neben ihrem Stuhl stand, beinahe aufgestöhnt. War ja klar, dass Reseph und sie von allen Countrymusic-Bars in Bardsley ausgerechnet die auswählen mussten, in der Trey Yates und seine ungehobelten Freunde heute Abend abhingen.

»Schön, dich zu sehen, Trey. Das letzte Mal ist ja schon 'ne ganze Weile her.« Nicht lange genug. Er war ein paar Monate lang mit Stacey zusammen gewesen und hatte sie dann für eine kürzlich geschiedene ältere Frau fallen lassen, die auf der Jagd nach Frischfleisch war. »Bist du noch mit Charlene zusammen?«

Die Live-Band heizte den Tanzenden mit einem Garth-Brooks-Song ein, und Trey nahm einen Schluck von seinem Bier. »Nee. Sie wollte einen neuen Daddy für ihre Bälger.«

Na, so was. Das hätte sogar ein Blinder kommen sehen. »Wie steht's auf der Farm?«, fragte sie, nur um höflich zu sein. Hauptsächlich behielt sie Reseph im Auge, der an die Bar gegangen war, um zwei Bier zu holen. Anscheinend gab es da einen plötzlichen Ansturm von Frauen, die zufällig genau zur selben Zeit einen neuen Drink brauchten. »Wie ich hörte, hast du dich zuletzt an Bisons rangewagt.«

Er rülpste. Ohne sich dafür zu entschuldigen. »Hat nicht funktioniert. Jetzt hab ich wieder Schafe.«

Zweifellos fiel es ihm leichter, Schafe einzuschüchtern. Auf der Highschool war er ein Riesenarschloch gewesen, und Stacey zufolge hatte sich da inzwischen nicht viel geändert. Warum Stacey überhaupt so lange mit ihm zusammen gewesen war, konnte sich Jillian nicht erklären. Andererseits war er anscheinend gut darin, einem eine Weile eine angenehme Erscheinung und einen liebenswürdigen Charakter vorzugaukeln. Sein wahres Wesen hatte sich erst kurz bevor er sie hatte fallen lassen gezeigt.

Trey wies mit dem Kinn in Richtung Bühne. »Wie findest du die Band?«

»Ganz okay. Warum?«

Sein Grinsen war so verdammt selbstzufrieden, dass sie ihm am liebsten eine runtergehauen hätte. Komisch, wenn Reseph übermütig wurde, funktionierte es. An Trey sah es einfach nur erbärmlich aus.

»Sind Kumpels von mir«, sagte Trey. »Sing auch ab und zu mal 'nen Song. Du solltest bleiben, dann sing ich vielleicht einen nur für dich.«

Derselbe alte Angeber, der er immer schon gewesen war. Manche Dinge änderten sich wohl nie. »Ich bezweifle, dass wir noch lange hierbleiben, aber danke.«

Eine Abfuhr hatte Trey noch nie gut vertragen können; sein Mund verzog sich, als er mit der Flasche in Resephs Richtung zeigte. »Hab gehört, der is neu in der Stadt. Hat irgend so 'ne Geisteskrankheit. Warum ziehst du denn ausgerechnet mit so einem zusammen?«

Sie lächelte ihn bemüht an. »Das geht dich überhaupt nichts an.«

Sein aggressives Schnauben verriet ihr, was er von ihrer Antwort hielt. »Ist er dein Freund?«

»Ja«, ertönte die tiefe, grummelnde Stimme hinter ihr. Gott, wie hatte er sich denn so schnell von der Bar hierher bewegt? »Das bin ich.« Resephs Tonfall, seine Worte, ließen sie innerlich erbeben.

Trey taxierte Reseph mit großem Theater, musterte ihn von Kopf bis Fuß und dann gleich noch mal von Fuß bis Kopf. »Ich bin Trey. Und du bist …?«

»Kein Freund von Volltrotteln, die meine Frau anmachen.«

Trey hatte gerade an seinem Bier genuckelt und senkte nun langsam die Flasche, die er an den Mund gesetzt hatte. »Ich glaube, du weißt nicht, mit wem du es hier zu tun hast, Amnesie-Bubi.«

Oh, Scheiße. Jillian erhob sich eilig und trat zwischen die beiden Männer. Trey sah aus, als ob er gleich auf Reseph losgehen wollte, wohingegen dieser lediglich amüsiert wirkte.

»Genug«, sagte sie. »Trey, du gehst jetzt besser zu deinen Freunden zurück.«

Trey zeigte mit dem Finger auf Reseph. »Du solltest in Zukunft gut aufpassen, Arschloch. In einer kleinen Stadt wie dieser spricht sich so was schnell rum, und wir wissen, wie man in der Herde unerwünschte Tiere ausmerzt.« Er warf noch einen Blick auf Jillian. »Du solltest deinem Streuner lieber mal Manieren beibringen.«

Was für ein Arsch! Jillian war stinksauer und machte Anstalten, Trey zu folgen, aber Reseph hielt sie zurück.

»Das ist er doch gar nicht wert«, sagte er. »Lass mich raten: Seine Familie hat Geld oder so was Ähnliches?«

»Genau.« Sie warf Trey noch einen letzten wütenden Blick zu, ehe sie sich wieder zu Reseph umwandte. »Seiner Familie gehört die halbe Stadt. Er hat eine Schafranch nördlich von hier, aber ohne das Geld seiner Familie und ihre ganzen Verbindungen wäre er längst am Ende.«

»Nun ja.« Er legte seinen Mund an ihr Ohr. »Dann schenken wir ihm die Beachtung, die er verdient.«

»Und die wäre?«

»Gar keine.« In seinen Augen funkelte es ziemlich frech.

»Besser gesagt: Wir werden die Aufmerksamkeit auf etwas völlig anderes lenken.«

Sie stieß ein Schnauben aus. »Ich weiß, dass du jetzt bestimmt nicht daran denkst, irgendetwas Ungeheuerliches zu machen. Hab ich recht?«

»Ich?«

Sie stieß ihm einen Finger auf die Brust. »Du. Ich geh mal für kleine Mädchen. Sei schön artig, während ich weg bin.«

Resephs Lächeln war ebenso charmant wie unschuldig, was augenblicklich ihren Argwohn weckte. »Ich werde so artig sein, dass dir Hören und Sehen vergeht.«

»Reseph.« Sie musterte ihn mit zusammengekniffenen Augen. »Was hast du vor?«

»Mir ist nur gerade eingefallen, wie ich dir dafür danken könnte, dass du mich heute Abend hierher mitgenommen und die Drinks spendiert hast.« Er streckte die Hand aus und ließ seine Finger durch ihr Haar gleiten, bis sie auf ihrer Wange lagen. »Ich weiß ja nicht viel über mich, aber ich bin mir ziemlich sicher, dass ich dich nicht verdient habe.«

Komisch, genau dasselbe dachte sie über sich. Dass sie ihn nicht verdient hatte. Oder dass sie zumindest ihr Glück nicht fassen konnte. Es war in der Tat so: Wenn ihr ein freundlicher Flaschengeist den Wunsch nach dem perfekten Mann gewährt hätte, wäre Reseph der Kerl gewesen, der daraufhin bei ihr auf der Matte gestanden hätte.

Beziehungsweise in einer Schneewehe gelegen hätte.

»Lass das doch.« Sie beugte sich vor, um ihn noch einmal zu küssen. »Und ob du mich verdienst. Sieh die Drinks als Bezahlung für deine ganze Arbeit in Haus und Hof.« Er hatte so viel getan, darum hatte sie ihn hierher mitgenommen, damit er mal einen Abend freihatte. Vorher hatte er in der Bibliothek weitere Recherchen angestellt. Dort war er abgelenkt gewesen, hatte seine Nachforschungen nur halbherzig betrieben, und sie hatte gehofft, ihn auf diese Weise etwas aufzumuntern.

Er schüttelte den Kopf. »Ich muss mir unbedingt einen Job oder so besorgen. Ich kann dir unmöglich weiter auf der Tasche liegen.«

Die implizierte Dauerhaftigkeit dessen, was er gerade gesagt hatte, schürte einerseits ihre Hoffnung und verunsicherte sie andererseits. Ihr gefiel es, wie es gerade lief, und während die logische Seite in ihr wusste, dass es nicht für alle Zeit so bleiben konnte, war sie doch noch nicht bereit darüber zu reden, dass er fortgehen, sich einen Job suchen und eine eigene Wohnung finden könnte.

»Wir werden sehen. Sobald wir rausfinden, wer du bist, wird sich alles finden.« Hoffte sie. Bei Gott, und wie sie das hoffte.

Sie verschwand eilig auf der Toilette, da sie Reseph nicht allzu lange allein lassen wollte. Das spitzbübische Funkeln in seinen Augen war das Vorhersehbarste an ihm. Es zeigte immer an, dass er etwas komplett Unvorhersehbares tun würde.

Und noch ehe sie an ihren Tisch zurückgekehrt war, wusste sie, dass natürlich etwas vorgefallen war. Die Tatsache, dass Reseph nicht mehr da war, war der erste Hinweis. Der zweite Hinweis war, dass die Musik aufgehört hatte. Der dritte, dass alle Anwesenden, einschließlich Trey, dessen Miene puren rotgesichtigen Hass zeigte, auf die Bühne starrten.

Auch wenn sie sich beinahe davor fürchtete, hinzusehen, drehte sich Jillian auf ihrem Sitz herum. Es verschlug ihr den Atem, als sie Reseph hinter dem Mikrofon stehen sah. Sein leuchtender Blick brannte fast ein Loch durch sie hindurch. Sein Lächeln ließ ihr Herz stillstehen. Nein … er würde doch nicht … oder doch?

Reseph zog das Mikrofon an die Lippen, und einfach so wurde George Straits *I Cross My Heart* zu Jillians Lieblingssong. Reseph konnte *singen*. Und er sang es für sie. Sein Blick verließ nicht eine Sekunde lang ihr Gesicht.

Als er endete, brach die ganze Bar in Applaus aus, der erst endete, als Reseph mit Alan Jacksons *It's Five O'Clock Somewhere* begann. Die Leute stürmten die Tanzfläche, wo sie auch blieben, als Reseph eine unglaublich starke Version von Big and Richs *Save a Horse, Ride a Cowboy* zum Besten gab.

Als die letzte Note verklang, brach die Menge erneut in Jubel aus. Jillian, der die Atemluft dazu fehlte, war von Resephs Auftritt so verzaubert, dass sie sich nicht einmal mehr daran erinnern konnte, aufgestanden zu sein. Und als Resephs Blick sich in ihren bohrte, als er behände von der Bühne sprang, ging sie ihm entgegen. Die Leute auf der Tanzfläche machten Platz, um ihn durchzulassen, und er schlich wie ein Raubtier auf Beutefang durch die Menge hindurch.

Sie hielt die Luft an, als er näher kam, und als er nur noch wenige Zentimeter von ihr entfernt war und seine Hitze ihre Haut versengte, packte er sie um die Taille, zog sie an seinen harten Körper und beugte seinen Kopf zu ihrem Ohr hinunter.

»Konnte ich dich damit von Trey ablenken?«

»Trey – wer ist das?«, hauchte sie. »Gott, du warst unglaublich da oben.« Sie war nie in ihrem Leben der Typ Frau gewesen, der für Musiker schwärmte, aber soeben war aus ihr Resephs Groupie geworden. »Ride a Cowboy? Na, dann mal los.«

Seine Zähne knabberten an ihrem Ohrläppchen. »Nach Hause«, sagte er barsch. »Ich muss dich haben. Sofort.«

Sie erschauerte bei seinen Worten, bei dem erotischen Unterton. Und angesichts des nackten rauen Verlangens, sie zu besitzen. Sie hätte ihm sagen können, dass sie ihm längst mit Haut und Haaren gehörte, aber sie hatte nicht vor, ihm den Spaß zu verderben. Oder sich selbst.

»Meinst du, wir schaffen es noch bis nach Hause?«, fragte sie genauso barsch. »In meinem Truck ist eine Menge Platz.«

Sie hätte schwören können, Flammen in seinen Augen lodern

zu sehen, die rasch wieder verloschen. »Ein andermal. Ich will es richtig machen.«

Okay. Sie verschwendete keine Zeit, schnappte sich rasch ihre Jacke und bezahlte. Reseph wartete an der Tür, doch seine Augen verließen sie nicht eine Sekunde lang, und als sie auf ihn zuging, wurde sein Blick mit jedem Schritt hitziger. Nur so aus Spaß verlangsamte sie ihre Schritte, und sogar mehrere Schritte entfernt und bei der lauten Musik hörte sie sein ungeduldiges Knurren.

Schweiß erblühte auf ihrer Haut, und ihr Blut raste durch ihre Adern – das allein reichte ihr schon. Sie war noch nie zuvor so bereit fürs Bett gewesen. Als sie ihn erreichte, schob er sie sehr behutsam gegen die Wand und küsste sie, ein strafender, sinnlicher Kuss, der vermutlich nicht länger als fünf Sekunden dauerte, in ihr aber ein Schwindelgefühl, rasendes Verlangen und ein derartiges Feuer auslöste, dass sich die sicherlich mindestens minus zehn Grad kalte Nachtluft nicht annähernd kalt genug anfühlte, als sie hinaustraten.

Und überhaupt – warum hatte sie eigentlich so weit weg geparkt?

Sie sah zu Reseph auf, der neben ihr ging, was ein großer Fehler war. Die Art, wie er sie ansah, entfachte in ihr den Wunsch, sich auf der Stelle hier mitten auf dem Parkplatz in den Schnee fallen zu lassen und es gleich hier zu tun.

»Hey, Arschloch!«

Jillian stöhnte, als sie Treys Ruf hörte. Als sie sich umdrehten, bildeten Trey und fünf seiner Lakaien einen Halbkreis um sie herum.

»Du mieser Angeber«, sagte Trey. »Du glaubst, du kannst in meine Stadt kommen und mich wie einen Idioten aussehen lassen?«

»Dazu brauchst du mich doch gar nicht«, erwiderte Reseph. »Das kriegst du doch prima selbst hin.«

Treys Gesicht war vor Wut mit roten Flecken übersät. »Ich mach dich fertig, Amnesie-Bubi. Zumindest daran wirst du dich vielleicht erinnern.«

»Hör mal, Mann.« Resephs Stimme war ruhig. Er hielt Jillians Hand mit festem und zugleich sanftem Griff. »Du solltest dich lieber beruhigen. Deine Kumpel und du, ihr solltet euch jetzt einfach umdrehen und wieder reingehen. Dort könnt ihr allen erzählen, dass ihr mich zusammengeschlagen habt und ich heulend weggerannt bin. Ich werde euch nicht widersprechen. Aber eins könnt ihr mir glauben: Ihr solltet wirklich abhauen.«

»Was für ein Weichei.« Treys Freund – er hieß Darren, glaubte Jillian sich zu erinnern – lachte. »Das Weichei will mit eingezogenem Schwanz wegrennen.«

»Halt's Maul, Darren.« Jillian zerrte an Resephs Hand, in der Hoffnung, dort wegzukommen, bevor alles noch schlimmer wurde. Sie zweifelte keine Sekunde lang an Resephs Fähigkeiten im Kampf, nicht nachdem sie gesehen hatte, was er mit dem Dämon in ihrer Scheune angestellt hatte. Aber seine Gegner waren zahlenmäßig eindeutig überlegen. »Lass uns gehen.«

Trey und zwei seiner Kumpel schnitten ihnen den Weg ab. »Ihr geht nirgendwohin.«

»Letzte Chance«, sagte Reseph. »Geht wieder in die Bar zurück.«

»Leck mich.«

Reseph seufzte. »Okay.« Er schob Jillian hinter sich. »Bleib zurück.«

»Aber –«

»Zurück.« Er strahlte eine tödliche Bedrohung aus, sodass sie ihre Sorge von eben revidierte. Nicht Trey und seine Kumpel waren überlegen, sondern eindeutig Reseph.

»Reseph …«

Er sah sie über die Schulter hinweg an und senkte die Stimme. »Du musst unbedingt außerhalb ihrer Reichweite bleiben, denn wenn einer von denen dich anfasst, bring ich ihn um.«

Gott. Er meinte es ernst. Die Art, wie er es sagte, so als ob er einfach nur am Abend den Müll raustragen würde … *oh Gott*.

Er drehte sich gerade in dem Moment zu den Idioten um, in dem Darren zuschlug.

Dieser Schlag fand allerdings nie sein Ziel. Reseph wehrte Darrens Hieb ab und legte den anderen Kerl mit einem mächtigen rechten Haken um, ehe er herumwirbelte und Trey einen Tritt in den Unterleib verpasste, der diesen Idioten durch die Luft schleuderte, sodass er in der Heckklappe seines eigenen Wagens landete. Noch ehe er aber den Boden berührte, hatte Reseph zwei weitere von Treys Freunden umgenietet, von denen einer mit einem gebrochenen Arm auf dem Rücken landete.

Ein großer rothaariger Kerl rannte auf Reseph zu. Der stieß dem Rotschopf den Handballen ins Gesicht, beinahe gelangweilt, und brach ihm mit einem hörbaren Krachen die Nase. Blut spritzte, als der Rotschopf vor Schmerz aufschrie und auf die Hintertür der Bar zuwankte.

Der letzte Kerl, der noch übrig war, zog sich mit erhobenen Händen zurück.

Du liebe Güte – Reseph hatte fünf Männer aus dem Verkehr gezogen und war dabei nicht mal außer Atem geraten. Die Kerle auf dem Boden krabbelten unbeholfen aus dem Weg, als er zu Trey hinübermarschierte, der sich die Rippen hielt und vergeblich abmühte, auf die Beine zu kommen. Reseph packte ihn bei der Kehle und hob ihn auf, als ob Trey nicht schwerer wäre als ein Krug Milch. Mit einem bösartigen Knurren, das Jillian nur als unmenschlich bezeichnen konnte, rammte Reseph Trey gegen die Fahrertür. Der Aufprall schlug eine Delle ins Metall.

»Ich hab dich gewarnt.« Resephs Stimme enthielt nicht den Hauch einer Emotion. Jillian erschauerte. »Und jetzt warne ich dich noch einmal. Wenn du Jillian oder mir blöd kommst, wenn du einen von uns ohne den nötigen Respekt ansiehst – nee, noch besser, ohne Ehrfurcht, dann mach ich dich fertig. Solltest du das überleben, versprech ich dir, dass du dir für den Rest deines Lebens jedes Mal in die Hose pisst, wenn du Jillians Namen hörst. Hast du mich verstanden?«

Auf Treys panisches Nicken hin grinste Reseph kalt und sah nach unten. »Sieht so aus, als ob du mit dem Pissen schon mal angefangen hättest.« Er ließ Trey fallen und drehte sich zu Jillian um. »Sollen wir gehen?«

Sie konnte nur nicken, während Trey und seine Kumpel in die Bar zurück humpelten und schlurften.

Reseph nahm ihre Hand und führte sie weiter zum Truck. »Bist du okay?«

Abgesehen von dem Adrenalin, das gerade wie Abflussreiniger in ihren Adern brannte, schon. Sie verspürte eine unglaubliche Erleichterung. Irgendetwas verriet ihr, dass sich Reseph bei diesen Kerlen noch zurückgehalten hatte. Und zwar gewaltig. Er hatte besonnen, effizient und zurückhaltend gehandelt.

Es war irgendwie … sexy gewesen.

»Mir geht's gut.« Sie verschränkte ihre Finger mit seinen. »Und dir?«

»Ich verbrenne.« Kurz bevor sie am Truck angekommen waren, brachte er sie mit einem Ruck zum Stehen und zog sie an sich. Selbst in den Schatten des Parkplatzes war zu sehen, dass in seinen Augen ein primitives, elementares Verlangen glühte, das einen Teil von ihr ansprach, den sie nicht verstand. Sie wusste nur, dass sich ihr Körper sowohl elektrisch aufgeladen als auch biegsam wie Gummi anfühlte. Lust erblühte feucht zwischen ihren Schenkeln. »Ich kann es nicht erklären, aber ich muss in dir sein, jetzt mehr denn je.«

Ihre Atmung geriet ins Stocken. »Ja«, flüsterte sie.

Normalerweise war das der Moment, in dem ihr Reseph ein unverschämtes Grinsen zukommen ließ, aber nicht diesmal. Diesmal war er ein Raubtier, das nur eins im Sinn hatte, das sich sein Opfer ausgesucht hatte, und zwar hatte er *sie* im Visier. Gott, sie liebte diese Seite an ihm. In einer Million Jahren hätte sie nicht gedacht, dass sie die Sorte Frau war, die auf den Typ Höhlenmensch stand, aber bei Reseph gefiel es ihr. Wenn überhaupt, konnte sie es nicht erwarten, dass er seinen inneren Neandertaler losließ.

Seine Hand griff in ihre Jackentasche und zog ihre Schlüssel heraus. Ehe sie Einspruch erheben konnte, schloss er den Truck auf und öffnete die Beifahrertür.

»Ich fahre«, sagte sie, doch er hob sie einfach auf den Sitz.

»Ich muss fahren, Jillian.«

»Warum?«

Sein tiefes, kehliges Knurren löste eine weitere Welle nasser Lust aus. »Weil meine Hände auf dir lägen, wenn ich sie nicht am Steuer hätte.«

Sie hätte fast gestöhnt. »Und das ist schlecht?«

»Schon, wenn du fährst.« Er zog ihren Gurt über sie hinweg, und als er ihn einrasten ließ, drückte er ihr einen heißen samtigen Kuss auf den Hals.

»Ich könnte rechts ranfahren«, erwiderte sie mit piepsiger Stimme.

Seine Nasenlöcher weiteten sich, und sie hätte schwören können, Flammen in seinen Augen aufblitzen zu sehen. »Ich platze gleich.« In seiner Stimme pulsierte nackte Lust. »Ich will dich unter mir haben. Ich will dich nehmen, dich überall spüren. Aber so gerne ich dich gleich hier in aller Öffentlichkeit besteigen würde – und ich glaube, früher hätte ich genau das getan –, will ich nicht, dass dich irgendjemand außer mir so sieht.«

Oh verdammt. Ihr Herz klopfte, als ob es ihr gleich aus dem Brustkorb springen würde. Sie wollte es jetzt sofort. Wen interessierte es schon, wer was hörte oder sah? »Ich werde irgendwo parken, wo es dunkel ist.« Sie vergrub ihre Faust in seinem T-Shirt, ohne sich ihrer Verzweiflung im Geringsten zu schämen. »Abgelegen.«

»Verführerisch. So … verdammt … verführerisch.« Sanft entfernte er ihre Hand, schlug die Tür zu und stieg auf der Fahrerseite ein. Als er sich zu ihr umwandte, sah sie in den harschen Linien seines Gesichts einen wilden Ausdruck, bei dem ihr die Zunge am Gaumen festklebte. »Heute Nacht brauche ich dich im Bett, Jillian. Ich brauche mehr als einen Fick. Ich muss dich lieben, bis keiner von uns sich mehr rühren kann, weil ich nicht den geringsten Zweifel daran dulden kann, dass du mir gehörst.«

18

Gott, Reseph stand in Flammen. Er brannte so heiß wie eine Fackel; so heiß, dass er fürchtete, das Lenkrad könnte schmelzen, als er Jillians Pick-up in die Einfahrt steuerte. Die Fahrt über hatten sie geschwiegen. Die Atmosphäre im Wagen war derartig mit Sex aufgeladen gewesen, dass er es auf der Haut spürte, als ob eine einzige Berührung ihn bereits überwältigen würde.

Nach Jillians würzigem Duft zu urteilen, fühlte sie sich genauso. Ihre Erregung war so überwältigend, dass er den Truck zweimal beinahe an den Rand gesteuert und das getan hätte, wovon er behauptet hatte, es nicht tun zu wollen.

Gott sei Dank waren sie endlich zu Hause. Er bremste so heftig, dass der Wagen ein Stück weit rutschte, und stieg eilig aus. Noch ehe Jillian Gelegenheit hatte, auch nur den Sitz zu verlassen, trug er sie schon auf den Armen durch die Haustür. Er küsste sie, als er die Tür mit einem Tritt hinter ihnen schloss. Sein Herz drehte vor Verlangen durch. Er brauchte sie so, wie er Luft zum Atmen brauchte und hatte das Gefühl zu ersticken, wenn er sie nicht bald unter sich spürte, ihre Arme und Beine fühlte, die ihn festhielten.

Er legte sie sehr viel weniger grob auf das Bett, als er es hätte tun können – oder getan hätte, wenn es ein anderer Abend gewesen wäre. Aber heute hatte sich etwas verändert, Realität und Emotion trafen aufeinander. Er musste sich damit abfinden, dass er nicht herausfinden würde, wer er war, und dieser Mist von wegen Amnesie-Bubi hatte ihm das Ganze noch einmal so richtig klargemacht. Es war an der Zeit, aufzuhören, sich um die

Vergangenheit Sorgen zu machen, und damit anzufangen, neue Erinnerungen zu schaffen.

Mit Jillian.

Jillian, die ihm das Leben gerettet hatte, sich um ihn gekümmert hatte, ihn zum Lachen brachte, sein Anker gewesen war, als er drohte, davonzutreiben.

Reseph legte sein Hemd ab und stieg zu ihr ins Bett. Als sie sich aufsetzte, drückte er sie wieder aufs Bett und bedeckte ihren Körper mit seinem. Ihre Blicke verschmolzen miteinander, und Resephs Puls donnerte in seinen Ohren. Als Jillians Hand sich auf seine Brust legte, verbreitete sich die Hitze ihrer Berührung in ihm, ließ seine Haut entflammen.

Er senkte seinen Mund auf ihren hinab, küsste sie. Irgendwie gelang es ihm, es langsam und gemächlich anzugehen, als ob sie nicht beide jetzt schon bereit wären abzuheben. Er entkleidete sie, unterbrach den Kuss nur, als er ihr das Hemd auszog und die Jeans hinunterzog. Als sie beide nackt waren, Haut an Haut dalagen, beschränkte er sich zunächst darauf, sich den unverfänglicheren Regionen ihres Körpers zu widmen. Er streichelte ihre Schultern, ihren Hals, ihre Arme.

Aber das passte ihr nicht. Nein, Jillians Fingernägel zerkratzten ihm den Rücken, ehe ihre Hände zu seinem Hintern hinabglitten, wo sie die Finger in beide Backen grub, während sie gegen ihn stieß, ihren Venushügel an seiner Erektion rieb. Beide stöhnten, aber er war noch nicht bereit.

Na ja, körperlich war er schon bereit, aber geistig noch nicht. Er wollte alles bis zum Letzten auskosten, Jillian von Kopf bis Fuß spüren und als die Seine markieren.

Jillian gehörte ihm, und das würde sie wissen, wenn er erst einmal fertig war.

Er vergrub die Finger in ihrem Haar, während die andere Hand über ihren Brustkorb nach oben wanderte. Dann streichelte er die sanfte Kurve ihrer Brust, fühlte, wie sich die Haut unter seiner Handfläche anspannte. Als sein Daumen ihren Nippel umkreiste, verriet ihm das leidenschaftliche Wimmern, das sich ihrer Kehle entrang, wie sehr ihr das gefiel.

»Du musst mir glauben«, murmelte er. »Vertrau mir, wenn ich dir sage, dass ich noch nie zuvor eine Frau geliebt habe. Nicht auf diese Weise.« Dieses Wissen kam aus den Tiefen seiner Seele; er hegte nicht den geringsten Zweifel daran, und er wollte, dass Jillian das begriff.

»Ich glaube dir. Noch kein Mann hat es geschafft, dass ich mich derartig einzigartig fühle.« Sie bäumte sich unter ihm auf, legte einen Fußknöchel über sein Bein und rieb mit ihrem Fuß verführerisch über seine Wade.

Er sah ihr in die Augen, fest entschlossen, sich zu vergewissern, dass sie verstand, was er gleich sagen würde. »Du bist mehr als nur einzigartig. Ich liebe dich, Jillian. Ich liebe dich und ich will, dass dies der Anfang von etwas Neuem ist.«

Ihr Fuß blieb reglos auf seinem Bein liegen. »Was meinst du damit?«

»Ich meine, dass es mir ganz egal ist, wer oder was ich früher war.« Die Vision, die er in der Scheune gehabt hatte, tauchte aus den Tiefen seines Verstandes auf, in denen er sie begraben hatte, doch er schob sie erbarmungslos zurück in ihr dunkles Loch. »Ich will es gar nicht mehr wissen. Ich werde aufhören zu suchen.«

Sie legte ihm beide Hände ums Gesicht. »Oh, Reseph. Das kann ich nicht von dir verlangen.«

»Das tust du ja auch nicht.« Er rieb seine Wange an ihrer Hand, dachte, dass er noch nie etwas so Zartes wie ihre Haut gespürt hatte. »Ich werde es tun. Ich liebe dieses Leben. Ich liebe dich und ich will, dass unser gemeinsames Leben ab sofort beginnt.«

»Du meinst das tatsächlich ernst.«

»Kommst du damit klar, nicht zu wissen, wer ich war?« Er knabberte kurz an der sensiblen Haut zwischen ihrem Daumen und ihrem Zeigefinger, ehe er mit der Zunge darüberfuhr. »Kommst du mit dem Mann klar, der ich jetzt bin?«

»Ja«, flüsterte sie heiser. »Oh ja.«

»Gut«, sagte er. Er senkte seinen Mund auf ihren Hals. »Denn der Mann, der ich jetzt bin, ist der, der ich sein will. Für immer.«

Bei Resephs Worten donnerte Jillians Herz gegen die Überreste der Mauer, die es umgaben. Seit dem Tag, an dem Reseph angekommen war, bildeten sich Risse in dieser Mauer, die mit jedem Tag tiefer wurden. Jetzt hatte sich dieser wunderbare Mann zu ihr bekannt, hatte mit seiner Vergangenheit abgeschlossen und sie zu seiner Zukunft erklärt. Kein Mann hatte je etwas für sie aufgegeben. Als ihr Herzschlag auch noch den letzten Rest der Barriere niederriss, die zwischen ihr und der Kapitulation stand, dankte sie ihrem Schicksal.

Vor Reseph hätte die unabhängige Frau in ihr sich mit Klauen und Zähnen gegen einen Mann gewehrt, der ihr erzählt hätte, sie gehöre ihm, aber bei ihm erschien es ihr ganz natürlich, sogar respektvoll.

Und verdammt sexy.

Apropos sexy: Reseph konzentrierte seine Küsse jetzt auf ihren Hals und bewegte sich bei jedem einzelnen millimeterweise weiter nach unten, wobei seine Lippen ihrer Halsschlagader folgten. Ein Tornado des Verlangens tobte in ihr, der mit jeder Sekunde an Stärke zunahm. Doch Reseph berührte sie immer noch nicht an den Stellen, an denen sie berührt werden musste.

Der Mann war ein Sadist. Ein Meister der Folter. Seine Erektion drückte sich gegen ihr Geschlecht, doch ganz egal, wie sie sich drehte und wendete, er machte keinerlei Anstalten, in sie einzudringen. In ihr brannten Sehnsucht und heißes Verlangen.

»Diese Ungeduld«, murmelte er an ihrem Schlüsselbein.

»Ich bin nicht ungeduldig.« Sie fuhr mit beiden Händen in sein wunderbares seidiges Haar, um seinen Mund weiter nach unten zu führen – womit sie sich selbst als schamlose Lügnerin entlarvte. »Du hast es doch schon seit der Bar drauf angelegt. Ich bin so was von *bereit*.«

Er lachte leise, während seine Hand zwischen ihre Beine tauchte, zu ihrem nassen, glitschigen Zentrum. »Oh ja, du bist bereit.« Seine Lippen wanderten über den sanften Hügel ihrer Brust, und seine Zunge zuckte hervor, um von ihrem Nippel zu kosten. »Ich liebe es, wie du auf mich reagierst. Nur auf mich.« Die letzten Worte äußerte er in einer Art sinnlichem Knurren. Wieder benässte eine Welle flüssiger Lust ihr Innerstes. Er knurrte noch einmal und ließ zwei Finger in sie gleiten.

Tief in ihrer Lust verloren, warf sie den Kopf zurück und konzentrierte sich auf ihre Atmung, während seine Finger sie verzauberten. Er bedeckte ihre Brust mit seinem Mund, saugte an ihrem Nippel. Seine warme Zunge wurde nicht müde, sie zu liebkosen. Diese Mischung – seine Finger, die in sie stießen, und sein Mund, der an ihrer Brust saugte – war berauschend. Sie fühlte sich regelrecht betrunken von diesem Übermaß an Sinneswahrnehmungen, beinahe überwältigt, weil dies alles weit über das rein Körperliche hinausging.

Reseph ließ seine Gefühle in jede gemächliche Liebkosung, jeden glühenden Kuss, jedes honigsüße, andächtige Wort einfließen, das er auf ihre Haut flüsterte. *Wunderschön. Unglaublich. Mein.* Darunter befanden sich sogar einige Worte, die sie nicht erkannte, aber dennoch verstand. Er machte sie zu der Seinen. Versah sie mit seinem Mal. Selbst wenn sie danach nicht einen einzigen Kratzer oder Biss aufzuweisen hatte oder

Schmerzen verspürte, hatte er sich ihr doch unauslöschlich in Herz und Verstand eingeprägt.

Seine Finger bewegten sich schneller, trieben sie in neue Höhen. »So ist es gut«, flüsterte er an ihrer Brust. »Gott, ich liebe es, wie du dich bewegst.«

Sein Daumen strich federzart über ihre Klitoris, streifte gerade ihren Gipfel. Sie schrie vor Wonne und Enttäuschung zugleich auf. Er tat es noch einmal, diesmal mit etwas mehr Druck, und ihr Schrei war lauter.

Ein rasselndes Schnurren drang aus seiner Brust, als er seine Stellung veränderte, um ihre Schenkel mit seinen Beinen auseinanderzudrücken. Er sah nach unten, beobachtete, wie seine Hand sie bearbeitete, und das Schnurren wurde tiefer. Dann verdrehte er die Finger und strich mit dem Daumen ihren Schlitz entlang, übte leichten Druck auf ihren Nervenknoten aus … drückte zu, ohne sich zu bewegen, und – oh Gott, *ja* …

Sie schrie hemmungslos, reckte sich seiner Berührung entgegen, genoss den Höhepunkt, den er ihr mit herausfordernden Berührungen, schmutzigen Worten und süßen Versprechungen abgerungen hatte, in vollen Zügen. Der Orgasmus schien kein Ende zu nehmen, aber noch ehe das pulsierende Feuer vollständig erloschen war, kniete Reseph zwischen ihren Knien, sodass sich seine Erektion gegen seine Bauchmuskeln drückte, und griff nach einem Kondom. Seine Finger verwöhnten ihr Geschlecht nach wie vor mit zarten indirekten Streicheleinheiten.

Sein glühender Blick wandte sich nicht einmal von ihrem Gesicht ab. Er riss die Verpackung mit den Zähnen auf, zog das Kondom mit einer einzigen geschmeidigen Bewegung in einer Demonstration einhändiger Geschicklichkeit heraus und rollte es über seinen prallen Schaft. Seine Muskeln zuckten, als er sich langsam wieder über ihren Körper schob, bis er sie bedeckte, und die Spitze seines Schwanzes an den Eingang zu ihrer Höhle stieß.

Ohne den Augenkontakt abzubrechen, glitt er in sie hinein. »Ich liebe dich«, stöhnte er.

»Ich liebe dich auch«, flüsterte sie.

Ein Lächeln umspielte seinen Mund. Dann schloss er die Augen und bewegte langsam die Hüften. So verdammt langsam. Wie schaffte er es bloß, sich dermaßen zu beherrschen? Sie war bereits einmal gekommen, sodass der schlimmste Hunger gestillt war, doch sie war immer noch erregt genug, dass sie gleich wieder zur Sache kommen wollte.

Sie zog die Beine an, legte sie ihm um die Taille und klammerte sich fest an ihn. Sein Tempo beschleunigte sich; die Reibung ließ tief in ihr Funken der Ekstase aufblitzen. Als sie die Beine um ihn zusammendrückte, stöhnte er und bewegte sich schneller. Sein ganzer Körper bewegte sich wellenförmig über ihr, jeder einzelne Muskel angespannt. Die Sehnen in seinem Hals traten hervor.

Sie würde gleich wieder so weit sein. Ihr Körper sehnte sich nach einem weiteren Höhepunkt. Keuchend nahm sie wahr, was ihre Erregung zu immer neuen Höhen antrieb: der Schwung, mit dem er in sie stieß, die Hitze zwischen ihnen, die pure animalische Lust. Ihr Herz hämmerte wie wild, ihre Atemzüge waren kurz und abgehackt.

»Jillian«, keuchte er. »Du fühlst dich so … gut an.« Er warf den Kopf zurück und fletschte die Zähne, während er unaufhörlich weiter in sie stieß. »Ich spüre … dass du kommst.«

Diesmal kamen sie beide gleichzeitig; sein Schrei vermischte sich mit ihrem. Ein Feuersturm der Lust versengte sie von innen heraus.

»Mein … Gott«, stöhnte er, während seine Hüften immer noch krampfartig zuckten. Seine Augen waren zu Schlitzen verengt, als er auf ihr zusammenbrach und sein Gesicht an ihrem Hals vergrub. Seine Atemzüge trafen harsch auf ihre Haut, doch seine Hände waren zärtlich, als er ihr Gesicht, ihr Haar und ihre Schultern streichelte.

Jeder Muskel in ihrem Körper schien sich in Pudding verwandelt zu haben, aber sie hielt ihn fest, mit einer Kraft, die sie selbst überraschte.

»Danke«, sagte sie in sein Haar. »Du hast mir so viel gegeben.«

Mit einem Grunzlaut wälzte er sich von ihr herab, verließ das Bett aber nicht. Er zog sie an sich und schlang seine Beine um ihre. »Ich habe dir nicht annähernd genug gegeben.« Er küsste sie auf die Stirn. »Aber ich arbeite daran.«

Ein ungeheures Glücksgefühl stieg in ihr auf. »Und morgen … na ja, besser gesagt, heute, holen wir uns einen Weihnachtsbaum. Ich habe nicht einmal richtig Weihnachten gefeiert, seit meine Eltern gestorben sind. Also lass uns unser neues Leben mit dem Weihnachtsfest beginnen.«

Er lächelte. »Das wird sozusagen mein erstes.«

»Meins auch«, flüsterte sie. »Meins auch.«

19

Ein durchdringender Schrei weckte Reseph auf. Er richtete sich abrupt auf und griff nach Jillian, doch ihre Seite des Bettes war leer. In der Hoffnung, dass er nur geträumt habe, stand er hastig auf und zog sich die Jeans an. Und dann … noch ein Schrei. Jillians Schrei.

Augenblicklich packte ihn die Panik, und grauenhafte Angst ließ ihm das Blut in den Adern gefrieren. Barfuß rannte er durch das Haus und riss die Tür mit solcher Kraft auf, dass sie aus den Angeln gerissen wurde.

Jillian stand mit bleichem Gesicht und weit aufgerissenen Augen auf der Veranda. Nur wenige Meter entfernt standen Ares, Thanatos und Limos in voller Rüstung und zu Pferde in einer Reihe nebeneinander.

»Meine Brüder!« Er grinste wie ein Narr, und sein Herz hämmerte vor Aufregung, als er ein paar Schritte auf sie zutrat. »Limos!«

»Reseph?« Jillians Stimme klang zittrig.

»Es ist okay«, sagte er und streichelte im Vorbeigehen ihren Arm. »Das ist meine Familie. Ich kann's gar nicht erwarten, dass du sie kennenlernst. Komm schon.«

»Du … du erinnerst dich?«

»Jepp.« Echt merkwürdig, aber ja, ihm fiel alles wieder ein.

Er nahm die Stufen der Veranda in zwei Schritten, aber schon als er auf den schneebedeckten Boden trat, fiel ihm auf, dass etwas nicht stimmte. Niemand wirkte glücklich, ihn zu sehen. Ganz im Gegenteil, ihre Mienen drückten Misstrauen und Argwohn aus, in Thanatos' Fall sogar regelrechten Hass. Was zur Hölle …?

Da traf ihn eine Erinnerung wie eine von Jillians Bratpfannen … Thanatos, der ihn niederhielt und ihm Deliverance in die Brust stieß, während ein Baby schrie. Aber warum nur …?

Ihm kamen weitere Erinnerungen, Schlag auf Schlag, wie Kugeln aus einer automatischen Waffe. Sein Kopf zuckte zurück, als eine Wand des Schreckens ihn wie aus heiterem Himmel traf. Er geriet ins Taumeln, verlor das Gleichgewicht durch die Last der plötzlichen Erinnerung.

Blut. Schreie. Hass … so viel Hass. Die Welt drehte sich um ihn, der Boden unter ihm gab nach, und er fiel auf die Knie, hielt sich den Kopf. Hände legten sich auf seinen Rücken … Jillians Hände. Sie sprach mit ihm, fragte, ob es ihm gut ging. Fragte, was denn nur los sei, aber er konnte nicht sprechen. Weitere Schreie … die Schreie derer, denen er wehgetan hatte. Es waren unzählige. Oh … *Gott*.

»Nein«, ächzte er. »Oh … bitte, nein.«

Ihm drehte sich der Magen um, und er entfernte sich torkelnd von ihr, halb kriechend, halb stolpernd, bis zum nächsten Baum, wo alles hochkam, was er in der letzten Woche, im letzten Monat, vielleicht sogar im letzten Jahr gegessen hatte. Er brach zusammen. Alles strömte aus ihm heraus. Möglicherweise sogar sein Verstand.

Was passierte da nur?

Jillian stand im Schnee, unfähig, irgendetwas von dem zu begreifen, was sie sah. Die seltsamen Leute mit ihren Rüstungen und ihren Pferden sahen merkwürdig ungerührt zu, wie sich Reseph von Jillian löste. Bis er schrie und sich gegen den Baum warf, seinen Kopf wieder und wieder gegen den Stamm rammte.

»Reseph!« Sie rannte auf ihn zu, doch ehe sie fünf Schritte weit gekommen war, schlossen sich Arme um sie, und sie wurde von dem großen Mann mit den blonden Zöpfen an den Schläfen und den gelben Raubvogelaugen festgehalten. »Lass mich los!« Sie trat und schlug um sich, aber da hätte sie genauso gut einen Elefanten schlagen können. »Lass mich los, du Mistkerl!«

Ein grauenhaftes Gebrüll ließ die Luft selbst erbeben, und Reseph wirbelte herum. Er hatte die Zähne gefletscht und von seinem Gesicht tropfte Blut. Wut loderte in seinen roten Augen, als sich sein Blick auf den Mann richtete, der sie festhielt. Er machte Anstalten, ihn anzugreifen, aber da sprang schon der Mann in der ledernen Rüstung vom Pferd und stürzte sich mit einer Geschwindigkeit, die sie nicht zu erfassen vermochte, auf Reseph. Ledermann rammte ihm etwas, das wie eine Art Spritze aussah, in den Hals, und Reseph beruhigte sich mit einem Schlag, lag still da.

»Was habt ihr getan?«, schrie sie. »*Reseph!*«

»Es geht ihm gut, Frau.« Der Mann, der sie festhielt, legte ihr die Hand auf die Stirn. »Ich werde dich all das vergessen lassen.«

»Nein!« Die schwarzhaarige Frau stürzte auf sie zu, wobei sich die Gelenke des Panzers, den sie trug und der Jillian an Samurai erinnerte, mit Schnee füllten. »Nicht, Thanatos. Du kannst nicht weit genug zurückgehen. Lass ihr die Erinnerungen.«

Der Mann, den Samurai Thanatos nannte, zog Jillian noch näher an sich, bis sie die eisige Kälte spürte, die sein weißer Panzer abgab. Woraus mochte der bloß gemacht sein? Knochen?

»Wir können das regeln, Limos«, erwiderte Thanatos. »Wir lassen sie glauben, Reseph habe sie verlassen.«

Die Frau, die Limos hieß, schüttelte den Kopf. »Ich habe Arik versprochen, dass ich mich nie wieder in die Erinnerungen anderer Leute einmische.«

Erinnerungen? Diese Leute waren imstande, Erinnerungen zu verändern? Dinge auszulöschen? Was ging hier vor sich?

Thanatos verdrehte die Augen. »Was du nicht alles für diesen Menschen tust.«

Der große Mann im Lederpanzer hinter Limos sagte etwas, und gleich darauf löste sich das Pferd, das er geritten hatte, in Rauch auf, der in seinem Panzerhandschuh verschwand.

Jillian hatte Halluzinationen. Nichts von alledem war real. Das konnte nicht sein. Allerdings kam es ihr sehr real vor, als der Mann sich dann Reseph über die Schulter warf und einfach so verschwand.

»Nein«, flüsterte Jillian. »Nein. Bring ihn zurück.« Vergeblich wehrte sie sich gegen den Griff des blonden Mannes. »Bring ihn zurück, du Mistkerl!«

»Lass sie los, Than«, sagte die Frau. »Geh und hilf Ares mit Reseph. Ich werde mich hier um alles kümmern.«

Sich um alles kümmern? Grauenhafte Angst erfasste Jillian. Würde die Frau sie umbringen?

Als Thanatos Jillian ohne jede Vorwarnung losließ, verlor sie den Halt und stürzte in den Schnee. »Tut mir leid, Frau«, sagte er barsch und hielt ihr die Hand hin.

Als ob sie die ergreifen würde. Jillian krabbelte in einem unkoordinierten Durcheinander von Armen und Beinen rückwärts, bis sie gegen die erste Stufe der Verandatreppe stieß und sich daran hochzog. Dann stand sie keuchend da, kurz davor, endgültig auszuflippen, als Thanatos etwas murmelte und sein Pferd ... oh Gott, wirklich? Sein Pferd löste sich in Rauch auf, genau wie das erste, und verschwand in seinem Handschuh.

Jillian schwankte. In ihrem Kopf drehte sich alles und ihr Herz klopfte schneller, als sie es je für möglich gehalten hätte. *Fall jetzt nicht in Ohnmacht. Fall jetzt bloß nicht vor all diesen*

Leuten in Ohnmacht. Sie streckte die Hand aus, umklammerte das Geländer so fest sie nur konnte und betete, dass sie bei Bewusstsein bleiben möge.

Thanatos machte einen Schritt und verschwand so rasch wie der andere Mann, sodass sie allein mit der Frau und deren schwarzem Hengst zurückblieb. Zumindest glaubte Jillian, dass es ein Pferd sein könnte. Allerdings hatte sie noch nie ein solches Pferd gesehen: mit rasiermesserscharfen Zähnen, roten Augen und Hufen, die den Schnee dampfen ließen.

Todesangst legte sich wie eine eisige Faust um ihr Herz, drückte so fest und schnell zu, dass sie fürchtete, jeden Moment könnten ihre Adern platzen und das Blut herausschießen. Das war ein Albtraum. Sie saß in einem grauenhaften Albtraum fest, und die Wirklichkeit wurde ihr unter den Füßen weggezogen. Sie musste ihre Gedanken wohl laut ausgesprochen haben, da die andere Frau den Kopf schüttelte.

»Das ist kein Albtraum. Es ist alles Wirklichkeit. Ich heiße Limos, und du?«

Jillian schluckte. »J-Jillian. Wer … bist du?«

»Ich bin Resephs Schwester. Thanatos und Ares sind seine Brüder.« Limos sah sich um. Ihren scharfen amethystfarbenen Augen schien nichts zu entgehen. »Schön hier. Hör mal, Reseph war ein paar Monate lang verschwunden. Wir wussten bis gestern Abend nicht mal, dass er noch am Leben ist. Wo hast du ihn gefunden?«

»In einer Schneewehe«, sagte Jillian heiser. »Er … er konnte sich an nichts erinnern, außer an seinen Namen.«

Limos nickte. »Ja, das hat man uns erzählt. Sieht aus, als ob du dich gut um ihn gekümmert hast. Danke.«

Danke? Irgendetwas an Limos' Dankbarkeit erschien Jillian verdammt lächerlich, angesichts der Tatsache, dass sie Reseph ausgeknockt und entführt hatten. Mit einem Schlag trat Wut an die Stelle der Angst, und sie ließ den Pfosten los, um sich vor Limos aufzubauen.

»Wohin haben deine Brüder ihn gebracht? Warum ist er derartig ausgerastet? Was zur Hölle geht hier eigentlich vor sich?«

»Sie haben ihn nach Hause gebracht.« Limos' Stimme war ruhig, trotz der Tatsache, dass Jillian sie inzwischen praktisch anschrie. »Und was den Rest angeht … das ist nicht wichtig. Wir werden uns um ihn kümmern.« Sie drehte sich um. »Du solltest ab sofort auch keinen Ärger mehr mit Dämonen haben. Nochmals danke.«

»Warte –«

»Vertrau mir«, sagte Limos sanft. »So ist es am besten.«

Limos und ihr Pferd verschwanden und ließen Jillian verängstigt, verwirrt und so einsam zurück, dass es wehtat.

20

Reaver war darauf vorbereitet gewesen, Reseph in einem Schockzustand vorzufinden, aber als Ares ihn auf seiner Schulter wie einen nassen Sack nach Griechenland zurückbrachte, hatte er nicht mit all dem Blut gerechnet.

»Was ist passiert? Hat er gegen euch gekämpft?«

»Nein.« Ares' Stimme war schroff, als er auf das Schlafzimmer zumarschierte, das sie vorbereitet hatten. »Er hat ein paar Runden gegen einen Baum gekämpft. Der Baum hat gewonnen.«

»Verdammt«, flüsterte Reaver. Genau dasselbe hatte Reseph in Sheoul getan … sich immer wieder gegen eine Wand geworfen, als ob er so den Dämon aus sich herausprügeln könnte.

»Er schien sich an alles zu erinnern, als er uns sah. Ich habe den Rest des *qeres* bei ihm eingesetzt«, sagte Ares. »Wenn das nachlässt, haben wir keine Möglichkeit mehr, ihn ruhigzustellen.«

Reaver folgte Ares in ein Gästezimmer, wo er Reseph auf das Bett legte. »Ruf Harvester her«, sagte Reaver. »Sie ist ziemlich talentiert, was Fesseln angeht.« Das hatte Reaver am eigenen Leib erlebt. Bei der bloßen Erinnerung daran schmerzten ihm die Knochen.

»Nichts kann uns festhalten«, erwiderte Ares. Er holte ein Handtuch aus dem Gästebad. »Das weißt du.«

»Harvesters Fesseln bestehen aus den Knochen des Opfers, Ketten, die aus der Haut herauswachsen und ein Teil des Körpers sind. Er könnte sich losreißen, doch das wäre derartig qualvoll, dass er es sich zweimal überlegen wird. Es kann gut sein, dass er ruhig liegen bleibt, um diesen grässlichen Schmerzen zu entgehen.« Andererseits wäre es auch möglich, dass Reseph der Schmerz und die Qualen willkommen waren.

»Interessant.« Ares wischte Reseph das Gesicht sanfter ab, als Reaver erwartet hatte. »Klingt so, als ob du dich gut damit auskennst.«

»Viel zu gut.« Er betrachtete Reseph. Beim Anblick des einst glücklichen, sorglosen Mannes, der selbst jetzt in seiner Ohnmacht so gequält aussah, begann ein dumpfer Schmerz in seinem Leib zu pochen. »Wie erschien er dir, ehe er sich erinnerte?«

»Er war glücklich«, murmelte Ares. »Er schien wieder ganz der Alte zu sein.«

»Vielleicht kann er sich später auch daran noch erinnern.«

»Ich hoffe, du hast recht.« Ares stieß einen Pfiff aus, und wie aus dem Nichts tauchte ein Höllenhund auf. Reaver trat beiseite, um der Bestie möglichst fern zu bleiben. Bei Ares und Cara mochten sie sich wie Schoßhunde aufführen, aber Höllenhunde waren immer noch dieselben bösartigen, menschenfressenden Dämonen, die sie bei allen anderen waren, und Engel hassten sie ganz besonders. In der Tat knurrte das Tier, das die Größe eines Büffels hatte, Reaver im Vorbeigehen an, und es kostete ihn eine ganze Menge Selbstbeherrschung, es nicht zur Strafe mit einer himmlischen Waffe zu schlagen.

Aber dafür würde Cara Reaver töten, und der Blick, den Ares Reaver zuwarf, sagte ihm, dass dieser ganz genau wusste, was Reaver dachte.

»Ich bin ganz brav«, murmelte Reaver. »Solange Rin Tin Tin sich benimmt, ist alles bestens.«

»Er heißt Eddie.«

Reaver verdrehte die Augen. »Ich kann nicht fassen, dass ihr ihnen Namen gebt.« Er zeigte auf das Ding, das Reseph ansah, als ob es ihn am liebsten in Stücke reißen würde. Verständlich, angesichts der Tatsache, dass Pestilence eine Belohnung für jeden Höllenhundkopf ausgesetzt hatte. »Pestilence war gegen Höllenhundgift immun. Vielleicht gilt das auch für Reseph.«

»Ich weiß, aber Eddie kann uns warnen, wenn Reseph aufwacht.«

Reaver war sich nicht sicher, ob es eine gute Idee war, einen stinksauren Höllenhund mit einem hilflosen Feind allein zu lassen, aber Ares teilte seine Sorge nicht, sondern verließ das Schlafzimmer ohne ein weiteres Wort. Reaver seufzte und begleitete Ares in den großen Wohnraum, wo eine offensichtlich beunruhigte Cara einen zappelnden kleinen Widderkopfdämon festhielt.

»Es gefällt mir gar nicht, ihn hier zu haben, Ares«, sagte sie.

»Das haben wir doch besprochen.« Ares' Stimme war sanft, als er sie an sich zog. »Wir können ihn nicht zu Than bringen, wegen des Babys, und bei Limos kann er auch nicht bleiben, weil er dann Arik zu nahe wäre. Bis wir wissen, dass in ihm nichts mehr von Pestilence übrig ist, können wir nicht riskieren, ihn irgendwo anders als hier zu lassen.«

Wenn Harvester nicht Resephs Höhle in den Bergen zerstört hätte, als Rache für die Gewalt, die Pestilence ihr im letzten Jahr angetan hatte, wäre dort der ideale Ort für ihn gewesen. Mit ihrer wütenden Racheaktion hatte sie ihnen diese Möglichkeit genommen, aber das konnte Reaver ihr nicht verdenken.

»Wo sind Limos und Thanatos?«

Ares streichelte den pelzigen Rücken des kleinen Widderkopfes. »Ich weiß nicht. Als ich ging, waren sie noch bei der Menschenfrau.«

»Ihr Name ist Jillian«, sagte Reaver.

Ares' Kopf fuhr herum. »Du kennst sie? Noch ein Geheimnis, das du vor uns verborgen hast.«

»Ich bin nicht verpflichtet, meine Handlungen zu rechtfertigen, Ares. Das sollte dir inzwischen eigentlich klar sein. Sie ist von Dämonen angegriffen worden. Ich dachte, sie könnten einander beistehen und gemeinsam gesunden.«

»Vergib mir, wenn ich ihn gar nicht gesund sehen will«, fuhr Cara ihn an. Sie hatte sich von Ares losgerissen. »Ich will ihn tot sehen.« Sie stürmte mitsamt dem Dämonenbaby aus dem Haus, was Reaver ihr nicht verübeln konnte.

Ares fluchte und lief hinter ihr her. Er öffnete die Tür in genau dem Moment, in dem Harvester hereinschritt. Sie sah wieder einmal wie eine Nobelhure aus. Sie war in Leder gekleidet, inklusive einem äußerst knappen Bustier. Wenigstens hatte sie einen langen Mantel an. Vielleicht sollte sie ihn aber lieber zuknöpfen.

Ihre Lippen, die so schwarz wie ihr Outfit waren, verzogen sich zu einem verruchten Lächeln. »Hallo, Geliebter.«

»Ich bin nicht dein Geliebter«, knurrte er.

»Noch nicht.« Bei jedem Schritt ihrer langen Beine schwenkte sie ihre mit einem Ledermini bekleideten Hüften, als wäre sie ein Supermodel auf dem Laufsteg. Hochhackige Stiefel, die bis zu ihren Oberschenkeln reichten, klackten über den Marmorboden. Straffe bloße Haut war zwischen dem oberen Stiefelrand und dem Saum ihres obszön kurzen Rocks zu sehen. Reaver verfluchte die Lust, die sich leise in ihm regte. »Aber bald wirst du es sein.«

»Hast du eigentlich eine Vorstellung davon, wie sehr ich mich danach sehne, dich zu erwürgen?«

Sie warf ihre langen Haare über die Schulter zurück. »Du stehst auf Würgespielchen? Cool.« Sie zeigte mit dem Daumen auf die Tür. »Warum hat Ares mich gerufen?«

Von draußen hörte man aufgeregte Stimmen. Thanatos und Limos waren angekommen und versuchten anscheinend Cara zu beruhigen. Reaver wünschte ihnen dabei viel Glück.

»Wir haben Reseph«, verkündete er.

Augenblicklich veränderte sich Harvesters ganzes Auftreten. Ihr Körper erstarrte, ihre Augen wurden eisig. »Wo?«

»In einem der Schlafzimmer. Wir hatten gehofft, du könntest deine lustigen Knochenketten benutzen, um ihn zu fesseln.«

»Mit Vergnügen.«

Gerade als er sie auffordern wollte, sich zu beruhigen, da es sich um Reseph und nicht um Pestilence handelte, hörte er ein Heulen, gefolgt von einem markerschütternden Schrei und einem lautem Krachen.

Harvester und er rannten zu Resephs Schlafzimmer, wo sie der Anblick zerschlagener Möbel begrüßte. Der Höllenhund war unverletzt; er stand mit gesträubtem Fell in der Ecke und knurrte Reseph mit gefletschten Zähnen an, der offenbar für die Verwüstung verantwortlich war. Jetzt saß er auf dem Boden, den Rücken zur Wand, und wiegte sich hin und her, die Handballen gegen die Augen gedrückt. Zwischendurch warf er immer wieder den Kopf mit solcher Wucht zurück, dass sich Risse im Putz – und vermutlich auch in seinem Schädel – bildeten.

Harvester, die neben Reaver stand, begann zu zittern; sie strahlte ihre Wut in einer Wolke aus, die ihm die Haut versengte. Reseph hob langsam den Kopf, als ob er ihre Gegenwart spürte. Einige Sekunden lang starrte er sie verwirrt an; dann flutete Entsetzen seine Miene.

»Harvester … oh Gott, es … es tut mir leid. *Oh Mist! Oh Mist! Oh Mist! Oh Mist!*«

In einem Wirbel aus Bewegung und Schwingen stürzte sie sich kreischend auf Reseph und bearbeitete sein Gesicht mit beiden Fäusten. Reseph tat nichts, um sich zu schützen.

»Du verdammter Scheißkerl! Du Stück beschissene Scheiße!« Ihre Worte fielen wie Waffen, scharf und ohne Unterlass, genau wie ihre Fäuste. Blut bespritzte die Wände, ihr Gesicht und tropfte von ihren Händen.

»Harvester!« Reaver zerrte den um sich tretenden und schreienden Engel von Reseph weg.

»Lass mich los! *Ich bring ihn um!*« Knurrend biss sie in Reavers Hand und wäre ihm beinahe entwischt, ehe es ihm doch noch gelang, sie aus dem Zimmer zu ziehen.

»Was ist denn hier los?« Thanatos und Limos kamen mit gezückten Schwertern herbeigerannt.

»Nichts.« Reavers Kopf zuckte gerade rechtzeitig zurück, um einem Hieb von Harvesters Faust zu entgehen. »Seht nach Reseph.«

Die beiden Reiter liefen ins Zimmer, während Reaver darum kämpfte, Harvester aus dem Haus zu bekommen. Als sie endlich draußen waren, ließ er sie los, in der Erwartung, sie werde gleich wieder versuchen, zurückzulaufen. Stattdessen fiel sie auf die Knie und stieß einen Schrei aus, einen Laut, der so voller Schmerz war, dass Reaver ihn körperlich spürte, so als ob seine Flügel nass wären und ihn nach unten zögen. Schlimmer noch – er hatte keine Ahnung, was er tun sollte.

Wäre sie jemand anders gewesen, hätte er sie einfach in die Arme genommen und festgehalten. Aber dies war Harvester, und sie würde seinen Tröstungsversuch sicherlich nicht gutheißen. Trotzdem näherte er sich ihr. Es spielte keine Rolle, dass sie böse war und er sie hasste. Pestilence hatte sie misshandelt, und wenn Reaver auch nicht sicher wusste, was alles vorgefallen war, so konnte er es doch erraten.

»Ich hasse ihn.« Tränen liefen ihr über die Wangen und hinterließen Spuren in dem Blut, das ihr Gesicht verschmierte. »Ich hasse ihn so sehr.«

Vorsichtig hockte sich Reaver so nahe zu ihr hin, wie er für ratsam hielt, sodass sie nicht zu ihrer Verteidigung zuschlagen konnte, sei es körperlich oder mit Worten. Sie ertrug Freundlichkeit nicht allzu gut.

»Dies ist Reseph«, rief er ihr ins Gedächtnis zurück. »Nicht Pestilence.«

»Ist mir egal!«, schrie sie. »Ich will, dass er an Haken aufgehängt und gehäutet wird. Ich will, dass er kastriert und vergewaltigt und das ganze nächste Jahrhundert lang gefoltert wird.«

»Hör mir zu, Harvester.« Er achtete darauf, mit leiser, beruhigender Stimme zu sprechen, obwohl es nicht allzu viel zu nützen schien. »Du bist seine Wache. Du darfst ihn hassen, aber du darfst nichts tun, was ihm schaden könnte. Reiß dich zusammen oder sie entheben dich deines Amtes. Ist es das, was du willst?«

»Ist es nicht das, was du willst?«, fauchte sie. »Du freust dich doch schon darauf, mich endlich los zu sein.«

»Du bist vielleicht nicht die Person, die mir auf dieser Welt am liebsten ist, aber ich habe lieber mit dir zu tun als mit einem Ersatz.« Ein Ersatz könnte immer noch schlimmer sein.

»Du hast es wohl lieber mit dem Feind zu tun, den du kennst, richtig?« Harvester lächelte. Nur ein wenig, aber es war besser als das Knurren.

»Richtig.«

Als sie ihm in die Augen sah, sog er scharf die Luft ein; die nackte Emotion in ihrem Blick brachte ihn vollkommen aus dem Gleichgewicht. Er hatte in ihr schon früher eine Verletzlichkeit wahrgenommen, insbesondere, als er dazugekommen war, als Gethel sie gefoltert hatte, und jetzt, als sie geweint hatte. Aber das hier war etwas anderes. Das hier war kein Schmerz. Es war … Dankbarkeit? Zuneigung? Was zur Hölle war das?

Als sie einander in die Augen blickten, regte sich ein unangenehmes Gefühl in seiner Brust, und die Insel um sie herum verschwand. Im Hintergrund hörte er die Wellen, die an den

Strand schlugen, aber es fühlte sich an, als ob er es wäre, gegen den sie donnerten. Ein überaus seltsames zärtliches Gefühl breitete sich in ihm aus.

Er räusperte sich, da seine Kehle auf einmal ganz trocken war. »Hör mal, ähm … wenn du im Moment nicht imstande bist, bei Reseph zu helfen, würde das jeder verstehen –«

Harvester explodierte förmlich. Als sie aufsprang, war die Wut in ihr Gesicht zurückgekehrt, nur dass sie sich diesmal gegen Reaver richtete. Na ja, das hatte man halt davon, wenn man zu einem gefallenen Engel mit dunklem Herzen freundlich war.

»Verstehen? Von jemandem wie dir brauche ich kein Verständnis. Wofür hältst du mich eigentlich? Ein schwaches Opfer? Fick dich, du arrogantes Arschloch!« Mit diesen Worten stürmte sie zurück in die Villa. Reaver blieb allein zurück und versuchte, sich von diesem Peitschenhieb zu erholen.

Wovon er sich vermutlich nicht erholen würde, waren die Gefühle, die sie in ihm ausgelöst hatte. Er hatte sich nicht in sie verliebt oder irgend so ein Quatsch. Was er gefühlt hatte, war eher ein Echo gewesen, als ob Harvester und er früher schon einmal einen Augenblick der gegenseitigen Zuneigung geteilt hätten.

Er zerbrach sich den Kopf, fragte sich, ob die Zeit, die er als ihr Gefangener verbracht hatte, sein Gehirn von süchtig machendem Markwein getränkt, etwas mit diesem Déjà-vu zu tun hatte. Ihm fiel nichts Spezifisches ein, aber schließlich hatte er die meiste Zeit im Delirium gelegen.

Trotzdem, das musste es sein. Denn er hatte sie mit Gewissheit niemals im Leben je gemocht. Und selbst wenn, dann spielte das keine Rolle. Weil er sie eines Tages töten würde.

21

Die Hölle bestand aus niemals endender Pein. Sie war ein Nebel, der die Farbe von Blut hatte. Ein paar scharfe Klauen, die sich tief ins Gehirn gruben und es zerfetzten. Bei jeder Bewegung der Klauen stieg eine neue Erinnerung auf, und bei jeder neuen Erinnerung schrie Reseph.

Manchmal hörten die Klauen auf zu wühlen und brachten stattdessen Erinnerungen hervor, die er schon einmal durchgemacht hatte, die aber so interessant zu sein schienen, dass er sie immer wieder durchlebte. Damit verbunden waren immerwährende Reue und Schmerz.

Die Dinge, die er als Pestilence getan hatte, sprangen mit wahnsinnig machendem Gekreische in seinem Kopf herum und füllten sein Sichtfeld so vollständig aus, dass er seine Umgebung oder seine Geschwister, die ab und zu nach ihm sahen, kaum wahrnahm. Reseph war sich nicht einmal sicher, warum sie überhaupt kamen. Limos versuchte, ihn mit feuchten, warmen Tüchern zu säubern, und Ares bemühte sich, ihn dazu zu bewegen, etwas zu essen, aber Reseph hatte nichts davon verdient. Was er allerdings verdient hatte, war der K.-o.-Schlag, den Arik ihm verpasst hatte, ehe Limos den Menschen fortzerren konnte.

Genauso wenig begriff er, warum er dort war. Thanatos hatte ihn getötet – wie konnte er also am Leben sein?

Dann waren da noch diese anderen Erinnerungen; die, bei denen er sich nicht sicher war, ob sie tatsächlich real waren.

Jillian.

Er blinzelte. Langsam wurde ihm bewusst, dass er zusammengerollt auf dem Boden lag. Er wusste nie, wo er sich befinden würde, wenn er wieder zu sich kam, oder wie zerschmettert sein Körper sein würde. Auch war er nicht sicher, ob die Zeiten, in denen er bei klarem Verstand war, besser waren als die, in denen Erinnerungen auf ihn einprasselten, die ihn aus der Gegenwart fortholten. Wenn er von den Erinnerungen an seine Untaten gequält wurde, musste er zumindest nicht den Leuten ins Gesicht sehen, denen er sie angetan hatte.

Er hatte versucht, sich bei ihnen zu entschuldigen, aber nachdem Harvester ihn verprügelt und Arik ihm ins Gesicht geschlagen hatte, von Thanatos' versengenden Blicken reinen Hasses ganz zu schweigen, hatte Reseph es aufgegeben. »Es tut mir leid« war mehr als lahm, ja, angesichts der Schwere seiner Sünden geradezu eine Beleidigung.

Und Jillian ... waren die Tage, die er mit ihr verbracht hatte, in denen er sie geliebt und Frieden gefunden hatte, nur ein Hirngespinst? Ein Traum, durch den die Albträume umso schlimmer erschienen? Vielleicht spielte ihm sein Gewissen Streiche, denn selbst wenn die Tage mit Jillian ihm wie ein Traum erschienen, so war sie selbst sehr real.

»Tötet mich«, flüsterte er durch eine Kehle, die vom Schreien wund war. »Bitte ... tötet mich.«

Aber es war niemand da, der ihn hören konnte. Sogar Harvester, die sich an seinen Qualen ergötzt hatte, hatte ihn verlassen, nachdem sie ihm Fesseln angelegt hatte. Ihm waren die Fesseln gleichgültig. Er hatte sowieso nicht vor, diesen Ort zu verlassen. Außerdem zerrte er manchmal an den Ketten, nur um den stechenden Schmerz zu fühlen, der dann durch seine Knochen schoss und bis in seine Seele reichte.

Wie lange mochte es wohl her sein, seit sie ihn angekettet hatte? Er erinnerte sich an ein paar Nächte, ein paar Sonnenaufgänge.

Leide, du Mistkerl. Leide, wie noch nie jemand gelitten hat, hatte sie ihm zugeflüstert, ehe sie eine Blutspur aufgeleckt hatte, die von seinem Gesicht bis an sein Ohr reichte. *Wenn es dich überhaupt interessiert, solltest du wissen, dass du keineswegs frei von Pestilence bist. Schon der kleinste Splitter Bösartigkeit könnte dich in ihn zurückverwandeln. Oh, nicht im apokalyptischen Sinne, aber du könntest wieder zu dieser widerwärtigen Kreatur werden, sollte das Böse die dämonische Hälfte anzapfen, die erwachte, als dein Siegel brach. Bildest du dir ein, du würdest gerade leiden? Verwandle dich in Pestilence zurück und sieh zu, wie deine Brüder und deine Schwester dich jagen, bis sie dich schließlich vernichten.*

Harvesters Worte klangen ihm immer wieder in den Ohren, als er in den Schlund der Erinnerungen zurücksank, der von Grauen und Abscheu getränkt war.

»Setzt meinem Leben ein Ende«, flüsterte er.

Aber niemand hörte ihn.

22

Limos stand nun schon den sechsten Tag in Folge in Ares' großem Wohnzimmer, biss sich auf die lindgrün lackierten Fingernägel und starrte in den Korridor vor Resephs Zimmer. In der letzten Stunde waren seine Schreie stetig lauter geworden. Sie sollten bald zum Höhepunkt kommen; danach würde eine Zeit leisen Wimmerns folgen, während der er den Oberkörper vor und zurück wiegte und blind vor sich hinstarrte.

»Es geht ihm immer noch nicht besser.« Sie drehte sich zu ihren Brüdern, ihrem Mann und Kynan um. »Wir können ihn nicht weiter so leiden lassen.«

Ares schloss eine Sekunde lang die Augen, das Gesicht an die Decke gerichtet. »Niemand will, dass Reseph leidet, Limos.«

»Ach, wirklich? Das nehm ich euch nicht ab. Thanatos sieht ihn jedes Mal voller Mordlust an, wenn wir zu ihm reingehen.«

Than, der im Zimmer auf- und abmarschierte, hielt inne. »Ich will auch nicht, dass er leidet. Ich kriege nur das, was er getan hat, einfach nicht aus dem Kopf.«

»Aber das da drin ist nicht Pestilence«, widersprach Limos. »Es ist Reseph. Wir müssen etwas tun, um ihm zu helfen.«

»Was schlägst du vor?«, fragte Ares. »Er hört auf niemanden von uns. Er isst nicht, trinkt nicht, und als ich heute versucht habe, ihn unter die Dusche zu ziehen, hat er sich einfach auf die Fliesen fallen lassen und losgeschrien. So als ob er es nicht verdient hätte, sauber zu sein. Ich habe in meinem Leben schon einige traumatisierte Leute gesehen, aber das hier geht weit über alles hinaus, womit ich mich auskenne.«

Arik, der gerade mit Hal Tauziehen spielte, blickte auf. »Was ist denn mit dem, was ihr damals mit mir gemacht habt? Als ich völlig daneben war, nachdem ich aus Sheoul entkommen war?«

Limos dachte einen Moment lang nach. »Ich habe dich gewissen Stimuli ausgesetzt.«

Arik zwinkerte ihr zu. »Und das hast du verdammt gut gemacht.«

»Mann«, murmelte Kynan. »Sucht euch doch ein Zimmer.«

Ares zuckte die Achseln. »Es kann nicht schaden, mal was Neues auszuprobieren. Limos, die Frau, mit der Reseph zusammen war … er hat nach ihr gerufen. Meinst du, zwischen ihnen ist irgendwas gelaufen?«

Jillians Verzweiflung war eindeutig aufrichtig gewesen. »Ich hab ja nicht lange mit ihr geredet, aber wenn ich raten müsste, würde ich sagen, dass sie eine Art Beziehung hatten. Was für Reseph wohl das erste Mal sein dürfte.«

»Bring sie her.« Ares sprach, als ob er ein General wäre, der einem Soldaten Befehle erteilte, doch ausnahmsweise protestierte Limos nicht und nahm es auch nicht persönlich. Tief im Innern war er genauso besorgt um Reseph wie sie. »Der Mensch könnte möglicherweise die einzige Person sein, die ihm jetzt helfen kann.«

»Wird gemacht.« Sie hoffte nur, dass Jillian auch dazu bereit war, zu kommen.

Herauszufinden, dass der Mann, mit dem man geschlafen hatte, nicht nur zur Hälfte ein Dämon war, sondern auch noch um ein Haar das Ende aller Tage herbeigeführt hätte, würde sicherlich keinen besonders guten Eindruck hinterlassen.

»Du solltest dich besser beeilen.« Reavers Stimme überraschte sie alle. Limos wirbelte zu ihm herum. Er stand am Kamin, und seine saphirblauen Augen blickten besorgt drein.

»Warum? Was ist los?«

»Ich komme soeben vom Rat der Wachen. Sie sind in großer Sorge, dass Pestilence zurückkehren könnte.«

Ares trat vor; eine Strähne seines rötlich braunen Haars fiel ihm in die Augen. »Du sagtest, das könne dadurch ausgelöst werden, dass er mit dem Bösen konfrontiert wird, aber wir haben ihn hier vollkommen isoliert.«

»Das ist gut, aber in dem Zustand, in dem er sich befindet, ist sein Verstand geschwächt. Dasselbe hätte auch passieren können, wenn ich ihn in Sheoul-gra gelassen hätte.« Reaver klang tatsächlich ein wenig erleichtert darüber, dass das, was er getan hatte, die richtige Wahl gewesen war. »Sein Verstand ist voller Lücken, durch die Pestilence schlüpfen könnte. Er muss gesund werden, und zwar sofort. Selbst dann wird er für den Rest seines Lebens immer darum kämpfen müssen, Pestilence in Schach zu halten.«

Thanatos fluchte. »Dann sind wir im Arsch. Reseph hat immer schon gekniffen, wenn's mal schwierig wurde.«

»Wir müssen es wenigstens versuchen«, widersprach Limos heftig. »Ich hole Jillian. Vielleicht liefert sie ihm ja einen Grund, zu kämpfen.«

»Und wenn sie ihm keinen Grund liefert, Pestilence unter Schloss und Riegel zu halten?«, fragte Ares.

»Dann gebe ich euch Wormwood.« Reavers Stimme war leise und todernst. »Dann werdet ihr sowohl Reseph als auch Pestilence aus ihrem Elend erlösen.«

Es war beinahe eine Woche her, seit Reseph fort war. Sechs Tage, die Jillian auf der verzweifelten Suche nach ihm verbracht hatte. Oder mit dem Versuch, wenigstens herauszufinden, was genau eigentlich passiert war. Wie zur Hölle konnten drei Leute einfach so aus dem Nichts auftauchen und genauso spurlos wieder verschwinden? Besser gesagt vier, wenn sie Reseph mitzählte.

Den ersten Tag hatte Jillian nur geweint. Sie hatte sich in die Decken eingewickelt, die immer noch nach ihm rochen, und gedacht, dass sie vielleicht einfach verrückt geworden war. Doch dann hatte sie sich in Erinnerung gerufen, dass sie immerhin mit eigenen Augen Dämonen gesehen hatte, also konnten Dinge, die sie einmal für unmöglich gehalten hatte, durchaus sehr, sehr real sein.

Die nächsten beiden Tage hatte sie damit verbracht, das Internet zu durchsuchen. Sie hatte Millionen von Treffern über Leute erzielt, die genau zu dem fähig waren, was sie gesehen hatte. Leider waren es viel zu viele Informationen, um sich hindurchzuarbeiten. Außerirdische. Engel. Dämonen. Superhelden.

Immerhin war sie dann fündig geworden, als sie die Namen Reseph, Ares, Limos und Thanatos eingetippt hatte. Als sie die Namen einzeln eingegeben hatte, hatte sie jede Menge Hinweise auf mythologische Dinge erhalten. Aber zusammengenommen, hatte sie einen überaus interessanten Verweis gefunden.

Die vier apokalyptischen Reiter.

Diese Entdeckung hatte sie dermaßen überwältigt, dass sie einfach nur dagesessen und den Bildschirm angestarrt hatte, bis sie irgendwann auf der Tastatur eingeschlafen war. Sie brauchte unbedingt zuverlässige Antworten, die einen Sinn ergaben, darum hatte sie schließlich eine Behörde angerufen, die heutzutage allgegenwärtig zu sein schien.

Die Aegis.

Am nächsten Tag klopften sie an ihre Tür. Fünf Minuten später bereute sie ihren Anruf.

Zwei Männer, die sich als Lance und Juan, Repräsentanten der Aegis, vorgestellt hatten, hatten ihr eine Menge Fragen zu Reseph und seinem gegenwärtigen Aufenthaltsort gestellt.

Wo haben Sie ihn gefunden? In einer Schneewehe. *Er hat gesagt, sein Name sei Reseph?* Ja. *Hat er Ihnen gesagt, wer er ist?* Er wusste nicht, wer er ist. Er hatte eine Amnesie.

Dann kamen die privateren Fragen, auf die Jillian gereizt reagierte. *Waren Sie mit ihm intim?* Das geht Sie nichts an. *Hat er über seine Brüder und seine Schwester gesprochen?* Haben Sie gerade nicht zugehört? Er hatte eine Amnesie. *Wo ist er jetzt?* Ich weiß es nicht. *Wie können Sie das nicht wissen?* Weil er sich einfach so in Luft aufgelöst hat, Sie Blödmann.

Sie hatte versucht, selbst ebenfalls Fragen zu stellen, beispielsweise, warum sie sich überhaupt für Reseph interessierten und wer er wirklich war, aber die Männer hatten sich geweigert, ihr zu antworten. Als sie endlich gingen, war ihr ganz schwindlig, und sie war stinksauer. Sie hätte eine Freundin gebraucht, mit der sie reden konnte – nicht dass sie wusste, was sie hätte sagen sollen –, aber Stacey war vor einer Woche zur Hochzeit ihres Bruders nach Arizona gefahren und würde nicht vor morgen zurückkommen.

Verdammt. Sie hielt den kleinen Vogel in der Hand, den Reseph geschnitzt hatte, und starrte ihn an, als ob er sich jeden Moment in eine Brieftaube verwandeln und Reseph eine Nachricht bringen könnte. Vielleicht sollte sie ihn zu einem Medium bringen, um zu sehen, ob so jemand Resephs Schwingungen lesen und ihnen irgendwelche Informationen entnehmen konnte.

Du liebe Güte, jetzt war sie wirklich bald reif fürs Irrenhaus. Sie wünschte sich so verzweifelt, ihn zu finden, dass sie tatsächlich in Erwägung zog, zu einem Hellseher zu gehen. Sie hatte sogar schon ein- bis zwölfmal das Telefonbuch durchgeblättert, aber wie es aussah, annoncierten Hellseher nicht in den Gelben Seiten ihrer Stadt.

Als es an der Tür klopfte, erschreckte sie sich fast zu Tode. Sie betete darum, dass es nicht schon wieder diese Aegis-Typen waren. Hastig schnappte sie sich das Telefon und spähte aus dem Fenster. Kein Auto.

Mit pochendem Herzen bei dem Gedanken, es könne vielleicht Reseph da draußen stehen – nachdem er aus dem Nichts auf ihrer Veranda aufgetaucht war –, öffnete sie die Tür, um gleich darauf nach Luft zu schnappen. Vor ihr stand die Frau, die dabei geholfen hatte, Reseph fortzubringen. In ihrem Sommerkleid in leuchtendem Grün und Gelb wirkte sie dort ziemlich fehl am Platz.

Jillian nahm sich nicht mal die Zeit, Hallo zu sagen. »Wo ist Reseph? Was habt ihr mit ihm gemacht?«

»Ganz ruhig. Ich bin seinetwegen hier.« Limos kam hereinspaziert, als ob sie hier zu Hause wäre. Ihre Flipflops klatschten auf den Holzfußboden.

»Oh bitte«, murmelte Jillian. »Komm doch rein.«

»Danke«, erwiderte Limos strahlend. Sie betrachtete das Zimmer einige Sekunden lang, ehe sie sich zu Jillian umwandte. »Ziemlich kleines Haus. Von außen sieht es größer aus.«

»Abgesehen von unerwünschter Kritik, was machst du hier?«

Limos sah auf ihre leuchtend grünen Nägel hinab. »Reseph und du – hattet ihr eine Beziehung?«

Komische Frage. »Äh … ja.«

»Ging's dabei nur um Sex?«

»Wie bitte? Das geht dich nun wirklich nichts an.« Was war nur mit diesen Leuten los, dass alle immerfort wissen wollten, wie nahe Reseph und sie einander gestanden hatten?

Limos' dunkle Augenbrauen schossen in die Höhe, als ob Jillians Widerstand sie überraschte. »Irgendwie schon. Ich meine, ich will ja nicht all die schmutzigen Details wissen, weil, also … eklig. Aber wir brauchen deine Hilfe, darum muss ich wissen, wie nahe ihr euch gestanden habt. Hast du dich in ihn verliebt?«

»Hör mal, das alles gefällt mir überhaupt nicht –«

»Das werte ich mal als ein Ja. Die wirklich wichtige Frage ist, wie sehr er an dir hängt.«

Ich liebe dich, Jillian. Ich liebe dich, und ich will, dass dies der Anfang von etwas Neuem ist. Erneut drückte der Schmerz ihr das Herz zusammen. Sie vermisste Reseph so sehr. Wie konnten sich die Dinge nur innerhalb weniger Stunden dermaßen ändern – von perfekt zu grauenhaft.

»Jillian?« Limos' Stimme war leise, als ob sie wüsste, wie schwer das für sie war.

»Er hat gesagt, er liebt mich«, murmelte Jillian.

»Er hat *was*?«

Jillian verschränkte die Arme vor der Brust. Sie hatte auf einmal das Gefühl, sich rechtfertigen zu müssen und kam sich außerdem ziemlich dämlich vor. »Ist das so schwer zu glauben?«

»Ich will es mal so sagen«, erwiderte Limos. »In fünftausend Jahren hat er sich noch nie in eine Frau verliebt.«

Sie starrte Limos ungläubig an. »Fünftausend Jahre. Du willst mir weismachen, dass er fünftausend Jahre alt ist?«

»Jepp.« Limos begann erneut, ihre Fingernägel zu mustern. »Das hatten wir wohl noch nicht erwähnt. Du musst jetzt stark sein. Meine Brüder und ich, wir sind die vier apokalyptischen Reiter. Du hast vermutlich in der Sonntagsschule schon mal was über uns gehört.«

»Da bin ich rausgeflogen, bevor sie zu dieser Geschichte kamen«, sagte Jillian mit einer Ruhe, die sie nicht fühlte. »Aber ja, ich hab schon mal was von den vier apokalyptischen Reitern gehört. Du behauptest also, dass Reseph, der Mann, den ich aus einem Schneesturm gerettet habe, ein biblisches Ungeheuer ist?«

»Äh, nein. Ich meine, die biblische Prophezeiung ist nur eine von zweien. Wir sind nicht so böse und gruselig, wie wir im Fernsehen und in Filmen dargestellt werden.« Sie legte die Stirn in Falten. »Jedenfalls zum größten Teil. Und du hast Reseph nicht wirklich das Leben gerettet. Er ist unsterblich. Er hätte den Schneesturm also auf jeden Fall überlebt.«

Jillian dachte an Resephs wundersame Erholung, nachdem er beinahe steif gefroren gewesen war. »Okay, nehmen wir mal an, ich glaube dir. Hat die Unterkühlung sein Gedächtnis beeinflusst? War das der Grund für seine Amnesie?«

Limos zuckte zusammen. »Jetzt wird's ein bisschen schwierig.«

Als ob der Rest ganz normal und einfach wäre. »Ich höre.«

Limos steckte die Hand in den Ausschnitt ihres T-Shirts und zog eine Goldkette mit einem kreisförmigen Anhänger heraus. »Das hier ist ein sogenanntes Siegel. Solange es ganz ist, sind meine Brüder und ich weder gut noch böse. Es hat immer zwei Prophezeiungen gegeben … die der Menschen und die der Dämonen. Wenn die menschliche Prophezeiung Wirklichkeit wird, werden wir auf der Seite der Menschen kämpfen. Die der Dämonen würde uns zu Bösewichtern machen.«

Jillian gefiel die Richtung, die dieses Gespräch nahm, ganz und gar nicht. »Und was ist mit dem schwierigen Teil?«

»Die Dämonenprophezeiung wurde vor etwas über einem Jahr in Gang gesetzt. Resephs Siegel ist gebrochen.«

Es dauerte ein paar Sekunden, ehe Jillians Gehirn Limos' Worte verarbeitet hatte, und als sie schließlich begriff, zog sich ihr Brustkorb zusammen.

»Dann … Augenblick mal. Dieses ganze Chaos, das über die Erde hereingebrochen ist, die Dämonen, die Seuchen … das alles … das ist alles wegen Reseph passiert, oder?«

»Ja. Er hat sich in einen bösartigen Mistkerl namens Pestilence verwandelt und das ganze Jahr über alles versucht, um auch unsere Siegel zu brechen.« Sie kaute eine Sekunde lang auf ihrer Unterlippe herum. »Für die gruseligen Details ist später noch Zeit. Aber jetzt muss ich dich bitten, uns zu helfen.«

Jillian hätte eigentlich sehr viel entsetzter sein müssen, als sie war, aber vermutlich war alles, was sie soeben erfahren hatte, viel zu überwältigend, um es zu begreifen. Zweifellos würde sie später noch ausflippen.

»Du hast meine Frage wegen Resephs Gedächtnis nicht beantwortet.«

»Wir konnten Pestilence aufhalten. Thanatos hat ihm einen Dolch ins Herz gestoßen und ihn getötet. Gewissermaßen. Jedenfalls wurde ihm dadurch seine Macht genommen, und es hat die Apokalypse beendet. Darum war dann auf einmal alles wieder normal. Reseph ist an einem Ort gelandet, der sich Sheoul-gra nennt. Das ist so eine Art Auffangbecken für Dämonenseelen. Das Problem war nur, dass er sich als Reseph an alles erinnerte, was Pestilence getan hat. Und das war schlimm. Richtig übel. Reseph ist verrückt geworden, darum hat unsere Wache, ein Engel namens Reaver, sein Gedächtnis gelöscht und ihn hierhergeschickt, damit er wieder gesund werden konnte.«

Okay, so langsam kapierte sie, was los war. Jillian sank auf die Couch, da ihre Beine nicht länger imstande waren, nicht nur das Gewicht ihres Körpers, sondern all dessen zu tragen, was sie gerade gehört hatte. »Das ist unglaublich.«

»Glaub es ruhig.« Limos ließ sich ihr gegenüber auf den Couchtisch fallen. »Wie's aussieht, ist alles ganz gut gelaufen, bis Resephs Name den falschen Leuten zu Ohren gekommen ist. Wir mussten ihn holen, ehe ihn jemand fand, der ihn wieder auf die böse Seite ziehen will, oder bevor die Aegis auftauchte.«

»Die Aegis«, murmelte Jillian. Sie erkannte ihre eigene Stimme nicht mehr. »Die sind hier gewesen.«

»Natürlich sind sie das. Sie wollen ihn einsperren.«

»Warum?«

»Weil sie extremistische Arschlöcher sind«, fauchte Limos.

»Sie lassen nicht mit sich reden und ziehen es vor, alles zu vernichten, was sie nicht verstehen.«

Jillian wäre am liebsten aufgesprungen, als ob sie jeden angreifen könnte, der Reseph bedrohte. »Sie könnten ihn vernichten?«

»Nein, aber sie glauben, dass sie Tod und Zerstörung und den ganzen Mist verhindern könnten, wenn sie ihn oder vorzugsweise uns alle einsperren.«

»Ist das denn wahr?«

Limos zögerte, und Jillian hörte ihren eigenen Puls in ihren Ohren pochen. »Kann schon sein, in Resephs Fall. Pestilence könnte extrem gefährlich werden, sollte er zurückkehren. Darum bin ich auch hier. Jetzt, wo Reseph sein Gedächtnis wiederhat, erinnert er sich an den ganzen Scheiß, den er angestellt hat. Und das macht ihn verrückt. Er verletzt sich selbst. Und das macht ihn Pestilence gegenüber schwach und angreifbar. Wir müssen Reseph zurückholen, aber wir dringen einfach nicht zu ihm durch. Darum hatten wir gehofft, du könntest uns helfen.«

Von der schieren Masse an Informationen, die sie soeben gehört hatte, überwältigt, legte Jillian die Arme um ihren Körper, als ob sie sie auf diese Weise in Schach halten und es ihr helfen könnte, in dem Ganzen einen Sinn zu erkennen.

»Ich weiß gar nicht, was ich tun *kann*. Ich bin doch nur … ein Mensch.« Ein verängstigter Mensch, der sich in eine biblische Legende verliebt hatte. Bei dem Gedanken begann sie fast zu hyperventilieren.

»Rede mit ihm. Sei einfach bei ihm. Ich weiß auch nicht. Keiner von uns kann das. Das ist für uns alle unbekanntes Terrain. Aber als mein Mann in seinem eigenen Kopf gefangen war, nachdem er in der Hölle gefoltert worden war, war ich die Einzige, die ihn da rausholen konnte.«

»Dein Mann wurde … gefoltert? In der Hölle? *Der Hölle*?«

»Wir nennen sie Sheoul, aber ja. Arik war einen ganzen Monat dort. Und er hat es ihnen allen gezeigt.« Limos grinste. Ihre Miene zeigte offen ihren Stolz. »Du hast ihn gesehen, als er mit Kynan hier war.«

Die beiden Männer waren ihr selbstbewusst, effizient und ein bisschen … Furcht einflößend vorgekommen. Jetzt fragte sie sich, wie Furcht einflößend Arik wirklich war, wenn er einen Monat in der Hölle überlebt hatte.

Jillian schloss die Augen und holte tief Luft, in der Hoffnung auf ein bisschen Zeit, um all das sacken zu lassen. Aber wenn Reseph Schmerzen litt, dann blieb ihr keine Zeit. Sie musste ihm helfen.

»Alles klar mit dir?«

Jillian hob die Lider. »Nein.« Ganz und gar nicht. Sie fühlte sich, als ob sie am Rande der Hysterie balancierte. Es fehlte nur noch eine einzige Enthüllung von Limos, und Jillian würde abstürzen. Sie musterte den weiblichen Reiter, auf der Suche nach einem Anker in der Realität, aber sogar ihre Frisur schien allem zu widersprechen, was sie behauptete. Wer sie gewesen war, als sie auf ihrem Hengst-Dingsbums gesessen hatte, gepanzert und bewaffnet wie ein Krieger aus … ja, aus uralten Legenden. »Warum trägst du eine Blume im Haar?«

»Was denn – passt das etwa nicht zu einem apokalyptischen Reiter?«

»Es ist nicht das, was ich erwartet hätte.«

Limos stieß ein Schnauben aus. »Das ist eine Gift spuckende Iris, die bei der leisesten Berührung dein Fleisch auflöst.«

Jillian wich zurück. »Ernsthaft?«

»Nein.« Limos grinste. »Ich mag einfach hübsche Blumen. Ich könnte dir dein Fleisch aber selbst von den Knochen schälen. Ich bin echt gut mit einem Messer.«

Das Fleisch von den Knochen schälen? Oh Gott. Jetzt begann sie so langsam zu erfassen, dass dies alles Realität war. »So willst du mich also überzeugen, mit dir zu kommen?«

»Tut mir leid. Ich sollte vermutlich noch an meinen Überredungskünsten arbeiten.« Limos stützte ihre Ellbogen auf die Knie und beugte sich näher zu Jillian, jetzt wieder ganz ernst. »Also … wirst du uns helfen?«

»Wohin …« Jillian tat einen Stoßseufzer. »Wohin werden wir gehen? Ähm … in die Hölle?«

»Griechenland. Vertrau mir, keiner von uns lebt an einem gruseligen Ort. Na ja, Reseph früher schon, aber seine Höhle ist zerstört worden.«

Höhle? Er hatte sich in ihrem Haus eingesperrt gefühlt, und dabei hatte er mal in einer Höhle gelebt? »Okay. Ich mach's. Bring mich zu ihm. Beam mich rauf oder was auch immer du tun musst.«

Limos sprang auf. »Du hältst dich echt gut. Du hättest mal sehen sollen, wie Ares' Frau reagiert hat, als sie zum ersten Mal mit unserer Welt und dem, was wir sind, Bekanntschaft gemacht hat.«

Na ja, immerhin hatte Jillian schon eine schmerzhafte Einführung in die Welt des Übernatürlichen erhalten, als sie auf dem Parkplatz des Flughafens von Dämonen angegriffen worden war. Reseph mochte ein apokalyptischer Reiter sein, aber im Vergleich zu denen war er ein Kätzchen. Urplötzlich fiel ihr die Schlägerei vor der Bar und der Kampf gegen den Dämon in der Scheune wieder ein, und sie revidierte diesen letzten Gedanken. Kein Kätzchen – ein Löwe.

Sie folgte Limos nach draußen. »Ares ist also mit einem Menschen verheiratet?«

Limos nickte. »Cara. Sie ist so eine Art Höllenhundflüsterin.«

Jillian blieb so abrupt stehen, dass sie auf der vereisten Veranda ausrutschte und gestürzt wäre, wenn Limos sie nicht blitzschnell festgehalten und wieder hochgezogen hätte.

»Höllenhunde?«, fragte Jillian heiser. »D-Dämonen?«

»Äh … ja.« Limos nahm Jillians Arm und zog sie von der Veranda herunter. »Komm jetzt. Das Höllentor wartet.«

Durch das Höllentor zu reisen war eine äußerst nervenaufreibende Erfahrung, vor allem als Limos erwähnte, dass es nur den Reitern erlaubt war, einen Menschen mit sich durch ein ortsungebundenes Tor zu nehmen, der bei Bewusstsein war, ohne dass dieser am anderen Ende tot herauskam.

Sie trat zusammen mit Limos heraus und fand sich unweit einer riesigen Villa im griechischen Stil in einem Kreis wieder, der durch kleine Flaggen markiert war. Zwischen hohen Säulen, die ebenfalls griechisch wirkten, und schneeweißen Statuen griechischer Götter wuchsen Olivenbäume.

»Ich nehme an, wir sind in Griechenland?« *Oh, Jillian, du bist echt eine Schnellmerkerin, das kann man nicht anders sagen.*

»Richtig.«

»Warum sind da überall diese kleinen Flaggen?«

»Die markieren den vorgesehenen Landeort des Höllentors. Wir haben die auf unseren Grundstücken alle markiert, damit die Leute Bescheid wissen und diesen Abschnitt nicht betreten. Denn wenn sich so ein Tor öffnet, schneidet es jedes Lebewesen, das es berührt, einfach durch.«

Jillian stolperte. Dann gleich noch einmal – Limos musste sie für betrunken halten –, als ihr auffiel, dass sich eine Menge Leute … keine Menschen … um die Villa versammelt hatten.

»Ähm …«

Limos begann mit einer geringschätzigen Geste auf die Menge zuzugehen. »Mach dir wegen der Frauen keine Sorgen. Die sind wegen Reseph hier.«

Frauen? Diese ganzen Kreaturen waren *Frauen*? Bei einigen war es wirklich schwer zu erkennen. »Was … was sind sie?« *Bitte sag jetzt nicht Dämonen, bitte sag jetzt nicht Dämonen …*

»Dämonen.«

Jillians Kehle fühlte sich plötzlich wie zugeschnürt an, sodass sie tatsächlich die Hände an den Hals hob, um die Schlinge zu lockern, die sich darum gelegt zu haben schien. *Dämonen. Heilige Scheiße, Dämonen.*

»Hey.« Limos' Stimme durchdrang die Panik, die Jillians Ohren auf einmal mit einem lauten Summen erfüllte. »Sie werden dir nichts antun. Ich versprech's. Jillian? Bleib bei mir. Reseph braucht dich.«

Jillian schloss ganz fest die Augen. Als sie die Welt jenseits ihrer Lider ausgeschlossen hatte, konnte sie sich Resephs Lächeln vorstellen, die Art, wie er die Zähne zusammenbiss, wenn sie sich liebten, und sie konnte ihn hören, als er ihr sagte, wie stark sie sei. Er hatte sie in die Welt zurückgebracht, vor der sie sich versteckt hatte, und hatte ihr ein wertvolles Geschenk gemacht. Sie würde dasselbe für ihn tun. Irgendwie würde sie das hier überleben, und sie würde ihm helfen.

Sie öffnete die Augen wieder, achtete aber darauf, den Blick nicht von Limos abzuwenden. »Es geht schon. Lass uns gehen.«

Der Pulk öffnete sich für Limos, und Jillian folgte ihr, bis eine der Kreaturen, die abgesehen von ihrer grauen Haut und den grauen Haaren, den schwarzen Hörnern und den klauenartigen Füßen menschenähnlich zu sein schien, ihnen den Weg versperrte.

»Warum bringst du diesen … *Menschen* … her, wenn wir hier draußen warten müssen?«

Jillian hatte nicht einmal Zeit zu blinzeln, ehe Limos die Dämonin bei der Kehle gepackt und vom Boden hochgehoben hatte. »Man fragt einen apokalyptischen Reiter nicht aus. Sprich noch ein einziges Mal auf diese Weise, und du kannst dich glücklich schätzen, wenn ich dir nur die Zunge nehme.«

Die Dämonin in Limos' Griff nickte – soweit ihr das möglich war –, und sämtliche anderen Dämoninnen um sie herum wichen zurück, sodass sich ein leerer Kreis um sie bildete. Jillian fragte sich, wie kurz Limos wohl davorgestanden haben mochte, ihr bei ihr zu Hause genau dasselbe anzutun – schließlich hatte sie praktisch nichts anderes getan, als ihr Fragen zu stellen.

Limos ließ die Dämonin los, die zu Boden fiel, wo sie auch erst einmal keuchend liegen blieb.

»Will mich vielleicht sonst noch jemand ärgern?« Als sich niemand meldete, lächelte Limos. »Gut. Komm, Jilly.«

Jillian beschloss spontan, ihr das durchgehen zu lassen. Du lieber Gott – sie hatte einen der apokalyptischen Reiter mit einer Bratpfanne bedroht. Reseph hätte sie mit dem Daumen zerquetschen können.

Stattdessen hatte er mit diesem Daumen erstaunliche, wunderbare Dinge angestellt. Bei dem Gedanken, dass sie mit einem der apokalyptischen Reiter geschlafen hatte, wurde ihr schwindlig.

»Warum sind denn all diese ... ähm ... Frauen hier? Glauben sie, sie könnten Reseph helfen?«

»Sie haben gehört, dass er wieder da ist, wissen aber nichts von seinem Zustand. Sie wollen einfach nur gebumst werden.«

Jillian wurde schlagartig übel. »Das sind alles seine ... Freundinnen?«

Limos schnaubte. »Wohl kaum. Sie waren einfach nur seine Fick- und Partymiezen.« Gleich darauf zuckte sie zusammen und schloss deutlich hörbar den Mund. »Oh, tut mir sehr leid. Hör mal, eins solltest du wissen ... er ist so eine Art ... na ja, er *war* ein Playboy. Er hatte in seinem ganzen Leben noch nie so etwas wie eine Beziehung mit einer Frau, aber ich glaube, bei dir ist das etwas anderes. Darum bist du ja auch hier.«

»Du *glaubst* also, es ist etwas anderes«, murmelte Jillian, deren Mut weiter nachließ, als sie zu all den Frauen zurückblickte, die sich hier versammelt hatten.

Es mussten an die hundert sein, und sie waren allesamt, sogar die abartigsten unter ihnen, auf gewisse Art und Weise attraktiv. Einige waren regelrecht atemberaubend, bis zu dem Punkt, an dem es wehtat, sie anzusehen.

Limos' Stimme war ihr Mitgefühl deutlich anzuhören. »Denk immer daran«, sagte sie sanft, »dass Reseph fünftausend Jahre alt ist und Dämonen lange leben, wenn sie nicht sogar unsterblich sind. In so einer langen Zeit kann schon einiges zusammenkommen.«

Jillian kämpfte darum, die Hoffnung nicht zu verlieren. Vermutlich hatte Limos ja mit dem, was sie sagte, recht, aber es half trotzdem nicht. Mit Logik an eine verletzende Situation heranzugehen funktionierte nur selten, ehe man eine gewisse Distanz hatte, und Jillian wagte zu bezweifeln, dass sie in absehbarer Zeit eine solche Distanz würde gewinnen können. Nicht, solange ihre Gefühle für Reseph so mächtig und so anders als alles waren, das sie je für einen Mann empfunden hatte.

Ob diese Frauen dasselbe für ihn empfanden? Bei diesem Gedanken wurde ihr übel.

»Lass uns gehen«, murmelte sie.

Sie betraten die Villa und gelangten zunächst in einen riesigen Raum, in dem Thanatos und Ares mit einer braunhaarigen Frau und Arik sprachen. Arik nickte Jillian zur Begrüßung zu, die Frau lächelte, und Thanatos und Ares starrten sie einfach nur an.

»Also wirklich, Jungs«, sagte die Frau. »Sie ist doch nicht der Feind. Also hört auf, so zu glotzen.« Sie ging Jillian entgegen, und eine schwarze hundeartige Kreatur von der Größe eines Stiers begleitete sie. »Ich bin Cara, Ares' Frau. Kann ich dir etwas anbieten? Vielleicht etwas zu trinken?«

Ich könnte eine Flasche Wodka und eine Beruhigungstablette gebrauchen. Das Hundeding fletschte seine Haifischzähne. *Sagen wir lieber ein Dutzend Tabletten.* »Danke, ich brauche nichts.« Jillian war sich nicht sicher, was sie erwartet hatte, aber bestimmt keine relativ normale, häusliche Familie.

Thanatos winkte ihr. »Komm schon. Zu Reseph geht's hier lang.«

Jillian sah Limos an, die ihr aufmunternd zunickte. »Thanatos beißt nicht.« Sie warf Thanatos einen finsteren Blick zu. »Wehe, du beißt.«

»Haha.« Er bog in den Gang ein, sodass Jillian nichts anderes übrig blieb, als ihm zu folgen. Als sie eine Tür erreichten, blieb er stehen. »Hat dir Limos die Lage erklärt?«

»Du meinst, dass sein Siegel gebrochen ist und er böse wurde und beinahe das Ende der Welt verursacht hätte? Ja, ich kenne die Kurzfassung.«

Thanatos hob eine Augenbraue. »In diesem Fall danke ich dir, dass du das hier tust, Mensch. Ich bezweifle, dass viele andere dasselbe tun würden. Aber ich meinte eigentlich seinen Zustand.«

»Sie sagte, er verletzt sich selbst.«

»Etwas in der Art.« Er presste die Lippen zu einem grimmigen Strich zusammen. »Ich weiß nicht, wie er auf dich reagieren wird, aber erwarte nicht den Mann, den du einmal gekannt hast.« Er öffnete die Tür. »Schrei, wenn du etwas brauchst.«

Schreien. Na großartig. Das klang nicht sehr beruhigend. Trotzdem … Sie kannte Reseph. Sie würde sich von diesen Leuten nicht ins Bockshorn jagen lassen. Sie war stark. Sie würde nicht durchdrehen.

Sie betrat das Schlafzimmer.

Und drehte prompt durch.

23

»Oh Reseph«, flüsterte Jillian. »Was haben sie dir nur angetan?« Thanatos und Limos hatten sie gewarnt, aber dies ging über alles hinaus, was sie sich hätte vorstellen können.

Reseph saß mit dem Rücken zur Wand da; sein Körper war eine einzige Masse aus Wunden in verschiedenen Stadien der Heilung. Die Arme hatte er um die angezogenen Knie gelegt, sein Kopf baumelte herab, seine Haare verbargen das Gesicht. Er trug lediglich Shorts und wiegte sich ohne Unterlass vor und zurück, während leises Stöhnen aus seinem Brustkorb drang.

Dicke elfenbeinfarbene Ketten schienen direkt aus seiner Haut an den Fußknöcheln zu wachsen, die ihn wie ein Wurzelsystem mit der Wand verbanden. Sie waren lang, ließen ihm genug Freiraum, um sich im Zimmer und im angrenzenden Bad zu bewegen, aber nicht lang genug, um durch die Tür gehen zu können.

»Reseph?« All ihre Ängste waren mit einem Schlag verschwunden, und sie eilte zu ihm, sank neben ihm auf die Knie. »Hey, ich bin's. Jillian.«

Als er nichts sagte, sondern nur weiterhin den Oberkörper wiegte, streckte sie sehr langsam die Hand aus, um ihm das Haar zurückzustreichen. Sie unterdrückte einen Schreckenslaut, als sie die Blutergüsse um seine Augen und die tiefen Wunden in seinen Wangen sah. Lieber Gott, es sah aus, als ob er sich mit den eigenen Nägeln das Fleisch aufgerissen hätte.

»Reseph.« Diesmal sprach sie lauter, mit mehr Kraft, und er zuckte zusammen.

In einer Serie abgehackter Bewegungen hob Reseph den Kopf und richtete seinen glasigen Blick auf sie. Einige quälende Sekunden lang war sich Jillian nicht sicher, ob er sie wiedererkannte.

»Jillian?« Seine Stimme war rau und heiser. »Du siehst wie meine Jillian aus.«

Meine Jillian. Bei diesen Worten stiegen frische Emotionen an die Oberfläche, und sie musste erst schlucken, ehe sie sprechen konnte. »Ich bin es. Ich bin hier.«

Seine Hand zitterte, als er sie nach ihr ausstreckte, doch wenige Zentimeter vor ihrem Gesicht hielt er inne.

»Weiter«, flüsterte sie. »Ich bin wirklich hier.«

Seine Fingerspitze streifte ihre Wange, und dann seine Handfläche, und dann – so abrupt, dass ihr die Luft wegblieb – legte er die Arme um sie und zog sie an sich.

»Ich kann's nicht glauben«, erklang seine heisere Stimme an ihrem Ohr. »Ich kann's einfach nicht glauben. Oh, Mist. Wie lange? Jillian, wie lange ist es her?«

»Ein paar Tage.«

»Nein, das kann nicht sein. Monate, es sind inzwischen Monate vergangen.«

Wie grauenhaft mussten seine Qualen gewesen sein, um ihn glauben zu lassen, er stecke schon seit Monaten in diesem Zimmer? »Aber das spielt keine Rolle. Jetzt bin ich ja da.«

Er wich gerade weit genug zurück, um sie zu küssen, und ja, es hatte sich wirklich angefühlt, als ob es Monate her wäre. »Ich hab dich vermisst. Ich war … ich war …«

»Ich weiß.« Sie fuhr seine Unterlippe mit einem Finger nach, strich behutsam über eine frisch verheilte Wunde. »Wann hast du zum letzten Mal gegessen?«

Er runzelte die Stirn. »Abendessen. An diesem Abend mit dir.«

»Dann hast du jetzt seit über einer Woche nichts mehr zu dir genommen? Scheiße. Okay, warte kurz.« Sie machte Anstalten, aufzustehen, doch er hielt ihr Handgelenk fest.

»Verlass mich nicht.« Seine flehentliche Bitte schmerzte, als ob man ihr die Haut bei lebendigem Leib abzöge.

»Ich gehe nur so weit, dass du mich immer noch sehen kannst.«

Er wirkte nicht überzeugt, nickte aber. Sie eilte zur Tür und rief nach Limos, die sofort angerannt kam.

»Alles klar bei euch?«

»Ich brauche etwas zu essen und zu trinken. Ich glaube, ich kann ihn dazu bringen, etwas zu essen.«

Limos' rabenschwarze Brauen fuhren in die Höhe. »Echt? Bin gleich wieder da. Nur eine Sekunde.«

Jillian kehrte zu Reseph zurück, der ihre Hand ergriff, sobald sie in Reichweite war. »Tut mir leid, dass du mich so sehen musst.« Er blickte an sich hinab. »Ich sollte mal duschen.«

»Lass mich dir helfen.«

Diesmal machte er keine Witze, keine anzüglichen Anspielungen, was lediglich unterstrich, wie ernst die Lage war.

»Du musst mir nicht helfen.« Er erhob sich schwerfällig. »Aber … könntest du bei mir im Bad bleiben?«

»Sicher. Ich gehe nirgendwohin, okay?«

Er nickte und ging ins Bad, etwas wackelig zuerst, doch seine Kraft kehrte mit jedem Schritt zurück. Sein Körper war grauenhaft zugerichtet, doch das tat seiner Anmut und Stärke keinen Abbruch. Sie saß auf der Toilette, während er duschte und sich die Zähne putzte, und die infernalischen Ketten klapperten bei jeder Bewegung.

Leise klopfte es an der Tür. »Da kommt das Essen. Ich hole es.« Als sie die Tür öffnete, stand Ares mit einem Tablett davor. Darauf befanden sich drei Sandwichs, die turmhoch mit Fleisch und Käse belegt waren, zwei Teller mit Kuchen und zwei Flaschen Wasser.

»Sieh mal, ob du ihn dazu bringen kannst, das ganze Wasser zu trinken. Wir haben ein Beruhigungsmittel reingetan. Davon wird er nicht einschlafen, aber es sollte ihm helfen, sich etwas zu entspannen.«

»Danke.«

»Ich muss dich fairerweise warnen. Das Beruhigungsmittel könnte eine leicht aphrodisierende Wirkung haben.«

»Aphrodisierend?«

»Wenn wir Nebenwirkungen verspüren, dann sind sie für gewöhnlich sexueller Natur. Das haben wir der Familie mütterlicherseits zu verdanken.«

Hm. Na ja, wenn ein Medikament schon Nebenwirkungen haben musste, dann war Erregung jedenfalls besser als ein trockener Mund, Übelkeit, Herzinfarkt oder Schlaganfall.

Sie dankte Ares noch einmal, aber gerade als ihr einfiel, ihn zu fragen, was die Familie seiner Mutter mit medizinischen Nebenwirkungen zu tun haben sollte, ging er fort. Tja, sie konnte ihn ja immer noch später fragen.

Als sie sich umdrehte, saß Reseph nackt in der Ecke, den Rücken an die Wand gelehnt.

»Mir ist gerade erst klar geworden, dass du mir die Haare geschnitten haben musst, nachdem du mich gefunden hast.« Sein Blick war gesenkt, sein Gesicht zum Teil von besagtem Haar verdeckt.

»Es war zu verfilzt, um es auszukämmen«, erklärte sie, in der Hoffnung, dass er sich nicht allzu sehr darüber ärgerte, dass sie sich mit der Schere über seine Mähne hergemacht hatte, noch ehe er nach seinem Aufenthalt in der Schneewehe vollständig aufgetaut war. »Es tut mir leid.«

Er blickte auf und lächelte sogar ein wenig. »Es gefällt mir.

Auf eine gewisse Weise hast du damit etwas von dem entfernt, was … was ich war.«

Oh Mann. »Wir müssen nicht auf dem Boden sitzen«, sagte sie. »Zufällig steht hier ein einwandfreies Bett rum.«

Er betrachtete es niedergeschlagen. »Dort gehöre ich nicht hin.« Sein Blick sank wieder auf den Boden. »Ich gehöre in die Hölle, Jillian.«

»Sag so was nicht.« Sie durchquerte das Zimmer und sank neben ihm auf die Knie. »Soweit ich das verstanden habe, bist du für die Dinge, die geschehen sind, doch gar nicht verantwortlich.«

»Pestilence ist ein Teil von mir«, widersprach er mit rauer Stimme. »Selbst in diesem Augenblick kann ich seine Abscheulichkeit spüren. Ich habe es schon auf der Farm gespürt, aber da wusste ich noch nicht, was es war.« Er erschauerte, und sie nahm seine Hand, als ob sie mit dieser lahmen Geste alles wieder in Ordnung bringen könnte. »Es ist … es ist wie ein Abszess an meiner Seele.«

Ihre Gefühle schnürten ihr die Kehle zu. »Es tut mir so leid. Ich kann mir nicht einmal vorstellen, wie sich das anfühlen muss.« Sie zog das Tablett heran. »Iss doch bitte. Deiner Seele wird das vielleicht nicht helfen, aber zumindest deinem Magen.«

Er sah das Essen an, als ob es Gift wäre. »Ich kann nicht.«

»Wenn es deinem Magen nicht so gut geht, dann versuch es mal mit Wasser.«

»Ich kann nicht, Jillian.«

»Du glaubst, du verdienst es nicht, hab ich recht?« Ihr brach das Herz mitten entzwei. »Du darfst dich nicht selbst bestrafen. Bitte, Reseph. Tu's für mich.« Als er keine Anstalten machte, sich zu bedienen, schraubte sie den Verschluss einer der Flaschen ab und setzte sie ihm an den Mund. »Bitte. Ich hasse es, dich so zu sehen.«

Er schloss die Augen. »Für dich«, flüsterte er. »Für dich, Geliebte.«

Jillian hatte Resephs Leben verändert. Zuerst hatte sie ihm Zuflucht gewährt und gezeigt, dass es nicht nötig war, jeden Augenblick mit Leuten und Partys zu füllen. Zum ersten Mal in fünftausend Jahren war er zufrieden gewesen. Glücklich. Und jetzt lenkte sie ihn von dem Gefängnis in seinem Kopf ab. Er hatte sie nicht verdient. Er hatte nichts von alldem verdient: Wasser, Nahrung, ein Zimmer in Ares' Haus, Freundlichkeit … Nicht nach all den Dingen, die er getan hatte.

Wenn seine Geschwister und ihre Gefährten ihn aufknüpfen und bis in alle Ewigkeit foltern wollten, was das Zeug hält – er hätte es verdient. Er würde sich sicherlich nicht dagegen zur Wehr setzen. Stattdessen versuchten sie, ihm zu helfen. Er konnte nicht glauben, dass sie sogar Jillian hergebracht hatten.

Jillian, die nicht mal in die Nähe eines Kerls wie ihm kommen sollte. Aber er war doch selbstsüchtig genug, sich darüber zu freuen, dass sie hier war, ihn zu überzeugen versuchte, etwas zu essen, und mit leiser, beruhigender Stimme zu ihm sprach, ihm erzählte, was zu Hause los war. Sie wusste immer, wenn sein Verstand plötzlich zu seinen grauenhaften Taten zurücksprang, dann klopfte sie ihm auf die Wange und holte ihn in die Gegenwart zurück.

»Du hast das erste Sandwich aufgegessen. Schneller, als ich erwartet hatte.«

Er blickte auf die Krümel auf dem Teller. »Es ist nicht dein Chili«, sagte er. »Aber es ist nicht übel. Ares hat immer gute Köche.«

»Du vermisst also mein Chili«, neckte sie ihn.

»Ja.« Er vermisste ihr Chili, ihr Haus … er vermisste sie.

Heilige Scheiße, er war wirklich jämmerlich. Er hatte sich unsterblich in sie verliebt. Seine Geschwister mussten sich gerade über ihn totlachen, nachdem er immer damit geprahlt hatte, dass er sich nie im Leben verlieben oder sich auf eine einzige Frau beschränken würde. Aber er wollte Jillian, und nur Jillian. Diese Tatsache war ihm klar geworden, als Than und Ares versucht hatten, ihn mithilfe von ein paar seiner Bettgefährtinnen aus dem hervorzulocken, was sie sein *Delirium* nannten.

Die Frauen hatten ihn tatsächlich abgelenkt, aber nur lange genug, um sie mit einem Fußtritt nach draußen zu befördern. Ihre Berührung hatte ihn tatsächlich angewidert und dazu gebracht, Jillians Namen vor sich hin zu murmeln, wie einen Schutzzauber oder irgend so ein Blödsinn.

Ja, seine Geschwister mussten sich gerade den Arsch ablachen.

»Wie geht es dir?« Jillian sah ihn an, wie ein Arzt einen Patienten ansehen würde. Er fragte sich, ob er wohl so schrecklich aussah, wie er sich fühlte. Er hatte keine Ahnung. Schon vor einer ganzen Weile hatte er sämtliche Spiegel in Schlafzimmer und Bad zerschlagen.

»Besser«, erwiderte er. »Aber ich glaube, das liegt eher an dir als am Essen.« Er schwieg einige Sekunden lang. »Danke, dass du gekommen bist. Die meisten Leute hätten das nicht getan.«

»Dann sind die meisten Leute Arschlöcher«, erklärte sie mit solcher Entschiedenheit, dass er lächelte.

»Ich würde niemals wagen, dir zu widersprechen, wenn du verärgert bist.«

»Sehr weise, Reiter.« Sie schüttelte den Kopf, sodass ihr dunkles Haar ihr ins Gesicht fiel. Er hatte das Gefühl ihrer seidigen Haare auf seiner Haut vermisst und streckte jetzt die Hand aus, um eine verirrte Strähne zwischen Daumen und Zeigefinger zu reiben. »Also, über diese Sache von wegen apokalyptische Reiter und so komm ich einfach nicht hinweg.«

»Du hältst dich sehr gut«, sagte er mit stolzgeschwellter Brust. Seine Jillian war stark, aber das hatte er ja schon gewusst. »Menschen neigen dazu, eher schlecht darauf zu reagieren. Die Menschenreichbewohner ebenfalls.«

»Menschenreichbewohner?«

Er zuckte mit den Achseln. »Vampire, Werwölfe, einige Gestaltwandler. Jeder, der ausschließlich in der menschlichen Welt lebt, anstatt in Sheoul. Sie sind für gewöhnlich ein wenig mehr in der menschlichen Welt verankert als in der dämonischen.«

»Vampire und Werwölfe gibt es wirklich?« Sie blinzelte. »Klingt eigentlich logisch, denn wenn Dämonen und Reiter existieren, aber … wow. Es ist verrückt, herauszufinden, dass Legenden Wirklichkeit sind. Du hast gesagt, Leute im Reich der Menschen reagieren nicht gut darauf, wenn sie herausfinden, dass die apokalyptischen Reiter wirklich existieren, aber was ist mit den Wesen in Sheoul?«

»Dämonen wachsen sozusagen mit Geschichten über uns auf. Du weißt schon: ›Sei ein braver kleiner Dämon und iss dein Gemüse, dann werden dich die Reiter vielleicht eines Tages während der Apokalypse an ihrer Seite haben wollen.‹«

»Wow.« Ihre Hände, die auf der Farm so kompetent waren, flatterten hilflos zum Kragen ihres *Henley*-Hemds. Gott, er hasste es, sie so zu sehen, wenn sie sich fehl am Platz fühlte. »Dann sind also diese ganzen … Frauen … draußen …? Wo kommen sie her?«

»Es sind Frauen draußen?

»Jede Menge. Ich hab sie nicht gezählt, aber ich denke, es sind sicherlich über hundert.«

Oh verdammt. Er würde alles dafür geben, dass Jillian das nicht gesehen hätte.

»Ja«, gab er schließlich zu. »Für die Unterwelt sind meine Geschwister und ich wie Filmstars. Wir haben Groupies. Sie teilen sich selbst in Gruppen ein, je nachdem, welchen Reiter sie am liebsten mögen. Ares hat Kriegstreiberinnen. Than hat Schnitterinnen. Nur Limos hatte nie welche, die das öffentlich gemacht hätten, da sie Satan versprochen war, und darum wollte sie niemand anmachen. Im wahrsten Sinne des Wortes.«

»Satan?« Jillians Stimme klang erstickt. Er hätte gelächelt, wenn diese ganze Sache nicht so verkorkst wäre.

»Der Dämon aller Dämonen.«

»Ich bin nur froh, dass ich sitze«, murmelte sie. »Was ist mit dir? Wie heißen deine Groupies?«

Oh, Scheiße. Mit dieser Frage hätte er rechnen müssen, aber das Letzte, was er wollte, war, Jillian wehzutun.

»Hey.« Ihre sanfte Stimme, die so voller Kraft war, machte ihn demütig. »Du kannst es mir sagen. Du kannst mir alles sagen.«

Was für ein Glück er gehabt hatte, dass ausgerechnet sie ihn in dieser Schneewehe gefunden hatte. Er verdankte ihr so viel, und dafür war er ihr die Wahrheit schuldig.

»Resephs Reiterinnen«, sagte er kläglich. »Meine Groupies nennen sich Resephs Reiterinnen.« Er ließ den Kopf hängen, starrte auf seinen Schoß und schämte sich seines ganzen Lebens. »Ich war eine richtige Hure, Jillian.«

»Als dein Siegel gebrochen war?« Sie klang so hoffnungsvoll, als ob es tatsächlich möglich wäre, dies zu vergeben.

Er lachte, aber es war kein frohes Lachen. »Ja, dann auch. Nur war es … anders.« Er erschauerte und versuchte, sich aus dem Abgrund dieser besonders kranken und perversen Erinnerungen herauszuziehen.

»Reseph? Es ist okay. Atme mal richtig durch.«

Mist, jetzt hyperventilierte er auch noch.

»Hör mir zu.« Sie nahm seine Hände und drückte fest zu. »Es spielt keine Rolle, wie du vorher warst. Ich kannte diesen Mann ja gar nicht. Der, den ich kenne, sieht andere Frauen nicht mal an.« Sie schenkte ihm ein heißblütiges Lächeln. »Und außerdem, nach allem, was wir getan haben, glaube ich, kann ich mich mit Fug und Recht ebenfalls eine Reseph-Reiterin nennen.«

Er stürzte sich mit solcher Geschwindigkeit auf sie, dass ihm gar nicht klar war, dass er sich überhaupt bewegt hatte, bis er auf ihr lag und sie mit aller Leidenschaft küsste. Sie erwiderte seinen Kuss, legte ihm die Arme um den Hals und die Beine um die Hüften.

»Du bist perfekt«, sagte er. Er küsste sie aufs Kinn. »Warum habe ich dich nicht schon früher gefunden?«

»Ich schätze, du hast einfach nicht gesucht.«

Nein, das hatte er nicht getan. »Ich verspreche es dir, Jillian. Ich werde nie wieder suchen.«

24

Jillian hätte nicht erregt sein dürfen. Das wusste sie, und dennoch setzte Resephs Berührung sie so leicht in Brand. Selbst jetzt, trotz des Grauens, das er, wie sie wusste, so vielen – einschließlich ihr selbst – beschert hatte, begehrte sie ihn. Gleich hier auf dem Boden eines fremden Hauses voller fremder Leute und fremdartiger Kreaturen. Reseph zerrte mit einer Dringlichkeit an ihrer Kleidung, die an Verzweiflung grenzte. Ihr ging es nicht anders, und als er in sie eindrang, kam es ihr vor, als ob die Welt in Ordnung wäre. Sie klammerte sich mit derselben Verzweiflung an seine Schultern; fast fürchtete sie, er würde wieder aus ihrem Leben verschwinden, wenn sie ihn nicht festhielt.

Er holte aus und stieß mit voller Wucht in sie hinein, als ob sein Leben vom nächsten Orgasmus abhinge. Sie klammerte sich noch fester an ihn, ließ ihn nehmen, was er brauchte. Es war kein großes Opfer, nicht, wenn ihre eigene Leidenschaft mit jedem wilden Pumpen seiner Hüften zunahm.

Reseph bewegte sich heftig auf ihr, seine Hände in ihr Haar vergraben, die Zähne in die Kurve zwischen ihrem Hals und ihrer Schulter versenkt. Lust überfiel sie schnell und wild, ließ sie in tausend Stücke zerspringen, und sie biss sich auf die Hand, um ihre Schreie der Wonne zu ersticken. Sie fühlte, wie er in ihr anschwoll, und dann kam auch schon der fieberhafte Rausch des Orgasmus über ihn, seine heiße Saat erfüllte sie, und ihr Innerstes molk ihn bis zum Letzten.

Als es vorbei war, erschauerte er und sank neben ihr zu Boden, um sie nicht mit seinem Gewicht zu zerquetschen.

»Mist«, flüsterte er. »Tut mir leid. Geht's dir gut?«

»Und wie.« Und dann sog sie abrupt die Luft ein. »Oh verdammt. Kein Kondom!«

Er schmiegte sein Gesicht an ihre Schulter. »Ist schon okay. Ich kann nicht krank werden und auch niemanden mit einer Krankheit anstecken. Und ich nehme Kräuter zu mir, um Schwangerschaften zu verhindern –« Er verstummte. »Warte mal … Ich hab damit aufgehört, als mein Siegel gebrochen ist –« Erneut verstummte er, doch diesmal mit einem erstickten Laut. »Jillian. Oh Gott, Jillian. Ich … ich …«

»Schhhh.« Sie stützte sich auf einen Ellenbogen und streichelte seine Wange mit dem Rücken ihrer Finger. Finger, die zitterten, denn, verdammter Mist, was, wenn er sie gerade eben geschwängert hatte? »Ist schon gut. Du musst dich jetzt ausruhen.«

Er nickte und streckte sich neben ihr aus; seine Lider senkten sich bereits über seine Augen. Das Wasser, das Ares ihm gebracht hatte, schien endlich zu wirken. Zumindest der Teil, der ihn beruhigen sollte. Die aphrodisierende Wirkung hatte anscheinend wesentlich früher eingesetzt.

»Jillian?« Seine Stimme war schwach, beinahe unhörbar.

»Ja?«

»Ich liebe dich. Ganz egal, was passiert, denk immer daran.« Innerhalb von Sekunden hörte sie dann sein leises Schnarchen. Sie machte es sich neben ihm bequem und begann einen Kampf gegen ihre eigene Erschöpfung, den sie nicht gewinnen konnte. Sie hatte so viele Fragen und brauchte so viele Antworten, aber jetzt brauchte sie vor allem erst einmal Erholung.

Vor allem aber brauchte sie Reseph.

Jillian erwachte steif und wund; das lag zum Teil daran, dass sie auf dem harten Fußboden geschlafen hatte, und zum Teil an

Resephs Sex. Nicht, dass sie sich beschweren wollte, aber ihr Versuch, sich leise anzuziehen, wurde eindeutig dadurch erschwert, dass sie immer wieder Zischlaute ausstieß, wenn es wieder einmal irgendwo ziepte und schmerzte. Rippen, Schultern und Hüftknochen hatten sich nie vollständig von dem Dämonenangriff erholt, und manchmal stopfte sie Schmerztabletten wie Bonbons in sich rein. Heute würde wohl einer dieser Tage werden.

Da Reseph friedlich schlief, schlich sie sich aus dem Schlafzimmer. Ohne große Überraschung nahm sie zur Kenntnis, dass das Wohnzimmer voller Leute war. Außer Ares, Thanatos, Limos und Cara fand sie dort noch eine Frau vor, die ein Baby hielt, vermutlich Thanatos' Frau und Kind, da er förmlich an den beiden klebte. Zu ihren Füßen befand sich eine kleinere Version des Höllenhundes, der auf Caras Schoß lag, die wiederum auf der Couch saß.

Und an der Tür zur Küche stand ein großes Wesen mit Hörnern wie ein Widder. Was in aller Welt war das?

»Es ist unhöflich, jemanden anzustarren«, ermahnte Limos sie.

Jillian fuhr zusammen. »Es tut mir leid, ich wollte nicht …«

Limos boxte sie in die Schulter, sodass sie gleich noch einmal zusammenzuckte. »Ich mach doch nur Spaß! Alle starren die Widderköpfe an.« Besagter Widderkopf zeigte Limos den erhobenen Mittelfinger, und sie erwiderte die Geste. »Du liebst mich, und das weißt du auch«, rief sie zu ihm hinüber. Der Widderkopf schnaubte.

Also ehrlich, Jillian kam sich vor wie in *Twilight Zone*. Und wenn sie sich eine Million Szenarien zusammenfantasiert hätte, wie sie sich das Leben der vier Reiter mitsamt Dämonen vorstellte, auf diese Version wäre sie bestimmt nicht gekommen.

Ares gesellte sich zu ihnen. »Wie geht's Reseph?«

»Das würde ich auch gerne wissen.« Eine wunderschöne Frau mit rabenschwarzem Haar und dazu passenden Flügeln tauchte aus dem Nichts auf. Jillian hätte um ein Haar losgeschrien.

»Das ist Harvester«, erklärte Thanatos. »Ein gefallener Engel.«

»Ich bin wirklich nicht mehr in Kansas«, flüsterte Jillian.

»Und?«, sagte Harvester. »Meine Zeit und meine Geduld sind knapp.«

Nachdem Jillian sich eben erst zu Tode erschrocken hatte, rauschte immer noch reichlich Adrenalin durch ihre Adern, und ehe sie darüber nachdenken konnte, wie man mit einem gefallenen Engel sprechen sollte, platzte es schon aus ihr heraus: »Und ganz normale Höflichkeit wohl auch.«

Limos lachte auf. »Oh mein Gott. Ich liebe diese Frau.«

»Tut mir leid«, sagte Jillian, in der Hoffnung, der gefallene Engel würde sie nicht mit einem Blitz verbrutzeln oder so, »aber Reseph geht es ziemlich schlecht und meine Nerven sind angegriffen. Ich mach mir ziemliche Sorgen um ihn. Immerhin hab ich ihn dazu gebracht, etwas zu essen und zu trinken und sich zu waschen. Er schläft jetzt, aber er ist so … einfach nicht richtig.«

Ein Brüllen zerriss mit einem Mal die Luft. Augenblicklich rannten sie alle zu Resephs Schlafzimmer. Jillian war als Erste dort. Reseph riss sich wie wild an den Haaren und warf sich immer wieder gegen die Wand.

»Reseph!« Sie lief zu ihm, und obwohl er sich in dem Moment beruhigte, in dem sie seine Hand packte, fuhr er fort, seinen Kopf gegen die Mauer zu schlagen. »Bitte, Reseph, du musst damit aufhören.«

Er ignorierte sie. Hinter ihm überzogen Risse spinnwebenartig die Wand und vereinigten sich mit den bereits bestehenden Schäden. Putz fiel in kleinen Brocken herab und bedeckte sie beide mit weißem Staub.

»Tut doch was!« Sie fuhr zu den Reitern und dem gefallenen Engel herum, in der verzweifelten Hoffnung, diese könnten helfen, dem ein Ende zu machen. »Bitte. Es muss doch etwas geben, das ihr tun könnt.«

»Darum haben wir dich hergeholt«, sagte Ares. »Uns sind die Ideen ausgegangen.«

»Ihr könntet ihn nach Sheoul-gra zurückbringen«, schlug Harvester mit solcher Freude vor, dass Jillian klar wurde, dass der Engel Reseph nicht unbedingt mochte. »Da geht's ihm zwar auch nicht besser, aber zumindest müsst ihr euch sein Elend nicht ansehen.«

»Das war überaus hilfreich«, kommentierte Thanatos trocken.

Harvesters eisiges Lächeln ließ die Temperatur in dem Zimmer um einige Grade sinken. »Ich lebe, um zu dienen.«

»Du hasst ihn«, sagte Limos. »Warum bist du überhaupt hier?«

»Es ist mein Job, hier zu sein.«

Ares drehte sich zu dem gefallenen Engel um. »Die Sache ist die: Dein Job ist es, über uns zu wachen, aber das kannst du nicht, wenn du einen von uns hasst. Vielleicht sollte ich zu deinem Boss gehen und dich feuern lassen.«

Harvester zischte, sodass ihre riesigen Fänge aufblitzten, und Jillian drängte sich näher an Reseph. »Du drohst mir?«

»Das ist keine Drohung. Es ist ein Versprechen.« Ares' Stimme war ruhig; sie erinnerte Jillian an Reseph, als er sich um diese Idioten auf dem Parkplatz vor der Bar gekümmert hatte. Wenn Ares seinem Bruder in irgendeiner Weise ähnelte, sollte dieser gefallene Engel besser aufpassen. »Du kennst mich gut genug, um zu wissen, dass ich tue, was ich tun muss, um einen Kampf zu gewinnen. Und dies ist ein Kampf. Reseph kämpft um seinen Verstand. Wenn du dabei nicht helfen kannst, dann verschwinde.«

»Hast du dasselbe von Reaver gefordert?«, fragte Harvester. »Hilf oder verschwinde?«

Ares ballte die Hände zu Fäusten, und Jillian wappnete sich für einen Kampf, der die Schlägerei auf dem Parkplatz zweifellos wie einen Witz erscheinen lassen würde. »Reaver hat versucht zu helfen, indem er Resephs Gedächtnis gelöscht hat.«

»Dann kann er es vielleicht noch einmal tun«, sagte Harvester mit einem arroganten Schnauben.

»Nein!« Jillians Herz verkrampfte sich schmerzlich bei dem Gedanken, dass sich Reseph noch einmal selbst verlieren könnte. »Es muss doch etwas geben, das ihr tun könnt. Bitte. Ich würde alles tun.«

Eine ganze Weile starrte Harvester sie an. Schließlich leuchtete ein bösartiges Funkeln in ihren Augen auf. »Es gibt in der Tat etwas, was ich tun könnte, aber es erfordert ein Opfer von dir.«

Thanatos sah sie finster an. »Was für ein Opfer? Und warum hast du nicht schon früher etwas gesagt?«

»Weil das, was ich brauche, von keinem von euch kommen kann.«

Jillian erhob sich, gleichermaßen von Hoffnung und Furcht erfüllt. Reseph stöhnte, aber wenigstens hatte er damit aufgehört, den Kopf gegen die Wand zu schlagen. »Was ist es denn, was du brauchst?«

»Deinen Verstand.« Harvester lächelte. »Ich brauche deinen Verstand.«

»Erkläre dich!«, blaffte Ares, sodass Jillian erneut zusammenfuhr. Der Kerl hatte wirklich seine Berufung als Drill Sergeant verfehlt.

»Ich kann Jillians Geist dazu verwenden, Resephs zu reparieren. Es wird nicht perfekt sein, aber ich könnte einen Teil von Jillians Verstand nehmen und Reseph geben. Ihr Verstand ist von den Schrecken in Resephs Kopf unberührt. Dadurch würde er im Grunde genommen die Fähigkeit erhalten, nicht über all das nachzudenken, was Pestilence getan hat, wenn er es nicht will. Er würde nach wie vor Zugang zu den Erinnerungen haben, aber zumindest wäre er nicht mehr so ein jämmerliches Häufchen Irrsinn.«

»Und was ist mit mir?« Jillian schluckte. »Würde ich einen Teil meiner Erinnerungen verlieren?« Die Erinnerung an den Angriff auf dem Flughafen zu verlieren, wäre gar nicht schlecht.

Als ob er wüsste, dass sie gerade über ihn redeten, warf sich Reseph mit einem heiseren Schrei gegen die Wand. Ehe Jillian etwas tun konnte, warf sich Thanatos über seinen Bruder und hielt ihn fest, so gut er konnte, aber Reseph war stark, und er kämpfte umso heftiger.

Jillian wurde bei diesem Anblick übel, ihr Magen rebellierte. Ungeduldig wandte sie sich an Harvester: »Und?«

»Du wirst keine Erinnerungen verlieren«, antwortete Harvester.

Limos verschränkte die Arme vor der Brust und sprach aus, was Jillian dachte. »Und wo ist der Haken? Es gibt doch immer einen Haken.«

»Aber selbstverständlich.« Harvester breitete ihre Flügel aus und ein Luftzug entstand. »Alles hat seinen Preis.«

»Besonders, wenn man beim Bösen selbst kauft«, murmelte Thanatos.

Harvester verdrehte die Augen. »Pestilence steckt immer noch in Reseph, und er labt sich an Resephs Erinnerungen. Es gefällt ihm, seine ganzen Grausamkeiten noch einmal zu durchleben, und jedes Mal, wenn er das tut, beschädigt er damit den Bund, mit dem ich deinen Verstand mit Resephs verbinden werde. Der Preis, Jillian, ist der: Reseph und du, ihr müsst auf Lebenszeit miteinander verbunden sein. Wenigstens einmal im Jahr muss eure Verbindung erneuert werden.« Als sie Jillians verwirrte Miene sah, seufzte Harvester. »Sex. Ihr werdet euch eure kleinen Gehirne rausficken müssen. Wenn ihr das nicht tut, werden seine Erinnerungen zu deinen, und du wirst dem Wahnsinn verfallen und sterben.«

Jillian wurde knallrot, als vor all diesen Leuten über Sex gesprochen wurde. Erst wurden ihre Wangen heiß, gleich darauf wurde ihr eiskalt. »Sterben?«

»Sterben.« Harvester blickte mit einem hässlichen Grinsen auf Reseph. »Du wirst darauf vertrauen müssen, dass er einmal im Jahr zu dir kommt.«

»Mist.« Ares fuhr sich mit der Hand übers Gesicht. »Jillian, wir schwören, dass wir ihn zur Not zu dir schleppen.«

Zu ihr schleppen? Warum sollten sie ihn schleppen müssen? »Ich verstehe nicht.«

»Er ist nicht die … allerverlässlichste Person auf der Welt.« In Limos' Blick lag Mitleid. »Bitte versteh mich nicht falsch, er war ein toller Kerl, ehe sein Siegel gebrochen ist, aber er hat sich nie an irgendwelche Pläne gehalten und konnte nicht länger als zwei Sekunden still sitzen, weißt du?«

Ja, das wusste Jillian. Ihr Magen zog sich zusammen. Die Anzeichen dafür hatte sie ja schon auf der Farm gesehen; die Art, wie er immer herumstreifte, als ob er in einem Käfig eingesperrt wäre; die Art, wie er immer wieder den Drang verspürte, der Enge des Hauses zu entkommen; seine lässige Haltung in Bezug auf Beziehungen und Sex. Sie hatte geglaubt, er könne sich ändern, hatte sich eingeredet, dass er seine Unruhe ablegen könne, als er sagte, er wolle sein Leben mit ihr teilen.

Aber konnte jemand ändern, was er fünftausend Jahre lang gewesen war?

»Augenblick mal«, sagte sie. Ihr war etwas eingefallen, was Limos zu ihr gesagt hatte. »Du hast doch gesagt, dass Reseph sich noch nie verliebt hätte.«

Limos nickte. »Das ist der Grund, warum dieser Plan klappen könnte. Denn manchmal lässt die Werkatze das Mausen doch.«

Werkatze? Frag lieber nicht. Jillian wandte sich an Harvester. »Was passiert mit Reseph, wenn ich sterbe?«

»Dann wird er wieder in den jetzigen Zustand zurückfallen.« Harvester hob eine Augenbraue. »Stimmst du zu?«

Sie sah zu Reseph hinüber, der regungslos auf dem Boden lag. Thanatos hatte ihn losgelassen, aber der große Reiter war gleich neben ihm stehen geblieben, bereit, Reseph jederzeit wieder festzuhalten. Was für eine grauenhafte Existenz für sie alle. Wie lange konnten sie wohl noch so weitermachen? Jahrhunderte, vermutete sie.

Sie wandte sich wieder an Harvester. »Wir machen es.«

»Manchmal überraschen die Menschen mich«, murmelte Harvester. »Geh zu ihm.«

»Nein, Jillian.« Resephs Stimme, die klang, als ob sie direkt aus der Hölle käme, ließ alle zu ihm sehen. »Tu das nicht.«

»Reseph – «

Ein grauenhaftes Knurren ließ die Luft im Zimmer erzittern, und dann stand Reseph auf einmal vor ihnen. In seinen Augen leuchteten kleine rote Funken. »Lass mich dir zeigen, wofür du dieses Opfer bringen würdest.«

25

»Reseph?« Jillians Gesicht spiegelte deutlich, wie schockiert sie war. Reseph hätte sie am liebsten in die Arme genommen und beruhigt, sie um Verzeihung gebeten, alles wiedergutgemacht.

Aber er würde genau das Gegenteil tun. Sie würde gar nichts für ihn opfern.

Sie bewegte sich auf ihn zu, doch er wich zurück, da er wusste, dass es vorbei wäre, wenn sie ihn erst einmal berührte. Er besaß nicht die Stärke, über die sie verfügte, und würde am Ende jeden Trost annehmen, den sie ihm bieten konnte.

»Ich kann dir helfen.« Sie streckte die Hand aus, und in seinen Fingern zuckte es vor Verlangen, sie zu ergreifen. »Ich will dir helfen.«

»Nach allem, was du durch Dämonen erlitten hast, kann ich unmöglich zulassen, dass du einem anderen Dämon hilfst.«

»Dass ich einem Dämonen helfe?« Sie runzelte die Stirn. »Aber ich helfe *dir*.«

»Ähm, tut mir leid, Jillian«, sagte Limos verlegen. »Ich habe wohl zu erwähnen vergessen, dass unser Vater ein Engel ist und unsere Mutter eine Sex-Dämonin. Letzteres ist auch der Grund, warum Nebenwirkungen und dieser ganze Mist bei uns immer was mit Sex zu tun haben. Lange Geschichte. Ich leih dir mal das Buch.«

Jillians Augen wurden riesig. »Ich … oh mein Gott, du bist ein … Dämon?« Als sie die Hände auf ihren Bauch presste, wusste er, dass sie an den Angriff dachte, der die Narben dort hinterlassen hatte.

Auch er erinnerte sich an den Angriff. Aber … wie? Ja, natürlich – sie hatte ihm davon erzählt, aber jetzt, wo er seine Erinnerungen zurückhatte, konnte er es *sehen*. Er sah den Parkplatz. Er stand in den Schatten, überall um sie herum der Lärm der Düsentriebwerke. Eine Frau schrie. Er … lachte. Lachte, als zwei Seelenschänder sie quälten. Sie war … oh du liebe Güte.

Jillian.

Er blinzelte, in der Hoffnung, die Visionen würden verschwinden, aber das taten sie nicht. Sie wurden noch schlimmer. Er sah Jillian, nackt und zerfetzt. Sie schrie. Seelenschänder griffen sie an, spielten mit ihr. Und er stand in den Schatten. Beobachtete. Berührte sich selbst.

Er war die Gestalt, die sie gespürt hatte, als sie angegriffen wurde. Er war dieser verfluchte abartige Scheißkerl, der ihr die Dämonen auf den Hals gehetzt hatte, und das aus keinem anderen Grund als der Tatsache, dass sie zufällig mitbekommen hatte, was seine Dämonen und er ihrer Kollegin angetan hatten. Eine Kollegin, die insgeheim einen zweiten Job hatte – sie war eine Aegis-Wächterin gewesen, und Pestilence hatte es sich zur Aufgabe gemacht, jeden einzelnen dieser Schweinehunde zu erledigen.

Jillians Schreie kreischten durch sein Bewusstsein. Er war dort gewesen, er war Zeuge des Angriffs gewesen und hatte gelacht. Er hatte gelacht, verfluchte Scheiße. Einer der Dämonen hatte mit bluttriefenden Zähnen zu ihm aufgesehen. *Es gefällt dir, Herr und Meister? Willst du sie jetzt?*

Herr und Meister. Oh, heilige Scheiße, der Dämon in der Scheune hatte ihn so genannt. Er hatte es sich nicht eingebildet. Das Ding hatte zu ihm gesprochen, als ob es ihn kannte … weil es so war.

Ihm brach am ganzen Leib der Schweiß aus. Die Dämonen hatten Jillian auf seinen Befehl hin so schrecklich zugerichtet, zu seiner Unterhaltung. Heilige Hölle, er war persönlich für den brutalen Angriff auf Jillian verantwortlich. Reaver musste es gewusst haben; es wäre doch ein zu großer Zufall, dass Reseph ausgerechnet in ihrer Obhut gelandet war. Aber warum sollte der Engel Reseph ausgerechnet von seinem eigenen Opfer retten lassen?

Die Schreie verwandelten sich in Stöhnen. Jillians, seine – sie verschmolzen.

»Reseph! Verdammt noch mal, was ist denn mit dir los?« Etwas schlug ihn so fest ins Gesicht, dass sein Kopf zurückprallte. Limos.

Er packte sie. »Schaff Jillian hier raus«, krächzte er.

»Ich werde nicht gehen.« Jillian kreuzte die Arme vor der Brust und straffte die Schultern. Sie bereitete sich auf einen Kampf vor.

Aber das würde nicht passieren.

Er schob Limos beiseite. Er wusste, was er zu tun hatte. »Ich war dort, als du angegriffen wurdest.« Seine Stimme war heiser, und sein Herz donnerte mit solcher Wucht gegen seinen Brustkorb, dass er das Gefühl hatte, seine Knochen könnten jeden Moment brechen. »Ich habe den Befehl gegeben.«

Sie schüttelte den Kopf. »Du bist verwirrt, Reseph. Du hättest doch nie –«

»Ich war der Mann, den du in den Schatten gesehen hast.«

Diesmal schüttelte sie den Kopf wie von Sinnen. »Nein. Die Augen dieses Mannes waren rot. Die Dinge, die ich dir erzählt habe, haben sich mit deinen Erinnerungen vermischt.«

»Du hast mir nicht erzählt, dass einer der Seelenschänder dir die Spitze einer Klaue unter dein linkes Auge legte und dich glauben ließ, er werde dich blenden. Du hast ihn angefleht, es nicht zu tun. Erinnerst du dich? Er wollte es tun, aber Pestilence – ich – wies ihn an, es als Letztes zu tun, denn wenn du blind wärst, könntest du die Dinge nicht sehen, die sie dir antaten.«

Aus Jillians Gesicht wich auch der letzte Rest von Farbe. »Nein … du bist … Ich muss wohl im Schlaf geredet haben.«

Reseph machte weiter, gnadenlos. »Er fuhr mit der Klaue über dein Gesicht bis hin zum Ohr, sodass Blut floss. Er riss dir den Ohrring ab und schob ihn dir in den Mund.«

»Hör auf«, flüsterte Jillian. »Harvester, wir müssen uns beeilen …«

Verdammt, sie wollte immer noch diesen Mist durchziehen, den Harvester geplant hatte? Reseph schluckte seinen Abscheu herunter. »Willst du, dass ich weitermache? Willst du, dass ich dir erzähle, dass, wenn die Dämonen nicht unterbrochen worden wären, ich zugesehen hätte, wie sie –«

»Reseph!« Thanatos' Stimme war barsch. »Das reicht!«

»Ich bin noch nicht fertig.« Mit einer blitzschnellen Bewegung wirbelte er Jillian herum und drückte sie grob gegen die Wand. Jede einzelne Zelle seines Körpers schrumpfte angesichts der Verzweiflung in ihrer Miene zusammen. »Ich hätte dich gefickt, dir dann den Leib aufgeschlitzt und dich noch mal gefickt. Soll ich es dir genauer beschreiben?« Er stählte sich gegen die Tränen, die ihr in die Augen traten. »Weil ich dir nämlich in allen Einzelheiten schildern kann, wie es abgelaufen wäre. Sag's ihr, Harvester. Sag ihr, was ich dir angetan habe.«

»Ich sagte, es reicht!« Thanatos' wütendes Brüllen wurde von einem brutalen Hieb in Resephs Schulter begleitet. Wohlverdienter Schmerz schoss seinen Arm hinab, als sie ihn von Jillian wegrissen und Harvester sich aus dem Zimmer blitzte. Reseph wehrte sich nicht. Das Einzige, was er tun konnte, war zuzusehen, wie Jillian schluchzend aus dem Zimmer flüchtete.

Jillian konnte nicht atmen. Konnte nicht denken. Blindlings stolperte sie ins Wohnzimmer, wo Harvester stand, die Augen abgewandt. Ihr schlanker Körper zitterte ebenso heftig wie Jillians.

Cara nahm Jillians Arm und führte sie zum Sofa, doch obwohl Jillians Muskeln sich in Gummi verwandelt hatten, waren ihre Gelenke eingefroren und sie war nicht imstande, sich zu setzen. Konnte überhaupt nichts tun, als dazustehen und an ihren eigenen Tränen zu ersticken. Diese Person dort drinnen, das war nicht Reseph. Das war nicht der Mann, den sie in einer Schneewehe gefunden und gepflegt hatte, bis er das Bewusstsein wiederfand. Das war nicht der Mann, der sie zum Lachen brachte, der sie dazu gebracht hatte, zu lieben und sich sicher zu fühlen.

Sie hatte einen Mann gesehen, der ihr völlig fremd war.

»Mein … Gott.« Sie versuchte zu atmen, während ein Schluchzen sie erschütterte, und endlich lösten ihre Knie sich und sie sank auf die Couch. Cara saß neben ihr und reichte ihr ein Papiertaschentuch.

»Jillian?« Limos kam zu ihr. »Bist du okay?«

Jillian rieb sich die Arme und bemühte sich verzweifelt, mit dem Weinen aufzuhören. »Der Mann, den ich liebe, war so ziemlich dasböseste Wesen, das je gelebt hat.«

»Das haben wir dir gesagt«, sagte Limos sanft.

Ja, das hatten sie. Aber Jillian hatte nicht zugehört. Sie hatte sich eingeredet, dass es nicht so schlimm gewesen sein konnte, wie alle behaupteten. Oder zumindest, dass Reseph – Pestilence – eher eine Galionsfigur oder der Mann hinter dem Schreibtisch gewesen sei als aktiv beteiligt. Aber er hatte an vorderster Front gestanden, hatte den Angriff angeführt.

»Er war dort, als ich angegriffen wurde.« Seine Augen … Gott, seine Augen. Sie suchten sie in ihren Träumen heim, leuchteten immer heller, während sein bösartiges Lachen ertönte. »Er ist der Grund, warum ich angegriffen wurde.«

»Das war nicht er, Jillian.«

Das wusste sie, aber ihn die Dinge beschreiben zu hören, die auf dem Parkplatz geschehen waren, war niederschmetternd gewesen. Sie hatte gewusst, dass er böse gewesen war, aber erst als er ihr die grauenhaften Einzelheiten geschildert hatte, ohne die geringste Gefühlsregung zu zeigen, war es wahrhaftig in ihr Bewusstsein vorgedrungen.

Jillian legte sich die Arme um den Leib, denn wenn sie es nicht tat, würde sie zerfallen. »Du klingst nicht sehr überzeugt.«

Limos sank auf die Lehne der Couch, als ob ihre Beine nachgegeben hätten. »Ja, ich weiß. Tief in mir drin, da weiß ich, dass Reseph nicht für das verantwortlich ist, was Pestilence getan hat.«

»Aber?«

»Aber manchmal, wenn ich Reseph ansehe, erinnere ich mich nicht an ihn als den Bruder, der mich immer bequatscht hat, mit ihm ins Kino zu gehen, oder der uns dazu brachte, das Haus weihnachtlich zu schmücken oder uns zu Halloween zu verkleiden. Ich seh ihn an und sehe nur das Arschloch, das mich erpresst hat, mir meine Hochzeit verdorben hat, meinem Mann die Seele geraubt und versucht hat, meinen kleinen Neffen zu ermorden.« Mit herabhängenden Schultern starrte Limos auf ihre Füße. Da wurde Jillian klar, dass das, was Limos und deren Brüder durchgemacht hatten, weit schlimmer war als alles, was sie erlitten hatte.

»Es tut mir so leid«, flüsterte sie. »Es muss schrecklich gewesen sein, ihn so verändert zu sehen.«

Limos schluckte. »Es hat sich angefühlt, als ob ich eine Gliedmaße verloren hätte. Und es hat furchtbar viele Probleme zwischen mir und meinen Brüdern verursacht. Thanatos und Ares haben sich ewig gestritten, und ich hatte Geheimnisse, und überall um uns herum ging die Welt zugrunde.« Sie sah auf. »Willst du, dass ich dir deine Erinnerungen nehme? Ich kann nicht bis zurück zu deiner Zeit mit Reseph in deinem Blockhaus gehen, aber ich kann dich von deiner Zeit in Griechenland befreien.«

Jillian erinnerte sich an die Diskussion zwischen Limos und Thanatos an dem Tag, an dem sie Reseph fortgebracht hatten. »Ich dachte, du hättest deinem Mann versprochen, das nicht mehr zu machen.«

»Ich glaube, er würde es verstehen.«

Die Tage und Nächte, die Jillian mit Reseph verbracht hatte, spielten sich wie ein Film in ihrem Kopf ab, was dies alles noch viel schlimmer machte. Sie hatte entsetzliche Angst davor gehabt, dass er herausfinden würde, wer er war, dass er nicht der Mann sein würde, in den sie sich verliebt hatte. Wie sich herausgestellt hatte, gab es einen verdammt guten Grund für ihre Ängste, da Reseph unmöglich etwas noch Schlimmeres hätte sein können.

Sie fühlte sich so leer, als ob jemand ihren Brustkorb ausgehöhlt und ihr Herz zertrampelt hätte. Sie fühlte sich versucht, Limos' Angebot anzunehmen, den Schmerz über ihr Wissen loszuwerden, wer Reseph wirklich war und was er getan hatte. Aber als sie es nicht gewusst hatte, war es ihr auch nicht gut gegangen. Das Geheimnis, wohin seine Geschwister ihn gebracht hatten, die Sorge um ihn, hatten sie fertiggemacht.

»Danke, Limos, lieber nicht«, murmelte Jillian. Sie fragte sich, ob sie diese Entscheidung wohl noch bereuen würde. »Diese ganze Sache ist einfach nur … Scheiße.«

»Das ist wahr.« Limos stand auf. »Ich werd dich mal nach Hause bringen.«

»Nein.« Jillian wischte sich die Tränen ab und wandte sich an den gefallenen Engel. »Harvester, ich will dieses Ritual durchführen.«

Harvester blinzelte ein paar Mal. »Nach allem, was er dir angetan hat, willst du ihm immer noch helfen? Wieso?«

In Jillian loderte plötzlich weißglühende Wut auf. Auf dem Parkplatz war sie hilflos gewesen, aber dies war etwas, was sie tun konnte, um sich zu wehren.

»Weil Pestilence ein verdammtes Monster ist, und wenn ich irgendetwas tun kann, um ihn davon abzuhalten, zurückzukommen, dann werde ich es tun.«

Limos ergriff Jillians Hand und zog sie auf die Füße. »Du bist der Wahnsinn.«

»In der Tat«, murmelte Harvester so leise, dass Jillian sich nicht sicher war, ob sie überhaupt gesprochen hatte.

Sie machten sich in Richtung Schlafzimmer auf, doch dann blieb Jillian abrupt stehen. »Wartet mal.« Sie blickte aus dem Fenster auf die ganzen Dämoninnen, die dort herumlungerten. Dämoninnen, mit denen Reseph geschlafen hatte. Dämoninnen, die darauf warteten, dass er zurückkam. Von wegen. Jillian würde ihm bestimmt nicht dabei helfen, seinen Verstand zurückzubekommen, nur damit er vor die Tür treten und eine Orgie veranstalten konnte. »Darf ich dich um einen Gefallen bitten?«

»Schieß los.«

»Kannst du diese ganzen weiblichen Dämonen da draußen loswerden?«

Limos grinste. »Aber klar doch. Ich werde sie zerschmettern, zermalmen und zerschlagen.«

Jillian fragte sich immer noch, ob Limos sie tatsächlich zermalmen würde, als sie mit Harvester ins Schlafzimmer trat. Reseph war in seinen vorherigen Zustand zurückgefallen und warf sich immer wieder gegen die Wand. Und es *war* Reseph. Jillian hatte gefürchtet, sie würde Pestilence sehen, wenn sie ihn ansah, aber dies war eindeutig nicht das bösartige Wesen vom Parkplatz.

Harvester wies mit einer ruckartigen Bewegung ihrer Hand auf Reseph. »Berühre ihn.«

Jillian kniete sich vor ihn und nahm sein Gesicht in die Hände. Er beruhigte sich auf der Stelle, auch wenn sein Blick immer noch wild war und er stoßweise durch die fest aufeinandergebissenen Zähne atmete.

Harvester legte Jillian und Reseph jeweils eine Hand auf die Stirn und begann einen Sprechgesang in einer fremden gutturalen Sprache. Von der Stelle, an der Harvester sie berührte, ging eine Hitze aus, die sich in ihrem ganzen Körper ausbreitete und ihre Haut prickeln ließ. Es folgte ein intensives Vibrieren, und dann fiel Reseph bewusstlos zu Boden.

»Was ist passiert?« Jillian fuhr zurück, aber Harvester hielt sie fest.

»Es ist alles in Ordnung«, versicherte Harvester ihr. »Wir sind beinahe fertig.« Sie ritzte sich die Handfläche an ihrem spitzen Fangzahn auf und stieß Jillian die Hand mitten auf die Brust. Jillian spürte einen brennenden Schmerz auf der Haut, beinahe so, als ob sie gebrandmarkt worden wäre.

»Was …«, sie schnappte nach Luft, »was tust du da?«

Harvester nahm die Hand fort. »Ich bringe es zu Ende.« Aus irgendeinem Grund lächelte Harvester, und es war ein beinahe … trauriges … Lächeln. Als ob sie über das, was sie getan hatte, nicht glücklich wäre, jedoch wüsste, dass es nur zu ihrer aller Bestem war. »Möge es dir gut ergehen«, murmelte sie. »Möge es dir gut ergehen und mögest du mir … verzeihen.«

Mit diesen Worten wirbelte Harvester herum und floh aus dem Zimmer, ihre Flügel ausbreitend, als ob sie es gar nicht erwarten könnte, sich in die Luft zu erheben.

Jillian ihrerseits hätte nicht einmal fliehen können, wenn sie es gewollt hätte. Ihre Muskeln verwandelten sich in eine gelartige Masse, und ehe sie wusste, wie ihr geschah, lag sie neben Reseph auf dem Boden und Bewusstsein war … nicht existent.

26

Harvester konnte gar nicht schnell genug aus Ares' Haus entkommen. Sie stürmte den Gang hinunter, rannte Ares' Diener im großen Wohnzimmer um und stieß Reaver aus dem Weg, als sie aus der Haustür stürzte.

»Harvester!« Reavers donnernde Stimme folgte ihr, als sie die Stufen von der Veranda hinabgehen wollte.

»*Gefallene!*«

Sie hielt inne, während der Funke, der nötig war, um sich von dort fortzublitzen, über ihre Haut glitt. »Was?«, knurrte sie. Sie wusste nicht, warum sie überhaupt antwortete. Aber, dachte sie, das lag vielleicht daran, dass dies das letzte Mal war, dass sie ihn sehen würde.

»Was geht hier vor?« Reaver kam mit großen Schritten auf sie zu und blieb gebieterisch vor ihr stehen.

»Ich habe mich darum gekümmert, dass für Reseph und Jillian gesorgt ist.«

»Dass für sie gesorgt ist?«

»Verzieh dich, Reaver.« Sie seufzte. »Ich hab deine ständigen Sticheleien so satt. Lass mir doch einfach mal sechzig Sekunden lang meinen Frieden. Ginge das?«

»Meine Sticheleien?«

Eine Brise kam auf, die den frischen Duft des Meeres, des Sandes und der Olivenhaine mit sich brachte, die die Insel sprenkelten. Es war der Duft von Freiheit und Leben. Sie atmete ein. Atmete aus. Atmete ein. Atmete aus. Sie wollte sich für alle Ewigkeit daran erinnern.

»Harvester?« Reaver packte sie bei den Schultern und drehte sie zu sich herum. »Was ist mit dir los?«

Sie löste sich aus seinem Griff. »Gar nichts. Lass mich allein. Kapierst du etwa keinen Wink mit dem Zaunpfahl? Oder, sagen wir mal, einen direkten Befehl?«

Reaver erstarrte bei ihrer unverhüllten Anspielung auf seine Unfähigkeit, Befehle zu befolgen, ein Charakterfehler, der vor einigen Jahren dazu geführt hatte, dass man ihn aus dem Himmel geworfen hatte. »Irgendwas stimmt da nicht. Hat es mit den Reitern zu tun?«

»Nein, es hat nichts mit ihnen zu tun.« Sie schnaubte. »Was heißt, dass du kein Recht hast, mich auszufragen.«

Das saphirblaue Glitzern in Reavers Augen verhärtete sich zu kristallenen Scherben. »Du hast mir schon vieles angetan, wozu du kein Recht hattest, also solltest du dir lieber überlegen, was du sagst.«

Sie breitete die Flügel aus und ließ deren empfindliche Spitzen von der Brise zerzausen. Dies würde das letzte Mal sein, dass sie den Wind auf ihrer Haut, in ihrem Haar spürte. Dies würde das letzte Mal sein, dass die Sonne ihren Körper berührte. Das dunkle Vibrieren, das sie in den letzten paar Tagen in ihrer Seele gespürt hatte, wurde stärker, drängender. Sie musste gehen. Die Bestrafung war immer schlimmer, wenn jemand ausgesandt werden musste, um einen zurückzuschleppen.

Sie atmete noch einmal ein, speicherte all die Düfte in ihrer Erinnerung ab, einschließlich des würzigen Dufts, der ausschließlich Reaver eigen war. Sie musterte ihn, fragte sich, ob sie Zeit hatte, den Tag der Lust einzufordern, den er ihr schuldete. Was für eine perfekte Art zu gehen – mit einem Knall.

Das Vibrieren in ihr wurde immer eindringlicher, als ob jemand aufs Gaspedal getreten wäre und den Motor dermaßen beschleunigt hätte, dass er nicht mehr lange durchhalten würde.

So viel zum Abschiedssex.

»Kümmre dich um sie, Reaver. Sorg dafür, dass ihre Kinder in Sicherheit sind.« Sie wünschte, sie hätte Logan nur ein einziges Mal halten dürfen. Ja, es war dumm von ihr, ausgerechnet jetzt zuzulassen, dass Sentimentalität sie schwächte, wo sie härter denn je sein musste, aber es war so unfair, dass dieser kleine Junge nur ihretwegen existierte und sie ihn nicht einmal einen Moment lang in den Armen wiegen durfte.

Andererseits hatte sie alles erreicht, was sie sich vorgenommen hatte. Ab sofort lag es nicht mehr in ihrer Hand, was geschehen würde.

Sie entfachte die Energie, die nötig war, um sich nach Sheoul zu blitzen, doch in dem Sekundenbruchteil, der nötig war, um die Verbindung zu öffnen, packte Reaver sie erneut.

»Stopp!« Er baute sich direkt vor ihr auf, den Unterkiefer in störrischer Entschlossenheit vorgeschoben. Er war immer schon überwältigend in seinem Zorn gewesen. »Wenn du mir sagst, was los ist –«

»Was? Wirst du mir helfen?« Sie schubste ihn, vielleicht nicht mit so viel Kraft, wie es ihr möglich gewesen wäre, aber genug, dass er rückwärts taumelte. »Als ob ich das glauben würde. Und selbst wenn, ich brauche deine Hilfe nicht.«

Reaver warf die Hände in die Luft. »Ich geb's auf. Geh und sei irgendwo anders verbittert.« Er machte auf dem Absatz kehrt und marschierte zum Haus zurück.

Die Brise nahm erneut zu, genau wie die dunkle Vibration, diesmal so sehr, dass sie Harvester lähmte. Nein, nein … *nein*.

Als sie herumfuhr, sah sie sich zwei gewaltigen Engelgothen gegenüber – gefallene Engel, die zu skelettartigen Ungeheuern mutiert waren. Sie waren einmal wie Harvester gewesen … bis sie etwas getan hatten, wofür sie mit ewiger Abscheulichkeit, Sklaverei und Qual bestraft worden waren.

Harvester könnte sich glücklich schätzen, wenn sie lediglich deren Schicksal teilte. Ihr eigenes würde noch sehr viel schlimmer ausfallen.

»Ich wollte ja gerade los«, sagte sie, aber sie gestatteten ihr nicht, sich zu blitzen. Einer von ihnen versenkte seine klauenbewehrten Hände in ihren Schädel, sodass sie wie ein Fisch am Haken hing. Schmerz und Blut explodierten; sie hörte nichts mehr als ihre eigenen Schreie und das Knirschen von Knochen.

Dann wurde sie am Kopf emporgehoben und in die dunkelsten Tiefen der Hölle geblitzt.

Direkt in Satans Wohnzimmer.

Eine unbeschreibliche Welle des Schreckens zerfetzte ihre Innereien, als sich der König aller Dämonen langsam von seinem Knochenthron erhob und sich seine gewaltigen Flügel bis hinauf zur zehn Meter hohen Decke entfalteten. Durch seine üppige Mähne schwarzer Haare schoben sich zwei rasiermesserscharfe Hörner, die herumwirbelten wie winzige Satellitenschüsseln. Als seine klauenartigen Fingernägel über die Lehne kratzten, ergoss sich eine weitere Welle panischer Angst über Harvesters Haut.

»Harvester.« Seine Stimme war kalt wie eine uralte Leiche.

Harvester zitterte so heftig, dass ihre Zähne klapperten, als sie sich tief vor ihm verbeugte. »Hallo, Vater.«

Harvesters Schreie gellten immer noch in Reavers Ohren, als er den Brustkorb des verbliebenen Engelgothen mit einer Substanz beschoss, die im Grunde genommen nichts anderes als superwirksames Napalm war. Der bösartige Mistkerl ging in Flammen auf und kreischte so laut, dass Reavers Trommelfelle schmerzten.

Irgendwie gelang es der Kreatur, die Flammen zu löschen und das Feuer zu erwidern, indem sie ein langes peitschenartiges Seil aus Elektrizität schwang. Reaver schaffte es, sich mit einem Sprung zu retten, rollte sich auf dem Boden ab und sprang gleich wieder auf. Er rief ein Elementarschwert herbei und schlug damit zu. Die Klinge, die die Fähigkeit besaß, die natürlichen Elemente in ihrer Umgebung zu nutzen, nahm die Kraft des Meeres an und schlug mit der Gewalt einer Flutwelle auf das bösartige Wesen ein.

Der Körper des Engelgothen wurde zurückgeschleudert und krachte gegen eine dekorative Säule, die in eine Million Stücke und einen Staubregen zersprang.

Der Lärm eiliger Schritte gesellte sich zum Klang des Stöhnens des Engelgothen, und dann waren auch schon Ares, Than und Limos da.

»Was ist hier los?«, fragte Ares, aber Reaver gab dem Krieger keine Gelegenheit, weitere Fragen zu stellen. Er packte den widerlichen Engelgothen bei der Kehle und knallte ihn gegen eine andere Säule.

»Was habt ihr mit Harvester gemacht?«

Das Ding lächelte, und seine verfaulenden Lippen gaben den Blick auf geschwärzte Zähne frei. »Sie … wird … leiden.«

»Erkläre das.« Als der ehemalige Engel nichts erwiderte, knallte Reaver ihn erneut gegen die Säule. »Wo ist sie?«

Der Engelgothe erschauerte und verwandelte sich. Reavers Faust umklammerte staubige Asche. Ein Prickeln in Reavers Nacken ließ ihn herumwirbeln.

Der riesige gefallene Engel, den Reaver zusammen mit Gethel gesehen hatte, materialisierte sich. Er war von Kopf bis Fuß in schwarzes Leder gekleidet, und sein kahler Schädel leuchtete in der Sonne. Er hatte seine schwarzen ledrigen Schwingen ausgebreitet; an deren Enden saßen scharfe Knochenspitzen. Er ignorierte Reaver demonstrativ und marschierte auf die Villa zu, wobei seine mit Nägeln besetzten Stiefel laut auf den Steinplatten krachten.

Thanatos stellte sich dem Neuankömmling in den Weg. »Wer zum Teufel bist du?«

»Hallo, Reiter. Ich bin Revenant.« Das kalte Lächeln des Mannes hätte einen Menschen auf der Stelle zu Eis gefrieren lassen. »Ich bin eure neue Wache.«

27

Reseph wachte in einem Bett auf, und er brauchte eine Minute, bis ihm klar wurde, dass er sich nicht in Jillians Haus befand und zum Klang krähender Hähne und meckernder Ziegen aufgewacht war. Stattdessen vernahm er das vertraute Rauschen von Meereswellen, die an einen Strand schlugen.

Ares' griechisches Paradies.

Er legte die Stirn in Falten. Er war schon eine ganze Weile hier, oder nicht? Aber er war nicht bei Sinnen gewesen. Warum fühlte er sich dann jetzt so gut? So normal. Was war los? Und wo war Jillian? War sie wirklich hier gewesen oder hatte er sie nur in seinen Halluzinationen gesehen?

Vorsichtig stand er auf und berührte die halbmondförmige Narbe an seinem Hals, um seinen Panzer anzulegen, da er keine Kleidung finden konnte. Trotz der Tatsache, dass er diese Rüstung nun schon seit Tausenden von Jahren trug, fühlte sich das kalte Metall diesmal seltsam auf seiner Haut an, nachdem er sie so lange nicht mehr getragen hatte.

Er verließ das Schlafzimmer und fand seine Geschwister draußen, zusammen mit Reaver und einem fremden gefallenen Engel.

»Wer ist das?« Alle bis auf den Fremden betrachteten ihn argwöhnisch, als ob er eine scharfe Granate wäre.

»Offensichtlich«, antwortete Ares, »ist dies Harvesters Nachfolger. Revenant.«

Oh, Scheiße. »Hat sie aufgehört?« Nach allem, was Pestilence ihr angetan hatte, konnte er ihr das nicht verdenken.

Der Mann trat vor. »Sie wurde gefeuert.«

»Weswegen?«, fragte Reaver mit herrischer Stimme. »Weil sie die Regeln für Wachen gebrochen hat?«

»Schlimmer. Rechnet nicht damit, sie noch einmal wiederzusehen.« Revenant musterte Reseph von oben bis unten. »Du siehst gut aus, wenn man bedenkt, dass du deinen lächerlichen kleinen Verstand verloren hast.«

Reseph lächelte. »Du siehst gut aus für jemanden, der in ungefähr zwei Sekunden seinen Kopf verlieren wird.«

Reaver stellte sich zwischen Reseph und das Arschloch. »Reseph, wie geht es dir?«

Alle Blicke konzentrierten sich auf ihn. Oh Mann, das war unangenehm. Er hatte eine Zeit vor sich, in der er kriechen und um Verzeihung bitten musste, jetzt, wo seine Erinnerungen ihn nicht mehr in den Wahnsinn trieben. Aber wie kam das nur?

»Ich fühle mich … fast gesund. Warum liege ich nicht als sabberndes Bündel auf dem Boden?«

Limos fummelte an der Blüte in ihrem Haar herum. »Harvester hat so ein Sheoul-Voodoo-Ding abgezogen und deinen Verstand mit einem Stück von Jillians zusammengeflickt. Und jetzt –«

»Sie hat *was*?« Reseph schnürte es die Brust ab. Langsam erinnerte er sich wieder an alles. Er hatte Jillian schrecklich wehgetan, sowohl als Pestilence als auch hier, als er ihr gestanden hatte, was er getan hatte. Er war fest entschlossen gewesen, sie davon abzuhalten, sich seinetwegen zu opfern. »Ist es für immer? Wird es ihr wehtun?«

»Ja auf beide Fragen, wenn du dich nicht an deinen Teil der Abmachung hältst«, sagte Ares. Seine nüchterne, sachliche Stimme schnitt tief in Reseph hinein.

»Meinen Teil der Abmachung? Ich habe keiner Abmachung zugestimmt. Macht es wieder rückgängig.« Resephs Kopf zuckte zwischen den beiden Wachen hin und her. »Seht zu, dass es aufhört, verdammt. Ist mir egal, ob ich dann wieder ein Fall für die Irrenanstalt bin. Bringt das in Ordnung!«

»Geht nicht, Reiter«, sagte Revenant. »Nur Harvester könnte es rückgängig machen, und sie ist … fort.«

Angst um Jillian ließ Resephs Puls – und seinen Jähzorn – in ungeahnte Höhen schießen. »Dann holt sie zurück«, presste er durch zusammengebissene Zähne hindurch.

Revenants Pupillen erweiterten sich, sodass seine Augen völlig schwarz wirkten. »Ich sehe, dass eure Wachen euch zu viele Freiheiten zugestanden haben.« Er schlug mit der Faust zu, doch anstelle eines körperlichen Schlages wurde Reseph durch einen sengenden Energiestoß zurückgeschleudert.

Blinder Zorn gab Resephs Selbstbeherrschung endgültig den Rest. Er stürzte sich in demselben Moment wie seine Geschwister auf die neue Wache, doch Revenant blitzte sich aus dem Weg und materialisierte sich hinter ihnen.

»Wie kannst du es wagen, wegen eines so geringen Vergehens zuzuschlagen?« Reavers Schwingen bauschten sich zum Zeichen seines Zorns. »Und welche Waffe hast du gegen ihn eingesetzt?«

Revenants Grinsen stank nach Selbstzufriedenheit. »Eine Aufrüstung für Wachen, du himmlischer Kotzbrocken. Wenn du dich ab und zu mal bei deinen Chefs melden würdest, wüsstest du vielleicht auch Bescheid.« Sein Grinsen wurde immer breiter, als er Reseph und dessen Geschwister einen nach dem anderen musterte. »Es wurde beschlossen, dass wir eine Möglichkeit brauchen, euch härter zu bestrafen, damit ihr auch schön artig seid. Dies war nur ein Vorgeschmack. Wenn ich gewollt hätte, hätte ich dich in deiner Rüstung explodieren lassen und wie eine Flüssigkeit auskippen können. Du wirst nie wieder einen von uns angreifen.«

Also ging es hier tatsächlich um Harvester. Reseph wurde

übel. »Verschwinde«, knurrte er. »Geh mir verdammt noch mal aus den Augen.«

»Du gibst hier keine Anweisungen, Reiter. Mir scheint, du hast deine Lektion immer noch nicht gelernt.« Er hob die Hand, doch ehe er noch einmal zuschlagen konnte, stürzte sich Reaver auf ihn, und die beiden Engel verwandelten sich in einen Wirbelwind aus Fäusten, Schwingen und Blut.

Dann waren die beiden verschwunden, und Reseph starrte nur noch in leere Luft.

»Scheiße«, flüsterte er.

»Ich hasse diesen neuen Kerl«, sagte Limos. »Von Harvester war ich auch nicht gerade begeistert, aber im Vergleich zu Revenant war sie echt der Hit.«

»Das ist meine Schuld.« Reseph wandte sich zu seinen Geschwistern um, bereit, es hinter sich zu bringen. »Wofür auch immer sie bestraft wird, es muss mit Pestilence zu tun haben.« Er streckte die Hand nach seiner Panzer-Narbe aus, um seine Rüstung zu entfernen, ehe er sich erinnerte, dass er unter den Metallplatten nackt war. Obwohl es ihm normalerweise scheißegal war, wer ihn nackt sah, wollte er sich gerade jetzt nicht so extrem verletzlich fühlen. Nicht, wenn er den Leuten gegenüberstand, denen er so viel angetan hatte. »Hört mal, ich weiß gar nicht, wo ich anfangen soll.«

»Dann ist es vielleicht am besten, dass du es gleich sein lässt«, sagte Thanatos. »Ich will es sowieso nicht hören.«

»Than!« Limos ließ ihren eigenen Panzer verschwinden und stemmte die Hände in die mit ihrem Sommerkleidchen bekleideten Hüften. »Du warst doch derjenige, der am längsten darauf bestanden hat, dass Reseph nicht für Pestilence' Handlungen verantwortlich war.«

»Das war, bevor Pestilence versuchte, meine Frau und mein Kind umzubringen.« Nichts von dem, was Than sagte, war unfair, noch war es unerwartet. Er war der Tod, was auf viele Arten zu ihm passte. Than neigte dazu, extrem lange loyal zu sein, aber wenn er sich einmal von einem anderen abgewandt hatte, dann war dies endgültig. Für Than war Reseph tot. Die brüderliche Verbindung zwischen ihnen war durchtrennt worden, und Reseph wusste nicht, wie lange es dauern würde, sie zu reparieren, oder ob das überhaupt möglich war.

»Es tut mir leid.« Reseph blickte in die Olivenhaine und erinnerte sich, wie sehr er ihre Stille gehasst hatte. Jetzt würde er alles dafür geben, zusammen mit Jillian zwischen den knorrigen Stämmen spazieren zu gehen, der einzigen Person, die ihm jemals Frieden gebracht hatte. »Ich weiß, dass das keine Hilfe ist. Ich war dort, in diesem Körper, aber ich war nicht stark genug, um Pestilence zu überwinden. Das werde ich mir selbst niemals verzeihen.«

»Ich weiß, dass du es versucht hast.« Limos malte mit der großen Zehe in den Sand. »Manchmal bist du kurz durchgedrungen. Pestilence hat dann so getan, als ob er mich reingelegt hätte, aber so war es nicht. Das warst du.«

»Ja«, sagte er heiser. Oh Mann, und wie er es versucht hatte. Er hatte seine Schwester angefleht, ihn zu töten, hatte ihr sogar verraten, wo sie Deliverance finden konnte. Und als Thanatos ihm die Klinge ins Herz gestoßen hatte, hatte er seinem Bruder gedankt.

Ares meldete sich zu Wort. »Wir wissen, dass das alles nicht du warst, Bruder. Aber Pestilence hat uns verdammt übel mitgespielt. Das muss ich dir ja nicht sagen. Und sowohl Reaver als auch Harvester haben uns gewarnt, dass er zurückkommen könnte.«

Resephs Kopf fuhr in die Höhe. Er erinnerte sich, dass Harvester etwas Derartiges geäußert hatte, aber da war er dermaßen von Sinnen gewesen, dass er es gar nicht richtig begriffen hatte. »Wie? Mein Siegel – «

»Es ist unversehrt. Und es wird nicht wieder brechen. Nicht vor der biblischen Apokalypse. Die übrigens angeblich durch unseren Vater eingeleitet werden wird. Wir haben Hinweise darauf entdeckt, dass er das nächste Mal derjenige sein wird, der unsere Siegel bricht.«

Puh. Okay, damit hatte er jetzt wirklich nicht gerechnet. Er würde später noch einige Fragen dazu stellen müssen. Aber jetzt machte er sich mehr Sorgen über seine dämonische Hälfte.

»Und wie kann Pestilence dann zurückkommen? Du hast ihm doch Deliverance ins Herz gestoßen.«

Thanatos schüttelte den Kopf. »Deliverance war nicht die Klinge, die Pestilence töten kann. Wir hätten Wormwood nehmen müssen.«

Wormwood … Reseph stieß einen Fluch aus. Wie hatte er das vergessen können? Pestilence hatte diese Klinge unbedingt in die Hände bekommen wollen, hatte dafür das Aegis-Hauptquartier in ein Schlachthaus verwandelt, hatte getötet und gefoltert und es doch mit leeren Händen verlassen müssen.

»Ich … Pestilence hat Wormwood schließlich von Gethel erhalten. Sie hat die Aegis mit Lug und Trug dazu gebracht, ihn ihr zu überlassen. Pestilence wusste, dass es die einzige Klinge ist, die ihn töten kann.«

Than nickte. »Deliverance hat Pestilence in dir eingesperrt, aber er ist nach wie vor ein Teil von dir. Obwohl er verbannt wurde, ist die Barriere nun schwächer als zuvor. Reaver sagte, es sei, als ob man eine zerbrochene Vase mit Kleber flicken würde. Die Vase mag danach immer noch fähig sein, Wasser zu halten, wird aber niemals so stark sein wie zuvor, und es könnte sogar passieren, dass Wasser austritt. Dein Behältnis ist beschädigt, und Pestilence könnte hindurchsickern.« Thanatos fuhr sich mit der Hand übers Gesicht. »Es kommt noch schlimmer. Während du dich selbst an den Schlafzimmerwänden zu Klump gehauen hast, hat der Rest von uns in Sheoul Erkundigungen eingezogen. Luzifer, Gethel, Lilith und noch ein Dutzend andere hohe Tiere sind fest entschlossen, alles zu tun, um Pestilence zurückzuholen. Sie sind bereit, dafür, wenn nötig, auch unseren Familien zu schaden. Arik und Kynan zufolge hat Gethel mit der Aegis an einer Anti-Reiter-Superwaffe oder so was zusammengearbeitet. Wir glauben, das plötzliche Verschwinden von Hunderten von Höllenhunden hat damit etwas zu tun.«

Mist, das war echt übel. »Reaver hätte mich in Sheoul lassen sollen. Er hätte mich meinem Leiden überlassen sollen.«

Er schloss die Augen und suchte nach den Erinnerungen, die ihn quälten. Es war nicht richtig, dass er nicht litt. Oh, es ging ihm schon schlecht genug, da er wusste, dass die Beziehung zu seinen Geschwistern und ihren Familien vermutlich so zerrüttet war, dass sie niemals wiederhergestellt werden konnte. Das Wissen, was er der Welt und ihren Bewohnern angetan hatte, machte ihn krank.

Aber aus irgendeinem Grund fühlten sich diese Erinnerungen entfernt und verschwommen an, so als ob er einen Film sähe, anstatt aktiv daran teilzuhaben.

Er öffnete die Lider wieder und wandte sich an Limos. »Wo ist Jillian?«

»Nach diesem Gedankenverschmelzungsdings ist sie ohnmächtig geworden. Ich habe sie nach Hause gebracht und ins Bett gesteckt. Aber ich hab ihr ein Buch über unsere Geschichte und mit unseren Telefonnummern auf dem Nachttisch liegen lassen, für den Fall, dass sie etwas braucht.«

»Sie war ohnmächtig? Geht es ihr gut? Ich muss zu ihr.«

»Reseph, warte – «

Aber er hörte sie schon nicht mehr. Er konnte nur noch an Jillian denken.

Jillian erwachte mit einem Schrei. Ihr Herz raste, ihre Haut war mit Schweiß überzogen. Dämonen. Sie war von Dämonen umzingelt gewesen. Reseph lachte mit glühenden Augen, als sie ihre Klauen in ihr Fleisch schlugen.

»Jillian!«

Sie schrie gleich noch einmal, als Reseph in voller Rüstung und unglaublich riesig in ihr Schlafzimmer stürzte, ein Schwert in der mit einem Panzerhandschuh bewehrten Hand. Kurz vor ihrem Bett kam er schlitternd zum Stehen, und sie krabbelte auf der Matratze rückwärts, bis ihr Rücken an das Kopfende stieß.

»Hey«, sagte er sanft. »Ich bin's, Reseph. Nicht … Pestilence.« Das Schwert in seiner Hand verschwand, aber das spielte keine Rolle. Er selbst war eine Waffe.

Sie hatte keine Ahnung, was sie sagen oder tun sollte. In den letzten Stunden war so viel passiert und in ihrem Körper kämpften so viele widersprüchliche Gefühle gegeneinander. Das Einzige, was sie sicher wusste, war, dass Reseph nach wie vor der bestaussehende Mann war, den sie je zu Gesicht bekommen hatte, und in seiner schimmernden Rüstung kam er ihr wie ein Ritter aus einem Märchen vor.

Oder, als Pestilence, wie das Ungeheuer aus den uralten Sagen.

Reseph kam langsam auf sie zu. »Ich hab mir Sorgen um dich gemacht. Geht es dir gut?«

»Ich weiß nicht.« Sie stieg auf der Reseph abgewandten Seite aus dem Bett. Sie brauchte diese Barriere zwischen ihnen, selbst wenn es etwas so Nutzloses wie eine Matratze war.

Reseph wandte seine alten wissenden Augen nicht für einen Moment von ihr ab. »Du hättest das nicht tun sollen. Vor allem, nachdem ich dir die Wahrheit über den Angriff gesagt hatte.«

Angesichts seines Mangels an Dankbarkeit kam irrationale

Wut in ihr auf. »Da hast du dir aber wirklich etwas Besonderes einfallen lassen, um mir zu danken.«

»Verdammt, Jillian.« Seine Stimme wurde sogar noch tiefer. »Ich hätte dabei auch ein Wörtchen mitzureden gehabt. Du hast mich einfach meiner Wahl beraubt.«

»Weil du dich dafür entschieden hättest, zu leiden«, schoss sie zurück. »Das ist dumm. Und selbstsüchtig.«

»Wie kann das selbstsüchtig sein?«

Reseph verfolgte sie mit den Augen, während sie an der langen Seite des Bettes auf- und abmarschierte und ihr Bestes tat, um ihre wirren Gedanken zu ordnen. Drei Männer existierten in diesem prächtigen Körper: Pestilence, der Reseph, in den sie sich verliebt hatte, und der Reseph, der ihr vollkommen fremd war. In diesem Moment kannte sie keinen von ihnen.

»Es ist selbstsüchtig, weil jeder, der dich liebt, zusammen mit dir gelitten hat. Mal ganz von der Tatsache abgesehen, dass Pestilence dadurch Tür und Tor geöffnet war.«

Reseph stieß ein gutturales Wort aus. Sie kannte die Sprache nicht, aber sie verstand, was er meinte. »Es gefällt mir trotzdem nicht. Wir sind jetzt für immer miteinander verbunden. Das weißt du doch, oder?«

»Natürlich weiß ich das.«

»Du wusstest es und hast dich trotzdem durch irgendeinen verfluchten mysteriösen Bund an mich gekettet?« Er stieß einen Fluch aus. Diesmal verstand sie das Wort sehr gut. »Jetzt bist du für immer an mich gefesselt.«

Sie wirbelte so schnell herum, dass sie sich das Knie am Bettgestell stieß. »Aua! Verdammter Mistkerl!« Der Schmerz schürte ihre Wut. Sie war tief verletzt. Sie hatte es also mit dem fremden Reseph zu tun ... »*Darum* regst du dich auf? Du willst weiter ungebunden sein? Wird es dich gleich umbringen, einmal im Jahr aufzutauchen und mich zu ficken?«

Vielleicht hatten seine Geschwister mit ihren Warnungen vor Reseph doch recht gehabt. Wie dumm sie gewesen war.

Reseph hatte sich ihr genähert, als sie sich das Knie gestoßen hatte, war dann aber wie angewurzelt stehen geblieben. »Was?«

»Ach, hat dir etwa niemand von den Bedingungen der Abmachung erzählt?« Sie baute sich dicht vor ihm auf und stieß ihm den Finger auf die Brust. Nicht, dass er das durch den Panzer hindurch spüren konnte. »Ja, du hast richtig gehört. Sex. Einmal im Jahr. Wenn nicht, verliere ich den Verstand und sterbe und du wirst wieder zum sabbernden Irren.«

»Nein«, sagte er heiser. »Oh nein.« Das nackte Grauen in seine Miene war wie eine Kugel direkt zwischen die Augen. Nicht nur, dass der Mann, den sie liebte, nicht an sie gebunden sein wollte, er wollte noch nicht mal ein einziges verdammtes Mal im Jahr Sex mit ihr haben.

»Du … du fickst irgendwelche Dämonen … Dinger mit Hörnern und Hufen und Schwänzen, aber du findest den Gedanken, mit mir ins Bett zu gehen, abstoßend?« Sie stieß mit all ihrer Kraft gegen seinen Brustpanzer. Er rührte sich nicht einen Zentimeter. »Du *Scheißkerl!*«

»Das ist es nicht. Gott, Jillian, das ist es nicht.« Er legte seine Hand um ihre, so wie er es schon so oft getan hatte. Bei der Erinnerung daran blutete ihr das Herz. »Pestilence ist meine dämonische Hälfte, und er ist immer noch am Leben. Er könnte immer noch zurückkehren, und ich habe nicht vor, dich diesem Risiko auszusetzen.«

»Das ist doch nur eine beschissene Ausrede.« Sie riss sich los. »Glaubst du nicht, dann wäre er längst zurückgekommen, als uns diese Kerle vor der Bar angegriffen haben? Oder als wir den Dämon in der Scheune gefunden haben?«

»Der Dämon in der Scheune war nur meinetwegen da.« Als er sich bei diesen Worten auf die Brustplatte schlug, klang es hohl. »Ich habe dich in Gefahr gebracht, kapierst du das denn nicht?«

»Nein, das tu ich nicht!«, fuhr sie ihn an. Ihr Reseph würde hier bei ihr sein wollen, um die Dämonen zu töten. Und nicht irgendwelche lahmen Ausreden erfinden, um wegzubleiben. »Was wirst du zwischen deinen jährlichen Stippvisiten tun, Reseph? Wirst du mutterseelenallein irgendwo rumhängen, weil du fürchtest, jemandem wehzutun? Hast du ernsthaft vor, ein Keuschheitsgelübde abzulegen?«

Als er die Augen schloss, stieß sie ein Schnauben aus. »Weißt du was? Antworte lieber nicht.« Sie marschierte aus dem Schlafzimmer zur Haustür. »Verschwinde.« Als er sich nicht bewegte, schüttelte sie den Kopf. »Du hast echt verdammtes Glück. Du hast so viele Freundinnen, dass du nicht mal irgendjemandem erklären musst, warum du einmal im Jahr mit noch einer weiteren Frau schlafen musst. Und ich? Ich glaube nicht, dass jemand, mit dem ich zusammen bin, verstehen würde, warum ich einen anderen Kerl ficken – «

Im nächsten Augenblick stürzte sich Reseph mit gefletschten Zähnen und Augen, die blaue Funken sprühten, auf sie und drängte sie gegen den Türrahmen. »Ich werde jeden Mann umbringen, der dich anrührt.«

»Wirklich?« Ihre Stimme war ebenso ausdruckslos wie leise. »Du erwartest also von mir, dass ich hier rumsitze und auf diese wenigen Minuten einmal im Jahr warte, wenn du auftauchst? *Falls* du auftauchst. Fahr zur Hölle, Reseph. Geh dorthin zurück, wo du hergekommen bist.«

Er blinzelte, und das mörderische Leuchten verschwand aus seinen Augen. Ganz behutsam schob er sie beiseite, um die Tür zu öffnen. Und dann war er ohne ein weiteres Wort verschwunden, löste sich einfach in Luft auf, als er das Ende der Veranda erreichte.

28

Reseph trat durch das Höllentor auf Ares' Strand, wo er mit geballten Fäusten stehen blieb und aufs Meer hinausstarrte, während er sich bemühte, seine Gefühle zu bändigen. Jillian freizugeben war das Schwierigste, was er je getan hatte. Bei dem Gedanken, sie könne mit einem anderen Mann zusammen sein, fühlte er sich, als ob ihm jemand ein Messer in den Leib gestoßen hätte, aber sie hatte recht … wie könnte er von ihr erwarten, den Rest ihres Lebens allein zu verbringen, während sie auf seinen alljährlichen Besuch wartete? Und wie sollte er diese Besuche überleben?

Er hörte, dass sich Ares näherte. Mist. Reseph war nicht in der Stimmung, zu reden, was seltsam war, nachdem er – in der Zeit vor Pestilence – praktisch niemals den Mund gehalten hatte.

»Was ist bei Jillian passiert?« Ares' donnernde Stimme übertönte den Klang der Wellen, die an den Strand schlugen.

»Es ist vorbei.«

»Sie wurde mit alldem nicht fertig?«

»Eigentlich glaube ich, dass sie das durchaus geschafft hätte«, murmelte Reseph. »Aber ich wollte es nicht.«

»Ah.« Ares hob eine Muschel auf und warf sie in die Gischt. »Und wie geht's dir jetzt?«

»Mir geht's gut.«

»Und ich bin eine Märchenprinzessin«, erwiderte Ares.

Der alte Reseph hätte seinem Bruder eine schlagfertige Antwort gegeben, aber dieser Reseph war sorglos und oberflächlich gewesen, hatte alles Schlechte immer unter den Teppich gekehrt. Der Mann, der er jetzt war, würde das nie wieder tun.

»Es würde allen viel besser gehen, wenn Deliverance mich getötet hätte.«

Ares stieß einen langen Seufzer aus. »Ja, das ist wohl wahr.«

Ares, immer ganz der Anführer, nahm nie ein Blatt vor den Mund oder versuchte mit falschen Gefühlen zu beschwichtigen. Er nannte die Dinge beim Namen, etwas, was den alten Reseph geärgert hatte. Ja, dem alten Reseph war es nur wichtig gewesen, dass alle glücklich waren und die Party niemals endete.

»Ich muss das wieder in Ordnung bringen.«

»Bei wem?« Ares kreuzte die Arme vor der Brust. »Bei Jillian? Bei uns? Bei der ganzen Welt? Du kannst nichts ungeschehen machen, was Pestilence verbrochen hat.«

»Du sagst also, der Schaden, den er angerichtet hat, ist irreparabel?«

Ares' Blick durchbohrte Reseph wie der Bolzen einer Armbrust. »Einiges davon ja. Vermutlich der größte Teil.«

Reseph kniff beide Augen zu; er schämte sich so sehr wegen allem, was er getan hatte. »Was ist mit dem Schaden, den ich meiner Familie zugefügt habe? Ist der auch irreparabel?«

»Wir wissen, dass es nicht du warst, der uns diese Dinge angetan hat.«

Reseph schöpfte tief Luft und sah Ares in die mitternachtsdunklen Augen. »Aber?«

Ares fluchte. Da wusste Reseph, dass ihm die Antwort nicht gefallen würde. »Aber Pestilence könnte zurückkehren, und was wirst du tun, um ihn aufzuhalten?«

»Ich werde nicht zulassen, dass das geschieht«, sagte Reseph aufgebracht, aber Ares' Zweifel waren genauso stark wie Resephs.

»Wirklich? Du hast es aber schon einmal zugelassen. Du hast zugelassen, dass er Cara gefoltert hat, sie beinahe vergewaltigt und getötet hätte. Du hast mit Lilith und Luzifer und den mächtigsten Dämonen in Sheoul zusammengearbeitet, um uns alle zu vernichten. Wo warst du da? Hast du überhaupt versucht, ihn aufzuhalten?« Ares hieb Reseph die Faust in die Schulter. »Hast du?«

Reseph konnte Ares nichts von dem, was er gesagt hatte, verdenken. Er hatte versucht, sich aufzubäumen und seinen Körper wieder in Besitz zu nehmen, aber Pestilence war viel zu mächtig gewesen.

»Und?«, schrie Ares. Höllenhunde kamen aus allen Richtungen auf sie zu; sie spürten Ares' Zorn und bereiteten sich darauf vor, Reseph in Stücke zu reißen.

»Meinst du ernsthaft, dass ich nicht immer wieder jede einzelne Minute in meinem Kopf durchgehe und versuche herauszufinden, welche Lücken ich hätte ausnutzen können? Dass ich mich nicht frage, was ich sonst noch hätte tun können, um ihn aufzuhalten? Ich hab's versucht, Ares.«

»Dann hast du dir nicht genug Mühe gegeben!«

Die Wut auf seine Lage, auf sich selbst, auf Pestilence, das alles kochte mit einem Schlag über. »Das weiß ich! Und ich hasse mich dafür!«

»Verdammt, Reseph.« Ares drehte sich zu ihm um. »Es ist ja nicht nur das. Du hast noch nie für etwas gekämpft. Beim ersten Anzeichen eines Konflikts oder Verpflichtungen oder Emotionen verdrückst du dich. Du hast dich immer für den leichtesten Weg entschieden, und das macht mich sauer!«

»Leicht? Du findest, das alles ist leicht? Ich hab mich geändert, Ares.«

»Ach ja? Du hast dich zum ersten Mal in deinem Leben verliebt, und als es dann so weit war, dass du um Jillian hättest kämpfen müssen, hast du das etwa getan? Oder hast du es dir mal wieder leicht gemacht und sie gehen lassen, weil du dich darum drücken willst, das Schwierigere zu tun und Pestilence zu beherrschen?« Ares baute sich so dicht vor Reseph auf, dass ihre Nasen einander beinahe berührten. »Oder hast du sie gehen lassen, weil du Angst hast, dich zu binden? Das Leben ist viel zu schön, wo doch da draußen Millionen von heißen Frauen nur darauf warten, gefickt zu werden. Wie leicht es dir gefallen ist, die einzige Frau zu verlassen, die dich jemals genug geliebt hat, um ein Stück ihres gottverdammten Verstandes zu opfern, damit du dich einfach umdrehen und wieder dieselbe selbstsüchtige Hure sein kannst wie vorher. Liegt dir überhaupt etwas an Jillian?«

Mit einem Brüllen rammte Reseph Ares die Faust gegen den Kiefer. Sein Bruder taumelte nach hinten, und noch ehe er sein Gleichgewicht wiederfinden konnte, rannte Reseph ihn um. In einem Knäuel aus Boxhieben und Knurren gingen sie zu Boden.

»Ich liebe sie!«, schrie Reseph.

Ares war ungefähr zehn Kilo schwerer als Reseph, und mit diesem zusätzlichen Gewicht drückte er Reseph zu Boden. »Und ich liebe Cara, aber das war dir vollkommen egal, als du versucht hast, sie zu vergewaltigen.«

Oh … Gott. Reseph holte scharf Luft und sackte auf dem sandigen Boden zusammen, als ob seine Knochen sich in Luft aufgelöst hätten. »Scheiße. Oh … Verdammt, Ares. Es tut mir leid.«

Ares stand auf und fuhr sich immer wieder mit der Hand durch die Haare, ohne auch nur eine Sekunde aufzuhören zu fluchen. »Vom Verstand her wissen wir alle, dass das nicht du warst. Aber die Wunden sind tief. Wir kapieren es. Wir lieben dich. Aber wir können dir nicht trauen.«

Resephs Magen sackte ihm in die Kniekehlen. »Was willst du damit sagen?«

»Ich will sagen, dass wir dir helfen werden, so gut wir können. Aber du musst woandershin gehen. Wir können nicht riskieren, dass Pestilence zurückkehrt und unseren Familien etwas antut.«

»Das wird er nicht.« Doch noch während er diese Worte äußerte, wusste Reseph, dass sie nur leeres Geschwätz waren. Er wollte glauben, dass er Pestilence beherrschen konnte, aber die Beweise sagten etwas anderes. Er konnte es seinen Geschwistern nicht verdenken, dass sie sich Sorgen machten, und unwillkürlich fragte er sich, ob der alte Reseph das getan hätte. Jetzt, wo Reseph Jillian gefunden hatte, verstand er, wie mächtig das Bedürfnis, jemanden zu beschützen, sein konnte. Selbst wenn es galt, jemanden vor sich selbst zu beschützen. Ares hatte unrecht, wenn er sagte, dass Reseph es sich immer leicht machte. Es fiel ihm alles andere als leicht, sich von Jillian fernzuhalten.

Dennoch schmerzte ihn Ares' Zurückweisung. Sehr sogar. In diesem Moment stieg der Schmerz in ihm hoch, drohte überzulaufen und sich in etwas zu verwandeln, das ihm so vertraut gewesen war, als sein Siegel zerbrochen war: grauenhafte Wut. Tief in ihm regte sich Pestilence.

Mist.

»Reseph?«

»Was?« Seine Stimme war tief wie die Hölle und verzerrt. Er musste weg von hier, ehe er noch Ares' Befürchtungen bestätigte und Pestilence zu dicht an die Oberfläche ließ. Aber er würde seine Wut nutzen, und zwar gut nutzen.

»Du musst dich beruhigen, Bruder …«

Reseph ignorierte Ares und öffnete lächelnd ein Höllentor. Wenn er auch nicht imstande sein mochte, den Schaden wiedergutzumachen, den er seiner Familie zugefügt hatte, so konnte er doch in gewisser Weise Rache für sie nehmen.

Es war Zeit, es Pestilence mit gleicher Münze heimzuzahlen.

29

Das Underworld General Hospital, in dem Vampire, Werwölfe und Dämonen arbeiteten, kam laut quietschend zum Stehen, als Reseph mit einem Werwolf-Welpen auf dem Arm durch die Türen der Notaufnahme hereinkam.

Vermutlich lag das daran, dass Pestilence vor drei Monaten hier Amok gelaufen war und Hunderte von Patienten und Angestellten abgeschlachtet hatte, ehe er sich einen gefallenen Engel und Mitarbeiter geschnappt hatte, um ihn zu foltern. Spuren seines Amoklaufs waren immer noch allgegenwärtig: Risse in den Wänden, zertrümmerte Gerätschaften und verbeultes Mobiliar.

In Resephs Kopf erschallte Gelächter; Pestilence drückte seine Zufriedenheit über das aus, was er angerichtet hatte. Den ganzen Tag über hatte Reseph gegen den Mistkerl gekämpft, immer darauf konzentriert, den inneren Dämon davon abzuhalten, sich mit seinen Klauen zu nahe an die Oberfläche heranzuarbeiten. Meistens war es nicht allzu schwierig, die Kontrolle zu behalten. Die Probleme begannen erst, wenn Reseph die Beherrschung zu verlieren drohte. Pestilence sorgte für eine Extraportion Adrenalin – mehr Treibstoff für Resephs Kraft, sowohl physisch als mental. Heutzutage erschienen Reseph Dinge erwägenswert, zu denen er früher nie im Stande gewesen wäre, wie beispielsweise Folter.

Aber zum ersten Mal konnte Reseph das mentale Behältnis sehen, in dem er gesteckt hatte, während Pestilence an der Macht gewesen war. Jetzt saß Pestilence darin gefangen, und

Reavers Einschätzung war korrekt: Das Behältnis hatte Sprünge, aus denen Pestilence' Essenz heraussickerte. Wie zur Hölle sollte Reseph das nur reparieren?

»Du verdammtes Arschloch!« Eidolon, Chefarzt und Gründer des UG, ließ die Patientenakten fallen, die er gerade durchgesehen hatte, und kam wie ein Stier auf Reseph zugelaufen. In seinen Augen leuchtete blutrote Wut. »Wie kannst du es wagen, mein Krankenhaus zu betreten?«

Jede einzelne Person in der Notaufnahme strahlte Wellen der Angst und des Hasses aus. Reseph fühlte ihr Starren wie Peitschenhiebe auf der Haut. Er erkannte in einigen von ihnen Opfer, die Pestilence' Amoklauf überlebt hatten, und es waren mehr, als er zählen konnte.

»Ich bin nicht hier, um Ärger zu machen«, sagte Reseph und zog das sich windende Bündel an die Brust. »Dieser Welpe braucht medizinische Behandlung.«

»Was hast du mit ihm gemacht?«, knurrte Eidolon.

»Ich habe ihn von einem Sklavenhändler gerettet.« Und das hatte sich verdammt gut angefühlt. Reseph war durch Sheoul gefahren wie ein Messer durch Butter, hatte Dutzende von Dämonen abgeschlachtet, die Pestilence gedient hatten. Am meisten befriedigt hatte ihn – bis jetzt – der Tod des Sklavenhändlers, eines Neethul-Dämons, der Pestilence' rechte Hand gewesen war.

Nachdem die Apokalypse abgewendet worden war, hatte man ihn nach Sheoul zurück verbannt, und dort hatte sich dieser Neethul mit Namen Silth seitdem wieder seiner ersten Liebe gewidmet: dem Sklavenhandel. Reseph hatte ihn dabei erwischt, wie er einen Werwolf-Welpen geschlagen hatte, den dessen eigene Eltern in die Sklaverei verkauft hatten.

Reseph hatte nie zur Grausamkeit geneigt, doch jetzt spürte er beinahe so etwas wie Genugtuung, als sich Pestilence tief in ihm regte. Das gestattete ihm, eine Weile mit Silth zu spielen. Er genoss es förmlich, ihn nach Plänen darüber auszufragen, Pestilence zurückzuholen, aber der Dämon hatte von nichts gewusst. Doch das bereitete Reseph keine Sorgen, da er noch einigen anderen Leuten Besuche abstatten wollte.

»Hat er eine Familie?« Eidolon sprach durch zusammengebissene Zähne hindurch, und seine Stimme war vor Wut verzerrt.

»Seine Familie hat ihn überhaupt erst an den Sklavenhändler verkauft.«

Eidolon nahm das Tierkind, fasste es ganz behutsam an, trotz der Wut, die den Arzt sichtlich beben ließ. Der Dämon würde sich keine Gelegenheit entgehen lassen, nur einen einzigen Schlag auszuteilen. Vielleicht würde Reseph es eines Tages sogar zulassen.

»Wir werden uns um ihn kümmern.« Eidolon wies auf das Höllentor der Notaufnahme. »Und jetzt verzieh dich.«

Nur zu gerne. Reseph setzte seinen unwillkommenen Hintern in Bewegung und reiste durch das Tor wieder nach Sheoul, wo seine nächste selbst auferlegte Mission schon wartete. Er war seinem Ziel so nahe gekommen, wie es möglich war, ohne zu Fuß zu gehen; viele Dämonen schränkten die Benutzung der Höllentore in der Nähe ihres Wohnortes ein. Niemand mochte Überraschungsangriffe.

»Conquest – heraus!«

Das Tattoo auf seinem Arm bewegte sich und verwandelte sich in Rauch, ehe es sich als weißer Hengst neben ihm materialisierte. Reseph verschwendete keine Zeit, sprang auf und ritt über die sie umgebende Felsenebene. Rauch stieg vom Boden auf, und eine Vielzahl von Kreaturen brachte sich eiligst in Sicherheit, als die Hufe des Schlachtrosses über einen vertrauten Pfad in der exklusiven Region Fangorg galoppierten.

Schon bald erhob sich eine riesige schwarze Villa unheilverheißend auf der zerklüfteten Seite eines Hügels. Die knorrigen Bäume, die sie umgaben, dienten als zusätzlicher Schutz. Diese Bäume waren Fleischfresser; ihr Saft enthielt Säure, die das Fleisch jedes Lebewesens auflöste, das so unvorsichtig war, Blätter oder Rinde zu berühren. Die Schlingpflanzen, die die Steinmauern – im wörtlichen Sinne – hinaufkletterten, waren genauso gefährlich. Überreste ihrer bedauerlichen Opfer lagen überall auf dem Boden verteilt, federleichte vertrocknete Hülsen, die um Conquests Hufe herumwirbelten, als Reseph den Hengst vor dem Eingang anhalten ließ. Er hatte seine helle Freude an Pestilence' panischer Aufregung – diesmal war der Dämon nicht darauf versessen, zu töten.

Diesmal bedeutete Pestilence das auserkorene Opfer etwas.

Oh, Pestilence lag also tatsächlich etwas an jemand anderem. Gut! Das würde seine Rache umso mehr versüßen.

Reseph stieg ab, gab Conquest ein Stück Zucker und klopfte ihm auf den Hals. »Von Pestilence hast du sicher keinen Zucker bekommen, oder? Dann schulde ich dir wohl noch die Zuckerstückchen eines ganzen Jahres.« Conquest scharrte mit den Hufen; er spürte Resephs ansteigende Wut. Es war so weit. »Zu mir.«

Conquest löste sich in eine Rauchwolke auf und glitt unter Resephs Panzerhandschuh, um sich auf seinem Arm niederzulassen. Nachdem das Pferd wieder an seinem Platz war, marschierte Reseph in die Villa. Die Wachen hielten ihn nicht auf, auch wenn sie vor Verwirrung über ihre eigenen Füße stolperten. Schließlich waren sie davon ausgegangen, dass Pestilence tot war.

In wenigen Minuten würden sich die Wachen wünschen, ihr Idol wäre tatsächlich tot.

Die Gänge, die mit den Gemälden und Zeichnungen der Eigentümerin geschmückt waren, waren ruhig, doch die Geräusche von Leiden und Lust, die aus der Halle vor ihm drangen, wurden mit jedem Schritt lauter.

Reseph schob die massiven Doppeltüren auf und betrat eine Höhle der Lust. Pestilence hatte häufig hier gespielt. Reseph hingegen hatte einen bitteren Geschmack im Mund. Der Pfosten, an den er seine Opfer zum Auspeitschen gefesselt hatte, war einer seiner Favoriten gewesen, genau wie das Andreaskreuz, an dem seine Sexualpartner in Handschellen hingen, während er eine ganze Reihe von Sex- und Folterspielzeugen benutzt hatte, die jeden Quadratzentimeter der Wände bedeckten.

Einige seiner Partnerinnen waren bereit gewesen, ihn tun zu lassen, was er wollte, selbst wenn es ihren Tod bedeutete. Doch jenseits des mit Blut gefüllten Teiches, in dem gegenwärtig ein Dutzend Leute eine Orgie feierten, schmachteten unwillige Opfer in Käfigen. Solche wie sie konnte man kaufen, doch Pestilence hatte sie sich kostenlos beschafft.

Ja, ihr solltet vor Angst außer euch sein. Aber ihr solltet euch auch geehrt fühlen, dass ich euch heute für mein Vergnügen ausgewählt habe. Es gibt Lebewesen, die mich anflehen, ihnen durch meine Hände und meinen Schwanz Lust und Schmerz zu schenken. Also schreit, weint und bettelt um euer Leben. Doch wisst, dass viele dieser Lebewesen von Eifersucht erfüllt zuschauen werden.

Die Erinnerung an den Vortrag, den Pestilence einem seiner Opfer gehalten hatte, bestärkte Resephs Entschlossenheit. Nicht, dass er geschwankt hätte, aber so war es noch sehr viel einfacher.

Als er durch den Raum hindurchmarschierte, richteten sich sämtliche Blicke auf ihn. Selbst die, die kurz vor dem Höhepunkt gestanden hatten, hielten inne, um zu sehen, was los war. Sie würden es bald genug erfahren.

Er würde sie alle töten.

Seine Zielperson befand sich nicht in dem Raum, was bedeutete, dass sie sich vermutlich in ihren Privatgemächern aufhielt. Von ihren Wachen ungehindert, riss er die Tür auf, und da war sie: Sie trug lediglich High Heels und vergnügte sich mit einem weiblichen Trillah und einem männlichen Widderkopf.

Mit einem Lächeln zog er sein Schwert. »Hallo, Mutter. Hab ich dir gefehlt?«

30

»Mein Sohn.« Lilith erhob sich geschmeidig, verführerisch, und Reseph spürte Pestilence' Wohlgefallen. Mit einer einzigen Geste schickte sie die beiden Dämonen fort, die einen weiten Bogen um Reseph machten, als sie sich davonschlichen. »Es hieß, du wärst tot. Ich habe dich vermisst.«

Das hatte sie zweifellos. Pestilence hatte ihr zu trauriger Berühmtheit und Aufmerksamkeit verholfen. »Bedecke dich.«

Sie kniff ihre veilchenfarbenen Augen zusammen, die so sehr denen von Limos glichen. »Wer bist du?«

»Mutter, ich bin verletzt.« Er setzte eine Schmollmiene auf. »Erkennst du deinen eigenen Sohn nicht?«

Mit einem Zischen wich sie so rasch zurück, dass sie auf ihren blutroten Stilettos taumelte.

»Reseph.« Sie spuckte seinen Namen aus, als ob er pures Gift wäre. »Wo ist Pestilence? Ich kann ihn in dir spüren.«

Er bewegte sich vorwärts, setzte Lilith unter Druck, setzte seine Größe und seinen gewaltigen Körper ein, um sie nervös zu machen. Im Gegensatz zu Ares und Than hatte Reseph seine physische Statur nur wenige Male dazu verwendet, andere einzuschüchtern. Dieses Mal war das beste von allen. Er genoss Liliths Unbehagen.

»Thanatos hat Pestilence Deliverance ins Herz gestoßen«, sagte er. »Er sitzt in der Falle und wird nie wieder zurückkommen.«

»Warum bist du dann hier?« Sie musterte sein Schwert. Zum ersten Mal entdeckte er einen Hauch von Furcht in ihren Augen.

»Ich will wissen, wer mein Vater ist.«

Sie sah ihn an, als ob er schwer von Begriff wäre. »Yenrieth. Sein Name taucht in sämtlichen Legenden auf.«

»Das weiß ich auch«, grollte er. »Aber es gibt keinen Yenrieth, der im Himmel dient. Also ist er entweder tot oder aber ein Gefallener und hat einen neuen Namen angenommen. Wie lautet dieser?«

»Ich habe keine Ahnung. Warum sollte es mich kümmern, was aus ihm geworden ist?«

»Vielleicht weil er dich geschwängert hat?«

Sie schnaubte. »Na und?«

»Was hat er gesagt, als du ihm erzählt hast, dass er Vater werden würde?«

Das war eine Frage, die zu stellen ihm nie zuvor eingefallen war, weil ihm der Mann, der ihn gezeugt hatte, in Wahrheit scheißegal gewesen war. Denn wenn er sich für ihn interessiert hätte, hätte er sich möglicherweise mit allerhand unangenehmen Dingen auseinandersetzen müssen, und Reseph war stets jeder Auseinandersetzung aus dem Weg gegangen. Doch seine Zeit als Pestilence und seine Beziehung zu Jillian hatten ihn gelehrt, die Familie mit anderen Augen zu sehen.

»Wen zur Hölle interessiert das? Ich habe euch sowieso alle vor ihm versteckt.«

»Uns versteckt? Du hast uns abgeschoben«, knurrte er.

»Bis auf Limos.« Sie stieß einen dramatischen Seufzer aus. »Und was für eine Enttäuschung sie geworden ist.«

Eine Welle des Hasses erschütterte Reseph, doch er zwang sich, diesem Gefühl nicht nachzugeben. Noch nicht. »Dann weißt du also nichts über unseren Vater.«

»Was spielt das für eine Rolle? Wenn er euch gewollt hätte, hätte er sich gemeldet, und wenn er tot ist, ist er … tot.«

»Wir glauben nicht, dass er tot ist. Es gibt Hinweise darauf, dass er derjenige sein wird, der unsere Siegel in der biblischen Version der Apokalypse brechen wird.«

Liliths Augenbrauen schossen in die Höhe. »Tatsächlich.« Sie ging zu einem Gemälde, das sie selbst angefertigt hatte, eine grauenhafte Darstellung einer Orgie, und schob es beiseite, sodass eine Vertiefung in der Wand sichtbar wurde. Sie griff hinein und zog ein Pergament heraus. »Ich habe dieses Bild von Yenrieth gezeichnet, damit ich kein einziges Detail vergesse. Er war so wunderschön. Ein perfektes Exemplar, das es wahrhaftig wert war, gezeichnet zu werden.«

Er entriss es ihr und wich ihr gleich darauf aus, als sie versuchte, sich an ihm zu reiben. Seine eigene Mutter! Widerlich. Er wandte sich ab und blickte auf die Zeichnung. Im nächsten Moment kamen all seine Körperfunktionen zu einem brutalen Stillstand. Ihm blieb der Atem weg, sein Herz verkrampfte sich, und seine Synapsen hörten auf, Informationen zu übertragen. Heilige Hölle.

»Das ist doch nicht möglich.« Seine Stimme zitterte und klang heiser.

Lilith nahm einen Dolch mit gezackter Klinge von der Wand, den, mit dem sie vorzugsweise Genitalverstümmelungen vornahm. »Er trägt dasselbe flügelartige Mal auf seinem Innenschenkel wie du. Überprüfe es selbst, solltest du ihn je finden können.«

Er blickte in sein Gesicht im Spiegel hinter Liliths Bett. Gott, die Ähnlichkeit war da, klar wie der helle Tag. »Warum hast du uns weggegeben?« Er richtete den Blick wieder auf seine Mutter, ohne Pestilence' gieriges Knurren zu beachten. »Warum hast du mich bei einer Frau gelassen, die mehr Zeit darauf verwandte, ihr Haar zu bürsten, als auf mich?«

Es war dumm, Lilith so etwas zu fragen, und er war nicht sicher, warum er sich überhaupt die Mühe machte. Diese Scheiße hatte sich vor fünftausend Jahren ereignet, und nichts davon spielte jetzt noch eine Rolle.

»Ich habe euch fortgegeben, um euer Überleben zu sichern. Ich wusste, dass ihr eines Tages einmal sehr mächtig sein würdet, auch wenn ich nicht hätte vorhersehen können, wie mächtig.« Sie fuhr mit der Klinge über ihre Handfläche und betrachtete die nasse, leuchtend rote Spur, die aus dem Schnitt hervorquoll. »Und was diesen Menschen betrifft, der dich aufgezogen hat?« Lilith zuckte die Achseln. »Sie hat dich ernährt und gekleidet. Also hör auf zu jammern, du undankbares Balg.«

»Ernährt und gekleidet? Sie hat mich tagelang allein gelassen, während sie sich Gott weiß wo herumgetrieben hat. Ich wäre um ein Haar im Feuer umgekommen, weil sie mich wieder mal mir selbst überlassen hatte. Offensichtlich ist dein Adoptionsprüfverfahren dringend verbesserungsbedürftig.«

Sie lachte, ein gackernder, greller Laut, bei dem er die Zähne zusammenbiss. »Ich verachte dich, Reseph. Ich freue mich schon darauf, Pestilence wiederzusehen.«

Reseph stürzte sich auf sie, rammte sie gegen die Wand, den Unterarm auf ihre Kehle gedrückt. »Was weißt du über Gethels Pläne, ihn zu befreien?«

»Gar nichts.«

Reseph verstärkte den Druck auf ihren Hals. »Lügnerin. Versuch's noch einmal.«

Ein ersticktes Husten kam über ihre üppigen Lippen. »Ich weiß, dass Harvester wegen eines Gegenstandes gefoltert wurde, der sich in ihrem Besitz befand. Gethel und Luzifer haben vor, dich ihm auszusetzen. Sie sind sicher, dass er Pestilence wieder zum Vorschein bringen wird.«

»Haben sie das Ding in die Finger bekommen?«

»Ich weiß es nicht. Ich schwöre es.«

Reseph stieß sich von Lilith ab. Verdammt. Es würde nicht leicht sein, Gethel oder Luzifer ausfindig zu machen.

Lilith räusperte sich und rang um Fassung, ehe sie mit der Messerspitze auf die Tür zeigte. »Jetzt sei ein braver Junge und hol mir eine der Frauen in den Käfigen. Du kannst sie ficken, während ich sie zum Schreien bringe. Anschließend bringen wir sie gemeinsam um. Ganz wie in den alten Zeiten.«

Pestilence rührte sich aufgeregt in ihm. Ekelerregende Erinnerungen kochten hoch, sodass sich Reseph der Magen umdrehte. Er hatte genug von dieser Unterhaltung.

»Du bist widerlich.« In einem glatten raschen Bogen ließ er seine eigene Klinge auf Lilith hinabsausen. Sie traf zwischen Hals und Schulter auf.

Lilith kreischte, während er ihren Körper entzweihieb. Das war so eine Sache mit Sukkuben – sie neigten dazu, sehr viel zerbrechlicher zu sein als andere Dämonenspezies. Und tatsächlich beendete er ihr erbärmliches Leben mit einem weiteren Hieb, der ihr den Kopf von den Schultern trennte.

Die berühmt-berüchtigte Schlampe war tot.

Aber er hörte nicht etwa mit Lilith auf. Seine Wut hatte eine Eigendynamik gewonnen, und so verwandelte er ihre Sexhöhle in ein Schlachthaus. Sein Panzer, der stärker wurde, sobald er Blut absorbierte, erhielt reichlich Nahrung, und als er fertig war, waren nur noch die Gefangenen in den Käfigen am Leben. Er ließ sie frei und verließ den Schreckensort durch ein Höllentor.

Er hatte eine Verabredung mit seinem Vater.

Doch zuerst suchte Reseph Jillians Zuhause auf, auch wenn er wusste, dass er das nicht tun sollte, dass es ihn schrecklich mitnehmen würde, sie zu sehen. Doch er musste sich vergewissern, dass es ihr gut ging, nach der Art und Weise, wie sie auseinandergegangen waren.

Also umhüllte sich Reseph mit einem *khote*-Zauber und betrat vollkommen unsichtbar die Scheune. Das Licht war an, und das Verhalten der Tiere zeigte ihm, dass sie damit rechneten, gleich gefüttert zu werden.

Jillian war in der Scheune, doch anstatt die Tiere zu füttern, saß sie auf einem Heuballen. Tränen liefen ihr über die Wangen. Resephs Haut zog sich vor Selbstekel zusammen.

»Es tut mir so leid«, flüsterte er.

Jillian blickte schniefend auf. Sah ihn direkt an. Verdammte Scheiße. Sie konnte ihn nicht sehen, aber offensichtlich spürte sie ihn. Er verharrte regungslos, als ob er sich dadurch noch unsichtbarer machen könnte. *Idiot.*

Wenigstens machte Pestilence ausnahmsweise mal keinen Ärger. Der Dämon litt im Moment solche Qualen wegen Liliths Tod, dass Reseph es als dumpfes Pochen in seinem Leib spüren konnte.

Gut. Der Mistkerl hatte es verdient, zu leiden.

Schließlich wischte Jillian ihre Tränen mit dem Jackenärmel weg und machte sich an die Arbeit. Sie bewegte sich langsamer als gewöhnlich, und sie sah aus, als ob sie eine ganze Woche lang am Stück schlafen könnte, aber Reseph war sich ziemlich sicher, dass er der Letzte war, den sie jetzt sehen wollte.

Widerwillig zog er sich aus der Scheune zurück und öffnete ein Tor zu Ares' Insel, doch einer von Ares' Widderkopf-Dienern berichtete ihm, dass dieser sich mit Cara und Rath bei Limos aufhielt. Er folgte ihnen durch ein weiteres Höllentor dorthin und dachte bei sich: *Na, großartig!* Als ob es nicht schon Folter genug gewesen wäre, Jillian zu sehen, fühlte er sich gekränkt, als er den Duft von gegrilltem Fleisch roch und ihm die Musik von Maroon 5 entgegenplärrte. Offensichtlich hatten sich alle zu einer Party versammelt, zu der Reseph nicht eingeladen war.

Es spielte keine Rolle, dass Reseph ihr Zögern verstand, ihn wieder in ihren Kreis aufzunehmen, als ob nichts passiert wäre. Es tat trotzdem weh.

Seine Geschwister und ihre Familien hielten sich vor dem Haus auf, und sie waren nicht allein. Es sah so aus, als ob die halbe Belegschaft des Underworld General ebenfalls dort wäre. Überall waren Kinder zu sehen, die am Strand spielten und mit ein paar Höllenhunden herumtollten, und Limos kümmerte sich um die Bar.

Als einer der Hunde, Hal, Reseph sah, verwandelte er sich in eine schwarze Kugel mit scharfen Zähnen. Mist. Reseph konnte sich einen Kampf mit dem Vieh nicht leisten, nicht, wenn er unbedingt beweisen musste, dass er kein bösartiges Arschloch war. Pestilence hatte sowieso schon genug Höllenhunde getötet. Also öffnete er erneut ein Tor, aber noch ehe er es betreten konnte, ließ Caras Befehl Hal wie angewurzelt stehen bleiben.

Doch der Hund knurrte ihn an, und seine Augen leuchteten rot. Außerdem begann nun ein anderer Hund, ebenfalls langsam auf Reseph zuzukriechen.

Cara rief sie beide zurück. Sie gehorchten nur widerwillig, stellten sich aber zwischen Reseph und Cara und die Kinder.

Limos stellte den Margarita-Mixer hin, und dann setzte plötzlich die Musik aus und alles war still.

»Tja, das ist jetzt ein bisschen peinlich.« Reseph schritt über den Strand, an dem er früher so viele glückliche Stunden verbracht hatte. »Ich wollte euch nicht die Party verderben.«

»Es ist nicht, wonach es aussieht«, sagte Limos.

Reseph entging nicht, dass sich seine Brüder unauffällig in die Nähe ihrer Frauen bewegten. Arik stellte beiläufig seinen Drink ab und hielt die Hand auf Hüfthöhe, wo er zweifellos eine Waffe versteckt hatte. Der Hass in den Augen des Mannes hätte ein Loch durch Titan brennen können.

»Du musst mir nichts erklären.« Reseph hasste sich für das Zittern in seiner Stimme.

Ares meldete sich zu Wort. »Wir hatten vor, zusammenzukommen, um für dich einen Platz zu finden, wo du leben kannst, nachdem Harvester deine Höhle zerstört hat. Regan hat vorgeschlagen, auch die Leute vom UG einzuladen, um für alles zu danken, was sie während der Hölle der Apokalypse getan haben.«

»Es war ein ganz spontanes Treffen«, erklärte Limos.

»Hört auf.« Reseph hielt eine Hand hoch. »Ihr schuldet mir keine Erklärung.« Er ging auf sie zu und tat so, als würde er nicht merken, wie die Anspannung der anderen mit jedem seiner Schritte wuchs. »Ich habe Neuigkeiten: Lilith ist tot.«

»Was?« Thanatos' Stimme klang erstickt. »Woher weißt du das?«

»Weil ich sie eigenhändig umgebracht habe.«

»Oh mein Gott.« Limos nahm den Margarita-Krug und trank direkt daraus. Als sie fertig war, wischte sie sich den Mund mit dem Handrücken ab. »Weißt du eigentlich, was du da getan hast? Sie saß in Satans Rat. Luzifer hat sich auf ihre Infos verlassen. Die bekam sie von den Dämonen, die sie fickte. Gott, Reseph. Das bedeutet Vergeltung. Schlimme Vergeltung.«

»Gut. Ich muss nämlich noch ein paar Leute umbringen.« Reseph trat auf Reaver zu, der lässig an einem Baumstamm lehnte. »Wo ist Revenant?«

»Der leckt seine Wunden. Wieso?«

Reseph bewegte sich blitzartig, packte Reaver bei der Kehle und rammte ihn gegen den Baum. »Weil ich unseren Vater gefunden habe«, presste er heraus. »Und ich will wissen, wie viel unsere Wachen wussten.«

Im nächsten Augenblick war Limos bei ihnen. Ares und Thanatos folgten ihrem Beispiel. Sie legte die Hand auf Resephs Arm und drückte ihn. »Du hast ihn gefunden? Wie?«

»Lilith hat ein Bild des Engels gezeichnet, der sie geschwängert hat, und sie war so freundlich, es mir zu überlassen.«

Reseph beugte sich vor, bis sein Gesicht das des Engels beinahe berührte. »Sag's ihnen, Reaver.«

»Ich weiß nicht, was ich ihnen sagen soll«, knurrte Reaver.

»Quatsch. Warum hast du es vor uns geheim gehalten? Thanatos hat Jahrhunderte damit verbracht, unseren Vater zu suchen. Also, warum hast du ihm verdammt noch mal nicht die Wahrheit gesagt?«

Reavers Stimme wurde sehr tief und sehr leise; sie besaß eine Schärfe, die gefährlich klang. »Und welche Wahrheit soll das sein?«

Reseph ließ Reaver los und drückte ihm das Pergament in die Hand. »Dass *du* unser Vater bist.«

31

Reaver starrte die Zeichnung in seiner Hand an. In seinem Kopf drehte sich alles. Er hörte Stimmen um sich herum, aber alles war durcheinander, sodass er nichts Konkretes aufnahm. Schließlich blickte er auf. Reseph starrte ihn wütend an, die anderen eher verwirrt.

»Warum hast du es uns nicht gesagt?«, fragte Reseph vorwurfsvoll. »Du bist jetzt seit was – drei Jahren unsere Wache, und konntest nicht ein einziges Mal darauf hinweisen, dass du unser Samenspender warst? Wo zum Teufel warst du die letzten fünftausend Jahre? Du hast zugelassen, dass Lilith uns einfach im Stich gelassen hat, und du hast zugelassen, dass sie Limos mit sich in den Abgrund gezogen hat.«

Reaver blickte noch einmal auf die Zeichnung. »Das muss ein Fehler sein.«

»Willst du vielleicht leugnen, dass du das bist?«

Reaver sah von dem Pergament zu Reseph und allen anderen, die sich um sie versammelt hatten.

»Offensichtlich zeigt diese Zeichnung mich.« Er räusperte sich. »Aber ich habe nicht … ich glaube nicht, dass ich mit Lilith geschlafen hätte.«

»Was meinst du damit, du glaubst nicht, dass du es getan hättest?«, fragte Limos. »Ist das nicht etwas, was du wissen solltest?«

Reaver stieß einen ausgedehnten Seufzer aus. Es gab Dinge, die er *wusste*, aber das hier gehörte nicht dazu. »Ich habe euch doch erzählt, dass mir vor fast dreißig Jahren meine Erinnerungen genommen wurden. Es erinnert sich auch sonst niemand an mich. Ich bezweifle, dass Lilith sich erinnern würde, wenn sie nicht ein Bild gezeichnet hätte.«

»Dann könntest du also mit ihr geschlafen haben.«

»Nein. Unmöglich.« Reavers Kehle war wie zugeschnürt; sein Protest klang hohl und leer. Er konnte sich nicht vorstellen, mit jemandem intim zu werden, der so böse und verderbt wie Lilith war. Aber er wusste auch, dass er eine rebellische Ader besaß, und wenn eine Anweisung bestanden hätte, nicht mit dem Sukkubus ins Bett zu gehen, hätte er es möglicherweise einfach nur aus Trotz getan.

»Ich kann es beweisen.« Resephs Stimme hatte ihre Härte verloren, jetzt, nachdem ihm klar geworden war, dass Reaver ihnen dieses bedeutende Geheimnis nicht absichtlich vorenthalten hatte. »Ich habe ein Muttermal in Form eines einzelnen Flügels an der Innenseite meines linken Oberschenkels. Lilith sagte, unser Vater, der Engel auf der Zeichnung, hätte genau das Gleiche.«

Reaver erstarrte. War wie eingefroren, sodass er nicht einmal hyperventilieren konnte.

»Und?« Ares, der sich nur selten über irgendetwas aufregte, strahlte gespannte Erwartung aus. »Hast du so ein Mal, Reaver?«

Eine Mischung aus panischer Angst und Freude erfasste Reaver, als er jedem der Reiter in die Augen sah. Und dann nickte er. Jetzt wusste er, warum er sich diesen vieren so verbunden fühlte. Warum er riskiert hatte, eine Ewigkeit in Sheoul-gra zu verbringen, indem er Reseph dort herausgeholt hatte. Und warum ihm in diesem Moment die Augen brannten.

»Ja. Es …« Er räusperte sich, weil seine Stimme so heiser klang. »Wie es scheint … bin ich euer Vater.«

Limos stürzte sich auf ihn, warf die Arme um ihn und drückte so fest zu, dass er kaum noch atmen konnte. »Ich wusste es«, flüsterte sie. »Ich wusste, es gibt einen Grund, dass ich dich von Anfang an geliebt habe.«

»Verdammt noch mal, Reaver«, sagte Eidolon. »Du bist voller Überraschungen.«

Shade, einer von Eidolons Brüdern, stieß ein Schnauben aus. »Es gibt wirklich nur noch eine Möglichkeit, das zu toppen – wenn du uns jetzt noch erzählst, dass du in Wirklichkeit ein Schattenengel bist.«

Jetzt war es an Reaver, ein Schnauben auszustoßen. Es hatte zu jeder Zeit immer nur ein einziger Schattenengel existiert, also ein Wesen, das sowohl zu Sheoul als auch zum Himmel Zugang hatte und die Energie beider Orte nutzen konnte; aber es hatte nun schon seit Jahrhunderten keinen mehr gegeben.

Wraith, Shades und Eidolons blonder Bruder, klopfte Reaver auf den Rücken. »Sei froh, dass du ihnen nicht beibringen musstest, aufs Töpfchen zu gehen.« Er zeigte auf die Reiter. »Ich wette, diese Arschlöcher würden sogar Windeln aus *Kevlar* zum Platzen bringen.«

Thanatos bewarf Wraith mit einem Mais-Chip. Thanatos … Reavers Sohn.

Reaver war Vater.

Aber wie? Und wer im Himmel wusste davon? War ihm das Amt der Wache von jemandem übertragen worden, der sich der Tatsache bewusst war, dass die Reiter seine Nachkommen waren?

Reaver hatte auf einmal sehr viele Fragen … und verspürte die unangenehme Ahnung, dass die Antworten ihm möglicherweise nicht gefallen würden.

32

Reseph hatte das Gefühl, nicht dazuzugehören. An dem Strand, den er früher einmal praktisch sein Zuhause genannt hatte, kam er sich wie ein Fremder vor.

Die Leute vom Underworld General waren eher ein Teil der Familien seiner Geschwister als er.

Und daran trägt niemand außer dir selbst die Schuld, Arschloch.

Pestilence fiel allerdings ebenfalls ein großer Teil der Schuld zu.

Mit einem Fluch schritt er den Strand entlang, um einen sicheren Ort für ein Höllentor zu finden.

»Reseph, warte!« Limos holte ihn ein und ergriff seinen Ellbogen. »Bist du okay?«

Er zuckte mit den Achseln und setzte sein bestes Alter-Reseph-Gesicht auf. »Ja. Ich werde mir jetzt mal einen Platz suchen, wo ich wohnen kann, und dann wollte ich vielleicht noch ins *Four Horsemen*.« Eine Lüge. Eine riesige verdammte Lüge.

Ja, er brauchte einen Ort zum Leben, aber in diesen Unterwelt-Pub, in dem er unzählige Stunden damit verbracht hatte, unzählige Frauen zu vernaschen, würde er nie wieder einen Fuß setzen. Er wollte einzig und allein Jillian, und darum war es viel wahrscheinlicher, dass er in ihrer Scheune rumhängen würde, wie ein gruseliger, unsichtbarer Spanner.

»Verschon mich mit diesem Quatsch«, sagte Limos sanft. »Dazu kenne ich dich viel zu gut. Du vermisst Jillian, stimmt's?«

Reseph nickte nur, da er sich sicher war, seine Stimme würde sich überschlagen wie die eines Teenagers.

»Dann hol sie dir zurück.« Limos blickte einen Moment lang in den Sand, als ob sie sich sammeln müsste. »Wenn du dir wegen Pestilence Sorgen machst, solltest du vielleicht mal darüber nachdenken, wie deine Qualen jedes Mal nachgelassen haben, wenn sie da war. Vielleicht kann sie dir dabei helfen, ausgeglichen zu bleiben und ihn zu beherrschen.«

Er schüttelte den Kopf. »Selbst wenn das wahr wäre, würde sie mir doch niemals vergeben, was ihr zugestoßen ist.«

Limos stampfte mit dem Fuß auf. »So ein Quatsch! Diese Menschenfrau hat dir ein Stück ihres Verstandes gegeben, um dir zu helfen, und zwar nachdem sie erfahren hat, was Pestilence ihr angetan hat. Sie liebt dich.«

Er hätte schwören können, Pestilence lachen zu hören, und die Erinnerung an den Angriff auf sie begann sich in seinem Gehirn breitzumachen. Wo war Reseph gewesen? Warum hatte er nicht darum gekämpft, zu unterbinden, was Jillian passiert war? Reseph war genauso verantwortlich wie Pestilence.

»Ich weiß, was du denkst, aber es war Pestilence, der sie verletzt hat«, sagte Limos. »Nicht du. Und mir ist durchaus klar, dass ich wie eine Heuchlerin klinge, aber du darfst nicht vergessen, dass Pestilence uns ein ganzes Jahr lang fast täglich gequält hat.« Sie blickte zur Gruppe der anderen zurück, die sie fast ausnahmslos beobachteten. »Er hat Torrent umgebracht, den Ares wie einen Sohn liebte. Er hat meine Bediensteten an Bäumen aufgehängt. Er hat Arik die Seele gestohlen. Und das Schlimmste war, dass er versucht hat, Logan zu töten. Das alles sind Dinge, die wir nicht so leicht vergessen können, selbst wenn wir wissen, dass es nicht du warst, der sie getan hat.«

Reseph schloss die Augen und kämpfte darum, die Erinnerung an seine Vorbereitungen, das Neugeborene zu töten, in

Schach zu halten, aber was er nicht aufhalten konnte, war die Übelkeit. Mit schwerfälligen Bewegungen eilte er in die Brandung und übergab sich. Sein Körper zitterte so heftig, dass er sich nicht länger auf den Beinen halten konnte und in den Wellen auf die Knie fiel.

Er wusste nicht, wie lange er so verharrte, mit gesenktem Kopf, während das Wasser seine Beine umspülte, als sich Arme um ihn legten und ihm aufhalfen. Reaver. Reaver hielt ihn aufrecht.

»Es tut mir leid, Reaver«, begann er, um gleich darauf innezuhalten. Sollte er ihn jetzt vielleicht Vater nennen? »Was ich dir in Harvesters Versteck angetan habe –«

»Hör auf.« Reaver packte Resephs Schultern mit festem Griff und schüttelte ihn leicht. »Niemand von uns braucht Entschuldigungen. Was wir brauchen, ist, dass du wieder der Alte wirst.«

Leichter gesagt als getan. Es war nicht einfach, solche Dinge hinter sich zu lassen wie, Millionen von Leuten getötet oder die eigene Familie gequält zu haben. Auch wenn er zugeben musste, dass Harvesters »Sheoul-Voodoo«, wie Limos es nannte, ihm dabei schon sehr geholfen hatte. Aber warum hatte sie das getan? Sie hasste ihn, und das mit gutem Grund.

»Reaver … weißt du, warum Harvester als unsere Wache gefeuert wurde?«

»Nein, aber vielleicht kannst du uns darüber Aufschluss geben. Hat sie Pestilence auf irgendeine Weise geholfen?«

Er nickte. »Es war ihre Idee, die Aegis mit einer List dazuzubringen, Thanatos die Jungfräulichkeit zu rauben, sodass sein Siegel brechen würde. Sie hat auch das Dokument geschrieben, das die Aegis denken ließ, ein Baby sei der Schlüssel dazu, die Apokalypse abzuwenden.«

Wie es sich herausgestellt hatte, war das Baby tatsächlich der Schlüssel. Außerdem war es der Schlüssel dazu, Thans Siegel zu brechen und die Apokalypse in Gang zu bringen. Schon als er auf die Welt gekommen war, hatte großes Gewicht auf Logans Schultern gelastet.

Reaver runzelte die Stirn. »War euch klar, dass Regan Emotionen spüren kann, wenn sie Tinte auf Haut oder Pergament berührt?«

»Nein, warum?«

»Weil sie bestätigt hat, dass, wer auch immer diese Zeilen geschrieben hat, jedes einzelne Wort darin glaubte. Wenn das, was du sagst, die Wahrheit ist, dann wusste Harvester die ganze Zeit über, dass Thans Unschuld nicht sein *agimortus* ist.«

Reseph sog harsch die Luft ein. »Dann wusste sie also, dass es das Baby war.« Er rieb sich die Schläfen, in dem Versuch, diese neue Information zu verarbeiten. Wenn sie das gewusst hatte, warum hatte sie es dann Pestilence vorenthalten? Ihm war es erst sehr viel später klar geworden. Das passte alles nicht zusammen.

»Ob sie es nun wusste oder nicht, jedenfalls ist klar, dass sie Pestilence geholfen hat, was einen Bruch unserer Regeln darstellt«, sagte Reaver.

»Vielleicht wurde sie deshalb ihres Amtes als Wache enthoben und durch diesen Widerling ersetzt.«

Reaver wirkte beunruhigt. »Vielleicht. Aber mir kommt es übertrieben vor, sie zur Strafe gleich in die Hölle zu zerren.«

»Sie wird gefoltert«, sagte Reseph. »Lilith sagte, Luzifer will etwas von ihr. Etwas mit der Macht, Pestilence hervorzuholen. Weißt du, was das sein könnte?«

Reavers Stirnfalten wurden noch tiefer. »Keine Ahnung.«

Die Partymusik setzte wieder ein – Resephs Stichwort, endlich zu verschwinden. Vor einem Jahr hätte er sich zu den anderen gesellt, ein Volleyballspiel angefangen oder einen Trinkwettbewerb. Auch jetzt hätte er gerne mitgemacht, aber nur mit

Jillian an seiner Seite. Er würde sie zum Surfen in die Wellen hinaus mitnehmen, und vielleicht würden sie unter Wasser ein paar unartige Dinge anstellen, wo niemand außer ihr wissen würde, was seine Hände machten. Später, wenn alle anderen weg waren, würde er sie am Strand mit der Ehrerbietung lieben, die sie verdiente.

Ein Gefühl von Einsamkeit und Verlust legte sich über ihn. »Danke«, sagte er zu Reaver. »Danke, dass du mir Jillian zumindest für eine kurze Zeit geschenkt hast.« Er sah seinen Vater an, wünschte, er hätte die Wahrheit schon früher gewusst. Am besten, als er noch ein Kind gewesen war. »Du warst das, nicht wahr? Sie sagte, sie habe in der Nacht, in der sie angegriffen wurde, Flügel gehört. Du warst da.«

»Ja.« Er berührte Resephs Haar mit überraschender Zärtlichkeit. »Es war schwierig, Pestilence zu verfolgen, da er so oft in Sheoul war. Aber in jener Nacht –«

»In jener Nacht jagte er Aegi«, sagte Reseph. Er erinnerte sich an das Dutzend Wächter, die im Laufe weniger Stunden ihr Leben verloren hatten.

Reaver nickte. »Ich hatte es endlich geschafft, ihn wiederzufinden. Ich bin der Grund, warum Pestilence in jener Nacht unterbrochen wurde. Möglicherweise habe ich einem Cop ins Ohr geflüstert, er solle auf diesem Parkplatz eine Routinepatrouille durchführen.«

Pestilence und die Dämonen hatten sich verzogen, da ihre Opfer sowieso nicht mehr zu viel taugten. Dieser kranke Mistkerl.

»Lass endlich die Schuldgefühle wegen dem, was in jener Nacht passiert ist, los«, sagte Reaver. »Das warst nicht du. Jillian und du, ihr habt einander gebraucht, um zu heilen, was Pestilence angerichtet hatte.«

»Ich brauchte sie, aber sie mich nicht.«

»Da irrst du dich«, murmelte Reaver.

Reseph war anderer Meinung, aber ihm war nicht nach Streit zumute. Er musste einen Ort zum Leben finden, noch ein paar von Pestilence' Arschloch-Kumpeln töten und dann wie ein Loser in Jillians Scheune rumhängen.

Sein Terminkalender war voll.

Voller Mist.

Jillian ging zwei Tage lang nicht ans Telefon. Sie hatte Staceys Anrufe noch nie zuvor ignoriert, aber wie sollte sie erklären, was mit Reseph passiert war? Es handelte sich ja nicht gerade um eine normale Trennung.

Das war so … mein Freund hat jede Menge Leute umgebracht.

Nein, das klang noch nicht richtig.

Wie sich herausgestellt hat, hat mein Liebhaber Millionen von Menschen ermordet.

Besser, aber damit erreichte sie immer noch nicht diesen Horrorfaktor, der für heruntergeklappte Unterkiefer sorgte.

Ehe ich ihn zu Eis erstarrt in einer Schneewehe gefunden habe, hat mein Geliebter, der übrigens zur Hälfte Dämon ist, Millionen von Männern, Frauen und Kindern gefoltert und abgeschlachtet.

Perfekt. Und als Staceys alter *Bronco* vor dem Haus hielt, wappnete sich Jillian für das *Hab-ich-dir-doch-gleich-gesagt*. Aber zuerst einmal musste sie den *Warum-zur-Hölle-gehst-du-nicht-ans-Telefon*-Vortrag über sich ergehen lassen.

Und tatsächlich, noch in der Sekunde, in der Jillian die Tür aufmachte, fiel Stacey über sie her.

»Warum zur Hölle gehst du nicht ans Telefon? Hast du eigentlich eine Ahnung, was für Sorgen ich mir mache? Ich war sicher, du liegst irgendwo tot im Wald!« Stacey hielt kurz inne, um Luft zu schöpfen, und musterte Jillian von Kopf bis Fuß. »Und wann hast du dich eigentlich zum letzten Mal gekämmt oder geduscht oder angezogen?«

»Ich freu mich auch, dich zu sehen, Stace.« Jillian trat zurück, um ihre Freundin eintreten zu lassen.

Stacey zog ihren Parka aus, während Jillian die Tür schloss. »Und? Was ist los?« Stacey zog die Stiefel aus und sah sich um. »Wo ist Reseph?«

Ein dicker Klumpen verschloss Jillians Kehle, sodass sie ein paarmal schlucken musste, ehe sie reden konnte. »Er ist nicht hier.«

»Gut.« Stacey marschierte in die Küche. »Ich wollte nämlich mit dir allein sprechen.« Sie nahm sich ein Sprite aus dem Kühlschrank.

»Warum?«

Stacey öffnete die Dose. »Ich muss mich entschuldigen. Ich bin ein bisschen zu hart mit dir und Reseph umgesprungen. Du hast eine schlimme Zeit hinter dir, und wenn du ihn in deinem Leben brauchst, dann habe ich kein Recht, mich einzumischen.«

»Du hast nur auf mich aufgepasst«, erwiderte Jillian niedergeschlagen. »Wenn du einen fremden Mann ohne Vergangenheit bei dir aufgenommen hättest, hätte ich genau dasselbe gemacht.« Wie sich herausgestellt hatte, hatte sich Stacey zu Recht Sorgen gemacht, was die ganze Sache noch schlimmer machte.

Stacey fuhr mit dem Finger über den Dosenrand und wandte den Blick ab. »Kann schon sein. Aber ich glaube, ich war auch ein bisschen eifersüchtig. So wie er immer auf dich aufgepasst hat … da hab ich mich irgendwie überflüssig gefühlt, verstehst du?«

»Oh, Stace.« Jillians Stimme schien endgültig den Geist aufzugeben. Ihre Worte kamen nur noch als Krächzen heraus.

»Du könntest niemals überflüssig sein.« Sie lief zu ihrer besten Freundin hinüber und umarmte sie; und erst in diesem Augenblick wurde ihr klar, wie sehr sie selbst eine Umarmung nötig gehabt hatte.

Doch Stacey wusste es sofort, und sobald sich Jillian von ihr löste, versteifte sie sich. »Was ist passiert?«

»Du solltest dich vermutlich lieber hinsetzen.«

»Verdammt, Jillian, du machst mir Angst.«

Ich mache dir Angst? Liebste Freundin, du weißt noch gar nicht, was Angst ist. Jillian setzte sich an den Tisch und bedeutete Stacey, ebenfalls Platz zu nehmen. »Reseph hat sich an sein früheres Leben erinnert.«

Stacey holte harsch Luft und zog sich einen Stuhl ran. »Oh Mann. Ist er deshalb nicht hier? Wo ist er? Woran hat er sich erinnert?«

»Es ist übel«, sagte Jillian. »Einfach unglaublich.«

Staceys Finger krallten sich um die Dose. »Sag mir jetzt bloß nicht, dass ich recht hatte. Dass er ein Drogendealer oder Serienmörder oder so was ist.«

»Schlimmer«, krächzte sie.

»Wie kann es denn noch schlimmer als ein Serienmörder sein?« Stacey schüttelte den Kopf. »Es sei denn, er wäre ein Diktator, der für Völkermord verantwortlich ist, oder so.«

Jillian drehte sich der Magen um. Sie entriss ihrer Freundin die Limo und trank die Dose halb leer, ehe sie wieder sprechen konnte. »Das kommt der Sache schon näher.«

Stacey starrte sie an. »Soll das vielleicht irgendein abartiger Witz sein? Gleich springen ein paar Leute mit Kameras aus dem Schrank, oder?«

»Denk einfach mal an das letzte Jahr. An die Dämonen. Ganze Länder wurden von denen überflutet.«

»Und?«

»Und es gab jemanden, der dahintersteckte. Hinter allem.« Sie hatte in den letzten Tagen alles darüber erfahren; was sie einem Buch zu verdanken hatte, das einer der Reiter auf ihrem Nachttisch hinterlassen hatte. Es war eine faszinierende Lektüre, vollkommen unglaublich, wenn sie die Reiter und deren Welt nicht selbst erlebt hätte.

Eine ganze Weile saß Stacey einfach nur da. »Du willst doch damit nicht etwa sagen, dass Reseph dieser Jemand ist«, sagte sie langsam.

Jillian hatte das Gefühl, von einer eisigen Wolke eingehüllt zu werden, als sie die kalte Wahrheit von den Lippen ihrer Freundin hörte. Es klang so real, so viel schlimmer, wenn Stacey es sagte.

»Genau das will ich sagen. Seine Brüder und seine Schwester sind aufgetaucht, und da hat er sich an alles erinnert. Das wird jetzt total verrückt klingen, aber … er ist einer der vier apokalyptischen Reiter.«

Im Haus herrschte Todesstille. Jillian war sich ziemlich sicher, dass Stacey aufgehört hatte zu atmen. Und dann stand sie so hastig auf, dass ihr Stuhl umkippte.

»Lass den Scheiß!«, fuhr Stacey sie an. »Wenn das ein Witz sein soll, ist er nicht besonders komisch. Und wenn es kein Witz ist, bring ich den Mistkerl um, weil er dir diesen Unsinn in den Kopf gesetzt hat. Was soll der Scheiß? Hat er dich wirklich dazu gebracht, zu glauben, er wäre eine biblische Legende?« Sie sog scharf den Atem ein und packte Jillians Hand. »Oh mein Gott, hat er dich unter Drogen gesetzt?«

Jillian entzog ihr die Hand. »Nein, und ich weiß ja selbst, dass das verrückt klingt, aber ich habe alles mit eigenen Augen gesehen. Er hat sich erinnert, und dann ist er verrückt geworden. Wie sich herausstellte, war sein Siegel zerbrochen, und er wurde böse. Ich nehme an, einer seiner Brüder hat ihn umgebracht, und dann hat ihn ein Engel aus der Hölle gerettet, sein Gedächtnis gelöscht und ihn hierhergeschickt, damit ich ihn wieder gesund pflegen kann.«

Stacey war die Ruhe selbst, als sie den Stuhl wieder aufrichtete und sich setzte. »Süße, ich glaube, wir sollten vielleicht ins Krankenhaus fahren.«

Na, das lief ja nicht so toll. »Ich brauche kein Krankenhaus. Du musst mir nur glauben.«

Stacey schloss die Augen und rieb sich die Lider. Sie sah auf einmal sehr erschöpft aus. »Okay, mal angenommen, ich glaube dir.« Sie öffnete die Augen und sah Jillian besorgt an. »Wo ist Reseph jetzt?«

»Vielleicht in Griechenland. Dahin hat mich jedenfalls seine Schwester Limos gebracht.«

»Du warst in Griechenland.« Staceys Stimme war deutlich ihre Ungläubigkeit anzuhören.

Jillian nickte. »Wir sind durch so eine Art Tor gereist, das sie innerhalb von Sekunden überallhin bringt. Wir waren im Haus von Resephs und Limos' Bruder Ares. Reseph war in ziemlich schlechter Verfassung. Die Erinnerung an alles, was er getan hatte, machte ihm schwer zu schaffen.«

»Das will ich hoffen, wenn er für den Tod von Millionen von Menschen verantwortlich ist.« Stacey hüstelte. »Du weißt schon – falls das alles wahr ist.«

»Es ist wahr. Aber er war es nicht. Es war seine böse Hälfte, ein Dämon namens Pestilence.«

»Okaaayyy.« Stacey sah Jillian an, als ob sie für eine Zwangsjacke Maß nehmen wollte. »Vielleicht solltest du eine Weile bei mir bleiben. »Wir werden schon jemanden finden, der sich um die Tiere kümmert, und du kannst dich ein bisschen ausruhen.«

»Ich brauche keine Ruhe.«

»Okay, was ist, wenn Reseph zurückkommt?«

Offenbar betrachtete Stacey Reseph als Bedrohung, aber vermutlich nur, weil sie dachte, er hätte ihr eine Gehirnwäsche verpasst oder sie in den Wahnsinn getrieben oder unter Drogen gesetzt.

»Ich weiß nicht.« Und das war das Problem. Sie wusste nicht, was sie über all das dachte, was passiert war. Sie wusste nur, dass sie Reseph liebte, was das, was er als Pestilence getan hatte, umso schlimmer machte.

»Willst du damit sagen, du kannst alles vergeben, was sein Alter Ego getan hat? Du weißt doch selbst, dass noch kein Kerl, mit dem du zusammen warst, je der war, für den du ihn gehalten hast. Also, wenn das ein Wettkampf wäre, würde Reseph als Weltmeister eine dreifache Goldmedaille gewinnen.« Stacey warf Jillian einen Blick zu, der besagte: *Falls das, was du da erzählst, wahr ist.*

Als es an der Tür klingelte, zuckten Jillian und Stacey vor Schreck zusammen. Stacey griff automatisch nach ihrem Holster, ehe sie seine Abwesenheit mit einem Fluch kommentierte.

»Zivilkleidung«, murmelte sie. »Lass mich aufmachen.«

»Sei nicht albern. Ich bin doch keine Invalide.« Aber sobald Jillian die Tür aufgerissen hatte, fluchte sie insgeheim.

»Schön, Sie wiederzusehen«, sagte dieser Aegis-Kerl, Lance. Er blickte über Jillians Schulter hinweg und nickte Stacey knapp zu. »Officer Markham.«

»Wer sind Sie?«, fragte Stacey und stellte sich neben Jillian. »Woher kennen Sie meinen Namen?«

»Wir wissen mehr, als Sie sich vorstellen können.« Lance' herablassendes Lächeln war genauso irritierend wie seine Antwort.

»Lance und Juan sind von der Aegis«, brachte Jillian mühsam heraus, ohne Lance aus den Augen zu lassen. »Eine Organisation, die Dämonen jagt.«

Stacey beäugte die Männer und deren Wagen mit argwöhnischer Miene. »Sind Sie wegen der Morde gekommen? Es war bereits ein Team von DART hier, das die Sache untersucht.«

Ach ja. Jillian hatte vergessen zu erwähnen, dass die Leute von DART ebenfalls mit den Reitern zu tun hatten. Einer von ihnen war sogar mit dem weiblichen Reiter verheiratet. Das hätte Stacey vermutlich den Rest gegeben.

»Deswegen sind wir nicht hier«, sagte Juan. »Wir haben uns nur gefragt, ob Jillian Reseph in letzter Zeit noch mal gesehen hat.«

Jillian gefiel die Ausstrahlung dieser Männer ganz und gar nicht. »Ich habe Ihnen alles gesagt, was Sie wissen müssen.«

»Dann haben Sie doch sicher nichts dagegen, wenn wir uns auf Ihrem Grundstück einrichten, um nach ihm Ausschau zu halten«, sagte Juan, und es war keine Frage.

»Doch, das habe ich allerdings.«

Stacey schob sich an Jillian vorbei. »Worum geht es überhaupt? Wenn Jillian in Gefahr ist –«

»Wir alle sind in Gefahr«, unterbrach Lance sie. »Jeder Tag, an dem dieser Reiter und seine Sippe auf freiem Fuß sind, stellt ein Risiko für die ganze Welt dar.« Er starrte Jillian an. »Oder erinnern Sie sich nicht mehr an die ganzen Nachrichten über Seuchen und Massaker? Erinnern Sie sich nicht mehr an die Ausgeburten der Hölle, die wie Heuschreckenschwärme über ganze Kontinente hergefallen sind?« Seine Lippen verzogen sich zu einem höhnischen Grinsen. »Vielleicht erinnern Sie sich nicht einmal mehr daran, dass Sie von Dämonen angegriffen wurden, Ms Cardiff? Einem der apokalyptischen Reiter Zuflucht zu gewähren ist keine unbedeutende Ordnungswidrigkeit, sondern ein Verbrechen gegen die Menschheit, das Ihnen einen Platz am falschen Ende der Klinge eines Scharfrichters einbringen kann. Denken Sie daran. Sollten Sie ihn wiedersehen, erwarten wir einen Anruf.«

Lance und Juan kehrten zu ihrem Wagen zurück, und Jillian blieb fuchsteufelswild zurück. Wie hatten die nur das mit ihrem Überfall rausgefunden? Na ja, vermutlich war es nicht allzu schwer, sich Zugang zu Krankenhausakten zu verschaffen. Aber das bedeutete, dass diese Leute ihre Vergangenheit unter die Lupe genommen hatten. Und wie konnten sie es wagen, ihr zu drohen?

»Was für ein Blödmann«, murmelte sie, als sie die Tür zuschlug. Sie drehte sich zu Stacey um, die aussah, als ob sie einen Geist gesehen hätte. »Stace?«

Stacey blinzelte, ihre Augen waren glasig. »Oh mein Gott, dann ist es doch wahr.« Sie leckte sich über die trockenen Lippen. »Ich habe dir nicht geglaubt, aber wenn diese Dämonenexperten nicht zufällig dieselben Drogen wie du nehmen … oh, heilige Scheiße! Du hast … du hast mit einem der vier Reiter der verdammten *Apokalypse* geschlafen.«

»Ähm … ja.«

Und dann verlor Stacey, die in ihrem ganzen Leben noch nie in Ohnmacht gefallen war, das Bewusstsein.

33

Limos konnte einfach nicht aufhören zu grinsen. Während der ganzen Strandparty hatte sie schon gelächelt und beim Aufräumen; und jetzt, da Arik und sie allein in ihrem Haus waren, grinste sie immer noch wie ein Honigkuchenpferd.

»Ich bin froh, dass es für dich ein so schönes Happy Daddy End gibt«, sagte er, als sie aus dem Bad kam. »Ich kann immer noch nicht glauben, dass Reaver dein Vater ist.«

»Ich glaube, er steht auch immer noch unter Schock.« Sie öffnete die Schiebeglastür zwischen dem Schlafzimmer und der Terrasse und trat in die warme Abendbrise hinaus. »Hast du gesehen, wie er Logan angesehen hat, nachdem ihm klar geworden war, dass das Baby sein Enkel ist?«

Arik folgte ihr hinaus und schloss sie zwischen sich und dem Geländer ein, während sie auf den Ozean hinausblickten. »Oh ja. Er konnte gar nicht mehr damit aufhören, ihn anzustarren.« Als er das Gesicht an ihren Nacken schmiegte, krochen angenehme Schauer über ihre Haut. Sie liebte es, wenn er das tat. »Es ist allerdings komisch, von ihm als Großvater zu denken. Er sieht aus, als ob er in den frühen Dreißigern wäre. Höchstens fünfunddreißig. Ich kann nicht glauben, dass er schon so alt ist. Dinosaurieralt. So alt, dass er schon vor der Erfindung des Rads da war.«

»Witzig, Arik, sehr witzig.« Sie drehte sich mit einigen Schwierigkeiten um, um ihm in die Schulter zu boxen. »Und wenn wir auch uralt sind, so heißt das nur, dass wir sehr viel weiser als du sind.«

Als er grinste, bekam sie weiche Knie, wie immer, wenn er lächelte. »Wie Sie meinen, alte Dame.«

»Oh, dafür läuft heute Nacht aber so was von gar nichts.«

»Ach ja?«

»Oh ja.« Es war eine absolut leere Drohung, wie er genau wusste. Er lachte sogar, als sie sich unter seinem Arm hindurchduckte und ins Schlafzimmer zurückmarschierte.

Es würde definitiv etwas laufen, vor allem, da er sich den ganzen Tag bei jeder Gelegenheit an sie herangeschlichen und ihr erotische Dinge ins Ohr geflüstert hatte. Er hatte ihr geschildert, was er mit ihr tun würde, wenn sie allein waren, wie er es tun würde, mit welchen Körperteilen er es tun würde … und das alles bis ins kleinste Detail. Als die Party endlich vorbei war, war sie so erregt, dass sie ihn am liebsten hinter sich her ins Haus geschleppt hätte.

Doch dann hatte er einen Anruf von Decker erhalten, sodass sie Gelegenheit gehabt hatte, etwas runterzukommen, aber wirklich nur etwas. Sie schaltete den Deckenventilator ein und zog sich den Bikini aus, ganz langsam, sodass sie Arik so lange wie möglich damit quälte.

Sie liebte es, wie sich seine Augen dunkel färbten und sich sein ganzer Körper anspannte, und als sie ihr Bikinihöschen ablegte, ließ ein tiefes Grummeln seinen Brustkorb erbeben. Sie warf ihr Haar mit einer forschen Bewegung über die Schulter zurück, schlenderte ins Bad und schloss die Tür.

»Ich hab dir doch gesagt, daraus wird nichts«, rief sie von drinnen.

Sie hörte das unmissverständliche Ratschen eines Reißverschlusses, und dann: »Im Moment schon, zumindest bei mir.« Seine Stimme war tief und rau. Zwischen ihren Beinen wurde es heiß, als sie sich vorstellte, wie er Hand an sich legte.

Okay, jetzt hatte sie ihn wohl genug geärgert. Sie brauchte ihn da unten. Mund oder Schwanz – das war egal.

Gerade als sie sich umdrehte, um den Türknauf zu drehen,

fiel ihr der Grund ein – *du Dummkopf!* –, warum sie überhaupt ins Bad zurückgegangen war. Sie drehte sich zur Toilette um … und ihr stockte der Atem.

»Arik?«, krächzte sie.

Er kam mit besorgter Miene durch die Tür hereingestürmt. »Was? Was ist los?«

Mit zitternder Hand nahm sie das weiße Stäbchen, das an der Toilette lag. »Wir … wir sind los.« Sie sah zu ihm auf, und jetzt zitterte sie am ganzen Leib – vor Freude. »Wir werden Eltern! Ich bin schwanger! Ich bin endlich schwanger!«

Arik drückte sie fest an sich und hob sie in die Luft. Sein jubelndes Lachen drang an ihr Ohr. Es war das perfekte Ende eines perfekten Tages. Sie hatte erfahren, dass ihr Vater ein Mann war, den sie bereits wie einen Vater liebte, und jetzt würde der Mann, den sie als Ehemann liebte, Vater werden.

Endlich hatte sie alles, was sie sich je gewünscht hatte. Sie hatte fünftausend Jahre darauf gewartet, aber das war es wert gewesen.

Reseph stand an der kleinen Grabstätte auf der Insel Steara in Sheoul. Früher war er jedes Jahr dort gewesen, aber inzwischen war eine lange Zeit seit seinem letzten Besuch vergangen.

Schuld und Trauer legten sich wie Stacheldraht um sein Herz und drangen mit jedem Herzschlag tiefer ein.

Reseph war so verdammt schwach. Fünftausend Jahre lang hatte er geglaubt, er sei Schmerz und emotionalen Verstrickungen gegenüber immun. Er hatte keine Frau an sich herangelassen und sein Bestes gegeben, damit ja keine Unterhaltung innerhalb der Familie je zu ernsthaft wurde. Schließlich durfte er doch nicht zulassen, dass seine Geschwister sich ihrem Leid oder ihrer Einsamkeit ergaben, stimmt's? Er hatte sich tatsächlich eingebildet, er würde es für sie tun. Um ihnen zu helfen.

Doch dann hatte er auf dem Heuboden in Jillians Scheune gesessen und sie dabei beobachtet, wie sie sich um die Tiere kümmerte, wie irgend ein jämmerlicher Stalker, und ihm war klar geworden, dass alles, was er getan hatte, nur dem einen Zweck gedient hatte: ihn davon abzuhalten, über seine eigenen Gefühle nachzudenken.

Denn die Sache war die: Der alte Reseph hätte inzwischen jeden Gedanken an Jillian entweder längst verdrängt oder er wäre einfach in die Scheune hereingeplatzt, mit lächelnder Miene und süßen Worten, und hätte sich mit seinem Charme den Weg in ihr Bett zurück gebahnt. Nicht in ihr Leben, nur in ihr Bett.

Was für ein Arsch er gewesen war. Er hatte es so sehr gehasst, allein zu sein, dass er sein Leben mit Partys und Frauen gefüllt hatte. Doch trotz aller Gesellschaft war er kalt und einsam gewesen, genauso wie Jillian ihn in der Schneewehe gefunden hatte. Das war sein Leben gewesen. Reaver hatte genau gewusst, wie er ihm das in aller Deutlichkeit vor Augen führen konnte.

Aber jetzt wollte Reseph nur noch eins: Jillian in die Arme ziehen und ihren Tränen Einhalt gebieten.

Zwischen Ausflügen nach Sheoul, um die Dämonen zu vernichten, die Pestilence dabei geholfen hatten, so viel Unheil anzurichten, und Besuchen diverser Hilfsorganisationen, um Geld zu spenden, hatte er im Laufe der drei vergangenen Tage dreimal nach ihr gesehen. Wenn er auch froh war zu sehen, dass sie so stark wie eh und je war, mit ihren Pflichten und dem Schnee gut zurechtkam, umgab sie eine Aura der Traurigkeit. Als Fang-Doodle ihr heute Morgen in die Scheune gefolgt war und von einem Heuballen kläglich heruntermiaut hatte, war Jillian in Tränen ausgebrochen.

»Du vermisst Reseph, nicht wahr, Kumpel?«, hatte sie zu dem Kater gesagt. »Ich auch. Aber wie hat er einmal gesagt? Was vorbei ist, ist vorbei.«

Reseph wäre am liebsten aus dem *khote* herausgesprungen und hätte seine Worte zurückgenommen, aber er hatte wie gelähmt dagesessen, als sie den kleinen Vogel aus der Tasche zog, den er ihr einmal geschnitzt hatte, ihn entzweibrach und in den Müll warf.

Jillian, die immer alles aufbewahrte, einschließlich eines Rings von einem Kerl, der es nicht verdiente, zu atmen, hatte Resephs Geschenk weggeworfen.

»Ich schätze, das gilt auch für Menschen«, hatte sie geflüstert.

Sie war fertig mit ihm. Reseph hatte das Gefühl, sein Körper würde unter dem Gewicht seiner Todesqualen implodieren.

Wie hatte er so etwas nur sagen können? *Weil du nach dieser Regel gelebt hast, Arschloch.*

Er brauchte einige Stunden, um sein Leben durchzugehen, um das Ereignis zu finden, das alles ausgelöst hatte. Fairerweise musste er wohl sagen, dass es viele Ereignisse gegeben hatte, aber eines hob sich ganz besonders heraus, und es erfüllte ihn mit Scham.

Das kleine Grab zu seinen Füßen enthielt einen Menschen, der nicht hätte sterben sollen, und der, wenn Reseph besser aufgepasst hätte, nicht zu ewigem Leiden in der Hölle verurteilt worden wäre.

Er sank auf die Knie und neigte den Kopf. »Es tut mir leid, Ariya. Es tut mir leid, dass ich nicht für dich da gewesen bin. Es tut mir leid, dass ich nicht für dich gekämpft habe, wie ich es hätte tun sollen. Ich kann es nicht bei dir gutmachen, aber bei jemand anders. Und ich werde deinen Geburtstag nie wieder verpassen.«

Er beugte sich vor und drückte einen Kuss auf den Grabstein, den er selbst angefertigt hatte. Ihn überkam ein Gefühl des Friedens, und er konnte beinahe glauben, dass seine kleine Schwester ihm ihren Segen gegeben hatte.

Bei Ariya hatte er versagt, aber bei Jillian würde er nicht versagen. Er würde so um sie kämpfen, wie er es von Anfang an hätte tun sollen.

34

Jillian stellte den Pick-up neben dem Haus ab. Noch ehe sie den Motor ausmachte, fühlte sie schon eine Präsenz ganz in der Nähe. Die Härchen in ihrem Nacken prickelten, als ob sie beobachtet würde. Wenn diese Aegis-Arschlöcher ihr hinterherspionierten, würden sie gleich mit ihrer Schrotflinte Bekanntschaft machen.

Mit einem Fluch sprang sie aus dem Wagen und stapfte auf die Vorderseite ihres Hauses. Als sie die Tür öffnete, begrüßte sie der frische Duft einer Tanne. Aus dem Wohnzimmer drang Licht, ein vertrautes vielfarbiges Leuchten, und als sie eintrat, sah sie sofort den hell erleuchteten Weihnachtsbaum in der Ecke. Darunter lag ein riesiger Haufen eingepackter Geschenke.

In ihrer Kehle bildete sich ein Klumpen, und Schmetterlinge flatterten in ihrem Bauch, und als sie hinter sich eine Bewegung spürte, drehten die Schmetterlinge durch. »Reseph«, flüsterte sie.

»Frohe Weihnachten«, erwiderte er leise. »Ich weiß, es ist noch zu früh, aber wir hatten nie die Gelegenheit, uns den Weihnachtsbaum zu besorgen, über den wir gesprochen hatten.«

»Weil du deine Erinnerung zurückbekommen hast.« Sie drehte sich langsam um und wappnete sich. Doch das nützte nichts. Sein Anblick ließ ihr dummes Herz so heftig gegen ihren Brustkorb hämmern, dass es wehtat. Gott, er war so umwerfend wie immer, wie er da in Jeans und einem schwarzen gefütterten

Henley-Hemd stand und ihm das Haar in üppigen Wellen auf die Schultern fiel.

»Ich vermisse dich.« Er räusperte sich. »Ich will alles wiedergutmachen.«

Er wollte die Tatsache wiedergutmachen, dass er nicht an sie gebunden sein wollte? Keine Chance. »Ich will's gar nicht hören. Ich will, dass du gehst, und dann will ich dich die nächsten elfeinhalb Monate nicht wiedersehen.«

»Ich rühre mich nicht von der Stelle.« Seine Miene wurde hart. »Nicht, ehe ich das gesagt habe, was ich zu sagen habe.«

»Dann wirst du dich wohl mit der Wand unterhalten müssen, denn ich bin nicht interessiert.« Sie machte Anstalten, sich ins Schlafzimmer zurückzuziehen, um ihm die Türe vor der Nase zuzuknallen, doch sie war kaum zwei Schritte weit gekommen, als er sie schon mit dem Rücken gegen die Haustür gedrängt hatte. Sie fühlte Resephs Hände auf ihren Schultern, seinen Mund auf ihrem. Oh, es fühlte sich gut an, das wieder zu spüren. So gut, dass sie vor Erleichterung – und vor Wut – am liebsten geheult hätte.

»Dann unterhalte ich mich eben mit der Wand«, sagte er, an ihre Lippen gedrückt. »Ich werde mit einem Fenster reden, dem Kamin und von mir aus sogar mit dem bescheuerten Teppich. Aber irgendwann krieg ich dich, und dann wirst du zuhören.«

»Ich hasse dich.« Sie fuhr mit beiden Händen in sein Haar und erwiderte seinen Kuss. Mit aller Kraft.

Er zog ihre Unterlippe zwischen seine Zähne und fuhr dann mit der Zunge über die Stelle. »Ich liebe dich.« Bei seinen Worten und dem Brennen seines zärtlichen Bisses schoss eine Welle von Lust und Schmerz durch ihren Körper.

»Du hast mir wehgetan.« Sie riss ihm die Jeans auf und nahm ihn in die Hand. Sein harter Schaft zuckte in ihrem Griff, und er stöhnte. Sie liebte diesen Laut. Liebte es, dass sie ihn dazu bringen konnte, sie zu begehren.

»Hör auf, Jillian.« Er packte ihre Hand und zwang sie, mit ihren Berührungen aufzuhören.

»Verdammt«, fuhr sie ihn an und drückte mit beiden Händen gegen seine Brust, auch wenn das genauso war, als ob sie versuchte, eine Ziegelsteinmauer zu verschieben. »Du hast gesagt, du wolltest es wiedergutmachen. Und das ist es, was ich will. Du hast mir wehgetan. Du hast mich dazu gebracht, dich zu lieben. Du hast mir versprochen, dass du dieses Leben liebst und mit mir zusammen sein willst, und dann hast du mir alles mit einem Schlag weggenommen.«

»Ich weiß.« Er klang, als ob er Sand verschluckt hätte. »Darum bin ich hier. Aber wir müssen zuerst reden.«

»Reden? Du mit mir? Mr *Ich liebe unverbindlichen Sex* persönlich?« Sie schubste ihn noch einmal. Und noch mal. Als ob ihr das das Glück zurückbringen könnte, das sie miteinander geteilt hatten. Als er sich nicht vom Fleck rührte, veränderte sie ihre Taktik und riss sich das Sweatshirt vom Leib. Dann griff sie zu ihrer Jeans, aber diesmal hielt Reseph ihr beide Hände fest.

Aus seiner Kehle drang ein rauer Laut. »Jillian, hör auf.« Als sie aufsah, wäre sie angesichts seiner Augen, in denen Scherben der Lust funkelten, beinahe ins Schwanken geraten. »Ich stehe sowieso schon kurz davor. Hier mit dir zu sein bringt den Sexdämon in mir zum Kochen. Ich wünsche mir nichts mehr, als dich zu besteigen. Dich gegen die Wand zu drücken und in dich zu stoßen, bis uns das Dach auf den Kopf fällt.«

Bei Resephs Worten erschauerte Jillians Körper vor Erregung wie von einem Stromschlag. »Und was ist dann das Problem?«

»Ich will das nicht auf diese Weise und du auch nicht.«

»Du hast keine Ahnung, was ich will«, schrie sie. Mit einem Knurrlaut entledigte sie sich ihrer Jeans. »Ich wollte, dass du um mich kämpfst und nicht gegen mich. Ich wollte, dass du dir so sehr vertraust, wie ich dir vertraut habe. Ich wollte, dass du dir wünschst, gebunden zu sein.«

Ein Schatten von Scham flog über sein Gesicht, war aber im nächsten Moment schon wieder verschwunden und wurde von dieser intensiven, gefährlichen Lust ersetzt, die ihren Liebesakt stets durchdrungen hatte.

»Ich habe Fehler gemacht«, knurrte er. »Aber jetzt bin ich hier.«

»Hey, gebt dem Mann eine Medaille«, knirschte sie, und noch ehe sie ihren Satz beendet hatte, hatte er sie von den Füßen gerissen und hoch gegen die Wand gedrückt. Sein Mund lag in einem fordernden, beinahe brutalen Kuss auf ihrem. Er stieß einen rauen animalischen Laut aus, als er die Finger in ihren Hintern grub, um sie anzuheben und auf seine Erektion herabzusenken.

Er drang mit einem harten, mächtigen Stoß in sie ein, und dann stieß er genau auf die Weise in sie hinein, wie er es vorausgesagt hatte, sodass seine Hüften gegen sie hämmerten. Sie geriet sofort in Ekstase, und dann kam auch schon der erste Orgasmus mit einer Geschwindigkeit über sie, dass ihr schwindelig wurde. Sie schlug auf Reseph ein, liebte es, dass er keine Gnade mit ihr walten ließ, weder mit ihrem Mund noch mit ihrem Rücken, der über die Wand schrammte, noch mit ihrem Geschlecht, das er mit erbarmungslosen, köstlichen Stößen attackierte.

Er bewegte sich immer schneller, auch wenn sie nicht fassen konnte, wie das überhaupt möglich war. Er zuckte wie verrückt, sein Körper erschauerte, und schon riss sie der nächste Höhepunkt mit, als sein heißer Samen in sie spritzte. Ein Schrei entrang sich seiner Kehle, und dann verkrampften sie sich beide, von grenzenloser Lust überwältigt.

Als die Schauer und das Keuchen nachließen, verwandelten sich Jillians Muskeln in Wasser. Reseph ließ sie ganz sanft wieder zu Boden sinken.

»Mist«, murmelte er und stieß sich von der Wand ab.

Sie blinzelte. Ihr Gehirn war völlig durcheinandergeschüttelt und funktionierte noch nicht richtig. »Was ist los?«

Er schloss den Reißverschluss, schnappte sich die Decke, die auf der Rücklehne der Couch lag, und reichte sie ihr. »Kondom. Ich hab schon wieder vergessen, dich zu schützen. Ich will wissen, ob du schwanger bist.«

Es lag ihr auf der Zunge, ihn zu fragen, was er in diesem Fall denn tun würde, aber sie war plötzlich zu müde zum Streiten. »Jedenfalls nicht vom letzten Mal.« Sie hatte ihre Tage gleich am nächsten Tag, nachdem sie aus Griechenland zurückgekommen war, bekommen, und war seltsamerweise traurig darüber gewesen. Gott, wie bizarr der Gedanke war, sie könnte von einem der vier apokalyptischen Reiter schwanger sein!

Er sah ihr zu, wie sie sich in die Decke wickelte. Die Lichter des Weihnachtsbaums funkelten in seinen Augen. »Geht es dir gut?« Seine Stimme war grummelig. »Ich bin zu grob mit dir umgesprungen.«

»Ehrlich gesagt glaube ich nicht, dass das überhaupt möglich wäre.« Die Luft knisterte augenblicklich vor Unausgesprochenem, als sich jene Nacht auf dem Parkplatz des Flughafens zwischen sie schob. Verdammt. Sie tat so, als ob sie die angespannte Stimmung im Zimmer gar nicht wahrnähme. »Wo warst du inzwischen? Ich habe mir Sorgen um dich gemacht.«

»In einer alten Jagdhütte in der Schweiz.«

»So weit weg«, sagte sie nachdenklich.

Er wandte sich um und zupfte an der silbernen Girlande, die um den Baum gewickelt war. »Nicht, wenn ich nur durch ein Tor treten muss, um innerhalb von Sekunden überall auf der Welt zu sein.«

»Das stimmt«, sagte sie. »Aber ich dachte, du hasst den Schnee.«

Reseph lächelte. »Ich habe gelernt, ihn zu lieben, glaube ich. Er erinnert mich an dich.«

Ein dumpfer Schmerz begann in ihrem Brustkorb zu pochen. Sie war noch nicht bereit für diese Unterhaltung. Sie war noch viel zu aufgewühlt. »Aber du bist nicht gern allein.«

Er zuckte halbherzig mit den Achseln. »Wenn ich nicht mit meiner Familie oder mit dir zusammen sein kann, will ich mit niemandem zusammen sein.«

»Deine Familie hat dich abgewiesen?« Sie hatte gehofft, dass seine Geschwister ihn wieder in ihren Kreis aufnehmen würden, nachdem er wieder halbwegs geistig gesund war.

»Sie hatten keine andere Wahl, Jillian. Sollte Pestilence zurückkehren, könnte ich auf sie losgehen.«

Das schon wieder. Sie zog die Decke dichter um sich. »Das würde bestimmt nicht passieren.«

»Dafür gibt es keine Garantie.«

Sie fühlte sich, als ob sie gleich vor Frustration losschreien müsste. »Gott, Reseph, wie kann es nur sein, dass ich an dich glaube, aber du selbst nicht?«

Reseph wandte sich von ihr ab, und seine Stimme wurde leise. »Ich musste viel Zeit allein verbringen, Jillian. Und wie sich herausgestellt hat, mag ich mich nicht besonders. Jetzt weiß ich, warum ich mich immer mit anderen Leuten umgeben habe. Ich war oberflächlich und eitel, und ich konnte nicht zulassen, mich an irgendjemanden zu binden.« Er holte zittrig Luft. »Ich war heute in Sheoul, um das Grab meiner Schwester zu besuchen.«

Grab? Sie verstand nur zu gut, was Verlust bedeutete und trat vorsichtig auf ihn zu. Aber war es, um ihn zu trösten oder sich selbst?

»Du hast noch eine Schwester? Auch ein Reiter?«

»Ein Mensch.« Er hörte nicht auf, sich mit dem Baum zu beschäftigen, den Schmuck und die Lichter immer wieder neu anzuordnen. »Meine richtige Mutter, die Sexdämonin, ließ mich bei einer menschlichen Frau, die mich als ihr eigenes Kind aufzog. Natürlich war sie nicht viel besser als die Dämonenmutter. Sie überließ mich so oft mir selbst, dass ich glaube, ich war in den ersten zwölf Jahren meines Lebens eigentlich ständig unterernährt. Einmal wäre ich beinahe in einem Feuer umgekommen, weil niemand da war, um mich zu retten. Ich bin mir immer noch nicht sicher, wie ich dort rausgekommen bin.« Er zuckte mit den Achseln. »Jedenfalls wusste ich nicht, dass sie gar nicht meine Mutter war, bis ich erwachsen war.«

»Damals wurdest du mit dem Fluch belegt, durch den du zu einem der Reiter wurdest, oder?«

»Ja.« Er befestigte ein rotes Birnchen neben einem blauen. »Meine menschliche Mutter brachte ein Jahr vor dem Fluch ein Mädchen zur Welt.« Seine Stimme war voller Zuneigung. »Ariya war großartig. Das Einzige, was mich wirklich glücklich machte. Ich habe nicht so viel Zeit mit ihr verbracht, wie ich es hätte tun sollen … ich war ständig unterwegs, habe getrunken und rumgehurt. Und dann, nach dem Fluch, waren wir alle eine Zeit lang vollkommen von Sinnen.«

Sie hatte von ihren mörderischen Amokläufen gelesen, der Zerstörung, die sie überall hinterließen. Reseph, der dazu verflucht worden war, Pestilence zu sein, hatte die Macht erhalten, Menschen, Tiere und Ernten mit Seuchen zu überziehen, und er hatte eine breite Schneise des Todes hinter sich hergezogen.

»Als ich endlich während einer Phase geistiger Klarheit nach Hause zurückkehrte, hatte meine Mutter Ariya wie gewöhnlich allein gelassen. Ich versuchte, mich um sie zu kümmern, aber …« Seine breiten Schultern hoben und senkten sich ein paarmal, ehe er fortfuhr. »Aber dann kam der Wahnsinn wieder über mich, und ich trank, tötete und hatte Sex. Es waren nur zwei Tage, aber als ich endlich wieder nach Hause kam, war Ariya fort.«

»Wo war sie?«

»Ein Dämon hatte sie verschleppt. Ich habe den Mistkerl bis nach Sheoul verfolgt und ließ ihn tagelang leiden, ehe ich ihn umbrachte.«

»Und deine Schwester?«, fragte Jillian zaghaft.

»Sie starb, als der Dämon sie durch das Höllentor mitnahm.« Als er sich nun zu ihr umdrehte, hatte sich seine Verzweiflung tief in sein Gesicht gegraben. »Da sie in Sheoul starb, sitzt ihre Seele dort fest, und sämtliche Dämonen, die in der Lage sind, Seelen zu erkennen, können sie foltern. Bis in alle Ewigkeit.«

Grauen schoss heiß und kalt durch Jillian wie Trockeneis. Sie schlug sich die Hand vor den Mund. »Oh mein Gott«, murmelte sie gegen ihre Handfläche. »Das ist …« Es gab kein Wort dafür, darum gab sie es auf, eines zu suchen.

»Ja.« Er schöpfte tief Luft, ließ sich Zeit damit. »Ich habe sie im hübschesten Teil Sheouls begraben und einige Monate lang nicht verlassen. Ich habe nicht gegessen. Nicht getrunken. Ich habe neben ihrem Grab geschlafen. Irgendwann hat Limos mich gefunden und fortgeschleppt. Aber es hat noch viele Jahre lang höllisch wehgetan. Danach wollte ich vermutlich nie wieder jemanden so lieben, wie ich sie geliebt hatte. Ich weiß jedenfalls, dass ich mich nie wieder so fühlen wollte. Es war leichter, glücklich und ungebunden zu sein. Den einfachen Weg zu wählen, wie Ares es ausgedrückt hat.«

»Aber dann hast du doch wieder Gefühle entwickelt.« Jillian schluckte den Kloß in ihrem Hals herunter. »Für mich.«

Er lachte bitter. »Aber mein altes Ich hätte niemals Gefühle entwickelt. Nein, es hätte dich gefickt und dich so schnell sitzen lassen, dass dir schwindelig geworden wäre.«

Seine hässlichen Worte bohrten ihr ein Loch in die Brust, doch sie machte tapfer weiter, fest entschlossen, ihn endlich zur Vernunft zu bringen. »Das versuche ich dir ja die ganze Zeit über klarzumachen. Du bist nicht mehr diese Person. Und du bist auch nicht der böse Dämon, der versucht hat, die Apokalypse in Gang zu setzen.« Sie konnte immer noch nicht glauben, dass sie tatsächlich solche Dinge sagte.

»Aber ich bin auch nicht der Reseph, den du kanntest.«

»Er ist der, der du wirklich bist«, versicherte sie in ihrer – wie Reseph sie nannte – *gestrengen Bratpfannenstimme*. »Er ist der, der herauskam, als keine Vergangenheit da war, um seine Persönlichkeit zu formen.«

»Ja, vielleicht.« Er ließ den Weihnachtsbaum endlich in Ruhe und setzte sich ihr gegenüber auf den Couchtisch. »Wer ich auch immer bin, ich werde um dich kämpfen. Ich will, dass du zu meinem Leben gehörst. Ich will, dass du meine Gefährtin bist, und ich will, dass du meine Kinder zur Welt bringst.«

Sie blinzelte. Heilige Scheiße, gleich würde sie umkippen. Wenn er sich erst einmal entschieden hatte, zu springen, dann sprang er auch. Ohne sich zu vergewissern, ob er gesichert war oder was am Ende des Sprunges auf ihn wartete.

»Du musst mir nicht sofort antworten. Ich bin bereit zu warten. Das ist vermutlich sowieso am besten.«

Vielleicht hatte sie sich ja noch nicht von dieser Sache von wegen Gefährtin und Kinder erholt, aber was er da zuletzt gesagt hatte, fand sie doch ziemlich verwirrend. »Warten? Ich will dir ja nicht widersprechen, aber warum sollte das am besten sein?«

»Weil ich mir immer noch nicht sicher bin, dass ich Pestilence in Schach halten kann. Ich bin nicht sicher, ob ich mich genug auf meinen Verstand verlassen kann, um dich zu beschützen.«

Ihr Herz sank, sackte ihr bis in die Füße. »Dann können wir nicht zusammen sein«, brachte sie mühsam heraus.

Er versteifte sich. »Wie meinst du das?«

Gott, wie konnte das nur passieren? »Ich kann das alles nicht noch einmal durchmachen. Ich kann nicht mit dir zusammen sein und mich immerzu fragen, ob du mich nicht eines Tages doch verlassen wirst, weil du nicht genug Vertrauen darauf hast, Pestilence zu beherrschen.«

»So wird es aber nicht sein.« Er nahm ihre Hand und drückte sie, zog sie näher zu sich. »Ich werde für dich da sein. Auch wenn ich hier und da vielleicht mal ein wenig Zeit brauche, aber ich werde bei dir sein. Allerdings kann es etwas dauern, ehe wir eine Familie gründen können.«

»Wie lange?«

Es folgte eine lange Stille. »Das kann ich dir nicht sagen. Noch nicht.«

»Genau. Aber ich werde nicht jahrelang warten, nur damit du mir eines Tages mitteilst, es könne nicht geschehen.« Ihre Augen brannten, und sie sah alles nur noch undeutlich, als sie sich von ihm löste und aufstand. »Ich liebe dich mehr, als ich jemals einen Menschen geliebt habe, und ich weiß, dass ich diesen Schmerz nicht überleben würde.«

Sie stählte sich gegen den Kummer in seinen Augen. Der Mann, den sie liebte, war dort drin, aber sie konnte nicht einlenken, bis ihm das endlich auch klar wurde.

»Geh, Reseph. Ich liebe dich, aber ich kann nicht mit dir zusammen sein, ehe du dir selbst so vertraust wie ich dir. In diesem Fall bin ich nicht bereit, mich auf irgendwelche Kompromisse einzulassen.« Denn genau das hatte sie bisher bei jedem Mann getan, mit dem sie zusammen gewesen war, und ihre Beziehungen hatten immer ein schlechtes Ende genommen. Reseph hatte mehr als all die anderen die Macht, sie zu zerstören.

Reseph kam auf sie zu, doch sie wich ihm aus und wies auf die Tür.

»Verdammt noch mal, Jillian, ich werde nicht aufgeben.«

»Das ist deine Entscheidung«, sagte sie. »Aber du musst wissen, dass ich nicht nachgeben werde.«

In dem Moment, in dem sich die Tür hinter ihm schloss, sank Jillian zu Boden, sodass die Decke sie umschloss wie ein Teich. Sie würde nicht weinen. Nicht schon wieder.

Das redete sie sich immer wieder ein, aber die Tränen kamen trotzdem.

35

»Ist alles bereit?«

Gethel blickte aus dem *khote* heraus auf Jillian Cardiffs kleine Farm. »Ja.« Sie wandte sich zu Luzifer um, der diesen unsichtbaren Ort mit ihr teilte. »Die Aegis glaubt, ich hätte ihnen die Werkzeuge gegeben, die Reiter gefangen zu nehmen und festzuhalten. Gleich morgen früh wollen sie loslegen.«

Luzifer lächelte, seine schwarzen Augen funkelten. Als Engel hatte er gut ausgesehen. Als zweitmächtigster gefallener Engel in Sheoul war er umwerfend.

»Und kurz darauf legen dann wir los.«

Gethel erschauerte vor freudiger Erwartung. Bis morgen Mittag würden sie einen ganzen Schwarm Fliegen auf einen einzigen Streich schlagen. Luzifer würde der Aegis einen schlimmen Schlag versetzen, und er würde den Reitern eine Strafe erteilen, wie sie es noch nie erlebt hatten. Mit seinem Rachefeldzug gegen Pestilence' Helfer hatte Reseph einen Riesenfehler begangen. Und Lilith zu töten würde sich am Ende als verhängnisvoll erweisen und sein Schicksal besiegeln.

Luzifer vermochte die Reiter nicht zu vernichten, doch er hatte eine Falle epischen Ausmaßes ersonnen. »Und du bist sicher, dass sie aus deinem Käfig nicht entkommen können?«, fragte sie.

»Ihr Gefängnis wurde aus Höllenhundgift errichtet, aus Hunderten dieser Bestien. Die Reiter brauchen die Käfigwände nur zu berühren, und sie werden bewegungsunfähig. Außerdem werden Sheouls mächtigste Magier die Wände unaufhörlich erneuern und verstärken, sodass diese niemals schwächer werden oder ihre Wirksamkeit verlieren.«

»Ausgezeichnet.« Sie wusste, dass er außerdem plante, die Käfige über prasselnden Feuern aufzuhängen, sodass diese Arschlöcher für alle Ewigkeit gegrillt werden würden. Sobald sie dort festsaßen, würden sie nicht entkommen oder während der Apokalypse auf der Seite des Guten kämpfen können, selbst wenn ihre biblischen Siegel brachen. »Vergiss meine Bezahlung nicht.«

Luzifer neigte den Kopf. »Thanatos' Kind wird dir gehören, du kannst mit ihm tun, was du willst.« Er streckte die Hand aus und berührte die Spitze ihres Flügels. Sie erschauerte vor Wonne und Angst zugleich – eine berauschende Kombination. »Was hat du mit ihm vor?«

Das Kind war eine perfekte, wunderschöne Kombination von Licht und Dunkel. Es vereinte ungewöhnlich starke Eigenschaften eines Kampfengels mit einer mächtigen Dämonenhälfte. So viel Potenzial.

»Ich will seine dämonische Seite ausspielen und einen Engel-Assassinen aus ihm machen.«

Luzifer lächelte. »Nett.«

Wohl kaum. Sie hatte nicht die Absicht, nett zu sein. Luzifer allerdings genauso wenig. Die Geschichte der Schrecken, die er den Reitern und ihren Lieben antun würde, würde mit ihrem Blut geschrieben und in die Geschichte eingehen.

Die Reiter würden dafür bezahlen, dass sie ihr den Rücken zugekehrt hatten. Und sie würde ihren Leiden mit Vergnügen zuschauen.

36

Der Morgen kam viel zu früh für Jillian. Jetzt, wo Reseph wieder fort war, hasste sie den Morgen. Sie hasste es, allein aufzuwachen. Hasste es, die kalte Seite der Matratze zu fühlen. Hasste es, niemanden zu haben, für den sie Frühstück machen konnte.

Dennoch öffnete sie mühsam ihre verquollenen Augen, kroch aus dem Bett und schlurfte ins Bad. Der Spiegel war heute nicht ihr Freund. Sie sah grauenhaft aus.

Hatte sie wirklich das Richtige getan, als sie ihn fortgeschickt hatte? Die Zweifel verursachten ihr Übelkeit. Vom Verstand her wusste sie, dass sie genau das hatte tun müssen, um ihre Selbstachtung nicht zu verlieren, doch sie fühlte sich schrecklich dabei. War es besser, die meiste Zeit über glücklich in einer Beziehung voller Unsicherheit zu leben oder aber traurig und allein, aber dafür in der Gewissheit, das Richtige getan zu haben?

Allein zu sein hatte ihr nie etwas ausgemacht. Sie war dabei nie unglücklich gewesen.

Bis jetzt.

Sie bemühte sich, nicht an Reseph zu denken, als sie sich anzog und auf den Weg in die Scheune machte. Die Tiere freuten sich, sie zu sehen, wie immer. Sie füllte einen Eimer mit Maiskörnern für die Hühner, und gerade als sie zum Hühnerstall ging, ließ sie ein Geräusch innehalten. Zwei ihr unbekannte Wagen fuhren ihre Einfahrt hinauf.

Zwei große LKWs, Militärfahrzeuge, deren hinterer Teil mit

Planen abgedeckt war, erklommen soeben die Anhöhe; ein Anblick, der bei Jillian sämtliche Alarmglocken losschrillen ließ. Es gab keinen vernünftigen Grund, warum sich derartige Fahrzeuge auf ihrem Grund und Boden aufhalten sollten. Ihre Intuition riet ihr, gleich wieder in die Scheune zurückzulaufen und sich die Schrotflinte zu schnappen.

Als die Vehikel anhielten und Lance und Juan aus einer der Fahrerkabinen kletterten, wünschte sie sich, sie wäre ihrer Intuition gefolgt.

Lance kam auf sie zu, während Juan durch den tiefen Schnee auf die Rückseite eines der Wagen stapfte.

»Schön, Sie wiederzusehen, Ms Cardiff.«

Sie lächelte. Zweifellos sah es genauso falsch aus, wie es war. »Ich wünschte, ich könnte dasselbe sagen. Muss ich mir etwa eine einstweilige Verfügung besorgen? Sie scheinen mich einfach nicht in Ruhe lassen zu können.«

»Keine Sorge«, sagte er. »Heute sehen Sie uns endgültig zum letzten Mal. Sie müssen einfach nur für uns Kontakt mit Pestilence aufnehmen.« Hinter Lance strömten jetzt Dutzende von Männern in arktischen Kampfanzügen aus den LKWs, alle bis an die Zähne bewaffnet.

»Tja, das dürfte schwierig werden, da ich Pestilence niemals getroffen habe.«

Lance' Lächeln war geradezu schmerzhaft nachsichtig. »Sie wissen, was ich meine.«

»Dann sagen Sie es auch.« Sie ließ den Eimer fallen, sodass sich der Mais über den Schnee ergoss. »Ich habe nicht vor, mich auf Ihre Spielchen einzulassen.«

Jegliche Spur von Höflichkeit verflog aus Lance' Miene. »Gut. Dann können wir also offen sprechen. Nehmen Sie Kontakt zu Reseph auf.«

»Wieso?«

Seine Hand senkte sich zu der Scheide an seiner Hüfte, wo er den breiten Griff einer Art Dolch liebkoste. »Weil wir mit ihm reden müssen.«

»Wenn Sie wirklich offen sprechen wollen, schlage ich vor, ehrlich mit mir zu sein.« Sie bemühte sich um einen geschäftsmäßigen, energischen Tonfall und betete, dass man ihr ihre Nervosität nicht anmerkte. »Sie wollen bestimmt nicht mit ihm reden, denn sonst hätten Sie wohl kaum einen LKW mit fünfzig Männern mitgebracht, die aussehen, als ob sie es mit Godzilla aufnehmen wollten.«

Als sie von einem Dutzend Männer umzingelt wurde, erklomm ihr Puls ungeahnte Höhen.

»Wenn Sie ehrliche Worte hören wollen – das können Sie haben. Der Reiter ist gefährlich. Sie alle sind es. Wir haben die Mittel, sie gefangen zu nehmen und festzuhalten, und um das zu tun, benötigen wir Ihre Hilfe.«

»Warum sollten Sie sie festhalten wollen?«

»Pestilence hätte beinahe das Ende aller Tage eingeläutet. Wollen Sie vielleicht, dass das noch einmal passiert?«

Was für eine dämliche Frage. Als ob sie auf- und abspringen und laut rufen würde: »Ja, ich liebe Apokalypsen!« Was für ein Blödmann.

»Die Reiter sagen, das wird nicht passieren. Ihre Siegel können erst dann wieder brechen, wenn die biblische Prophezeiung eintritt.«

Lance sah sie mit eisigem Blick an, und durch sein Lächeln wirkte seine Miene noch kälter. »Einige von uns glauben nicht daran, dass sie auf der Seite des Guten kämpfen werden. Aber selbst wenn sie für unser Team kämpfen sollten, könnte es noch Jahrhunderte dauern, bis das geschieht. In der Zwischenzeit wären diese Leute auf freiem Fuß und könnten ein schreckliches Chaos anrichten.«

Sie zuckte mit den Achseln. »Ich habe noch kein Chaos entdeckt.«

»Sie haben ja keine Ahnung, was sie bereits alles angestellt haben.« Lance löste den Riemen, mit dem der Dolch befestigt war, aber Jillian weigerte sich, seine bedrohliche Geste zur Kenntnis zu nehmen. »Die Reiter sind verantwortlich für den Schwarzen Tod, die Antoninische Pest, den Hundertjährigen Krieg –«

»Wow. Schwerbeschäftigte Leute.« Jillian kreuzte die Arme vor der Brust. »Waren sie auch für den Fall Roms und den Zweiten Weltkrieg verantwortlich? Vielleicht den Ausbruch des Vesuvs? Hurrikan Katrina?«

Lance' Hand stieß vor und packte ihren Oberarm. »Hör mir jetzt mal gut zu, du Reiter-Groupie. Ich kenne deinesgleichen. Ihr seid wie eine dieser mitleiderregenden Frauen, die ihren gewalttätigen Mann verteidigen, weil er doch *im Grunde ein richtig netter Kerl* ist.« Er zog sie zu sich heran und fletschte die Zähne. »Du wirst uns helfen. Weil dein Freund nämlich alles andere als ein netter Kerl ist.«

Sie spuckte ihm ins Gesicht. »Leck mich.«

Lance stieß sie mit einem Fluch von sich und winkte Juan. »Du durchsuchst ihren Mist. Handys, Notizen, alles. Es muss doch einen Weg geben, die Reiter zu kontaktieren.«

Juan ergriff ihren Arm, ehe sie auch nur an Flucht denken konnte. »Und wenn wir nichts finden?«

Lance' Stimme drückte pure Bösartigkeit aus. »Dann foltern wir sie, bis einer von ihnen auftaucht.«

37

Jillian hatte öfter als einmal in ihrem Leben schreckliche Angst gehabt. Bei Weitem am schlimmsten war es gewesen, als die Dämonen sie auf dem ATC-Parkplatz angegriffen hatten.

Bis jetzt.

Aus irgendeinem Grund jagten diese Aegis-Kerle ihr sogar noch mehr Angst ein. Bei den Dämonen wusste sie, was sie erwartete: Schmerz, Blut und Tod. Bei Lance und Juan war es die Ungewissheit, die sie vor Angst krank machte. Es war ein gewaltiger Schock, als ihr klar wurde, dass Menschen weitaus furchteinflößender sein konnten als Dämonen.

Die Männer, die aus den Trucks gestiegen waren, waren mit dem Wald rund um die Farm verschmolzen, und nachdem Lance ihr Haus auseinandergenommen hatte, hatte er Jillian gezwungen, sich auf den mit Schnee bedeckten Boden zu setzen. Juan stand hinter ihr, eine grausam aussehende, S-förmige Klinge in der Hand. Lance hockte sich vor sie, ihr Handy in der Hand.

»Dein Haus ist eine wahre Fundgrube. Ich nehme an, der Eintrag Limos bedeutet genau das, was ich denke?«

Jillian zuckte mit den Achseln. »Das ist ein ganz normaler Name hier in Nowhere, Colorado.«

»Klugscheißer. Ich frage mich«, murmelte Lance, »ob Pestilence sich so viel aus dir macht, dass er deinen Schmerz spürt.« Er boxte ihr mit der Faust ins Gesicht, sodass sie nach hinten gegen Juans Beine geschleudert wurde. Schreckliche Schmerzen verbreiteten sich spinnwebförmig über Wange und Kiefer bis hin zum höchsten Punkt ihres Schädels.

»Hör auf«, zischte Juan. »Sie ist ein Mensch.«

»Sie hat sich mit Dämonen eingelassen.« Lance warf Juan einen angewiderten Blick zu. »Ich dachte, wir wären uns einig.«

»Als letzten Ausweg.«

»Wenn du ein Problem damit hast, hättest du vielleicht mit Kynan, Val und Regan gehen und dich deren jämmerlicher zusammengewürfelter Organisation anschließen sollen.«

»Du weißt, das ist nicht das, was ich will.« Juan löste Jillian von seinen Beinen. Mit heftig pochendem Gesicht fiel sie nach vorne und spuckte Blut in den vormals makellosen Schnee. »Aber einige von Kynans und Vals Vorstellungen, wie die Aegis auftreten sollte, sind durchaus berechtigt. Wir sind darauf angewiesen, dass die Menschen uns vertrauen, und dürfen nicht rücksichtslos jeden unterbuttern, nur weil wir dazu in der Lage sind.«

»Wir tun, was wir tun müssen. Aufgrund der ›neuen, sanfteren‹ Regeln wäre beinahe die Apokalypse eingetreten. Wir werden nicht zulassen, dass das noch einmal passiert.«

Jillian überprüfte einen ihrer Zähne mit der Zunge. »Ich versteh das nicht.« Ihre Worte waren undeutlich, da ihre Lippe blutete.

»Einige unserer Kollegen sind Dämonen-Liebhaber. Kynan hat sogar eine dieser verfluchten Kreaturen geheiratet, und Vals Tochter ist ein Vampir. Darum wollten sie, dass wir uns alle mit diesen Missgeburten anfreunden, anstatt sie zu töten. Als eine Dämonin namens Sin auftauchte, hat Kynan sie am Leben gelassen, anstatt sie zu eliminieren, und sie hat dann die Seuche in die Welt gesetzt, die Pestilence' Siegel gebrochen hat.« Lance schnaubte. »Wir hätten Kynan schon damals auf der Stelle rauswerfen sollen.«

»Da wirst du von mir keinen Widerspruch hören«, sagte Juan.

»Also«, Lance öffnete ein Taschenmesser, »deine Schmerzen haben Pestilence anscheinend nicht hergeholt. Wollen wir mal sehen, ob es deinen Schreien gelingt.«

Von Todesangst erfüllt versuchte Jillian rückwärts außer Reichweite zu krabbeln. Der Schrei, den er so gerne hören wollte, saß in ihrer Kehle fest. Er stürzte sich auf sie, packte sie beim Kragen ihrer Jacke und zerrte sie zu sich, während er ihr die Messerspitze unter das rechte Auge hielt.

Mit einem Mal durchdrang ein Knurren die Luft, das aus dem Wald zu kommen schien.

Lance lächelte. »Wie es aussieht, kommt dein Liebster herbeigeeilt, um dich zu retten.«

Der tiefe Schrei eines Mannes gesellte sich zu einem Chor knurrender Laute und dem schaurigen feuchten Geräusch zerreißenden Fleisches. Ein Schauer, der nichts mit der Kälte zu tun hatte, fuhr Jillians Rückgrat hinab. Sie kannte diese Laute.

»Seelenschänder«, flüsterte sie heiser. »Oh, Scheiße –«

Zwei Dämonen stürzten aus dem Gebüsch und rannten mit weit aufgerissenen Mäulern, von denen Speichel und Blut trieften, auf sie zu. Lance und Juan schleuderten laut fluchend Waffen auf die Kreaturen, während Jillian versuchte, sich in ihr Haus zu retten. Doch ihre Panik und der vereiste Boden behinderten sie, sodass sie immer wieder ausglitt und ausrutschte.

Gerade als sie nach der Schneeschaufel griff, die an der Veranda lehnte, packte Lance sie am Fußknöchel. »Du kleines Miststück! Sieh dir nur an, was dein Freund uns geschickt hat!«

Reseph hatte diese Dämonen nicht geschickt, das wusste sie, aber es hatte keinen Sinn, jetzt darüber zu streiten. Sie trat nach Lance, und es gelang ihr, ihn fortzustoßen. Überall um sie herum rannten Aegis-Leute auf die Dämonen zu. Sie packte die Schaufel und wirbelte herum. Gleich darauf musste sie einen Schrei unterdrücken, als einer der Seelenschänder seine Faust in Juans Brustkorb stieß und ihm einfach so Herz und Lungen herausriss.

Ein wirrer Wortschwall von Flüchen und Beleidigungen ergoss sich aus Lance' Mund. Er hörte nicht einmal auf zu schreien, als er ein Ende seiner S-förmigen Klinge in den Rücken des Dämons versenkte. Jillian schwang ihre Schaufel und traf den Seelenschänder genau in der Körpermitte. Die Kreatur kreischte und fuhr herum, ließ den Arm auf den Holzstiel niedersausen und brach ihn entzwei. Lance wurde in einem wirren Knäuel von Gliedmaßen in den Schnee geschleudert. Die anderen Wächter griffen an, doch auch wenn einer der Seelenschänder schwer verletzt war, ließ sich der andere nicht aufhalten.

»Bringt die Schlampe ins Haus«, schrie Lance.

Einer der Wächter löste sich aus dem Kampfgetümmel um die beiden Dämonen und eilte zu ihr. Sie bereitete sich darauf vor, sich zu verteidigen, indem sie den Schaufelgriff wie einen Baseballschläger packte. Doch dann rannte aus dem Nichts ein großer Mann in zerrissener Jeans und einem schäbigen, vergilbten T-Shirt den Wächter über den Haufen. Wer zur Hölle war das denn? Aber es blieb keine Zeit zu fragen, nicht, solange sowohl Dämonen als auch Menschen hinter ihr her waren. Sie brauchte Hilfe.

So schnell sie konnte, erklomm sie die Veranda, nur um auf dem vereisten Holzboden gleich wieder auszurutschen. Irgendwie gelang es ihr, auf allen vieren krabbelnd und sich mit den Fingernägeln ins Eis klammernd durch die Haustür ins Haus zu bewegen und die Tür hinter sich zu verschließen. Die Wächter hatten ihr Wohnzimmer durchsucht ... Scheiße! Wo war nur die Karte mit Kynans Nummer darauf geblieben?

Jemand oder *etwas* hämmerte mit solcher Wucht gegen die Tür, dass ein Riss im Holz entstand. Verzweifelt wühlte sie sich durch das Chaos. Sie betete darum, die Karte zu finden, denn wenn sie das nicht schaffte, würde sie vermutlich schon bald beten, dass der Tod sie erlösen möge.

Reseph würde sich im Kampf um Jillian noch lange nicht geschlagen geben. Ganz im Gegenteil, die Herausforderung, eine Frau für sich gewinnen zu müssen – etwas, das er noch nie zuvor erlebt hatte –, verlieh ihm neue Energie. Er war sich nicht sicher, wie er bewerkstelligen sollte, was sie forderte, weil er nicht wusste, ob er jemals mit hundertprozentiger Gewissheit würde sagen können, dass Pestilence kein Problem mehr darstellte.

Er musste einfach nur einen Weg finden, Jillians Forderung zu umgehen, und wenn ihm jemand dabei helfen konnte, dann Ares. Er würde schon bald mit ihm darüber reden müssen. Natürlich immer vorausgesetzt, dass Reseph nicht vorher starb.

Jetzt musste er erst einmal das Leben für andere Leute verbessern, denen er wehgetan hatte, und diese Leute würden möglicherweise eine Bezahlung in Blut fordern.

Er stand vor dem Eingang zu Thans Festung und fühlte sich seltsam verunsichert, wusste nicht, ob er eintreten sollte oder nicht, obwohl er selbst es doch gewesen war, der alle gebeten hatte, sich dort mit ihm zu treffen. Früher war er immer einfach hineinspaziert, als ob er dort zu Hause wäre, aber jetzt fühlte er sich wie ein Wildfremder. Ein Eindringling.

Ein Feind.

Er tat einen kräftigen Atemzug und schob die Tür auf. Drinnen warteten Than, Limos und Ares sowie – Überraschung! – Reaver und Revenant.

Resephs Geschwister trugen ihre Rüstungen. Mann, diese Tatsache traf ihn wie ein Hieb in den Magen.

»Danke, dass ihr gekommen seid«, sagte Reseph.

Than, der sich auf die Couch gelümmelt hatte, erhob sich mit ernster Miene. »Worum geht es?«

»Ich wollte euch wissen lassen, dass ich einen Ort gefunden

habe, an dem ich von nun an wohnen werde.« Zumindest vorläufig. Er hatte nicht etwa eine Wohnung gemietet, sondern sich einfach in der heruntergekommenen Hütte eingenistet, in der er jetzt lebte.

Thanatos hatte ein hübsches Vermögen für sie angehäuft, indem er Gold investiert hatte, das er vor Hunderten von Jahren einmal erbeutet hatte. Reseph hätte sich jede Wohnung leisten können, die er haben wollte. Aber er brauchte keinen Komfort, und er wollte auch niemanden in seiner Nähe haben.

»Das hättest du uns auch einfacher mitteilen können«, sagte Ares. »Warum sollten wir uns hier versammeln?«

Weil ihr mir fehlt. »Ich hatte gehofft, wir könnten einen Weg finden, Arik seine Seele zurückzugeben.« Darüber hatte er letzte Nacht nachgegrübelt … wenn er nicht gerade an Jillian und all die verschiedenen Arten gedacht hatte, auf die er es sich mit ihr verdorben hatte.

»Wirklich?« Limos trat vor. »Du glaubst, du könntest das schaffen?«

»Ich weiß es nicht.« Er sah Reaver an. Seinen *Vater*. »Ist es möglich?«

Revenant antwortete, ehe Reaver die Chance dazu hatte. »Das kann allein Pestilence tun. Entweder durch seinen Tod oder aber durch sein Einverständnis.« Er schenkte Limos ein breites Grinsen. »Wie es aussieht, hat dein Mensch Pech gehabt. Wie traurig.«

»Du bist so ein Arschloch«, zischte Limos durch zusammengebissene Zähne hindurch.

Was für eine Untertreibung. Reseph *hasste* ihre neue Wache. »Okay, dann gibt es nur eins, was wir tun können.« Reseph wandte sich an Reaver. »Hast du Wormwood immer noch?«

Reaver nickte, sehr langsam.

»Du musst Pestilence töten.«

Stille erfüllte den Raum. Einen Moment später wurden Ausrufe laut: »*Was?*« und »*Bist du verrückt geworden?*«. Dazu kam dann noch Revenants »*Gerne.*«

Reaver durchquerte den Raum und blieb direkt vor Reseph stehen. »Weißt du eigentlich, was du da sagst? Ihn zu töten wird dich töten. Deine Seele wird Hunderte, vielleicht Tausende von Jahren in Sheoul-gra verbringen, um bis zur biblischen Apokalypse gefoltert zu werden. Selbst dann besteht jedoch keine Garantie, dass du wiedergeboren wirst. Der Rat der Wachen hat Berechnungen angestellt, und nach diesen Berechnungen sind die Chancen, dass das Gute in der letzten Schlacht über das Böse siegt, ohne dich minimal.«

»Ich habe einiges wiedergutzumachen, Reaver. Ich muss wenigstens einen Teil der Schäden, die ich angerichtet habe, reparieren.«

»Aber nicht so«, entgegnete Reaver. »Arik ist jetzt unsterblich. Es wird seine Seele also vermutlich nicht so bald brauchen. Wir haben Zeit, um einen anderen Weg zu finden.«

»Aber du sagtest, es gibt keinen.«

»Verdammt noch mal, Reseph.« Ares kam mit grimmiger Miene auf ihn zu. »Es gibt einen anderen Weg. Du kannst Pestilence rauslassen und –«

»Und was? Ihn einfach nett fragen? Er ist nicht gerade der Typ, der verhandelt. Und ich werde euch ihm keinesfalls noch einmal aussetzen.«

»Ich würde ihm nur zu gerne Ariks Seele aus dem Leib foltern«, sagte Than mit ein wenig zu viel Begeisterung. Nicht, dass Reseph es ihm verdenken konnte. Aber Pestilence herauszulassen, das konnte zu nichts Gutem führen.

»Was, wenn ich ihn nicht wieder zurückdrängen kann?«, fragte Reseph mit rauer Stimme.

Revenant kreuzte die Arme vor seiner aufgeblähten, mit Leder bekleideten Brust. »Dann wird sich Pestilence vermutlich ein wenig austoben und jeden abschlachten, den du liebst.«

»Nein, das würde er nicht.« Ares starrte Revenant verächtlich an; seine Hand schwebte über dem Schwert an seiner Seite. »Weil wir ihn nämlich mit Höllenhundgift lähmen würden.« Er sah zu Reaver hinüber. »Da Pestilence nicht länger über die Macht des zerbrochenen Siegels verfügt, müsste Höllenhundgift wieder bei ihm funktionieren, stimmt's?«

Reaver antwortete nicht, was bedeutete, dass es wieder mal eine dieser Fragen war, die er aufgrund dämlicher Regeln nicht beantworten durfte.

»Das wäre jedenfalls eure einzige Hoffnung«, sagte Revenant glatt. »Weil Reseph bestimmt nicht fähig ist, ihn wieder zu unterdrücken.«

Die Worte des gefallenen Engels waren wie ein Messer in Resephs Leib, denn genau das befürchtete auch Reseph.

»Ich hab deine dämlichen Kommentare so was von satt«, fauchte Limos.

Reseph trat in die Mitte des Raumes und beendete die Unterhaltung. »Das alles führt doch zu nichts. Es ist Ariks Entscheidung. Wir fragen ihn und überlegen dann weiter.«

Totenstille senkte sich über sie, weil alle im Raum genau wussten, was Arik sagen würde.

Tötet Pestilence.

»Reseph …« Limos biss sich auf die Unterlippe, und Resephs Herz blutete. Sie musste ihren Mann unterstützen, doch damit schickte sie möglicherweise ihren Bruder in den Tod. Sie war in keiner beneidenswerten Lage.

Da piepte ein Handy, und Limos schnappte sich ihres vom Couchtisch. »Scheiße.« Sie lauschte. Jegliche Farbe wich aus ihrem Gesicht, bis sie Sekunden später zu Reseph herumwirbelte. »Das war Kynan. Jillian hat ihn angerufen. Sie steckt in der Klemme. Die Aegis. Dämonen. Ky und Arik sind schon auf dem Weg zu ihrem Haus.«

Resephs Herz drohte ihm in der Brust zu explodieren, als er mit dem Finger über seine Rüstungsnarbe strich. »Ich habe kein Recht, euch darum zu bitten, aber –«

»Ich komme mit dir«, sagte Ares.

»Ich auch.« Limos nahm neben Reseph Aufstellung.

Thanatos nickte. »Lass uns deine Frau retten.«

38

In dem Moment, in dem Jillian das Telefonat beendete, wurde die Tür aufgebrochen. Ein Dämon stürzte sich mit schnappenden Zähnen hinein. Sein Gestank nach Fäulnis ließ sie würgen. Sie schrie auf und brachte sich mit einem Satz außer Reichweite der Klauen der Kreatur. Auf einmal zischte das Ding und spuckte schaumigen Geifer, als es rückwärts durch die Türöffnung flog, die Augen vor Schreck weit aufgerissen. Im nächsten Moment stand der Fremde, der eingetroffen war, ehe sie sich im Haus eingeschlossen hatte, dort, wo eben noch der Dämon gewesen war.

»Bleib im Haus«, raunzte sie der Mann an. Damit wirbelte er herum und warf den Dämon, den er aus dem Haus herausgerissen hatte, auf die Veranda.

Bleib im Haus. Richtig. Guter Plan. Sie packte ihren Schaufelgriff und wollte ins Schlafzimmer gehen. Dann hörte sie das Knirschen zersplitternden Glases, begleitet von einem bösartigen Knurren, und kam schlitternd zum Stehen. Ein Dämon zog sich durch das Fenster gleich neben ihrem Bett.

Nicht gut. Heilige Scheiße, so was von gar nicht gut.

In der Hoffnung, dass sich Doodle an einem sicheren Platz versteckt hatte, schnappte sie sich die Schneemobilschlüssel und stürzte durch die Tür. Wenn es ihr gelang, von alldem hier wegzukommen, hatte sie vielleicht eine Chance. Sie sprang von der Veranda und entging nur knapp den zuschnappenden Händen von Lance. Ein gräulicher augenloser Dämon trieb sich vor dem Schneemobil herum und schnitt ihr den Weg ab. Dämonen strömten nur so ins Haus; ihr Kreischen und das entsetzliche Geräusch ihrer aufeinanderbeißenden Zähne gesellte sich zu den Schreien und Hilferufen der Wächter, die überall um die Farm herum kämpften. Sie versuchte, die Scheune zu erreichen, doch die Kämpfe rückten rasch näher, und plötzlich befand sie sich mitten im ärgsten Kampfgetümmel, mit nicht mehr bewaffnet als einem Stück Holz und ein paar Schlüsseln.

Dann ertönte der schönste Klang auf der ganzen Welt.

Pferdehufe jagten aus dem Wald und über die Lichtung hinweg. Vier Reiter in voller Rüstung stürmten mit Reseph als Anführer in einer Wolke von aufgewirbeltem Schnee auf sie zu. Nur einen Moment lang hielt der Kampf überall um Jillian herum inne. Resephs Blick erfasste sie, und da wusste sie jenseits allen Zweifels, dass sie in Sicherheit war.

»Scheiße!« Lance' Fluch brach den Zauber, der sich über das Schlachtfeld gelegt hatte. Menschen und Dämonen nahmen ihre Tätigkeit mit doppeltem Einsatz wieder auf. Ein SUV kam die Einfahrt hinaufgeschossen und streifte einen Seelenschänder, ehe der Wagen nach kurzem Schleudern in einen der Aegis-Lastwagen krachte. Arik und Kynan sprangen mit aufblitzenden Waffen heraus und hieben sofort wie wild um sich.

Lance schleuderte eine Klinge auf Reseph, der blitzschnell eine Armbrust hochriss und die Klinge mitten in der Luft abschoss.

»Der gehört mir!«, brüllte Thanatos und warf sich zwischen Reseph und Lance.

Jillian verstand nicht, wieso, aber offensichtlich hegte der gelbäugige Reiter einen mörderischen Hass auf den Wächter.

»Da wird Wraith aber sauer sein«, schrie Kynan und duckte sich unter den Klauen eines Seelenschänders hindurch. »Er hatte Lance zum Abendessen bestellt.«

Thanatos ließ ein paar bösartig aussehende Fänge aufblitzen. Fänge? Hatte Reseph auch welche? »Ich werde ihm die Reste einpacken lassen.«

Jillian warf sich zu Boden, als Thanatos mit einer Sense in der Hand vorbeistürmte. Während sie sich im Schnee herumrollte, erhaschte sie einen Blick auf Thanatos, der Lance mit einem einzigen Hieb seiner entsetzlichen Waffe den Kopf von den Schultern trennte.

Ein weiterer Seelenschänder brach aus dem Wald und befand sich vor ihr, ehe sie auch nur einen Schrei ausstoßen konnte. Mit hämmerndem Herzen stieß sie der Kreatur ihren Schaufelgriff von unten nach oben in den Leib, mitten zwischen die Rippen. Das Holz drang tief ein, und mit so viel Schwung, dass es aus dem Rücken des Dämons wieder austrat. Er heulte laut auf, wobei er seine riesigen Kiefer direkt vor ihrem Gesicht aufriss. Sie konnte seinen fauligen Atem riechen, und den ekelhaften Geruch nach Fäkalien, der von seiner Haut ausging. Mit einem Schlag wurde die Nacht auf dem Parkplatz wieder in ihr lebendig.

Sie war hilflos gewesen. Außer sich vor Angst.

Auch jetzt war sie außer sich vor Angst, aber hilflos war sie nicht.

Sie zog den improvisierten Pflock ein Stück zurück und drückte ihn dem Ding ins Herz. Wieder heulte es auf, und eine widerlich stinkende Flüssigkeit spritzte ihr ins Gesicht.

Sie würgte und krabbelte so rasch wie nur möglich rückwärts davon, wodurch sie um Haaresbreite verhinderte, dass ihr der Kopf abgebissen wurde.

Sogar mit einem Pflock im Herzen kam der Dämon immer noch auf sie zugetaumelt, die klauenbewehrte Hand zum tödlichen Schlag erhoben. Ein Pfeil traf ihn ins Auge, und er fiel auf den Rücken, landete in einem blutigen zuckenden Haufen auf dem Boden. Reseph sprang von seinem Pferd und half ihr hoch, ganz Ritter in schimmernder Rüstung aus dem Märchen.

»Geht es dir gut?«

»Ja –« Sie verstummte, da ihr der Atem stockte, als Reseph herumfuhr und zwei dürre sechsbeinige Dämonen mit einem Schwert erledigte, das aus dem Nichts gekommen zu sein schien.

»Bleib unten!« Reseph schob sie hinter sich, sodass sie zwischen seinem Körper und der Veranda praktisch festsaß, und dann verwandelte er sich in einen Wirbelsturm aus Rüstung und Schwertern und Armbrüsten, der innerhalb von Sekunden ein halbes Dutzend Dämonen vernichtete.

Vorher hatte sie nur einen Mann gesehen … zugegeben, einen gefährlichen Mann, der auch noch supersexy war. Aber nun erlebte sie wahrhaftig zum ersten Mal einen Krieger in Aktion. Der Mann, den sie liebte, einer der vier apokalyptischen Reiter, war im Kampf einfach genial.

Er war wunderschön anzusehen, ein geschmeidiger, selbstbewusster Kämpfer, der genau wusste, wo und wie er bei jedem seiner Feinde zuschlagen musste. Das galt im Grunde für alle Reiter. Voller Ehrfurcht und nicht gänzlich frei von Entsetzen beobachtete sie, wie überall um sie herum die Reiter, der Fremde und Kynan und Arik gegen die Dämonen und die Wächter kämpften, und sie konnte nur beten, dass keiner in die Scheune eingedrungen war und ihre Tiere verletzt hatte.

Die Zeit schien langsamer zu vergehen, sich in einen wirbelnden Strudel aus Schreien, Knurren und Blut zu verwandeln. Irgendwann kniete Reseph mit ernster, besorgter Miene vor ihr.

»Es ist vorbei. Alles ist in Ordnung.«

»Aber …« Sie blickte sich mit gerunzelter Stirn um.

Mit Ausnahme des Fremden, der einem Dämon mit solcher Gewalt den Hals umdrehte, dass sie ein Knacken hörte, bewegte sich nichts mehr auf der Lichtung. Limos, Ares und Thanatos hatten die überlebenden Wächter bei der Scheune zusammengetrieben und bewachten sie mit vorgehaltener Klinge. Arik und Kynan kümmerten sich um die überlebenden Menschen und erledigten verwundete Dämonen.

Der Fremde kam zu ihnen herübergelaufen, aber als er die Hand nach Jillian ausstreckte, hielt Reseph ihn fest. »Wer bist du?«

Er schleuderte den Mann gegen das Haus, aber als der Mann Anstalten machte, sich zu wehren, und sich auf Reseph stürzen wollte, überkam Jillian ein seltsames Gefühl der Panik.

Sie schob die Hand zwischen die beiden Männer, wobei ihre Handfläche mit einem metallischen Klang gegen Resephs Brustplatte schlug. »Hör auf, Reseph!«

»Warum?«

Der keuchende und mit Blut bedeckte Fremde starrte Jillian an, als ob er sie kenne, was sie nur noch mehr verwirrte. »Ich weiß auch nicht«, sagte sie ehrlich. »Wer bist du?«

Er fiel auf die Knie und neigte den Kopf. »Darf ich?«

Jillian blinzelte. »Was?«

»Darf ich?« Der Kerl zuckte zusammen, als ob er erwartete, geschlagen zu werden. »Sprechen?«

Ratlos blickte sie Reseph an, der mit den Schultern zuckte. »Ähm … okay. Du darfst sprechen. Wer bist du?«

»Ich habe keinen Namen«, erwiderte er schroff. »Ihr müsst mir einen geben.«

»Oh, Mist«, flüsterte Reseph. »Er ist ein Sklave.«

»Ein Sklave?« Sicher nicht, aber Reseph sah nicht aus, als ob er einen Witz gemacht hätte. »Ist das dein Ernst?«

»Jepp. Und offensichtlich hält er dich für seine Herrin.« Reseph packte den Mann um den Kiefer und hob dessen Gesicht an, aber die Augen des Sklaven blieben nach unten gerichtet.

»Warum bist du hier? Und warum glaubst du, Jillian sei deine Herrin?«

Der Mann sah Jillian fragend an, nur der Hauch eines Blickes, der um die Erlaubnis bat, zu reden, und das war einfach nur … krank. »Ja, du darfst sprechen. Du musst nie wieder um Erlaubnis bitten. Du darfst jederzeit sprechen.«

Aus irgendeinem Grund schien ihm ihre Antwort Schmerzen zu bereiten. »Meine Leibeigenschaft wurde übertragen.«

»Von wem?«, fragte Reseph.

»Harvester.«

Reseph verkrampfte sich und trat zurück. »Hast du dem zugestimmt, Jillian?«

»Ich weiß nicht. Ich glaube nicht.«

Reseph wandte sich wieder dem namenlosen Mann zu. »Wie ist das passiert?«

»Es hätte auf jeden Fall mit Blut zu tun gehabt«, sagte der Mann.

Jillian fluchte leise vor sich hin. »Als ich zugestimmt habe, dir einen Teil meines Verstandes zu überlassen, da hat Harvester … sie hat einen Tropfen Blut auf die Stelle getan, wo mein Herz sitzt.«

»Verdammt«, flüsterte Reseph. »Warum hat sie das getan?«

Der namenlose Kerl neigte den Kopf. »Es gibt dafür nur einen Grund. Sie erwartet zu sterben, und ihr Tod hätte meine Leibeigenschaft auf ihren Mörder übertragen.«

Reseph fuhr sich mit der Hand übers Gesicht. »Dann wollte sie dich also vor einem schrecklichen Schicksal bewahren, indem sie dich jemandem ihrer Wahl übergab.«

»Ja.«

Jillians Magen, dem es nach dem blutigen Kampf sowieso schon nicht allzu gut ging, verkrampfte sich, sodass sie bittere Flüssigkeit hinunterschlucken musste. »Das ist nicht richtig.

Sklaverei ist nicht richtig. Ich kann das nicht. Ich werde dich freilassen.«

»Das kannst du nicht«, widersprach Reseph. »Ein Sklave, der durch Blut mit dir verbunden ist, wird ohne diesen Bund sterben. Wenn jemand dich tötet, wird sein Bund übertragen. Wenn du eines natürlichen Todes oder in einem Unfall stirbst, wird er kurz darauf ebenfalls sterben.« Er sah den namenlosen Kerl an, der immer noch den Boden anstarrte. »Zu welcher Spezies gehörst du?«

»Warg.«

»Warg?« Jillian warf Reseph einen Blick zu. »Was ist das?«

»Menschen nennen sie Werwölfe«, erklärte Reseph. »Warg, wie alt bist du?«

»Ich weiß nicht.« Der Mann hob sein Gesicht in die eisige Brise, wie ein Hund, der den Kopf aus dem Fenster streckt. Pure Ekstase ließ sein Gesicht aufleuchten, und nur widerwillig richtete er seine Aufmerksamkeit wieder auf Reseph. »Ich vermute, weniger als fünfzig Jahre.«

»Ausgezeichnet.« Reseph lächelte Jillian zu. »Werwölfe leben Hunderte von Jahren. Durch diesen Bund wird seine Lebensspanne auf dich übertragen.«

Sie schnappte nach Luft. »Ich weiß nicht, was ich sagen soll.« Dieser ganze Morgen hatte ihr einen Wahnsinnsschock nach dem anderen beschert.

»Bitte, Herrin, darf ich einen Namen haben?«

Da es ihr unangenehm war, ihn herumzukommandieren, ging sie in die Hocke, sodass sie sich auf Augenhöhe befanden. »Wie hat Harvester dich genannt?«

»Ich war Whine.«

Jillian zuckte zusammen. Gewinsel … Was stimmte nur mit diesen Leuten nicht? »Hattest du einen Namen, bevor du zum Sklaven wurdest?«

»Ich wurde schon als Kleinkind abgegeben.« Sein sandfarbenes Haar verbarg seine Miene, als er auf den Boden starrte. »Ich erinnere mich nicht an meinen Namen, aber man sagte mir, er sei Tracker.«

Er war ein Sklave, seit er ein Baby war? Sie hätte ihn am liebsten umarmt. Stattdessen atmete sie tief ein, um sich zu beruhigen. »Dann soll das dein Name sein.«

Kynan kam herübergelaufen und wandte sich nach einem flüchtigen Blick auf Tracker an Reseph und Jillian. »Wir haben hier wirklich ein verdammtes Chaos.« Er machte eine ausholende Geste, die das gesamte Schlachtfeld umfasste. »Worum ging es überhaupt?«

Jillian erhob sich. »Die Aegis war hier, um Reseph gefangen zu nehmen, aber die Dämonen … ich weiß es nicht.«

Ares gesellte sich zu ihnen; seine Miene war so finster, dass Jillian tatsächlich einen Schritt zurückwich. »Limos hat versucht, ein Tor zu öffnen, konnte es aber nicht. Ich habe es mit demselben Resultat versucht. Than hat eine unsichtbare Barriere um die Farm herum entdeckt.« Ein grimmiges Knurren drang aus seinem Brustkorb. »Wir können hier nicht weg. Verflucht, Reseph … das war eine Falle.«

39

Angst ließ Reseph erbeben, als ob eine Glocke in seinem Kopf angeschlagen hätte. »Eine Falle? Von wem?«

Plötzlich erschütterte ein Rumpeln die Erde wie ein Erdbeben der Stärke neun, sodass Bäume am Rand von Jillians Grundstück umstürzten. Eine bösartige Unterströmung, die durch die Luft wirbelte, brachte Resephs Nackenhärchen dazu, sich aufzurichten. Er drehte sich zu der Quelle dieser Schwingungen herum, und seine Lungen verkrampften sich beim Anblick Luzifers, der kaum hundert Meter weit entfernt stand. Hinter dem gefallenen Engel, der aus der Erde emporgestiegen war, befand sich eine Armee von Dämonen.

»Oh, das sieht übel aus«, flüsterte Arik.

»Das dürfte die Untertreibung des Jahrtausends sein.« Reseph schrie zu Than und Limos hinüber, die die überlebenden Wächter nach wie vor bewachten. »Lasst sie frei! Wir brauchen vermutlich jeden einzelnen Mann.« Nicht, dass er davon ausging, dass sie gegen Luzifer viel ausrichten könnten, aber er hatte das Gefühl, dass sie jede Hilfe brauchen würden, die sie kriegen konnten.

Die Wächter verteilten sich und gingen in der Nähe der LKWs, der Scheune und dem umliegenden Wald in Verteidigungsstellung.

»Reseph?« Jillian zupfte ihn am Arm. Ihr Haar war zerzaust und voller Schnee, Blut verschmierte ihre Haut und ihre Kleidung, und wenn sie auch jeden Grund hatte, sich zu fürchten, war sie aufmerksam und ruhig – eine Kriegerin, selbst wenn sie es nicht wusste. »Was ist los?«

»Lass uns reingehen.« Er führte alle in Jillians Haus und ignorierte das auf magische Weise verstärkte Gelächter Luzifers.

Tracker folgte Jillian auf den Fersen, beinahe so dicht wie Reseph, und wäre die Situation eine andere und er ein anderer Mann gewesen, hätte Reseph ihm den Bauch aufgeschlitzt. Aber dem Warg war offensichtlich ausschließlich daran gelegen, sie zu beschützen, und das war eine gute Sache.

»Wer ist der Kerl?« Ky warf einen argwöhnischen Blick auf Tracker.

»Jillians Sklave.« Während Ares und Than die Möbel wieder aufstellten, die die Dämonen umgestoßen hatten, bezog Reseph an einem der Fenster Stellung, damit er Luzifer im Auge behalten konnte. »Harvester hat den Bund auf sie übertragen.«

Thanatos sah Tracker, der sich mit gebeugtem Kopf in eine Ecke in der Nähe von Jillian gedrückt hatte, mit erhobener blassblonder Augenbraue an. »Interessant.«

»Kommt heraus, ihr Reiter«, dröhnte Luzifers lockende Stimme wie aus einem Lautsprecher. »Kommt und seht, was das Leben von Hunderten eurer geliebten Höllenhündchen mir beschert hat.«

Das Knurren, das Than ausstieß, ließ die Knochenplatten seiner Rüstung klappern.

Jillian rieb sich die Arme durch ihre Jacke hindurch. »Erklärt mir vielleicht mal jemand, was los ist?«

Limos, die sich ihr schwarzes Haar zu einem Knoten gebunden hatte, der hoch auf ihrem Kopf saß, spähte aus einem der Fenster. »Reseph war fleißig und hat so ziemlich jeden in der Unterwelt umgebracht, der Pestilence geholfen hat. Jetzt ist Luzifer ziemlich sauer.«

»Du hast selbst deinen Teil dazu beigetragen, Luzifer sauer zu machen, indem du seinen Lieblingsengel umgebracht hast«, erinnerte Ares sie, und Limos wurde rot.

»Augenblick mal – Luzifer?« Jillians Stimme bebte vor Schock. Und Angst. Reseph wünschte sich, er könnte sie durch ein Höllentor irgendwo anders hinbringen. Nur dass kein Ort vor dem gefallenen Engel sicher war. »*Der* Luzifer? Das ist dieser Kerl da draußen?«

»Ja«, sagte Thanatos, »aber er ist nicht Satan, falls du das denkst. Luzifer ist allerdings Satans Stellvertreter, wir sprechen also über einen Dämon, der sich ganz oben in den Top Ten der *Who is Who*-Liste der mächtigsten Wesen des Universums befindet.«

»Oh Gott.« Jillian schlang die Arme um ihren Körper, und Reseph kämpfte gegen den Drang an, sie in den Arm zu nehmen. Er war dafür verantwortlich, dass ihr das alles hier zustieß, und er bezweifelte, dass sie in diesem Moment auf irgendwelche Tröstungsversuche seinerseits scharf war. »Was will er denn?«

»Uns vernichten«, antwortete Limos. »Und wenn einer die Macht hat, das zu tun, dann er.«

»Aber er wird sich nicht mit uns zufriedengeben.« Ares' Lederpanzer knarrte, als er auf- und ablief. »Er wird auch unsere Familien umbringen.«

Reseph schloss die Augen. Sein schlechtes Gewissen war ihm deutlich anzumerken. »Es tut mir leid«, krächzte er. »Das alles ist meine Schuld.«

Angespannte Stille senkte sich über das Zimmer. Dann spürte er Jillians Hand in seiner. Gott, er hatte es nicht verdient, getröstet zu werden.

»Reseph.« Ares' Donnerstimme war laut genug, dass Reseph die Augen gleich wieder aufriss. »Nichts von alldem ist deine Schuld. Was Pestilence getan hat – dafür trägt er die Verantwortung. Du hast nur versucht, die Dinge wieder in Ordnung zu bringen. In den letzten Tagen hast du eine verdammte Menge Bösewichte ausgelöscht, und ich denke, wir müssen ehrlich zugeben, dass Luzifer uns sowieso früher oder später aufs Korn genommen hätte.«

Thanatos nickte. »Es war schon eine ganze Weile abzusehen, dass es zu einer Kraftprobe kommen würde.«

Limos fummelte an ihrem Schwert herum. »Wir müssen einfach nur rausbekommen, wie wir ihn besiegen können.«

Die Wut, die Arik ausstrahlte, als er nun quer durch den Raum auf sie zumarschierte, war beinahe körperlich zu spüren. »Du kämpfst nicht, Li.«

»Aber sicher tu ich das.«

Arik fluchte. »Ich kämpfe, du bleibst hier drin.«

»Hey, Mann.« Ares klopfte Arik auf die Schulter. »Ich weiß ja, dass du gern den Beschützer gibst, aber jetzt übertreibst du es ein wenig mit dem Scheiß von wegen *ich Mann – du Frau*.«

»Siehst du?« Limos sah ihren Mann mit klimpernden Wimpern an. »Du machst dich lächerlich.«

»Willst du es ihnen sagen oder soll ich?« Ariks Stimme klang scharf.

Reseph erstarrte. »Was sagen?«

»Verdammt, Arik«, fauchte Limos. »Das ist doch nicht nötig –«

»Sie ist schwanger«, unterbrach Arik sie. »Und sie wird auf keinen Fall kämpfen.«

Es dauerte eine Sekunde, bis sie die Neuigkeit verdaut hatten. Dann schwankten alle zwischen Freude und Sorge um sie und das Baby, denn dies war sicherlich nicht der ideale Ort für die beiden.

»Okay«, stimmte Than zu. »Limos kämpft nicht.«

Limos stieß ein Schnauben aus. »Hallooo, Leute, ich bin unsterblich. Ich schaff das schon.«

»Du bist unsterblich, aber nicht immun gegenüber Verletzungen«, erinnerte Arik sie. »Und weißt du noch, was Reaver über ungeborene Kinder von Unsterblichen sagte, als Regan schwanger war? Dass man über ihren Sterblichkeitsstatus nichts sagen kann, ehe sie geboren sind. Dass sie im Mutterleib immer noch verletzlich sind.«

Reseph nickte. »Es wird nicht gekämpft, Li. Keine Widerrede.«

Draußen bebte erneut die Erde. Reseph wandte sich wieder zum Fenster um. Gleich darauf wünschte er sich, er hätte das nicht getan. »Gott, da draußen müssen inzwischen Tausende von Dämonen sein. Sie haben uns umzingelt.«

Von Ares' Lippen strömten hundert Flüche in ebenso vielen Sprachen. »Dem haben wir nichts entgegenzusetzen. Scheiße. Wo zum Teufel ist Reaver? Ich habe ihn schon vor einer Stunde gerufen.«

»Ich hab's satt zu warten, Reiter.« Luzifers Stimme ließ die Scheiben der Fenster klirren, die Jillian noch verblieben waren. »Ich glaube, ich werde mal eure Gefährtinnen und Kinder holen lassen. Und dann werde ich ihnen ihre Gliedmaßen eine nach der anderen ausreißen, bis ihr endlich eure feigen Gesichter zeigt. Also kommt lieber gleich raus und rettet ihnen das Leben.«

»*Mistkerl.*« Thanatos rannte auf die Tür zu, dicht gefolgt von Ares, doch Reseph setzte sich mit einem Sprung vor sie. Sie konnten sich gerade eben noch bremsen, doch ihre großen Körper bebten vor Verlangen, für ihre Familien zu kämpfen.

Zum ersten Mal konnte Reseph sie verstehen.

»Ich werde mich ihm freiwillig ergeben«, sagte Reseph. »Ich bin es, den er haben will.«

»Nein, Reseph«, keuchte Jillian. »Das darfst du nicht.«

»Entschuldigung.« Tracker wagte sich zögerlich ein Stück vor, als ob er damit rechnete, geschlagen zu werden, weil er sich zu Wort gemeldet hatte. Er zog ein kleines durchsichtiges Kästchen aus seiner Tasche, und tief in Resephs Inneren regte sich Pestilence. »Ich habe etwas für Reseph.« Er hielt es diesem hin, doch eine donnernde Stimme ließ sie allesamt erstarren.

»Reseph!« Reaver materialisierte sich neben Tracker. »Rühr das nicht an!«

»Warum nicht?«

»Es ist konzentrierte Bösartigkeit«, sagte Reaver mit durchdringender Stimme, die das ganze Haus erschütterte. »Es nur zu berühren könnte Pestilence befreien.«

40

Galle stieg in Resephs Kehle auf, als er das kristallene Kästchen ansah. »Ich versteh das nicht.«

»Das ist der *Malador*.« Tracker hob den Deckel, unter dem eine dornige schwarze Kette zum Vorschein kam, die mit einem pulsierenden Obsidian verbunden war. »Harvester sagte, er wird euch die Kraft geben, die ihr braucht, um Luzifer zu besiegen.«

Als Reaver Reseph die Hand auf die Schulter legte, spürte Reseph die Hitze des Engels durch das Metall hindurch. »Nimm ihn nicht. Denk nicht einmal daran, ihn zu nehmen. Das ist der Gegenstand, wegen dem Luzifer Harvester gefoltert hat, und wenn Luzifer ihn haben will, dann muss es schon etwas Böses vom Rang von Plutonium sein.«

Reseph verstand Reavers Sorge. Er verspürte ja genau dieselbe Sorge. Aber dies war möglicherweise ihre einzige Chance, Luzifer zu schlagen. Andererseits, sollte Pestilence wiederkehren … Scheiße.

»Sieh nur hinaus, Reaver. Wir können Luzifer nicht schlagen.« Tief in Resephs Innerem lachte Pestilence. Dieser Mistkerl. »Nicht ohne Hilfe. Wenn es mir gelingt, Pestilence zu dominieren, könnte es funktionieren.«

»Es ist riskant«, sagte Thanatos. »Zu riskant.« Seelen wirbelten überall um ihn herum, als er vor der Tür auf- und abschritt, kaum noch in der Lage, seine Wut zu beherrschen. Ares war nur wenig besser dran; seine Hand öffnete und schloss sich immer wieder über dem Griff seines Schwertes.

»Reaver, kannst du nicht helfen?«, fragte Arik. »Du bist ein Engel. Engel bekämpfen doch Dämonen, hab ich nicht recht?«

»Wenn Luzifer Menschen angreifen würde, ja. Aber dies ist eine Angelegenheit unter Dämonen. Es sind keine menschlichen Zivilisten beteiligt. Eure Gefährten zählen nicht, weil sie auf die eine oder andere Weise verändert wurden. Wir können uns nicht einmischen.« Reavers Augen funkelten. »Das heißt, andere Engel können es nicht. Ich werde nicht zulassen, dass meine Kinder leiden.«

»Was ist mit den Regeln für Wachen?«, fragte Reseph.

»Scheiß drauf«, sagte Reaver mit einem Achselzucken. »Ich habe schon öfter die Regeln gebrochen.«

Reseph sah jeden im Zimmer an, zuletzt Jillian. Er hatte ihnen allen so viel Schmerz gebracht, hatte nie auch nur das kleinste bisschen Barmherzigkeit gezeigt. Jetzt konnte er ihnen weiteren Schmerz ersparen. Niemand müsste kämpfen, und Reaver müsste keine Regeln brechen.

»Ich gehe allein.«

Es folgte ein Chor aus *Blödsinn!* und *Spinnst du?* von allen Anwesenden, überraschenderweise einschließlich Arik.

Reseph schnitt ihren Protest mit einem eigenen Fluch ab. »Ich schwöre euch, ich werde Pestilence beherrschen, aber damit das funktioniert, muss Luzifer glauben, dass er die Oberhand hat und ich euch den Rücken gekehrt habe.«

»Meine Lakaien stehen vor Ares' Villa«, rief Luzifer. »Ihr habt zwei Minuten, ehe ich den Befehl zum Angriff gebe.« Als seine Stimme verklang, hob ein martialischer Sprechchor von Anfeuerungsrufen an – ein gutturaler Fluch auf Sheoulisch, der von zerschmetterten Knochen, herausquellenden Eingeweiden und Schädelficken handelte. Ja, Reseph würde dem ein Ende bereiten. Keiner dieser Ausgeburten der Hölle würde Hand – oder Schlimmeres – an Jillians Schädel legen.

Reseph holte tief Luft und nahm Tracker das Kästchen aus der Hand. Im selben Moment traf ihn eine dunkle ölige Bosheit wie eine Faust. Es war ein Hieb an den Kopf, gefolgt von einem Schlag in die Magengrube. Ihm drehte sich der Magen um, und tief in seinem Inneren durchzog das Behältnis, das Pestilence festhielt, ein klaffender neuer Riss.

Ja, ja, ja! Die Stimme war ein Flüstern in Resephs Kopf, ein Flüstern, und dennoch viel zu laut. *Leg sie um. Wir werden die Welt beherrschen.*

»Halt dein verdammtes Maul!«, murmelte Reseph.

»Reseph?« Jillians süße Stimme erklang hinter ihm.

Seine Kehle war wie zugeschnürt, als er sich zu ihr umdrehte. »Es wird alles gut gehen.« Wenn er einen Pakt mit dem Teufel schließen musste, und das war wörtlich zu verstehen, dann würde er es tun. »Ich hoffe nur, du hasst mich später nicht dafür.«

»Niemals«, flüsterte sie, doch er wagte dies zu bezweifeln.

Reseph neigte den Kopf, sodass seine Lippen ihre Ohrmuschel streiften. »Danke, dass du mir die glücklichsten Tage meines Lebens geschenkt hast.«

Ehe sie etwas sagen konnte, küsste er sie. Küsste sie mit so viel Leidenschaft, wie er nur aufbringen konnte. Dann riss er sich von ihr los, ehe er seine Meinung ändern konnte.

Er ergriff die Kette und zog sie sich über den Kopf. Pestilence kam mit gewaltigem Lärm an die Oberfläche, sein innerstes Wesen schien vor Siegesgewissheit zu explodieren.

Tu dich mit Luzifer zusammen! Vernichte unsere Geschwister! Fick deine kleine Hure, bis sie tot ist!

»Nein!« Reseph fiel auf die Knie, kämpfte darum, Pestilence davon abzuhalten, dem Behältnis vollständig zu entkommen, während er die Hände abwehrte, die ihm zu Hilfe kommen wollten. Pestilence würde nicht einfach mitspielen. Reseph musste einen anderen Weg finden. Sich seiner Kooperation versichern. Er sah auf die Armee von Dämonen hinaus. »Wir wollen diese Armee für uns haben. Wenn wir Luzifer vernichten, können *wir* Satans rechte Hand sein. Auf diese Weise können wir uns einen Platz an seiner Seite sichern, wenn die biblische Apokalypse beginnt.«

Ja … ja, das gefällt mir. Luzifer war schon immer ein Arschloch.

Es war gefährlich, mit Pestilence zusammenzuarbeiten, das wusste Reseph. Die Freude, die Pestilence beim Töten empfand, würde Reseph wie eine Droge erfüllen und seine Urteilsfähigkeit vernebeln. Aber er hatte keine Wahl. Er musste hoffen, dass niemand der im Haus Anwesenden glaubte, was er gerade zu seiner bösen Hälfte gesagt hatte.

Mühsam erhob er sich und stolperte auf die Tür zu, ohne jemand anderem in die Augen zu blicken. Vor allem nicht Jillian. *Reiß dich zusammen … reiß dich zusammen …*

Er schöpfte noch einmal tief Luft und nahm sich eine Sekunde lang Zeit, Pestilence' bösartige Energie anzuzapfen und sich mit neuer Kraft zu füllen. Gleich darauf fühlte er seine Haut vor Energie knistern und seine Muskeln frisch erstarkt. Sein ganzer Körper hatte sich in eine gigantische Batterie des Bösen verwandelt.

So ist es gut. Wir sind unbesiegbar.

Reseph nahm sein Schwert in die Hand, trat aus dem Haus und überquerte die Lichtung. Die ersten zehn Dämonen, die versuchten, ihn zu erschlagen, fanden schnell heraus, wie viel Macht ein winziges Stück des Bösen einem Reiter geben konnte. Der elfte, ein Cruentus, der Pestilence gedient hatte, erkannte seinen Herrn und fiel in demütiger Ehrfurcht vor ihm auf die Knie.

Danach teilte sich die Menge vor ihm wie das Rote Meer vor Moses.

Reseph näherte sich Luzifer mit dem für ihn typischen unverschämten Selbstbewusstsein und Pestilence' Arroganz. »Hey, Lucy.«

Der gefallene Engel, der sich derzeit als in Leder gekleideter Biker mit taillenlangem schwarzem Haar zeigte, schenkte ihm ein garstiges Lächeln. Um ihn herum kreischte der Wind, als ob er gefoltert würde, doch nicht eine einzige Schneeflocke berührte ihn. Selbst Mutter Natur hielt respektvoll Abstand zu diesem gemeinen Ungeheuer.

»Dafür werde ich dir deine lose Zunge aus dem Kopf schneiden, du eingebildeter Gockel.«

»Ach.« Reseph zog einen Schmollmund. »Bist du traurig, dass Liliths Zunge deinen winzigen Pimmel nicht länger verwöhnen kann?«

Luzifer zischte. Er hatte noch nie Sinn für Humor gehabt. »Lasst den Schmerz beginnen.« Er hob die Hand und seine Lakaien ihre Waffen.

»Halt!« Resephs Stimme, die durch Pestilence' Resonanz noch verstärkt wurde, wurde vom Wind weitergetragen. »Wir sind bereit zu verhandeln.«

Verhandeln? Keine Verhandlung! Pestilence trommelte gegen die Wände von Resephs Schädel.

»Ich werde dir dienen. Ich werde dein Lakai, dein Prügelknabe, dein ... was auch immer. Aus freien Stücken.« Gott, er musste sich bei diesen Worten beinahe übergeben. Pestilence war bei Lilith oft genug auf Luzifer getroffen, um zu wissen, welch ausgefallenen Geschmack der Mann hatte. Aber Reseph würde bis in alle Ewigkeit tun, was auch immer Luzifer wollte, wenn dies bedeutete, dass seine Familie in Sicherheit war. »Lass meine Familie in Ruhe, und ich werde tun, was auch immer du willst.«

Das ist ein Trick, nicht wahr? Wir werden ihn in seinem eigenen Heim zerschmettern.

Reseph ignorierte Pestilence.

»Vergiss es, Arschloch. Du wirst all das sowieso tun. Nachdem ich alles und jeden vernichtet habe, den du liebst.«

Luzifer, von einer massiven Welle der Macht getragen, packte Reseph bei der Kehle und hob ihn in die Luft. Reseph wehrte sich gegen seinen Griff und schaffte es, mit seiner Faust zuzuschlagen, doch Resephs Hiebe ließen den Dämon höchstens kurz zusammenzucken. Luzifer drückte zu, grub seine Finger so tief in Resephs Haut, dass er etwas platzen hörte und dann fühlte, wie Blut spritzte. Schmerz schoss Resephs Wirbelsäule hinab – heiß wie geschmolzenes Gestein –, und er hätte schwören können, dass sich seine Muskeln von den Knochen lösten.

Ohnmächtige Wut pochte in Resephs Adern, und der Druck presste seine Lungen zusammen, füllte sie mit Feuer anstatt mit Luft.

»Dies«, knurrte Luzifer, »ist für Lilith.«

Er schleuderte Reseph quer über die Lichtung, so mühelos, als ob er einen Ball für einen Hund geworfen hätte. Reseph krachte durch eine Seitenwand von Jillians Haus und landete in einem jämmerlichen Häufchen aus Schmerz, gebrochenen Knochen und Versagen.

41

Reaver war schneller als alle anderen bei Reseph, der benommen auf dem Boden hinter Jillians Couch lag. »Reseph? Kannst du mich hören?« Während sich Jillian neben Reseph hinkniete, leitete Reaver heilende Energie in den Reiter, und innerhalb von Sekunden waren Resephs Knochen wieder verheilt.

»Ich hab einen mächtigen Tritt in meinen unsterblichen Arsch kassiert«, murmelte er. Dann sah er sich um. »Was macht denn Revenant hier?«, knurrte er.

Reaver starrte seinen bösen Amtskollegen finster an. »Der ist vor einer Minute hier aufgetaucht.«

»Ich bin hier, um auf Reaver zu achten«, sagte Revenant. »Wir wollen doch nicht, dass hier am Ende noch gegen die Regeln verstoßen wird, oder?«

Draußen begann erneut der Sprechgesang. Über die Rufe hinweg waren donnernde Schritte zu hören. Sie kamen näher. Zu nahe, zu schnell.

Reaver stand im Bruchteil einer Sekunde neben Kynan. Ein Engel zu sein war manchmal schon großartig. »Du musst etwas für mich tun, wovon dir dein Bauchgefühl dringend abraten wird.«

Ky kniff die Augen zusammen. »Und was?«

»Vertraust du mir?«

»Ja.« Kynan neigte mit ernster Miene langsam den Kopf. »Es gibt niemandem, dem ich mehr vertraue.«

Reaver bereitete sich darauf vor, etwas zu sagen, von dem er nie gedacht hätte, dass er es einmal sagen würde. Etwas, das den Himmel in schrecklichste Gefahr bringen konnte. Etwas, das sich entweder als eine brillante Strategie oder aber die katastrophalste Entscheidung in der Geschichte erweisen würde. »Gib Reseph Heofon.«

»Was?« Kynan wich so rasch zurück, dass er gegen Revenant stieß, der ihn anzischte, übellauniger Mistkerl, der er nun einmal war. »Heofon wird ihm nicht denselben himmlischen Schutz bieten wie mir. Warum solltest du wollen, dass er es nimmt?«

»Heofon«, grummelte Ares, »ist ein Stück des Himmels, nicht wahr?«

Reaver nickte. »Vor ein paar Jahren verwendete ein gefallener Engel es, um zu versuchen, ein Tor zwischen Sheoul und dem Himmel zu öffnen. Wir konnten ihn rechtzeitig aufhalten, und Heofon wurde an Ky übergeben, damit er es beschützt. Mit Heofon kann Reseph die Macht des Himmels anzapfen.«

Reseph verschränkte eine Hand mit Jillians, während seine andere Hand mit der Kette um seinen Hals spielte. »Und vereint mit der Macht Sheouls, die ich durch dieses Amulett beziehe, werde ich so gut wie unbesiegbar sein.« In seiner Stimme schwang Selbsthass mit. »Genau wie Pestilence. Das kann ich nicht riskieren. Ich kämpfe jetzt schon mit aller Kraft gegen ihn an. Wenn er mich überwältigt … Scheiße. Er wäre imstande, dieses Tor zu öffnen …«

»Und mit seiner Armee von Dämonen in den Himmel einzufallen«, beendete Kynan den Satz.

Revenant grinste wie ein Vampir in einer Blutbank.

»Nein.« Reseph schüttelte den Kopf. Er stand auf und wich vor Jillian zurück, bis er mit dem Rücken gegen die Wand stieß. »Dafür bin ich nicht stark genug.«

»Doch, das bist du.« Jillian näherte sich ihm behutsam, als ob er ein scheues Fohlen wäre, das sie nicht erschrecken wollte. »Ich habe doch gesehen, wie stark du bist. Ich weiß, dass du das kannst.«

In Resephs Augen stand Verzweiflung. »Ich kann nicht.«

Jillian nahm seine Hand. »Ich verspreche dir, du kannst es.«

»Reaver.« Thanatos trat vor. »Was sind unsere Optionen, sollte Pestilence tatsächlich so ein Tor öffnen? Könnten wir ihn aufhalten?«

»Er wird nicht so stark sein, wie er war, als sein Siegel zerbrochen war, aber er hätte eine Armee von Dämonen hinter sich.«

»Ohne eine Prophezeiung, die euch erbärmlichen Verlierern sagt, wo's langgeht«, meldete sich Revenant zu Wort, »wärt ihr ziemlich im Arsch.«

»Wirklich hilfreich«, murmelte Limos.

Reseph wandte sich an Reaver. »Was ist mit Wormwood?«

Alle verstummten … bis auf Jillian. »Was ist Wormwood?«

»Es ist die einzige Waffe, die Pestilence töten kann«, antwortete Reaver.

»Aber … wird das nicht auch Reseph töten?« Jillian schmiegte sich an Reseph. »Nein. Das könnt ihr nicht tun.«

Reseph wandte sich um, fuhr mit den Händen zu beiden Seiten von Jillians Gesicht in ihr Haar und zog sie an sich, bis sich ihre Stirnen beinahe berührten. Die Intimität dieser Szene löste in Reaver eine seltsame Sehnsucht aus. Warum, da war er nicht sicher. Er hatte vor langer Zeit entschieden, dass es für ihn am besten war, Junggeselle zu bleiben.

Doch das hatte Reseph auch einmal beschlossen. »Möglicherweise ist es der einzige Weg«, murmelte Reseph. »Ich kann nicht wieder als Pestilence leben.«

»Aber du wirst sterben.«

»Pestilence wird sterben. Ich bin nur ein Kollateralschaden.«

Kynan schloss die Augen, und als er sie wieder öffnete, bohrten sie sich in Reaver. »Bist du sicher?«

»Das bin ich.« Reaver sah zu Reseph hinüber. »Mein Sohn ist stärker, als er denkt. Das habe ich schon immer gewusst. Und ich vermute, das wissen auch seine Geschwister.«

Kynan ließ sich Zeit, als er die Kette mit größter Sorgfalt Jillian reichte. Reaver entging nicht, wie Revenants Augen glitzerten. Zweifellos würde dieser bösartige Mistkerl seine Seele für den Besitz eines derartig mächtigen Objekts geben.

»Dies ist also ein echtes Stück vom Himmel?« Jillians Stimme war kaum mehr als ein Flüstern. Sie drehte sich zu Reseph um. »Du schaffst das. Jetzt liegt es bei dir. Du wirst uns retten, das weiß ich.«

Er schluckte. »Nur keinen Druck aufbauen, richtig?«

»Kein Druck«, erwiderte Jillian.

Reseph zog sie fest an sich und küsste sie. Reaver wandte sich respektvoll ab und ließ ihnen einen Moment der Ruhe.

Als Reaver den Job als Wache angetreten hatte, hatte Harvester ihm von Resephs Vergangenheit erzählt. Angesichts der Geschichte des flatterhaften Playboys hatte Reaver nicht erwartet, dass dieser sich je in eine Frau verlieben könnte. Doch offenbar hatte er in Jillian eine verwandte Seele gefunden. Die beiden hatten einander geheilt.

Hoffentlich würde Jillian sich als sein Anker bewähren, der ihm half, seine böse Hälfte zu bekämpfen.

Als er sich wieder zu dem Paar umdrehte, senkte Reseph den Kopf, und Jillian legte ihm die Kette um den Hals.

Und dann brach auf einmal die Hölle los.

42

Reseph explodierte förmlich aus seinem Panzer. Seine Rüstung flog ihm vom Leib, als ob auf seiner Hautoberfläche eine Atombombe hochgegangen wäre. Stücke der Rüstung schossen wie Schrapnell durch das Wohnzimmer.

Verdammt beeindruckend.

Vollkommen nackt und mit leuchtender Haut betrachtete Reseph durch Pestilence' Augen seine Familie. Einige waren gerade verletzt worden. Ares zog sich ein Stück Metall aus dem Oberschenkel. Thanatos blutete aus einem Schnitt an der Wange. Limos und Arik waren unversehrt, genau wie Kynan.

Jillian!

Reseph fuhr herum, ohne auf Pestilence' gackerndes Gelächter zu achten. Blut bedeckte den Boden an der Stelle, wo Jillian eben noch gestanden hatte, aber es ging ihr gut. Reaver musste sie hinter sich geschoben haben. Der Engel allerdings hielt sich den Bauch, aus dem ein Stück Metall herausragte, das die Größe eines Suppentellers hatte.

Lustig.

Reseph wollte helfen. Wollte sagen, dass es ihm leidtat. Aber Pestilence hatte ihm die Stimme genommen. Er fühlte sich wie ein Zuschauer, als seine eigene Hand sich zu einer *Kommt-zu-Papa*-Geste ausstreckte. Mit einem Schlag wurden sämtliche Stücke seines Panzers aus den Wänden, den Möbeln und aus Körpern herausgerissen und fügten sich wieder zusammen.

Wir sind so stark, schrie Pestilence. *Jetzt können wir sogar im Himmel herrschen!*

Eins nach dem anderen, ermahnte ihn Reseph. *Zuerst einmal müssen wir Luzifer vernichten.*

Der machtgierige Dämon ließ ihn durch ein zufriedenes Schnurren erkennen, dass er diesen Plan guthieß. *Und mit den beiden Amuletten und Luzifers Blut können wir die Barriere zwischen Sheoul und dem Himmel aufbrechen.*

Das Behältnis, in dem Pestilence gefangen gesessen hatte, stand weit offen. Es war leer. Reseph wusste ohne jeden Zweifel, dass der Kampf um die Freiheit beginnen würde, sobald der Kampf gegen Luzifer beendet war. Einer von ihnen würde in das Behältnis zurückkehren.

Widerwillig überließ Reseph Pestilence die Führung. Pestilence' Ausstrahlung reiner Bösartigkeit würde ihnen von Nutzen sein, und sie brauchten jetzt jeden Vorteil, den sie nur kriegen konnten.

Doch Reseph weigerte sich, allzu tief abzutauchen. Er hatte schreckliche Angst davor, sich vielleicht nie wieder an die Oberfläche zurückarbeiten zu können, wenn er sich zu tief hinter Pestilence zurückzog.

An der Wohnzimmertür hielt Pestilence, dieses Arschloch, inne. Ganz langsam drehte er sich zu Jillian um, und Reseph fühlte Pestilence' abartige Lust, die seine Lenden erhitzte.

Der Vorfall auf dem Parkplatz blitzte in Resephs Kopf auf: Jillians Schreie, ihre Todesangst, Pestilence' kranke Vorfreude. Die Dinge, die er ihr hatte antun wollen, wenn die Seelenschänder erst einmal mit ihr fertig waren …

»Nein!« Reseph torkelte auf sie zu, doch jemand schob ihn aus dem Haus, und dann übernahm wieder Pestilence, der sich schier totlachte.

Sie bahnten sich ihren Weg durch die Dämonenarmee, traten nach denen, die sich nicht tief genug verbeugten, und köpften diejenigen, die sich überhaupt nicht verbeugten.

Luzifer, der auf der kleinen Anhöhe hinter seiner Armee stand, sah ihnen grinsend entgegen. »Na, willst du noch mehr? Oder bist du hier, um dich zu ergeben?«

»Weder noch.« Die Stimme, die aus Resephs Mund drang, war rauchig und harsch, sie war von Macht durchtränkt, und Luzifers Gesichtszüge entgleisten.

»Pestilence.« Luzifer kniff die Augen zusammen. »Was für ein Trick ist das? Ich spüre Macht um dich herum.«

»Trick?« Pestilence und Reseph waren in Sprache und Gedanken im absoluten Gleichklang. Zum ersten Mal wurde Reseph klar, wie eng sie tatsächlich miteinander verbunden waren. »Wir sind hier, um dich fertigzumachen, du Schwanzlutscher.«

Luzifer zögerte nicht. Er warf seine menschliche Haut ab und verwandelte sich in eine gewaltige, mit dicken Adern überzogene Bestie. Seine Spannweite betrug beinahe zehn Meter und aus seinem Schädel ragten Hörner, als ob er der größte Stier der Welt wäre. Mit einer blitzschnellen Geste ließ er einen lavaheißen Energieblitz durch Resephs Panzer schießen. Doch der Schmerz, der Reseph erreichte, war seltsam gedämpft, als ob er zwischen ihm und Pestilence aufgeteilt wäre.

»Du lächerliche Witzfigur.« Wieder waren Reseph und Pestilence völlig synchron. »Hinter uns steht die Macht des Himmels sowie die Macht der Hölle.« Er sah Luzifer mit zur Seite geneigtem Kopf an. »Und jetzt stirbst du.«

Reseph warf sich auf Luzifer und durchstieß mit seiner Faust eine der ledrigen Schwingen des Dämons. Knochen wurden zerschmettert, Haut zerfetzt. Luzifer brüllte vor Zorn auf, fuhr mit seinen gezackten Klauen über Resephs Gesicht und riss ihm die Wange auf. Die allerdings sofort wieder verheilte, was supercool war.

Die Anhänger um seinen Hals vibrierten und begannen hell genug zu leuchten, dass ihr Licht bis tief in den sie umgebenden

Wald drang. Als Luzifers Blick auf die Steine fiel, taumelte er mit einem Zischen rückwärts.

»*Heofon*.« Luzifers Stimme bebte. Pestilence wäre beinahe gekommen, angesichts der Furcht und des Neids, die aus Luzifers Worten klangen. »Gib es mir.«

»Das hättest du wohl gern.« Reseph stieß ein Schnauben aus. »Meinst du, wir könnten jetzt vielleicht einen kleinen Handel abschließen?«

Pestilence lachte, denn er wusste genau, dass Reseph den Dämon nur verarschte.

»Heofon für das Leben eurer Familien«, sagte Luzifer.

»Da habe ich eine bessere Idee.« Pestilence stieß Luzifer sein Schwert in den Unterleib. »Dein Tod für ein Tor zwischen dem Himmel und Sheoul.«

Nein!, schrie Reseph, der nur ohnmächtig zusehen konnte. Blut spritzte auf die Amulette, und ein plötzlicher Energiestoß ließ Reseph vibrieren wie eine Stimmgabel. Der Rausch unbegrenzter Kraft erfüllte seinen Körper. Es war wie eine Droge … eine nahezu orgastische Droge, die jedes einzelne von Resephs Lustzentren stimulierte. Sie nicht nur stimulierte, sondern sie einsaugte und verschluckte.

Ah … verdammt … so … gut.

Pestilence erhob sich und übernahm die Kontrolle. Wie im Nebel – einem Nebel der Euphorie – sah Reseph zu, als sein Schwert Luzifer in Stücke hackte. Der gefallene Engel würde durch Schwerthiebe allein nicht sterben. Genauer gesagt konnte nichts, was Pestilence tat, Luzifer tatsächlich umbringen.

Aber das musste Pestilence auch gar nicht.

Die Luft selbst um sie herum verformte sich, verwandelte alles, was sich außerhalb ihrer Blase der Normalität befand, in deformierte Reflexionen wie im Zerrspiegel einer Kirmesbude. Ein heftiger Wind erhob sich, wirbelte wie ein Tornado um sie herum. Er schoss in die Höhe, durchstieß die Luftschichten über ihnen und erstreckte sich bis in himmlische Gefilde. Der Boden unter ihren Füßen sackte ab, sodass sie über einem schwarzen Loch schwebten, das direkt bis in die Hölle führte.

Das Tor. Heilige Scheiße, das Tor!

Luzifer schrie wie am Spieß, als der wirbelnde Tornado ihn häppchenweise packte, auseinanderriss und seinen Körper Stück für Stück in den Mahlstrom saugte. Rote Streifen verfärbten den durchscheinenden Strudel, als sein Blut immer höher hinauf gewirbelt wurde.

Das letzte Stückchen Luzifer, ein Teil seines Schädels, verschwand im Wind. Es würde nur noch Minuten dauern, bis sich das Tor vollständig geöffnet hatte und die Horden der Hölle in den Himmel schwärmen konnten.

»Hör auf!« Reseph wehrte sich gegen Pestilence, hämmerte auf dessen Geist ein, aber es war, als ob er versuchte, aus einem Albtraum zu erwachen. Er war wieder genauso hilflos wie in dem Jahr, in dem Pestilence seine entsetzlichen Untaten begangen hatte. Aber das konnte er nicht noch einmal durchmachen. Einen Unterschied gab es: In dem Jahr, in dem Pestilence an der Macht gewesen war, hatte sich Reseph nicht so dicht an der Oberfläche aufgehalten. Auch hatte Reseph nicht gewusst, wofür er eigentlich hatte kämpfen sollen.

Jetzt schon. Er hatte Brüder und eine Schwester, deren Gefährtinnen und Gefährten und einen Neffen, und dann war noch eine Nichte oder ein Neffe unterwegs. Er hatte einen Vater. Eine eigene Gefährtin – zumindest, wenn Jillian ihn noch haben wollte. Er durfte keinen dieser Leute verlieren.

Wenn er Pestilence nur … zwingen könnte –

»Reseph!«

Jillian?

Mit unerträglich langsamen Bewegungen drehte sich Reseph

um. Jillian stand außerhalb des Strudels. Ihr Haar wurde wild durcheinandergewirbelt, ihre Augen waren vor Schrecken weit aufgerissen. Und doch stand sie felsenfest da, eine Kriegerin, die dem nahezu sicheren Tod trotzte.

Pestilence lächelte. »Wir werden dich töten, Menschenhure.«

Halt's Maul!

Pestilence hörte nicht auf ihn. »Deine Schreie werden die Musik sein, zu der die Dämonen in den Himmel marschieren.«

Jillian streckte die Hand aus. »Dann nimm mich doch. Beende, was du angefangen hast.«

Jillian, nein!

Fassungslos sah Reseph zu, wie Pestilence zugriff und Jillian in den Strudel hineinriss.

Jillian hatte sich eingebildet, sie wäre bereit, dies zu tun. Diesem Ding entgegenzutreten, das ihr auf dieser Welt am meisten Angst einjagte, in der Hoffnung, Reseph dabei zu helfen, Pestilence zu besiegen.

Doch als Pestilence sie an sich zog, sandte sein kaltes Grinsen ihr einen Schauer nach dem anderen über den Rücken, und sie wusste, dass sie sich zu viel zugetraut hatte.

»Reseph!«, rief sie. »Ich weiß, dass du da drin bist.«

»Aber sicher ist er das.« Pestilence wickelte ihr Haar um seine Faust und riss ihren Kopf mit solcher Wucht zurück, dass er ihr beinahe das Genick gebrochen hätte. »Und es ist ihm ganz egal, was ich mit dir anstelle.«

Reaver hatte sie gewarnt, dass Pestilence sie anlügen würde, versuchen würde, sie auf jede erdenkliche Weise zu verletzen, und offenbar hatte der Engel damit recht. Sie hätte die Warnung allerdings nicht gebraucht. Sie kannte Reseph zu gut.

»Kämpfe, Reseph –«

Pestilence zerrte ihren Kopf mit einem brutalen Ruck zur Seite, sodass ihre Kehle frei vor ihm lag. Dann entblößte er auch noch ihre Brust, indem er ihr Hemd aufriss.

»Wir werden viel Spaß miteinander haben, Jillian.«

»Reseph!«

Pestilence stieß einen grauenhaften Schrei aus, und das böse Leuchten in seinen Augen verlosch. Reseph. Es war Reseph!

»Liebling«, krächzte er. »Hau ab … hau … *ab*.« Er schubste sie fort, doch sie schlang ihr Bein um seines und klammerte sich mit aller Kraft an seinen Arm. Dann streckte sie mühsam die Hand aus und fuhr mit den Fingern über seine Rüstungsnarbe, so wie Limos es ihr gezeigt hatte.

Es dauerte nicht mal so lange, wie Sam brauchte, um mit dem Fuß aufzustampfen, ehe Resephs Panzer verschwunden war. Er blickte verwirrt an sich hinab. Er schien eine Mischung aus Reseph und Pestilence zu sein, so als ob sie sich die Macht zu gleichen Teilen aufteilten. Jillian nutzte den Moment der Überraschung, zog Wormwood aus dem Bund ihrer Jeans und richtete ihn auf Resephs Brust.

Sie hatte Resephs Geschwistern geschworen, dass sie Pestilence vernichten würde, wenn es sein musste, aber sie wusste, dass es nicht so weit kommen würde. Sie vertraute fest darauf, dass Reseph diesen Mistkerl aus eigener Kraft überwinden würde.

»Du widerliche Schlampe!«, zischte Pestilence. Sein bitterkalter Atem ließ ihre Wangen brennen, als er sich vorbeugte. »Ich werde dir bei lebendigem Leib die Haut abziehen –« Sein Kopf fuhr herum, als ob ihm jemand eine Ohrfeige verpasst hätte.

Reseph brach durch und legte seine Hand um Jillians. »Tu es«, krächzte er. »Bitte.« Jillian kämpfte dagegen an, aber sie war seiner Kraft nicht gewachsen, als er die Dolchspitze in seine Haut drückte.

Reseph verzerrte sein Gesicht; in seinem Blick wechselten glühende Bosheit und die eindringliche Klugheit, die immer in Resephs Blick funkelte. Ein innerer Kampf entbrannte, und auch wenn Jillian an seinem Körper klebte, befand sie sich doch auf gewisse Weise inmitten des Kampfes: Mal versuchte Pestilence, ihren Griff um den Dolch zu lösen, dann wiederum schloss Reseph ihre Hand noch fester darum.

»Ariks Seele«, brachte Reseph mühsam heraus. »Lass Ariks Seele frei und ich werfe den Dolch weg.«

Pestilence musste sich wohl geweigert haben. Der Dolch in ihrer Hand schnitt tiefer, drang weiter in Resephs Fleisch ein.

»Nein!« Sie versuchte, Wormwood herauszuziehen, aber Reseph hielt ihn fest. Schweiß bedeckte seine bleiche Haut, und seine Zähne waren fest zusammengebissen.

»Leck mich, Pestilence.« Reseph lächelte auf Jillian hinab, auch wenn es in Wirklichkeit eher eine Grimasse war. »Noch ein Zentimeter, und wir sind beide am Ende. Du weißt, ich werde es tun. Lass Ariks Seele sofort frei.«

Resephs Körper erschlaffte, aber nur einen Herzschlag lang. Beim nächsten Herzschlag wurde Jillian aus dem Wirbel hinausgeschleudert und landete mit voller Wucht auf der Eisdecke, die sich in einem Radius von zwanzig Metern um sie herum gebildet hatte. Die Dämonenarmee war längst verschwunden, weggesaugt, als sich dieser widernatürliche Tornado gebildet hatte. Stattdessen standen Thanatos, Limos, Ares, Arik, Kynan, Tracker und die beiden Wachen in der Nähe.

Sie alle rannten auf Jillian zu, doch sie konzentrierte sich ganz auf Reseph, der sich nach wie vor in diesem Wirbelsturm befand. Irgendetwas lief anscheinend schief … oder vielleicht genau richtig?

Er wand sich wie im Todeskampf, hielt sich den Kopf und riss an seinen Haaren. Auf einmal riss er sich mit einem Siegesschrei

Wormwood aus der Brust, und dann wirbelte der Dolch in den Himmel hinauf. Schrilles Kreischen, als ob eine Million Krähen lärmten, stieg aus den Tiefen empor.

Revenant lachte. »Satans Streitkräfte kommen. Das Tor steht offen.«

»Reseph!«, schrie sie.

Reseph warf sich gegen die Wand des Tornados, immer wieder, hielt sich mit beiden Händen den Kopf, als der Lärm lauter wurde.

»Bitte! Du kannst das.« Jillians Stimme glich einem Schluchzen, als die Verzweiflung sie zu erdrücken drohte.

Reseph warf den Kopf zurück und stieß ein Brüllen aus. Der Strudel geriet ein klein wenig ins Schwanken. Nach einem weiteren Schrei bewegte das Schwanken das ganze Ding einige Meter weit. Teile des Wirbels begannen sich aufzulösen, und das Schwanken wurde heftiger.

Jillian erhob sich mühsam. »Reseph?«

Er stürzte sich aus dem Wirbel hinaus und landete direkt vor ihr. Sein Körper war mit Blut und blauen Flecken übersät. Stöhnend warf er sich herum und sah sie an.

Mit Pestilence' Augen.

Jillian schluckte ihre Furcht hinunter und nahm sein Gesicht zwischen ihre Hände. »Ich liebe dich. Komm zu mir zurück.« Ohne nachzudenken, küsste sie ihn.

Verwirrt zog er sich zurück, aber sie ließ ihn nicht los. Sie drückte ihren Mund weiterhin fest auf den seinen, küsste ihn verzweifelt, küsste ihn in dem fieberhaften allerletzten Versuch, den Reiter zurückzuholen, den sie liebte.

Einen wunderschönen Moment lang erwiderte er ihren Kuss; seine Lippen waren zärtlich, seine Zunge streifte die ihre flüchtig. Ein Gefühl der Euphorie wärmte sie, nährte ihre Hoffnung, dass es geschafft wäre. Dass Reseph dem Sieg nah war –

Brennender Schmerz versengte ihren Mund. Er hatte sie in die Lippe gebissen. Sie schmeckte Blut, fühlte, wie ihre Welt um sie herum einstürzte.

»*Jillian.*« In Resephs Stimme lag unermessliches Leid. Er bäumte sich auf, ein Knurren drang aus seiner Kehle. »*Du. Wirst. Nicht. Siegen!*«

Er hob die Hand, packte die beiden Ketten um seinen Hals und riss fest genug an ihnen, um die Glieder zu zerreißen.

Alles war mit einem Schlag ruhig und eine unheimliche Stille setzte ein, als ob die Luft aus einem riesigen Ballon herausgelassen worden wäre. Der Tornado verschwand, als ob er niemals existiert hätte, das Tor schloss sich, und Reseph brach auf dem Eis zusammen.

»Reseph?« Sie strich ihm das Haar aus dem Gesicht, flehte ihn stumm an, die Augen zu öffnen. »Geht es dir gut? Rede mit mir.«

Als er sich nicht rührte, legte sie ihm das Ohr auf die Brust. Was, wenn Wormwood funktioniert hatte? *Bitte sei nicht tot … bitte sei nicht tot …*

Sie fühlte seinen Herzschlag. Gott sei Dank war er am Leben, aber warum bewegte er sich nicht? »Reseph?« Sie schüttelte ihn bei den Schultern, und plötzlich schlug er die Augen auf.

Ein erschöpftes Lächeln erschien auf seinen Lippen. »Hey, Liebling.«

Sie warf sich auf ihn, bedeckte seinen Körper mit ihrem und klammerte sich einfach an ihn. »Bitte sag mir, dass es vorbei ist. Bitte.«

Er legte die Arme um sie. »Es ist vorbei«, sagte er heiser. »Ich habe den Mistkerl besiegt. Es hat sich wie geistiges Armdrücken angefühlt, aber ich hab's geschafft.«

»Bist du sicher?« Thanatos hockte ein, zwei Meter von ihnen entfernt. An seiner Hand baumelte die zerrissene Kette, die zu dem bösen Stein gehörte. »Pestilence ist sicher unter Verschluss?«

»Oh ja. Ich habe das Behältnis repariert.«

Jillian atmete zitternd aus. »Behältnis?«

»Das ist eine lange Geschichte.« Reseph blickte zu Jillian auf. In seinem Blick stand so viel Zärtlichkeit, dass ihr Tränen in die Augen traten. »Das ist dein Verdienst, Jillian. Ich weiß ehrlich nicht, ob ich die Kraft gehabt hätte, ihn zu besiegen, aber ich konnte nicht zulassen, dass er dir wehtut. Und ich konnte nicht zulassen, dass seine Taten mich bis in alle Ewigkeit verfolgen und das Behältnis weiter schwächen.«

Sie vergrub das Gesicht an seinem Hals; dieses seltsame Gefäß war ihr doch völlig gleichgültig. Was zählte, war, dass er gesiegt hatte. »Ich wusste, dass du es kannst. Ich habe nie an dir gezweifelt.«

»Arik, du hast deine Seele zurück.« Reseph strich mit der Hand ihren Rücken auf und ab. »Ich weiß, das macht nicht alles wieder gut –«

»Hey.« Arik unterbrach Reseph einfach. »Ich glaube, es ist an der Zeit, dass wir alle noch einmal von vorne anfangen.«

»Dem stimme ich zu«, murmelte Jillian. »Ich jedenfalls bin zu einem Neuanfang mehr als bereit.« Sie setzte sich auf und blickte auf ihre blutverschmierte Haut und das zerrissene Hemd hinunter. »Und ich brauche eine Dusche.«

Reseph grinste. »Ich bin dabei.«

»Gott«, murmelte Arik. »Es ist gerade mal sage und schreibe zwei Minuten her, seit du beinahe einen Krieg zwischen Himmel und Hölle angezettelt hättest, und du kriegst schon wieder Frühlingsgefühle?«

»Ich war das nicht, der den Krieg beinahe angefangen hätte«, widersprach Reseph. »Das war Pestilence.«

Jillian schloss ihre Arme noch fester um ihn. Langsam spürte sie, wie sich Erleichterung in ihr ausbreitete, der erste reine warme Frieden, den sie seit langer Zeit erlebte. Dies war wirklich das erste Mal, dass er zugegeben hatte, dass Pestilence die Quelle des Bösen gewesen war. Ja, sie wusste, dass er immer ein gewisses Maß an Schuld wegen allem, was passiert war, fühlen würde, aber der heutige Sieg würde sicherlich einiges dazu beitragen, eine grauenhafte Wunde zu heilen.

»Und«, fuhr Reseph fort, »weißt du überhaupt, wer ich bin? Hallooo … ich bin nackt und eine umwerfend schöne Frau liegt auf mir. Ich bin schließlich nicht aus Stein, weißt du!«

Jillians Wangen röteten sich, als ein Chor von Stöhnlauten von allen Seiten erklang.

»Ja, das wäre dann wohl unser Stichwort, zu gehen.« Limos lächelte zu Jillian und Reseph hinunter. »Danke, Jillian. Wir alle stehen in deiner Schuld. Und Reseph? Schön, dass du wieder da bist.«

Sie alle bedankten sich und drückten ihre Freude darüber aus, dass Reseph zurück war … bis auf Revenant. Er sah aus, als ob er ein verfaultes Ei verschluckt hätte, als er sich mit einem Knurren wegblitzte.

Reaver hockte sich hin, nahm Thanatos den *malador* ab und warf Kynan Heofon zu. »Ich bin stolz auf dich, Reseph.« Der Engel drückte Resephs Schulter und strich mit den Fingerspitzen über Jillians Wange. »Passt gut auf euch auf.«

Und dann war er auch schon wieder fort, hatte sich in einer Explosion goldenen Lichts davongeblitzt.

»Ich hasse es, wenn er sich auf diese Weise verzieht«, murmelte Kynan. Er wies auf Jillians Haus. »Ich kümmere mich um die Aegis und sorge dafür, dass dein Haus repariert wird. Ihr beide … sucht euch für heute Nacht irgendwo ein Zimmer. Ihr habt's verdient.«

Er steckte Heofon in seine Jackentasche und marschierte davon. Tracker schlich sich näher, hielt den Blick aber abgewandt. »Herrin, ich kann mich um die Tiere kümmern und in der Scheune mein Lager aufschlagen.«

»Das ist nicht nötig –«

»Bitte.«

Reseph tippte Jillian auf die Schulter, und als sie ihn ansah, nickte er. Sie seufzte. »Na gut, Tracker. Für heute Nacht. Morgen werden wir uns etwas anderes ausdenken.« Als der Warg davonrannte, wirkte er, als ob sie ihn begnadigt hätte. »Was soll das denn?«

»Er kennt nichts anderes«, erklärte Reseph. »Sklaven in Sheoul kennen keine Freundlichkeit. Wenn sie ihr doch einmal begegnen, folgt darauf unweigerlich Schmerz. Er ist es nicht gewohnt, gut behandelt zu werden, darum fühlt er sich unbehaglich.«

»Das ist schrecklich.« Und kam ihr zugleich bekannt vor. Sie starrte dem Werwolf hinterher und dachte darüber nach, dass sie stets misstrauisch reagiert hatte, wenn Männer charmant und freundlich waren, da sie damit rechnete, unweigerlich verletzt zu werden. Erst Reseph war es gelungen, das zu ändern, und irgendwie würde sie auch Tracker beibringen, dass Freundlichkeit nicht wehtun musste.

Seufzend sah sie zu Reseph hinunter. Seine Augen waren feucht, und seine Hände auf ihrem Rücken zitterten. Furcht erfasste sie. »Hey, was ist los?«

»Nichts«, flüsterte er. »Alles ist in Ordnung. In bester Ordnung.«

»Wegen deiner Familie? Weil sie dich wieder aufgenommen haben?«

»Ja.« Er nahm sie in seine starken Arme und warf sie auf den Rücken. Sie genoss es, seinen muskelbepackten, schweren Körper endlich wieder zu spüren. Die eisige Kälte hingegen nahm sie kaum wahr, als er sich zwischen ihren Beinen niederließ. »Und deinetwegen. Noch vor ein paar Tagen hatte ich nichts als Rache, die mein Herz weiterschlagen ließ. Jetzt habe ich meine Familie zurück und ich habe dich.« Er hielt inne. »Ich habe dich doch, oder?«

»Oh ja.« Ihre Finger strichen über seine Kinnlinie. Sie liebte es, wie er sich an ihnen rieb. »Ich sagte doch, dass ich den Reseph haben will, den ich in der Schneewehe gefunden habe, und da bist du.«

»Aber ich bin nicht genau wie er«, sagte er. Ein Beben in seiner Stimme verriet seine Angst. »So viel ist seitdem passiert –«

»Schhhh.« Sie brachte ihn mit einem Finger auf seinen Lippen zum Schweigen. »Ja, es ist viel passiert. Du hast erlebt, dass du stark genug bist, um Pestilence in Schach zu halten, und ich habe gelernt, dass der Mann, den ich liebe, bereit ist, für mich gegen Dämonen zu kämpfen. Du hast mich.« Sie schenkte ihm ein sinnliches Lächeln und ließ ihre Hand zwischen ihrer beider Körper gleiten, um seine Erektion zu umfassen. »Und du kannst mich jederzeit haben.«

»Gott, ich liebe dich«, stöhnte er. Gleich darauf lag sie in seinen Armen, an seiner Brust, und er öffnete ein Höllentor. »Zuerst statten wir Ares einen kleinen Besuch ab, um schön heiß zu duschen, und neue Klamotten brauchen wir auch. Dann bringe ich dich zum luxuriösesten Hotel der Bahamas.«

»Das klingt dekadent.« So erschöpft sie auch war, konnte sie sich all die Arten vorstellen, auf die sie einander Lust bereiten würden. An beiden Orten.

Er zog sie eng an sich. »Das ist erst der Anfang, und ich kann kaum erwarten, dass es losgeht.«

So wenig wie sie.

43

Reaver hielt sich gar nicht erst damit auf, um Erlaubnis zu bitten, die Halle der Erzengel zu betreten. Er marschierte auf seine unnachahmliche Weise hinein, die deutlich zu verstehen gab, dass ihm solche Feinheiten scheißegal waren, und trug die dazu passende arrogante Miene zur Schau.

Vielleicht hatte er zu irgendeinem Zeitpunkt seines Lebens einmal Ehrfurcht vor diesen riesigen goldenen Säulen empfunden, die sich in den endlosen azurblauen Himmel erhoben, und vor den kristallklaren Flüssen, die sich durch üppiges Grasland wanden, das kein Ende zu nehmen schien. Doch jetzt nicht mehr.

Jetzt wollte er einfach nur Antworten.

Ein Engel, der in ein scheußliches, blutrotes, mittelalterliches Gewand gekleidet war, erschien aus dem Nichts und verstellte Reaver den Weg. »Wer bist du und warum bist du hier?«

»Ich bin Reaver. Ich muss einen Erzengel sprechen.«

Der Mann lächelte. »Dann halte dich mit deiner Bitte an den üblichen Dienstweg.

»Es ist keine Bitte und ich kann auch nicht Jahre darauf warten.«

Der blutrote Engel kniff die Augen zusammen. »Entferne dich –«

»Halt ein.« Ein großer schwarzhaariger Mann materialisierte sich, als ob er gerade auf die Enterprise gebeamt worden wäre, und um ihn herum stoben goldene und silberne Funken. Sein Gewand im griechischen Stil wurde an der Taille mit einer einfachen braunen Kordel zusammengehalten, und seine Lederstiefel waren auch nicht gerade Prachtexemplare; dennoch strahlte dieser Engel Macht und Rang aus. Vermutlich beneidete ihn so ziemlich jeder, mit dem er jemals zusammentraf, um seine rabenschwarzen, mit Gold durchwobenen Schwingen.

Reaver eingeschlossen.

Der Neuankömmling, definitiv ein Erzengel, winkte nur einmal kurz, und der Engel in dem blutroten Fummel blitzte sich beleidigt von dannen.

»Sieh mal einer an«, sagte der Erzengel. »Reaver. Wie ich sehe, hältst du immer noch nicht allzu viel davon, Regeln zu befolgen.«

»Nachdem du so viel über mich zu wissen scheinst, wie wäre es, wenn du mich mal über dich aufklärst?«

Das Lächeln des Mannes war eiskalt. »Ich bin Raphael. Und, wieso bist du hier?«

Er kam gleich zur Sache. Gut, denn Reaver war nicht in der Stimmung, lange um den heißen Brei herumzureden. »Ich will wissen, warum man mir die Erinnerung genommen hat.«

»Das glaube ich gerne.«

Na schön. »Ich weiß, wer ich bin«, brachte Reaver durch zusammengepresste Zähne heraus. »Ich weiß, dass mein ursprünglicher Name Yenrieth lautet, also könnt ihr mir auch gleich mein Gedächtnis zurückgeben.«

Raphael fiel das eisige Lächeln aus dem Gesicht. »Das ist … unerwartet.« Er fuhr herum, nur um einen weiten Kreis abzuschreiten, ehe er wieder vor Reaver anhielt. »Aber es macht keinen Unterschied. Du bekommst deine Erinnerungen nicht zurück.«

»Verdammt – «

Reaver konnte seinen Satz nicht beenden. Ihn erfasste ein Schmerz, als ob eine Million Blitze auf einmal in ihn gefahren wären, sodass er auf dem Boden zusammenbrach, blind und stöhnend wie ein unerfahrener Soldat, der zum ersten Mal verwundet wird. Als er wieder sehen konnte – dem Gefühl nach ein Jahr später –, blickte Raphael mit Augen auf ihn hinab, die wie Messerklingen blitzten.

»So sprichst du nicht mit mir, genauso wenig, wie du meine Entscheidungen in Zweifel ziehst.«

Wie durch ein Wunder gelang es Reaver, nicht zu stöhnen, als er sich mühsam auf die Füße rappelte. »Dann bleibt es also bei der Amnesie.« Sein Kopf pochte, als ob man ihm mit seinem eigenen Heiligenschein eins übergezogen hätte. »Vielleicht kannst du mir dann wenigstens verraten, warum meine Tochter und meine Söhne eine neue böse Wache haben. Weißt du, welche Regel Harvester gebrochen hat?«

Eine ganze Zeit lang starrte Raphael nur mit ausdrucksloser Miene vor sich hin. Gerade als Reavers erzengelheftige Migräne anfing nachzulassen, sagte Raphael: »Sie hat keine Regeln gebrochen. Sie wurde wegen Spionage aus ihrem Amt entfernt. Weil sie der falschen Seite geholfen hat.«

»Der falschen Seite? Du meinst, *uns*?« Raphael musste sich irren. »Wie?«

»Indem sie gewisse Ereignisse manipuliert hat.«

Jetzt war es Reaver, der vor sich hinstarrte. »Ich … ich versteh das nicht. Sie ist doch diejenige, die den Vermerk geschrieben hat, den die Aegis später fand. Den, durch den Thans Siegel brechen würde, wie Pestilence glaubte.«

Der Erzengel neigte den Kopf zu einem kurzen Nicken. »Aber sie wusste, dass Sex Thans Siegel keineswegs brechen würde. Sie tat es, damit ein Kind gezeugt würde. Ein Kind, das die Apokalypse beenden könnte, wenn alles gutging, und sie glaubte fest daran, dass die Reiter herausfinden würden, wie sie Pestilence aufhalten könnten.«

In Reavers Kopf drehte sich alles, was bei seinen Kopfschmerzen nicht gerade hilfreich war. »Aber warum sollte sie das tun?«

»Weil sie eine Spionin war.«

»Eine … Spionin?«, wiederholte Reaver ungläubig. »Wie lange schon?«

»Von Anfang an«, erwiderte Raphael mit einer Nonchalance, als ob diese Information schon lange allgemein bekannt wäre. »Wir haben uns eine Geschichte ausgedacht, dass sie begonnen hatte, Menschen zum Vergnügen zu töten, doch in Wirklichkeit fiel sie, um die höchsten Kreise in Sheoul zu infiltrieren und sich zum Amt der sheoulischen Wache hochzudienen.«

»Aber wieso? Warum sollte sie so viel aufgeben, um ein gefallener Engel zu werden?«

Raphael schüttelte den Kopf und verdrehte die Augen, womit er Reaver verriet, was er von Harvesters Gründen hielt. »Sie hat über deine Kinder gewacht, lange bevor sie zu den Reitern wurden. Sie hat sogar Reseph von einem Feuer gerettet, das ihn getötet hätte. Sie liebte sie.«

Das Ganze wurde immer unglaublicher. »Und wo war ich?«, fragte Reaver. »Warum habe ich nicht über meine Kinder gewacht?«

»Das spielt keine Rolle«, entgegnete Raphael. Sein Ton machte deutlich, dass Reaver keine Antworten zu seiner Vergangenheit erhalten würde. »Wichtig ist nur, dass Harvester eine Spionin war und dass sie der Welt einen großen Dienst erwiesen hat.«

Reaver streckte hastig die Hand aus, um sich an einer Säule abzustützen, ehe er noch umfiel. »Warum hat sie mir das denn nicht gesagt? Warum hat mir das niemand erzählt?«

»Wir konnten es nicht riskieren, dass irgendjemand Bescheid wusste. Jeder Ausrutscher hätte eine Gefahr dargestellt.« Raphaels Miene verdüsterte sich vor Zorn. »Bedenke nur, was Gethel getan hat.«

Er erinnerte sich, wie er Gethel überrascht hatte, während sie Harvester mit *treclan*-Spießen bearbeitete. Ihm stockte der Atem. »Gethel hat Harvester gefoltert. Sie hatte einen Verdacht, nicht wahr?«

»Höchstwahrscheinlich. Ich bin mir fast sicher, dass es Gethel war, die Harvester bei den Machthabern von Sheoul verraten hat.«

Ach, verdammt. Harvester hatte versucht, Reaver zu warnen, hatte ihm gesagt, dass Gethel nicht bei Sinnen sei. Damit hatte sie nicht nur Gethels unrechtmäßige Folter gemeint. Sie hatte ihm sagen wollen, dass Gethel wahnsinnig war und vielleicht sogar für die falsche Seite tätig, wenn sie Harvester folterte, um einen Beweis zu erlangen, dass Harvester zu den Guten gehörte.

Hatte Gethel überhaupt jemals die Wahrheit gesagt?

»Gethel sagte mir, dass Harvester Satans Geliebte und nur gefallen sei, um mit ihm zusammen sein zu können. Wie passt das zu allem anderen?«

Raphaels Augenbrauen schossen in die Höhe. »Das hat sie dir gesagt? Gethel hat wirklich einfach zu gerne mit dir gespielt, nicht wahr?«

»Das hätte sie nicht gekonnt, wenn ich noch meine Erinnerungen hätte«, murrte Reaver. »Dann hat Harvester also nicht heimlich mit Satan geschlafen?«

Raphael lachte. Er *lachte*. »Das hoffe ich nicht. Er ist ihr Vater.«

Vater? Heilige … Scheiße. Reavers Stimme klang leicht erstickt, als er wieder sprach. »Und was tun wir jetzt?«

»Wir suchen Gethel und vernichten sie.«

Nur zu gerne. »Und Harvester?«

»Die ist für uns verloren.«

Ein unerwarteter Stich schlechten Gewissens traf Reaver in die Brust. »Sie ist tot?«

Raphael zuckte mit den Achseln. »Wir haben den Kontakt mit ihr verloren, als sie nach Sheoul verschleppt wurde. Zweifellos wird sie einige Zeit lang gefoltert werden.«

»Wird Satan sie nicht beschützen?«

Wieder lachte Raphael. So langsam ging Reaver der Kerl auf die Nerven. »Das Einzige, was Satan mehr hasst als einen Verräter, ist ein Verräter innerhalb seiner Familie. Du hättest sehen sollen, was von einem seiner Söhne übrig geblieben ist, nachdem der sich in einem Streit zwischen einem gefallenen Engel und Satan auf die Seite des Engels gestellt hatte.« Raphael schüttelte den Kopf. »Nein. Harvester wird für ihre Taten leiden, wie noch nie jemand gelitten hat.«

»Dann müssen wir sie retten.«

Raphael winkte ab. »Sie kannte das Risiko, als sie sich freiwillig für den Auftrag gemeldet hat. Sie wusste, dass es sich um eine Reise ohne Rückkehr handelte und wir, sollte sie gefasst werden, jegliche Kenntnis ihrer Handlungen abstreiten würden.«

Reavers Unterkiefer wäre um ein Haar auf dem Boden aufgeschlagen. »Machst du Witze? Wir können sie doch nicht dort lassen!«

»Jeder Versuch einer Rettung wäre ein Eingeständnis unserer Beteiligung. Sie dürfen nicht wissen, dass wir veranlasst haben, dass den Reitern zwei Agenten des Guten an die Seite gestellt wurden. Dies könnte einen weiteren Krieg zwischen Himmel und Hölle auslösen. Selbst wenn es möglich wäre, sie dort herauszuholen, wäre sie nicht mehr derselbe unschuldige junge Engel wie vor dem Fall. Um Sheoul zu überleben und sich das Amt als Wache zu verdienen, hat sie Dinge tun müssen, die ihr Herz verhärtet und ihre Seele geschwärzt haben. Ihr Opfer ist eines der größten in der Geschichte der Engel, aber sie ist für uns verloren.«

»Es muss doch einen Weg geben.«

»Lass es gut sein, Yenrieth.« Raphaels Stimme wurde tiefer, sodass sie einem dröhnenden Donnern glich. »Höre mich an. Du wirst keinen Versuch unternehmen, sie zu retten. Solltest du es doch tun, werde ich dir höchstpersönlich die Flügel abreißen und dich in den tiefsten Abgrund Sheouls stürzen. Hast du verstanden?«

Reaver hatte sehr gut verstanden. Er hatte verstanden, dass Raphael ein Riesenarschloch war.

»Außerdem enthebe ich dich deines Amtes als Wache.«

In Reaver stieg eine Wut auf, die jede Faser seines Körpers zu durchdringen schien, die seine Adern durchpustete, als ob in ihnen Dampf anstelle von Blut flösse. »Das kannst du nicht tun.«

Raphaels Ruhe war unerträglich. »Ich kann alles tun, was ich will. Du bist der Vater der Reiter, und dieses Wissen bedeutet, dass du nicht länger neutral bist.«

»Neutral? Harvester war auch nicht neutral, wenn sie eine Spionin war, du Stück – «

»Ich an deiner Stelle würde diesen Satz nicht beenden«, warnte Raphael. »Du kommst noch glimpflich davon, angesichts all der Regeln, gegen die du in letzter Zeit verstoßen hast. Immerhin hast du Reseph aus Sheoul-gra befreit, Thanatos Wormwood vorenthalten und Pestilence Heofon überlassen. Soll ich fortfahren?«

»Diese Regeln sind Bockmist. Ihr habt die wichtigste von allen gebrochen, indem ihr Harvester ausgesandt habt, die Hölle zu infiltrieren. Wie kannst du es wagen, mich zu beschuldigen, ich hätte die Regeln gebrochen, du Riesengeier.«

»Noch ein Wort«, sagte Raphael langsam, »und du wirst auch noch den Rest deiner jämmerlichen Erinnerungen verlieren, und ich werde dich auch aus dem Gedächtnis deiner Kinder löschen.«

Reaver, der vor Wut zitterte, wie er es nur selten erlebt hatte, wirbelte herum und machte sich auf den Weg zum Ausgang. Als er ihn erreicht hatte, spreizte er seine Flügel so hoch und heftig es ihm möglich war – ein dickes, fettes *Fick dich!*, das an den Engel gerichtet war, der ihm hinterhersah.

Es war Zeit für einen Urlaub, und Reaver hatte gehört, dass Sheoul um diese Jahreszeit herrlich sein sollte.

44

Reseph hatte einen Eimer mit Getreide gefüllt und ließ den Deckel wieder auf den Behälter fallen. Ungeduldiges Schnauben mahnte ihn, dass er sich viel zu langsam bewegte, als er das Futter zu den Boxen am Ende der Scheune trug, wo Sammy und Conquest warteten. Die beiden Pferde hatten Freundschaft geschlossen, was Reseph ziemlich erstaunte, wenn er ehrlich war. Immerhin war Conquest nicht gerade der freundlichste Hengst, aber er hatte den Wallach ins Herz geschlossen und mochte seine Gesellschaft in der Scheune.

»Ihr seid mir schon ein komisches Paar«, murmelte Reseph, als er das Getreide in ihre Krippen schüttete.

Auf dem Weg ins Haus zurück warf er noch einen raschen Blick auf die Lichtung, wo sie, nur ein kleines Stück entfernt, eine Blockhütte für Tracker bauten. Der Warg weigerte sich, weiter entfernt zu leben, und trotz Jillians Wunsch, ihn im Gästezimmer wohnen zu lassen, solange die Hütte noch nicht fertig war, zog er es vor, in der Scheune zu schlafen.

Auf der Veranda angekommen, stampfte Reseph ein paarmal mit den Füßen, um den Schnee an den Stiefeln loszuwerden, und ging dann ins Haus, wo Jillian schon auf ihn wartete, auf der Couch, unter eine Decke gekuschelt, zwei dampfende Becher heißen Kakaos auf dem Tisch vor ihr.

»Das Viehzeug ist abgefüttert und zufrieden.« Er warf einen Blick zu Fang-Doodle hinüber, der an seinem üblichen Platz vor dem Feuer döste. »Manche ein wenig fetter und zufriedener als andere.«

Jillian sah ihn aus schmalen Augen an. »Ich hoffe, du meinst damit nicht mich.«

Reseph ließ sich grinsend auf der Couch nieder, indem er sich auf allen vieren über sie schob. »Was denn, bist du etwa nicht glücklich?«

»Blödmann.« Sie versetzte ihm einen spielerischen Schlag auf die Schulter, doch gleich darauf legte sie die Stirn in Falten. »Bist du sicher, dass *du* hier glücklich sein kannst? Wir sind am Ende der Welt, es gibt nicht viel, womit du dich beschäftigen kannst, und wir haben Tonnen von Schnee –«

»Schhh.« Seine Lippen streiften die ihren. In ihm wallten Gefühle auf, die ihn so vollständig ausfüllten, dass er kaum noch Luft schöpfen, geschweige denn sprechen konnte. »Ich bin mir sicher. Schließlich habe ich genug Zeit damit verbracht, stets beschäftigt und leer zu sein. Aber hier draußen, mit dir, brauche ich keine Ablenkung. Ich habe das Gefühl, endlich angekommen zu sein. Ich bin fünftausend Jahre alt«, sagte er heiser, »aber mein Leben hat erst an dem Tag begonnen, an dem du mich draußen im Wald gefunden hast.«

Jillian packte ihn beim Kragen und zog ihn auf sich. »Ich habe so viel Zeit damit verbracht, mir Sorgen zu machen, dass kein Mann der sein würde, der er zu sein scheint, dass mir nicht klar war, dass es nicht immer schlecht ist, mehr zu sein.«

»Dann bist du also froh, dass ich nicht der Mann bin, den du in der Schneewehe gefunden hast?«

»Oh, du bist dieser Mann. Aber du bist noch so viel mehr.« Sie biss sich auf die Unterlippe und warf ihm einen zaghaften Blick zu. »Aber ich hab ein schlechtes Gewissen. Ich hatte gar keine Zeit, dir ein Weihnachtsgeschenk zu besorgen.«

»Machst du Witze? Du hast mir schon so viel geschenkt. Nur dir habe ich es zu verdanken, dass ich meine Familie wiederhabe.«

Nachdem jetzt alle sicher waren, dass Reseph imstande war, Pestilence zu beherrschen, waren Jillian und er jederzeit bei seinen Geschwistern zu Hause willkommen, und die Reiter ihrerseits waren auch alle schon auf einen Besuch bei den beiden vorbeigekommen. Thanatos hatte Reseph sogar erlaubt, Logan zu halten. Sie hatten immer noch einen Haufen Arbeit vor sich, um auch die Höllenhunde von Resephs Harmlosigkeit zu überzeugen, aber dafür war ja noch genügend Zeit.

»Apropos Familie«, sagte sie. »Than hat uns für morgen zum Weihnachtsessen eingeladen. Sie sagten, wir können ruhig auch Tracker mitbringen, wenn er bis dahin von seinem Rudel zurück ist.« Sie seufzte. »Ich wette, er hat noch nie Weihnachten gefeiert.«

Höchstwahrscheinlich nicht. In Sheoul wurden nur wenige menschliche Feiertage begangen. »Lass uns morgen etwas für ihn kaufen. Ich kenne da einen tollen Elektronikladen in Tokyo.«

»Siehst du?« Ihre Hände wanderten langsam seinen Rücken hinunter und massierten ihn sanft. »Das hab ich damit gemeint, dass du so viel mehr bist als der Mann, den ich in einer Schneewehe gefunden habe. Wer sonst könnte mich innerhalb von Sekunden auf einen Einkaufsbummel in ein anderes Land mitnehmen?«

Er schmiegte das Gesicht an ihren Nacken. »Möchtest du vielleicht wissen, was ich noch innerhalb von Sekunden tun kann?«

Sie rückte ein Stück zur Seite, sodass er zwischen ihren Schenkeln Platz fand, und wölbte sich ihm entgegen. Ihre Stimme wurde tief und rauchig. »Oh, aber das weiß ich doch längst.«

»Ach ja?«

»Ja. Und ich glaube, ich weiß auch, was ich dir zu Weihnachten schenken soll.« Sie schenkte ihm ein verruchtes Lächeln. »Aber zuerst musst du mich auspacken.«

Wie Reseph Geschenke liebte. »Und dann packst du mich aus?«

»M-hmm. Sehr, sehr langsam.«

Jillian hielt sich an ihr Versprechen. Als er nackt war, verbrachte sie eine Stunde damit, seinen Körper zu verwöhnen und einige ziemlich ungezogene Dinge mit einer der Zuckerstangen vom Weihnachtsbaum anzustellen.

Als Reseph schließlich befriedigt und erschöpft vor dem Feuer lag, sein Körper mit ihrem verschlungen, konnte er nur an eines denken: Er hatte schon Hunderte von Weihnachtsfesten erlebt und Tausende von Geschenken erhalten, aber dieses war das Allerbeste von allen: Die Apokalypse war vorbei, seine ganze Familie war wieder vereint und glücklich, und er hatte das größte Geschenk von allen erhalten.

Liebe.

Begriffserläuterungen

Die Aegis – Eine Gruppe menschlicher Krieger, die ihr Leben der Aufgabe gewidmet haben, die Welt vor dem Bösen zu schützen. Das »g« in *Aegis* wird gesprochen wie in *Pager*. Siehe: Regent, Siegel, Wächter.

Agimortus – Auslöser für das Brechen der Siegel der Reiter. Ein Agimortus kann als ein Symbol bezeichnet werden, das auf eine Person oder ein Objekt eingeprägt oder eingebrannt wurde. Bislang wurden drei Arten von Agimorti identifiziert; sie können die Gestalt einer Person, eines Gegenstandes oder eines Ereignisses annehmen.

Daemonica – Die Dämonenbibel und Grundlage von Dutzenden dämonischer Religionen. Ihre Prophezeiungen bezüglich der Apokalypse – sollten sie denn zutreffen – gewährleisten, dass die vier apokalyptischen Reiter auf der Seite des Bösen kämpfen.

Gefallener Engel – Die meisten Menschen halten gefallene Engel grundsätzlich für böse; allerdings kann man sie in zwei Kategorien unterteilen: wahre Gefallene und Ausgestoßene. Ausgestoßene Engel wurden aus dem Himmel verbannt und leben, an die Erde gefesselt, ein Leben, das weder wahrhaftig gut noch wahrhaftig böse ist. In diesem Zustand ist es ihnen möglich, wenngleich dies nur äußerst selten geschieht, sich die Wiederaufnahme in den Himmel zu verdienen. Oder aber sie wählen das Dämonenreich, Sheoul. Indem sie Sheoul betreten, vervollständigen sie ihren Fall und werden zu wahren Gefallenen, die ihren Platz als Dämonen an Satans Seite einnehmen.

Gezeichneter Hüter – Ein Mensch, der von Engeln gesegnet und mit der Aufgabe betraut wurde, ein hochwichtiges Artefakt zu beschützen. Hüter sind unsterblich; nichts und niemand kann ihnen Schaden zufügen. Nur Engel (einschließlich gefallener Engel) sind imstande, einen Hüter zu verletzen oder gar zu töten. Ihre Existenz ist ein streng gehütetes Geheimnis.

Höllentore – Vertikale Portale, die für Menschen unsichtbar sind und die Dämonen dazu benutzen, um zwischen Orten auf der Erde und Sheoul hin und her zu reisen. Einige wenige Geschöpfe sind dazu in der Lage, ihre eigenen höchstpersönlichen Höllentore zu schaffen.

Kamborian – Der menschliche Nachkomme eines Elternteils, das zur Zeit der Empfängnis von einem Dämon besessen war. Kamboriane besitzen zum Teil übernatürliche Kräfte, die in Bezug auf Art und Stärke unterschiedlich sind, je nachdem, welcher Spezies der Dämon angehörte, der den Körper des Elternteils zum Zeitpunkt der Empfängnis bewohnte.

Khote – Unsichtbarkeitszauber, der es seinem Träger ermöglicht, sich unter Menschen zu bewegen, ohne gesehen oder – für gewöhnlich – gehört zu werden.

Quantanum – Ein Zustand hyperbeschleunigter Existenz auf einer Ebene, die es einigen übernatürlichen Geschöpfen ermöglicht, sich unter den Menschen zu bewegen. Die Menschen – die nicht die geringste Ahnung haben, was sich da in ihrer Welt bewegt – erscheinen denen innerhalb des *Quantanum* wie erstarrt. Der *khote* hingegen funktioniert in Echtzeit, da es sich bei ihm um einen Zauber handelt und nicht um eine andere Existenzebene.

Regent – Leiter einer regionalen Aegis-Zelle.

Sheoul – Dämonenreich, tief in den Eingeweiden der Erde gelegen; nur durch Höllentore zu erreichen.

Sheoul-gra – Eine Art Aufbewahrungsbecken für Dämonenseelen. Der Ort, an dem dämonische Seelen warten, bis sie entweder wiedergeboren werden oder aber in die Qualen der Vorhölle geschickt werden.

Sheoulisch – Universelle Dämonensprache, die alle Dämonen beherrschen, auch wenn die meisten Spezies darüber hinaus ihre eigene Sprache besitzen.

Siegel – Gremium von zwölf Menschen, die Älteste genannt werden, und die als oberste Leitung der Aegis fungieren. Ihr Hauptsitz liegt in Berlin, doch sie beaufsichtigen sämtliche Aegis-Zellen auf der ganzen Welt.

Ter'taceo – Dämonen, die sich als Menschen ausgeben können, entweder weil ihre Spezies von Natur aus dem Menschen ähnelt, oder weil sie menschliche Gestalt annehmen können.

Wachen – Individuen, denen die Aufgabe zugeteilt wurde, ein Auge auf die vier Reiter zu haben. Laut der ursprünglichen Vereinbarung zwischen Engeln und Dämonen sind Ares, Reseph, Limos und Thanatos dazu verflucht, als Speerspitze der Apokalypse zu dienen. Ein Abschnitt der Übereinkunft besagt, dass einer von ihnen ein Engel und der andere ein gefallener Engel ist. Keiner der Wachen ist es gestattet, die Bestrebungen eines der Reiter, Armageddon auszulösen oder aber abzuwenden, direkt zu unterstützen. Allerdings sind sie in der Lage, hinter den Kulissen einzugreifen. Doch wenn sie dies tun, bewegen sie sich auf einem sehr feinen Grat, von dem abzukommen sich als fatal erweisen könnte.

Wächter – Krieger der Aegis, die in Kampftechniken, Waffenkunde und Magie ausgebildet werden. Bei ihrem Eintritt in die Aegis erhalten alle Wächter ein magisches Schmuckstück mit dem Wappenschild der Aegis, das ihnen unter anderem ermöglicht, bei Nacht so gut wie am Tag zu sehen und den dämonischen Unsichtbarkeitszauber zu durchschauen.

Danksagung

Während ich die Reihe über die apokalyptischen Reiter schrieb, wurde mir klar, wie wichtig Freunde und Familie sind. Ich brauchte Spaziergänge am Strand, Haus-/Tier-/Babysitter, Schultern zum Ausweinen und Drinks. Jede Menge Drinks.

Bonnie, du hast keine Ahnung, wie sehr ich dich schätze. Danke, dass es dich gibt. Ziva und du, ihr habt Hexe und mir das Leben gerettet.

Außerdem möchte ich Nancy Popour danken, die ebenfalls wunderbar war. Ich weiß nicht, was ich ohne dich tun würde!

Mom und Dude, ich danke euch, dass ihr jederzeit bereit seid, von jetzt auf gleich alles fallen zu lassen und hierherzufliegen, um zu helfen. Euch habe ich es zu verdanken, dass ich an Konferenzen teilnehmen und Urlaubsreisen unternehmen konnte, was sowohl beruflich als auch privat sehr wichtig für mich war.

Außerdem möchte ich meinem Schwiegervater Mike danken, der immer bereit war, zu helfen, wenn es nötig war, was eine große Erleichterung ist, da mein Mann so oft nicht da ist.

Mein Dank gilt auch den unglaublichen Ladys des Book Obsessed Chicks Book Club – des Buchclubs der von Büchern besessenen Weiber. Es hat mir Riesenspaß gemacht, mit euch abzuhängen, und darum gehen jede Menge virtueller Cupcakes an Jennifer, Terry, Nina, Holly, Penny, Denise, Francesca und Kimberly Rocha!

Last but not least vielen Dank an alle bei Grand Central Publishing für die ganze Arbeit, die ihr investiert, um aus diesen Büchern das Bestmögliche herauszuholen.

Larissa Ione

Demonica

Romantic Fantasy

Tauche ein in Larissa Iones Welt voller dunkler Leidenschaften und heißer Erotik!

Eine Dämonenjägerin, deren Leidenschaft von einem attraktiven Dämon entfacht wird. Ein ehemaliges Dämonenpaar, das nach einer Entführung gezwungen ist, sich erneut ihrer Liebe zueinander zu stellen. Eine Frau, der ein Amulett Unsterblichkeit verleiht, solange sie ihre Unschuld bewahrt. Ein Auftragsmörder wider Willen, der sich in eine Feindin verliebt …

»Eine faszinierende Welt voller prickelnder Erotik!« *Lara Adrian*

je ca. 400 Seiten
kartoniert mit Klappe
€ 9,99 [D]

Band 1:
Verführt
ISBN 978-3-8025-8378-0

Band 2:
Entfesselt
ISBN 978-3-8025-8379-7

Band 3:
Fluch des Verlangens
ISBN 978-3-8025-8380-3

Band 4:
Versuchung der Nacht
ISBN 978-3-8025-8879-2

Band 5:
Tödliche Verlockung
ISBN 978-3-8025-8945-4

---

www.egmont-lyx.de

LYX
EGMONT

Anne Marsh

Engel der Dunkelheit

Ewiger Schwur

Roman

Dem Kuss eines Engels kann keine Frau widerstehen

Mischka Baran ist verzweifelt: Ihre Cousine Pell ist verschwunden, und alles deutet darauf hin, dass sie ihre Seele an einen gefallenen Engel verloren hat. Auf ihrer Suche begegnet Mischka dem geheimnisvollen Brends Duranov. Obwohl Brends ein Gefallener ist, ist die junge Frau augenblicklich von ihm fasziniert. Doch dann stellt sich heraus, dass nicht nur Pells Leben auf dem Spiel steht, sondern auch Mischka in großer Gefahr schwebt …

320 Seiten, kartoniert mit Klappe
€ 9,99 [D]
ISBN 978-3-8025-8901-0

Band 2: Unsterbliche Sehnsucht
384 Seiten, kartoniert mit Klappe
€ 9,99 [D]
ISBN 978-3-8025-8902-7

www.egmont-lyx.de

LYX
EGMONT